비교세계문학론

글로컬 시대 문학의 새로운 지형학

Comparative World Literature

정정호 鄭正浩

1949년 서울에서 태어나, 인천중학교와 제물포고등학교를 졸업하였다. 서울대학교 영어교육과 및 같은 대학원 영어영문학과를 졸업하였으며, 미국 위스컨신(밀워키) 대학교에서 영문학 박사 학위를 취득하였다. 국제 PEN클럽 한국본부 전무이사, 중앙대학교 문과대학장, 중앙도서관장, 스토리텔링연구소장, 2008년 서울 아시아 인문학자대회 준비위원장, 2010년 국제비교문학회 서울 세계대회 조직위원장, 한국영어영문학회장, 한국비교문학회장 등을 역임하였다.

현재 중앙대학교 인문대학 영어영문학과 교수, 한국 영미문화학회 회장이다.

대표 저서로 『탈근대 인식론과 생태학적 상상력』 『근대와 계몽의 대화』 『문화의 타작』 『탈근대와 영문학』 『문학과 환경』 『이론의 문화정치학과 비판적 페다고지』 『영미문학비평론』 등이 있으며 역서로는 『현대 문학이론 용어사전』(제레미 호손 원저, 공역) 『현대문학이론』(라만 셀던 외, 제5판, 공역) 등이 있다.

비교세계문학론
글로컬 시대 문학의 새로운 지형학

인쇄 · 2014년 12월 22일 | 발행 · 2014년 12월 31일

지은이 · 정정호
펴낸이 · 한봉숙
펴낸곳 · 푸른사상
주간 · 맹문재 | 편집 · 지순이, 김선도 | 교정 · 김수란

등록 · 1999년 7월 8일 제2-2876호
주소 · 서울시 중구 충무로 29(초동) 아시아미디어타워 502호
대표전화 · 02) 2268-8706(7) | 팩시밀리 · 02) 2268-8708
이메일 · prun21c@hanmail.net / prunsasang@naver.com
홈페이지 · http://www.prun21c.com

ⓒ 정정호, 2014

ISBN 979-11-308-0318-0 93840

값 45,000원

이론과
비평 총서
17

정정호

비교세계문학론

Comparative World Literature

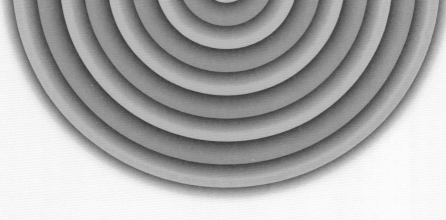

글로컬 시대 문학의 새로운 지형학
New Geomorphology of Literature in the Age of Glocalization

푸른사상
PRUNSASANG

문학이라는 것은 문자로 구성된 모든 것의 이름이다. … 모든 사물이 언어로 할 수 있는 과정을 거쳐서 문자로 표현되는 것, 곧 자기의 무엇이든지 문자로 나타내어서 독자가 이해할 수 있게 하는 것은 다 문학이다.

다시 말하면 문리(文理)가 있는 문자로의 구성은 다 문학이다.

그러므로 종교, 철학, 과학, 경사(經史), 자전(子傳), 시, 소설, 백가어(百家語) 등 …서한문까지도 장단, 우열은 물론하고 모두가 문학에 속하는 것이다.

만일 문예 즉 문학, 문예만이 문학이라면 … 팔만대장경은 문학이 아니고 무엇이며 … 장자 좌전의 문장, 사마천의 사기, 굴원의 이소경 내지 당송제가의 문장, 그러한 것들이 문학에 참예하지 못하면 과연 어디에 속할 것인가.

… "문학"이라는 술어가 문자적 기록의 전반을 대표한 이상, 문학 즉 문예라고 볼 수가 없는 일이요, 또 시, 소설, 극본 등에 대해서는 문예라는 대표 명사가 붙어있지 않은가? 그러면 시, 소설, 극본 등 예술적 작품은 문학의 일부분이 되는 것이다.

그러하여 문예는 문학이지마는 문학은 문예만은 아니다. 문예만을 문학이라고 하는 것은, 꽃피고 새우는 것만이 봄이라고 하는 것과 마찬가지이다.

꽃피고 새우는 것이 봄이지마는, 봄은 거기에만 그치는 것이 아닐 뿐 아니다. 인생으로서 감정보다 생활이 필요하다면 봄비의 남은 물은 상평(上坪), 하평(下坪)에 실어두고, 밭 갈고 논 갈며 씨 뿌리고 김매는 것이, 사람의 주관으로서 꽃피고 새우는 것보다 더욱 좋은 봄이 아닐까?

— 만해 한용운, 「문예소언」(文藝小言), 『한용운 전집』 1, 196쪽

머리말/프롤로그:
민족문학에서 세계문학까지

그러므로 훈련받은 마음이 처음에는 조금씩 가시적이고 일시적인 것들이 변화하는 것을 배우는 것은 위대하고 미덕의 원천이다. 그리고 나서 나중에 그 마음은 그것들을 모두 뒤에 내버려두고 떠날 수도 있다. 자신의 고향을 아름답다고 생각하는 사람은 <u>아직도 상냥한 초보자</u>이다. 모든 땅을 자신의 고향으로 보는 사람은 <u>이미 강한 사람</u>이다. 그러나 전 세계를 하나의 타향으로 생각하는 사람은 완벽한 사람이다. 상냥한 사람은 이 세계의 <u>한 곳에만 애정을 고정</u>시켰고, 강한 사람은 <u>모든 장소들에 애정을 확장</u>했고, 완벽한 사람은 <u>자신의 고향을 소멸</u>시켰다.

— 위그 드 생빅토르, 『디다스칼리콘』(에드워드 사이드,
『문화와 제국주의』, 김성곤·정정호 역, 564쪽에서 재인용, 밑줄 필자)

1. 들어가며

오늘날 우리는 자본이 앞장선 무자비한 시장주의가 전 세계적으로 확산되고 최첨단 과학기술이 우리 생활 깊숙이 침투해 있는 전 지구화와 지식, 정보, 노동의 교류와 교환이 시공간을 초월하여 일어나는 세계시민주의 시대에 살고 있다. 이러한 쇄신과 변혁의 와중에 대학 지식인들은 새로운 문

물 상황에 적절히 대응하여 그에 어울리는 이론 창출과 실천 전략 수립을 위해서 새롭고 종합적인 현실 분석 방법을 모색할 때이다. 이에 작금의 학문 풍토는 융복합 또는 통섭(統攝)이라는 초학제적인(trans-inter-disciplinary) 요구에 직면해 있다.

따라서 우리는 미래를 제시할 수 있는 새로운 사고방식인 "비교"(比較, comparison)라는 핵심어를 다시 도입해 언어, 문학, 인문, 문화를 아우를 수 있다. 비교라는 말은 진부하고 오래된 용어이고 개념이지만 오늘날 새로운 의미를 부여받고 있다. 비교는 단순히 서로 다른 두 개 이상의 대상을 함께 놓고 견주어보는 것이 아니라, 정태적인 뜻을 넘어 가로지르고(cross, trans-), 넘어서고(beyond), 합쳐보고(hybrid-, co-), 사이(inter-)라는 공간을 만들어내는 다양하고 역동적인 의미를 가지게 되었다. 비교의 기술이 지식산업을 이끄는 핵심으로 등장하고 인간의 삶에 비전과 희망을 제시하는 중심적인 개념이 되었다. 비교가 예술, 미술, 문학을 연결하는 총체적인 용어로 표현되면서 비교 기술에 대한 지식은 능률적이고 분석적인 체계와 토대 위에서 학제적 교육이 되어야 한다는 사실이 강조된다. 비교는 하나의 분야에서 사용하는 언어가 다른 분야로 확대되는 것을 가능하게 한다. 각기 다른 분야의 특이함을 새로운 관점으로 집중하는 것 자체가 비교의 주제이고 인식의 지평을 넓히는 학문이다.

본서의 제1부의 주제인 민족문학 또는 국민문학에 대해 논의를 시작해보자. 서구에서 중세를 지나 르네상스를 거치면서 세계질서와 사유체계가 재도전되기 시작하며 종교개혁, 인본주의, 합리주의, 과학적인 사고, 지리상의 영역 확대, 초기 자본주의 체계의 수립 등으로 소위 근대성(modernity)의 개념이 정착되었다. 근대성의 개념에서 "국가"와 "민족"의 개념이 생겨났다. 특히 보편적 공동 문화 전통은 급속히 국민국가와 민족 중심으로 재편되고 국가 간, 문물 간의 첨예한 경쟁이 시작되고 격렬한 패권 다툼으로 이어졌다. 서구의 문화국수주의는 전 지구적인 식민주의와 제국주의로 발원되었다. 이렇게 민족이나 국가 개념은 근대의 산물이다. 여기에 자본주의가 개입되면서 정치적으로 국가주의가 나오고 문화적으로 일반문학과 문학보다 큰 각 국가의 지역에 문화적 언어적 특수성에 따른 국민문학, 민족문학으로 발전하였다. 이것은 근대 영국 문학의 형성 과정을 보아도 잘 알 수 있다. 17, 18세기 계몽주의에서 영국 문학은 시민사회로서의 국가 정체성 수립과 국민교육의 중요한 수단이 되었고 통일된 표준 영어를 수립하여 영국인으로서의 시민교육을 시키고자 하는 것이 당시 스위프트, 애디슨 등 계몽주의 영국 문인들의 과업이었다. 문학은 이제 하나의 문화자본이 되었다. 윌리엄 셰익스피어는 전 세계를 향한 영국우월주의적인 문화상품이 되었다. 그뿐 아니라 서구중심적 보편주의로 포장되어 6대양 5대주를 통틀어서 인류 최고 최대의 작가로 선포되었다. (물론 셰익스피어의 작품 세계가 전 지구인들이 대체로 수긍할 만한 보편적 인간을 재현한 시인, 극작가라는 개연성 있는 평가는 별도의 문제이다.)

국내에서도 민족문학 논의는 일제강점기가 시작된 20세기로부터 본격화되어 일본의 식민제국주의에 대항하는 주체적인 민족의식을 강화하고 자주적인 민족정신을 수립하고자 했다. 그 이전에는 이씨 조선이 주체적 근대국가로서의 정체성을 얼마나 가지고 있었는지는 분명치 않은 것 같다. 오히려 동북아시아의 한자 문화권 공동체의 한 일원으로 자처하지 않았을까 하는 혐의가 짙다. 그러다 외세에 의해 강제로 독립된 국가로서의 자주권을 빼앗기게 돼서야 좀 과장해서 말한다면, 조선 반도의 구성원들이 한 공동체적 민족으로서 자각과 주체의식이 깨어나게 되었고 그것은 일제에 대항하는 힘을 모으는 데 절대적으로 필요한 이념이 되었다. 일반적으로 일본을 통한 서구의 영향을 받으면서도 서양의 근대성에 토대를 둔 국민국가와 민족주의를 수립하기 시작했고 진정한 의미에서 민족문학을 생산하기 시작했다. 이러한 민족문학 또는 국민문학 논의는 2차 대전 후 남북한에 미국과 소련이 주둔하면서 다시 말해 남북분단 상황 아래서 더 가열차게 논의되었다. 우리 민족의 문화적 원형이 잠재되어 있는 한민족 정신은 부단히 이어져 내려갈 것이다. 그러나 디지털 매체 시대의 도래와 더불어 세계가 확장되어 사람의 이주와 교류, 문물의 이동과 교환이 일상화되고 있는 전 지구화 과정이 심화되었다. 이런 변화된 문화 대변혁의 상황에서 민족문학, 국민문학의 자리는 어디인가?

근대적인 민족의식이 개발된 일제강점기의 평가는 흔히 "식민지 근대화론"과 "식민지 수탈론"으로 나뉜다. 그러나 20세기 초 한반도에서 근대화 과정은 매우 복잡하게 전개됐다. 식민지 근대화론에 대항하는 논리인 "내재적 발전론"이 한창일 때에는 한반도의 근대 정신의 출발점이 영정조 시대까지 거슬러 올라갔다. 이 문제는 아직도 명쾌하게 결론이 난 것이 아니다. 그러나 한반도의 근대화 과정은 복잡계 이론을 들먹여야 할 정도로 결코 단선적이지 않다는 것은 분명하지 않을까? 필자가 국수주의적 민족주의는 21세기적 지구화 시대에 적절한 태도가 아니라고 말한다면 탈근대적 초민족주의 이론으로 우리의 민족주의를 폄하하려 하는 것 아니냐고 비난받을 것이다. 어떤 철부지가 "식근론"(식민지 근대성론)으로 함부로 "내발론"(내재적 발전론)을 비판하겠는가? 이 지점에서 필자는 원로 국문학자이며 평론가인 김흥규의 식근론과 내발론 모두에 대한 이중비판을 소개하고자 한다.

> 우리는 유럽의 역사를 척도로 삼아 여타 지역과 문명의 다양한 시공간을 재단하는 '세계사의 식민화'에서 벗어나야 한다. 방법론적 차원에서 볼 때 한국사의 내재적 발원론은 근대를 향한 가능성의 과잉 추론 때문이 아니라, 위에 지적한 문제의 원좌인 목적론적 근대주의 때문에 더 이상 유지할 만한 가치가 희박하다. 내발론을 비판하며 등장한 단층적 근대성론 역시 다른 방식으로 근대에 특권적 지위를 부여함으로써 역사 이해를 일면화했다.
> 이런 비판 위에서 내가 제안하는 것은 '근대'와 '중세'를 더 이상 유효한 실체적 역사 단위로서 인정하지 않는 일이다. (『근대의 특권화를 넘어서』, 19쪽)

김흥규는 한국의 근대화라는 문화연구 담론에서 "복잡한 화음"과 "위태로운 균형"을 감지하여 "이런 다성적 국면에 속한 개별 선율들의 특성과 그들 사이의 협상, 긴장, 어긋남 등을 포착하지 못한다면 문화 현상에 대한 도 맷금의 이해란 졸렬한 평균치에 불과하다"(238쪽)고 언명한다. 민족문학 공 부와 세계문학 공부의 올바른 관계 선정에도 김흥규의 인식 방식은 커다란 시사점을 줄 것이다.

현재 문학 연구에서 크게 부상하고 있는 세계문학 담론의 선두주자의 한 사람인 미국의 비교문학자 데이비드 댐로쉬는 세계문학을 3단계로 정의하 는바, 그 첫 번째 단계 정의로 "세계문학은 민족문학의 타원형적인 굴절이 다"(*What is World Literature?*, 281쪽)라고 제안한다. 댐로쉬는 세계문학과 민 족문학의 관계에 대해 "민족적이란 말을 넓게 이해하면서 우리는 작품들이 세계문학 속으로 유통된 뒤에도 민족적 원류의 표시를 계속 지닌다. 그러나 이러한 흔적들은 점차 분산되어 한 작품이 고국을 떠나 멀리 여행하는 동안 좀 더 첨예하게 굴절된다고 말할 수 있다"(283쪽)라고 말하고 있다. 세계문 학은 서로 다른 문화들 간의 타협의 공간이므로 민족문학과 세계문학은 그 중성 속에서 상보적인 관계를 가질 수밖에 없을 것이다. 지방성이 완전히 배제된 문학이 어떻게 가능한 것인가? 각 작품들이 세계를 여행할 때 보여 주는 타자성 자체가 역설적이게도 세계문학 속에 내재된 공감을 이끌어내 는 가치이다.

2. 비교의 문화윤리학

본서의 제2부의 주제인 "비교"에 대해 더 논의해보자.

'비교'는 다문화와 세계화 시대의 핵심어가 되었다. 비교라는 개념은 비 록 해묵은 것이나 최근에 새로운 의미 부여로 또다시 방법론적 주목을 받고 있다. 비교한국학, 비교문예학, 동서 비교문학, 비교시학, 비교시평, 비교비 평, 비교문화연구 등 비교라는 말은 문화와 학문의 영역에서 이미 과소비되 고 있다. 21세기의 새로운 지구문화윤리학으로서 비교학(comparative stud-ies)은 "세방화"(世方化, glocalization)의 문화정치학적 전략이다.

우선 비교는 차이에 대한 인식을 통한 주체의 정체성 정립의 기초이며 타자에 대한 이해의 시작이다. 우열의 문제가 아니라 차이의 문제인 것이다. 비교는 억압이나 비판을 위한 것이 아니라 대화와 협상을 위한 것이다. 비교는 또한 단순화(단성적)가 아니라 복합화(다성적)이다. 비교는 영향 관계 문제만이 아닌 가치 창조의 문제이다. 비교는 결코 정태적인 것이 아니라 역동적인 것이다. 비교는 중심이나 주변부 지대가 아니라 '중간 지대'에 속해 있다. '중간'은 비활성 공간이 아니라 치열한 교환의 장소이다. 비교는 처음이나 끝이 아니라 중간이다. 비교는 공모가 아니라 위반이다. 비교는 결과가 아니라 과정이며, 비교는 점(占)이 아니라 선(線)이다. 비교는 위계적인 것이 아니라 수평적이다. 비교는 정착과 정주가 아니라 이동과 이주(유목)이다. 비교는 정지가 아니라 출발이다.

그러나 무엇보다 비교는 순수의 선언이 아니라 융합의 선언이다. 비교(문학)의 문화정치학은 혼종성을 문학에 접속시키는 일이다. 비교에 대한 새로운 개념 구성과 특별한 의미 부여의 목적은 결국 경계선 가로지르기와 방법적 세로지르기를 통한 전 지구화 문화의 통섭성과 다양성의 가치를 담보해내는 것이다.

세계화 시대의 인문 지식인들은 이제 모두 비교학자(comparativist)가 되어야 한다. '인문학의 위기'의 시대에 '비교학'은 새로운 돌파구를 마련할 수 있다. 인문학의 학문 간 경계를 허물고 상호 침투하는 횡방법적 접근은 달려가고 있는, 아니 초음속으로 달려가는 현실 상황에 대한 복합적인 분석틀을 제공해줄 수 있다. 소수자 담론, 영상학, 번역학, 환경생태학, 사이버학, 문화이론, 문화연구 등이 그 가능성의 일부이다. 위기는 급변하는 문물 상황에 대한 분석과 대응책을 적절한 시기에 제시하지 못하는 데서 온다. 학문 공동체로서 비교(문화)학은 새로운 문제틀과 분석 도구를 제시할 수 있다. 우리가 학문 연구에서 맹목적인 민족적 국수주의와 서구추구주의적 세계주의 모두를 극복하며 새로운 독창적 방법론을 창출하고 수립하기 위해서는 무엇보다도 "비교학적 상상력"을 작동시켜야 할 것이다. 통섭의 1차 단계는 서로간의 비교이다. 비교는 상호 연계적이고 상호 침투적이다. 통섭과 비교의 궁극적인 목표는 새로운 제3의 사이 공간, 다시 말해 '중간'을 창출하는 것이다. 시공간적으로 '중간'에서 우리는 섞음의 미학과 퍼뜨림의 정치학을 모두 실천할 수 있으며, 21세기를 위한 위반과 전복, 그리고 대안의 논리를 개발할 수 있을 것이다.

3. 비교세계문학의 토대로서의 번역

본서 제3부에서 다루는 비교문학과 세계문학의 논의에서 핵심적인 요소가 바로 "번역" 문제이다. "모든 번역은 반역"이라는 말에서 알 수 있듯이 완전한 번역은 본질상 불가능할 것이다. 그래서 문학 연구는 원전으로 해야 한다는 일종의 순수주의자들이 있다. 모든 세계문학을 원어로 읽어낼 수 있다면 얼마나 좋을까? 이것은 한 개인으로 볼 때 거의 불가능한 일이다. 따라서 번역이란 매개 없는 비교문학 공부와 세계문학 공부가 불가능하다. 번역은 문화와 문학의 소통과 유통, 이동과 이주의 최고의 수단이다. 번역의 언어들인 원천 언어와 목표 언어는 각기 주인 언어와 손님 언어가 되어 환대의 정신과 감사의 마음으로 그 관계가 일방적이 아닌 극도로 상보적이 될 경우 모국 문학이 세계문학으로 편입하는 통로가 되고, 세계문학이 모국 문학을 돕는 이웃이 될 수 있다.

한민족의 원초적인 토속성 즉 한국인의 원형을 재현하려고 노력했던 소설가 김동리는 민족문학이 인간주의 문학이라고 선언하면서 자신의 민족문학론을 다음과 같이 개진하였다.

> 한국의 진정한 민족문학은 곧 세계문학이어야 한다. 따라서 우리가 한국인의 원형을 한국적인 풍토나 특성을 실물로서만 생각해서는 안 된다. 한국적인 특성이 농후하면 농후할수록 그만큼 인간성 자체가 보편성을 띠어야 한다. 개인성, 민족성, 그것은 곧 보편성을 바탕으로 한 것이 아니면 무

의미한 것이다. 가장 개인적이며 가장 민족적인 동시에 가장 보편적인 성격의 창조, 이것이 곧 한국 민족문학이 목표로 하는 한국인의 원형인 것이다."(『민족문학과 한국인상』, 12쪽)

　　가장 민족적인 것이 가장 세계적이라는 말을 소설문학에서 실천했던 문인이 바로 김동리였다. 그는 "한국인의 전형"을 그림으로써 세계문학으로 나아가고자 했다.

　　여기에서 약간 다른 맥락에서 일본의 사상가 가라타니 고진을 통해 번역의 중요성을 다시 생각해보자. 일본 근대 초기 문학 번역가인 후타바테이 시메이(二葉停四謎)에 관한 글의 부제는 "일본 근대문학의 기원으로서의 번역"이라 붙였다. 가라타니가 높이 평가한 시메이는 외국 문학을 일본어로 "번역"하는 작업 속에서 일본의 근대언어를 만들었다고 보았고 결국 이것은 일본 근대문학의 기원이 되었다고 보았다. 이것은 마치 16세기 종교개혁가 마틴 루터가 라틴어로 된 『성서』를 모국어인 독일어로 원문에 충실하게 축어적 번역함으로써 근대 표준 독일어를 생성시킨 것과 같은 이치라고 설명하고 있다. 또한 이것은 발터 벤야민이 「번역가의 사명」에서 인용한 루돌프 팔비츠의 말 "번역가는 자국어를 외국어를 통해 확대, 심화시키지 않으면 안 된다"는 것과 통한다(『근대문학의 종언』, 20쪽에서 재인용). 벤야민 자신도 "이질적인 언어의 내부에 사로잡혀 꼼짝 못하는 순수 언어를 자신의 언어 속에서 구제하는 것, 작품 안에 갇힌 말을 개작 속에서 해방시키는 것이 바로 번역자의 사명이다. 이 사명을 위해 번역가는 자기 언어의 썩은 울타리를 파괴한다. 그렇게 하여 루터는 독일어의 한계를 확대한 것이다"(앞의 책, 20~22쪽에서 재인용)라고 선언하였다. 우리는 외국어의 번역을 통해 모국어가 더 풍부해지고 확장되어 거듭 태어날 수 있다는 것을 알 수 있다.

　　여기에서 다시 댐로쉬의 세계문학 정의의 두 번째 범주인 "세계문학은 번역 속에서 성장하는 글쓰기이다"(댐로쉬 앞의 책, 281쪽)라는 말로 돌아가보

자. 번역은 모국어가 거듭나는 것은 물론 세계문학을 생성시킨다. 넓은 의미로 번역이란 모방, 번안, 개작(改作), 변형, 전유, 재창조의 의미를 가진다. 세방화(貰房化, glocalization) 시대의 문학 연구자들은 번역이라는 이름의 전신 갑주를 입어야 한다. 이것이 우리 시대의 번역이 궁극적으로 중요해지는 이유이다. 문제는 다양한 언어권의 좋은 문학 번역가를 훈련시켜 양성시키는 일이다. 이것은 어떤 개인이나 기관의 문제가 아니라 한 국가의 문제이다. 한국문학이 세계문학의 무대에서 아직도 주목을 많이 받지 못하는 이유 중에 하나가 단순히 좋은 번역이 아닌 탁월한 최고 수준의 번역의 부재 때문이다. 번역은 우리 일상생활에서의 전기와 같은 것이어서 양질의 번역이 끊기면 문학적 소통, 교류, 이동은 즉시 불가능해진다.

국내에서 한국문학의 세계화에 큰 관심을 가졌던 백철도 1970년에 번역의 중요성에 관해 다음과 같이 설명한 바 있다.

> 우리 한국문학과 같이 암만 해도 우리 문학과 선진한 문학과의 연관이 되어 있지 않을 때는 이쪽에서 우리 문학과 세계문학 사이에 통로를 개척할 노력을 기울일 필요도 생긴다. … 문학작품은 음악이나 미술과 같이 직접 시청각에 호소하는 미디어와 다른 언어예술이기 때문에 작품 진출에 이중의 작업, 즉 번역이 돼야 하는데 그 번역이라는 것이 문학작품인 경우에는 창작에 못지않게 그 수준과 기술에 문제점이 큰 것이다. 오늘 우리 문학의 세계 진출과 함께 번역 문제가 시급한 과제로 당면되어 있는 것은 그 때문이다." (「민족문학과 세계성」, 17쪽)

'번역'이라는 최고의 문화 소통 장치가 없다면, 외국 문학, 비교문학, 세계문학의 읽기와 연구는 거의 불가능하고 민족문학의 경우도 그 영역이 현저히 축소되고 다양성도 약화될 것이다.

4. 세계문학론을 향하여

본서의 제4부를 구성하고 있는 세계문학의 의미에 대해 정리해보자. 앞서 언급했던 데이비드 댐로쉬의 세계문학 정의의 세 번째를 살펴보자.

> 세계문학은 텍스트들의 확정된 정전이 아니라 읽기(독서)의 한 양식이다.
> 다시 말해 우리 자신의 공간과 시간을 넘어서 있는 세계들과의 초연한 참여
> 의 한 형태이다. (댐로쉬, 앞의 책, 281쪽)

우리 시대의 대표적인 세계문학 담론 이론가인 댐로쉬에 따르면 세계문학이란 우리가 통념적으로 생각하는 옛부터 전해 내려오는 명작들의 정전 텍스트의 목록이 아니라 세계 곳곳에 있는 독자들의 독서하는 양식에 의해 다양하게 결정된다는 것이다. 다시 말해 독자 자신이 살고 있는 시공간을 넘는 세계들에 편견 없이 공평무사한 자세로 참여하는 방식이라는 것이다. 특정 지역의 독자들의 우월, 배타, 편견, 억압 착취 등의 비대칭적인 인식이나 감정을 벗어나 전 지구적인 공감, 이해, 균형, 관용의 정신과 자세로 5대양 6대주의 다양한 문학을 읽는 형식이다. 우리가 실제로 이러한 초연한 성품이나 마음가짐을 가진다는 것은 결코 쉬운 일이 아니다. 우리는 대체로 어떤 특정한 이념이나 욕망에 사로잡힌 부족하고 한계지어진 존재들이 아닌가? 그러나 편견 없는 공평무사한 이념을 가지는 것은 훌륭한 세계문학의 독자가 되기 위해서는 지불해야 하는 최소한의 수양의 노력이다.

사실상, "세계문학"이란 말을 유럽이 아직도 국가주의와 민족주의에 천착해 있던 때 논의한 사람은 근대 독일 문학의 창시자인 요한 볼프강 폰 괴테였다. 괴테는 자신의 작품이 프랑스에서 번역되어 읽히는 것에 고무되고 또한 자신이 당시 중국 소설을 읽고 있던 중에 생각해낸 것이 세계문학(weltlrteratur)이었다. 그는 제자 요한 에커만과의 1827년 1월 31일자 대담에서 다음과 같이 언명하였다.

시는 인류의 공유재산이라는 것, 또한 어느 시대 어디에서도 수없이 많은 인간들이 있는 곳에서 탄생하고 있다는 것을 나는 요사이 더욱더 확실하게 깨닫게 된다네. … 그러나 사실 우리 독일인들은 우리 자신의 환경과 같은 좁은 시야에서 빠져나가지 못하면 아주 쉽게 현학적인 자만에 빠지게 되지. 그러므로 나는 즐겨 다른 나라 국민에게 눈을 돌리고 있고, 또 누구에게나 그렇게 할 것을 권하고 있어. 오늘날에는 국민문학이란 것이 큰 의미가 없어. 이제 세계문학의 시대가 시작되고 있지. 그러므로 우리 각자는 이런 시대의 도래 촉진을 위해 노력을 다하지 않으면 안 되네. … (『괴테와의 대화』, 233쪽)

3년 뒤인 1830년에 괴테는 영국의 문인 토머스 칼라일이 쓴 『실러의 생애』에 서문을 쓰는 자리에서 보편적 세계문학에 대해 다시 한 번 언급하였다.

벌써 얼마 전부터 보편적 세계문학이 논의되고 있는데, 이것은 조금도 이상할 것이 없다. 왜냐하면 두렵기 짝이 없는 전쟁의 와중에서 마구 뒤섞이고 온통 뒤흔들렸다가는 다시금 개별적 자기 자신으로 환원된 모든 나라들의 국민들은 그들 자신이 많은 낯선 것을 인지하여 그것을 자신 속에 받아들이게 되었고 이곳저곳에서 지금까지는 느끼지 못하던 정신적 욕구들을 느끼게 된 사실을 새삼 깨닫지 않을 수 없게 되었기 때문이다. 이런 체험으로부터 이웃과의 관계에 대한 감정이 우러났으며, 정신도 지금까지처럼 문을 닫고 지내는 대신에, 다소간의 자유로운 정신적 교류 속에 함께 어울리고 싶은 욕구를 차츰차츰 느끼게 된 것이다. (『문학론』, 257쪽)

괴테는 당대를 유럽의 경우 프랑스인, 영국인, 독일인 사이의 교류가 긴밀해져 서로 보완할 수 있는 시대라고 규정짓고 세계문학의 출현과 그 발전에 일대 이익을 가져올 것이라고 예언하였다. 물론 당시 괴테가 오늘날과 같은 전 세계 문학들의 교류를 주장한 것은 아니지만 고전주의자이며 동시에 낭만주의자였던 대문호 괴테가 던진 이 화두는 그 후 세계문학의 논의의 장에서 하나의 선언문이 되었다. 괴테는 이론과 사상에서뿐 아니라 『파우스트』를 비롯한 많은 장르 문학을 창작한 진정한 세계문학가였다.

얼마 후에 칼 마르크스는 프리드리히 엥겔스와 함께 쓴 『공산당 선언』 (1848)에서 자본이 이동하고 무역이 빈번한 세계화 경제 체제 안에서 "모든 견고한 것은 대기 속으로 녹아버린다"고 선언하고 국민문학이나 민족문학 은 더 이상 존재할 수 없음을 다음과 같이 언명하고 있다.

> 부르주아지는 세계시장을 착취함으로써 모든 나라에서 생산과 소비에 범세계적인 성격을 부여했다. 반동들에게는 매우 분한 일이었지만, 부르주아지는 공업의 발아래에서 그것이 딛고 서 있는 민족적 기반을 파내어버렸다. 예로부터 확립된 모든 민족 공업이 이미 파괴되었거나 매일 파괴되고 있다. 이 민족 공업은 모든 문명국이 사활을 걸고 도입하게 된 새로운 공업, 곧 더 이상 국내 원료가 아니라 가장 먼 지역에서 끌어온 원료를 가공하고 그 생산물이 본국에서는 물론 지구의 모든 지역에서 소비되는 그런 공업에 쫓겨나고 있다. 국산품으로 충족되던 옛 욕구 대신, 우리는 새로운 욕구를 발견하며, 그것을 충족시키기 위해 멀리 떨어져 있는 토지와 풍토의 생산물을 필요로 한다. 옛날의 지역적·민족적 은둔과 자족 대신, 우리는 모든 방향으로의 교통, 민족의 보편적 상호 의존을 가지게 된다. 그리고 이것은 물질적 생산에서 그렇듯이 정신적 생산에서도 그렇다. 개별 민족의 지적 창조물은 공동재산이 된다. 민족적 일면성과 편협함은 점점 더 불가능해지고 수많은 민족적 지역적 문학으로부터 하나의 세계문학이 등장한다. (『공산당 선언』, 232~233쪽)

정치경제학자였던 마르크스는 언어와 문학에도 깊은 관심을 가진 고전학자, 문헌학자의 재능을 가지고 있었다.

논의의 무대를 마르크스 이후 100년도 훨씬 지난 1970년대 초 한국으로 옮겨보자. 당대 원로 국문학과 교수였고 최고의 평론가였던 백철은 "세계성"의 맥락 속에서 민족문학론을 전개하였다.

민족문학이란 그저 좁은 의미에서 자기 전통의 토양에서만 생성, 발전될 수 있는 것이 아니고, 동시에 그것은 밖으로 세계문학의 질과 수준과의 상호 연관 속에서만 커지고 풍요한 것이 될 수 있다는 것은 독자들이 너무나 잘 알고 있는 당연한 민족문학론이 되어야겠다. … 결국 민족문학은 그 전통의 날과 세계문학의 씨와의 연결 조합의 얽혀진 조직으로 형성되는 것이 부인할 수 없는 명백한 사실이다. … 민족문학은 동시에 세계문학과 통한다는 것이 당위의 논리일 것이다. … 진실로 민족적인 문학이면 동시에 세계문학성을 책동하는 필연성 같은 것을 갖고 있다. (「민족문학과 세계성」, 16~17쪽)

지금까지 개략적인 논의에서 네 개의 "핵심어"가 분명해졌다. 그것은 "민족문학"(국민문학), "비교문학", "번역"(문학), "세계문학"이다. 21세기 현 단계에서 필자가 믿기로는 어느 시대나 어느 지역의 문학을 읽거나 논의하더라도 이 네 가지 요소들이 상호 침투적으로 그리고 상보적으로 연계되어 있음을 알 수 있다. 이 관계는 아래 도표로 표시할 수 있다.

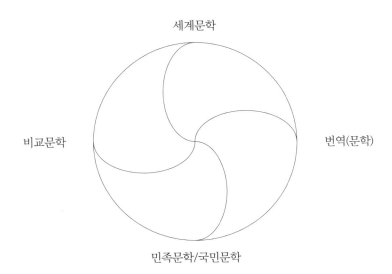

세계문학

비교문학

번역(문학)

민족문학/국민문학

여기서 원은 문학을 가리킨다. 바퀴나 굴렁쇠처럼 쉽게 여기저기 이동할 수 있다. 두 개의 살은 네 개의 핵심어와 연결되어 있고 살은 직선이 아니라 곡선으로 연계되어 있다. 이것은 네 개의 핵심축이 서로 유연하게 상호 침투하면서 바퀴 자체를 굴러가도록 작동하는 동원(動原, prima mobile)이 되기 때문이다.

모든 문학은 어느 한 지역의 한 종족의 언어로 된 민족문학이 토대가 된다. 모든 민족문학은 그 특수성, 지방성에도 불구하고 문학 아닌 인간적인 진실을 재현하고 표현하는 문제 예술이기에 세계문학의 무대에서 하나의 인류 "공동 광장"을 만들 수 있다. 민족문학은 비교 과정과 번역 작업과 협력하고 유연성 있게 굴절되어 세계문학과 관계를 맺는다. 민족문학과 비교문학은 새로운 관계 정립을 할 수 있고, 번역을 통해 민족문학은 세계로 나아가고 유통의 길을 마련하게 된다. 번역은 비교문학의 가장 중요한 요소이다. 어떤 형태든 번역 없이 두 개 또는 그 이상을 비교하는 것은 거의 불가능하다. 세계문학도 번역이 마련해주는 길을 따라 움직일 수 있다. 따라서 문학 연구에서 이 네 가지 핵심어는 4원소처럼 또는 4계절처럼 또는 4방위처럼 서로 교차되고 순화되는 하나의 큰 원을 만드는 핵심 구성요소가 된다.

본서를 필자는 위의 네 개의 핵심어를 중심으로 모두 네 개의 부분으로 나누었다. 각 부분에는 관련된 글들을 모았으나 작위적인 느낌을 지울 수 없다. 여기에 실린 글들은 지난 20여 년간 쓰여진 것으로 시기적으로도 편차가 심하고 글의 형식도 고르지 못하다. 정식 학술논문뿐 아니라 보고서, 단순 요약문, 서평 등도 포함되어 있다. 출처도 학술논문집에서, 문예지에서, 절판된 졸저 등에서 다양하게 가져왔다. 불협화음 속에서도 부조화의 조화를 기대해보지만 염치없는 일인 듯하다. 나의 공부의 관심 분야는 영문학과 비평으로부터 출발하여 한국문학, 비교문학 그리고 번역에 관한 관심으로 확대되었고 지금의 세계문학에 대한 관심까지 잡다하게 가지 뻗기를 한 것 같다. 그럼에도 불구하고 21세기 글로컬 시대의 동서양 문학 공부와 연구는 민족문학에서 비교문학을 통해 세계문학과의 관계 맺기의 방향으로 나가야 한다는 필자의 믿음이 조금이나마 독자들에게 전달되기를 겸손하게 바라고 싶다.

2014. 11. 23

남산과 북한산 그리고 한강이 보이는

흑석 캠퍼스에서 마지막 가을을 보내며

지은이 씀

차례

제2부 비교문학, 비교비평, 비교미학
― 새로운 문학/비평 이론을 위하여

차례

제4부 세계문학, 일반문학, 보편문학
— 글로컬 시대의 지구문학을 향하여

차례

제 1 부

국민문학, 민족문학, 소수문학

― 종족과 지역문학을 넘어서기 위하여

1장 볼테르와 괴테가 본 영문학

— 영문학 정체성 탐구 시론

1. 서론——18세기 유럽에서 영문학의 위상

영문학이란 무엇인가?

영문학은 유럽의 다른 문학인 불문학이나 독문학과 얼마나 다른가? 문학이라는 보편성을 제외한다면 그들 문학과는 어떤 변별적 특징을 가지는가? 나아가 우리가 살고 있는 동북아시아의 한국 문학, 중국 문학, 일본 문학과는 어떻게 다른가? 이러한 비교체계문학적인 질문들이 이 필자의 출발점이다. 지난 40년 가까이 영문학을 읽고 공부하고 가르치면서 필자는 영문학이 다른 문학과 구별되는 특징은 무엇인가에 대해 끊임없이 성찰하였다. 그러나 영문학만이 가질 수 있는 특징들 또는 장단점에 대해 만족할 만한 답을 얻기가 쉽지 않았다. 한참 후 필자는 영문학만을 읽어서는 올바른 접근 방법이 될 수 없다는 것을 깨닫기 시작하였다. 영문학의 정체성을 제대로 알기 위해서는 역설적으로 다른 나라 문학도 읽고 알아야 했다. 다른 것들과의 비교와 대조 없이 어떻게 그 차이점을 볼 수 있겠는가? 어느 한 국가의 국민문학을 올바르게 이해하려면 "비교세계문학적"인 시각이 필요하다. 여기서 비교세계문학적이란 말은 우선 한 나라의 문학과 그 인접 국가 또는 다른 국가의 문학을 서로 비교·대조하여 그 차이점과 유사점을 준별해내고 그런 다음 한 나라의 국민문학에 대해 보편적 구조를 가진 전 지구적인 차원의 일반문학 또는 세계문학적인 차원에서 논의를 수행하는 작업이다.

영문학의 기원과 생성은 "영어"라는 언어 자체의 생성 과정과 깊은 관련성이 있다. 5세기경 영국에 정착한 유럽 북방계 게르만 족의 앵글로색슨족 언어(고대 영어)가 프랑스 서북부 노르망디 지방에 살았던 프랑스에 동화된 바이킹족의 후예들이 영국에 침입한 1066년의 "노르만족의 정복"(Norman Conquest) 이후에 라틴계 프랑스어와 결합하여 중세 영어(Middle English)가 생성되었다. 이때부터 영어는 독일어와 프랑스어가 결합된 혼합어가 되었다. 19세기 미국의 대표적 철학가이며 작가인 랠프 월도 에머슨(Ralph Waldo Emerson, 1803~1882)은 영국을 방문한 후 1850년에 펴낸 『영국의 특징』 (*English Traits*)에서 이러한 게르만계와 라틴계의 두 특질의 결합과 혼합을 영국적 특징과 의식의 토대로 보았고 색슨어를 "남성적 원리"(male principle), 라틴어를 "여성적 원리"(female principle)로 보기도 했다(Emerson, 896쪽).

영문학은 색슨계와 라틴계의 토대뿐 아니라 원래 기원전부터 잉글랜드 지방에 정착하여 살던 신비적이고 낭만적인 켈트족(Celts)의 문학 전통[1]과 그리스 로마 문학으로부터 심대한 영향을 받았으며 기독교의 영향으로 들어온 이른바 『성경』을 중심으로 한 헤브라이즘 문학 전통도 영문학의 매우 중요한 배경이다. 어떤 의미에서 유럽 대륙에서 서쪽으로 떨어져 있는 영국 섬나라의 문학은 태생적으로 혼합 및 융합의 역사로, 영문학의 특징으로 자국민 사이에서도 운위되고 있는 요소들은 역동성, 다양성, 복합성이다. 영문학은 앵글로색슨의 북방계와 그리스, 로마, 프랑스 남방계의 음양적 결합 위에서 영국과 아일랜드 섬 고유의 켈트적 · 토착적 전통과 멀리 근동지역의 유대 성서적 전통까지 4겹의 비전이 아우르는 다양한 복합체이다.

영문학은 영어라는 복합 언어 자체의 다양성(숙어라는 다양한 조어법)과

---

1) 이에 대한 자세한 논의는 18세기 프랑스의 비평가 르낭(Joseph Ernest Renan, 1823~1892)의 「켈트족의 시가」와 19세기 영국의 비평가 매슈 아널드(Matthew Arnold, 1822~1888)의 「켈트 문학 연구론」("On the Study of Celtic Literature") 참조.

역동성(어휘 억양과 문장의 음조)뿐 아니라 내부(켈트 전통과 앵글로색슨 전통)와 주변(그리스 로마 전통과 헤브라이즘)의 문학 전통의 대립, 균형, 조화의 과정에서 생겨났으며 영국 자체의 기후, 풍토적 요소도 무시할 수 없다. 영국의 대지는 북부 스코틀랜드의 일부를 제외하고는 대부분 완만한 구릉과 잔디가 깔린 녹지대로 구성되어 있다. 영국의 기후는 남쪽으로 따뜻한 멕시코 만류와 북쪽으로 차가운 북해가 만나서 극심한 무더위나 추위가 없이 비교적 온화한 편이다. 영국의 입헌군주제라는 정치제도도 군주(왕)와 의회(귀족 및 평민)의 권력의 상호 "견제와 균형"(balance and check) 속에서 세계 최초로 독특한 의회 민주주의를 발전시켰다. 영국의 정치는 혁명(진보)과 반혁명(보수)의 끊임없는 대화의 공론장이다. 영국의 철학은 어떠한가? 영국의 국민 철학인 경험주의(empiricism)는 이론이나 지식체계를 만드는데 인간 내부의 사유 능력인 이성만이 아니라 감각도 동시에 작동시킨다. 경험주의는 프랑스식의 이성주의(rationalism)나 독일식의 관념주의(idealism)를 타고 넘어간다. 영국인들은 인간의 내부의식 안에서만 사유력을 작동시키지 않고 인간의 외부와 연결되어 우리의 감각기관도 동시에 추동시켜 구심적 사유와 원심적 사유를 복합적으로 상호 작동시킨다. 영국의 종교 또한 견제와 균형의 전형적인 양식이다. 성공회(Episcopalism)로 불리는 영국 국교(Church of England)는 16세기에 헨리 8세가 로마 가톨릭과 개신교(Protestantism)를 혼합하여 만든 중간적 기독교 형태의 하나이다. 영국적인 모든 것은 대지와 기후, 언어와 문학, 정치와 종교 등 견제와 균형의 산물이며 언제나 극단적인 것을 피하고 중간 지대를 추구한다. 그러나 이러한 중간 지대라고 해서 정태적이거나 무질서하지 않다. 중간 지대에서 영국인들은 오히려 더 역동적이고 다양해질 수 있었다. 영국인들의 국민성(national character)에 대한 이와 같은 논의는 지나친 일반화의 위험이 있기 때문에 좀 더 정치한 심층적 관찰과 폭넓은 증명과정이 필요할 것이다.

이 장에서 필자는 영문학의 정체성 탐구라는 목표를 위해 다른 나라와는 매우 다른 독특한 역사와 문화 전통을 가진 영문학을 내부인이 아니라 외부인(타자)들이 영문학을 어떻게 읽고 평가했는가를 살피고자 한다. 우리 존재의 의미는 항상 내부에서만 결정되는 것이 아니라 외부에 의해서도 드러나기 때문이다. 타자는 이미 언제나 주체(자아)를 비추는 거울이다. 타자는 주체의 무의식이다. 비교는 주체와 타자의 동일성과 차이성을 구별해낸다. 차이성을 밝히는 것은 우열을 가리거나 위계질서를 만들기 위한 것이 아니라 상호 간 차이를 존중하고 가치화하기 위함이다. 바로 이것이 비교학 (comparative studies)이 의미를 가지는 이유이다. 타자와의 차이를 통해 우리는 우리의 진정한 정체성을 수립할 수 있기 때문이다.

이제 좀 더 거시적인 문화적 맥락에서 영문학의 연구와 교육의 영역에서 비교학을 개입시켜보자. 만시지탄의 감은 있으나 지금까지 우리는 영문학의 영역 안에서만 맴돌지 않았는지 반성해본다. 영문학을 공간적으로 다른 유럽 국가들과 견주어보고 나아가 동아시아와 한국에서의 영향과 의미를 살핀 다음 시간적으로도 영문학의 배경이 되는 그리스 로마 문화 전통과 유대 문화 전통(성서)과도 관련시키고 미래 한국 사회에서 영문학의 기능과 역할을 사유하는 것이 필요할 것이다. 이러한 시공간을 아우르는 비교학적 상상력을 작동시키는 것은 세계시민주의 시대의 새로운 문화윤리학의 전략이 될 것이다. 본 논문은 그 구체적 작업으로 우선 프랑스의 볼테르(Voltaire, 1694~1778. 본명은 François-Marie Arouet)와 괴테(Johann Wolfgang von Goethe, 1749~1832)의 영문학에 대한 견해를 살필 것이다.

2. 볼테르와 영문학

볼테르는 1726년부터 1729년까지 약 3년간 본의 아니게 영국에서 망명 생활을 하게 되었다.[2] 1726년 어느 귀족에게 모욕을 당한 볼테르는 보상을

---

2) 볼테르의 영국 망명 생활에 관한 자세한 논의는 탈렌타이어(Tallentyre)의 책 제5장, 48~59쪽 참조.

요구하고 결투까지 신청하였다. 그러나 그 귀족 가문은 당시 루이 15세로부터 적대적인 사람들을 감옥에 보낼 수 있는 허가증을 받고 있었기에 볼테르는 바스티유 감옥에 정식 재판도 없이 투옥되었다. 영국으로 추방되어 귀양생활을 하겠다고 자청하여 당국의 허락을 받은 볼테르는 영국에서 당시 각 방면의 명사들을 많이 만나고 문학작품들을 비롯하여 많은 저작을 읽었으며 영국 사회와 문화를 면밀하게 관찰할 기회를 가질 수 있었다. 볼테르는 18세기 초 프랑스에는 없었던 각 영역에서 보이는 관용, 정의, 자유, 인간주의에 깊은 감명을 받았으며, 프랑스 루이 왕가의 절대왕정에 비해 대화와 타협이 가능한 영국의 입헌군주제를 체험했고 프랑스 가톨릭교의 불관용에 비해 영국 국교의 종교적 관용과 사상과 언론의 자유를 경험하였다. 볼테르는 특히 자연과학자 뉴턴(Isaac Newton, 1642~1727)의 과학사상에 심취하여 큰 영향을 받아 뉴턴에 관한 책인 『뉴턴 철학의 요소』(*Elements of Newton's Philosophy*)를 저술했고 뉴턴의 광학 이론과 중력 이론을 수용하였으며 뉴턴의 장례식에도 참석하였다. 뉴턴이 보여준 영국 경험주의에서 강조하는 관찰(observation)과 실험(experiment)을 받아들였고 영국에서 문인과 과학자를 우대하는 정책도 부러워하였다. 영국 경험주의 철학의 이론적 토대를 마련한 존 로크(John Locke, 1632~1704)를 "형이상학의 헤라클레스"라고 부르며 존경했다(Voltaire, *Lettres Choisies*, 67쪽).[3]

무엇보다 볼테르는 문인으로서 당시 유럽 대륙에서 많이 알려지지 않았던 셰익스피어와 18세기 초 당시까지의 영국 신고전주의 작가들에 관심을 가지고 글을 남길 마음을 먹었다. 볼테르는 당시 프랑스 신고전주의자로 극작에서 3일치 법칙 등과 같은 엄격한 문학적 규율을 믿고 있었으므로 셰익스피어가 프랑스에서 금과옥조처럼 생각하는 3일치 법칙을 따르지 않은 자유분방함을 비난하였다. 그러나 셰익스피어의 천재성과 극의 우수성을 인

---

[3] 볼테르의 영문학에 대한 전반적인 논의를 위해서는 라운즈베리(Lounsbury)의 책 제2장, 17~40쪽 참조.

정하여 당시 좀 더 세련되었으나 무대에서 행동이 별로 없는, 즉 역동적이
지 못한 극을 쓰던 프랑스 작가들이 배울 점을 추천하기도 했다. 볼테르는
프랑스로 돌아온 뒤 메모 상태였던 자료를 정리하여 1733년 영어판, 1734
년 프랑스어판으로 『철학 서한』(*Lettres Philosophiques*)을 출간하였다.

이제부터 볼테르의 셰익스피어와 영국 시인, 작가들에 대한 견해를 살펴
보자. 『철학 서한』의 제18서한에서 볼테르는 영국 비극(tragedy)을 논한다.
여기에서 주인공은 단연 윌리엄 셰익스피어(William Shakespeare, 1564~
1616)이다.[4] 어떤 의미에서 프랑스에 아니 유럽 대륙에 셰익스피어를 처음
소개한 사람은 바로 볼테르였다. 우선 그의 말을 들어보자.

> 프랑스 사람들이 이동무대만 가지고 있을 때 영국 사람들은 이미 스페인
> 사람들과 마찬가지로 훌륭한 극장을 가지고 있었다. 영국 사람들에게 있어
> 코르네이유(Corneille)로 통하던 셰익스피어는 … 연극을 창조하였다. 그는
> 활력과 풍부한 창작력으로 가득 찬 재능을 가지고 있었으며, 고상한 취미가
> 조금도 번득이지도 않고 창작법을 조금도 모르면서도 자연스러움과 숭고
> 함으로 가득 찬 재능을 가지고 있었다. 한 가지 무모하지만 사실인 것을 말
> 하고자 한다. 그것은 이 작가의 장점이 영국의 연극을 망치게 했다는 사실
> 이다. 그의 비극이라고 불리어지는 거친 소극 속에 펼쳐진 그토록 아름다운
> 장면들, 그토록 위대하고도 무시무시한 부분들이 있기 때문에 이 작품들이
> 굉장히 성공적으로 상연되어왔다. 인간의 명성을 만들어주는 유일한 것인
> 시간이 지남에 따라 결국에는 그 작품들의 결점을 존경할 만한 것으로 만들
> 어주었다. 이 작가의 이상스럽고도 거대한 사상의 대부분이 200년 후에 숭
> 고한 것으로 통할 권리를 인정받았으며 … 영국 사람들은 지금까지 불규칙
> 적인 미를 만들어내기 위해서만 태어난 것처럼 보였다. 셰익스피어의 번득
> 이는 괴물들이 현대의 정숙함보다 천 배나 더 마음에 드는 것이다. 영국인
> 들의 시적 재능은 현재까지 자연적으로 심어져 있는, 잎이 짙은 나무와도

---

4) 볼테르의 셰익스피어에 대한 전반적인 논의로는 출간된 지 오래되었지만 라운즈베리의 저서
    『셰익스피어와 볼테르』(*Shakespeare and Voltaire*, 1902, 1968) 참조.

닮았으며 아무렇게나 수많은 가지를 내뻗으며 고르지 않으나 힘차게 자라
나는 나무와 비슷하다 하겠다. (볼테르, 『철학 서한』, 박영혜 역, 111~112,
116쪽. 이하 동일)

그러나 볼테르는 1748년에 쓴 다른 글에서는 셰익스피어의 『햄릿』(*Hamlet*)에 대해 최악의 악담을 퍼부었다.

> 거칠고 야만적인 작품으로 프랑스나 이태리의 최하층 사람에게도 인정받
> 지 못할 것이다. 햄릿은 2장에서 미치고 3장에서 그의 연인(오필리아)이 미
> 친다. 왕자 햄릿은 쥐를 죽이는 시늉을 하며 연인의 아버지를 죽이고 여주
> 인공은 강에 투신자살한다. 그들은 무대 위에서 그녀의 무덤을 파고 무덤파
> 는 사람들은 죽은 사람의 해골을 손에 들고 그들에게 합당한 궤변을 늘어놓
> 는다. 햄릿 왕자는 혐오스러운 말도 안 되는 소리로 무덤 파는 사람들의 천
> 박한 농담에 대답한다. 이때 배우 한 사람이 폴란드 정복을 감행한다. 햄릿,
> 그 어머니와 그 의붓아버지는 무대 위에서 함께 술을 마신다. 그들은 이 극
> 이 술 취한 야만인의 상상력의 열매라고 생각할 것이다. (Eastman, 5~6쪽에
> 서 재인용)

우리는 셰익스피어의 평가에서 볼테르의 분열된 마음을 볼 수 있다. 최고
의 자유롭고 독창적인 천재로 보면서도 또한 극작의 3일치 법칙에 관숙되어
있던 프랑스인으로서 셰익스피어를 "괴물"이라고 부르고 있으니 말이다. 그
러나 볼테르는 기본적으로 극작에서 장소, 시간, 행동의 3일치 법칙을 엄격
히 지키는 프랑스의 18세기 신고전주의 문학관을 가졌기에 이 같은 평가는
어떤 의미에서 당연한 것이다.

볼테르는 제19서한에서 영국 희극(comedy)에 관해 개관한다. 18세기 초
당대 3대 희극 작가였던 위철리(William Wycherley, 1641~1715), 밴브루(Sir
John Vanbrugh, 1664~1726), 윌리엄 콩그리브(William Congreve, 1670~
1729)에 대한 개괄적인 비평을 보자.

그는 다름 아닌 위처리(Wycherley) 씨로서, 찰즈 2세의 유명한 정부의 공공연한 연인이었다. 넓은 사교계에서 살았던 그는 그 세계의 악과 웃음거리를 너무나 잘 알았으며, 날카로운 필치로 생생하게 그것들을 그려냈다.

그는 몰리에르(Moliere)를 모방하여 인간 혐오자를 하나 그려냈다. 위처리가 그려낸 주인공의 성격은 몰리에르 것보다 훨씬 더 강렬하고 대담한 것이었다. 그러나 섬세한 점, 혹은 점잖은 점에 있어서는 몰리에르를 따르지 못했다. 이 영국 작가의 것은 프랑스 작가의 작품에 있는 단 하나의 약점을 보완했는데, 그 약점이란 복잡한 줄거리와 흥미가 결여되어 있다는 것이다. 영국의 연극들은 흥미진진하고 교묘한 줄거리가 얽히고 설켜 있다. 그런 것은 사실 우리 풍토에서는 좀 대담한 것이다. (117~118쪽) … 기사 방브루(Vanbrugh)는 좀 더 재미있는 희극을 만들었으나 그것은 훌륭한 작품은 아니었다. 이 기사는 아주 유쾌한 사람이었으며, 시인이고 건축가였다. 사람들은 그가 건축을 하듯, 그렇게 약간 거칠게 글을 쓴다고들 말했다. (120쪽)

볼테르는 영어까지 새로 배워 영문학 작품을 읽었다고 하는데 이 정도의 평론은 대단한 것이다. 볼테르는 세 명의 당대 영국 희극 작가 중 콩그리브를 가장 높이 평가했다.

영국인 중에서 가장 희극을 발전시킨 사람은 이미 故人이 된 콩그리브(Congreve) 씨이다. 그는 작품을 몇 개 쓰지는 않았지만 모두가 아주 훌륭했다. 연극의 법칙이 엄격히 지켜지고, 각 주인공들의 성격이 섬세하게 묘사되어 있다. 거기에는 저속한 웃음거리는 하나도 없고, 장난스러운 행동을 하는 점잖은 신사들의 언어만 있을 뿐이다. 그것은, 작가가 사교계를 잘 알고 있으며, 좋은 친구들에 둘러싸여 살고 있다는 것을 증명하는 것이다. (121쪽)

볼테르는 세 사람에 대해 "콩그리브의 작품들은 정신적이며 매우 정확하고 방브루의 것은 경쾌하며 위처리의 것은 아주 정렬하다"(121쪽)고 결론

내리며 영국의 희극은 번역으로는 결코 즐길 수 없으며 영어를 직접 배우고 런던의 극장에 가서 관람해야만 그 진수를 알 수 있다고 번역의 불가능성에 대해서 말한다(122쪽).

볼테르는 18세기 초 프랑스와 영국에서 인기가 있었던 시인 로체스터 백작(John Wilmot Rochester, 1647~1680)에 대한 간략한 평을 남김으로써 당시 영국 시인의 재능을 알렸다.

> 로체스터 백작의 명성이 世人들에게 잘 알려져 있다. 생 테브르몽 씨가 그에 대해 수 차 얘기한 바 있다. 그러나 그는 그 유명한 로체스터 백작을, 쾌락을 탐하는 돈 많은 사람으로서만 우리에게 소개시키고 있다. 나는 천재 요, 위대한 시인인 그의 면모를 알고자 한다. 그의 특유하고 강렬한 상상력으로 인하여 뛰어나게 빛나는 그의 작품들 중에는 우리의 유명한 문인 데프레오가 선택한 주제와 동일한 주제에 대한 풍자시가 있다. (125쪽)

볼테르는 당시 프랑스 최고의 풍자시인이었던 데프레오의 인간 이성에 대한 비판을 주제로 한 시와 볼테르 자신이 프랑스어로 번역한 로체스터 백작의 시를 구체적으로 비교 설명하였다.

볼테르는 이 밖에도 당시 프랑스에서도 명망이 높았던 에드먼드 월러(Edmund Waller, 1606~1687)의 시를 프랑스 시인 부아튀르(Vincent Voiture, 1598~1648)와 비교하여 다음과 같이 평가하였다.

> 월러는 부아튀르보다는 낫지만 아직 완벽하진 않았다. 그의 품위 있는 작품들은 우아한 맛을 풍기나 부주의한 작법으로 참신함을 잃고 있으며 그릇된 사상으로 인하여 아름다움이 반감되고 있다. 당시 영국인들은 아직 정확한 창작법을 가지지 못한 상태였다. 그의 진지한 작품들은 맥 빠진 그의 다른 작품들에서 찾아볼 수 없는 박력을 지니고 있다. (127~128쪽)

볼테르는 18세기 초 영국 신고전주의의 대시인이었던 포프(Alexander

Pope, 1688~1744)에 대해서는 높은 평가를 내렸다.[5]

> 포프(Pope) 씨에 대해서는 여러분이 보다 쉽게 이해를 할 수 있을 것이다. 그는 영국 역사상 가장 품위 높고, 가장 정확하고 또 게다가 가장 우아한 작풍의 시인이다. 그는 영국 시의 시끄러운 트럼펫 소리를 부드러운 플룻의 소리로 바꿔놓았다. 그의 글은 지극히 명확하고 주제의 대부분이 일반적인 것이고, 모든 나라의 사람들의 관심을 끄는 것이기 때문에 번역될 수 있다. (131~132쪽)

볼테르는 윗글에서 포프의 영웅 2행시(heroic couplet)의 특징에 대해 정확하게 판단하고 있다.

볼테르는 영국의 아카데미(과학한림원)에 대해 논하는 자리에서 영국 작가들의 역할을 높이 평가했다.

> 이 아카데미를 구성할 회원들은 영어가 살아 있는 한 그들의 작품들도 살아 있을 작가들이었다. 그들은 스위프트 박사, 영국에서 우리들의 라퐁테느와 같은 명성을 누리는 프라이어 씨, 영국의 부왈로(Boileau)인 포우프 씨, 영국의 몰리에르라고 할 콩그리브 씨들이었다. 다른 몇몇 인물들의 이름은 지금 생각이 나지 않지만 그들 모두가 이 단체의 창설 직후부터 이 모임을 번성하게 했을 텐데, 여왕이 돌연히 서거했다. 그러자 휘그당은 이 아카데미의 보호자들을 교수형에 처할 생각을 했고 이것은 문학에 치명타가 되었다. 이 단체의 회원들은 프랑스 아카데미의 초기 회원들보다 훨씬 우월한 것이었다. 그 이유인즉 스위프트, 프라이어, 콩그리브, 드라이든, 포우프, 애디슨 등은 그들의 저작에 의해 영어를 정착시켰다. (141쪽)

---

5) 볼테르는 영국에서 만난 전기 작가 제임스 보즈웰(James Boswell, 1740~1795)에게 17세기 후반 영국의 대표적인 신고전주의 작가 드라이든(John Dryden, 1631~1700)과 포프를 다음과 같이 비교하였다: "포프는 두 마리의 잘 다듬은 조랑말이 이끄는 2륜 마차를 몰고, 드라이든은 여섯 마리의 큰 말이 끄는 4륜 마차를 몬다." (Boswell, 355쪽)

볼테르는 영국 아카데미에 소속된 여러 시인 작가들이 정확한 '영어'를 국민들에게 가르치는 계몽 활동을 높이 평가하고 있다.

18세기 영국 작가들의 볼테르에 대한 평은 어떠했을까? 영국 소설가 골드스미스(Oliver Goldsmith, 1730~1774)는 볼테르가 망명 중에 유럽의 여러 곳을 다니며 많은 귀족들과 문인들을 매우 우아하게 즐겁게 해주었고 그의 대화는 철학자의 수준이라고 칭찬하였다. 볼테르가 자유와 과학(학문)을 동시에 가지고 있는 나라를 특히 좋아했다고 말하며 그러한 나라인 영국은 찬탄과 존경을 받을 특성을 지녔다고 지적하였다(Goldsmith, 120쪽).

골드스미스는 나아가 볼테르를 공자의 제자들과도 비교하여 그들은 차이점이 많지만 모두 훌륭한 사람들이라고 평가하면서 "볼테르의 실수들은 조용히 내버려두고 그의 탁월성을 존경을 받게 하라. 나로 하여금 현명한 사람들과 함께 그의 지혜를 존경하게 하고 시기심 있고 무지한 사람들이 그의 약점을 조롱하게 하라. 다른 사람들의 어리석음은 그 자신들이 매우 어리석은 자들에게는 항상 조롱거리이다"(121쪽)라고 결론짓는다.

18세기 영국의 비평가 새뮤얼 존슨(Samuel Johnson, 1709~1784)은 자신이 편집한 셰익스피어 전집 서문에서 볼테르의 셰익스피어론에 대해 볼테르의 "비평론은 소인배들이 하는 보잘 것 없는 비평"이라고 평가절하하였다(Boswell, 351쪽). 존슨은 다른 모임에서 당시 극작가와 셰익스피어 배우로서 저명했던 데이비드 게릭(David Garrick, 1717~1779)이 "볼테르는 셰익스피어를 아주 잘못 읽었다"고 비판하자 존슨도 동의하며 "아무도 그의 셰익스피어론을 가치 있다고 생각하지 않을 것이오. 거기에 어떤 장점이 있습니까? … 그곳에는 진정한 비평이 없습니다"(Boswell, 414쪽)라고 말했다. 그러나 존슨이 볼테르를 폄하한 것만은 아니다. 그는 프랑스 문학이 최고는 아니지만 매우 수준이 높으며 그 지적인 탁월성은 최고 수준이라고 인정하였고(442쪽) 볼테르는 훌륭한 이야기꾼으로 그의 주요 장점은 상황들의 훌륭한 선택과 배열이라고 평가했다. 그러나 존슨은 볼테르를 결국 "매우 예리한 지성을 지녔지만 문학성은 별로 없다"(661쪽)고 최종 평가하며 볼테르

문학의 일부는 지나치게 사실에 부합하지 않는 황당무계한 이야기도 있다고 지적했다(1042쪽).

볼테르가 비판했던 셰익스피어의 3일치 법칙 위반이나 희극과 비극의 혼합에 대한 비난은 유럽에서 신고전주의가 끝나는 18세기 중후반으로 오면서 칭찬이나 천재성으로 칭송되기 시작했다. 이렇게 볼 때 볼테르의 셰익스피어 비평은 철저한 프랑스 신고전주의 문학의 법칙 준수라는 개인적 신념과 시대적 상황을 벗어날 수 없었다. 그러나 볼테르는 처음으로 유럽에 본격적으로 셰익스피어를 소개했고 셰익스피어의 천재성과 그의 극문학의 특징을 제대로 지적했다고 볼 수 있다. 결국 볼테르는 셰익스피어에 대해 애증 병존의 감정을 지녔고 이것이 셰익스피어 평가에 대한 그의 장단점으로 나타났다고 말할 수 있다.

3. 괴테와 영문학

괴테는 독일의 근대문학 건설을 위하여 그리스 로마 전통의 남방계 프랑스 문학보다 북방계의 게르만 전통에 서 있던 영국 문학을 선호하였다. 괴테의 영어와 영문학에 관한 애호는 널리 알려져 있다. 페테 뵈르너는 괴테의 선풍적 인기를 얻었던 『젊은 베르테르의 슬픔』 현상으로 "18세기 중후반의 감상적·염세적 시대 조류, 에드워드 영의 암울한 밤의 사상, 스턴의 감상적인 기행문, 혹은 오시안의 작품으로 출판된 맥퍼슨의 비극적·야성적 영웅시 등과 같은 영국 문학의 영향"(63쪽)을 지적하였다. 괴테는 특히 셰익스피어를 어둠 속의 빛으로 생각하여 아직도 확고하게 형성되지 못한 독일 근대문학을 위해 무엇보다도 셰익스피어가 필요하다고 믿었다. 괴테는 또한 자신이 독일의 셰익스피어가 되고 싶어 했다.

괴테에게 영어의 중요성과 영문학의 우수성을 지적하자면, 그는 1825년 9월 10일 영국인을 만난 자리에서 자신의 지난 50년간의 영어 사랑과 영문학 읽기에 대해 언명하였다.

나는 50년 동안 영어와 영문학에 심취해 있지요. 그래서 영국의 작가와 생활 제도에 대해서는 잘 알고 있어요. 그래서 만약 영국을 방문한다고 해도 그리 생소할 것 같지 않아요. (에커만, 134쪽)

　　괴테는 이에 앞서 에커만(Johann Peter Eckermann, 1792~1854)과의 대화(1824년 12월 3일)에서 결코 소진되지 않을 문화자본을 축적하는 것이 필요하다고 전제하고 다음과 같이 영어, 영문학 공부의 중요성을 역설한다.

　　그것은 자네가 이미 시작한 영어와 영문학 연구에서 얻을 수 있지. 이 작업에 몰두하도록 하게. 젊은 영국인들을 만나는 멋진 기회를 이용해야지. 자네는 청년 시절에 고대 언어를 배울 기회를 놓치고 말았기 때문에 영국인들처럼 훌륭한 국민문학을 발판으로 삼아야 하네. 우리 독일 문학은 그 근원을 대부분 영국 문학에 두고 있지. 우리 대하소설과 비극 소설의 소재도 골드스미스와 필딩 그리고 셰익스피어를 제외하면 얻을 수 있는 곳이 없다네. 오늘날 바이런과 무어 그리고 월터 스콧과 어깨를 겨눌 수 있는 3대 문호가 독일 어디에 있다는 말인가?—다시 한 번 말하지만 자네는 영어에 전념하고 유용한 일에 온갖 힘을 집중시켜, 아무런 결실을 가져오지 못하고 또 어울리지도 않는 일을 모두 포기해버리게. (에커만, 『괴테와의 대화』, 곽복록 역, 131쪽. 이하 동일)

　　괴테는 영국의 시인 셰익스피어를 자신은 물론 새로 부상하는 독일 문학이 본받아야 할 최고의 이상으로 여겼다. 젊은 괴테의 전기를 썼던 카를 비에토르는 당시 독일에서 셰익스피어의 우상에 대해 "이때부터 셰익스피어는 독일인의 소유로서 조국의 올림포스 산 위에 군림하는 천재들과 동기간처럼 지내는 유일한 서양의 시인이었다. 당시 셰익스피어는 모든 문학적 완성의 척도요, 서양이 고전문학의 전통에서 벗어난 후 독자적으로 발전할 수 있는 독특한 예술 창조의 정신과 문학적 형상화의 상징이었다"(95쪽)라고

적고 있다.[6]

괴테는 이미 1824년 1월 2일 에커만과의 대화에서 셰익스피어의 천재성을 언급한다.

> "희곡적인 재능이 있는 사람으로서" 하고 괴테는 말을 계속했다. "훌륭한 사람이라면 셰익스피어에 주시하지 않을 수 없었을 것이고, 반드시 그를 연구하지 않을 수 없었을 것이야. 그러나 셰익스피어를 연구해보면 셰익스피어가 인간의 본질 전체를 모든 각도에서 그 심연과 절정의 온갖 것을 보여주며 남김없이 그려냈기 때문에, 결국 그의 후배로 태어난 사람이 손댈 수 있는 것은 아무것도 남아 있지 않다는 것을 깨닫게 되었을 것일세. 그리고 이토록 헤아릴 수 없을 만큼, 그리고 도저히 도달할 수 없을 만큼 탁월한 걸작들이 이미 이 세상에 존재한다는 것을 진지하고도 솔직한 심정으로 인정한다면, 어떻게 글을 쓰겠다고 펜을 들어볼 용기가 생기겠는가!" … "셰익스피어는 스위스의 산맥들과 비교할 수 있지. 몽블랑을 광활한 뤼네부르크의 황야로 옮겨놓으면 어떨까. 그렇게 되면 그 방대함에 놀라 말문이 막혀버릴 것이야." (에커만, 541~542쪽)

괴테는 자신이 영향받은 여러 나라 문학과 작가들을 논했던 1828년 12월 16일 에커만과의 대화에서 "셰익스피어와 스턴, 그리고 골드스미스에게도 무한히 은혜를 입고 있"(에커만, 304쪽)다고 언명한다. 그렇다면 괴테는 찬사를 아끼지 않았던 셰익스피어의 위대성을 어떻게 생각하였을까?

> 셰익스피어가 얼마나 한없이 풍부하고 위대한가를 깨닫게 되지! 인간 생활의 어떠한 주제도 그의 펜 끝에 걸리지 않았던 것이 없고 그의 말로 표현되지 않았던 것도 없어! 그러면서도 그 모든 것은 얼마나 경쾌하고 자유롭

---

6) 젊은 괴테에 끼친 셰익스피어의 영향에 대해서 김은애 논문 참조. 괴테의 셰익스피어 비평에 대한 일반적인 논의를 위해서는 이스트만(Eastman)의 『셰익스피어 비평 소사』(*A Short History of Shakespearean Criticism*) 80~93쪽 참조.

게 취급되었는가! 셰익스피어에 대해서는 정말이지 말할 자격이 있는 사람이 없어. 어떠한 말을 해도 다 미치지 못하네. … 그는 너무 풍부하고 너무나 거대하네. 창작하는 사람은 1년에 그의 작품을 하나 정도만 읽는 것이 좋아. 이 이상을 읽는 것은 멸망의 길을 걷는 것이야. … 셰익스피어는 황금 사과를 은그릇에 담아 우리에게 내놓네. 그러나 우리는 그의 작품을 연구하고 겨우 이 은그릇을 손에 쥘 수는 있지만, 여기에 담을 수 있는 것은 감자에 불과하지. (에커만, 168~169쪽)

괴테는 「셰익스피어 기념일에 즈음하여」란 자신의 글에서 셰익스피어 문학의 특징들을 잘 설명하고 있다.

셰익스피어의 연극은 세계의 역사가 시대의 보이지 않는 실 줄을 타고 우리의 눈앞을 소용돌이치며 지나가는 듯한 느낌을 주는, 일종의 아름다운 요지경입니다. 그의 무대 구상은 속되게 말해 무대 구상이라 할 수도 없습니다. 그러나 그의 모든 극작품들은 우리 자아의 독자성, 즉 우리 의지가 요구하는 자유가 세계 전체의 필연적인 운행과 맞부딪치는 신비로운 한 점(點)을 휩싸고 돌고 있습니다. (아직까지 어떤 철학자도 이 점을 보거나 이 점에 대해 명확한 규정을 내리지 못했습니다.) 그러나 우리의 영략한 취미가 우리 눈을 안개처럼 가리고 있는 까닭에 이러한 맹목 상태에서 벗어나려면 우리는 거의 새로운 창조를 할 필요가 있다고까지 말할 수 있습니다. (괴테, 『문학론』, 안삼환 역, 13쪽. 이하 동일)

괴테는 셰익스피어가 극에서 인간 자아의 독자성에 관한 자유정신을 어떠한 철학자보다 명확하게 규정하고 있다고 지적하고 있다.

괴테는 「셰익스피어와 그의 무한성」이라는 글에서 다음과 같이 논하고 있다.

자신의 깊은 직관을 언어로 표현한 그 어느 누구도 셰익스피어처럼 그렇게 쉽게 독자를 고차원으로 함께 끌고 가서 세계의 의식 속으로 인도하지 못했다는 사실이다. 세계가 우리 눈앞에 완전히 그 실체를 드러내게 되어, 우리는 갑자기 미덕과 악덕, 위대함과 왜소함, 고귀함과 비열함을 숙지하게 된 우리 자신을 발견하게 된다. 그리고 더욱 놀라운 사실은 이 모든 것이 단순하기 짝이 없는 수단들을 통해서 가능하게 된다는 것이다. 그러나 우리가 이 수단들의 정체를 물으면, 우리는 셰익스피어가 우리의 눈에다 호소하고 있는 듯한 인상을 받게 된다. (괴테, 『문학론』, 114쪽)

괴테는 셰익스피어의 천재성이 깊은 직관에서 나온 인상을 단순하고 강렬하게 독자에게 전달하는 능력에서 나온다고 지적한다.

> 문명 세계도 또한 자신의 비장의 보물을 내어놓지 않으면 안 된다. 예술과 학문, 수공업과 상업 등 모든 분야가 그들 나름의 공물을 바치는 것이다. 셰익스피어의 작품들은 말하자면 세밑을 앞두고 열린 활기에 찬 장이라 할 수 있으며, 그가 이와 같은 풍요를 자랑할 수 있는 것은 그의 조국 덕분이다.
> 그의 작품의 도처에는, 바다에 둘러싸여 있고 안개와 구름에 휩싸여 있으며 세계의 모든 지역을 향하여 활동을 하고 있는 영국, 그 영국이 숨 쉬고 있다. 이 시인은 품위 있고 중요한 시대에 살면서 그 시대의 문화를, 심지어는 그릇된 문화까지도 매우 청랑(晴朗)한 태도로 우리에게 그려 보이고 있다. (괴테, 「셰익스피어와 그의 무한성」, 『문학론』, 117쪽)

특이하게도 괴테는 셰익스피어의 작품 세계를 "활기에 찬 장(場)"으로 보고 그 특징의 원천을 영국적 풍토와 관습에서 나온 것이라고 지적하고 있다.

괴테는 셰익스피어 외에도 18세기 말 영국 신고전주의 작가들과 19세기 낭만주의 시인들을 좋아해서 많이 읽었고 영향도 받았다. 독일 학자 카를 비에토르는 그의 저서 『젊은 괴테』에서 이를 소상히 밝히고 있다. 그에 따르면 괴테 시대의 영국 문학은 프랑스 문학보다 독일 문학이 지향해야 할 동질성을 지닌 문학으로 여겨졌다. 비에토르는 로렌스 스턴(Laurence Sterne, 1713~1768), 올리버 골드스미스, 제임스 맥퍼슨(James Macpherson,

1736~1796)이 고대 켈트어에서 번역했다는 오시안(Ossian) 시편에 대한 괴테의 관심을 다음과 같이 개관하였다.

> 스턴은 유머에 넘치는 편안함, 감정적인 삶에 대한 자유분방하고 친밀감을 보이는 태도를 통해서 깊은 인상을 주었고, 골드스미스의 문학도 경우가 비슷하다. … 그다지 정열적이지 않고, 서민적이며 흥겹다. 그의 작품이 지니고 있는 자연스러움은 진실로 보이기에 충분했고, 허구적이고 이상적인 면은 문학성으로 평가되기에… 문학적 목가성의 바탕이라고 이해하고 있고, 감정과 정신이 갈구하는 이른바 조용한 자유가 표현되어 있다. … 괴테에게 민중문학이란 한때 만발했던 보다 근원적이고 창조 능력을 타고난 인류의 원(原)문학의 잔재로서 고도로 문명화된 현재까지 전해져오는 것이었다. … 옛날의 요소들을 감상적이고 영웅적으로 승화시킴으로써 옛것이 현대에 와서 다시 생명력을 얻게 되었다. … 유럽의 가장 오래된 민중문학의 산물로 생각했다. … 오시안은 당시 젊은이들에게 북방 서정시의 호머(Homer)로 통했다. (비에토르, 87~88쪽)

로렌스 스턴의 소설 『트리스트램 샌디』(*Tristram Shandy*, 1759~1767)와 『프랑스 이태리 감상 여행』(*A Sentimental Journey through France and Italy*, 1768)은 청년 괴테에게 깊은 영향을 주었고 괴테의 문학론을 번역한 안삼환에 따르면 만년의 괴테는 스턴에게서 "반어, 해학 그리고 관용"을 배웠으며 특히 인간적 독특성과 특수성에 관한 관용의 원천을 받았다(『문학론』, 219쪽). 1827년에 발표된 「로렌스 스턴」이란 글을 통해 괴테의 말을 직접 들어보자.

> 나는 지난 세기의(18세기) 후반기에 보다 순수한 인간 이해와 고귀한 관용, 그리고 부드러운 사랑의 위대한 시대를 열고자 우선 고무하고 준비한 한 사람(스턴)에게 세인의 관심을 환기시키고자 한다. 나는 내게 많은 가르침을 준 이 사람(에게 배운 것을) … 보다 부드러운 의미에서 또 하나의 개

념을 추가할 수 있다면 그것은 '독특성'(Eigenheiten)일 것이다. … 잘 관찰해 보면 지극히 중요한 심리학적 현상들이다. 이것들이야말로 개인을 구성하는 요소로서, 일반적인 것도 이것들을 통해서 특수화된다. … 이와 같은 독특성이 실제로 활동할 때 이것은… 지배적 정서라고 명명한 바… 인간으로 하여금 그 어떤 면으로 행동하게 하고 전체 논리를 갖춘 그 어떤 궤도 위로 나아가도록 계속 밀어주고, 그리하여 숙고, 확신, 의도 또는 의지력이 없다 하더라도, 항상 생활하고 활동해주도록 해주는 것이 바로 이 독특성인 것이다. (괴테, 『문학론』, 220쪽)

여기서 "독특성"은 주정(主情)이고 루이 알튀세르의 말을 빌리면 우리를 주체로 호명하는 "이데올로기"(이념, 관념)라고 볼 수도 있겠다. 괴테는 18세기 후반 영국 소설가 로렌스 스턴의 소설에서 이 독특성을 발견하여 자신의 문학의 주요 주제로 삼은 것이다.

괴테는 골드스미스를 읽으면서 비록 "그가 쓴 시는 적지만 그 속에는 사라질 수 없는 생명"(에커만, 672쪽)이 있다고 높이 평가했다. 괴테는 특히 골드스미스의 목가 소설 『웨이크필드의 목사』(*The Vicar of Wakefield*, 1776)에 열광했다. 그의 평가의 일면을 살펴보자.

기쁨과 슬픔을 통한 그의 등장인물의 묘사와 플롯에 대한 점점 커지는 흥미는 매우 자연스러운 것과 매우 이상하고 기인한 것을 융합함으로써 이 소설을 지금까지 쓰여진 소설 중에 최상의 것의 하나로 만들었다. 이 외에도 이 소설은 순수한 의미에서 매우 도덕적인, 기독교적인 도덕의 위대한 탁월성을 지니고 있다. 왜냐하면 이 소설은 좁은 의도에 대한 보상과 올바른 것에 대한 인내를 보여주기 때문이다. 또한 이 소설은 유행이나 현학을 따르지 않고 하나님에 대한 무조건적인 신뢰를 강화시키고 악에 대한 선의 최후의 승리를 보여준다. 작가는 아이러니의 형태를 통해 정신의 비상을 보여줌으로써 이 작은 소설을 사랑스럽고 현명한 것으로 보이게 만든다. (Starkweather, 164~165쪽)

괴테는 19세기 초 영국의 대표적인 낭만주의 시인인 바이런(George Gordon Byron, 1788~1824)에 대해 "독창성에 있어서 그를 필적할 수 있는 위대한 사람은 이 세상에 없다고 생각해. 희곡적인 말들을 풀어나가는 그의 수완은 시종일관 우리의 의표를 찌르고 또 우리가 생각할 수 없을 만큼 멋지지!" (에커만, 148쪽)라고 말한다.

> 창작에 관한 한 그(바이런)는 무엇이든지 써낼 수 있었어. 실제로 그에게는 반성 능력 대신 영감이 있었다고 할 수 있어. 언제나 창작을 하지 않을 수 없었지! 그리고 특히 그의 마음에서 우러나온 것은 모두 뛰어난 것이었어. … 그는 타고난 위대한 재능의 소유자였어. 나는 바이런 경 이상으로 시적 재능을 가진 사람을 본 적이 없어, 외적인 면을 파악하는 점과 과거의 상황을 명석하게 간파하는 점은 셰익스피어와 어깨를 나란히 할 정도야. (에커만, 151쪽)

끊임없이 바이런의 위대성을 논의한 괴테는 19세기 최고의 시인으로 바이런을 꼽으면서 "현대 문학적 대표자로서 바이런 이외의 다른 사람을 내세운다는 것은 나로서는 생각할 수 없는 일이었네. 그가 금세기 최고의 재능의 소유자라는 것은 의심의 여지가 없는 사실이기 때문이지"(에커만, 260쪽)라고 말했고 "바이런의 대담성, 용감성 그리고 웅대함"(에커만, 311쪽)을 지적하며 인간 형성 즉 교양을 위해서도 큰 도움이 됨을 강조하였다.

괴테는 1824년 바이런 경의 시인으로서의 발전 과정에 대한 관심을 발표했다.[7]

> 이 글발은 정말이지 우리에게 기쁨과 감동을 주고 우리로 하여금 지극히

---

7) 괴테와 바이런의 관계를 더 잘 이해하기 위해서는 18세기 이탈리아의 민족주의자이며 혁명가인 주세페 마치니(Giuseppe Mazzini, 1805~1872)의 글 「바이런과 괴테」(1839) 참조. 괴테와 바이런의 상호영향에 관해서는 리드(T. J. Reed)의 저서 『괴테』(*Goethe*)에서 1, 29, 42, 68쪽 참조.

아름다운 삶의 희망을 갖도록 자극을 주는 것임에 틀림없다. … 이제 우리의 마음속에서는 확신이 생긴다. … 그가 현재와 미래의 자기 조국에 선사한 놀라운 명성은 그 찬연함에서 한량이 없고 그 영향력에서 측량할 수 없는 것으로서 영원히 남을 것이라는 확신 말이다! 그렇다, 그렇게도 많은 위대한 이름들을 자랑할 수 있는 이 나라는 머지않아 그를 성화(聖化)하여, 자신의 명예를 영원히 지켜주는 저 위대한 이름들의 반열에다 그를 올려놓고야 말 것이다. (괴테, 『문학론』, 184~185쪽)

괴테에 대한 영미인들의 평가는 어떠한가? 미국의 대표적인 에세이스트, 시인, 철학자인 에머슨은 인류 문화사에서 가장 탁월한 위인들을 논하는 저서 『대표적 인간들』(*Representative Men*, 1850)의 「시인 셰익스피어론」("Shakespeare; or, the Poet")에서 셰익스피어를 "독일 문학의 아버지"로 부르며 다음과 같이 말한다.[8]

우리들은 시인(셰익스피어)의 가면을 뚫고 들어갈 수 없었다. 우리들은 근처에 있는 산을 볼 수 없다. 그것을 생각하는 데 1세기가 걸렸고 그가 죽은 지 2세기가 지나서야 우리가 적합하다고 생각하는 비평이 나타나기 시작했다. 그때까지는 셰익스피어의 역사를 쓰는 것은 불가능했다. 셰익스피어는 독일 문학의 아버지이기 때문에 독일 문학이 빠르게 생겨난 것과 긴밀하게 연계된다. … 이제 문학, 철학, 그리고 사유는 셰익스피어화되었다. 그의 마음은 현재로서는 우리가 그 너머를 보지 못하는 수평선이다. 우리들의 귀는 그의 리듬에 의해 음악으로 교육받고 있다. 콜리지(Coleridge)와 괴테는 적절한 신뢰를 가지고 우리의 신념을 표현했던 유일한 비평가들이다. 그러나 모든 교육받은 사람들은 셰익스피어의 탁월한 능력과 아름다움을 조용히 감상한다. (Emerson, 718쪽)

---

8) 에머슨은 『대표적 인간들』에서 「작가 괴테론」(Goethe; or the writer)의 장을 마련하여 괴테를 문학사상 가장 탁월한 작가로 제시하였다(Emerson, 746~761쪽).

어려서부터 다니엘 디포의『로빈슨 크루소』를 읽은 괴테는 1770년 슈트라스부르크 대학 재학 시에는 18세기 초 영국 신고전주의 문학의 최고 시인 알렉산더 포프의『머리타래의 강탈』등 풍자시를 읽었고 18세기 후반 영국에서 선풍을 일으켰던 낭만주의의 전조인 오시안 시편과 셰익스피어를 탐독했다. 18세기와 19세기에 걸쳐 살았던 괴테는 결국 18세기 후반 신고전주의 시대를 거쳐 낭만주의가 도래한 19세기 초 질풍노도 시대의 주인공이 되어 독일 문학사에서 "괴테 시대"를 차지한 위대한 작가로 남게 되었다. 신고전주의와 낭만주의 사이에서 균형 잡힌 문학관을 지니고 문학 이외의 다른 많은 분야에도 조예가 깊었던 괴테는 19세기 유럽 최고의 지성인이었다. 영문학에 대한 열정과 공부를 통해 괴테는 새로운 근대 독일 문학 수립에 결정적으로 도움을 주었다고 볼 수 있으며 영문학 역시 그에 의해 새로운 힘과 매력으로 거듭날 수 있었다.

4. 결론—세계문학으로 부상하는 영문학

문학을 포함하여 인류의 모든 문명과 문화는 한 지역에서 자생적으로만 이루어진 적이 없었다. 탐험과 항해와 교역을 통해 문물의 이동과 이주가 끊임없이 일어난다. 지식과 이론의 교류와 교환은 언제나 자극과 영향을 가져와 새로운 문물을 발전시킨다. "태양 아래 새로운 것은 없다"는 말처럼 순수하고 단순한 사건이나 역사는 없다. 내부(동일자)와 외부(타자)의 상호 침투와 영향으로 언제나 새로운 변종과 혼종이 일어난다. 유럽 여러 나라들의 문학들도 예외는 아니다. 특히 그들의 문학은 북유럽과 남유럽의 서로 다른 토착적 전통과 특히 그리스 로마(헬레니즘) 문학과 성서라는 유대 문학(헤브라이즘)의 영향 아래서 서로의 교류를 통해 영향을 주고받으며 발전해왔다.

이런 맥락에서 볼 때 18세기 프랑스의 볼테르와 19세기 독일의 괴테의 자국으로의 영문학 소개와 수용은 의미가 깊다. 전형적인 신고전주의자였던 볼테르는 셰익스피어와 영문학을 유럽에 처음으로 소개했을 뿐 아니라 볼테르 자신의 문학 작업에도 큰 영향을 받았다. 18세기 신고전주의 시대와 19세기 낭만주의 시대를 거친 괴테는 프랑스 문학의 영향권에서 벗어나 앵글로색슨 문학과 독문학의 친연 관계로 인해 셰익스피어와 영문학을 새로운 독일 근대문학 수립을 위한 토대로 삼고자 했다. 나아가 자신의 창작에도 많이 수용하여 『젊은 베르테르의 슬픔』뿐 아니라 대작 『파우스트』 창작에서도 셰익스피어를 과감하게 수용하였다. 이에 대해 앞으로 심층적인 비교문학적인 고찰이 필요하다. 그리하여 영문학 섭렵과 소개를 통해 볼테르와 괴테 자신의 불문학과 독문학에 끼쳐진 영향을 복합적으로 살펴볼 수 있을 것이다. 영문학의 정체성 규명에도 도움이 될 것이다.

영문학의 정체성 탐색 작업은 영문학 내에서 2차 대전 후에 새로운 국면을 맞음으로써 더욱 복잡해지고 있다. 2차 대전 후에 영국의 과거 식민지 국가들인 캐나다, 호주, 뉴질랜드, 남아공, 나이지리아를 중심으로 한 연합체 영연방(Commonwealth)이 결성되면서 영문학은 그들 국가에서 영어로 쓰인 문학을 영연방 문학으로 명명하였다. 그 후 그것은 "영어권 문학"(Literature in English)으로 확대되었다. 영문학이 이제 잉글랜드, 웨일스, 스코틀랜드, 북아일랜드로 이루어진 영국(United Kingdom)의 범위를 벗어나 전 세계 각 지역에서 세계어로 부상한 영어로 쓰인 문학을 모두 포괄하는 것이라면 우리는 영문학을 어떻게 다루어야 할 것인가?[9)]

영문학의 정체성은 전 지구적 맥락에서 어떻게 재평가되어야 할까? 영어 패권주의적 시각에서 볼 때 이러한 영문학의 전 지구적 이산 현상을 포스트식민주의적 시각으로 재평가할 것인가? 이제 분명한 건 영문학을 영국 섬에서 생성된 문학만으로 지칭하기 어렵다는 점이다. 새롭게 부상하는 영어권 문학을 논의할 때 영문학의 정체성 탐색은 더 복잡해질 것이다. 이러한 문제들에 대한 논의는 앞으로 엄청나게 변화되고 있는 문물 상황에서 영문학

---

9) 새로운 영미 문학으로서의 영어권 문학에 대한 논의로는 필자의 졸고 「영미문학에서 영어권 문학으로」 참조.

과의 교과과정과 영문학 교육의 문제와도 연계하여 새롭게 접근할 필요가 있다. 언어도 하나의 "영어"(English)에서 인도 영어, 남아공 영어, 호주 영어, 서인도제도 영어 등 세계 각처의 다양한 "영어들"(Englishes)로 다변화되고 있다. 이러한 복합영어적인 언어 상황에서도 셰익스피어 산업에서 볼 수 있듯이 전통 영문학의 위치와 권위는 상당 기간 동안 쉽게 흔들리지 않을 것이다. 그러나 셰익스피어 작품 자체가 세계 각 지역 영어(방언 영어)로 재번역이나 다시 쓰기를 통해 새로운 영문학 형태로 변용될 수도 있다. 영국 문학이라는 순수 영문학에서 세계 여러 지역에 산재한 혼종 영문학으로 변화할 날이 올 것이다. 영어권 문학으로서의 영문학이 특히 세계 2차 대전 후 각 지역의 분리 독립으로 인해 포스트식민주의와 포스트모더니즘의 영향으로 야기되는 세방화의 결과로 영문학의 정체성 탐구에 매우 중요한 주제로 대두되고 있다.

영문학의 정체성 탐구에 대해서는 이제 전 지구화 시대 세계문학적 또는 비교세계문학적 측면에서의 논의가 필요하다. 앞으로는 외국인들이 영문학을 왜, 그리고 어떻게 읽었는가에 대한 탐구가 더 많이 필요할 것이다. 본 연구에서 대략적으로 논의한 프랑스인 볼테르, 독일인 괴테가 영문학을 읽는 경우에 덧붙여 이탈리아, 스페인, 러시아 등 서구인들이 영문학을 읽은 사례에 대한 연구가 계속되어야 할 것이다. 특히 같은 영어로 작품을 쓰는 미국인들의 영문학 읽기도 흥미로울 것이다. 이 밖에 유럽 대륙 밖의 아프리카나 남아메리카인들의 영문학 수용의 문제, 나아가 남아시아의 인도와 중동은 물론 동북아시아 한국[10], 중국, 일본에서의 영문학 읽기도 고려되어야 할 것이다.

---

10) 근대 한국문학을 수립한 춘원 이광수(1892~1950?)의 영문학 공부와 수용에 관해서는 필자의 졸고 「이광수와 영문학—신문예로서의 조선 문학의 가치수립을 위한 춘원의 도정」(본서 제1부 2장) 참조.

2장   이광수와 영문학
— 신문예로서의 조선 문학의 가치 수립을 위한 춘원의 도정(道程)

남의 셰익스피어나 괴에테나 이태백보다도 우리의 주요한이나 안서(김
억)나, 월탄(박종화)이나 소월이나 … 더욱 귀하게 생각하여야 할 것이다. 이
것은 반드시 민족적 편견으로 그리 할 말이 아니라, 우리의 사정(私情), 우
리의 맘, 우리의 희망, 우리의 슬픔과 기쁨을 노래하여주는 뜻으로 또 그것
을 불쌍한 우리말로 노래하여 주고 무리가 알아보게 노래하여주는 뜻으로
이렇게 생각하는 것은 정당한 일이다. 우리는 우리의 시인을 사랑하여야 하
고 아껴야 한다.

—이광수, 「문예쇄담」, 『이광수 전집』 제10권, 427쪽

1. 서론 — 춘원과 영어/영문학의 만남

춘원 이광수(1892~1950?)는 일본 와세다 대학 철학과를 다녔지만 영어
를 잘했고 영문학에 대한 관심도 많았다. 당시 이광수는 이미 『무정』 등의
소설로 문명을 날렸고 『동아일보』 편집국장으로 사회적 명성도 높았지만
"와세다에서는 철학을 했으나 영문학이 하고 싶다"(최종고, 14쪽에서 재인
용)고 말하면서 영문학에 대한 미련을 버리지 못하고 1926년 6월 1일에 당
시 경성제국대학 문학과에 선과생(選科生)으로 입학하였다. 유진오의 회고

에 따르면 "'이광수'는 내가 1학년이었을 적에 무슨 생각이었던지 영문학과 1학년에 청강생으로 몇 달 다닌 적이 있다"(최종고, 15쪽에서 재인용)고 적고 있다. 유진오는 이광수의 "영어 실력도 대단했다"(최종고, 15쪽)고 회고하였다.[1] 당시 선과생이란 예과를 거치지 않고 입학하여 졸업장을 받지 않는 연구생 제도였다.

이광수는 소년 시절인 1907년 9월에 기독교 계통 중학교인 일본의 메이지 학원에 입학해 1910년 3월 졸업 때까지 다녔다. 이곳에서는 주로 장로교 미국인 교사들이 많았고 바이블 스토리 영어 강의, 영어 성경 과목, 영어 연설 훈련 등 착실한 영어 교육을 받았다(김윤식, 『이광수와 그의 시대』 1, 188~242쪽 참조). 당시부터 춘원의 영어 실력은 출중했던 것으로 보인다. 1919년 1월에 도쿄에서 유학생들에 의해 쓰인 「조선 청년 독립단 선언서」(2 · 8 독립선언문)의 영역을 메이지 학원 영어 교사로 춘원을 가르쳤던 랜디스(Henry Landis)의 교정을 받아 완성하였다. 1919년 2월 춘원은 「조선 청년 독립단 선언서」 때문에 고국인 조선으로 돌아가지 못하고 그가 마음속 깊이 존경했던 도산 안창호를 중심으로 한 대한민국 임시정부가 있던 중국 상하이로 갔다. 이광수가 상하이를 택한 것은 당시 상하이가 동북아 최대의 국제도시였고 "영어 상용 도시"였기 때문이다. 영어가 능통한 춘원은 자연스럽게 이 국제도시에서 서양 문명의 정수와 근대주의를 맛보고 싶었을 것이다(김윤식, 『이광수와 그의 시대』 1, 687쪽). 그곳에서 이광수의 활동을 살펴보자.

우리는 불조계(佛祖界)에 위선 셋방을 하나 얻고, 타이프라이터 한 대를 사다놓고 영어는 그중에서도 내가 낫다 하여 '조선 청년단 독립선언서'를 영어로 여러 장 박여서 빠리에 있는 월슨이고 클레만소고, 로이드 · 조오지고

---

[1] 이광수는 1919년 2월 도쿄에서 유학생들이 발표한 '2 · 8 독립선언문'을 상하이에 와서 영어로 번역하여 대한민국임시정부를 통해 전 세계에 배포하였고 1938년에는 『삼천리』(1월호)에 영시를 발표하였다. 더욱이 상하이에서 이광수는 임시정부의 요원들에게 영어를 가르치기도 하였다.

하는 분들에게 전보를 쳤다. …

전보가 성공한 것을 보자 나는 다시 돌아와 영문으로 된 기사를 쓰고 거기 붙여서 '조선청년단 독립선언서'를 번역하여서 두 벌을 만들어 가지고 상해에서 가장 유력한 외자지(外字紙)인 미국계의 차이나 프레스와 영국계의 자림보(字林報)에 가지고 갔다. 나는 편집국장을 만나서 불충분한 영어로나마 각종 일본 정보를 전하고 이 기사를 기어이 내어달라고 부탁하였다. (『이광수 전집』 제8권, 418쪽)

이광수가 28세에 처음으로 상하이에 가서 2년간 머무르는 동안 국내에 있던 부인 허영숙에게 보낸 편지에서 우리는 그가 한 영어 훈련의 일면을 엿볼 수 있다.

요즘은 영어만을 읽거나 말하거나 쓰거나 하고 있소이다. 상당히 진보하고 있는 것 같군요. 영문으로 백 페이지 가량의 저술을 하고 있습니다. 어떤 서양인 친구에게 교정을 받으면서 하고 있습니다. … 나는 이 저술과 기타 3종의 저술을 마치게 되면 어떤 직업을 구하여 조용히 문학이나 사상을 연구하면서 안정된 생활로 들어가고 싶습니다. (『이광수 전집』 제9권, 297쪽)

춘원이 이 편지에서 언급하고 있는 영문 저술이 무엇이었는지는 알 수 없으나 일상 회화는 물론 영어로 저술할 정도로 그의 영어 실력이 대단한 것이었음을 다시금 확인할 수 있다.

이광수가 남강 이승훈 선생이 평양에 세운 오산학교에 교사로 있을 때, 그는 학교의 교주였던 미국인 오웬 목사와 두터운 친분을 맺었다. 하루는 오웬 목사가 춘원의 집을 방문하여 서가를 둘러본 일이 있었다. 아래 이야기는 춘원의 『나』라는 지극히 자전적인 소설의 일부이다. 비록 소설이기는 해도 당시 춘원의 생활을 잘 엿볼 수 있다.

그(오웬 목사)는 책장에 끼인 책을 둘러보고 있었다. 원래 몇 권 안 되는 책일뿐더러 그것도 계통 없이 주워모은 문학서적이었으나 그중에 이채라고 할 만하게 눈에 띄는 것은 톨스토이의 전집의 영문 열네 권 한 질이었다. … 그다음에는 셰익스피어, 디킨즈, 스콧의 소설과 밀턴, 바이런, 워어즈워어드, 테니슨의 시집 등이 있었다. … 그는 나에게 롱펠로우(19세기 미국 시인:필자주)의 시를 읽었냐고 물었다. 나는 그의 『에반젤린』을 읽었다고 대답하였다. 그는 미국 사람이기 때문에 롱펠로우를 드는 것이라고 나는 그의 애국심에 대하여 동정하였다. 기실 그때에 내가 품었던 생각으로는 (들은 풍월이지만은) 미국에는 문학이다 할 만한 것이 없었다. (『이광수 전집』 제6권, 544~545쪽)

톨스토이에 심취하였던 춘원은 당시 영어로 번역된 톨스토이 전집을 가지고 읽었던 것 같다. 그리고 그의 서가에 꽂혀 있던 영문학 서적들은 15~16세기의 셰익스피어에서부터 19세기 후반 테니슨까지 대표적인 영국 시, 소설, 희곡을 읽은 것처럼 보인다. 춘원은 특히 19세 미국 시인 롱펠로(Longfellow)의 작품 『에반젤린』을 읽은 것으로 되어 있고 그의 미국 문학에 대한 소견이 엿보인다. 춘원에게 역사가 짧은 미국 문학은 오늘날 세계적으로 주요 문학으로 부상한 것과 달리 별로 연구도 안 되고 보잘 것 없는 것처럼 보였을 것이다.

춘원은 다시 일본으로 건너가 1916년 9월에 와세다 대학 문학과 철학과에 진학하였다. 당시 춘원의 성적표를 보면 영어강독, 영문학, 영문법 과목에서 일부 100점 만점을 받는 등 영어에 탁월한 실력을 보였다(김윤식, 『이광수와 그의 시대』 1, 509~515쪽 참조). 이 당시 춘원은 "워즈워드의 시, 에머슨의 시, 투르게네프의 소설 등에 빠져들기도" 하였다(앞의 책, 539쪽).

이광수의 집에 3년간 같이 기거하고 많은 영향을 받은 금아 피천득(1910~2007)의 증언을 보면 이광수의 영어와 영문학 사랑을 더 잘 알 수 있다. 피천득이 1926년에 상하이에 가서 영문학을 공부하게 된 것도 사실은 춘원의 강력한 권유 때문이었다.

나는 춘원 선생의 글과 작품을 읽고 문학에 심취하게 되었다. 춘원 선생은 나에게 문학을 지도하여주셨을 뿐 아니라 영어도 가르치고 영시도 가르쳐주셨다. 그분 덕에 나는 결국 문학을 업으로 하게 되었다. 그러니 그분은 내가 문학을 하게 된 직접적인 동기를 베풀어준 분이시다. (「숙명적인 반려자」, 353~354쪽)

춘원은 당시 금아를 데리고 윌리엄 워즈워스의 「수선화」("Daffodils")와 19세기 미국 시인 랠프 에머슨의 「콩코드 찬가」("Concord Hymn") 등 영시를 여러 편 읽었다. 춘원은 1924년에 『조선문단』에 「콩커드 기념비 제막식」이라는 제목으로 이 시를 번역해서 싣기도 했다.[2]

---

2) 이광수는 후일 직접 영시를 쓰기도 하였다. 현재 남아 있는 작품으로는 1938년 1월에 『삼천리』(제1집)에 실린 "My Dear Friends"와 "My Song" 두 편이 있다. 여기에서는 "My Song"을 소개한다.

> I sing a song—
> An endless mornful melody,
> When all things in deep silence lie,
> And all all alone I be,
> Ceaselessly I raise my cry.
>
> My cry ascends and floats away,
> Scattered by whirling winds afar,
> As a woman pouring water all the day
> Into leaking water jar,
> I sing my song.
>
> I sing, and encline mine ear,
> If per chance there come to me,
> Some answering echo I may here—
> From distant mountain, field, or sea,
> And sing my endless song again. (『이광수 전집』 제9권, 587쪽)

이 밖에 1922년 일본으로 의학 수련을 위해 떠났던 부인 허영숙 여사에게 보냈던 이광수 영문 편지가 있다(김윤식, 『이광수와 그의 시대』 1, 204~205쪽). 또한 이광수의 영어 연설도 유창하다고 기록되어 있으나 실제 자료는 남아 있지 않다(박계주·곽학송, 543쪽).

지금까지 춘원 이광수의 연구에서 이광수의 영미 문학에 관한 관심과 애호 그리고 그것을 공부하려는 노력에 대한 언급은 거의 없었던 것 같다. 따라서 본 논문의 목적은 이광수가 영문학 공부를 통해 일제강점기의 조선 문학에 새로운 가치를 더하려 시도한 점을 논의하는 것이다.

그렇다고 이광수가 조선 문학 수준을 낮게 평가한 것은 결코 아니었다. 그는 「조선 문학의 세계적 수준관」(1936)이란 글에서 다음과 같이 말하고 있다.

> 조선 문학은 영·불·로 등에 대비도 할 수 없게 수준이 낮으냐 하면 나는 그렇게 보지 않습니다.
> 가령 김동인 씨의 『태형(笞刑)』이나 『감자』 같은 것은 비록 기교에 있어 유치한 점이 있다 할지라도 영·불어로 번역되어 저쪽 문단에 갖다가 놓을지라도 일류 작가의 작품에 결코 뒤떨어지리라고 생각지 않습니다.
> 그 외에도 시단, 소설단에 외국 문단에 비하여 손색없는 이가 많습니다. 그러나 … 조선 문단 전체를 들어 어느 외국의 문단에 비한다면 아직은 질로나 양에 있어 수보(數步)가 뒤져 있음을 느끼지 않을 수 없습니다. (『이광수 전집』 제10권, 492~493쪽)

춘원은 근대문학의 역사가 짧음으로 해서 생기는 조선 문학의 뒤처짐을 안타깝게 생각하였을 뿐이다. 이 약간의 뒤처짐을 극복하기 위한 춘원 이광수의 노력은 무엇이었을까?

2. 본론

1) 춘원의 영문학에 대한 견해

이광수는 일제 치하의 망국민의 한 사람으로 당시 국민국가로서의 영국과 미국의 민족적 특성(우수성)과 그들이 창출해낸 문학에 대해 공부하고 배우고자 하였다. 이광수는 민족 지도자 도산 안창호(1878~1938)에게 크게 감화받고 미국 샌프란시스코에서 1913년에 대한독립을 위해 새로운 민족정신으로 무장한 청년들을 양성하기 위해 도산이 결성한 흥사단(興士團)에 입단하여 도산의 독립을 위한 소위 준비론 사상을 지지하였다.[3] 이광수는 도산의 이러한 사상의 영향을 크게 받았다.

춘원 이광수는 도산 안창호 밑에서 대한민국 임시정부의 기관지 주간 『독립신문』의 사장 겸 편집국장 일을 하다가 1921년 상하이에서 귀국한 후 수많은 논쟁의 대상이 되었던 글 「민족개조론」(1925)을 발표했다. 이 글에서 이광수는 민족성의 중요성을 설파하면서 민족 개조를 위해 앵글로색슨족(영국·미국)을 예로 들고 있다.[4] "민족성은 극히 단순한 1, 2의 근본 도덕으로

3) 1919년 3·1운동이 끝난 뒤 일제의 강압이 심해져 독립운동은 주로 중국과 미국 등 해외 지역에서 이루어졌고 상하이에 대한민국 임시정부가 수립되었다. 당시 독립운동은 단순화를 무릅쓰고 말한다면 세 가지 갈래가 있었다고 볼 수 있다. 첫째는 도산 안창호의 독립 준비를 위한 실력양성론, 둘째는 우남 이승만의 국제 외교를 통한 독립론, 셋째로는 백범 김구를 중심으로 한 무력투쟁론이 그것이다. 이 중 안창호는 1904년 미국으로 공부하러 가서 미국인들의 청교적인 근면과 도덕적인 생활에 감명을 받아 "무실역행(務實力行)"이라는 모토 아래 육영사업의 하나인 흥사단을 통해 민족을 위한 새로운 도덕 재무장과 실력양성론을 전개했다. 김윤식은 도산의 흥사단 사상에 대해 다음과 같이 정리하였다 : "말하자면 도산은 애국계몽주의 세대에 속하면서도 서양 민주주의 사상을 어느 정도 이해한 지도자이자 사상가의 한 사람이었다. 그러니까 흥사단 사상은 기독교의 청교도주의를 바탕으로 하고, 지사적 민족주의의 사상적 한계를 넘어서서, 현실적 개조, 즉 민족 개개인의 생활 개조에서 출발하여 민족주의로 점진적으로 나아가는 사상이다."(『이광수와 그의 시대』 1, 730쪽)

4) 도산 안창호는 흥사단 입단을 위해 시행하는 "입단 문답"에서 도산이 입단 신청자에게 묻는 질문에서 1920년대 당시 영미인의 우수성에 대해 다음과 같이 언명하고 있다. 일찍이 흥사단에 입단한 이광수도 안창호 앞에서 다음과 같은 문답을 하였을 것이다.

문 : 영국이나 미국은 흥사단 없이도 나라가 잘 되어가는데 우리나라에만 흥사단 운동이 필요할까요? …
문 : 영국·미국 사람과 우리는 무엇이 다른가요? 피부와 머리털과 모양 말고 도덕적으로 그들이 우리보다 다른 것이 무엇이라고 생각하시오? …
문 : 역사나 문학을 통하여 혹은 신문을 통하여 상식적으로 영미인의 장점, 단점에 대하여 생각해보신 일이 있을 것이니, 그것을 말씀해보시오.
　　현재 세계에서 영미인이 가장 우월한 지위를 차지하고 있으니 그것이 무연한 일일 리가 없습니다. 반드시 우월한 지위를 차지할 우월한 국민성과 우월한 수양과 노력이 있기 때문이라고 생각합니다. 왜 그러냐 하면 세상만사, 우주의 모든 현상은 다 정확한 인과관

결정되는 것"임을 전제하고 그 예로 앵글로색슨족의 "자유를 좋아하고 실제적이요, 진취적이요, 사회적인 국민성"(『이광수 전집』 제10권, 124쪽)을 지적하면서 "정치제도뿐 아니라 종교나 철학이나 문학이나 예술이 모두 이 자유, 실제, 사회성, 점진성 같은 영인(英人)의 근본 성격에서 발하지 아니함"이 없다고 언명한다. 이광수는 영국 문학과 예술에 나타난 국민성을 다른 유럽 국가들과 비교하며 다음과 같이 논하였다.

> 문학과 예술도 그러합니다. 영문학에는 남구 문학의 염려(艷麗), 방순(芳醇)도, 북구 문학의 심각, 신비도 없고 그네의 실생활과 같이 평담하고 자연합니다. 그러나 영문학은 문학 중에는 밥과 같습니다. 남구 문학을 포도주에 비기고, 북구문학은 윗카(燒酒)에 비기면 … (앞의 책, 124~125쪽)

여기서 춘원은 영국인들의 개인생활, 사회생활, 국가생활에서 나타나는 두드러진 근본적 민족적 특성으로 자유, 실제, 진취, 점진성, 공동(共動)(사회성)을 꼽고 있다. 이러한 네 가지 특성이 정치, 종교, 철학, 문학 등의 모든 분야에서 발휘된다고 보았다.

춘원은 『동아일보』에 1926년 1월 2일, 3일자에 기고한 글인 「중용과 철저—조선이 가지고 싶은 문학」에서 영국적인 것의 "균형과 절제(balance and check)를 중용(中庸)으로 파악하고 영문학의 특징적 인식소를 아래와 같이 갈파하고 있다.

계의 지배를 받는 것이므로, 영미인이 탁월한 지위를 가진 것이나 우리 민족이 빈곤한 처지에 있는 것이나 다 인과관계지 결코 우연이 아니라고 생각합니다. 그러므로 우리가 잘 사는 남과 못사는 우리를 비교하면 우리의 진로가 분명해지리라고 생각합니다. (『안도산전서』, 371~372쪽)

그 당시 도산 안창호가 영국, 미국 사람에게 좋은 인상을 받은 것은 도산이 1902년 미국 서부로 공부하기 위해 처음 건너갔을 때 미국인들의 공공 질서 의식, 도덕적 연결성, 근면성 등에 감동을 받았기 때문이었을 것이다. 당시 일본 제국주의에 대항하여 독립을 얻기 위해서는 영미인들 같은 선진국을 본받아 민족에게 새로운 실력과 윤리를 가르쳐야 한다고 생각하였다.

지금 우리 조선인은 중병 앓고 난 사람과 같다. 그는 육체적으로도 허약하거니와 정신적으로도 허약하다. 그에게 강렬한 자극제만 주는 것은 마치 불침증 환자에게 강렬한 가배다를 자꾸 먹이는 것과 같다. … 생취(生聚) 십 년 교훈이라 하였거니와 문학적으로 민기(民氣)를 보양함이 극히 필요하리라고 믿고, 그 문학은 상적 문학(常的文學), 정적 문학(正的文學), 평범(平凡)한 문학, 영문학적 문학이 되리라고 믿는다. (『이광수 전집』 제10권, 435쪽)

춘원이 영문학을 특히 좋아한 사실은 「문예 쇄담―신문예의 가치」(1925)에도 잘 나타나 있다. 좀 길지만 인용해보자.

나는 힘있는 좋은 문예가 조선에 일어나기를 바란다. 앵글로색슨 민족의 건실하고 용감하고 자유와 정의를 생명같이 애호하고 진취의 기상과 단결력(국민 생활의 중심 되는 동력이다)이 풍부하고 신뢰할 만한 위대한 민족성을 이룬 것이 그들의 가진 위대한 문학에 진 바가 많다 하면 이제 새로 형성되려는 조선의 신민족성도 우리 중에서 발생하는 문학에 지는 바가 많을 것이 아닌가. 이렇게 생각하는 우리는 지금 겨우 자리를 떼려는 어린 신문예에 대하여 무한한 촉망을 두지 아니할 수가 없다. (『이광수 전집』 제10권, 409쪽)

영문학도 상식적이요 평범한 것이 특징이다. 이것은 앵글로색슨족의 가장 중용적·상식적인 민족적 특성에서도 오는 것이려니와, 그 지리적으로 역사적으로 북구 민족의 극단의 엄숙과 지둔과 이지적·명상적인 것에 남구 민족의 극단의 감정적·쾌락적·경쾌적인 특징을 받아 조화한 까닭이라고도 한다. 위에서도 말하였거니와, 바이런 같은 교격한 시인을 제하고는 셰익스피어, 밀턴은 물론이요, 워어즈워어드, 테니슨, 무릇 오래 두고 영인(英人)의 정신을 지배하는 시인은 대개 평범한 제재와 평범한 기교를 썼다. 그러므로 남구 문학과 같이 산뜻하고 달콤하고 짜르르하고 사람을 녹여 버리려 하는 맛도 없고, 북구 문학과 같이 음침하고 무시무시하고 빽빽하고 뚝뚝한 맛은 없고, 구수므레하고 따뜻하고 양념을 하지 아니한 밥과 반찬과 같다. 남구 문학은 먹으매 취하게 하고 혼미하게 하고, 북구 문학은 먹으매 한숨지고 무섭고 마치 굳은 음식을 많이 먹은 것 모양으로 트림하여 몸이 무섭고, 자면 가위가 눌릴 듯하되, 영문학은 알맞추 먹은 가정에서 만든 저녁과 같다. (『이광수 전집』 제10권, 434~435쪽)

춘원은 문예가 영국에서는 사회적으로 높은 영향력을 가지고 있다고 부러워하였다.

라프케이리오란 교수는 말하기를, 영미의 국론을 좌우하는 것은 결코 지식 계급의 명철한 이론이 아니요, 민중의 감정이니, 이것을 좌우하는 것은 문예라고 하였다. … 문예가 민중의 사상을 좌우하는 힘은 실로 무섭다 할 것이다. (앞의 책, 405쪽)

여기서 문학이 영국에서 중시된다는 사실을 이광수는 지적하고 있다. 후일 이광수는 「문사(文士)와 수양」에서 조선의 신문화 건설에도 문예가 선도적 역할을 해야 한다고 역설하였다.

문예가 일국의(널리 말하면 전 인류의) 문화의 꽃인 것은 말할 필요도 없습니다. 문예가 신문화의 선구가 되고 모(母)가 되는 의미로도 꽃이요, 또 의미 있는 문화의 정수가 되는 의미로운 꽃이외다. … 오랜 타면(惰眠)을 깨뜨리고 새로운 문화(文化)를 건설할 만한 활기 있는 정신력을 민족에 주입 혹은 강렬한 자격(刺激)으로써 민족의 정신사에 계발하는 가장 큰 힘은 문예라 할 수 있습니다. (앞의 책, 352쪽)

2) 춘원의 영문학 읽기와 번역

이광수는 1920~30년대 당시 재미교포 작가였던 강용흘(姜鏞訖, 1898~1972)이 『초당(草堂)』(*The Grass Roof*, 1931)이라는 영어로 쓴 소설이 발표하자 서평을 통해 "강용흘 씨가 『초당』이라는 영문 소설을 발표하여 영문학 세계에 큰 센세이션을 일으켰다(『이광수 전집』 제10권, 566쪽)"고 적고 있다. 그는 우선 이 영어 소설을 매우 재미있게 읽었고 그 유머에 감탄했다. 그리고는 한국 최초로 세계 무대에서 성공한 소설인 『초당』이 세부 묘사에서 사실과 다른 곳이 여러 곳 있음에도 불구하고 다음과 같은 높은 평가를 하고 있다.

> 나는 이 『초당』 일편에서 강용흘 씨의 작가적 역량을 승인 아니할 수 없다. 그의 비범한 감각과 정서는 결코 용이하게 가질 바가 아니다. … 이 『초당』이란 작품이 말하려는 주제, 곧 「근대 조선의 혼과 고민의 호소」라는 점에 있어서는 작자는 상당하게 성공하였다고 아니할 수 없다. 강씨(姜氏)는 학자는 아니다. 그는 서정시인이다. 소설 『초당』은 그의 서정시라고 볼 것이다. (앞의 책, 566쪽)

이광수는 조선 출신 강용흘이 영미 문단에서 당당하게 소설가로 등장하여 유럽의 여러 나라 말로 번역된 것에 커다란 자긍심을 느끼며 "나는 영미의 문단에 그만큼 칭찬받는 작품을 낳은 강용흘 씨에 대하여 그의 동포의 일인으로서 만강(滿腔)의 감사를 표하지 아니할 수 없고, 아울러 씨(氏)가 더욱 면려(勉勵)하여 그 이상의 대작을 내어 그가 사랑하는 조선과 조선 민족 이름을 빛내이기를 송축하지 아니할 수 없다"(앞의 책, 567쪽)라고 적고 있다. 강용흘의 이 소설은 후일 재외 영문 소설가 김은국, 최동오로 이어지고 최근 이창래 등 미국계 한국 작가들의 계보로 이어지고 있다.

이광수는 영미 문학을 폭넓게 읽었던 것으로 보인다. 영국의 왕 헨리 8세(Henry VIII, 1491~1547)는 가톨릭 국가인 스페인의 공주를 왕비로 맞았으나 후사가 없자 이혼을 결심한다. 그는 이혼을 합법화하기 위해 한때 자신을 "신앙의 수호자"로 칭찬했던 로마 교황과의 관계마저 끊으면서 영국 국교인 성공회라는, 가톨릭(구교)과 프로테스탄트(개신교)의 의식과 교리를 혼합한 새로운 형태의 종교를 만들었다. 그의 치하에서 문필가로 이름을 날렸던 토머스 모어 경(Sir Thomas More, 1447~1535)은 이에 반기를 들었다가 한때 총애를 받던 헨리 8세에 의해 교수형에 처해졌다. 모어 경은 『유토피아』(*Utopia*, 1516)의 저자로도 오늘날까지 널리 알려져 있다. 이광수는 「Sir Thomas More의 본령」(1935)이란 글에서 "이 세상에는 없는 곳"이란 뜻의 유토피아(이상향)의 진정한 의미에 대하여 다음과 같이 깊은 이해를 보여주고 있다.

> 『유토피아』라는 저술이 반드시 모어의 본령이 아닌 동시에 또 모어가 『유토피아』를 쓴 것도 결코 장래 할 어떤 실사회의 계획이라는 것보다도 당시 인심이 권세와 이욕에만 추(趨)하고 선악 정사(正邪)의 양심이 마비된 것을 풍자·통매(痛罵)하려는 것이 본의다. … 이 본령이야말로 대영제국의 모든 영광보다도 귀한 것이니, 대개 대영제국은 멸할 날이 있더라도, 모어의 정신은 병호소호(炳乎昭乎)하게 억천만세의 인심을 비취일 것이다. 인격은 어떤 주의보다도 귀한 것이니 … (『이광수 전집』 제9권, 432쪽)

이광수는 영국 최대 최고의 시인이며 극작가인 윌리엄 셰익스피어(William Shakespere, 1564~1616)에 대해서도 서양 문학의 대표적인 천재로 평가하고 있다.

> 그의 역사는 자세히 알 수 없다 하지마는, 어느 비평가가 "사옹(沙翁, 셰익스피어)의 작품을 보건대, 결코 무교육한 배우 따위의 능히 지을 배 아니니, 아마 당시에 가장 학식이 풍부하던 베이컨의 작인가 보다" 할이만큼 사옹의 작품에는 많은 공부의 흔적이 역력하며 … (앞의 책, 354쪽)

위와 같은 언급은 셰익스피어 문학에 대한 깊이 있는 논의는 아니지만 오늘날까지도 논쟁 중에 있는 작가 셰익스피어 진위 문제를 언급하면서 셰익스피어의 위대성과 보편성을 간접적으로 지적하고 있다.

> 생각컨대 사건이 묘(妙)하고 재미있는 소설을 찾자면 『부활』에 몇 배 나은

것이 많으리라. 셰익스피어의 작(作)을 보아도 그 문장이 찬란하고 착잡하게 엮은 인정(人情)의 기미는 과연 재에 있구나 할 것이 많지마는, 셰익스피어 것은 '꾸민' 것이라고 하는 느낌을 준다. 대인 대화에 나오는 말을 보아도 그것은 보통 우리네들의 일상생활에는 있을 수 없는 그런 것이 대부분이요, 사건도 작위가 맞은 것 같은 그런 느낌을 주지마는『부활』은 그렇지 않고 누구나 목전에 보고 들은 있는 문장과 언어로 되어 있다. (『이광수 전집』제10권, 565쪽)

이광수는 여기서 셰익스피어 문학의 정수의 일단을 지적해내고 있다. 이렇게 춘원은 소년 시절 일기에서 알 수 있듯이 셰익스피어 작품 인용 모음집인『사옹물어집』(沙翁物語集)도 읽었고 어느 날에는 "밤에 여러 사람에게『햄릿』이야기를 하였더니 다들 좋아하는 모양이다. 나도 웬일인지 사람들에게 문예 이야기를 하는 것을 좋아한다"(『이광수 전집』제9권, 332쪽)고 적기도 했다.

그러나 무엇보다도 1926년 정월 초하루『동아일보』에 이광수는 셰익스피어의 로마 비극『줄리어스 시저』(Julius Caesar, 1623)의 일부인 제3막 제2장을 시극(詩劇) 장르로 번역하여 실었다. 춘원이 좋아했던 브루터스의 연설을 들어보자.[5]

　　　　로마 사람이여, 동포여, 사랑하는 이들이여! 나의 말을 들으시오. 정숙히 들으시오. 나를 믿으시오. 내 명예를 보아 믿으시고 내 명예를 존경하여 나를

---

5) 춘원은 외국 문학 번역 작업에 각별한 중요성을 강조하였다. 김억이 번역한 영국 시인이며 비평가인 아서 시먼스(Arthur W. Symons, 1865~1945)의 시집『잃어진 진주』(1924)를 위해 쓴「서발(序跋)」에서 번역을 "오늘 조선 사회와 같이 외국 문학의 수입이 문단을 위하여서나, 일반 민중을 위하여서, 심히 긴요한 때에 … 이 헤아릴 수 없는 가치를 가진 사업"(『이광수 전집』제10권, 543쪽)이라 부르면서 다음과 같이 말하였다: "번역은 창작과 같은 효과와 노력을 요하는 것이지만은 특히 오늘날 조선과 같은 경우에서는 그 효과가 창작보다 더욱 크고, 또 위대한 외국 문학의 번역이 위대한 조선 문학의 기초가 설 것이니 번역의 공이 얼마나 큽니까"(앞의 책, 543쪽). 춘원은「조선 문학의 개념」(1929)이란 글에서 썩 잘된 외국 문학 번역이라면 우리의 교과서가 될 수도 있다고 언명하였다(앞의 책, 451쪽).

믿으시오. 여러분의 지혜로 내 말을 비평하시고, 정신을 가다듬어 바로 판단하시오. 만일 여러분 중에 시이저를 사랑하는 친구가 있다 하면, 나는 단언하오. 나의 시이저를 사랑함이 그에게 지지 아니함을. 그러므로, 만일 그가 묻기를, 어찌하여 브루투스가 시이저를 죽였느냐 할진대, 나는 이렇게 대답하리오—내가 시이저를 덜 사랑함이 아니요, 내가 로마를 더 사랑함이라고. 여러분은 시이저가 살고 여러분이 노예로 죽기를 바라시오? 시이저가 죽고, 자유로 살기를 바라시오? 시이저가 나를 사랑한지라, 나는 시이저를 위하여 울고, 그가 성공할 때에 내가 위하여 기뻐하고, 그가 용맹할 때에 내가 위하여 칭찬하였소. 그러나 그가 야심을 가질 때에 나는 그를 죽였소. 그의 사랑을 위하여서는 눈물이 있었고, 그의 성공을 위하여서는 기쁨이 있었고, 그리하고, 그의 야심을 위하여서는 죽음이 있는 것이요. 여러분 중에 노예되기를 원하는 비루한 이가 누구요? 있거든 말하시오. 그 사람에게는 내가 죄를 지었소. 여러분 중에 로마 국민 되기를 원하지 아니하는 야매한 이가 누구요? 있거던 말하시오. 그 사람에게는 내가 죄를 지었소. 여러분 중에 나라를 사랑하지 않는 흉악한 이가 누구요?[6] (『이광수 전집』 제8권, 590~591쪽)

이광수는 「역자 부언」에서 천재 시인 셰익스피어 번역의 의미를 다음과 같이 지적하고 있다.

---

[6] 이 부분의 원문은 아래와 같다. 이 원문과 번역문을 비교해보면 춘원의 수려한 번역을 맛볼 수 있다.

Romans, countrymen, and lovers, hear me for my cause, and be silent, that you may hear. Believe me for mine honor, and have respect to mine honor, that you may believe. Censure me in your wisdom, and awake your senses, that you may the better judge. if there be any in this assembly, any dear friend of Caesar's, to him I say that Brutus' love to Caesar was no less than his. if then that friend demand why Brutus rose against Caesar, this is my answer: Not that I loved Caesar less, but that I loved Rome more. Had you rather Caesar were living, and die all slaves, than that Caesar were dead, to live all free men? As Caesar loved me, I weep for him; as he was fortunate, I rejoice at it; as he was valiant, I honor him; but, as he was ambitious, I slew him. There is tears, for his love; joy, for his fortune; honor, for his valor; and death, for his ambition. Who is here so base, that would be a bondman? If any, speak; for him have I offended. Who is here so rude, that would not be a Roman? (Shakespeare, 824쪽)

이것은 셰익스피어의 극시 중에 하나인『쥴리어스 시이저』의 둘째 막을 번역한 것이다. 물론 나의 번역은 산문시로 되었으나, 될 수 있는 대로 원시의 리듬을 옮겨보려 하여, 구절 떼는 것은 원문에 충실하도록 하였다. 나의 졸렬한 번역은 존경하는 독자에게 조금이라도 흥미를 드리고, 또 행복되는 희망 많은 신년 벽두에 이 영국의 대천재의 정신의 일단에 촉(觸)하신다 하면, 실로 이만 다행이 없다고 한다. (『이광수 전집』제8권, 595쪽)

이광수는 일본 유학 중이던 소년 시절의 일기에서 17세기 영국 시인 존 밀턴(John Milton, 1608~1674)을 읽은 일을 기록하고 있다.

『실락원』을 읽다. 좋다. 마왕[Satan]의 불굴의 용기는 나의 가장 사랑하는 바다. 원(恨)흡건댄, 어찌하여 일거에 상제(上帝)[하나님]의 보좌를 충(衝) 하지 아니하고, 못생기게 에덴의 아녀자(兒女子)[아담과 이브]를 속였던고. (『이광수 전집』제9권 454쪽)

기독교 계통의 학교였던 일본 메이지 학원 중학교 과정을 다니던 이광수는 정기적인 예배 시간(채플)에 참석하고『성경』읽기를 좋아했다. 춘원은 『성경』중에서도 구약의 첫권인 천지 창조와 인간 창조와 타락에 관한 이야기인「창세기」를 매우 좋아하고 높이 평가할 정도로 문학으로서의『성경』에도 조예가 깊었던 것 같다. 그러다 보니 존 밀턴의 대표작이며 17세기 당대 유럽에서 최초 기독 서사시라 할 수 있는『실락원』(Paradise Lost, 1667)을 좋아했을 것이다. 그런데 여기서 주목할 것은 춘원이 반란을 일으킨 마왕(사탄)의 용기를 흠모하여 하나님을 무너뜨리지 못하고 애꿎은 아담과 이브만을 타락시켰는가 하고 아쉬워하고 있다는 점이다. 이는 일제강점기를 망국민으로서 살아갔던 문학 소년 이광수의 울분과 저항의 정치적 무의식이 아니었을까?

이광수가 1931년에 간행한『3인 시가집』에 19세기 영국 낭만주의의 대표적인 시인인 윌리엄 워즈워스(William Wordsworth, 1770~1950)의 시「외로운 추수군(秋收軍)」("The Solitary Reaper")을 번역하여 실었다. 이 번역시를 옮겨보자.

외로운 秋收軍

워어즈워어드 作

빈 들에 홀로 있는 北國處女 보안지고
이리 왔다, 저리 갔다 보리 비며 노래하네

혼자 베고 혼자 묶고 슬픈 노래 혼자 불러
오오, 들으라 깊은 이 골 넘쳐가는 이 소리를

아라비야 모래밭에 그늘 찾아 쉬는 行人
그네 듣던 나이팅게일 그 소린들 이만하리

멀고 먼 히부라이드 인적 없는 바닷가에
적막 뚫는 봄 꾀꼬리 소리 이리 凄凉하리

묻노라 저 處女야 네 무엇을 읊조리나?
지나간 슬픔이냐? 옛 戰爭의 이야기냐?

人生의 덧없음을 恨歎하는 노랠러냐?
면치 못할 고생 설움 네 신세의 하소연가?

물어도 대답 없고 노래도 끝이 없네
허리 굽혀 낫 두르며 쉬지 않는 일과 노래

망연히 서 있다가 山으로 올라 가니
소리는 안 들려도 그 곡조 안 들리랴[7] (『이광수 전집』 제9권 590쪽)

---

7) 이 시의 원문은 다음와 같다. (다음 페이지에 계속)

이 번역시의 원시는 각 8행으로 구성된 연(stanza)이 네 개로 총 서른두 개
의 시행으로 구성되어 있다. 그러나 춘원은 각각 2행으로 이루어진 여덟 개

The Solitary Reaper

Behold her, single in the field,
You solitary Highland Lass!
Reaping and singing by herself;
Stop here, or gently pass!
Alone she cuts and binds the grain,
And sings a melancholy strain;
O listen! for the Vale profound
Is overflowing with the sound.

No Nightingale did ever chaunt
More welcome notes to weary bands
Of travellers in some shady haunt,
Among Arabian sands:
A voice so thrilling ne'er was heard
In spring-time from the Cuckoo-bird,
Breaking the silence of the seas
Among the farthest Hebrides.

Will no one tell me what she sings?
Perhaps the plaintive numbers flow
For old, unhappy, far-off things,
And battles long again:
Or is it some more humble lay,
Familiar matter of to-day?
Some natural sorrow, loss, or pain,
That has bee, and my be again?

Whate'er the theme, the Maiden sang
As if ger song could haver no ending;
I saw ger singing at her work,
And o'er the sickle bending;—
I listened, motionless and still;
And, as I mounted up the hill,
The music in my heart I bore,
Long after it was heard no more. (Wordsworth, 148~149쪽)

의 연으로 줄여 총 16행의 한국 시로 변형시켰다. 역자인 춘원이 이 축약된 시 형식이 우리 음율과 시 감각에 더 어울린다고 여겼기 때문이다. 번역은 어떤 의미에서 새로운 창조이다.

이광수는「나의 소년 시대—18세 소년이 동경에서 한 일기」라는 제목이 붙은 일기에서 그의 어린 시절 독서 경험을 엿볼 수 있는 기록을 남겼다. 도쿄 유학 시절 춘원보다 4년 연상의 벽초(碧初) 홍명희(1888~ ?)를 만나 바이런(George Gordon Byron, 1788~1824)을 읽은 사실을 다음과 같이 적고 있다.

> 지난밤에는 H형(兄)(홍명희)에게 바이런의 전기를 읽어드리느라고 늦게야 자리에 들었으나, 새벽 한 시경에 한기(寒氣)의 깨움이 되어 격렬하게 성욕으로 고생을 하였다. 아아, 나는 악마화하였는가. 이렇게 성욕의 충동을 받는 것은 악마의 포로가 됨인가. 나는 몰라 나는 몰라. … 나는 바이런에게 배운 것이 많다. 그러나 나는 그를 본받으려고는 아니한다. (『이광수 전집』 제9권, 328쪽)

19세기 영국 낭만주의의 절정기 시인 바이런은 후배 시인 셸리(P. B. Shelley)와 키츠(John Keats)와 더불어 악마파(Satanic School)라고 불렸다. 그들은 모두 당대 빅토리아 시대와 사회, 악마파의 속물주의, 인습주의, 물질주의에 격렬히 저항하며 살다 요절하였다. 춘원은 바이런의「카인」「해적」「마제바」「돈판」등이 자신과 홍명희의 정신을 흔들어놓았다고 적고 있지만(김윤식, 『이광수와 그의 시대』 2, 186쪽에서 재인용) 바이런의 악마주의에는 빠지지 않겠다고 단언하였다.

후일 상하이에서 춘원은 가인(可人) 홍명희를 다시 만났다. 홍명희는 도쿄 유학 시절에 춘원에게 바이런을 읽기를 권했듯이 이번에는 오스카 와일드(Oscar Wilde, 1854~1900)를 소개해주었다. 홍명희의 강권에 따라 춘원은 와일드의『도리언 그레이의 초상』『옥중기』등을 읽었다(김윤식, 『이광수와 그의 시대』 1, 413쪽 참조). 오스카 와일드는 당시 세기말쯤의 유미주의

(唯美主義) 즉 "예술을 위한 예술" 사상을 대표하고 있었다. 이광수는 지난번 도쿄에서 홍명희와 같이 읽은 바이런의 악마주의에도 동조하지 못했던 것처럼 와일드의 유미주의에도 빠질 수 없었다.[8]

3) 영문학—조선이 가지고 싶은 문학

이광수는 '조선이 가지고 싶은 문학'이라는 부제가 붙은 「중용과 철저」라는 글에서 "사람은 가끔 변(變)을 구한다"고 전제하면서도 "아무리 변이 일시의 만족을 주더라도 그것은 오래 계속하지 못하는 것"이라며 "진실한 위대한 가치는 이 중(中)에 있는 것이다"(『이광수 전집』 제10권, 431쪽)라고 선언하면서 동서 문학에서도 동양의 사서삼경(四書三經), 두보의 시, 당송 8대가 등과 서양의 호머, 신구약성서, 셰익스피어 등은 수백 년 또는 수천 년 동안 지나도 물리지 않는 상(常)과 중용의 문학임을 지적한다. 춘원은 19세기 후반 영국의 대표적인 비평가인 매슈 아널드(Matthew Arnold, 1822~1888)가 낭만주의의 대표적인 시인들인 워즈워스와 바이런을 비교한 것을 다음과 같이 소개하고 있다.

> 영국의 비평가 매튜우 아아놀드 씨는 시인 바이런과 워어즈워어드를 대조하여 이런 뜻을 말하였다. 바이런은 일시 그 명성이 워어워어드를 압도하여 거의 비교할 수도 없이 우세하였거니와, 마침내 긴 생명을 가질 자는 워어즈워어드라고. 그리하고 그 이유로 교격(矯激)한 시인, 즉 변(變)적인 시인이요, 워어즈워어드는 영원의 진리, 평범한 인생과 자연의 진리와 미를 찾는 시인이라고.
> 과연 아아놀드 씨의 이 평은 맞았다. 바이런은 침체한 당시 영국 문단(대

---

8) 이광수는 바이런의 악마주의나 와일드의 유미주의보다는 문학의 보편성과 일반성을 더 강조하였다 : "도연명, 이태백, 두자미(杜子美)의 시, 셰익스피어 · 밀턴의 시는 근대의 이른바 관능주의, 탐미주의 데카당주의 한우충동(汗牛充棟)한 찬란한 제 작품이 모두 망각의 심연에 들어간 뒤까지 영원에 광채를 발한 것은 이것으로 보아 가장 확실한 일이다"(「문학강화」, 『이광수 전집』 제10권, 387쪽).

룩 문단에도)에 혁명적 충동은 주었으나, 그는 마침내 물림을 받았다.[9] (앞의 책, 431쪽)

이러한 상적(常的)인 문학인 "셰익스피어, 밀턴 이후의 영인(英人)은 이전의 영인보다 높고 아름다와졌을 것"(앞의 책, 433쪽)이라고 언명한다.

이광수는 자신의 글 「중용과 철저」에 대한 양주동의 반박 글을 재반박하는 「양주동 씨의 「철저와 중용」을 읽고」란 글에서 이 같은 생각을 굳히고 있다. 이광수는 이렇게 영국 문학을 예로 들면서 변(變)의 문학보다 상(常)의 문학, 나아가 중(용)의 문학을 더 높게 평가하여 조선 문학이 가지고 싶은 문학으로 추천하고 있다.

> 현재에 우리에게 없는 것도 현재에 우리에게(우리 다수 동포에게) 주고 싶은 문학은 무엇보다도 밥과 같고 물과 같은 상적(常的) 문학이다. 正과 眞의 문학이요, 인성의 원형이정(元亨利貞)에 기초한 문학이요, 중용의 문학이다. (앞의 책, 439쪽)

춘원은 문학의 보편성과 일반성을 강조함으로써 세기말의 "예술을 위한 예술"의 퇴폐 문학이나 급격한 사회 개혁을 부르짖는 혁명 문학 등 변(變)의 문학 모두를 배격하고 중용의 문학과 상(常)의 문학을 다시 한 번 옹호하고 있다.

이광수는 1931년 『조선문단』(6월호)에 19세기 미국 낭만주의 시인들인 월트 휘트먼(Walt Whitman, 1899~1892)의 시 「아메리카 사람들아」와 랠프 에머슨(Ralph Waldo Emerson, 1803~1882)의 시 「콩커드 기념비 제막식」을 번역 발표하였다. 아래에서 에머슨의 시를 읽어보자.

---

9) 이 인용을 위해 춘원은 아마도 1888년에 출간된 아놀드 평론집 『비평 선집』(*Essays in Criticism*)에서 아널드의 바이런론과 워즈워스론을 자세히 읽은 것 같다(특히 Arnold, 370, 382, 393, 394쪽 참조).

콩커드 紀念碑 除幕式

에머슨 作

長江 위에 휘임한 옛 다리 가에
그들의 軍旗는 四月 바람에 날렸다
이곳에 愚民들은 나라를 爲해
全世界를 울리는 銃을 놓았다

그들의 敵도 고요히 잠든 지 오래고
勝利子인 그들도 고요히 잠이 들었다
흐르는 歲月이 이 옛 다리를 휩쓸어
바다로 기어드는 검은 江波에 떠내려 갔다

이 풀 푸른 언덕 부드러운 물가에
우리는 이날에 돌碑를 세운다
尊敬하는 先人들 모양으로 우리 子女들이 간 뒤에라도
그네는 尊貴한 功績을 紀念할까 하고

靈아 그 英雄들에게 죽을 勇氣를 주고
그네의 子孫에게 自由를 주게 하던 靈아
歲月과 天地를 命하여 깨뜨리지 말게 하라
그들과 너 위해 세우는 우리의 이 碑를[10] (『이광수 전집』 제9권 , 590쪽)

---

10) 이 시의 원문은 아래와 같다.

Concord Hymn
SUNG AT THE COMPLETION OF THE BATTLE MONUMENT,

By the rude bridge that arched the flood,
Their flag to April's breeze unfurled,
Here once the embattled farmers stood
And fired the shot heard round the world.

춘원은 앞서 워즈워스의 시 「외로운 추수군」 번역에서 시 행수를 줄이는 등 번형하였으나 여기서는 원시의 형식을 그대로 따르고 있다.

춘원 이광수는 셰익스피어의 시극과 영국과 미국의 낭만주의 시인들의 시뿐만 아니라 미국 소설가 스토 부인(Harriet Beecher Stowe, 1811~1896)의 소설 『톰 아저씨의 오두막집』(*Uncle Tom's Cabin*, 1851~1852)을 번안("대강을 번역")하여 『검둥의 설움』이란 제목으로 1913년 2월 신문관에서 출간하였다. 그럼 여기에서 이광수가 초역(抄譯)한 스토 부인의 소설 『검둥의 설움』의 첫 문단을 읽어보자.

> 미국 켄터키도 어떤 고을에 한 사람이 있으니 이름은 셀비라. 학식도 매우 있고 사람도 단정하며 가세도 유여하여 좋은 집에 살고 종도 많이 부리더니 무슨 일에 낭패하여 빚을 많이 졌는 고로 하릴 없 집에서 부리던 종을 팔아 그 빚을 갚으려 하더라. 때는 이월이라, 이 산 저 산에 아직 녹다 남은 눈이 있고 추운 바람이 옷 속으로 솔솔 불어 들어오는 날에 셀비가 하레라는 사람을 데리고 썩 화려하게 꾸며 놓은 식당에 마주 앉아서 단 포도주를 마시며 무슨 이야기를 하더라.[11] (『이광수 전집』 제7권, 601쪽)

The foe long since in silence slept;
Alike the conqueror silent sleeps;
And Time the ruined bridge has swept
Down the dark stream which seaward creeps.

On this green bank, by this soft stream,
We set to-day a votive stone;
That memory may their deed redeem,
When, like our sires, our sons are gone.

Spirit, that made those heroes dare
To die, and leave their children free,
Bid Time and Nature gently spare
The shaft we raise to them and thee. (Emerson, 418~419쪽)

11) 다음은 영어 원문의 첫 문단이다. (다음 페이지에 계속)

그 「서문」에서 춘원은 이 소설이 조선 문학계에 던지는 의미에 대해 다음과 같이 논하고 있다.

> 그리 크지도 못한 이야기책으로서 능히 인류 사회의 큰 의심, 노예 문제를 해결하고 인류 역사에 큰 사실인 남북전쟁을 일으켜 몇천만 노예로 하여금 자유의 사람이 되게 해야 이 지구 위에서 길이 노예의 자취를 끊어버리게 하였다면 누가 곧이 들으리오. 하물며 그리하면 음풍영월인 줄만 알고 책이라 하면 세 잎짜리 신소설이라는 것으로만 여기는 우리 조선 사람들이리오. (『이광수 전집』 제10권, 543쪽)

비록 전편을 정식으로 번역한 작업은 아니고 "대강의 뜻"을 전하는 번안 방식을 택하여 출간했지만 이광수는 이 번안 소설이 완역본은 아니더라도 당시 조선 사회에 의미가 있음을 주장하고 있다.

이광수는 스토 부인의 이 소설을 미국의 노예 해방을 위한 남북전쟁(1861~1865)을 촉발시킨 소설로 높이 평가하고 있다. 또한 이광수가 문학

Late in the afternoon of a chilly day in February, two gentlemen were sitting alone over their wine, in a well-furnished dining-parlour in the town of P―, in Kentucky. There were no servants present, and the gentlemen, with chairs closely approaching, seemed to be discussing some subject with great earnestness.

For convenience sake we have said, hitherto, two gentlemen. One of the parties, however, when critically examined, did not seem, strictly speaking, to come under the species. He was a short, thick-set man, with coarse, commonplace features, and that swaggering air of pretension which marks a low man who is trying to elbow his way upward in the world. He was much over-dressed, in a gaudy vest of many colours, a blue necker-chief, bedropped gaily with yellow spots, and arranged with a flaunting tie, quite in keeping withe the general air of the man. His hands, large and coarse, were plentifully bedecked with rings; and he ware a heavy gold watchchain, with a bundle of seals of portentous size, and a great variety of colours, attached to it, which, in the ardour of conversation, he was in the habit of flourishing and jingling with evident satisfaction. His conversation was in free and easy defiance of Murray's Grammar, expressions, which not even the desire to be graphic in our account shall induce us to transcribe. (Stowe, ?).

이광수 번역의 첫 문단과 비교해볼 때, 많은 부분을 생략하고 대강의 뜻만 옮긴 것으로 보인다.

이 사회 변혁과 역사 발전의 기폭제가 될 수 있음을 강조하고 있다. 이것은 또한 일제강점기에 문학의 역할과 기능에 대해 이광수가 거는 기대를 보여준다.

> 믿음의 힘! 정성의 힘!
> 사회의 진보가 이로부터 나오고 인류의 역사가 이로써 꾸미우도다.
> 천만억 긴긴 세월 천만억 많은 사람은 모두 몇몇 사람의 맑고 뜨거운 가슴에서 흘러나오는 이 힘 속에서 살고 움직이느니…
> 우리 스토우 부인의 사적은 그가 세상에 끼친 보람의 굉장함과 천하에 울린 이름의 위대함에 비겨 너무 한 일이 쓸쓸하고 슴슴하도다.
> 다만 무즈러진 붓 한 자루로 『엉클 톰스 캐빈』이라는 그리 크지 못한 이야기책 하나를 남겼을 뿐이다. 그러나 이 크지 못한 이야기책 하나, 이 인류의 발전에 바친 보람은 대나폴레옹의 일생 동안에 세운 대제국보담도 컸도다. …
> 이 믿음과 이 정신이 연연한 아녀자의 이름으로 천추에 썩지 아니할 보물이 되게 하였도다.
> 믿음의 힘! 정성의 힘! (『이광수 전집』 제8권, 530~531쪽)

이광수는 1925년 『여명』(9월호)에 실린 「영문단 최근의 경향」이란 글에서는 당시 영국 문단에 대한 해박한 지식을 보여주고 있다. 이 글은 당대의 대표적인 작가들인 아널드 베넷(Arnold Bennett, 1867~1931), 존 골즈워디(John Galsworthy, 1867~1933), 조지 무어(George Moore, 1852~1933), 디이 에이치 로렌스(D. H. Lawrence, 1885~1930), 콤프턴 매켄지(Compton Mackenzie, 1883~1972) 등을 논하고 있다. 이 중에서 오늘날까지도 대작가로 남아 있는 로렌스에 대한 춘원의 논의가 매우 흥미롭다. 이광수는 로렌스를 "성(性)의 문제에 깊이 들어간 작가"(『이광수 전집』 제10권, 406쪽)로 보고 그의 소설의 특징을 "내용적으로는 재래의 영국 도덕이 힘써 숨기던 성적 사실을 의사의 해부보다도 정세(精細)히 해부하여 그것을 과학화하지 않고 시화(詩化)하여 표현하였다"(앞의 책, 406쪽)고 지적하면서 아직도 대표작[12]을 다 쓰지 않았던 1925년 당시의 영국 문단에서 로렌스 문학의 의미를 다음과 같이 요약하고 있다.

> 요컨대 그의 위대한 생명은 인생의 심저에 숨어 있는 본능의 살은 시적 표현에 있다. 정열의 미화에 있다. 전율할 정열미, 불붙어 미치는 감각의 불꽃의 발견과 그의 시적 표현과에 있다. 그의 붓에 오르면 어떻게 추악하다고 지금까지 생각하던 성적 사실이라도 정열의 세계라도 조금도 오악(汚惡)으로 보이지 않고 전혀 전율할 미로 화하여버렸다. 그뿐이 아니라 도덕가와 교육가의 눈에는 위험하다고 생각하고 풍속회란(風俗懷亂)으로 생각하는 본능과 정열의 힘이 실은 오인(吾人)의 생활, 창조적 생을 자극하여 산 보람 있는 생활에 새로운 스타아트를 좇는 근원적 요소임을 통감케 한다. (앞의 책, 407쪽)

당시 영국 문단과 사회에서조차 빅토리아주의가 남아 있어 D. H. 로렌스의 성 소설을 음란물로 몰아 판매 금지하기도 하였음에 비추어볼 때, 당시 조선에서 이광수가 로렌스의 소설을 "문학의 신기치"라고 평가하고 근대라는 미명하에 이루어지는 산업화, 기계화, 자본주의화로 인해 파괴된 충일하고 역동적인 인간성의 토대인 생명 사상을 주장한 로렌스 문학의 요체를 짚어냈다는 것은 놀라운 일이다.[13]

3. 결론 — 새로운 조선문학의 수립을 위하여

춘원 이광수의 앵글로색슨족의 언어와 문학에 대한 관심과 애호는 남달

---

12) 이광수의 이 글이 쓰인 1925년 이후에 쓰인 로렌스의 주요 작품으로는 『날개 달린 뱀』(*The Plumed Sevpent*, 1926), 『말 타고 가버린 여자』(*The Woman Who Rode Away*, 1928), 『채털리 부인의 연인』(*Lady Chatterley's Lover*, 1928) 등이 있다.

13) 이 밖에도 이광수는 여러 곳에서 포프(Alexander Pone), 셸리(P. B. Shelley), 칼라일(Thomas Carlyle), 하디(Thomas Hardy), 쇼(Bernard Shaw) 등 명작가들을 언급하거나 인용하였다.

랐다. 나아가 당시 영어라는 언어의 국제적 지위는 대영제국과 신흥 강국인 미국이라는 국위와도 맞물려 있었고 영미 문학도 셰익스피어를 비롯하여 많은 영미 작가들의 작품들이 원문이나 번역으로 읽혔다. 특히 춘원은 영어와 영문학을 통해 조선 문예를 근대화시킬 수 있을 것으로 믿었고 앵글로색슨족의 민족적인 여러 가지 장점들을 배우고 습득함으로써 조선민족을 새롭게 만들고 겨레의 힘을 기르고 모아서 일본 제국주의와 싸워서 독립을 쟁취하는 토대로 삼아야 한다고 생각하였던 것처럼 보인다. 춘원이 '2 · 8 독립선언문'을 영어로 번역하여 서구 열강의 지도자들에게 보내고 당시 독립운동의 본거지였던 상하이 지역의 주요 영자 언론사들에게도 배포하였던 것만 보아도 세계어로 부상하는 영어를 이용하려 했음이 분명하다.

나아가 1931년에 조선을 소재로 한 소설『초당』의 발간이 영미 문단에서 호평을 받았으며 당시 프랑스어, 독일어 등 주요 서구어로 번역되어 소개되는 것을 보고 조선 문학에 대해 크게 고무되고 자극을 받았을 것이다. 춘원이광수는 당시 조선 문학을 세계 문단에 소개하는 가능성까지 염두에 두고 국제적 소통 수단으로서의 영어의 역할을 누구보다도 깊이 인식하고 있었다고 볼 수 있다. 춘원 자신이 영어로 직접 편지와 일기도 쓰기도 하고 나아가 시를 쓰기도 하였으며 저술을 영어로 작성했다는 기록을 보아도 춘원의 의도를 이해할 수 있을 것이다. 그러나 춘원의 시대는 그로 하여금 조용히 앉아서 계획을 짜고 영어로 저술할 수 있도록 하는 여유와 시간을 허락하지 않았다. 그렇게 하기에는 그는 너무나 여러 방면에 재주가 많았고 주위 사람들이 그를 결코 한가하게 내버려두지 않았다.

이광수가 영미 문학에 관심을 가진 궁극적인 이유는 조선 문학의 신가치 부여와 정체성 수립에 있었다.[14] 이런 맥락에서 춘원이 쓴 조선 문학론에

---

14) 춘원은「우리 문예의 방향」(1925)이란 글에서 예술은 우리에게 살아가는 힘을 주어야 한다고 인도주의적 신이상주의를 강조하고 있다. "인생의 모든 활동은 살기 위한 활동인즉, 예술도 살기위한 예술, 즉 인생에게 '살 힘'을 주는 예술이라야 할 것이다. 더 자세히 말하면, 인생을 지금 있는 인생보다 더 굳세고 더 아름답고 더 착하게 하는 예술, 사람과 사람이 더욱 서로 사

관한 글들을 꼼꼼히 살피는 동시에 일제강점기 초기에 쓴 문학 및 예술론과 당시 일본과 일본을 통한 서구의 문예 이론과의 상관관계, 다시 말해 비교문학적 검토가 필요하리라 여겨진다. 이광수 문학 연구의 원로 학자인 이재선은 15세기 빅토리아 시대 영국의 사회개조론자들인 존 러스킨, 윌리엄 모리스, 엘렌 케이, 에드워드 카펜터 등의 생활예술론과 민중예술론과 이광수의 글「중용과 철저」(1926)에 나타난 '중용'과 '상'(常)의 강조를 통해 "문학의 초시대성과 시대성 가운데 전자를 옹호하는 입장"을 가졌다고 지적하였다. 이재선은 이광수와 매슈 아널드의 관계에 주목하여 "보다 큰 비중으로서 문제 삼아야 할 원천 재원은 매슈 아널드의『비평 선집』(*Essays in Criticism*, 1865) 등의 문학비평에 있어서의 Permanence(영원성)의 개념(7쪽)"이라고 밝히고 있다.

춘원 이광수는 우리가 생각한 것 이상으로 일본 작가나 학자들보다도 의 영향보다도 서구의 이론가나 평론가들에게 영향을 받았을지도 모른다. 춘원이 러시아 작가 톨스토이에게 큰 영향을 받았음은 많이 연구되었지만 기타 서구 작가나 이론가들과의 영향 관계는 별로 연구된 바가 없다. 우리는 춘원이 조선 문학을 중국 문학과 일본 문학뿐 아니라 서구 열강의 문학들과도 견주어보는 세계문학 지평 속에 논의하고 있다고 볼 수 있다. 우리는 앞으로 춘원의 문예론을 조선 문학의 가치 높이기라는 명제 안에서 동서양의 다양한 이론들을 섭렵하고 자신의 논의를 전개시키고 있음에 주목하며 이 방면에 대해 비교세계문학적 시각을 가져야 할 것이다.

랑하고 더욱 이기를 떠나 동포를 위하여 몸을 바치도록 인성을 높이고 깊이고 흔들어놓는 예술이라야 할 것이다. 이러한 생각에서 예술상의 인도주의가 나오고, 이른바 신이상주의가 나온 것이다"(『이광수 전집』 제10권, 430쪽). 이광수는 20년대 중반 당시 조선문단에서도 병적이고 불건한 풍조가 점차 사라지고 "인도주의를 내용으로 하는 신이상주의"가 대두되어 기쁘다고 적고 있다(앞의 책, 430쪽).

3장 주요섭의 장편소설
『구름을 잡으려고』 다시 읽기
― 정(情)의 원리와 사랑의 윤리

1. 들어가며― 정(情)의 원리를 실천하는 문학

오늘날 여심(餘心) 주요섭(朱耀燮, 1902~1972) 문학에 대한 논의는 안타깝게도 1920년대 초기 단편소설 몇 편과 널리 알려진 「사랑손님과 어머니」 등에 매우 제한되어 있다. 더욱이 그간 주요섭 문학에 대한 접근은 자연주의적 경향파 소설 또는 리얼리즘(사실주의) 계열의 작가로만 고정되는 경향이 있었다. 그러나 주요섭은 40여 편의 단편과 「미완성」 등 두 편의 중편, 그리고 『구름을 잡으려고』(1934) 등 세 편의 장편소설과 『김유신전』(*Kim Yushin*) 등 세 편의 영문 소설 등 적지 않은 작품을 발표한 역량 있는 소설가였다.[1] 그런데 왜 주요섭은 한국의 문단과 학계에서 부당한 푸대접을 받는

---

[1] 주요섭은 1934년 가을에 베이징 부런대학교의 영문학 교수로 있으면서 당시 폴란드 출신 영국 소설가 조지프 콘래드(Joseph Conrad), 영문 저작으로 널리 알려진 중국인 임어당(林語堂), 『대지』를 쓴 미국 소설가 펄 벅(Pearl Buck)에 자극을 받아 중국을 배경으로 영문 장편소설을 썼다: "유구한 역사를 가지고 백천가지 괴상한 풍속을 지키는 중국 땅에서 소재는 무한정 발견할 수 있고 그 스케일이 굉장히 컸다. 그래서 나는 북평(베이징)을 배경으로 하고 각계각층 중국인 남녀들을 등장시킨 장편소설 한 편을 3년 동안에 탈고했다"(「나의 문학 편력기」, 『신태양』, 1959, 272쪽). 그러나 안타깝게도 이 장편소설의 원고는 1943년 주요섭의 상하이에서의 반일 독립운동 사실이 발각되어 일본 영사관 특고계 형사에게 체포되었을 때 압수당한 후 분실되어버렸다. 주요섭은 계속해서 "해방 뒤 서울에서 『김유신전』이라는 역사소설을 영문으

것일까, 주요섭이 한때 국제펜클럽 한국본부 사무국장 및 이사장 일을 다년 간 맡아 활동했고 후년에 경희대학교 영문학과 교수로 지내며 상당 기간 동안 소설 창작의 치열성을 보이지 못한 공백기 때문에 생긴 오해와 편견 때문일 수도 있다. 그러나 주요섭은 대학에서 은퇴한 뒤 지병으로 갑작스럽게 타계하기 전까지 마지막 불꽃을 태우려는 듯이 소설 창작에 몰두하여 『월간 문학』, 『현대문학』 등에 「여대생과 밍크코트」 등 다수의 단편 작품들을 연이어 발표하였다.

21세기에 들어선 이제 우리는 신문이나 잡지에 연재된 주요섭의 작품들을 더 발굴하고 정리하여 그의 문학 소설 텍스트들을 확정할 뿐 아니라 새로운 접근으로 다시 읽어야 할 것이다. 이런 맥락에서 본고는 일본 제국주의 식민통치가 한창이던 1931년 『동아일보』에 연재된 주요섭의 첫 장편소설 『구름을 잡으려고』를 기독교적으로 읽으며 그의 문학에 나타난 정(情)의 요소와 사랑의 원리를 추적해볼 것이다. 또한 이 작업이 한국 문학사에서 가장 평가받지 못하는 작가 중의 한 사람이며 뒤늦게야 한국 정부에 의해 독립운동가로 정식 인정받은 작가 주요섭을 종합적으로 해명하고 재평가하는 시작이 되기를 기대한다.

주요섭의 아버지 주공삼은 목사였다. 주요섭의 이름도 구약에 나오는 요셉의 이름을 본떠 지은 것이다. 1921년 상하이에서 흥사단에 입단하기 위해 주요섭이 제출한 이력서를 보면 종교란에 야소교(예수교) 장로회라 쓰여 있고 평양의 기독교 학교인 숭실중학과 숭실대학에 다닌 것으로 되어 있다.[2] 주요섭이 상하이에서 1927년까지 다녔던 후장대학교와 1934년부터 1943년

로 써서 1947년에 출판하였고, 1962년 그것을 대폭 수정하여 『흰 수탉의 숲』(*The Forest of White Cock*)이라고 제목을 고쳐 출판했다"(「재미있는 이야기군」, 『문학』, 1996, 199~200쪽)고 말하였다. 필자가 국립도서관 등 백방으로 그 영문 소설의 소재를 찾고자 노력했으나 아쉽게도 아직도 구하지 못했다. 이 외 아직 단행본으로 출간되지 않은 두 장편소설은 『1억 5천만 대 1』(1957년 6월호부터 1958년 4월호까지 『자유문학』에 연재)와 『망국노 군상(亡國奴群像)』(1958년 6월호부터 1960년 5월호까지 『자유문학』에 연재)이 있다.

2) 최학송, 「해방 전 주요섭의 삶과 문학」, 『민족문학사 연구』 제39권, 2009, 173쪽 참조.

까지 그가 영문학 교수로 재직했던 베이징의 부런대학교도 기독교 계통 학교였다. 이러한 여러 사실을 볼 때 주요섭의 사상이 1920년대 초 사회주의에 기울기는 했으나 기독교 사상과 깊이 관련 있었음을 쉽게 알 수 있다. 주요섭은 교회에 정기적으로 출석하는 열성 기독교 신자는 아니었을지라도 기독교 사상의 핵심 교리인 '사랑'에 대해서 잘 알고 있었다. 이런 맥락에서 볼 때 주요섭이 강조했던 한국적 의미의 정(情)은 인도주의적 경향과 기독교적 사랑과 맥을 같이한다고 볼 수 있다는 것이 본 논문의 요지이다.

가난하거나 억압받는 사회적 약자들에 대한 각별한 관심과 돌봄의 문제를 다루는 주요섭 소설의 정(情)에 토대를 둔 휴머니즘과 인도주의적 경향은 이태동, 한점돌, 정선혜 등의 연구자들이 이미 지적한 바 있다. 그동안 주요섭의 단편소설에 나타난 기독교적 요소를 논한 최재선은 박사학위 논문을 통해 주요섭이 1925년 4월호 『개벽』에 발표한 초기 단편소설인 「인력거꾼」에서 주인공 아찡이 상하이의 빈민들을 위한 무료 진료소에서 만난 기독교 젊은 목사가 한 설교에 대해 "신의 불공평성에 대한 현실적 항의"라는 취지로 기독교를 비판하고 있다고 지적하였다.[3] 최학송은 해방 전 주요섭의 삶과 문학을 논하는 자리에서 "새로운 자료들을 통하여 주요섭의 사상 경향을 기독교, 민족주의, 사회주의에서 그 뿌리를 찾아볼 수 있"[4]으며 구체적인 "주요섭의 의식 세계를 추정하면서 빠뜨릴 수 없는 것이 기독교의 영향"[5]이라고 지적하면서도 "기독교와 주요섭 문학 사이의 관계는 앞으로 좀 더 깊이 논의되어야 할 문제"[6]라고 말하면서 구체적인 분석 작업은 뒤로 미루었다.

주요섭 문학에 대한 기독교 정신의 영향을 논한 또 다른 논자로는 김학균이 있다. 그는 최근 논문에서 주요섭과 기독교의 관계를 좀 더 적극적으로 탐구하여 단편 「추운 밤」(1922)과 중편 『미완성』(1936)을 기독교 정신과 연

---

3) 최재선, 「한국현대소설의 기독교 사상 연구」, 숙명여자대학교 박사학위 논문. 139~143쪽.

4) 최학송, 앞의 책, 149쪽.

5) 최학송, 앞의 책, 170쪽.

6) 최학송, 앞의 책, 170쪽.

계하여 논했다.[7] 그러나 본격적인 논의는 아직도 없고 특히 장편『구름을 잡으려고』에 대한 기독교적 접근을 통한 연구는 전무하다. 장편소설『구름을 잡으려고』에 대해 한점돌이 "그 비관적이고 결정론적인 인간관을 통하여 자연주의 소설의 한 전범을 보여주고 있"[8]다고 언명한 것처럼 아직도 신경향파와 사회주의 계열 소설로 분류되고 있기 때문이라고 볼 수 있다.

주요섭은 1932년에 쓴 「사람의 살림사리」라는 글에서 정(情) 없는 살벌한 당시 식민지 사회의 분위기를 다음과 같이 쓰고 있다.

> 며칠 전 일이다. 서너 명의 동무와 떼를 지어 신촌까지 나간 일이 있었다. 기차가 신촌역에 닿아서 내리기까지는 아무런 이상도 없었다. 그러나 역에서 역 밖으로 나아가는 고 잠시 사이에 나는 이때까지 살아오는 동안 느끼지 못했던 일종의 만족을 느낀 일을 경험하였다.
>
> 정거장에서 내리면 천 번이면 천 번 만번이면 만 번 의례히 보는 일이 있다. 그것은 출찰구에서 버티고 서 있는 역부(역무원)와 경관의 XX한 자태이다. 떡 버티고 서서 표를 빼앗든 역부, 불쾌스럽게도 사람의 얼굴을 뚫어지도록 보고 서 있는 순사!
>
> 그런데 그날 그 시각에 신촌역 출구에는 경관도 없었고 표를 빼앗는 역부의 자태도 보이지 아니했다. 승객들은 그냥 차표를 출구 복대 위에 쌓아놓고 밖으로 나가는 것이었다.
>
> 「유토피아!」 이러한 생각이 머리를 스치고 지나갔다. 그리고 마음이 너무나 유쾌하였다. (주요섭, 「사람의 살림사리」, 『신동아』, 1932, 144쪽. 밑줄 필자)

일본 제국주의 강압적이고 착취적인 통치가 한창이던 1932년 겨울에 쓰인 이 짧은 글에서 우리는 당시 식민지 조선 사회의 풍경과 분위기를 잘 읽을 수 있다. 억압적인 분위기를 만드는 신촌역의 역무원과 순사의 표정과

---

7) 김학균, 「주요섭 초기 소설에 나타난 여성의 '서발터니티' 연구」, 『배달말』 제49권, 2011, 151~155쪽.

8) 한점돌, 「주요섭 소설의 계보학적 고찰」, 『국어교육』, 2000, 354쪽.

태도에서 당시 조선의 식민지 주민들의 절망적인 일상생활을 엿볼 수 있다. 그런데 이날은 불쾌감을 주었던 역무원도 순사도 없었다. 주요섭은 승객들이 자유롭고 편안한 마음으로 자율적으로 각자의 표를 표함에 놓고 내리는 장면에 만족감과 유쾌함을 느끼면서 이것이 바로 "유토피아"라고 했다.

유토피아라는 곳은 개인의 자유와 권리가 어느 정도 보장되고 구성원들끼리 서로 합당한 의사소통이 가능하고 나아가 정(情)을 나눌 수 있는 공영역(public sphere)이다. 그러나 유토피아와 대비되는 피식민지의 상황은 구성원들끼리 결코 자유롭게 교제하고 서로 격려하고 사랑을 나눌 수 없는 곳이다. 주요섭은 미국 유학을 마치고 돌아와 이 글을 쓴 시기와 비슷한 때에 그의 첫 장편『구름을 잡으려고』를 썼다. 주요섭은 그의 이 소설에서 위와 같은 유토피아를 그리고 싶었을지도 모른다. 감시하고 착취하는 식민 통치자 아래서의 분열된 공동체에서나마 그 구성원들끼리 따뜻한 정을 나누고 사랑으로 교제할 수 있는 공간을 꿈꾸었는지도 모른다.

주요섭은 또 유명한 수필「미운 간호부」에서 문명의 역사와 인간의 삶에서 정의 중요성을 다음과 같이 크게 강조하고 있다. 한 어머니가 수술한 딸을 만나고자 하나 냉정한 간호부는 위생적인 이유 등으로 단호하게 거절하였다.

> 이 숭고한 감정에 동정할 줄 모르는 간호부가 나는 미웠다. 그렇게까지도 간호부는 기계화되었던가? 나는 문명한 기계보다도 야만한 인생을 더 사랑한다. 과학상으로 볼 때 죽은 애를 혼자 두는 것이 조금도 틀릴 것이 없다. 그러나 어머니로서 볼 때에는…… 더 써서 무엇하랴! '어머니'를 이해하지 못하고 동정할 줄 모르는 간호부! 그의 과학적 냉정이 나는 몹시도 미웠다. 과학 문명이 앞으로 더욱 발달되어 인류 전체가 모두 '냉정한 과학자'가 되어버리는 날이 이른다면……. 나는 그것을 상상만 해도 소름이 끼친다. 情! 그것은 인류의 최고의 과학을 초월하는 생의 향기이다. (주요섭,「미운 간호부」,『한국대표명작총서』제13권, 벽호, 1992, 326~327쪽)

주요섭이 자신의 문학에서 정을 인생의 향기라고 부른 것에서 사랑 또는 동정과 공감이라는 정감적 가치도 매우 중시하고 있음을 알 수 있다.

2.『구름을 잡으려고』에 나타난 정(情)과 사랑

그럼 이제 주요섭의 정의 원리와 사랑의 원리를 연계하여 장편소설『구름을 잡으려고』에 접근해보자. 주요섭 자신의 말대로 "미국 유학이 나에게 남겨준 단 한 편의 장편소설"[9]인『구름을 잡으려고』는 "1931년 초 고향으로 돌아온" 주요섭이 "동아일보에 연재"한 것으로 "미국에 사는 교포들의 경험담과 내(주요섭)가 직접 겪은 것을 토대로 한 일종의 다큐멘터리 소설"[10]이다.

이 소설은 19세기 마지막 해인 1899년 봄 제물포항(지금의 인천)에서 시작된다. 이 소설의 주인공인 30세 노총각 박준식이 고향에서 800리를 걸어 제물포로 와 미국 가는 큰 배를 타려는 이유는 밥도 제대로 못 먹는 '가난' 때문이었다.

> '어떻게 해야 오늘 저녁밥을 먹을 수 있게 될까?' 하는 걱정이다.
> 밥, 밥, 밥!이다. 밥 때문에 자기도 고향을 떠나 여기까지 걸어온 것이다.
> …
> 준식이는 또 한번 여기저기 웅크리고 앉아 있는 밥 찾는 무리들을 둘러보았다. 그 많은 밭에서 난 곡식은 모두 어디로 갔기에 이 많은 사람들이 밥한 그릇 얻으려고 여기에 이렇게 모여들었을까. (주요섭,『구름을 잡으려고─사랑손님과 어머니 기타』, 신여원사, 1973, 25쪽. 이하 동일)

인력회사의 주선으로 농업 생산을 위한 노동 인력이 모자라는 미국 서부로 공짜로 데려다주고 일도 시켜주고 "큰 부자가 되어 돌아올"(26쪽) 수 있

---

9) 주요섭,「나의 문학 편력기」,『신태양』, 1959, 270쪽.

10) 주요섭,「재미있는 이야깃군」,『문학』, 1966, 198쪽.

다는 소식을 듣고 준식은 제물포로 온 것이다. 준식은 뽀루대(증기선)를 타고 30명의 노동자들과 함께 "모두가 노자 한 푼 없이, 그러나 큰돈을 모아가지고 떵떵거리며 돌아올 날을 꿈꾸면서"(26쪽) 제물포항을 떠났다. 중국 청진항에 들러 이미 100여 명의 대국인(중국인) 노동자들이 타고 있는 큰 배를 갈아타고 일본 항구 횡빈(요코하마)에 들러 일본 노동자 100명을 더 태우고 한 달 이상 걸리는 미국을 향해 태평양으로의 긴 항해를 나섰다. 조선인, 중국인, 일본인들은 모두 선실에 함께 거의 감금 상태로 지냈으며, 서로 알아듣지 못하는 언어 때문에 잘 섞이지 못하였다. 20일쯤 지나 하와이에 도착했으나 25명만 내리고 다시 미국 서구로 떠났다. 열흘 후에 그들은 미국 샌프란시스코 항구에 도착했다.

그러나 노동자 일부만 내리고 다시 어디론가 떠났다. 준식이와 배에서 만난 19세 젊은 조선 청년 춘삼이 등은 불안에 떨어야 했다. 미국에 왔다는데 왜 안 내리고 다시 어디론가 간단 말인가? 이틀 후 그들이 도착한 곳은 멕시코였다. 노동자들은 여러 개 조로 구성되어 각각 어디론가 끌려갔다. 끌려가는 도중에 노동자들은 매질을 당하는 등 매우 거친 대우를 받았다. 알고 보니 개발 회사의 농간으로 정상적인 자유 노동자가 아니라 플랜테이션(농장) 노예로 팔려가는 것이었다. 그러나 다행히도 준식이와 춘삼이는 한 조가 되어 어떤 목화밭 플랜테이션으로 끌려갔다. 농장에는 "높은 담 밑에 돼지우리 같은 움막집"(53쪽)이 수십 개 있었고 농노들이 걸핏하면 채찍을 맞으며 그곳에 몇 명씩 배치(수감?)되었다. 여기서 준식과 춘삼은 헤어지게 되었다. 이렇게 황금의 땅 미국에 가서 돈을 많이 벌어오겠다는 꿈을 가지고 제물포를 떠났던 박준식은 꼼짝없이 국제 사기 조직에 걸려 "팔리지 않고도 팔려온 종"(60쪽)인 농장 노예로 전락해버렸다. 이곳 농노들이 "하루에 열네 시간씩 꼭꼭 일"(55쪽)하고 받는 보수라고는 멕시코 음식 '또띠아(Tortillo)'라고 하는 강낭(옥수수)떡 "서른 개, 물 세 사발, 한 달에 한번 갈아주는 홑옷 한 벌, 돼지우리 같은 집, 욕, 매, 학대"(62쪽)가 전부였다.

준식은 이러한 절망적인 노예 생활을 4년간 하였다. 그러던 어느 날 준식은 우연히 아리바라는 이름을 가진 "젊은 홍인(인디언) 자유인"(67쪽)과 인연을 맺게 된다. 목화 농장 주변을 염탐차 자주 오는 아리바가 독사에 물려 사경을 헤맬 때 준식이가 물린 자국에서 뱀독을 입으로 빨아내어 목숨을 구해줌으로써 준식의 삶은 비로소 새로운 운명을 맞을 수 있게 되었다.

주요섭은 이 소설의 말미에 붙인 「작자의 말」에서 이 소설에서 "리얼리즘 위에다가 작자의 철학을 가미"하겠다고 밝힌 바 있다(251쪽). 그렇다면 주요섭 자신이 가미(加味)하였다는 "작자의 철학"이란 무엇일까? 필자는 여기에서 주저하지 않고 특히 인간과 인간 사이의 관계에서 반드시 필요한 기본 원리인 정(情), 인정미(人情味)라고 추정한다. 그 이유는 주요섭은 이 소설에서 뿐 아니라 다른 글에서도 정을 강조하였기 때문이다. 이 소설에서 작자의 철학은 정에서 출발하여 기독교의 사랑으로 승화되고 있다는 것이 필자의 생각이다.

이 소설의 후반부에서 미국 서부 지역의 한인 교회들의 분열과 반목을 비판하는 장면이 등장하기도 한다. 그러나 그것은 제도권화된 세속 교회의 타락을 문제 삼은 것이지 기독교 자체의 본질을 비판한 것은 아니다. 소설의 끝부분에서 30세에 제물포 항을 떠났던 주인공 준식은 미국에 온 지 이미 30년이 넘어 60세가 훨씬 넘은 노인이며 인생의 실패자(열패자)가 되어 로스엔젤레스 공원 거리를 굶주림에 지쳐 배회하던 중에 '수고롭고 무거운 짐을 진 사람은 다 이리로 오라'고 쓰인 교회에 들어간다.

> 십자가에 달린 예수의 벌거벗은 상이 서 있는 무대 앞에 이르자 준식이는 무의식중에 꿇어 엎디었다. 온집안 구석구석까지 음파로 진동시킨 파잎 올간 소리가 그 음파로써 준식이 몸뚱이 세포세포의 구석구석까지 흔들어 진동시키는 것처럼 감각되었다.
>
> 얼마 동안이나 준식이가 그처럼 엎드려 있었는지! 그는 초자연적 어떤 힘의 보호를 구하고 있는 것이었다. 어떤 기적, 전후무후한 큰 기적이 나타나서 준식이를 안일과 행복으로 인도해주기를 빌고 엎드려 있는 것이었다. 준식이 앞길에는 이제 다른 아무것도 없는 것처럼 생각되었다. 오직 기적의

손이 나타나서 준식이를 인도하여 평화의 나라로 데려다주기를 바라는 것
이었다.

　준식이 자신은 이제 아무 일도 할 수 없는 가장 무능력한 존재라는 것을
새삼스레 느끼었다.

　"오, 주여, 오, 주여!" 하고 그는 무의식 중에 되풀이하고 있는 것이었다.
(244~245쪽)

　미국에 와서 지난 30년 이상을 몸이 부서져라고 열심히 일하며 최선을 다
해 살아왔던 준식이가 이제 한계상황에 부닥치고 삶이 '궁극적인 문제'에 다
시 직면했을 때 그가 바라는 것은 하나님의 무조건적인 '사랑'뿐이 아닐까?
주요섭이 서로 모여 사는 인간 사회에서 가장 증오한 것은 사람들끼리 서로
정을 나누지 않는 것이었다. 주요섭에게 '정'은 예수에게서 '사랑'이고 나아
가 공자에게서 '인(仁, 서로 어질고 부드럽게 대하기)'이고 부처에게서 '대자
대비(불쌍히 여기는 마음)'이다.

　다음의 예에서 정의 반대인 몰인정(沒人情)에 대한 주요섭의 생각을 살펴
보자. 주인공 박준식이 같은 처지의 농노로 만난 조선인 황건우의 '몰인정'
을 질타하는 모습이다.

　'같이 조선 사람'이면서 아까 준식이가 그렇게 놀라고 그렇게 무서워하며
어찌할 줄을 모르고 그에게 달려가서 하소할 때 그때 철석간장이 아닌 다음
에 어떻게 그렇게 모른 척할 수 있으며 무관심한 척할 수 있었으랴!

　아무리 태도로는 태연한 체한다 하더라도 가슴속에서 있어 나는 억제할 수
없는 감정을 얼굴에라도 조금 표현이 되지 않을 수 없을 것이 아닌가? 그렇
거늘 그의 얼굴은 그때 돌로 깎아 만든 석상같이 무표정하고 쌀쌀하였다. 情
이 있는 사람으로서 그것이 가능할까? 이렇게 생각하면 이 사람을 실컷 욕도
하고 몰인정(沒人情)한 놈이라고 두들겨까지 주고 싶었다. (56쪽. 밑줄 필자)

　작가 주요섭은 소설의 주인공 준식을 통해 하나의 사회(공동체)를 이루고

살 수밖에 없는 인간에게 가장 기본적 윤리 강령은 정(情)임을 강조하고 있다. 그는 이웃이나 동포에 대해 '모른 척', '무관심', '무표정', '쌀쌀'한 행위를 '몰인정'으로 치부하고 있다. 결국 준식의 정의 사상은 사랑의 원리로 발전된다.

> 사랑이 없이 사람은 살아갈 수 없다. 그 사랑이 연애거나 우정이거나 부자의 정이거나 그것은 관계없다. 사람은 사랑하지 않고서는 살 수 없는 것이다. 그 사랑의 대상이 자식일 때 그것은 모성애 또는 부성애가 된다. 그 사랑의 대상이 이성일 때 그것은 연애라고 한다. 또 그 사랑이 친구일 때 그것은 우정이라고 한다. 이렇게 사랑의 대상에 따라서 그 사람의 표현은 조금씩 달라진다. 그러나 그 근본 사랑은 하나이다. (107쪽)

이제부터는 이 소설에 나타나는 정(情)의 윤리와 사랑의 원리를 몇 가지로 나누어서 논의해보기로 한다. 우선 해외에서 만나고 같이 생활하는 동포 간의 사랑을 다루고 그리고 해외에서 자주 만나는 이방 외국인들과의 박애주의적인 정과 사랑을 지켜보고 끝으로 무엇보다도 부부간 또는 부모자식 간, 가족 간의 정과 사랑을 논의해보기로 한다.

1) 동포와 이방인에 대한 돌봄과 배려의 정

제물포항에서 태평양을 거쳐 미국 가는 배를 함께 탄 노동자들 중에서 30세의 노총각 주인공 박준식이 처음으로 만난 사람은 19세 된 춘삼이었다. 준식은 자기보다 열한 살이나 아래인 춘삼에 대해 각별한 관심을 가졌다. 어린 춘삼이도 나이 든 큰형을 대하듯이 준식을 "아저씨"라고 부르며 따랐다. 어둑컴컴한 선실에서는 여러 날을 여러 남자 일꾼들이 함께 자다 보니 불미스러운 일도 일어났다. 태평양을 항해하던 어느 날 밤 춘삼의 곁에서 함께 자던 조선 노동자가 춘삼의 입에 수건을 물리고 항문에다 그 짓을 하려고 달려들었다. 비명 소리도 못 지르고 끙끙대던 춘삼이를 준식이는 위기

일발의 상황에서 구해주었다.

> 준식이는 다시 춘삼이를 바라다보았다. 어젯밤에 일어났던 불순한 생각
> 은 벌써 어디로 사라져버리고 오직 순결하고 고귀한 사랑의 情이 샘솟듯함
> 을 감격했다. 준식이는 춘삼이 어깨 위에 손을 얹었다. 태양이 붉은 수평선
> 위로 올라왔다. (32쪽)

30세가 되도록 여자를 경험해보지 못한 준식은 소년 티를 겨우 벗은 19
세의 앳된 춘삼이에게 거의 동성애적인 감정을 느끼기도 하지만 이를 억누
르고 이역만리를 떠나고 있는 망망대해 태평양 위에서 연장자로서 보호자
로서 춘삼이를 친동생같이 잘 보살피며 큰 보람을 느끼며 뿌듯해한다.

> 며칠 전에 새벽에 갑판에서 같이 해 뜨는 것을 바라보던 그때보다도 더
> 사랑스러웠다. 마치 그는 자기의 친동생 같았다. … 준식이는 참으로 행복
> 스러웠다. 이 한순간 준식이는 이 세상에서 가장 행복스러운 사람인 것 같
> 았다. … 아! 무엇이라고 할 즐거운 기분인가. 사람을 사랑할 수 있는 것, 자
> 기와 알 수 없는 위험 속에 빠져 있는 한 소년을 자기 친동생처럼 귀애할 수
> 있는 것, 이것처럼 행복된 일이 또 있으랴! (37쪽)

이보다 앞서 준식은 망망대해 태평양의 배 안에서 우연히 또 다른 조선인
청년을 만났다. 서로 조선인임을 확인한 후 그들은 부둥켜안고 울었다.

> 한참 동안 말없이 바라다보며 그 사람의 눈에는 눈물이 어리었다. 그는
> 갑자기 달려들어 준식이를 꽉 껴안았다. 준식이도 그를 껴안았다. 우정! 우
> 정에도 이보다 더 격렬한 우정이 있으랴!
> 준식이는 자기를 안은 사람의 손이 푸들푸들 떠는 것을 감각했다. 그는
> 소리 없이 울고 있는 것이었다. 준식이도 따라 울었다. 그들이 얼마 동안이
> 나 그러안고 소리 없이 울었는지? 그것이 실로 한 초 같기도 하고 또 영원같
> 기도 했다. 이러한 순진한 감격은 시간을 초월하는 것이다. … 한번 울어서

마음의 평정을 얻은 두 사람은 다시 마주 바라보며 누워 있다. 눈물이란 이
상한 물건이다. 얼마의 눈물이 이처럼 가라앉힘에 그들로서는 놀라지 않을
수 없었다. (56~57쪽)

이역만리에서 처음 만난 동포 간의 정은 이렇게 뜨거운 것이다. 제아무리
감정이 메마른 사나이들이라 해도 척박한 환경에서 그동안 조국에 대한 향
수와 조선인에 대한 그리움으로 인한 서러움으로 목놓아 울 수밖에 없었다.
한반도라는 막혀 있고 좁은 지역에 너무 오래 서로 함께 살아서일까? 조선
민족만큼 정감 어린 민족이 어디 있겠는가?
미국 가는 배에서 만난 동포 일준이가 부당하게 대우를 받고 죽었을 때
같은 조선인 동포로서 준식이의 마음은 찢어지는 듯 아팠다.

배 바닥의 갇힌 선실에서 조선인 일준이가 개처럼 죽어버리었다. 그것을
보고 외국인인 이청인(중국인)이 소동을 시작하다가 양인의 총에 얻어맞아
가지고 지금 또 길에 내다버린 개처럼 죽어간다. 그것은 다시 외국인인 준
식이가 껴안고 어떻게 했으면 살려볼까, 살리지는 못하더라도 마지막 소원
인 물이라도 한 방울 먹여줄 수 없을까 하고 궁리를 하고 있다. 이것이야말
로 참으로 이상한 인연이 아닌가? (49쪽)

소설에는 준식의 이방인에 대한 정도 잘 나타난다. 객지에서 억울하고 불
쌍하게 죽은 조선인 일준이를 위해 불만을 터뜨리고 저항하던 중국인이 서
양 선원들에게 맞아죽게 되었다. 준식은 말도 안 통하고 일준이와 별 관계
가 없던 청인(중국인)이 그렇게 죽어가는 것에 대해 같은 동양인(동북아시아
인)으로서 깊은 공감과 사랑을 느꼈다.

준식이는 죽어가는 젊은 청인에 대한 끝없는 애착심이 용출함을 감각하
였다. 이 이름도 모르고 내력도 모르고 또 말도 통하지 못하는 이 외국 청년
에게 대한 불꽃같이 일어나는 사랑을 막을 재간이 없었다. 얼마나 준식이는

이 청년의 목숨을 살려주고 싶었을까? (49쪽. 밑줄 필자)

맥시코의 사탕수수 농장에서 농노로 일하기 시작한 지 얼마 후에 준식이가 독사에 물려 죽어가는 젊은 자유 홍인(自由紅人)[11]을 목숨을 걸고 구해준 이야기도 있다. 노예로 팔려오거나 억울하게 잡혀온 농장 노예들이 일하고 있는 목화 농장 근처에 한 인디언 청년이 자주 나타나 그들의 모습을 유심히 관찰하곤 했다. 그런데 어느 날 그 청년이 어디 부상을 입었는지 쓰러져 뒹굴고 있었다. 준식이는 채찍을 들고 감시하는 매정한 작업조장을 아랑곳하지 않고 그 쓰러진 청년에게 달려갔다.

> 준식이는 이것저것 돌아볼 여념이 없이 곧 달려들어 상처에 입을 대고 쭉 들이빨았다. 퀴퀴한 액체가 입안으로 들어온다. 기운껏 다 빨아서 배앝아 내버리었다. 노래하던 청년이 몸을 일으키려 할 때에 벌써 감독의 세찬 매가 준식의 전신을 후려갈겼다. 준식이는 아픈 몸을 비틀비틀하며 다시 일하던 자리로 돌아왔다. …
>
> 오랫동안 말랐던 준식이의 눈에는 눈물이 핑그르 돌았다. 억울하다는 것보다도, 한 사람의 목숨을 살렸다는 것보다도 오직 준식 자기 속에 아직까지도 자기 목숨을 걸어 다른 사람의 목숨을 살려주려 하는 애정이 다 말라버리지 않고 남아 있었다 하는 것이 준식이 자기에게도 눈물이 날 만큼 감사하였던 것이다. (68쪽)

준식이가 자신의 처지를 돌보지 않고 그 인디언 청년을 도와 살려낸 것은 어떤 보상을 생각하는 계산에서 나온 행동은 아니다. 그것은 예수가 말하는 '선한 사마리아인의 이웃 사랑'[12]에서 나온 것이다. 이역만리 타향 땅인 맥

---

11) 당시 미대륙 토착민인 인디언들 중 일부는 백인들의 농장에서 농노로 일하였다. 이들은 비록 감시는 받았지만 비교적 독립적으로 자유롭게 생활하였다. 이들 일부 인디언 부족들을 "자유 홍인"이라고 불렀다.

12) 어떤 사람이 길을 가다 강도를 만나 옷을 빼앗기고 매맞아 거의 죽을 뻔하였으나 지나가던 사

시코에서 생전 처음 보는 인디언 청년에게 준식이 몸을 날린 이유는 자신의 억울한 산송장 같은 농노 생활에서 체득한 이웃에 대한 배려와 사랑 때문일 것이다.

2) 가족 간의 사랑과 돌봄: 아내 순애와 아들 찜미(Jimmy)

이 소설에서 정과 사랑의 주제와 관련하여 주목할 부분은 무엇보다도 사진 결혼으로 준식이의 아내가 된 순애와 순애가 낳은 아들 찜미와의 가족 관계일 것이다. 다시 말해 이 소설은 가족 간의 사랑이 무엇인지를 잘 보여주고 있다고 하겠다.

준식이는 목숨을 구해준 인디언 청년 아리바의 도움으로 거의 4년간 농노와 같은 생활을 한 멕시코의 농장을 탈출하여 천신만고 끝에 국경을 넘어 미국 로스엔젤레스에 도착하고 그 후 다시 상항(샌프란시스코)에 일단 정착하게 된다. 여기에서 준식이 "나무를 찍는 일꾼"으로 시작하여 그해 겨울이 지나자 준식이는 품속에 오백 원이라는 거금을 저축할 수 있었다. 그 후 준식은 도시 지역으로 나와 차이나타운 한복판에 고려인삼, 사향 등을 취급하는 자그마한 가게를 차리고 검소하게 살며 착실하게 저축을 했다. 준식은 돈을 어느 정도 모은 뒤에 고국으로 돌아갈 작정이었다.

> 태평양을 다시 건너서면 그는 그 많은 돈을 가지고 고향으로 갈 것이다. 거기는 갈밭도 있고 조밭도 있고 수수밭도 있다. 거기서 그는 그 땅을 살 것이다. 그리고는 기와집을 짓고 고운 색시에게 장가를 들어 아들 딸 낳고 옹기종기 재미있게 여생을 보낼 것이다. (112쪽)

람들은 아무도 돌보지 않고 모른 척 지나갔다. 그런데 어떤 자비심 많은 사마리아 사람이 그를 데려다 옷을 입히고 치료를 해주었다. 이후 성경은 다음과 같이 이어진다:"네 생각에는 이 세 사람 중에 누가 강도 만난 자의 이웃이 되겠느냐. 이르되 자비를 베푼 자니이다. 예수께서 이르시되 가서 너도 이와 같이 하라 하시니라." (「누가복음」, 10장 36~37절)

이제 준식이는 나이가 37세가 되었으니 제물포항을 떠난 지 벌써 7년이 지나갔다. 금고가 거의 차 준식이가 태평양을 건널 준비가 거의 되었을 때 샌프란시스코 지역에 돌발적인 '괴변'인 대지진이 일어났다. 예고도 없이 닥친 이 땅의 반역으로 인해 준식은 지금까지 저축하였던 돈을 다 땅속에 잃어버렸다. 준식은 영구불변하리라던 샌프란시스코의 산이 무너지고 모든 것이 잿더미가 되는 "절대적 신념의 파괴"(117쪽)를 처절하게 경험하였다. 대지진 후 미국 정부가 복구하는 과정에서 "계급과 인종과 빈부의 싸움"(118쪽) 속에서 황인종으로서의 처참한 차별까지 경험하였다. 그 후 3년간 준식이는 모든 것을 자포자기하고 노름과 주색에 빠지는 방탕한 생활을 했다.

이때 만난 사람이 재미 한인 지도자들이었다. 그들은 한인 사회를 근본적으로 개혁하고자 했다. 그중 한 사람은 분명 도산 안창호였을 것이다. 준식이는 그 지도자를 직접 찾아가 자신의 지금까지의 삶의 여정과 그동안에 쌓인 회한을 털어놓았다. 그 지도자 선생님은 준식이를 이해해주었고 그로 인해 준식은 지금까지의 방탕한 생활을 청산하고 개과천선을 결심하였다.

준식이는 돈 벌어 고국으로 돌아가고자 하는 계획을 유보하고 사진만 보고 고국에서 색시를 데려다 결혼하는 "사진 결혼"을 하기로 하였다. 준식이는 상항을 떠나 따뉴바라는 도시로 가서 포도 농장에 취직하여 새로운 생활을 시작하였다. 거기에서 준식이는 사진을 보고 약혼한 '순애'라는 여인을 기다리며 행복한 꿈을 꾸었다. 준식이는 김 목사의 권고로 언문을 공부하기 시작했고 얼마 후에는 고국에서 오는 한국 편지를 읽을 수 있게 되었다. 신부를 맞이할 준비가 착착 되어갔다.

드디어 샌프란시스코 항구에 준식이의 사진 신부인 순애가 도착하는 날이 왔다. 사진과는 모습이 약간 달랐지만 준식은 "저 머리털, 저 입술, 저 손, 저 다리, 저 발톱까지 그 전부가 이제부터는 전부 내 소유이구나"(141쪽) 하고 기뻐했고 행복했으며 영원한 사랑을 맹세하였다.

오! 순애, 사랑하는 아내여, 나는 내 몸, 내 영혼, 내 과거, 미래, 내 전체를 다하여 당신을 사랑합니다. 나는 오직 당신의 사랑의 품속에서만 즐겁고 행복되겠소이다. 오! 나를 붙들어주시오! (142쪽)

준식이는 따뉴바로 돌아와서 김 목사의 주례로 결혼식을 올렸다. 준식이의 결혼 생활은 더할 나위 없이 즐겁고 행복했다. 얼마 후 준식이는 아들까지 얻었다. 준식이는 "내 아들! 내 아들! 사랑스런 순애의 아들!"(147쪽) 하며 기뻐하였으나 아내 순애는 별로 기뻐하지 않았다. 아이가 임신 기간 열 달보다 너무 빨리 나왔다. 준식은 아이가 너무 일찍 나와 그 아이 애비가 과연 자신인지 확신하기가 어려웠다. 그러나 준식이는 "글쎄 미국은 일기가 좋아서 아이도 일찍 나오나 보"(147쪽) 하고 얼버무렸다. 그러던 중 순애는 다음과 같이 놀라운 고백을 하였다.

그 애기는 다른 사람의 씨입니다. 횡빈(요코하마)서 트랙호마(기차)를 고치느라고 묵고 있는 동안 그만 동경 유학한 사람의 유혹에 빠지고 말았습니다. 참으로 무엇이라고 사죄할 바가 없습니다. 용서해주실 수 있을까요? (149쪽)

준식이는 복잡한 "감정 교차 혼동"으로 잠시 동안 모든 것을 판단하기 어려웠다. 가장 기뻐해야 할 아들이 태어난 날에 준식이의 행복은 이렇게 산산조각 났다. 어찌할 것인가? 준식이는 즉각 다른 남자의 아이를 순애의 등에 업혀 내어 쫓아낼 수도 있었을 것이다. 그러나 준식이는 일반 상식과도 다른 방식으로 모든 것을 용서하고 넘어간다.

그런데 이상한 일로 준식에게 순애를 미워하는 생각이 나지 않았다. 마땅히 미워하여야 할 것이겠으나, 또는 미워하려고 해보았으나 결국 미워할 수는 없었다. 한번 정(情)이 들었던 물건, 그것이 비록 고물이라는 것이 판명되었다 해도 그것을 미워하거나 싫어할 수는 없었다. …
아니 준식이는 순애를 사랑한다. 남자가 오직 한 번 받을 수 있는 첫사랑

으로 그는 순애에게 바쳤다. 그리고 <u>그 위대한 사랑은 모든 허물을 용서하</u>
는 것이다. 순애를 미워하기는커녕 도리어 아까 순애를 놀라게 하고 그를
눈물 흘리게 한 자기 행동에 후회가 났다. (153쪽. 밑줄 필자)

예수의 사랑이란 조건 없이 무한정으로 용서하는 것이다.[13] 다시 말해 용
서할 수 없는 것을 용서하는 것이 진정한 사랑의 표시이다. 준식이는 바로
이러한 사랑의 경지에 도달한 것일까? 준식은 순애의 흐트러진 머리칼을 걷
어 올리면서 흐느껴 우는 어깨에 연달아 키스를 해주었다. 준식은 남의 자
식인 찜미를 완전히 "머리털부터 발톱 끝까지 전부" 자신의 아들로 받아들
였다. 이는 놀라운 일이다. 준식이 남의 자식을 자신의 피와 살이 섞인 친혈
육처럼 받아들이고 있으니 말이다.

> 준식이가 하루 일을 마치고 집에 돌아와 찜미의 바드적거리는 사지를 보
> 고 벙긋벙긋 웃는 얼굴을 보고 안아보고 업어보고 만져보고 하는 가운데 그
> 의 애정은 비 온 뒤 대순처럼 급속도로 자라났다. 포동포동한 손을 어루만
> 질 때 ⋯ 준식이는 아버지만이 가질 수 있는 극도의 사랑으로 그를 포옹하
> 였다. (160쪽)

준식은 사랑이란 혈통보다는 접촉에서 생긴다고 믿었다. 그런데 아내 순
애는 준식의 포도원에서 아르바이트하던 송인덕이란 유학생과 눈이 맞아
준식이 저축해둔 전부를 가지고 아이까지 버리고 도망가버렸다. 하지만 준
식은 순애를 원망하지 않고 혼자서 아들 찜미를 더 잘 키우고 더 잘 교육시

---

13) "그때에 베드로가 나아와 이르되 주여 형제가 내게 죄를 범하면 몇 번이나 용서해주리이까
일곱 번까지 하오리까. 예수께서 이르시되 네게 이르노니 일곱번 뿐 아니라 일곱 번을 일흔
번까지라도 할지니라."(「마태복음」, 18장 21~22절) 다음 구절도 참조. "너희가 사람의 잘못
을 용서하면 너희 하늘 아버지께서도 너희 잘못을 용서하시려니와 너희가 사람의 잘못을 용
서하지 아니하면 너희 아버지께서도 너희 잘못을 용서하지 아니하시리라."(「마태복음」, 6장
14~15절) 이 밖에 예수는 원수까지 사랑하라고 가르친다. (「마태복음」, 5장 43~44절;「누가복
음」, 8장 27~35절 참조)

키고자 했다. 준식의 이러한 관용과 용서는 과연 어디서 오는 것인가? 종교적인 희생과 사랑이 아니라면 그것은 불가능한 것일 것이다. 시간이 지나면서 찜미는 잘 자라고 준식의 저축도 점점 불어갔다.

대서양 건너편 유럽 대륙에서 제1차 세계대전이 발발했다는 소식이 들리던 1914년 어느 날 집이 불에 타버렸다. 밤알만 한 우박 덕택에 전소는 면하고 준식과 찜미는 겨우 목숨을 건졌다. 준식은 이제 다시 "키 잃은 배"가 되어 방황하기 시작했다. 그러던 중 준식이는 이전에 만났던 "선생님"을 다시 만나 커다란 위로를 받고 사랑하는 아들 찜미의 교육에 대한 교훈을 얻게 된다.

> 준식이는 선생님 앞에 어린애처럼 내놓고 흐느껴 울었다. 선생님의 준절한 책망 마디마디 준식이는 사죄하였다. 그리고 선생의 간곡한 위로와 교훈을 뼈에 사무치도록 절절히 느끼었다. 멀리는 XX(조국, 조선)에 대한 의무, 가까이는 찜미의 교육에 대한 의무! 이런 것들로 선생은 밤을 새워가며 준식이를 깨우치고 타일렀다.
> 찜미의 교육!
> 찜미!
> 준식이는 일찍 얼마만 한 환희와 열정으로 찜미의 장래에 대한 꿈을 꾸고 계획을 세웠던가? (179쪽)

아들 찜미가 심한 열병에 걸려 고생하게 되자 준식은 "찜미를 살려주시요. 다시는, 다시는… 하느님, 이놈을 벌하시고 찜미만은 살려줍시오!"(183쪽) 하고 기도를 하였다. 1주일 만에 찜미가 일어나자 준식은 찜미를 박일권에게 맡기고 이곳 스탁톤을 떠나 "오직 찜미의 장래를 위해!" 다시 "부지런한 개미"가 되어 돈을 벌기 위해 로스앤젤레스로 떠났다.

10년 만에 지상천국이라는 남가주(Southern California)로 준식은 다시 돌아왔다. 1차 세계대전 중인 유럽에 총기, 탄환, 고기, 밀 등을 수출한 결과 당시 미국은 엄청난 부를 축적하고 번영을 누렸다. 준식은 패쌔디나라는 도시의 대저택에 정원지기 일을 얻었다. 준식은 무슨 일마다 찜미의 안부를 묻기도 하고 오직 "찜미를 훌륭히 만들겠다는 그 한 가지 욕망"(187쪽)으로 살고 있었다.

그러나 또 한 번 큰 시련이 찾아왔다. 준식이는 쌀농사에 큰돈을 투자했다가 유럽에서 1차 대전이 끝나자 쌀값이 대폭락하여 그동안 번 돈을 또다시 다 잃고 말았다. 이 "파산"으로 인해 "최후의 날"이 준식에게 다가왔다. 준식이는 벼농사 파산 후 거의 10년간 방랑 생활을 하면서도 "아버지 된 자"로서 아들 찜미에 대한 의무인 생활비 조로 꼭꼭 10~30원을 보냈고 "국민 된 자"로서 국가에 대한 의무로 한인회 연회비와 한인 신문 값을 20원씩 보내는 자신을 조선인으로서 자랑스럽게 생각하였다(199~200쪽).

이렇게 10년을 지나면서 준식이는 이제 자신이 20여 년 전 제물포를 떠난 후 별로 한 일도 없이 너무 늙어버린 "패장"이라고 느끼며 눈물을 흘렸다. 그쯤 지난 10년간 한 번도 보지 못한 아들 찜미가 영어로 긴 편지를 써 보냈다. 내용은 이제 소학교를 졸업하고 중학교에 입학하게 되었다는 내용이었다. 준식은 "그렇다. 세상에 아무런 일이 있을지라도 찜미만은 끝까지 공부를 시켜야겠다. 사람이 배울 수 있는 최상의 교육을 받도록 해야겠다"(202~203쪽)고 다시 한 번 다짐하였다. 그러나 이제 60세가 된 준식에게는 "쓰라린 상처"만 남았고 조선인이 운영하는 채소상에 막일꾼으로 겨우 일하게 되었다.

준식은 우연히도 이곳에서 15년 전에 떠나버린 순애를 만날 수 있었다. 거의 40세가 된 순애는 같이 달아났던 정부 송인덕에게 버림받은 상태였다. 준식이는 순애가 찜미의 안부를 물었을 때 그가 죽었다고 소리쳤다. 준식은 찜미만은 혼자 지켜주고 싶었다. 그러나 준식은 순애를 결코 미워할 수는 없었다. 그러던 중 찜미가 마침내 로스앤젤레스를 방문하였다.

　　찜미가 왔다!
　　키가 여섯 자 한 치, 체중 십팔 관, 둥글 넓적한 커단 얼굴이 건강과 기쁨으로 벌겋게 빛나고 있는 이 청년!

이런 거대하고 훌륭한 사람이 준식이의 아들 찜미라고는 준식이는 꿈도 못 꾸었다. …

"찜미야! 내 아들아!"

준식이는 울었다.

"내 아들이 이렇게도 훌륭한 청년이었던가?" (228쪽)

다시 헤어지기 아쉬웠지만 찜미의 장래를 위해서 보내야 한다. "부디, 부디, 공부 잘해라"라고 말하는 준식이의 두 뺨으로 눈물이 줄줄 흘러내렸다.

1929년에 미국의 경제 대공황과 주식 대폭락이 일어나자 준식과 같은 비정규직 막노동자들에게도 큰 영향을 미쳤다. 이런 최악의 상태에서 준식은 공원에서 자면서 거의 구걸로 구차한 삶을 이어갔다. 어느 날 성당에서 고난을 당하는 예수의 십자가 상을 바라보며 기도하던 중 준식이는 아내 순애가 보고 싶어서 "순애, 순애" 하며 거리로 뛰쳐가 엉엉 울면서 달음질하였다. "순애를 만나야 한다"고 울부짖으며 차도를 달려가다가 교통사고를 당하고 시립병원 응급실로 실려갔다.

준식의 나이 이제 64세이다. 거의 의식이 없는 상태에서 침상에 누워 있는 준식은 어머니도 보았고 춘삼이도 보았고 울고 있는 순애도 보았고 홍인 청년 아리바도 보았고 마지막으로 찜미의 이름을 여러 번 불렀다. 겨우 의식을 회복한 준식은 입원실 창밖의 하얀 뭉게구름을 오랫동안 하염없이 내다보았다.

준식이는 부지 중 손을 쑥 내밀어 그 구름 뭉텅이를 잡았다.

"아 잡았다!" 하고 그는 소리를 버럭 질렀다.

준식이는 구름을 잡았다. 그러나 그의 손에 잡히는 것은 아무것도 없었다.

그는 '허탕(空虛)'을 잡은 것이다. …

인생이란 결국 날 때부터 화인(火印) 맞은 종인 것이다.

희망의 노예!

바라고, 바라고, 바라고! 언제나 바라고 또 바라는 종들인 것이다.

안 잡히는 구름을 잡아보겠다고 바라고, 바라고, 언제까지나 바라는 이 바람의 노예들! …

준식이는 힘있게 꽉 그러쥔 주먹 속에 공허를 인식하면서 그 호흡이 끊어지고 말았다. 빈 주먹을 들고 이 세상에 왔던 그는 다시 빈 주먹을 들고 이 세상을 떠나가고 만 것이다. (250~251쪽)[14]

이렇게 박준식은 허무하게 이역만리 객지에서 죽었다.

3. 나가며—이주와 이동의 지구화시대의 사랑의 윤리학을 향하여

30세의 노총각 박준식이 미국 가서 돈을 많이 벌어 가지고 다시 조선으로 돌아와서 땅 사고 집 사고 장가가려는 청운의 꿈을 품고 1899년 제물포를 떠난 지 35년이 지났다. 준식은 꿈을 이루지 못한 채 너무나도 허무하게 머나먼 타향 미국에서 생을 마감하였다. 그렇다면 우리는 열패자 준식의 죽음을 그저 개죽음으로 볼 것인가? 아니라면 그의 삶이 우리에게 주는 의미는 무엇인가?

준식이의 삶이 "헛되고 헛되며 헛되고 헛되니 모든 것이 헛되도다"(「전도서」, 1장 2절)라고 한 솔로몬 왕의 탄식에 불과한 것일까? 인간적 견지에서 보면 준식의 일생은 실패의 연속이었다. 애초부터 개발 회사에 속아서 미국으로 오는 정식 노동자가 아니고 멕시코 농장의 농노로 팔려와 자신의 알뜰한 꿈은 산산조각이 나버렸다. 천신만고 끝에 국경을 넘어 미국으로 건너와서도 그의 삶은 불행의 연속이었다. 막노동으로, 작은 가게 운영으로 돈도 웬만큼 벌었지만 샌프란시스코의 대지진으로 다 잃어버렸다. 다시 정신 차리고 돈을 벌어 결혼했지만 사진 결혼 신부인 아내 순애는 결혼 전부터 이미 그를 배반하였고 준식의 아이가 아닌 아들을 남겼다! 결국 순애는 정부

---

14) "이르되 내가 모태에서 알몸으로 나왔사온즉 또한 알몸이 그리로 돌아가올지라도 주신 이도 여호와시요 거두신 이도 여호와시오니"(「욥기」, 1장 1절)

와 눈이 맞아 그의 돈을 몽땅 들고 아이까지 내팽개쳐두고 도망가버렸다. 준식은 이 세상 기준으로 볼 때 철저하게 패배했고 속임을 당했다.

그러나 준식은 실패했으나 포기하지 않았고, 배반당했으나 복수하지 않았고, 망가져버린 삶을 가족에 대한 돌봄과 사랑으로 지탱하였다. 도망 나간 아내 순애를 용서해주고 끝까지 마음으로 불쌍히 여기고 사랑하였다. 특히 자기의 아이도 아닌 아들 찜미를 위해 나머지 일생을 "사랑의 수고"(「데살로니가전서」, 1장 3절)를 아끼지 않으며 보냈다. 이 모든 것은 박준식이란 인간 개인의 힘만으로는 감당해내기가 어려웠을 것이다. 준식을 움직인 힘은 정(情)의 윤리와 사랑의 원리라고밖에 해석할 수 없을 것 같다. 다시 말해 그것은 앞에서 밝힌 대로 기독교적 용서와 사랑에서 온 것이라고 볼 수 있다.[15]

예수께서 성서의 「마태복음」에서 밝힌 새로운 시대를 위한 새 계명은 "이웃을 너 자신과 같이 사랑하라"(22장 39절)가 아니겠는가? 준식에게 이웃은 자신과 함께 하는 가족, 친구, 동포, 이방인(외국인) 모두를 포함하는 것이다. 상식을 훨씬 뛰어넘는 용서와 사랑을 실천한 준식의 죽음은 새롭게 해석할 수밖에 없다. 세속적 의미로는 철저한 실패자였던 그는 자신의 죽음에 이르는 희생을 통해 이웃을 용서하고 돌보고 사랑하였다.

주요섭은 이 소설 말미에 붙인 「작자의 말」에서 주인공 박준식의 죽음에 대해서 다음과 같이 설명하고 있다.

> 작자는 준식이의 죽음으로써 단지 준식이 한 개인의 죽음으로는 생각하지 않습니다. 준식이의 죽음은 곧 준식이가 한 멤버였던 시대 그 자체의 죽음이라 보고 싶습니다. 준식이 시대의 뒤를 잇는 찜미의 시대가 우리와 함께 생장하고 있습니다. 그러면 이 시대는 과연 어떠한 것일까? 그것은 오직 장래만이 알 일입니다.
>
> 찜미는 작년에 대학을 졸업했고 불원한 장래에 조선으로 돌아오리라고

---

15) "하나님은 사랑이시라."(「요한일서」, 4장 16절) 기독교적 사랑은 특히 말이나 관념이 아니라 행동이며 실천이다. 사랑은 따라서 결단과 책임이 따른다(「요한일서」, 3장 17~18절). 흔히 "사랑의 장"이라 불리는 「고린도 전서」 13장 참조.

기대됩니다. (251쪽)

주요섭이 여기에서 말하는, "준식이의 죽음"이 개인의 죽음이 아니라 한 시대의 죽음이라는 것은 무엇을 의미하는가? 주요섭은 고학으로 미국 스탠퍼드 대학교에서 교육학 석사를 받고 귀국한 후 일제의 압제 정치가 절정으로 치닫고 있던 시기인 1931년에 『동아일보』에 이 연재소설을 실었다. 주요섭은 "찜미의 시대"에 대해 정확히 밝히지 않았지만 인류의 역사에서 세계의 강대국들의 식민제국주의가 종식되고 독립된 국가들이 함께 나아가는 새로운 세계시민주의 시대를 지칭하는 것일 것이다. 그것은 전쟁, 착취, 반목, 증오로 분열된 인간 사회가 정(情)을 토대로 용서, 화해, 돌봄, 사랑으로 치유되고 광정된 새로운 사회가 아닐까? 이것이 주요섭이 그의 첫 장편소설인 『구름을 잡으려고』에서 우리에게 전달하려는 문제의식일 것이다. 그는 척박한 일제시대를 저항적으로 살았고 20세기 초 일본, 중국 그리고 미국에 살면서 어느 누구보다도 국제적인 감각에 뛰어났던 인물임에는 틀림없다. 그러나 해방 전 조선의 소설가였던 그가 제목처럼 "구름"으로 상징되는 확실하게 붙잡을 수 없는 이상에 불과한 미래지향적이면서도 허무한 유토피아를 꿈꿀 수밖에 없었다는 점은 결코 부정할 수 없는 사실일 것이다.

여기서 유토피아란 16세기 토머스 모어(Sir Thomas More)가 말한 "어디에도 없는 곳", 다시 말해 현실에는 존재하지 않는 이상 사회란 뜻만은 아니다. 주요섭의 경우 유토피아는 오히려 "우리가 살고 있는 현실 세계를 바꾸는 기능"[16] 또는 "현실주의적 유토피아"[17]를 의미하는 것이었다. 여기에서 유토피아 건설의 추동력인 정의 윤리와 사랑의 원리는 『구름을 잡으려고』에서 작가 주요섭이 꿈꾸었던 것일 것이다. 주요섭은 이것만이 "구름을 잡"는 허무를 극복하고 희망으로 가는 확실한 길이라고 믿었다.

---

16) Ricoeur, Paul, *From Text to Action : Essays in Hermeneutics II*, Trans. Kathleen Blaney & John B. Thompson, Evanston : Northwestern UP, 1991, 318~324쪽.

17) Ricoeur, Paul, 위의 책, 29쪽, 294쪽.

4장 메타픽션의 근대성 타고 넘어가기
— 최수철의『알몸과 육성』읽기

　내 생각으로는 문학의 형식은 어느 다른 예술 장르보다도 부수적인 듯하다. 따라서 그런 새로움이 소설에서 가능하다면 그 사회 속에 이미 그런 인식의 가능성이 배태되어 있었기 때문일 수도 있다. … 나는 새로운 체제의 언어체를 통해 지배 체제의 이데올로기를 전복할 수 있다고 믿는 작가들의 노력이 충분히 의미 있고 가치 있는 작업이라고 생각하고 있다. … 나 역시 새로운 언어체의 힘을 믿고 있는 편이다. 그러나 나는 소설을 통해 언어 자체의 좌절을 끊임없이 환기시키고자 한다. 나의 소설들은 일화들을 중심으로 나아가며 전체적인 상상력을 거부하고 있다. 그리하여 글쓰기에 관련된 전반적인 상황에서의 허위의식을 제기하며, 나의 언어는 현실 앞에서 좌절을 되풀이하고, 그럼으로써 현실의 좌절을 구현하고, 나아가 밑바닥을 뒤집어 사회의 변혁에 기여하고자 한다. 이 또한 지극히 역설적인 것이 되고 말았다. 하여 내게는 실험은 끝났고 나는 실험이 끝나버린 절망적인 상황을 실현적으로 받아들이고 구현한다. 나는 모든 종류의 소설적 형식과 이념을 취할 것이며, 동시에 그 모든 것들을 회의할 것이다.

—최수철,『알몸과 육성』, 134~135쪽

1. 들어가며: 〈메타픽션〉이란 무엇인가?

서구에서 메타픽션(metafiction)이란 새로운 소설의 장르가 나타난 시기는 대체로 2차 대전 이후 특히 60년대 이후로 여겨진다. 이 용어를 처음 사용하기는 미국의 소설가 개스(William H. Gass)가 1970년대에 간행된 자신의 책『허구와 삶의 모습들』(Fiction and the Figures of Life)에서이다. 그는 "소설에는 사건들이 없고 어휘들만 있다" 또는 "문학에서 묘사는 없고 구성만 있을 뿐이다"라고 전제하고 "소설의 형식 그 자체가 또 다른 형식화를 기다리는 소재가 되는 재료로서 사용되고, … 수많은 반소설들(anti-novel)은 사실상 메타픽션들이다"(25쪽)라고 선언하였다. 같은 해 가을에 로버트 스콜스(Robert Scholes)가「메타픽션」이란 제목의 논문에서 개스를 인용하면서 메타픽션이란 용어를 다시 사용하였고 그 후 널리 사용하게 되었다. 이 새로운 소설 장르에 대한 명칭도 각 소설가나 비평가마다 다르게 붙여지기도 했다. 그중 몇 개만 소개하면 '우화'(fabulation, 스콜스, 1970), '초소설'(surfiction, 레이먼드 페더먼, 1975), '슈퍼소설'(superfiction, 조 벨러미, 1975), '파라소설'(parafiction, 제임스 로더, 1976), '중간소설'(midfiction, 앨런 와일드, 1981), '파라모던 소설'(paramodern novel, 칼 맘그렌, 1985), '포스트모던 소설'(postmodern fiction, 레리 맥커퍼리, 1986) 등이 있고 이 밖에 '부조리 소설', '반소설', '누보로망' 등도 크게 보아 모두 메타픽션 계열에 속한다고 볼 수 있다. 이러한 새로운 소설 양식들은 지금은 거칠게 묶어 '포스트 리얼리즘 소설' 또는 '포스트모던 소설'로 부르고 있다.

그렇다면 이러한 새로운 형태의 소설이 발생한 원인은 무엇인가? 이에 대해서는 국내외에서 이미 많은 연구가 나왔으므로 여기서 자세한 논의는 생략하기로 한다. 다만 미국에서의 60년대 '반문화 운동'과 '소설의 죽음' 논쟁과 프랑스의 '누보로망'과 (포스트)구조주의와 직간접으로 관련이 있으리라고 본다. 이것을 좀 더 커다란 사회문화적인 맥락에서 본다면 20세기 후반부의 자본주의와 기술 발전에 따른 물적 토대 위에 우리의 인식론적 사고의 변환에서 그 원인을 찾을 수 있다. 신문수 교수는 이 점에 대해 다음과 같이 지적한다.

> 60년대의 급변적인 사회 변화의 소산인 메타픽션은 요컨대 소설 기법의 새로운 가능성만을 모색하는 단순한 실험이나 일시적 유행이라기보다는 60년대에 일어난 변화를 상속받은 현대 미국—료타르가 '포스트모던 상황'이라고 총칭한 그 생활 환경을 가장 상징적으로 또 가장 전범적으로 드러내는 패러다임인 것이다. (「메타픽션의 위상」, 95쪽)

박엽 교수는 신 교수와 조금 다른 관점에서 메타픽션의 특성을 지적한다.

> 메타픽션은 지금까지 서구 문학의 내용과 형식을 주도해온 형이상학적 인과성과 필연성을 전제로 하는 존재론과 아리스토텔레스의 모방 이론에 바탕을 둔 인식론을 거부하는 새로운 소설이다. 특히 이는 인간의 의식이 의미와 실재를 포착한다는 전통적 개념을 부정하는 대신, 다양한 언어의 유희를 이루는 담론 속에서 의미의 소재를 찾고 있다. 다시 말해서 실재를 파악하는 수많은 의식이 아닌 언어라는 것이다. … 이와 같은 언어의 특성에 따라서 모든 의미와 실재는 주어진 시간에 임시적이고 다원적으로 만들어지는 것이다. 그리고 의미와 실재를 만드는 텍스트는 결정된 상황이 아니라 결정을 기다리는 개방된 상황이다. 이런 관점에서 볼 때 의미는 과정으로 보아야 할 것이다. (「메타픽션의 이론과 실제」, 539~540쪽)

다시 말해 18세기 영국에서 '소설'이란 새로운 장르가 생성되어 정착하기 시작한 정치·사회·경제적인 배경이 초기 자본주의와 초기 산업사회, 식민사회적인 개인주의라는 문물 상황이란 점을 감안해볼 때 20세기 후반부 서구에서 생성된 또 다른 문학 장르인 '메타픽션'은 분명히 후기 자본주의와 후기 산업사회의 문화적 산물이며 이에 대한 소설적 대응 전략에서 자생적으로 생성된 새로운 양식이라는 다소 성급한 결론도 가능하리라 본다.

그렇다면 '메타픽션'이 그 이전의 소설들—리얼리즘, 자연주의, 모더니즘 등——과 구별되는 주요한 이론가들인 퍼트리셔 워(Patricia Waugh)와 칼 맘그렌(Carl Malmgren)의 설명을 병치시켜 들어보는 것이 좋을 것이다.

> 메타픽션이란 픽션과 리얼리티와의 관계에 의문을 제기하기 위해 가공물로서의 그 위상에 자의식적이고 체계적으로 관심을 갖는 허구적인 글쓰기를 가리키는 말이다. 이러한 글쓰기들은 구성을 이뤄나가는 자신의 방법들을 비판하면서, 서사소설(narrative fiction)의 근본적인 구조들을 검토할 뿐 아니라 허구적인 문학 텍스트 외부에 존재하는 세계의 있을 수 있는 허구성도 탐구한다. (*Metafiction*, 김상구 역, 16쪽)

> 내가 메타픽션이라고 부를 어떤 포스트모던 소설에서 소설가는 아이러니하게 소설 공간을 차지하고서 작가로서의 자신들과 소설로서 자신들의 작품에 주의를 환기시키고 동시에 글쓰기 작업의 진지성과 중요성을 약화시킨다. 특히 메타픽션 소설가들은 '의미'와 실재(현실)에 대한 총체적 비전에 대한 독자들의 욕망을 조롱한다. 그들의 작품은 여러 가지 방식으로(전혀 다른 주제인 해석 비평의 전통적인 형식들과 수많은 문제점을 제기하는 상황) '의미 전달 과정을 좌절'시키므로 '의미를 조직적으로 제거'하려고 노력한다. 이러한 작업이 토대를 허무주의에다 두는데도 불구하고 아마도 포스트모던 작가는 소설가의 허구적인 공간 내에서 경험하는 자유에 힘입어 이러한 소설에의 진정한 풍요로움과 활력을 보여준다. 현실의 여러 요소들과의 유희, 독자가 가진 기대에 대한 조롱, 소설의 형식에 대한 패러디는 어떤 의미에서 그들로부터 스스로 자유로워지는 것이며 소설적 공간의 재점거는 작가로 하여금 이러한 목적들을 수행할 수 있게 만든다. … 우리는 메타픽션 작가들을 행복하다고 상상해야 한다. (*Fictional Space in the Modernist and Postmodernist American Novel*, 166쪽)

위의 기다란 두 개의 인용을 통해 서구에서 형성된 메타픽션의 기본적인 특징이나 전략이 대충 드러났으리라 믿는다. 이에 한 가지 더 덧붙인다면 메타픽션은 소설 쓰기 작업을 반성하고 소설 쓰기 과정을 적나라하게 노출시킴으로써 소설 또는 소설 쓰기에 대한 비평과 이론을 구축해나가는 작업인 것이다. 김성곤 교수도 메타픽션을 "스스로의 소설 쓰기를 검토하고 반성하기 위해 내러티브 픽션은 소설 쓰기를 통한 소설 이론의 탐색이 되며, 창작과 비평의 속성을 동시에 갖고 있는 특이한 형태의 픽션"(「소설의 죽음과 포스트모더니즘」, 61쪽)이라고 지적하였다.

그렇다면 이러한 새로운 양식의 소설인 메타픽션은 현 시점에서 어떤 의미를 가질 수 있을 것인가? 국내에서 메타픽션에 대해 긴 논문을 발표한 고지문 교수는 존 바스(John Barth)가 「소생의 문학: 포스트모더니스트 픽션」(1980)이란 글에서 밝힌 바와 유사하게 그러나 약간은 과장되게 메타픽션을 사실주의와 모더니즘을 모두 극복할 수 있는 새로운 형태의 소설의 가능성으로 받아들이고 있다.

> 이처럼 인간의 자유적 존재와 사회적 존재를 부정하는 사실주의 소설과 모더니즘 소설은 이제 우리에게 아무런 쓸모가 없다. 왜냐하면 이런 소설들은 개인이 독립적이고 창조적인 삶을 향유하면서 다른 사람과 건설적이고 평화적인 관계를 유지, 공고하게 하는 데에 가장 중요한 역할을 하는 진리를 창조, 전파하는 힘을 상실해버렸기 때문이다. … 이와 같은 사실주의 소설과 모더니즘 소설의 한계점을 개선, 보완한 소설이 바로 새로운 형태의 소설이다. 이 새로운 형태의 소설은 개인의 삶에서 소망과 그 성취를 빼앗아버리는 고정불변의 객관적 진리로부터 그를 해방시켜줄 뿐 아니라 그가 일상적인 삶에서 직면하고 있는 인간 존재의 부정적 요인들, 즉 소외, 고독, 그리고 도전을 극복할 수 있도록 해준다. 이 새로운 형태의 소설의 주인공은 삶에서 본질적 존재의 진리를 끊임없이 추구함으로써 자율과 다른 사람과의 창조적 관계를 향유, 유지할 수 있다. 따라서, 그는 언제나 삶에서 의의, 활력, 자유, 창조, 그리고 사랑을 긍정·찬미한다. (「Metafiction의 수용과 그 의미」, 686~687쪽)

고지문 교수는 서구와 그 밖의 지역에서도 이와 같은 새로운 형태의 소설의 작가와 독자들이 날로 늘고 있다고 지적하고 이 부류에 미국의 나보코프, 핀천, 바스, 쿠버, 바셀미, 개스, 수케닉, 브로티검, 패더먼, 이스마엘 리드, 영국의 존 파울즈, 레싱, 머덕, 스파, 남미의 보르헤스, 마르케스, 마누엘 프이그, 프랑스의 퀴노, 로브그리에, 뷔토, 솔러즈, 독일의 그라스, 피터 바이스, 이탈리아의 칼비노, 오스트리아의 피터 한트케, 일본의 코보 아베 등의 기다란 작가 명단을 제시하고 있다

2. 국내에서의 메타픽션의 논의 양상

국내에서 메타픽션의 수용 문제에 대해서는 어떠한 논의가 전개되고 있는가? 우선 국내에 메타픽션을 소개한 바 있는 영문학자들은 어떠한가? 그들은 대개의 경우 메타픽션이 우리 문학계나 문단에 새로운 충격을 줄 수 있다고 생각한다. 신문수 교수는 "메타픽션을 단순히 새로운 감수성에 맞는 표현의 테크닉을 모색한, 그리하여 그 모색이 결실을 맺으면 사라지게 될 과도기적인 것으로만 보려는 시각은 나무만 보고 숲을 보지 못하는 근시안적인 것이다. … 메타픽션에 대한 우리의 지속적인 관심이 요청되는 것도 이 때문이다"(앞의 논문, 95쪽)라고 조심스럽게 지적한다. 고지문 교수도 "우리가 지금 살고 있는 시대는 우리에게 '세계는 서울로, 서울은 세계로'라는 지상 과제를 제시, 수용할 것을 강요하고 있다. 이 지상 과제를 구체적으로 계획, 실현하는 것이 우리의 시대적 요구이다. 우리는 이 요구에 반드시 부응하지 않으면 안 된다. 이것에 부응하는 가장 좋은 길은 새로운 형태의 소설(메타픽션)의 도입, 음미, 이해, 창작, 그리고 보급에 있다"(앞의 논문, 702쪽)고 제안한다.

필자의 견해로도 우리가 서구에서 생성된 양식인 메타픽션을 그대로 받아들여야 하는 이유는 전혀 없지만 우리나라 문화 현상도 서구에서 메타픽션을 생성하게 된 후기 산업사회적인 상황과 일부나마 유사하게 접근되고 있는 것이라 볼 때 우리의 내외적인 필요와 욕구에 의해 언젠가는(아니 이

미) 대두될(된) 문제가 되리라고 본다. 이 점은 소설가 김원우도 분명히 하고 있다.

> 메타픽션은 이 용어가 가리키는 대로 한국 현대소설의 독창적인 한 형식은 아니다. 따라서 한국의 메타픽션은 7, 80년대에 너무나 우람했던 문학비평 활동과 외국 문학이론의 소개, 파급이 일으킨 결과물이라고 보아도 무리가 없다. 그렇긴 하나 메타픽션 같은 좀 유별난 서사구조가 개인의 익명화·사물화(事物化)를 적극적으로 조장하는 후기 산업사회의 소산물이라는 측면에서 점검한다면, 한국 현대소설에 속에서 이런 형식변주의 태동이 부자연스러울 것도 없고, 앞으로도 그 위상은 두드러질 것임에 틀림없다. (「한국 현대소설의 때이른 고민」, 15쪽)

최근 포스트모던 문학의 가능성에 대해 가장 활기차게 주창해온 김성곤 교수는 국내에서 메타픽션 수용의 당위성에 대해 다음과 같이 긍정적이다.

> 최근 한국 문단에서도 소위 메타픽션이라고 불릴 수 있는 작품들이 많이 발표되고 있는데, 이는 우리 작가들도 드디어 '글쓰기'에 대한 반성을 하기 시작했다는 점에서, 또 픽션과 리얼리티 그리고 진실과 허구의 상관관계에 대한 성찰을 하기 시작했다는 점에서, 그리고 이 계시록적 시대에 부응하는 복합적인 예술 형식을 탐색하기 시작했다는 점에서 분명 바람직한 현상이라고 생각된다. 분명 지난 수 년 동안 우리 사회는 서구의 60년대를 능가할 만한 격변을 겪어오고 있다. 이러한 상황은 작가들로 하여금 필연적으로 메타픽션적 글쓰기를 위한 하나의 필연적인 과정이지 그 자체가 곧 궁극적 목적이 되는 것은 아니다. 그 말은 곧 보다 새롭고 보다 더 나은 소설을 쓰기 위해서는 메타픽션에 대한 이해와 논의가 선행되어야만 한다는 것을 의미한다. (『포스트모더니즘과 현대 미국 소설』, 99쪽)

필자는 이 글에서 일단 서구라는 고유한 문물적 배경에서 생겨난 메타픽션이란 새로운 소설 형식이 국내에서는 어떻게 수용되고 실천되고 있는가를 살피는 작업을 하고자 한다. 이러한 작업을 유용하게 수행하기 위해서는 적어도 네 가지 기초 작업이 필요한 것이다. 우선 서구의 메타픽션에 대한 개념 규정을 포괄적으로 해야 할 것이고 둘째로 국내 학자나 비평가들의 메타픽션에 대한 이해와 소개 현황, 셋째로 80년대 이후의 우리나라 문물 상황과 문학의 새로운 대응 방식의 문제, 끝으로 국내에서의 메타픽션 계열의 작품들에 대한 구체적인 읽기와 검증 작업이 수반되어야 할 것이다. 그러나 이 글에서는 그 제목에 값하기도 어려운 위와 같은 작업에 대해 지극히 단편적이고 서론적인 작업에만 매달릴 것 같다. 국내에서의 소개와 논의는 앞서 이미 소개한 바와 같이 신문수, 박엽, 고지문, 김성곤 등 주로 영문학자들에 의해 이루어졌고 국내 문단에서는 메타픽션 계열 소설의 수용과 가능성에 대해 김윤식, 김치수, 권오룡, 한기, 이광호 등에 의해 몇 가지 논의가 있었다. 국내에서의 사회 변화와 새로운 문학 양식 개발에 대한 본격적인 논의는 이제 막 시작한 상태이다.

사실상 국내에서 새로운 소설 양식인 메타픽션이나 포스트모던 소설의 관점에서 논의될 수 있는 작가도 그 수가 별로 많지 않다. 여러 사람들의 의견을 종합해볼 때 이인성, 최병현, 장정일, 복거일, 김수경, 하일지 정도이다.

서구의 메타픽션이나 작품을 소개한 영문학자들 이외에 국내의 작가들이나 비평가들은 소위 새로운 형식의 소설인 메타픽션에 대해 어떠한 견해를 가지고 있는가? 우선 김윤식 교수는 우리나라에서 포스트모더니즘 소설은 아직 한 편도 나오지 않았다고 전제하면서도 "문학이나 예술이란 가장 민감한 징후인 까닭"에 "포스트모더니즘이 머지않아 도래하리라는 것, 그때 포스트모더니즘계 작품이 판을 치지 않겠습니까"라고 진단한다. 그리고 나서 김윤식 교수는 소설가 이인성을 국내에서 포스트모더니즘의 거의 유일한 작가로 들고 그의 작업은 "그러니까 근대가 만들어낸 소설이라는 장르를 송두리째 폭파하는 일이야말로 감옥에 가지 않고 최루탄 안 맞고 몽둥이 안 맞고 그 현 체제를 무너뜨릴 수 있는 방법 중의 하나가 아니었을까"(「한국문학과 포스트모더니즘」, 80~82쪽)라고 지적한다.

필자도 제1회 현진건문학상 수상자인 최병현의 소설『냉귀지(冷鬼志)』(1988)를 논하는 글에서 그의 소설을 간략히 분석한 후에 "시설(時說)이라는 새로운 형식을 통한 형식의 파괴와 언어 양식의 해체를 통한 저항은『냉귀지』와 같은 포스트모던한 실험소설의 새로운 가능성을 열어준다 하겠다. 고정되고 통념적인 형식이 주는 위안을 거부하고 언술 행위의 끈질긴 이데올로기 투쟁의 장을 만듦으로써 … 그의 소설문학이 어느 정도 성공적으로 예술적 형상화를 이룩했다"(「문학적 토대의 부정 그리고 해체」, 190쪽)고 지적한 바 있다. 80년대 소설을 개관하는「전환기의 소설」이란 글에서 평론가 정호웅은 "형태파괴적 (해체적) 소설"을 "새로운 형식 실험을 통해 전통적 소설 형식의 억압 구조를 해체, 비판을 의도하고 있다는 점에서 간단히 일축할 수만은 없다"고 전제하고 인인성, 최수철, 김수경을 들고 있다(241쪽).

이 밖에 새로운 양식 추구가 문학이 지향하는 목표라고 주장하는 김치수 교수는 80년대 소설의 새로운 경향의 하나가 "새로운 형식" 추구에 있다고 지적하였다. 김 교수는 "소설의 형식을 새롭게 하고자 하는 새로운 소설은 "소설에 대한 근원적인 질문을 내포한 현대적인 경향으로 성격지을 수 있다"(107쪽)고 보고 이에 대표적인 소설가로 이인성과 최수철을 들고 있다. 90년대 들어서 80년대 소설의 형식과 그 의미를 논하는「소설 공간의 확대, 혹은 형식의 모험」이란 글에서 평론가 권오룡은 다음과 같이 말한다.

> 물적 기반의 변혁은 또한 그에 상응하는 변혁을 수반해야 하는 것이라는 점과, 의식의 변혁은 언어의 변혁을 통해 보다 적극적으로 수행될 수 있다는 점이다. 언어의 변화 작업은 어느 상황에 있어서도 우리로 하여금 보다 가치 있고 건전한 삶의 세계를 지향할 수 있게 해주는 의지의 지속적인 해설을 이룬다. … 소설이 변화된 세계, 변화된 현실에 의미론적으로, 가치론적으로 대응하고자 할 때, 그 대응력을 수립하는 작업의 구체적 양상은 소설 자체의 형식에 대한 모험을 통해 드러나게 되는 것이라고 말할 수도 있을 것이다. … 80년대 한국 소설은 폭력과 억압이 지배했던 현실에 대해 보다 행동적으로 맞서는 문학적 운동과 함께, 다른 한편으로 소설 자체의 근본적인 변화를

통해 현실에의 대응성과 해방에의 지향성을 찾으려는 다양한 시도들을 통해 스스로 부과되어져 있었던 시대적 과제를 수행하고자 했다. 그리고 그것은 매우 성공적인 것이었다. (301~302쪽)

권오룡 교수는 변혁기를 대응하는 데 성공한 여러 작가들 중 특히 이인성과 최수철을 들고 있다.

다음에서 필자가 국내에서 가장 메타픽션적이고 포스트모던 리얼리즘 계열이라고 보고자 하는 최수철의 가장 최근 소설인 『알몸과 육성』(1991)을 구체적으로 읽음으로써 우리나라에서 메타픽션의 수용 문제와 그 가능성의 문제를 한꺼번에 논해보기로 하자. 그러나 정작 우리가 최수철을 메타픽션 계열과 관련지어보고자 할 때 소설가 자신은 크게 보아 메타픽션 계열인 프랑스 '누보로망'을 알기 이전부터 자신은 메타픽션을 써왔다고 말한다.

나의 소설이 미흡하게나마 이미 누보 로망을 알기 이전에 진작부터 형성되었다고 하는 사실입니다. … 그때 난 기존의 리얼리즘계 소설에의 불만을 상당히 심하게 의식하고 있었던 것인데, 누보 로망을 보니까, 아, 이런 문제점 때문에 누보 로망과 같은 소설도 존재할 수 있고, 또 내가 생각하는 것과 같은 생각도 할 수 있겠구나 하는 자각을 좀더 분명하게 할 수 있었던 것이지요. 그렇지만 그것은 분명히 훨씬 나중에서야 하게 된 작가이었고, 초기의 나의 소설은 기존의 것과는 다른 문학에 갈급증을 느끼다 보니 누보 로망의 일반적인 양식과 이념에 맥이 닿게 될 것이라고 보는 것이 옳을 것입니다. (245쪽)

따라서 우리는 소설가 자신의 말을 믿을 수밖에 없으리라. 흔히 문학이론이 문학창작을 이끄는 경우는 있지만 대부분은 문학창작 이후에 비평가나 이론가가 그 뒷정리를 감당하는 것이다. 흔히 해체주의 시인이며 소설가로 널리 알려진 장정일도 "해체란 삶 자체를 일컬음이며, 사람들이 그것을 가리켜 해체주의라고 부르기 훨씬 이전부터 나는 해체주의자였다"(『그것은 아무도 모른다』, 9쪽)고 말한 바 있다. 최수철의 새로운 소설 양식은 어떤 의미에서 '누보 로망'이나 '메타픽션'과 같은 서구 문학 양식의 영향이라기보다 우리 사회와 자아의 어떤 외적·내적 욕구와 필요에 의해 자생적으로 생겨났다고도 볼 수 있다.

이제부터『알몸과 육성』에서 극명하게 드러나는 메타픽션적 요소들을 살펴보자. 대체로 자기반성적 탐구, 새로운 소설이라는 글쓰기의 전략, 소설 구성의 무작위성과 불확정성, 소설의 다양성과 대화성, 작가와 의미의 공동체를 만드는 독자의 증대된 역할, 그리고 표면의 미학, 형식의 해체 문제, 열린 결말의 문제 등의 순으로 간략하게 논해보자.

3. 새로운 소설 쓰기로서의 메타픽션의 실천— 최수철의 경우

메타픽션의 제1차적인 특징은 소설 쓰는 행위에 대한 자기반성적 또는 자의식적인 탐구이다. 최수철은 자신의 소설에 대해 "바로 소설 쓰기를 소설의 대상으로 쓰는 이 글의 특징"(108쪽)으로 규정하고(이 작가는 자신의 소설이 단지 '글'이라는 걸 모르는 경우가 많다.) 자기반성적인 소설 쓰기에 대해 "나는 소설가가 소설 쓰는 행위 그 자체를 소설의 대상으로 삼고 있는 것이 아니라 단지 당연하거나 자명한 것으로 여겨지고 있는 몇몇 기존의 소설적 장치들을 제거해버리고서, 다시 말하여 내가 소설을 쓰고 있음을 분명히 하고자 이 글을 쓰고 있는 셈인 것이다"(12쪽)라고 말하며 이에 앞서 소설가는 다음과 같이 말하였다.

> 나는 그동안 소설을 써오면서 내가 다름 아닌 소설을 쓰고 있다는 의식, 혹은 자의식에서 한 치도 벗어날 수 없었고, 그러면서도 내가 나 자신이 그럴듯하게 꾸며놓고 있는 이야기 속에 빠져들어서 소설을 쓰고 있음을 깜박깜박 망각할 때마다 나도 모르게 내 속에서 허위의식이 발동한다는 사실을 뼈저리게 느껴온 것이며, 그리하여 나는 그러한 자의식을 소설 속에 어떤

식으로든 드러내놓지 않고서는 견딜 수 없었던 것이다. 그런데 이번에는 그로부터 한 걸음 더 나아가려 할 것이고, 결국 그래서 이런 모양의 소설이 씌어지고 있게 된 것이라 할 수 있다. (12쪽)

『알몸과 육성』의 경우, 소설가 자신이 소설 속에 끼어드는 정도가 아니라 주요 등장인물이 되어, "두말할 나위 없이 나는 소설가이다. 나라는 사람이 곧 소설가라는 것이 아니라, 적어도 지금 이 자리에서만은 그렇다는 것이다. 그래서 지금부터 나는 이 글이 한 사람의 소설가에 의해 씌어지고 있는 한 편의 창작물이라는 점을 정직하게 인정하고서 이 글을 출발시키고자 한다"라고 선언한다. 따라서 어떤 이들은 처음부터 이 소설을 규칙 위반이며 난잡하다고까지 생각할 것이다.

소설가는 이러한 소설 쓰기의 새로운 가능성을 자신의 소설 속에서 버젓이 떠들고 있다.

> 요즘 저는 잘 짜여진 그럴듯한 소설을 읽는 데에 식상했습니다. 그보다는 차라리 작가 자신이, 혹은 그가 등장인물의 입을 빌어 어떤 정황에 대한 자신의 관찰과 묘사와 분석을 생각나는 대로, 독백체로 끊임없이 뇌까리는 유형의 소설을 읽는 것이 훨씬 즐겁습니다. … 내가 비록 이 소설에서 소설이 건드려서는 안 되는 모든 금기를 위반하고 어느 정도는 무모하게 성역을 파헤치려 하고 있기는 하여도, 그리고 등장인물이라거나 화자 등등의 소설적 장치들을 제거해버리고 소설가로서의 내가 알몸으로 뛰어다니고 있기는 하여도… (21~23쪽)

그러나 여기에 소설가의 자기반성적인 메타적 소설 쓰기에 흔히 가해지는 비난이 있을 수 있다. 즉 그러한 소설은 자기도취적이고 나르시서스적이라는 것이다. 따라서 단순한 도피적인 실험 문학에 불과하다는 점이다. 그러나 패트리시아 워 교수의 말대로 메타픽션이 자아반성적이라 해서 유아론적인 말장난이나 관념의 유죄에 빠지는 것이 아니라 "소설 형식의 내부에서 저항"하는 것일 수도 있다. 소설가 자신도 이 점에 대해 다음과 같이 변호한다.

> 글 쓰는 사람들 각자에게 있어서의 글쓰기 자체의 문제에로의 접근은 얼핏 생각하기에 세계와의 소통보다는 자신의 패쇄적인 내면 속에 빠져드는 것처럼 여겨질 수 있으나, 하지만 내가 보기에는 결코 그렇지가 않은 것이다. 오히려 이제는 온갖 종류의 글쓰기가 그 사용되는 언어의 차이에도 불구하고 그 형식상의 공감대를 형성하고 있는 것이니만큼, 가장 절실하게 글쓰기의 문제를 드러내는 것은 곧 본질적인 면에서 문명 간의 관계적 한계를 극복할 수 있는 가능성을 가지는 것이 아닐까 한다. (204쪽)

따라서 메타픽션 소설가는 자신의 소설 쓰기 양식의 목표를 허위의식 제거에 두고 가장 현실적인 문제들을 아무리 사소하고 대수롭지 않게 보이는 것들까지 소설의 대상으로 삼음으로써 이른바 '정직한 글쓰기'와 '새로운 리얼리즘'을 실현하고자 한다.

또한 최수철은 메타적 소설 쓰기의 효과를 극대화하기 위해 새로운 글쓰기의 방략을 내세운다. 이는 소설가가 인간의 모든 가치 체계가 자의식적이고 인위적인 허구성에 근거하고 있을지도 모른다는 포스트구조주의적 또는 해체적 새로운 인식이다. 우선 그는 '이상적인 독자'를 가정한다.

> 내가 소설을 쓰는 것은 그 인물과 대화를 나누는 것에 다름이 아닐 수 없다. … 우선 그는 <u>여성적</u>이다. … 그러나 나는 그 인물을 그녀라고 부르고 싶지는 않다. 나는 그를 좀더 <u>자유롭게</u> 놓아두고자 하는 의도를 항상 가지고 있기 때문이다. … 소위 이상적인 독자와 나 사이의 이를테면 <u>비밀스런 연애 감정</u>에 대해 말을 늘어놓다 보니 어느 틈에 나도 모르게 이야기가 다분히 비현실적이고 신비적으로 흘러가버렸음을 이제야 눈치 채게 된 것이다. (18~19쪽. 밑줄 필자, 이하 동일)

소설가는 자신이 타자기를 두드리며 소설을 쓰는 글쓰기 특히 소설 쓰기가 일종의 **관능적 행위**라고까지 말하며 자신의 소설 쓰기를 숲속의 빈터에서의 동물들의 감미로운 교접에 비유한다. 여(이)성적인 상태를 앞에 두고 내밀스런 연애 감정에 빠진 소설가는 자기만의 공간 속에서 원고지 위에(처녀막 또는 자궁) 펜(pen-is)을 박아 자국을 내면서 말이라는 씨앗을 뿌려 그 결과 소설이라는 사랑의 산물을 생산해내는 것인가? 아니면 육필이 아닌 타자기를 쓰는 소설가 최수철은 성감대가 성기에만 몰리는 펜으로 글 쓰는 것과는 달리 타자기의 45개의 키를 각각의 '혀'로 느끼면서 타자기의 키를 여기저기 때림으로써 다지역 성감대를 좀 더 관능적으로 느끼는가? 다시 말해 소설가는 펜과 같은 성기(penis)로 이루어지는 일회적이고 논리적이고 단순한 일방적인 성기 중심의 성행위가 아닌 45개의 키로 애무하는("타자기와 나 사이에 관능적인 어우러짐") 노먼 O. 브라운의 이른바 '다형태의 성욕'(polymorphic sexuality)을 충족함인가? 소설가 최수철은 이를 '글쓰기의 자궁'에 다름 아니라고 말한다(59쪽).

그리고 메타픽션적 글쓰기라는 사랑의 행위에는 여성의 애액과 같은 끈적끈적한 점액과 같은 윤활유가 필요하다. 최수철은 이를 자신이 과도하게 사용하는 문장부사와 접속사들과 관련시킨다.

> 나는 이 글(앞서도 지적했지만 최수철은 자신의 소설을 주로 '글'이라고 표현하기를 좋아한다)에서 내가, 그러나, 하지만, 그리하여, 그럼에도 불구하고, 따라서 등등의 문장부사들을 유난히 많이 사용하고 있음을 스스로 의식하고 있다. … 여기에서는 문장부사, 혹은 접속사들이 윤활유 혹든 분비물 같은 것이 되어 문장들, 또는 생각의 흐름을 노골적으로 한데 어우러지게 하고, 그 속에서 주어, 또는 주체가 머리를 쳐들고 꼿꼿하게 서 있도록, 나는 하고 싶은 것이다. (44쪽)

소설가는 또한 글쓰기의 관능성을 헐벗음과 연결지어 자신의 소설 제목과 관계를 잘 설명해준다.

> 앞으로 계속 이어져나갈 이 각각의 소설들[작가는 따로따로 문예지에 실렸던 이 소설이 9개의 장을 각각의 독립된 소서로 보고 있다]에 있어서, 첫 번째 것과 이번 것은 전체에 대한 일종의 공복 상태를 확보하기 위한 노력을 수행하고 있는 것에 다름 아니다. 그리고 '알몸과 육성'이라는 제목 역시 한편으로는 관능성과 관계를 맺지만 다른 한편으로는 말 그대로 **헐벗음**의 다른 표현에 지나지 않는 것이기도 하다. 그리하여 나는 가능한 한 모든 여건을 조정하여 글쓰기의 가장 노골적인 관능성의 상태를 향해 나아가려 하는 것이다. (52쪽)

소설가는 이 소설에서 헐벗음과 공복성과 관능성을 동시에 유지하기 위해 소설 구성에 불확정성과 무작위성을 강조하고 있다. 다시 말해 그는 '재현의 불가능성'을 타개하기 위한 여러 가지 문학적 장치들을 개발하고 있다. 따라서 이 소설은 작가 자신이 "매우 **효율**적이고 역동적일 수 있는 면을 지닌"(15쪽) 연작소설 형식으로 되어 있을 뿐 아니라 군데군데 끊임없는 일탈(degression), 즉 빗나가기, 딴소리하기가 있고 사소하고 작은 이야기들인 에피소드들이 연속으로 이루어져 있어 글쓰기의 **우연**성이 강조되고 있다. 따라서 이 소설에는 종래 소설에서 금과옥조처럼 여기는 어떤 인과관계에 따른 잘 짜여진 사건 전개인 플롯이나 구조가 무시되고 있으며 직선적인 시간 구조 자체가 거부당하고 있다.

> 이 글 속에는 … 시간이 부재로 처리되어 있는 것이다. 내가 만약 이 글속에서의 시간의 진행을 이런 식으로 말하지 않고 일기체 형식의 글에서처럼 구체적으로 표기를 해놓는다면, 독자들은 훨씬 더 큰 심리적인 편안함을 느낄 수 있을 것이다. 하지만 이 문제는 그다지 심각하게 생각할 필요가 없을 듯하다. 단지 소설가로서의 내가 조금의 욕심을 부리자면 그것은, 독자들이 이 글 속에 나름의 시간적 흐름과 단절이 존재하고 있다는 것을 항상

의식해주었으면 하는 것이다. (45~46쪽)

글쓰기의 불확정성을 강조하는 작가는 앞서 지적한 '사랑'의 감정이 자신이 글을 쓰게 하는 촉발제라고 설명한다. 무엇인가에 이끌려 소설이라는 형식으로 서서히 나갈 때 소설가는 사전에 확고한 계획이 없음은 물론이다. 따라서 최수철에 의하면 "내게 있어 특히 중요한 것은 무엇보다도 그 순간순간 *무정형*의 것들이 형태를 얻게 되는 *과정* 자체이다. 몇 장의 메모가 소설로 변모할 때, 거기에는 수많은 선택의 여지"(145쪽)가 있다. 이러한 그의 방법론의 목적은 "글쓰는 순간의 *역동적인* 상상력에 손길을 내맡기는 것이며 … *정직한* 상상력에 손길을 내맡기는 것"(146쪽)이다.

소설가는 이 소설에서 다른 재미있는 비유들을 등장시킨다. 그는 사소한 것들의 무작위적인 배열, 다시 말해 일종의 '조합'(bricolage)을 '아귀'에 비유하고 있다. 소설가란 한때 쓸모없다고 여겨 바닷가 개펄에 아무렇게나 내버려졌던 물고기인 아귀를 조합하고 배열하여 새로운 맛을 내는 '아귀찜'을 개발하듯 작고 사소한 이야기나 메모들을 '조합'하여 소설을 구성한다는 것이다. 그러나 이렇게 구성된 소설이라고 해서 제멋대로 된 작품이 아니라, 오히려 그는 '나무와 같은 자연스러운 소설'을 구성해내려는 것이다.

예전부터 나는 나무와 같은 소설을 쓰고 싶었다. 한 알의 씨앗이 땅에 떨어지면서 소설이 시작되고, 그 식물은 막 시작된 소설 자체 속의 토양에 뿌리를 박고서 무럭무럭 자라난다. 소설은 그 나무 덕분에 대지를 얻고 하늘을 향해 솟아오른다. 사전에 아무런 구성도 이루어져 있지 않다. 소설은 그 나무처럼 자생적이다. 물론 그 소설이라는 나무는 현실로부터 햇빛과 물을 공급받는다. 나무는 스스로에게 가장 바람직한 굵기의 줄기를 뻗어나간다. … 그러면서 다른 한편으로는 소설의 형식은 나무뿌리처럼 복잡하게 얽혀들어 생명 그 자체의 구조를 드러낸다. (129~130쪽)

따라서 작가는 애초부터 미리 계획된 거창하고 장대한 이야기로 시작하지 않고 작가의 사소한 주변적인 이야기와 의식 세계를 끊임없이 반성적으로 살펴봄으로써 작가 자신이 '진리'나 '사실'을 거머쥘 수 있다는 오만과 착각을, 다시 말해 일종의 '허위의식'을 벗어나고자 몸부림친다고 볼 수 있다. 이 소설을 쓰고 있는 도중에 타자기에서 컴퓨터(워드프로세서)로 바꾼 작가는 자신이 사용하고 있는 포스트모던 문화의 산물인 컴퓨터가 자신의 글쓰기에 은연중에 미치는 영향에 대해 "컴퓨터가 가지고 있는 거동의 가벼움, 즉 조합과 해체의 거의 자발적이라고까지 할 수 있는 순발력과 자유로움이 이른바 포스트모더니즘이 글쓰기 양식으로 묶일 수 있는 여러 양상들과 구조적으로"(208쪽) 관련되어 있음을 밝히고 있다.

　　메타픽션 작가들은 따라서 작가라는 전지전능한 위치를 포기하고 컴퓨터와 앞서 잠시 지적한 독자들과 삼각관계를 맺게 된다. 소설 속에서 독자들과의 진정한 바흐친류의 '대화적 상상력'을 위하여 소설가는 자신을 죽여버린다. 이것은 소설가가 자신을 소설 속에서 제거함으로써 텍스트라는— 억압적이고 단성적인—주인이 없는 유희와 자유의 소설적 공간을 확보하여 저자인 소설가가 아닌 '독자가 쓸 수 있는 텍스트'(writerly text)를 만들어 독자의 창조 공간을 확보해두는 데 있다.

> 　　이 소설의 소설가는 죽었다. … 사실 이 글을 누가 쓰는가 하는 것 역시 아무래도 상관없다. 애초에 이 자리에는 '그'가 존재하지 않았기 때문이다. … 이 소설의 소설가가 죽었다. 소설가가 죽었다. 다시 한 번 반복한다. 소설가가 죽었다. … 나는 어떤 사람으로 하여금 나 대신 이 소설을 계속 써나가 달라고 부탁하고 싶다. … 아니면 … 그 모든 사람들이 번갈아가며 이 소설을 이어가는 것 역시 긍정적으로 검토해볼 가치가 있을 듯하다. (106~6쪽)

　　저자가 죽고 독자들이 판치는 소설 공간이란 어떤 것인가? 이는 바흐친이 말하는 카니발의 세계 즉 다성성(Polyphony)과 이어성(異語性, heteroglossia)이 어우러진 대화의 세계인 것이다. 그래서 소설가는 "나는 항상 내 소설의 공간이 입체적일 수 있기를 바라고 있으며 나는 내가 그 입체성 속에 숨을 쉴 수 있기를 바라고 있으며 나는 내가 그 입체성 속에 숨을 쉴 수 있다고 믿고 있다. 따라서 내게 있어 평면적인 것은 내가 숨을 쉴 수 없는 곳이며 그래서 그곳은 곧 죽음과 망각의 공간"(191쪽)이라고 말하게 된다. 이런 상황 아래서는 오히려 작가인 저자가 진정한 대화적 상상력 속에서 부활되는 것이다. 따라서 소설가 최수철은 작가와 독자가 함께 발가벗고 '알몸'으로 만나서 '육성'으로 함께 대화하기를 적극적으로 요구한다.

> 이 글은 단순히 어떤 소설가의 알몸이나 육성에 대한 조각 그림 맞추기가 아니다. 그보다는 타자기의 존재와 독자들의 시선이 구체적으로 놓여 있는 풍경 속에서 소설가가 알몸을 드러내고 육성으로 그것들과 대화를 나누는 상황에 대한 추상화이다. 따라서 이 소설의 공간 속에 나와 함께 앉아 있는 독자로서의 당신이 침묵을 지킨다는 것은 내게, … 전적으로 은밀하고 부끄럽고 별의미 없는 나만의 알몸과 육성을 노출시키도록 강요하는 것이다. 그렇게 되면 나는 터무니없는 위기의식을 느낀다. … 나는 소설의 알몸을 눈앞에 그려보고 있는 것이다. 물론 그러기 위해서는 나도, 당신도 우선 발가벗어야 할 것이다. (61~62쪽)

독자와 작가가 소설 공간 속에서 발가벗고 알몸으로 만나는 의미는 앞서 이미 지적한 글쓰기의 관능성을 상기해보면 쉽게 이해가 갈 것이다. 그러나 우리의 통념적인 관습에서 볼 때 작가와 독자가 발가벗고 만난다는 것은 얼마나 어려운 일인 것인가? 따라서 중요한 것은 독자의 '열린 마음'이다. 왜냐하면 작가인 최수철은 이미 발가벗기로 작정하였기 때문에 독자만이 문제가 된다는 점이다. 이렇게 되어 이상적인 독자가 마음을 비우고 발가벗는다면 새로운 가능성이 생겨난다. 즉 저자가 독자에게 전적으로 의존할 수 있는 것이다.

나는 이 『알몸과 육성』이라는 소설을 이전에 씌어졌던 여러 소설들과 또

한 앞으로 씌어질 소설들을 향해 활짝 열어젖히고자 하는 것이다. 이 소설
이 그동안 내가 써온 소설들과 앞으로 쓸 소설들 속에서 어떤 단절의 기미
없이 존재할 수 있게 된다는 것은 이 소설이 궁극적으로 독자들에게 그것의
전 체계를 개방하여 그들에게 스스로를 전적으로 내어맡길 수 있게 됨을 의
미하는 것이 아닐까? (65쪽)

    소설가는 이 소설에서 종결이나 결론보다는 끝을 끝없이 연결시켜놓음으
로써 소설 내에서의 여러 요소들이 서로 유기적으로 대등하게 역동적으로
연결되어 더욱 중요한 앞으로의 자신의 다른 작품들 또는 다른 작가나 작품
들과의 대화를 위한 고도의 장치를 개발하고 있다. 다시 말해 소설가는 "결
말이 그것으로 곧 삶의 결말 그 자체가 아니고 무한히 터져 있고 열려 있"는
(185쪽) 소위 '열린 결말'(open ended ending)을 택하고 있다.

>   나의 이 소설은 저절로 나아가다 스스로 글의 끝에 이른 것임을 나는 다
> 시 한 번 우선적으로 인정해야 한다. 나는 이 소설의 끝을 위하여 비교적 거
> 의 아무것도 한 것이 없는 듯하다. … 나는 소설 쓰는 나 자신에 관해 무엇
> 인가를 해체시키기 위하여 이 소설을 시작하였고, 그런 의미에서 나는 내가
> 막 벌여놓은 그 판 속에서 한동안 편안함과 자유로움을 느낄 수 있었다. …
> 급기야 이 소설 속에 은근하게 자리 잡은 해체의 운동 속에 나 자신을 전적
> 으로 내맡겨버리고 있다. 그것이 내가 취할 수 있는 결론이고, 내가 이 소설
> 의 끝을 통해, 끝을 지나서 나야갈 수 있는 방향이기도 하다. (232~233쪽)

    이러한 '열린 결말' 속에서 우리는 소설가 최수철의 무정부주의적 자유주
의를 느낄 수 있다. 여기에서 그의 무정부주의적인 글쓰기의 단면이 생겨나
는 것이다. 따라서 '어느 무정부주의자의 사랑'이라는 4부작의 마지막 작품
인 이 소설에서 무정부주의의 의미를 짚어보는 것은 중요하다. 무정부주의
적인 자유주의에 가장 핵심적인 인식소는 다양성과 다원주의이다. 소설가
는 이 소설의 여러 곳에서 가능한 한 최대한의 다양성을 취하여 새로워지고

자 하였고 그러기 위해서 어떤 종류의 결정론도 의심하며 자유로워지기를 원한다. 따라서 무정부주의적 자유주의자인 최수철은 다양성을 강조하는 자신이 결과적으로 체제순응주의와 패배주의에 함몰되는 것이 아니냐는 비난에 대해 다음과 같이 웅변적으로 변호하고 있다.

> 어떤 사람들은 내가 다양성 운운하는 것이 결속력과 첨예함을 약화시켜서 결과적으로 나도 모르는 사이에 지배 체제의 유지에 기여하는 것이라는 반박을 할 것이다. 물론 그럴 수도 있다. … 그러나 … 그것은 그렇게 간단하게 밀어붙이고 밀어붙여질 문제가 아닌 것이다. 다양함이란 자유스러움과 가깝고, 의도적임과는 지극히 멀리 떨어져 있다. 우리는 각자 세상을 향해 자연스럽게 발을 던짐으로써 그 세상에 참여하는 것이다. 물론 우리가 현실적으로 처해 있는 상황은 다른 그 무엇과 비견될 수 없을 정도로 절박하고 암담한 것이 사실이다. … 억압적이고 폭력적인 체제에 대한 싸움은 어느 한 개인이나 계층과의 싸움인 것이 아니라 그것의 구조 자체와의 싸움이 되어 있는 것이다. 따라서 이제 우리에게는 전후방이 따로 없고, 필요한 것은 총체적인 것이다. … 다양한 정신의 자연스러움과 자유로움이 지켜져야 한다. (121~122쪽)

소설가의 무정부주의, 자유주의, 다원주의의 유용성을 강조하는 것은 대단히 웅변적이다. 그렇다면 그의 소설 『알몸과 육성』과 무정부주의는 궁극적으로 어떤 관계에 있는 것인가? 그는 단순히 모든 것은 냉소하기 위해서 무정부주의를 주장하는 것은 아니다. 거대한 이론이나 이념으로 포장된 기존의 이데올로기와 제도권이 지닌 폭압성에 대항하는 전략의 하나로 폭력에 대해 "무정부주의적인 청정한 목소리로" "자유를 지향하는 흐름" 속에 편입시켜 해체시킨다는 것이다. 다른 말로 하면 그것은 "의심하는 시선을 '역으로 의심하기, 혹은 그대로 받아들이기' 이 방략인 것이다."(201~204쪽) 따라서 여기서 말하는 허무주의는 적극주의·행동주의·혁명주의 등에 반대되는 패배주의·퇴폐주의가 아니라(어떤 의미에서 불교적 의미를 지닌) 어떤 극단을 초월 극복하여 동시에 현실을 끌어안은, 즉 '현실을 부둥켜안고 뒹굴다 다시 일어서기'의 의미를 지닌다 하겠다.

4. 나가며: 탈근대 한국 소설 쓰기의 하나의 가능성을 향하여

국내에서 최근에 메타픽션이나 포스트모던 소설에 대한 거부반응이나 비판이 있는 것이 사실이다. 여기에서 자세히 소개할 겨를이 없으나 지나치게 부정적인 시각은 최수철의 『알몸과 육성』에 의해 부분적으로나마 극복될 수 있다고 필자는 믿는다. 그의 소설은 양풍의 한 갈래인 '메타픽션'이란 새로운 소설 양식을 단순히 모방한 것은 결코 아니다. 6·29선언과 88서울올림픽 이후에 가속화된 우리나라의 사회구조와 삶 자체 변화에서 자생적으로 생겨난 소설적 대응 양식이며(실험은 이미 끝났다고 작가는 선언한다.) '새로운 소설적 돌파구'라고도 보인다. 이것은 지나친 평가라고 생각될 수 있겠으나 그렇지 않다. 왜냐하면 『알몸과 육성』은 우리의 입장에서 서양의 어떤 메타픽션이나 포스트모더니즘 계열의 소설보다 우수하게 느껴진다. 이 소설은 우리의 현재 문물 상황에서 어느 정도 자생적으로 생겨나 민족문학이니 자유문학이니 하는 당파적이고 소모적인 논쟁을 훨씬 뛰어넘어 엄연히 편재해 있는 우리를 기다리며 바라보며 다가오며 따라서 우리를 억누를 수 있는 역사와 현실과 미래에 대한 증언이며 예언서이다. 이는 '좋은' '저항적인' 메타픽션이며 포스트모던 소설이다. 이 소설은 '재미있고' '유익하고' '자유롭고' '저항적인' 요소들이 포용된 오늘날의 여러 가지 중요한 문제점들을 부각시키는 작품이며 최선의 문학이론이다. 작가 자신이 메타픽션의 가능성에 대하여 "나는 … 메타픽션의 계열에 속하는 … 소설을 쓰고 있는 것이고 … 그 가능성은 어떤 방법으로든 계속 타진되어야 한다는 것이다. 그런 의미에서 나는 사회적 실천을 드높이는 메타픽션적인 소설을 읽을 수 있었으면 하는 바람을 가지고 있기도 하다. 만약 내게 그런 능력이 있다면 나는 분명 그렇게 할 것이다"(120쪽)라고 선언하고 있다.

따라서 최수철의 소설은 헨리 제임스 이래 우리가 소설 미학에서 통념적으로 기대하고 요구하고 배경, 플롯이나 구조, 등장인물, 주제 등을 의도적으로 위반·해체하고 비켜감으로써 새로운 현실에 대한 메타소설적 재현 양식을 추구하고 있다.『알몸과 육성』을 통해 우리는 새로운 경험과 비전을 가지기 시작한다. 독서 과정이 본문에 작가가 숨겨놓은 듯이 보이는 어떤 진리나 의미를 찾아내는 것이 아니라 엉성한 구조와 사소한 에피소드 중심으로 된 글의 마당 속에서 작가가 고백하고 독자를 초대하여 알몸과 육성으로 협동으로 의미짓기를 하는 자아 완성과 성취를 이룩하는 창조 과정이다. 여기에 물론 작가와 독자가 모두 그들이 몸담고 있는 사회현실, 역사에 대한 첨예한 대결 의식과 개혁 의지도 있다. 따라서 박엽 교수는 메타픽션이 "결코 상상력을 통해 자기도취적인 쾌락을 추구하면서 현실 세계나 리얼리즘을 거부하지 않"고 "독자에게 문화적으로 타당한 서술 형식을 통해서 보다 진실한 세상의 모습을 보여주기 위한 노력으로 보아야" 하며 "메타픽션은 소설의 전통적 요소를 배제하는 것이 아니라 이를 변용"한다고 지적한 바 있다(앞의 논문, 540쪽). 비록 커다란 허위 이데올로기에 포장된 큰 목소리는 없지만 이 시대의 억압 구조에 대한 좀 더 총체적인 비전을 가능하게 한다. 이렇게 볼 때 한국에서의 메타픽션 또는 포스트모던 픽션의 가능성은 한국 소설 문학의 새로운 가능성으로 이어질 수 있을 것이다.

5장   세계화 시대의 현대 호주 문학의 가능성

1. 호주의 국가적 정체성과 현대 호주 문학의 특징

남반구 오세아니아의 거대한 섬나라 호주는 우리에게 새로운 문화적 호기심으로 다가오고 있다. 2000년의 시드니 올림픽을 환경 올림픽으로 성공적으로 치렀고, 인구 대비(1,800만 명) 최다 메달을 획득하는 기록도 세웠다. 많은 여성 선수들의 눈부신 활약도 인상적이었다. 무엇보다도 토착민들과 이주민들 사이의 화해 장면들은 가장 감동적인 순간들이었다. 2001년은 호주가 영국의 식민지에서 연방 정부로 독립한 100주년이 되는 해이다. 이제는 영연방에서 탈퇴하여 공화제(republic) 정부 수립을 통해 '새로운 국가'로 거듭나려고 노력하고 있다. 호주는 이제 캥거루나 코알라와 같은 희귀한 동물을 가진 관광의 나라도 아니고 영어를 배우는 어학 연수를 떠나는 나라도 아니고 우리가 쇠고기 등 농산물을 수입하는 나라만도 아니다. 북반부에 있는 우리는 이제 지금까지 일본-중국-러시아-유럽-미국 등 수평적 북북 관계에서 관심을 돌려 남반부 나라들과의 수직적인 남북 관계에도 응분의 관심을 가질 때가 되었다.

호주라는 나라는 형성 과정부터 특수한 상황이었다. 영국적 가치와 제도를 토대로 세워졌으나 지리적으로 아시아 태평양권에 속해 있는 일종의 복합문화적인 포스트식민지 국가이다. 제1세계의 일원으로서 중심부와 주변부가 병존하는 모순적 갈등 속에서 '영국적 과거/아시아적 미래'라는 기치 아래 새로운 진로를 모색하고 있다. 그리하여 호주의 '국가적 정체성' 문제는 이들의 모든 학문과 문화예술 활동의 중심적 과제가 되었다. 그레임 터너(Graeme Turner)와 같은 문화이론가는 기존의 반민주적이고 억압적인 민족주의 개념과 단일성, 동일성, 순수성을 고집하던 민족국가 개념을 비판한다. 터너는 최근『제3의 길』로 유명한 영국의 사회학자 앤서니 기든스의 '국가민족' 개념을 끌어들여 기존의 민족주의 담론이 타당성을 극복하고 그 의미를 더욱 확장시키는 작업을 한다. 그는 이중성과 잡종성을 통한 새로운 창조와 생산의 복합문화주의(multiculturalism)를 주장한다.

이엔 앙은『호주의 아시아화』란 글에서 비판적 초국주의(critical transnationalism)의 관점에서 현재 호주의 위상을 논의하면서 '아시아'와 '서구'라는 근대적 이분법을 해체하고 있다. 이를 위해서는 세계를 상호 연결되고 서로 의존하면서도 변별성을 가지는 구성체로 이해하는 것이 필요하다(이것은 식민지 팽창을 통해 보편화되는 서구의 근대 기획이 성공하면서도 실패하고 있음을 동시에 암시해준다). 이런 관점에서 아시아와 호주는 절대적 이분법의 장으로 나타나지 않으며, 유럽 근대화 기획의 역사적 산물로만 간주되지는 않는다. 제국주의의 산물인 근대성을 보편적인 하나의 기획으로만 볼 수 없으며, 세계는 다원적 근대성으로 구성되었다는 점, 그러므로 근대성이 만들어놓은 경계들이 더 이상 영토상의 민족국가들 간의 경계와는 필연적으로 일치하지 않음을 인식하는 것이 중요하다. 그랬을 때 비로소 '아시아' 속의 '호주'를 수용하는 개념, 즉 아시아이며 동시에 아시아가 아닌 이중적인 탈/근대적 존재로서 호주 자체의 상상력을 가지게 되는 것이다.

호주의 문화는 토착 원주민(Aborigine)과 백인 문화 사이의 대립과 갈등 구조를 그들 자신에 어떻게 처리하고 재현할 것인가에 대한 해결의 문제로서 호주의 민족적 다양성, 국가의 복합문화주의, 그리고 경제적 세계화의 상황에서 하나의 국가로 되는 과정을 의미한다. 그리고 강력한 실천을 병행한 페미니즘 운동과 원주민인 애버리지널(aboriginal) 문화와 최근 들어 아시아 이민 개방으로 유입된 동아시아 문화로 구성된 것이 바로 호주적인 복합문화주의이다. 스네자 그누는 「복합문화 국가 호주의 예술」이란 글에서 복합문화적인 호주의 예술과 문화의 의미를 명확히 하고자 하며, 복합문화주의란 용어와 함께 문화에 관련된 새로운 잡종화된 문화예술을 인식해야 한다고 언급하고 있다. 그누에 따르면 이제 이와 같은 '잡종성'이 호주에서 인정되고 소수민족 예술가들의 실험적이고도 아방가르드적인 생산성을 인정하면서 상상적 민족문화와 주류문화의 균질성에서 탈영토화해야 할 단계에 와 있다는 것이다.

21세기는 자본, 정보, 지식, 노동이 끊임없이 그리고 재빠르게 전 세계적으로 확산 이동되는 전 지구적 자본주의 세기가 될 것이다. 이러한 소위 세계화는 경제, 금융, 과학기술의 측면에서뿐 아니라 문화예술의 측면에서도 상호 교류가 활발하게 일어날 것이다. 이미 문화상품, 문화자본, 문화권력이라는 말과 함께 문화도 하나의 교환가치의 상품이 되어 문화제국주의라는 말이 생겨난 지도 오래되었다. 그러나 전 지구화는 일방적으로 확산적인 세계화 과정만이 아니라 축소적인 지방화 과정도 동시에 일어나는 모순적 문화 상황이 연출되고 있다. 특수한 것의 보편화, 보편적인 것의 특수화라는 과정 속에서 서구 주도의 세계화라는 맹목적인 '동일화' 과정에서 거세게 저항하는 국지화라는 '차별화' 과정이 동시에 발생되기 때문이다. 이러한 이율배반적인 상황 속에서 지역적 민족적 정체성을 유지하려는 노력들이 포스트식민주의적 시각에서 줄기차게 진행되고 있다. 세계화 과정 속에서 중심부와 주변부 사이의 이러한 긴장 관계는 문학의 영역에서도 새로운 문제점으로 제기되고 있다.

이러한 새로운 상황 속에서 지금까지 주변부 문학으로 치부되던 '새로운 영문학' 다시 말해 과거에 영국의 식민지역으로 영연방 국가에서 영어로 쓰여진 문학들인 캐나다 문학, 호주 문학, 뉴질랜드 문학, 인도 문학, 남아프리카 문학, 카리브해 문학 등에서 전 지구화 시대의 제반 문제들의 여러 가지 가능성을 찾을 수 있기 때문이다.

세계화 시대를 맞이하여 호주 문학의 특성이나 가능성은 영국 문학이나 미국 문학이 줄 수 없는 '제3의 시각'을 제시할 수 있다. 호주 문학의 특수성과 보편성은 앞에서 잠시 살펴본 국가, 사회, 역사, 문화의 구성 과정과 밀접한 관계가 있고, 이런 맥락에서 호주 문학은 세계 무대에서 독특한 위치를 차지하게 되며 그것은 새로운 문제 제기를 가능하게 한다. 호주 작가들이 현대 영어권 문학에서 활발한 활동을 하고 있다는 것은 1973년 패트릭 화이트의 노벨문학상 수상을 위시해서 많은 작가들이 부커(Booker)상 등 국제적인 문학상을 수상하고 있는 것을 보아도 알 수 있다. 특히 최근 호주 문학은 점차 아시아−태평양 문화를 반영하기 위해 한국계 호주 작가인 돈오김의 경우에서처럼 이 지역 국가들이 공유하고 있는 관심사를 호주 문학의 주제로 삼고 있다.

지구상에서 몇 개 남지 않은 강우림을 보호하는 생태환경주의를 가장 중요한 국가정책으로 삼는 나라, 세계 각국으로부터의 이민으로 야기된 엄청난 다양성과 잡종성을 미덕으로 삼는 복합문화주의의 나라, 제4세계 주민인 토착민 어보리진들에게 권리와 토지 반환을 인정하는 나라, 계층을 초월하려는 민주적인 만민평등주의(egalitarianism)의 나라, 세계 최초로 고위 여성 관료직 할당 제도인 페모크라시(Femocracy)를 실시한 강력한 여권주의의 나라, 차세대 주인공들인 어린이에 대하여 각별한 관심을 베푸는 나라, 영국(유럽)적 문화 전통에서 벗어나 환태평양 국가로서 새로운 국가 정체성과 남반부의 문화 주체성을 수립하려는 포스트식민주의적 노력을 하는 나라, 세계화 물결에 신속하게 편승하여 선도적인 초국적 국가가 되고자 노력하는 나라가 바로 오늘날의 호주이다. 현대 호주 문학이 위와 같은 특수성을 재현하려고 하는 것은 당연하다. 우리는 호주 문학을 통해서 인간 문명과 자연과의 화해, 남녀 간의 대화, 토착민과 이주민과의 공생, 유럽과 아시아의 새로운 절합, 계층 간의 평등, 새로운 것과 오래된 것의 변증법 등 세계화 시대의 중요한 화두가 되고 있는 공통적인 여러 주제들을 접할 수 있다. 호주 문학은 전 지구적인 보편성을 위와 같은 호주적 특수성으로 담아내려는 치열한 과정을 겪고 있다. 호주 문학은 이미 세계어로 자리를 잡은 '영어'라는 언어가 주는 매체의 이점을 이용하여 영어권 문학에서 특별한 가치를 지닌다고 할 수 있다. 호주는 단일민족들이 지고 있는 민족 이데올로기라는 역사적 퇴적물의 무게에서 좀 더 자유로우므로 세계화 과정에서 겪는 민족적 주체성의 동요 현상을 비교적 쉽게 넘을 수 있다. 또한 호주는 국가적 문화적 정체성과 세계화의 보편성을 동시에 이루려는 전형적 모순, 갈등, 긴장을 경험하고 있어서, 어떤 의미에서 호주는 세계화의 모든 요건들을 골고루 갖춘 '탈근대적 이상 국가'라고 말할 수도 있겠다.

이러한 문제들은 사실상 오늘날 세계 어느 나라나 일정 부분 겪고 있지만, 호주가 당면한 정치, 경제, 사회, 문화적 문제들은 징후적이면서도 동시에 전 지구화(세계화)-지방화(국지화)라는 모순적인 상황에 처해 있는 우리에게도 어떤 긍정적인 의미를 줄 수 있지 않을까? '제3의 지역'인 호주가 유럽식(영국식)이나 미국식이 아닌 '제3의 길'을 제시할 수도 있을 것이다. 다음에서 우리는 호주 현대문학을 직접 경험하기 위해 한 작가의 작품을 구체적으로 읽어보기로 한다. 이 작업을 통해 우리는 현대 호주 문학의 특징들을 징후적으로 가장 잘 엿볼 수 있을 것이다.

2. 주디스 라이트를 통한 현대 호주 문학의 전형성 찾기

주디스 라이트(Judith Wright)는 1915년 호주의 뉴사우스웨일스 주 아미데일에서 태어났다. 어려서부터 대자연 속에서 살아온 라이트는 일찍부터 시를 쓰기 시작했으며, 시드니 대학을 졸업한 후 1년간 영국과 유럽을 여행했다. 첫 시집 『움직이는 영상』(*The Moving Image*)이 1946년 나온 후 라이트는 정력적인 창작 활동을 펴서 10여 권의 시집과 몇 권의 평론집을 출간했으며 영연방문학상 등 여러 번의 수상 경력이 있다. 특히 1992년에는 호주인으로는 처음으로 시 부문의 퀸스 금메달을 받았다. 오늘날 살아 있는 가장 대표적인 호주 (여성) 시인인 라이트는 20세기 후반기에 호주의 중요한 사회정치적 문제에도 적극적으로 개입하여 시를 매체로 호주의 자연환경 보호, 토착민들의 권익 보호, 여성의 권리를 비롯한 인권 문제 등을 주요 관심 영역으로 다룬다. 라이트는 여성, 시인, 호주인으로서의 자신의 정체성을 호주의 대지(자연)와의 관계 속에서 탐구하였으며, 그것이 그녀의 문학의 전형적인 특징이라고 할 수 있다. 오늘 우리가 논의하려는 시는 라이트의 두 번째 시집인 『여자가 남자에게』의 제목이 된 시로, 초기의 라이트의 시를 대표하는 가장 유명한 시이다.

여자가 남자에게

한밤중 어둠 속에서 애쓰는 자,
내가 부둥켜안고 있는 자아도 없고 형태도 없는 씨앗을
그 부활의 날을 위해 만드네.
조용하고 날렵하고 보이지 않는 깊숙한 곳에서
상상하지 못한 빛을 예견하네.

이것은 아이의 얼굴을 가진 아이가 결코 아니고,
이것은 불러줄 이름도 전혀 없네.
그러나 당신과 나는 그것을 너무 잘 알고 있지요.
이것은 우리의 사냥꾼이자 우리의 사냥감,
우리의 품속에 누워 있는 제3자임을.

이것은 당신의 팔이 알고 있는 힘이며,
나의 가슴팍 궁형(弓型)의 살이며,
다름 아닌 우리의 눈동자라네.
이것은 피로 된 야생 나무
섬세하게 포개진 장미꽃을 키우네.

이것은 창조자이자 창조물.
이것은 질문이며 대답.
어둠을 들이박고 있는 맹목적인 머리,
칼날 위를 따라 흐르는 빛의 광휘.
오, 안아줘요, 두려워요.

이 시의 주제인 "사랑"에 대한 강조는 시간 속에서의 영속성과 자연 세계와의 조화를 보장해주는 것으로 이 시가 실려 있는 시집『여자가 남자에게』의 제사에 잘 나타나 있다. 시인은 이 제사를 16세기 영국의 철학자 프랜시스 베이컨의『고대인들의 지혜』에서 뽑아왔다.

> 사랑의 신이 모든 신들 중 가장 오래되어 혼돈 신을 제외한 그 어느 신보다 앞서 존재했다. … 자연의 집합 법칙인 사랑의 원리를 삼라만상의 본래의 미립자들에게 작동시켜 그것들이 서로 공격하고 합쳐지게 만들고, 이러한 작용의 반복과 증식에 의해 생물 종의 다양성이 생성된다. 그러나 이 사랑의 원리를 인간의 사고로는 완전히 수용될 수 없다. 그에 대한 어떤 개념을 희미하게 가질 수 있을지 모르지만.

이 시는 자연과 여성의 생명력, 창조력, 번식력을 노래하고 있다. 시인은 삼라만상의 생성과 창조의 토대인 자연과 같은 여성 섹슈얼리티의 풍요로움과 생성력을 여성적 원리의 새로운 감각으로 보여주고자 한다. 여성은 생물학적으로 이미 운명인가? 월경, 수태, 임신, 출산(분만), 수유, 육아 등의 고통과 수고는 신과 자연이 여성에게 부과한 천형(天刑)인가? 가부장제 사회에서 여성은 해부학적으로 남성보다 언제나 열등하다고 간주된다. 이러한 여성 폄하의 담론에서 여성성의 정점인 분만은 '저주'로까지 치부되기도 한다. 그러나 시인은 이 시에서 그것을 '축복'으로 바라보는 듯하다. 아니 어떤 의미에서 거대한 자연법칙 속에서 어쩔 수 없이 수행해야 하는 종 번식의 대과업인 출산은 저주도 축복도 아닌 '비극적 환희'인 것이다. 그리하여 여성의 생식이라는 재생산 능력이 가부장제 사회에서 평가절하당하는 것은 지구라는 자연의 역사에서 사소한 문제가 될 수 있다. 이 시에서 시인은 여성으로서 남자와의 사랑 또는 자연과의 사랑을 통해 새로운 창조물인 아이를 생산해내는 작업을 인간 개인의 욕망이나 선택 또는 역사나 사회의 이념을 훨씬 초월하는 어떤 힘의 원리로 받아들이고 그것에 대한 경외감과 두려움을 함께 가지는 모순적인 상태에 빠진다.

수태, 임신, 출산의 전 과정이 여성 시인 주디스 라이트에게는 시 창작과 비유될 수 있다. 여성이 아이를 생산하는 출산 활동으로 인간 시간의 깊이와 공간의 넓이를 지속시킬 수 있듯이, 시인이 시를 창작해내는 것도 지구 속에서 인간의 역사와 사회라는 시공간의 크기를 지탱시켜나가는 원동력이 될 수 있다. 시인은 "시란 인간 종족의 과거, 현재, 미래와 관련을 맺으며, 시는 인생을 살 가치가 있는 것으로 만드는 예술 중 하나"라고 말한 바 있다. 시는 아이이다. 이 시에서 아이의 씨앗인 태아(胎兒)는 시인의 중심적인 상징이 된다. 아이가 자연 속에서 여자와 남자의 신체적, 정신적 결합을 통한 사랑의 결실이듯이, 시도 인간 사회 속에서 언어와 삶의 사랑이 이루어지는 상상력의 자궁을 통해 잉태되는 사랑의 결과이다. 한 가지 차이점이 있다면 자연에서는 남자와 여자의 개인적 사랑과 관계없이도 어떤 힘에 의해서 생명이 수태될 수 있지만, 시속에서는 인간, 언어, 삶 간의 치열한 사랑이 없이는 잉태될 수가 없다.

사랑이란 강력한 '생명력'을 통해 인간이 자연 속에서 '영원'을 말할 수 있는 것은 사랑의 육체적(물질적) 차원이다. 그러나 여기에 영혼의 힘도 필요하다. 그것은 바로 사랑의 정신적(영혼의) 차원이다. 사랑은 육체와 영혼이 동시에 작동되는 운행 원리와 과정을 가진다. 이 시에서 시인이 주목하는 것은 여성적 육감성이라는 여성 섹슈얼리티의 풍요로움과 생산성이다. 이 시는 성행위—사랑을 통한 격렬한 공격과 투쟁 그리고 대화의 과정—를 통해 '아이'라는 구체적 역사를 지속시키는 또 다른 생명체 생성의 기적과 신비를 기록하고 있다.

제1연에서 혼란과 죽음을 나타내는 '밤'은 아이러니컬하게도 '조용하고 날렵하게 보이지 않는 깊숙한 곳에서' 은밀하게 '빛'을 이미 예견한다. 이런 의미에서 밤은 낮과 연속선상에 있고, 죽음과 삶은 곧 하나이다. 이것은 죽음이 삶을 딛고 일어서는 것이다. 어둠인 어머니의 자궁 안에서 태아는 힘들게 살고 있다. 그러나 이 아이는 암흑 속에서 '만들고', '사냥하고', '키우고', '예견'하기까지 한다. 그 '부활의 날'은 암흑 속에서 빛의 세계로의 이동, 즉 생명의 탄생이며 삶의 시작이다.

제2연에서 이 태아는 아직 얼굴도 없고 이름도 없이 아무것도 아니다. 그러나 이 태아를 여자와 남자는 잘 안다. 태아는 앞으로 태어나서 계속 삶을 추구해나갈 사냥꾼이며 또한 삶의 또 다른 이름인 죽음(암흑)에 의해 추적당하는 사냥감이다. 이것이 바로 부모의 품에 안겨 있는—그리고 어머니의 자궁 속에 누워 있는—어머니도 아니고 아버지도 아닌 '제3자'이다. 이 제3자는 인간의 지속의 상징이고 영원의 객관적 상관물이다. 이 제3자인 태아는 아버지와 어머니의 살을 섞어서 (사랑과 대화를 통해서) 만들어낸 '섬세하게 포개진 장미꽃'이다. 그러나 이 꽃을 떠받쳐주고 자양분을 주는 것은 '피로 된 야생 나무' 즉 어머니이다. 이것이 여성의 위대한 모성이다. 자궁 속에서 태아는 탯줄을 통해 어머니의 혈관을 흐르는 생명의 자양분을 공급받는다. 어머니는 나무이다. 나무는 대지(자연/어둠/야생 나무)에서 뿌리를 통해 물을 빨아올려 가지에 배분하여 태양(빛/낮)과 맞닿은 나뭇잎이 광합성 작용을 하도록 만들지 않는가. 어머니는 뿌리와 줄기가 있는 나무이다. 열매(태아)나 꽃(장미)은 줄기로 땅과 하늘을 연결시킨 사랑의 결과이다. 아이는 자궁에서 나와서도 어머니의 줄기(몸통)에 달린 젖을 먹고 살아가지 않는가.

제4연에서 태아는 지금은 창조물이지만 시간이 흐르면 다시 창조자가 될 것이다. 태아가 다시 태아를 낳는 것이 생명 순환의 구조이다. 이렇게 생명 생성과 존재의 원리는 모순의 원리이다. 이 사랑의 결실인 새로운 생명은 '질문이며 대답'이다. 어둠에서 탈주하기 위해 막무가내로 머리를 들이박고 있다. 생명은 이렇게 하나의 암흑과 빛이라는 사랑의 투쟁의 결과이다.

이것이 삶의 패러독스이다. 이 시의 마지막에서 두 번째 행은 이러한 모순의 절정이다. 태아는 '칼날 위에 선 빛의 광휘이다'. 태아는 빛의 칼로 탯줄을 끊고 밝은 생명의 세계로 나오지만 그 칼은 양날을 가진 것이다. 그 칼날은 언젠가 죽음(암흑)을 불러 이 태아를 죽음에 이르게 할 것이다. 이것은 빛과 어둠, 생성과 죽음의 순환 구조 속의 엄연한 대자연의 길(원리)이다. 아름다우면서도 잔인한 이러한 삶(생명체)의 이중성이 이 시의 세계이며 "비극적 환희"이다.

이 시의 마지막 행은 지금까지의 대자연의 법칙이라는 비교적 추상적이고 장중한 논의를 재빠르게 현실의 상황으로 아주 가볍게 전환시킨다. 이 시의 화자인 임신한 여성은 절규하다시피(곁에 있는) 남자에게 간청한다. "오, 안아주세요. 두려워요." 우리는 극적 긴장감과 개인적인 직접성이 어우러져 처절한 현실의 바닥에 내던져진다. 이 시의 여성은 이러한 우주의 원리가 자신을 통해 실행되고 있는 것이 너무나 무섭다. 이 시의 화자는 생명의 경이와 기적에 대해 태아를 통해 몸과 마음으로 환희를 느끼면서도 막상 현실적 삶의 장에서의 고통, 비극성, 신비스러움 등과 같은 감정이 소름 끼치도록 두렵다. 당신과 나는 함께 사랑이란 이름으로 지금 엄청난 일을 수행하고 있다. 특히 남성인 당신과는 달리 여성인 나는 이 모든 생명 생성의 과정을 혼자 감당하고 있어요. 너무 벅차고 무서워요. 제발, 나를 안아주세요! 이 얼마나 혼을 울리는 여성적인 너무나도 여성적인 비장한 깨달음인가? 그러나 깨달음 뒤에 엄습해오는 밑이 보이지 않는 깊은 두려움, 이 두려움을 또다시 위대한 사랑의 포용으로 환희로 역전시켜야 하는 것이 모든 생명체의 자연에 대한 윤리적 책무이다.

여기에서 라이트의 에코페미니즘적 비전도 두드러진다. 자연과 여성은 '에코페미니즘'이라는 새로운 인식론을 만들어낸다. 인간 문명의 현 단계에서 생태학과 페미니즘의 협업 작업은 어떤 의미를 지니는가? 자연에 대한 인간의 폭력을 광정하여 새로운 상호관계적인 존재 양식을 회복하는 것이 생태학이라면, 여성을 남성의 속박에서 해방시켜 새로운 상보 관계를 부활시키는 것이 페미니즘이다. 여기에서 자연＝여성이라는 등식이 자연스럽게 만들어진다. 자연과 여성의 연대는 인간 중심 문화와 남성 중심 문화의 광정과 쇄신을 위해 자연의 원리와 여성의 원리를 동시에 부활시킨다. 자연과 여성은 막다른 골목에 다다른 근대적 개발주의와 가부장적 남성주의에 유일한 '탈주의 선'을 만들어주고 돌봄의 윤리학과 책임의 정치학이 될 수 있다. (서구)문명/남성, 자연/여성이라는 지배−피지배 구조는 가장 오래된 억압과 착취 기재의 하나이다. (서구)문명/남성에 의해 식민화된 자연/여성은 '탈'식민지화되어야 한다. 타자로서의 지구와 여성이라는 메타포는 생태주의와 여성주의라는 쌍끌이 작전의 복음이다.

라이트는 『원형의 춤터』(*Bora Ring*)에서 호주 대륙의 토착민들의 문화가 사라지는 것을 서러워한다. 라이트는 자연의 일부분이며 문화적으로 중요한 자산인 토착민들의 토지 회복 운동을 지지하였으며, 호주 문화 정체성의 토대로서의 토착 문화의 중요성을 역설한다.

> 노래는 사라졌다: 토착민들의 춤은
> 지상의 춤꾼들에게 비밀이 되었다
> 성스런 제식은 쓸모없고 부족의 이야기는
> 외계인의 이야기 속에 실종되었다.
>
> 잡초들만이 서서
> 춤꾼들의 원형의 터를 보여준다. 고무나무는
> 자세를 갖추고 지나간 토착민들의 가무를 흉내낸다.
> 나무들의 속삭임은 깨진 노래가 되었다.
>
> 사냥꾼은 사라졌다! 토착민들의 창은
> 산산히 부서져 땅속에 파묻혔다: 채색된 몸뚱아리들은
> 세계가 숨쉬었던 꿈이 되어 잠자고 잊혀졌다.
> 토착 유목민들의 발소리는 이제 들리지 않는다.

말 타고 지나가는 사람의 가슴만이
광경없는 그림자 앞에서 머문다. 침묵의 말이
피속에서 카인의 살인처럼 오래된 공포인
오래된 저주를 가두어버린다.

    라이트는 백인으로서 1788년부터 영국의 이주자들이 식민지 호주를 개척하기 전의 호주의 모든 것—토지와 토착민—을 인정하고 받아들인다. 라이트는 '흑인'(Black)이라고 불리는 '어보리진'들과 함께 호주인이 되는 것을 부끄럽게 생각하지 않는다. 오히려 호주 대륙에서 수만 년 계속된 흑인들의 독특한 문화야말로 백인만이 아닌 토착민 흑인과 수많은 이민 종족들을 위한 호주라는 나라를 풍요롭게 만드는 토대라고 생각한다. 이러한 복합문화가 호주의 문화 정체성의 주요한 특징이 되기 때문이다. 이런 맥락에서 라이트는 이 시에서 호주 문화의 귀중한 자산인 토착민 문화가 파괴, 소멸되는 것을 애통해한다.
    라이트는 생태주의자이다. 그녀는 개발주의자들에 의해 '황폐화된 자연'에 분노한다. 환경에 있어서 토착민들이 백인들보다 호주 대륙을 훨씬 더 훌륭하게 관리했다고 말한다. 토착민들은 자연과 토지를 자신의 생명과 삶의 뿌리라고 생각하는 일종의 삼라만상주의를 가졌기 때문이다. 그들은 생득적으로 자연의 일부였고 자연친화적이다. 라이트는 '퀸즈랜드 주 자연보호협회'를 결성하기도 했고 자연보호와 환경 생태에 관하여 수많은 시와 비평을 썼다. 「하나의 서류」란 시에서 라이트는 제2차 세계대전시 전투기를 만드는 공장을 위하여 다 자란 나무들이 들어선 울창한 산림을 팔아버린 것에 대해 쓰고 있다.

'여기에 서명하시오.' 나는 서명했다. 그러나 아주 어렵게
나는 코치나무 숲을 내 이름으로 팔아버렸다.
내 이름과 그 숲은 나에게 전수된 것이었는데. 그러나 언제나

나는 내가 어렵게 서명했다고 기억하고 있다.

(중략)

…접근하기 어려워
(그 능선들이 가팔랐기에). 그러나 2차 대전이 일어났다.
나무들은 폭격기 비행장으로 베어졌다. 나무들은
수백 년을 자란 것들이었다. 서두른 도끼에 찍히기까지.

우리의 사회적−법적 섭리 아래서
내 이름과 그 숲은 나에게 전수되었던 것이었다.
나는 그때 목재로 자란 어떤 나무보다
훨씬 어린 나이였다. 그러나 나라를 돕기 위해서

나는 그 서류에 서명했다. 나무들이 서 있던 곳은 순수했다.
(아마도 팔백 그루쯤 되었을 것이다) 어렵게
(나무를 잘라 넘어뜨릴 때 나무 껍질은 향기롭다)
나는 이 대지 위에 나의 서명을 했다.

　　나무와 숲의 파괴는 단순히 개척자들의 도끼나 개발론자들의 불도저에
의해서만 이루어지는 것이 아니다. 그것은 전쟁과 같은 국제정치에 의해서
도 전 지구적으로 자행될 수 있음을 시인은 깨닫는다.
　　영국과 유럽의 문학 전통과 호주의 새로운 요소들을 과감하게 결합시켜
온 라이트는 불안정하다고 비판을 받을 정도로 주제와 형식에 있어서 아주
다양한 변화를 시도한다. 순수 시인으로 안주하기보다 당대의 문명의 조제
와 사회문제에 과감하게 개입하는 지식인인 라이트는 앞서 지적한 대로 토
착민 권리 문제, 자연보호 문제, 여성성 문제, (핵)전쟁의 위협, 인종 갈등 문
제 등 폭넓은 문제들에 관심을 보이며 담론적 실천에 충실하고자 했다. 라

이트가 다룬 주제와 기법들은 현대 호주 문학뿐 아니라 오늘날 전 지구화 시대의 세계문학의 핵심 주제들이 되고 있다.

3. 1960년대 이후 호주 문학의 전개

현대 호주 문학을 논하는 출발점으로 1973년에 노벨문학상을 수상한 패트릭 화이트(Patrick White, 1912~1990)가 가장 적절할 것이다. 화이트의 소설들은 호주 경험의 영적 가능성을 다양한 상징과 비전을 정교한 문체를 통해 탐구하였다. 화이트 이후의 호주 문학은 지방색을 벗어나고 세계적 수준에 이르게 되었다. 이는 호주 역사상 가장 위대한 작가의 반열에 올라 있는 인물에 의해 이룩된 성과이다. 이는 또한 호주 문학에 대한 세계인의 관심을 끌어들이는 계기가 되고 있다. 화이트는 이제 "새로운 호주 대륙을 영문학의 범주에 포함시켰다"는 평가를 받고 있다.

화이트 이후의 우리 시대 호주 문학을 주제별로 살펴보자. 우선 여성 문학부터 시작하자. 호주는 전통적으로 여권운동이 유럽이나 미국보다 강력했다. 이러한 경향은 문학에 즉각 반영되고 있다. 작가적 재능이 탁월한 여성들이 의도적으로 여권주의의 관점에서 소설을 쓰고 있다. 엘리자베스 졸리(Elizabeth Jolley, 1923~2007)는 여성 블랙코미디 작가로 연민과 페이소스가 배합된 작가이다. 비극과 희극의 혼합, 여러 가지 서술 기법의 사용이 그의 특징이다. 소설가로서 졸리의 진면목은 웃음 뒤에 있는 고통, 삶의 기괴성, 희생의 필연성, 여성들 사이의 깊은 유대와 그 실현의 어려움을 묘사하는 데 있다. 최근의 3부작인 『나의 아버지의 달』(1989), 『선실의 열병』(1990), 『조지의 아내』(1993)는 이러한 경향을 잘 보여주고 있다. 1970년대 호주의 상황을 가장 잘 그린 여성 작가로는 헬렌 가너(Helen Garner, 1942~)가 있다. 1977년에 출간된 첫 소설 「돈가방」은 멜버른의 이민 및 하층계급이 모여 사는 지역의 정서와 풍토를 그린 작품이다. 주변부 삶의 방식을 추구하는 이들의 생활 저변에 있는 약물중독, 섹스, 로큰롤 음악, 편모 슬하에서의 생활을 통해 기성의 가치관과 도덕관에 풍자적으로 저항한다. 1992년에 출간된『코스코 코모리노』는 가너에게는 일종의 '마술적 리얼리즘'의 세계를 시도하는 새로운 시도였다. 이 소설은 가너의 초기 리얼리즘의 세계를 뛰어넘는 소설가로서의 영역을 확대시키는 작품이다. 케이트 그렌빌(Kate Grenville, 1950~)은 『릴리안의 이야기』(1985)로 유명한데 이 소설은 어려서 아버지에게 상습적으로 매 맞고 성인이 되어서는 성폭행을 당하는 비극 속에서도 명랑함을 잃지 않는 여자의 이야기다. 이 소설은 어린 시절에 대한 서정성을 환기시키고 주인공을 엄습하고 있는 광기를 잘 재현하고 있다. 그렌빌의 수사학과 기교는 패트릭 화이트나 크리스티나 스테드와 같은 호주 문학의 주류 전통에 자리매김하게 만들었고 국제적 명성도 얻게 만들었다.

호주에서는 다른 나라보다 문화적 삶에서 대학의 위치가 더 크기 때문에 포스트모더니즘과 같은 새로운 이론이 진지하게 수용되었다. 다시 말해 호주의 지성계와 문단은 다양한 서구의 새로운 이론들에 대해 개방적이고 동시에 이를 토착화시키는 데 노력을 기울였다. 허구와 비허구 사이의 구별이 무너지는 현상이 최근 호주 문학의 특징 중의 하나이다. 존 브라이슨(John Bryson, 1935~)의 소설『사악한 천사들』(1985)은 호주 재판 사상 유명한 사건을 다루었다. 린다 체임벌린이라는 여자가 어린 딸 아자리아를 살해했다는 혐의로 기소되어 투옥된 사건이다. 이 소설은 결국 이 사건을 다시 심리하게 만들었고 린다 체임벌린을 무죄방면케 만들었다. 대학 교수였던 드루실라 모드제시카(Drusilla Modjeska, 1946~)는 소설「포피」(1990)에서 신경쇠약에 걸린 서술자의 삶과 그 어머니의 부활에 관한 이야기를 쓰고 있다. 동시에 사회적 희극의 방법을 사용하는 내면적 삶에 대한 균형 잡힌 탐구를 위해 지적인 논쟁을 제공하는 이상한 소설이다. 두 번째 소설『과수원』(1994)은 에세이식이기도 하고 친밀하고 자의식적이고 허구화된 좀 더 통제된 작품이다. 호주의 주요 문학상을 휩쓴 피터 케리(Peter Carey, 1943~)는 이미 고전으로 평가받고 있는『오스카와 루신다』로 1988년에 영국의 저명한 문학상인 부커상을 받았고, 이 작품은 영화로도 제작되어 큰 성공을 거두었다. 현재 영어로 소설을 쓰는 가장 훌륭한 작가로 불리기도 하는 케리는 환상과 사실을 배합하는 독특한 기법으로 가벼운 희극처럼 보이지만 현대적 삶의 모순적 양상을 풍자하는 우화적 작가이다. 케리의 이러한 마술적 요소는 보르헤스나 바셀미와 같은 포스트모던 작가들과 비교되기도 한다.

시 장르의 경우 1960년대 말 특히 '68년 시'로 알려진 시 운동에 포스트모던 시가 출현하였다. 자유 형식, 미국풍, 단아한 각운시 등이 그 특징이다. 주요 시인인 프랜시스 웹(Francis Webb, 1925~1973)은 놀라운 복합성과 형이상학적 깊이를 지닌 시인이다. 웹은 일생을 정신병에 시달리고 생의 상당 기간을 정신병원에서 보냈다. 그러나 그의 시는 이러한 정신분열증에 오염되지 않았다. 첫 번째 시집 『소크라테스와 다른 시편들』(1961)이 출간되었고, 1964년에 『수탉의 유령』이 나왔다. 여기에서도 그의 시적 특징인 난해성, 기이성의 배합, 격렬한 비전의 진정성 등이 잘 드러나 있다. 존 트랜터(John Tranter, 1943~)는 68시인 중 가장 영향력 있는 시인이다. 그의 시는 자기반영적이고 도덕적이다. 첫 시집 『변위』(變位, 1970)에서 트랜터는 지시성과 해석학적 유령 사이에서 세련된 포스트모던한 시를 써냈다.

호주에서는 최근 국가 정세성의 문제와 연계되어 토착 원주민들의 문학이 독특한 목소리를 내고 있다. 토착민 흑인 시인으로 가장 잘 알려져 있고 원주민 작가의 선구자인 오드제루 누너칼(Oodjeroo Noonuccal 또는 케스 워커Kath Walker, 1920~1993)이 있다. 그녀는 토착민의 권리와 교육 증진을 위해 활동했고 여러 기관에서 강의하고 여러 개의 문학상도 받았다. 시집으로는 『우리는 간다』(1964), 『새벽은 다가왔다』(1966), 『아버지 하늘 어머니 땅』(1985) 등이 있다. 반토착민인 무드로루 나로긴(Mudroroo Narrogin, 또는 콜린 존슨 Colin Johnson, 1939~)은 최초의 토착민 소설가이다. 첫 번째 소설 『야생 고양이의 추락』(1965)은 자전적인 소설이다. 주인공은 반토착민이어서 흑인이나 백인과도 섞이지 못하고 방황하는 전형적인 토착민 젊은이의 모습으로 그려지고 있다. 그러다가 나이 든 토착민을 만나 자신에 관한 믿음의 일부나마 회복한다는 이야기이다. 시집과 비평집도 출간한 그는 호주의 여러 대학에서 토착민 문학 강좌를 개설하는 데 커다란 역할을 했다. 이 밖에 『유령 두목의 꿈』(1991), 『야생 고양이의 비명』(1992) 등의 소설이 출간되었다. 토착민 작가들 중 가장 잘 알려진 여류 작가는 샐리 모건 (Sally Morgan, 1951~)이다. 감동적인 자서전 『나의 자리』(1987)는 토착민 뿌리를 찾아내 토착민들이 자행하는 신성모독에 관한 문제와 씨름하는 젊은 여성에 대한 반허구적 이야기이다. 이 밖에 소설 『와나머라간냐』(1989)와 『나는 이유새』(1991)가 발표되었다. 토착민 문화의 특징은 희곡이나 극장 무대에서 가장 잘 나타난다. 토착민 출신의 대표적인 희곡 작가는 잭 데이비스(Jack Davis, 1917~2000)이다. 서호주 출신인 그는 어려서부터 글쓰기에 관심을 가졌고 영어를 독학으로 배웠다. 토착민들의 권리와 자유를 위해 다양한 활동을 하였고 문학 활동을 통해 토착민 해방운동을 수행했고 1977년에는 대영제국 메달도 받았다. 그의 극 「쿨라크」는 토착민들과 백인 정착민들 사이의 여러 가지 문제들을 다루고 불평등 착취 구조 속에 있는 원주민들의 어려운 생활을 묘사하고 있다. 이 밖에 희곡 작품으로는 「설탕은 싫다」(1985)가 있다.

이민과 이주의 나라인 호주는 1973년에 이미 소위 백호주의를 포기하였다. 이보다 앞서 2차 대전 후의 호주의 이민 정책은 과거의 영국 중심에서 동유럽, 동남아시아까지 확대되었다. 이에 따라 폴란드, 러시아, 베트남, 스리랑카, 중국 등에서도 많은 이주자들이 건너왔다. 이렇게 해서 호주의 문화적 잡종성과 민족적 다양성은 복합문화주의를 낳았다. 특히 아시아 태평양 지역 국가로서의 호주의 국가적 성격과 방향이 재정립되고 있다. 해외에서 이주한 작가들은 호주 문학에 세계화의 감각을 가미시켰다. 니콜라스 조지, 알렉스 밀러, 버나드 스미스, 돈오 김, 야스민 구너라트네 등 아시아 태평양 연안 국가 출신의 작가들은 호주 문학의 영역을 확대시키고 있다.

주다 워턴(Juda Warton, 1911~1989)은 러시아 오데사 출신의 유대인으로, 1914년에 서호주로 이주하였다. 어려서부터 유대 작가, 러시아 작가 등 광범위한 독서를 했고, 1930년대 초에 처음으로 런던에서 그의 단편소설이 잡지에 실렸다. 1957년에 단편집『외국인 아들』이 출간된 이후로 활발하고 다양한 문학 활동을 벌였다. 야스민 구너라트네(Yasmine Gooneratne, 1935~)는 스리랑카 출신의 소설가이다. 시, 단편을 발표하다가 1990년에 첫 장편『하늘의 변화』를 출간하였다. 이 소설은 스리랑카 이민자가 호주 시드니에서 새 생활에 적응해나가면서 사는 모습을 그리고 있다. 이 소설은 새로운 삶의 터전인 호주에서의 이민 생활이 불안하고 고되지만 복합문화 국가인 호주에서의 다양한 문화들의 충돌이 오히려 풍요로운 삶으로 이끌 수도 있다는 사실을 보여준다.

외국 출신 작가 중에는 한국계 호주 작가인 돈오 김(Don O' Kim, 1936~ 2013)이 있다. 북한에서 태어난 돈오 김은 중국, 러시아, 일본, 베트남 등을 여행한 후 1961년 호주에 정착하여 시드니 대학 등에서 언어학과 문학을 공부하였다. 1968년에 발표한 월남전에 관한 소설「나의 이름은 트란」은 그의 대표작이다. 이 소설은 한국전쟁뿐 아니라 민족의 분열과 동아시아의 가족 간의 유대관계의 붕괴를 가져오는 동아시아 지역의 전쟁들에 관한 깊은 성찰을 보여주고 있다. 이 밖의 그의 소설로는『암호: 정치적 음모』(1974), 『중국인』(1984)이 있다. 그는 희곡도 몇 편 썼고 오페라와 오라토리오 대본도 몇 편 만들었다. 돈오 김은 2000년에 6개월간 창작을 위해 한국을 방문하였다.

현대 호주 문학은 전 세계적으로 수준 높은 호주의 영화 산업과도 밀접한 관계를 맺고 있다. 1993년 스티븐 스필버그가 감독한 영화〈쉰들러리스트〉로 더 유명한 소설가 토마스 키닐리(Thomas Keneally, 1935~)를 소개한다. 키닐리는 대중적 소설을 많이 쓰는 작가이다. 그의 소설의 주제는 역사적으로 사회적으로 중요한 시점에 내던져진 보통 사람의 삶이다.

이를 통해 키닐리는 순수문학과 대중문학에 다리를 놓아 호주 문학을 또 다른 차원으로 올려놓았다. 아카데미 수상작인 영화〈쉰들러리스트〉의 원작인 그의 소설『쉰들러의 방주』는 1982년에 영국 최고의 권위 있는 문학상인 부커상을 수상하였다. 이 소설은 2차 대전 중 유태인 대학살의 실화와 허구를 교묘하게 결합시킨 새로운 유형의 소설이다. 이 밖에 현대 호주 문학의 특징은 아동 청소년 문학의 강세이다. 이는 어린이와 청소년 독서 교육에 각별한 주의를 기울이고 있는 호주의 교육정책과도 밀접하게 관계되어 있고 매년 엄청난 양의 다양한 아동 청소년 문학작품들이 생산되고 전 세계로 전파되고 있다. 2000년 봄에도 청소년 문학 작가 존 마스든(John Marsden)이 번역 출판 기념으로 서울을 방문하였고 올해에도 어린이날을 전후로 아동문학가 엘리자베스 허니(Elizabeth Honey) 등이 한국을 방문할 예정으로 있다.

4. 호주 문학의 새로운 가능성: 탈근대 국가와 탈식민 문학

2000년에 간행된 '새로운 글쓰기 잡지'인 『그란타』(*Granta*)(70호)는 '새롭고도 새로운 세계'란 제목으로 남반부의 〈운좋은 나라〉(Lucky country)인 호주 문학 특집호를 낸 바 있다. 이 잡지의 주간인 이언 잭은 '서론'에서 다음과 같이 말하고 있다.

> 새롭고도 새로운 세계! 장래성과 낙관주의가 널리 퍼져 있다. 그러나 호주 문학은 두 가지 특별한 방식을 고집한다. 첫째는 자연환경에 대한 지속적인 관심이다. … 둘째는 정체성 문제와 관련된 오래된 경험이다. 우리는 누구이며 우리는 무엇이 될 것인가? 민족적 정체성이 약화되는 것은 세계적인 현상이다. 현재 상황은 혼란에 빠져 있다. 단일민족이 아닌 호주인들은 자신들이 오래된 민족 게임에서 뒤떨어져 있다고 생각하지만 사실상 새로운 국가 게임에서는 앞서가고 있다. 스포츠 분야에서와는 다르게 국기의 선명성과 국가의 단호성은 점점 더 지나가버린 20세기의 유물이 되어가고 있다.

2000년에 출간된 최신판 『노턴 영문학 사화집』(7판)에서 제프리 눈버그는 영국 이외의 지역에서 영어로 생산되는 작품들에 대해 다음과 같이 말하고 있다.

더욱 중요한 것은 현대 영국이나 북미 작가가 영국이나 미국 이외의 다른 지역에서 영어로 쓴 문학들이 놀랍게 번성한 20세기 이후에 다른 영어 공동체의 문학에 의해 직간접으로 크게 영향을 받지 않는 경우는 없다는 사실이다. 예이츠, 쇼, 조이스, 베켓, 히니, 월콧, 레싱, 고디머, 루시디, 아체베, 나이폴과 같은 작가들의 기여가 없는 현대 영국 문학을 상상하는 것은 … 감자, 토마토, 옥수수, 국수, 가지, 올리브유, 아몬드, 월계수 잎, 카레 또는 후추를 사용하지 않는 '영국' 요리를 상상하는 것과 마찬가지이다.

　　위 글에서 눈버그의 주장은 영국 출신 이외의 작가들의 작업의 다양성을 인정하고는 있으나 그 각각의 정체성은 인정하지 않고 영국 문학의 테두리 속에 넣어 영국 이외의 지역에서 쓰여진 풍요로운 '영국' 요리를 만들어주는 요소로만 한정짓고 있다. 과연 영국 이외의 지역에서 쓰여진 영어로 된 문학들이 영국 본토의 문학을 풍요롭게 만드는 조미료에 불과한 것인가? 물론 아니다. 영국 중심의 제국주의적 기존 문학을 탈영토화하여 새로운 영역으로 재영토화함으로써 소위 '새로운 영문학'(New English Literature) 또는 '영어권 문학'(Literature in English)으로서의 정체성을 새롭게 부여해야 하지 않을까? 호주 문학은 영문학의 한 지류가 아니라 새로운 문학이다.

　　그렇다면 흔히 '포스트식민 문학'이라고도 불리는 '새로운 영문학' 또는 '영어권 문학'이란 무엇인가? 가장 최초의 정의에서 이것은 '영연방 문학' 그리고 특히 1970년 후반과 80년대 후반에 '포스트식민 문학들'에 대한 대안으로 사용된 용어이다.

　　'새로운 문학'은 작품의 포스트식민지화된 사회에서 부상하는 측면을 강조했고 새로움과 차이를 의미했다. '새로운 문학'은 식민지들과 피식민지들 사이의 역사적이며 끈질긴 권력의 불평등을 지칭하는 것으로 비판받아 왔다. '영연방'이라는 용어의 문제점들을 피할 수 있었다. 아직도 '새로운 문학'은 간혹 '포스트식민주의적'이라는 용어와 동의어로 사용되기도 하지만

1990년대에는 그 사용 빈도가 훨씬 줄었다. … 이러한 문제들을 피하기 위해서 이 용어는 '영어로 쓰여진 새로운 문학'이라는 표현을 총칭적으로 사용하였다. … 이 용어가 다양한 비유로 인해 유럽 밖에서 계속 사용하는 것은 흥미있는 일이다. 예를 들어 어떤 비평가는 이 용어를 '해방적인 개념'으로 수용했고 벤 오크리라는 아프리카 작가는 포스트식민주의 용어에서 '뒤에 온다'는 의미로부터 자신을 격리시켜 새롭게 부상하는 정신을 가진 문학으로서 '새로운'이란 말을 더 선호한다고 공언하고 있다.

그렇다면 호주 문학과 같은 '새로운' 영문학의 목적은 무엇인가? 지배−피지배의 구조 속에서 지배와 억압의 담론은 저항, 비판, 해체하고 그리고 대안까지 제시하는 차이와 해방의 담론을 만들어내기 위함이다. 새로운 영문학의 등장은 영문학의 영역을 엄청나게 확장시키고 있을 뿐 아니라 이론적 사상, 개념, 문제, 논쟁 등 새로운 문제 설정을 가능케 해주고 있다. 새로운 영문학의 텍스트를 도입하여 역사, 텍스트, 욕망, 이데올로기, 주체, 차별, 식민성 문제 등을 모두 논의할 수 있다. 포스트식민 문학으로서 호주 문학의 가능성은 바로 여기에 있는 것이다. 호주 문학은 이 밖에도 다른 어떤 나라보다도 문화학 또는 문화연구(Cultural Studies)의 영역인 미디어, 영화, 텔레비전과의 활발한 연계를 시도하고 있다. 또한 공상과학소설, 판타지 그리고 아동문학 분야에서도 독특한 전통을 수립하고 있다. 특히 최근 호주 문학에서는 아시아−태평양 지역 출신들의 문학과 제4세계로 지칭되는 전 지구화된 토착민 문학이 새롭게 부상되고 있다. 호주 문학이라는 새로운 보물 창고는 우리에게 엄청난 가능성을 열어주어 근대주의, 식민주의, 제국주의를 광정하고 진정한 세계/보편/일반 문학을 수립하기 위한 중요한 단초를 제공할 것이다.

6장 문학의 순수성과 잡종성
― 잡종문학의 문화 시학을 위하여

형이상학파 시에는 가장 이질적인 관념들이 폭력에 의해 결합되어 있다.

― 새뮤얼 존슨

나의 존재는 바로 잡탕 그것이다. 너무도 이질적인 것들과 섞이고 뒤섞여어 과거의 계보를 알 수 없을 지경으로 엉클어지고 헝클어졌다. 현재에서 과거로 갈 수가 없을 지경이다. 잡탕의 시간은 어떠한 것인가? 파편이든 큰 덩어리든 하나의 동질적이고 전체적인 방향으로만 흘러갈 수 없다. 이미 모든 다양한 방향으로 복합적으로 흘러가고 연안을 깎고 토사를 운반한다. 이 토사가 쌓인 곳에서 또다른 시간이 태어나고 자란다.

― 프리드리히 니체

1. 들어가며: 섞음과 퍼뜨림의 시대

잡종의 시대가 오고 있다. 아니 잡종의 시간은 이미 우리를 앞질러 가고 있다. 세계화가 절정에 다다를 21세기는 전 지구적으로 잡종의 시대가 될 것이다. 모든 것은 섞이고 합쳐져서 주체성과 정체성마저 위기에 빠질 것이다. 최근의 몇 가지 잡종적 문화 현상을 예로 든다면, 백남준의 비디오 아트에서 이미 극명하게 나타나고 있듯이 예술이 서로 다른 형식들과 잡종 교배하는 크로스오버, 동양음악과 서양음악이 자유롭게 교접되어 사물놀이와 재즈밴드의 연주가 한 무대에서 펼쳐지는 퓨전 음악, 세분화된 학문 영역의 울타리를 허물고 자연과학, 사회과학, 인문과학자들이 다면체적, 다학문적으로 접근하고 교류하여 이질 학문 간의 교배가 이루어지고 사유의 지평이 넓혀지는 학문 융합(학제적 접근), 된장 소스를 바른 스테이크, 피자 군만두 등 동서양 음식을 멋들어지게 뒤섞은 퓨전 음식 등등이 그것이다.

문학의 경우는 어떠한가? 전통 순수문학 형식들인 시, 소설에 다른 예술이나 매체가 과감하게 침입하여 이종교배를 시도하고 있다. 소설에 저널리즘적인 르포르타주의 기법이 가미되기도 하고 순수소설의 전통적인 리얼리즘적 재현 양식에 공상과학소설(SF), 추리소설, 공포 괴기 소설, 고딕 소설의 기법에 나오는 초현실적이고 환상적인 기법이 등장하기도 한다. 또한 판화시, 그림시같이 시에 그림, 사진, 지도 등 영상이 등장하기도 한다. 최근에는 시에 노래를 가미한 형식까지 나왔다. 사이버 공간에서도 문자 문학의 한계를 급진적으로 극복하기 위해 소리가 나고 움직이고 냄새까지 나는 동영상 매체와 결합된 새로운 사이버 문학이 이미 생산되고 있다. 독자와 작가가 함께 또는 독자가 이야기를 끌어가는 인터랙티브 소설 창작도 사이버 공간에서 실행되고 있다. 문학 기법적인 면뿐만 아니라 소재적인 면에서도 장애인 문학, 동성애자 문학, 사이보그 문학 등 영역이 확장되고 있다.

2. 잡종성인가 순수성인가

타이거 우즈는 비백인으로 1997년 미국 마스터 골프 최연소 챔피언이 되었다. 2000년 봄에는 영국 오픈에서의 우승으로 다시 역사상 최연소로 세계 네 개 주요 대회에서 우승하는 소위 그랜드 슬램을 달성하였다. 우리는 우즈를 흔히 흑인(Black)이라고 부르지만 그 자신은 이를 거부했다. 우즈의 아버지는 흑인이지만 북미 인디언과 백인의 피가 섞인 사람이고, 어머니는 태국인이며 우즈는 자신을 "카브리나시언"(Cablinasian)이라고 불렀다. 이 말은 백인 코카서스인(Caucasian), 흑인(Black), 미국 인디언(American Indian), 그리고 아시아인(Asian)을 합성한 말이다. 우즈는 순종 백인이 아니면 모두 유색인종으로 보려는 주류 미국인들의 이분법적 사고에 과감하게 도전하여 자신을 자랑스러운 "잡종"으로 선언한 것이다. 20세기 초 W. E. B. 듀보이스는 미국 흑인들의 '이중의식' 또는 '이중성'에 대해 언급하면서 이러한 잡종적 상황을 노예제도와 백인 지배 체제의 결과로 보고 이것이 억압, 고통, 차별, 소외의 원천이라고 밝혔다. 미국 사회에서 그저 '흑인'으로 무시당하던 우즈가 세계 골프 사상 최고의 기록을 세웠다는 것은 상징적인 "사건"이다. 특히 우즈가 자신을 단순히 흑인으로 분류당하는 것을 거부하고 잡종을 선언한 일은 새 천년대에 인류 문화정치학사에서 커다란 이정표를 세운 것이다. 이것은 일종의 전 세계 잡종의 독립선언과 같은 것이다.

우즈의 경우처럼 우리 대부분은 종족적으로나 사상적으로나 순종이 아니라 잡종들이다. 한반도에 살고 있는 우리들은 특히 순수한 민족이라고 믿고 싶어 하지만 역사적으로도 그렇지 않을 수도 있다. 삼국시대나 고려 시대를 보더라도 한반도는 그 당시부터 북방, 남방, 중국 남쪽(남송), 일본 등과의 인적, 물적, 지적 교류가 얼마나 빈번했는지 놀랄 정도이다. 사실상 단일민족 이데올로기는 일본에 의해 나라를 빼앗긴 후 국권 회복과 독립을 이루기 위해 형성된 이데올로기라는 주장도 있지 않은가? 우리 민족은 한반도에서 오래 함께 살았기 때문에 민족 동질성을 어느 정도 갖춘 것은 사실이지만 단일민족 의식이 일제 이전에는 그렇게 강했던 것 같지 않다. 좀 과격하게 표현한다면 한민족은 적어도 문화적으로는 그저 중국을 중심으로 한 동북아시아의 한 문화권으로 막연하게 생각하고 있었을지도 모른다. 한국인으로서 우리 자신의 모습이 서로 비슷하니까—중국족, 조선족, 일본족, 몽고족은 외양상 비슷하다—순종이라고 착각하고 있는지도 모를 일이다. 그러나 여기서 문제는 우리가 왜 순종을 잡종보다 더 선호하고 순종에 더 큰 가치를 부여하는가이다. 이러한 지나친 순종 의식은 외국인 공포증을 가져와 조선 말기의 "척사위정"이라는 불행한 국가정책을 낳았다. 순수한 혈통주의를 강조한 것은 이종(잡종)이 순종보다 열등하다는 증명될 수 없는 이유 때문이라기보다는 아마도 농경 사회의 가부장제 이데올로기 때문일 것이다. 이러한 순수한 혈족주의는 불행하게도 지금까지 한국적 질병으로 간주되는 지연, 혈연, 학연으로 이어져 내려오고 있다. 자기(패거리) 이외는 모두 불순한 이종 잡배들이라는 경직된 단순 논리는 잡종에 대한 올바른 이해와 정당한 가치 부여를 가로막았다.

그러나 최근 타이거 우즈의 예에서도 볼 수 있듯이 "잡종"에 대한 문화정치학적 지위가 변화하고 있다. 잡종은 이제 열등하고 피해야만 하는 종(種)이 아니다. 우리는 그동안 동종교배를 통해 우생학적으로 문제가 있는 동종들을 얼마나 양산해내었는가? 이제 전 지구적인 이종교배 또는 이종잡배의 시대가 와야 하는지도 모르겠다. 잡종에 대한 긍정적인 평가는 주체, 공동체, 사회, 국가의 정체성에 순수주의와 본질주의에 대한 반성을 가져다주었다. 특히 독일은 게르만 민족의 순수성과 우월성을 고집하여 제2차 대전 중 "반유태주의" 이데올로기를 앞세워 6백만 명 이상의 죄 없는 사람들을 무참하게 살상하기에 이르렀다. 이 치욕적인 사건은 아이러니컬하게도 이성과 문명을 자랑하던 유럽 한복판에서 자행된 가장 반이성적, 반문명적인 어처구니없는 일이었다. 이와 같이 지나치게 비싼 대가를 치른 역사적 교훈이 아니더라도 민족 순수주의나 우월주의보다 혼혈주의 또는 혼합주의가 사람과 사상의 새로운 교류가 필연적인 전 지구적 상황에서는 더 바람직하다는 말까지 나오고 있다. 예전에는 "사해동포주의"(四海同胞主義)라는 말이 있었고 요즈음은 "지구 마을 사람들"(Global Villagers)이 있다. 사실상 단일 "민족국가"라는 개념 자체가 서구의 근대화 과정에서 발생한 지리상의 발견, 탐험주의, 식민주의, 제국주의, 자본주의 발전의 결과물이 아닌가? 서구인들은 민족국가 개념을 내세워 전쟁, 식민 등을 통해 지배, 억압, 착취 등 많은 야만적인 비극을 만들어냈다. 이제는 혼혈, 비순수, 잡종들의 새로운 대화와 타협(협상)의 시대이다. 잡종 의식은 이제 새로운 전 지구적 인식소가 되어야 한다.

3. 잡종성의 문화정치학

그렇다면 포스트식민주의적 세계화 시대에 "잡종"의 문화정치학 의미는 무엇인가? 한마디로 잡종은 새로운 공간인 "제국의 공간"을 만들어낼 수 있다. 잡종성의 탁월한 이론가인 호미 바바(Homi Bhabha)가 말하는 제3의 공간은 어떤 것인가?

> 경험적이고 역사적인 잡종성을 보여주는 것들에 의존하기 전에 문화의 내재적인 독창성이나 순수성에 대한 위계적인 주장들이 왜 근거가 없는 것인가를 우리가 이해하기 시작하는 때는 모든 문화적 진술들과 체계들이 언표 행위(enunciation)의 모순적이며 양가적인 공간 속에서 구성된다는 것을 알게 될 때이다. … 문화의 의미와 심상들이 어떤 원초적인 동일성이나 고정성을 가지지 않았다는 것을 확실하게 하는 언표 행위의 담론적인 상황들이 구성되는 곳이 바로 그 제3의 공간이다. 다시 말해 동일한 기호들이 전화될 수 있고, 번역될 수 있고, 재역사화될 수 있고, 새롭게 읽힐 수 있는 공간이 바로 제3의 공간이다. … 이 제3의 공간의 생산적인 능력들이 식민적이거나 포스트식민적인 기원을 가진다는 사실이 중요하다. 왜냐하면 이질적인 영토로 기꺼이 내려가는 것은 …… 분리된 언표 행위 공간에 대한 이론적인 인식이 국가 *사이*에서―복합문화의 이국풍이나 문화의 *다양*성이 아니라 문화의 잡종성의 각인과 언명에 토대를 둔―개념화의 길을 열어놓는다는 것을 말해주기 때문이다. 그러한 목적을 위해 우리는 문화의 의미의 부담을 가져오는 것이 바로 "사이"―번역과 타협의 최선두 즉 *사이*의 공간―라는 것을 잊어서는 안 된다. … 이러한 제3의 공간을 탐구함으로써 우리는 대립의 정치학을 피하고 우리 자신들의 타자들로 등장할 수 있다. (37~39쪽)

결국 잡종성의 문화정치학은 차이를 미학화하고 섞음을 정치화할 수 있는 제3의 공간을 마련한다. 제3의 공간은 일종의 중간 지대이다. 중간 지대는 억압, 착취, 차별, 배제, 소외가 없는 사이, 경계, 틈새, 변방 지역이다. "사이"는 불확실성, 잠정성, 탄력성, 제한성, 부분성, 애매성, 가능성이 거처하는 공간의 이분법과 이항대립을 포월(苞越)하는 새로운 실험과 창조의 지대이며, 개입과 저항의 시간이며, 평등과 평화의 시공간이 될 수 있다. 잡종화를 통해 생겨나는 제3의 공간은 새로운 "시작"을 위한 공간이다. 모든 시작은 이미 언제나 정치적인 행위이다.

제3의 공간은 자크 데리다의 "차연"(差延)의 지대이다. 이 지대는 기표와 기의가 미끄러져 어떤 확정적인 의미 구축이 거부되고 이종교배로 끊임없이 종(種)이 확산되는 무정부 상태의 지역이다. 그러나 무정부 상태란 혼란과 무질서의 혼돈 상태가 아니고 흐름과 생성의 임계(臨界) 지대이다. 제3의 공간은 또한 자크 라캉이 말한 "상상계" 구역이다. 이 구역은 오이디푸스 '이전'의 구역으로, 욕망이 억압되어 음습하게 '무의식'적으로 깔리는 아버지의 법칙이 지배하는 억압의 구역이 아니다. 이 구역은 주체와 객체가 분리되고 갈등을 일으키는 권력투쟁의 장이 아니라 일종의 해방 구역으로 어머니의 사랑이 가득 차 있다. 제3의 공간은 나아가 질 들뢰즈의 "리좀"(根莖)의 영역이다. 그것은 억압적인 하나의 커다란 뿌리나 줄기가 지탱하는 일원적 영역이 아니라 여러 개의 가느다란 뿌리줄기들이 하나의 연결망을 구성하는 다원적인 영역이다. 이 영역은 끊임없이 탈영토화/재영토화 과정이 반복되는 "천 개의 고원" 지대이다. 제3의 공간은 위계질서가 거부되고, 이분법적 사고가 무시되고, 억압적 상징 질서가 무너지며, 차이들이 존중되고, 화합과 대화가 가능한 화이부동(和而不同)의 중간 지대이다. 제3의 공간은 마음을 비우는 능력을 통해 뭔가를 이룩해낼 수 있는, 지금까지와는 다른 새로운 창조의 공간이다. 그렇다면 저항과 해방, 변혁과 쇄신을 꿈꾸는 문화적, 인종적, 매체적 잡종성을 문학에 적용하면 어떻게 될까? '문학의 잡종화'는 문학의 기법, 제재, 소재, 주제에 어떤 나비효과를 가져올 수 있을까? 문학의 제3의 공간화가 파도 같은 "주름"을 주어 문학이 좀 더 풍요롭게 활성화된다면, 문학은 21세기 인간 사회 문명에 어떤 반문화 운동의 기치를 높이 쳐들까? 우리는 잡종적 다시 쓰기를 통해 문학의 양가적 기능을 교활하게 수행할 수 있을 것이다. 문학은 원래 (기술)과학, 경제학, 정치학

등과 같이 문화권력의 중심부가 될 수 없는 부차적 존재이다. 경제성, 생산성, 수익성 등 효율 제일주의의 전 지구적 후기 자본주의 시대에 문학이란 존재는 별로 영향력이 없는 딱한 존재이다. 그러나 역설적으로 문학은 이러한 절대 불리한 상황에서 소리 없이 저항하며 세상과 의식을 변개시키는 놀라운 힘을 가지고 있다. 문학은 사이의 임계적인 상상력을 고양시킨다. 동질화가 불가능한 것처럼 보이는 이질적 존재들이 공존하는 제3의 공간을 문학은 만들어낼 수 있다. 이것은 바로 호미 바바가 주장하는 "공동체적 사이(in-between)의 미학"이다. 잡종화가 가져다주는 이 "사이"의 미학과 경계의 정치학에서 최대의 전략은 "협상"(negotiation)이다. 틈새에서의 협상과 타협을 통해 동질화가 불가능한 지배자–피지배자, 백인–비백인, 남성–여성 사이의 이분법이 해체되고 이들 간의 이동과 이주가 가능해진다. 문학은 이러한 "틈새"와 "사이"에서의 협상의 예술이 아닌가? 이제 "순수"문학과 "참여"문학의 경계구분은 무의미하다. 문제는 새롭게 "잡종"문학이다. 잡종은 순수와 참여의 이항대립의 경계짓기를 조종한다. 잡종문학은 순응과 저항을 함께 부둥켜안고 구르다 다시 일어선다. 위대한 모든 문학은 모두 잡종적이다. 누가 감히 김소월이나 정지용을 서정적 순수시인일 뿐이라고 저주할 수 있겠는가? 이상(李箱)이나 만해 한용운 같은 시인은 이미 순수, 비순수의 어리석은 구분을 포월하는 잡종적 작가들이다. 순수, 비순수로 편을 가르는 사유 방식은 "좋은" 문학의 정서적, 정치적 "힘"을 약화시키는 패배주의적인 슬픈 관습이다. 그렇다면 잡종문학은 어떻게 수행되어야 하는가?

4. 잡종성과 시 창작의 문제: 시인 김종길의 경우

우리 시단에서 잡종적 창조의 견지에서 볼 때 동양시의 전통과 서양시의 전통을 잘 결합시키고 있는 시인이 있다. 그는 노시인 김종길이다. 고매한 시인을 "잡종" 문학 논의에 포함시키게 되어 송구스럽기는 하나 김종길의 예는 좋은 예이다. 시인 김종길은 한 대담에서 자신의 혼합적인 특성을 다음과 같이 설명하였다.

> 사실 내 자신은 특별히 영시나 한시의 전통에 의식적으로 의지하고 있다
> 고는 생각지 않아요. 그보다는 내 자신의 감수성에 의지하고 있다고 말하고
> 싶어요. 내 자신의 감수성이라는 것이 어릴 적부터 한학하는 집안에서 얻어
> 들은 한시 이야기와 일제하에서 교육받은 일본시 내지는 일본어로 번역된
> 서구시, 그리고 해방 후에 공부한 영시가 바탕이 된 것이기 때문에, 그 감수
> 성에는 동양시와 서양시가 배경이 된 셈이지요. 그런데 여기서 한 가지 더
> 보태고 싶은 것은 시에 대한 내 나름의 태도 내지는 나 자신의 인간적 기질
> 이 중요한 구실을 하지 않았나 싶어요. (『시와 시인들』, 204쪽)

여기서 김종길의 시적 주체성은 한시, 일본시, 번역된 서구시, 그리고 영
시 나아가 한국시에 의해서 형성된 것이 틀림없다. 그리고 시인 "자신의 감
수성"이니 "인간적 기질"은 바로 호미 바바가 말하는 "제3의 공간"일 것이
다. 제3의 공간은 바로 나와 남과의 "사이"의 공간이며 여기서 모든 종류의
이분법이 광정되고 한시, 일본시, 영시와는 다른 새로운 자신만의 시적 공
간이 창출되는 것이다.

시인이 강조하는 "인간적 기질"이란 무엇인가? 이것의 계보학을 추구
하는 것은 매우 복잡하고 어려운 일이다. 시인은 자신의 이중성 또는 복합
성, 다원성—그의 시가 "영미 모더니스트들을 주로 공부해온 사람의 시로서
는 뜻밖일 정도로 전통적이고 통상적으로 보이기 쉬운 것"(177쪽)을 자신의
"자세" 때문이라고 설명한다.

> 현대 영시 중에서도 그 당시 나에게 가장 강렬한 충격을 준 것은 T. S. 엘
> 리엇의 시와 시론이었다. 그 충격으로 말미암아 엘리엇은 나의 주된 학문
> 적, 지적 관심의 대상이 되었지만 그 때문에 나의 시적 체질은 심한 갈등에
> 부대끼게 된 것 또한 부정할 수 없다.
> 그러나 나는 엘리엇의 시풍을 처음부터 추종할 생각은 없었다. 그를 찬탄

하면서도 나는 그와는 다른 나일 수밖에 없다는 것이 나의 생각이었다. 설사 내가 그로부터 영향을 받았다고 하더라도 그것은 표피적인 것이 아니라 쉽게 가려낼 수 없을 만큼 심층적인 것일 것이다. 내가 영시를 공부하고 엘리엇을 전공했다 하더라도 나는 그와는 다른 동양인으로서 그와는 다른 문화 전통에 속해 있고 그와는 다른 시를 쓸 수밖에 없지 않은가. 나는 엘리엇을 공부하기 시작할 때부터는 아니라고 하더라도 그와의 첫 해후의 충격이 가라앉기 시작하고부터는 늘 그렇게 생각했고 지금도 그렇게 생각하고 있다. (177쪽)

김종길은 그러나 자신의 이중성 또는 잡종성이 그렇게 단순한 것은 아니라고 느낀다. "나의 감수성이나 신념이 동양시의 전통에 뿌리박고 있다 하더라도 그것에는 깊은 곳 어디엔가 나의 서양시에 관한 공부와 교양이 배어 있을 것이다. 참다운 영향, 참다운 융합이란 결코 피상적인 것은 아니기 때문이다."(178쪽) 김종길의 잡종적 시풍은 결코 단순하게 분석되거나 설명될 수 없는 "주체적 시관"의 근간을 이루고 있다고 할 수 있다. 시인 김종길은 동서 융합의 독특한 시 세계를 창출했으며, 시인의 이러한 고전주의적인 "독특함"—동서양의 절묘한 균형성과 절제성—은 바로 시인의 잡종성이 제3의 공간에서 만들어낸 치열한 예술적 노력의 결과임은 당연한 일이다. 또한 시인 김종길은 자신의 시의 형식이 한시와 영시 또는 일본시의 영향에도 불구하고 자신의 출신 지역인 안동 문화권에 뿌리를 두고 있음을 역설하며 자신의 시의 양식이 "생리적, 환경적 및 사회적 요인에 의해 조건"지어졌음을 밝히고 있다. 지금까지 필자는 한 시인의 잡종성과 복합성이 어떻게 제3의 공간 내에서 이것도 저것도 아닌 그것들과의 저항과 타협을 통해 주체적인 자신의 공간을 확보하였는가를 화급하게나마 살펴보았다.

5. 나가며: 잡종문학을 향하여

그렇다면 잡종성과 순수성의 문제가 어떻게 "문학"에 좀 더 일반적으로 개입될 수 있는가? 문학의 순수성이란 과연 무엇인가? 복잡하고 어지러운 시대일수록 순수한 것이 필요하다는 의미에서 순수시가 칭송되기도 한다. 그러나 앞서 한 인간이나 시인이나 민족이 얼마나 순수할 수 없는가를 지적했듯이, 문학도 이미 언제나 비순수적이다. 훌륭한 문학이라면 아무리 순수하다 하더라도 그것에는 일정한 정치적 함의가 들어 있다. 그리고 그 반대도 마찬가지이다. 콜라주, 브리콜라주 등 모방, 변용, 차용의 기법이 문학 텍스트의 본질적 부분이라고 볼 때 순수문학이란 거의 모순어법에 가깝다. 따라서 모든 문학은 그 생산자는 물론 텍스트의 속성상 이미 언제나 잡종적이고 혼성 모방적이 아니겠는가.

  장르 간의 다양한 혼합, 문자 매체인 언어가 아닌 영상 매체 등 다른 매체와의 결합, 새로운 변종들의 끊임없는 출현으로 우리가 지금까지 부둥켜안고 있던 전통적인 순수문학의 정체성은 이미 흔들리고 있다. 우리는 문학의 이러한 급속한 대중화와 세속화, 다시 말해 잡종화를 슬퍼할 필요가 없다. 우리는 과거의 영토를 지키기 위해 노심초사하거나 잃어버린 공간을 아쉬워하는 소극적이고 패배적인 태도를 버리고, 잡종적 상상력으로 무장하여 오래된 영토를 탈영토화하고 상황에 따르는 문학의 쇄신을 통해 살아 있는 원리로서의 문학의 소임을 지속시키고 문학의 재영토화를 시도해야 한다. 현실이 제아무리 잔인하다 해도 우리는 포기하고 종래의 텍스트 속으로 숨을 수 없다. 문학을 포함하여 인간이 만든 모든 문물 현상은 이미 우리를 앞질러 간다. 그래서 미네르바 여신의 부엉이는 항상 늦게 날개를 펴는 것일까? 순수문학, 참여문학, 시민문학, 민중문학의 시대는 가고 이제 잡종문학의 여명이 열리고 있다. 잡종문학은 모든 종류의 이분법을 넘어서서 인류 문명 전체를 어깨에 메고 뛰는 행동하는 문학이다. 잡종문학은 다양한 주제, 기법, 소재, 제재 등을 모두 집어삼켜 소화시킬 수 있는 세속 예술이다. 문학이 진정으로 잡종이 될 때 문학은 일부 엘리트들이나 소수자들에 의해 독점되지 않고 일반 대중들이 쉽게 접근할 수 있는 공영역(public sphere)이 될 수 있을 것이다. 순수하고 작은 것도 아름답지만 잡종적인 것은 더욱 아름답다!

제2부

비교문학, 비교비평, 비교미학
— 새로운 문학/비평 이론을 위하여

1장 만해 한용운과 한국문학의 세계화
—『님의 침묵』을 기독교적으로 읽기

> 공자는 진(陣) 채(蔡)의 접경에서 고난을 겪으셨고, 예수는 거리에서 사형
> 을 당하셨으니, 이는 모두 세상을 건지고자 하는 지극한 생각에서 나온 일
> 들이었다. 어찌 세상을 구제하지 않고 천추에 걸쳐 꽃다운 향기를 끼치는
> 이가 있을 수 있겠는지.
>
> — 한용운, 『한용운 전집』 제2권, 45~46쪽)

1. 서론

1) 한용운과 기독교

만해 한용운(1879~1944)은 잘 알려진 불교의 대선사였다. 만해는『유심』
이란 불교 잡지를 창간했고『조선불교유신론』을 쓴 불교 개혁자였으며『불
교대사전』을 집필한 불교학자였다. 만해의 대표 시집『님의 침묵』이 불교 시
집인 것은 너무나 명백하기에 이 시집을 기독교적으로 읽는다는 것은 어불
성설(語不成說)일 것이다. 그럼에도 필자가 이 논문을 쓰게 된 추동력은 시
인이자 영문학자였던 송욱이 쓴『님의 침묵 전편 해설』(1973) 때문이다.『님
의 침묵』을 철저하게 불교의 선(禪) 시각에서 읽은 송욱은 이 시집을 "깨달음
의 증험(證驗)"을 내용으로 하는 증도가(證道歌), 특히 "사랑의 증도가"라 규

정했다.[1] 필자가 알기에 지금까지 『님의 침묵』을 불교 이외의 다른 종교와 연계하여 읽으려는 시도는 별로 없었다. 필자가 이 대담한 과제를 시도하는 이유는,『님의 침묵』을 읽으며 분명한 기독교적 이미저리가 적지 않게 나타날 뿐 아니라 사상 면에서도 유사점이 한둘이 아니라는 생각을 금할 수 없기 때문이다. 이 논문에서 필자는 『님의 침묵』에 나타나는 기독교적 요소를 표층적 수준에서나마 찾아내고자 시도할 것이다.

불교 승려 만해는 일제강점기에 저항적 문학 지식인으로 서양 문물에 대한 연구를 통해 기독교를 상당 부분 섭렵했을 가능성이 많다.[2] 만해는 "근대의 신문화를 소개한 중국 계몽사상가 양계초의 『음빙실문집』(飲氷室文集)을 통하여 동서양의 사상을 섭렵하였다"[3]고 한다. 1919년 3·1운동 당시 독립선언문의 발기인 33인 중 절반이 기독교인이었다는 사실도 만해는 무시할 수 없었을 것이다. 독립투사 만해는 적어도 일본의 압제에서 벗어나기 위해 불교가 유교나 기독교와도 연대할 수 있다고 생각지 않았겠는가? 중생의 고통과 번뇌에서 해탈시켜주는 부처의 가르침만큼이나 예수의 가르침도 가난하고 약하고 힘없는 민중들을 위한 것이다. 필자는 여기서 만해가 기독교 사상을 받아들였다고 말하는 것이 아니다. 보편내재적인 차원에서 위대한 종교나 사상 또는 문학작품에서 흔히 나타나는 유사성이나 친연성이 교차되고 있음을 지적하는 것이다. 만해는 적어도 불교와 기독교의 가르침의 기본적 유사성을 느꼈을 것이다. 불교와 기독교 교리의 유사성을 여기서 자세히 논할 수 없으나 캐나다 비교종교학자 아모스 교수는 『두 스승, 하나의 가르침』(*Two Masters, One Message*, 1975)에서 금강경과 신약의 많은 유사한 구절들을 평행 비교(parallel comparison)했다. 한국 번역시 전집 『새벽의 목

---

1) 송욱,『님의 침묵 전편 해설』, 일조각, 1973, 10쪽.

2) 한 예로 만해가 『불교』지에 실은 「현대 아메리카의 종교」(1933)를 읽어보면 그가 미국 기독교에 대한 많은 지식과 놀라운 탁견을 가지고 있음을 알 수 있다. 만해는 이 글에서 당시 미국 기독교의 물질주의를 비판하고 있다(『한용운 전집』 제2권, 262~265쪽).

3) 한용운,『한용운의 명시』, 한림출판사, 1987, 150쪽.

소리』(*Voices of the Dawn*, 1960)를 편찬한 피터 현(Peter Hyun) 교수는 한용운의 시를 "17세기 영국의 형이상학파의 종교적인 시"와 유사하다고 지적한 바 있다.[4] 『님의 침묵』을 The Meditations of the Lover란 제목으로 영역한 한국계 미국 작가 강용흘은 한 걸음 더 나아가 "서문"에서 만해를 20세기 T. S. 엘리엇, 타고르 같은 대시인의 반열에 놓아야 한다는 견해를 표명하였다.[5] 피터 현이나 강용흘의 주장은 시 기법에 더 많은 중점을 두고 한 말이지만 필자는 만해 시의 내용과 사상 면에서도 17세기 영국의 종교시와 유사성이 있다고 생각한다. 사상과 기법을 통합하는 "통합된 감수성"의 시인들인 17세기 종교시인들은 T. S. 엘리엇에 의해 20세기 초 재조명되었고 새로운 창작 이론의 등장과도 연관된다. 만해도 한국 현대시 형성기에 순 한글로 장미꽃에서 사상을 느낄 수 있는 새로운 서정시(사랑의 시) 쓰기의 전범을 보여주었다. (이 부분에 대한 논의는 다음 기회로 미룬다.)

만해는 기독교나 예수를 여러 차례 언급했다. 만해는 「선과 인생」에서 불교의 선(禪)과 기독교의 묵상을 같이 이야기했다. "정신 수양에 대해서는 불교의 선만 있을 뿐 아니라, 유교에도 있고, 예수교에도 있으니, 유교에는 맹가의 구방심(求放心)과 송유의 존양(存養)이 그것이요, 예수교에서는 예수가 요르단 하변에서 40일간 침획명상한 것이 그것일 것이다."[6] 「성탄」(聖誕)이란 제목의 만해 시의 일부를 살펴보자.

> 부처님의 나심은
> 온 누리의 빛이요
> 뭇 삶의 목숨이라.
>
> 빛에 있어서 밖이 없고

---

4) Peter Hyun, *Voices of the Dawn*, Murray, 1960, 20쪽.

5) Han Yong-Woon, *Meditations of the Lover*, Yonsei UP, 1970, 15쪽.

6) 한용운, 『한용운 전집』 제2권, 313~314쪽.

목숨은 때를 넘느니.

이곳과 저 땅에
밝고 어둠이 없고
너와 나에
살고 죽음이 없어라. (한용운,『한용운 전집』제1권, 89~90쪽. 이하 만해
의 시 인용은 본문에 제목만 적는다.)

만해의『심우장산시』(尋牛莊散詩)에 실린 이 시는 부처님 대신 예수님으로
바꿔도 뜻의 변함이 전혀 없다. 이 시는 "빛", "목숨", "어둠", "죽음," 등 주
요한 기독교적 이미지들로 가득하다. "목숨은 때를 넘느니"는 '부활'을 언급
하는 것이고 "살고 죽음이 없어라"는 '영생'의 주제이다.『한용운과 위트먼
의 문학 사상』이라는 비교문학의 탁월한 저작을 낸 김영호는 자비, 사랑, 희
생정신을 석가, 공자, 예수에 공통된 것으로 본다.

　　석가와 예수를 동질의 희생적 사랑과 자비로써 세계를 구원한 神人으로
　　동일시했으며, 인과 애덕으로 국가를 제도한 공자와 요순의 정치사상과 석
　　가의 我空的 자비를 구세주의와 합일시켰다는 점이다. 이들을 모두 이 사랑
　　과 희생의 정신을 자기 현실의 당처에서 살신성인의 태도로 체현하려 했다.
　　(김영호,『한용운과 위트먼의 문학사상』, 사사연, 1988, 104쪽)

이렇게 본다면 불교 사상에 토대를 둔『님의 침묵』에 만해 자신도 모르게
기독교적 요소가 포함된 것인지에 대해서 명쾌하게 증명해내기는 어려울
것이다. 이 글에서 필자는 본격적인 비교종교학적 논의를 시도하는 것이 아
니라『님의 침묵』에 드러나는 기독교적 요소를 찾아내어 논의해보는 수준에
머물고자 한다. 이 초보적 작업을 통하여 필자는 만해를 불교시인으로만 국
한시키는 대신 21세기 세계화 시대를 맞이하여 기독교 사상에 친숙한 서구
인들에게도 다가갈 수 있을 보편적 주제를 지닌 세계적 시인의 반열에 편입

시키기를 희망한다.

『님의 침묵』에서 필자가 가장 충격적으로 기독교적 요소로 받아들인 구절은 바로 시집의 머리말에 해당하는「군말」에 있다: "나는 해 저문 벌판에서 돌아가는 길을 잃고 헤매는 어린 양이 기루어서 이 시를 쓴다." 이 구절은 시집의 주제와 시집 전체의 사상이 응집되어 포괄적인 암시를 하고 있다. 이것은 움직일 수 없는 기독교적 요소이다. 이와 유사한 구절이 성서의「마가복음」에 나오고 "예수께서 나오사 큰 무리를 보시고 그 목자 없는 양 같음으로 인하여 불쌍히 여기사"(6장 34절)「요한복음」에서도 비슷한 구절로 "나는 선한 목자라. 선한 목자는 양들을 위하여 목숨을 버리거니와"(10장 11절)를 찾을 수 있다. 『님의 침묵 전편 해설』을 철저하게 불교적 교리와 사상으로 상세히 해설한 바 있는 송욱도 이 구절이 "기독교에서 신앙을 통한 구제를 받지 못한 사람들을 뜻하는 비유인데, 만해는 이를 거리낌 없이 채택하고 있다"(19쪽)고 지적하였다. 이 구절에 대하여 김영호는 성경의「시편」23편을 염두에 두며 불교의 이미지뿐 아니라 기독교 이미지라고 언명한다.

> 길 잃은 양(羊)을 푸른 초원과 맑은 시냇가로 인도하는 성 목자 예수의 이미지 또는 고통과 무명(無明)의 중생들을 계명하는 석가의 형상을 투영시킴으로써 조국과 자유를 상실한 백성을 구원하겠다는 종교적 및 정치적 의도를 상징적으로 시화하고 있다. (김영호, 앞의 책, 147쪽)

이와 관련하여 구약시대 최고 시인 다윗 왕도 다음과 같이 노래하였다.

> 여호와는 나의 목자시니 내게 부족함이 없으리로다. 그가 나를 푸른 풀밭에 누이시며 쉴 만한 물가로 인도하시는도다. 내 영혼을 소생시키고 자기 이름을 위하여 의의 길로 인도하시는도다. (「시편」, 23편 1~3절)

또한 이 시집의 후기에 해당되는「독자에게」에서 만해는 "밤은 얼마나 되었는지 모르겠습니다. 설악산의 무거운 그림자는 엷어갑니다. 새벽종을 기다리면서 붓을 던집니다"라고 적고 있다. 만해는 어두운 시대의 밤을 지새우며 님이 그리워 시를 쓴다. 그런데 이제 여명이 움터온다. 밤도 깊었으니 새벽이 머지않으리. 만해는 새벽을 깨우기 위해 시를 쓰고 시 쓰기를 마친 만해는 붓을 던지고 님이 오실 새벽을 기다린다. 여기서 새벽종은 사찰에서 울리는 새벽종을 가리키는 게 분명하다. 그러나 성서의 「시편」에서도 유사한 구절을 찾을 수 있다.

> 하나님이여 내 마음이 확정되었고 내 마음이 확정되었사오니 내가 노래하고 내가 찬송하나이다. 내 영광아 깰지어다. 비파야, 수금아, 깰지어다. 내가 새벽을 깨우리로다. (57편 7~8절)

이렇게 보면 시집 『님의 침묵』의 서론과 결론의 해당 부분에서 모두 기독교적 이미지가 명백하게 나타나고 있다고 하겠다.

2) 서시 「님의 침묵」의 구조와 주제의 기독교적 함의: 사랑의 노래

『님의 침묵』의 전체 구조에 대해 한 연구자는 "이별에서 마침내 만남을 이루는 88편의 시로 구성된 극적 구성의 연작시"로 이별(죽음) → 슬픔 → 희망 → 만남(재회)의 보편적 구조로 확인하였다.[7] 이런 구조는 이 시집의 바로 첫 번째 시 「님의 침묵」에 가장 잘 나타난다. 만해는 우선 님과의 "이별"을 다음과 같이 절규한다.

> 님은 갔습니다. 아아 사랑하는 나의 님은 갔습니다.
> 푸른 산빛을 깨치고 단풍나무 숲을 향하여 난 작은 길을 걸어서 차마 떨

---

7) 김윤식 외, 『우리 문학 100년』, 현암사, 2001, 64쪽.

치고 갔습니다.

님과의 이별은 뜻밖의 일이 되고 놀란 가슴은 새로운 "슬픔"으로 터진다. "사랑도 사람의 일이라 만날 때에 미리 떠날 것을 염려하고 경계하지 아니한 것은 아니지만 이별은 뜻밖의 일이 되고 놀란 가슴은 새로운 슬픔에 터집니다." 그러나 "눈물의 원천"인 슬픔은 곧바로 "희망"으로 이어진다. "그러나 이별을 쓸데없는 눈물의 원천을 만들고 마는 것은 스스로 사랑을 깨치는 것인 줄 아는 까닭에 걷잡을 수 없는 슬픔의 힘을 옮겨서 새 희망의 정수박이에 들어부었습니다." 시인은 희망에 차서 "재회"의 날을 믿는다. "우리는 만날 때에 떠날 것을 염려하는 것과 같이 떠날 때에/다시 만날 것을 믿습니다."

또한 이러한 보편적 구조는 『성서』에 나타난 구원의 기본 구조와 거의 유사하다. 기독교 교리에 따르면 창조주 하나님이 이 세상을 창조하고 최초의 인간 남녀인 아담과 이브를 만들었다. 그러나 그들은 뱀의 꼬임에 빠져 죄를 짓고 에덴의 낙원에서 추방당했다. 추방은 이별의 시작이다. 그때부터 인간은 죽음이라는 이별을 운명으로 가지게 된다. 인간이 타락한 이후의 낙원에서의 추방과 영생에서의 추방과 예수 시대에 이르러 예수님의 십자가 죽음과 승천이라는 "이별"이 있었다. 이별 뒤에는 "슬픔"과 절망과 고통이 따르게 마련이다. 그러나 추방(이별)의 고통 속에서도 인간은 "님은 갔지마는 … 님을 보내지 아니하였"다고 희망을 버리지 않는다. 왜냐하면 예수가 인간의 죗값을 치르기 위해 십자가에 못 박혀 목숨을 버리고 죽음 다음에 부활하셔서 인간에게 이제 새로운 "희망"(소망)이 생겨났기 때문이다. 예수가 언젠가는 재림하여 우리와 다시 "재회"가 이루어지고 우리 모두를 죽음(이별)에서 구원하는 회복의 기쁨이 있을 것이다. "아아 님은 갔지마는 나는 님을 보내지 아니하였습니다."[8]

---

8) 이 구절을 자세히 들여다 본 이상섭은 완전히 "종교적 차원"에서만 접근이 가능하다고 말한다. "'아아 님은 갔지마는 나는 님을 보내지 아니하였습니다' 이런 말은 일상적 차원에서 가능한 말이 아니다. 종교적 아니면 종교스러움에 접근하는 차원에서만 가능한 말이다. 그것은 믿

이 서시 후반부에 기독교의 중요한 세 가지 행동 지침이 등장한다. 그것은 "믿음", "소망", "사랑"이다. 시집『님의 침묵』이 연애시인 사랑의 노래라면『성서』에서 사랑의 장으로 잘 알려진「고린도전서」13장 내용과도 일정 부분 일치된다고 볼 수 있다. 13장의 마지막 구절인 13절은 "그런즉 믿음, 소망, 사랑 이 세 가지는 항상 있을 것인데 그중의 제일은 사랑이라"이다. 이 시집의 서시인「님의 침묵」후반부에도 "희망", "믿음"("믿습니다"), "사랑"이 나온다. 첫 시인「님의 침묵」에 나타나는 이러한 주제와 형식은 이 시집『님의 침묵』전체의 주제와 형식(구조)을 압축해놓은 것이다.

동시에 첫 시의 이러한 구조는 기독교 교리와 서사의 주제와 형식(구조)과도 커다란 맥락에서 일치할 수 있다고 필자는 주장한다. 그러나 주제와 형식의 모든 것을 한꺼번에 용해시켜버리는 이 시집의 핵심적인 주제어는 서시 마지막 행의 "사랑의 노래"이다. 애틋하고도 육감적이기까지 한 연애시 형식으로 된 이 시집의 주제는 한마디로 "사랑"이다. 형식은 침묵을 역설적으로 가장한 "노래"이다. 만해의『님의 침묵』에서는 부처님의 "대자대비"와 예수님의 "사랑"이다. "믿음, 소망, 사랑 … 그중의 제일은 사랑"이다. 만해의『님의 침묵』은 역사적으로는 일제강점기에 나라를 잃고 고통을 받고 있는 조선 민중들에게 역설적이게도 침묵으로 우렁차게 부른 "사랑의 노래"이다. 아니 좀 더 보편적으로 말한다면 이 시집은 병고와 노쇠에 시달리다가 결국은 죽음이라는 슬픈 종말(이별)을 맞을 수밖에 없는 인간의 삶이라는 실존적인 상황을 향해 해탈과 기쁨을 위한 사랑의 노래이다. 결국 사랑만이 인간이 서로 살아가기 위해 의지할 수밖에 없는 최후의 보루이다. 그래서 부처님은 "대자대비"가 되어야 하고 하나님은 "사랑"이 될 수밖에 없는 것이 아닌가?

음의 발언이다." 이상섭은 계속해서「님의 침묵」에 접근할 수 있는 것은 기도뿐이라며 다음과 같이 주장한다. "마치 고요한 그러나 깊은 힘을 내포한 기도에 의하여 신의 임재를 대면하는 것과도 같다. 제 곡조를 못 이기는 사랑의 노래는 그러므로 기도와 같은 것이다. 믿음, 종교적 결단 없이 기도는 불가능하다. 기도 같은 노래로써만이 '나'는 님의 침묵에 접근할 수 있다."(이상섭,『자세히 읽기로서의 비평』, 문학과지성사, 1988, 259~261쪽)

필자는 이 서시뿐 아니라 시집 자체의 구조와 주제에서 강렬한 기독교적 암시를 받는다. 기독교에서 이별은 우리의 님인 예수의 죽음이다. 예수가 우리들의 구원을 위해 우리의 죄를 대신 짊어지고 십자가에 달려 죽은 후 재림(The Second Coming)할 것이다. 그때까지 기다리는 모든 기독교도들은 예수가 다시 오는 그날까지 침묵의 의미를 생각하며 님과 이웃을 사랑하며 살아가야 한다. 예수의 님인 기독교인들은 예수 죽은 후 2천 년이 넘도록 슬픔을 딛고 희망을 가지고서 다시 만날 날을 기다리고 있다.

2. 본론

1) 이별과 죽음

이제부터 바로 앞에서 제시한 이별 → 슬픔 → 희망 → 재회(회복)의 주제를 만해의 시 몇 편을 더 읽음으로써 분명히 해보자. 두 번째 시 「이별은 미의 창조」에서부터 "이별"의 의미가 새롭게 부각되고 있다.

> 이별은 미의 창조입니다
> …
> 님이여, 이별이 아니면 나는 눈물에서 죽었다가 웃음에서 다시 살아날 수가 없습니다.
> 오오 이별이여. 미는 이별의 창조입니다.

사랑의 표상인 십자가에서 우리를 떠나가신 예수님과의 이별(죽음)이 재회와 부활과 영생을 보증한다. 예수의 죽음으로 우리는 회개와 거듭남의 눈물(슬픔) 속에 빠져 죽었다가 웃음(기쁨)으로 다시 부활할 수 있는 것이기에 아름다운 것이다. 이별은 끝이 아니라 시작이고 파멸이 아니라 창조라고 선언하는 것이 만해의 이별 철학이다.

시인 자신이 님과의 이별은 진정한 사랑의 이별이므로 진정한 이별은 없다고 믿는다. 지금은 이별이 서러워 울지만 그것은 일시적인 것이며 언젠가 영원한 재회가 이루어질 것이다. 여기까지 생각이 미친 시인은 님과의 진정한 사랑은 "곳"과 "때" 즉 시공간을 초월한 영원한 것이라는 새로운 "이별의 철학, 아니 신앙"을 수립한다.

> 그러고 진정한 사랑은 곳이 없다. …
> 그러고 진정한 사랑은 때가 없다. …
> 아아 진정한 애인을 사랑함에는 죽음의 칼을 주는 것이요. 이별은 꽃을 주는 것이다.
> 아아 이별의 눈물은 진(眞)이요 선(善)이요 미(美)다.
> 아아 이별의 눈물은 석가(釋迦)요 모세요 잔다르크다. (「이별」)

이렇게 이별을 인정하지 않는 것은 다시 만날 때까지 기다리며 "님의 주시는 고통을 사랑하겠습니다"(「하나가 되어주셔요」) 그리고 "당신을 그리워하는 슬픔은 곧 나의 생명인 까닭입니다"(「의심하지 마셔요」)라고 담대하게 말할 수 있게 된다. 이제부터 님과 하나가 되어 님을 의심하지 않는다.

2) 슬픔과 고통

그러나 이별 뒤에는 엄청난 슬픔과 고통이 뒤따를 수밖에 없다. 다시 만나기 위해 "이별"은 어쩔 수 없는 것이라고 시인은 말하지만 「님의 침묵」의 다섯 번째 시 「가지 마셔요」에서 시인은 할 수만 있다면 님께서 가시지 말라고 애원한다.

> 아아 님이여, 새 생명의 꽃에 취하려는 나의 님이여, 젊음을 돌리셔요, 거기를 가지 마셔요, 나는 싫어요.
> 거룩한 천사의 세례를 받은 순결한 청춘을 똑 따서 그 속에 자기의 생명

을 넣어 그것을 사랑의 제단(祭壇)에 제물로 드리는 어여쁜 처녀가 어데 있
어요.

달금하고 맑은 향기를 꿀벌에게 주고 다른 꿀벌에게 주지 않는 이상한 백
합꽃이 어데 있어요. …

아아 님이여, 정(情)에 순사(殉死)하려는 나의 님이여, 걸음을 돌리셔요,
거기를 가지 마셔요. 나는 싫어요.

이 구절에는 유난히 생명, 거룩한 천사, 세례, 사랑, 제단, 제물, 백합꽃,
순사(殉死, 순교) 등 기독교적 개념들이 많이 등장한다. 님과의 이별을 처음
부터 기쁘게 받아들이는 사람이 어디 있겠는가? 「고적한 밤」이 되면 만해는
인생을 고통의 눈물이 아닌가 생각해본다.

우주는 죽음인가요
인생은 눈물인가요
인생이 눈물이면
죽음은 사랑인가요.

이별이라는 죽음이 사랑이 될 수 있다는 생각을 하기 시작한 시인은 이
제 슬픔을 딛고 일어서는 법을 배우고자 한다. 그래서 시인은 "나는 님을 기
다리면서 괴로움을 먹고 살이 찝니다. 어려움을 입고 키가 큽니다"(「자유정
조」)라고 자신 있게 말한다. 그러나 고통은 성장을 위한 그리고 득도(得道)를
위한 길잡이다. 이 세상에는 걸어갈 수 있는 많은 길들이 있다. 이제 시인은
슬픔 속에서도 나만의 길을 찾기 시작한다. 이 고통스러운 삶 속에서 주님
만 생각하고 따르는 「나의 길」을 찾는다. 그래야만 다시 만날 "희망"을 가질
수 있다.

악한 사람은 죄의 길을 좇아갑니다.
의(義) 있는 사람은 옳은 일을 위하여는 칼날을 밟습니다.

...
그러나 나의 길은 이 세상에 둘밖에 없습니다.
하나는 님의 품에 안기는 길입니다.
그렇지 아니하면 죽음의 품에 안기는 길입니다.
그것은 만일 님의 품에 안기지 못하면 다른 길은 죽음의 길보다 험하고
괴로운 까닭입니다.

이 세상을 살아가는 방법은 여러 가지다. 시인이 선택한 길은 희망을 가지고 님의 품에 안기거나 절망 속에서 죽음의 품에 안기는 것이다. 다시 말해 님의 길만 따라갈 것이다. 그 외에는 모두 죽음의 길이 될 것이기 때문이다. 시인은 여기서 악한 사람의 길이 아닌 의인의 길을 좇아가겠다고 하는데 이것은 구약의 「시편」(1편 1~6절)에서 이미 다윗이 노래한 내용이다. 시인은 님만을 따르는 "나의 길"을 선택함으로써 "복 있는 사람"과 "의인"이 되고자 한다. 다시 만날 때까지 나는 님만을 생각하고 의인의 길을 따라가야 한다. 시인은 따라서 세상 사람들과 구별되는 노래를 부를 수밖에 없다.

나의 노랫가락의 고저장단은 대중이 없습니다.
그래서 세속의 노래 곡조와는 조금도 맞지 않습니다.
그러나 나는 나의 노래가 세속 곡조에 맞지 않는 것을 조금도 애닯아하지
않습니다.
나의 노래는 세속의 노래와 다르지 아니하면 아니 되는 까닭입니다. (「나
의 노래」)

님에 대한 나의 노래는 세상 가치를 따르지 않는다. 오히려 세상적인 것과 거슬리고 정반대가 될 수도 있다. 부처의 가르침과 예수의 말씀을 사모하는 것은 세상을 버리고 등지는 것이 아닌가? 그래야 이 세상을 극락과 천국으로 만들 수 있다. 이것은 또 다른 역설이다.

> 나의 노래는 님의 귀에 들어가서는 천국의 음악이 되고 …
> 나는 나의 노래가 님에게 들리는 것을 생각할 때에 광영(光榮)에
> 넘치는 나의 작은 가슴은 발발발 떨면서 침묵의 음보(音譜)를 그립니다.
> 「나의 노래」

님을 찬미하는 나의 비세속적인 노래는 나에게 영광(glory)을 가져오고 나는 기쁨과 감동에 벅차 말을 못하고 침묵으로 노래를 쓸 수밖에 없다.

3) 소망과 순종

시인은 이제 이렇게 되면 아무리 슬프더라도 나는 희망(소망)을 가지고 님의 팔에 안길 수 있다.

> 아아 사랑에 병들어 자기의 사랑에게 자살을 권고하는 사랑의 실패자여.
> 그대는 만족한 사랑을 받기 위하여 나의 팔에 안겨요.
> 나의 팔은 그대의 사랑의 분신인 줄을 그대는 왜 모르셔요. 「슬픔의 삼매
> (三昧)」

그리움에 지치고 사랑에 병든 "사랑의 실패자"인 슬픈 시인은 님의 팔에 안긴다. 믿음직한 님의 팔 안에서 시인은 사랑을 만족스럽게 받을 수 있고 또 님의 팔에 안기면 세상의 모든 허위의식이나 가식들을 다 버리고 순수해질 수 있다.

> 나는 당신의 첫사랑의 팔에 안길 때에 온갖 거짓의 옷을 다 벗고,
> 세상에 나온 그대로의 발가벗은 몸을 당신의 앞에 놓았습니다. 지금까지도
> 당신의 앞에는 그때에 놓아둔 몸을 그대로 받들고 있습니다. 「의심하지
> 마셔요」

석가는 중생들의 "눈물", "한숨", "떨리는 가슴"을 통해 모든 비밀을 속속

들이 안다. 그러기에 석가는 크고 부드러운 팔로 중생들을 안고 대자대비의 마음으로 중생들을 백팔번뇌로부터 해탈시킨다. 예수도 긍휼의 마음으로 자기 목숨을 버리기까지 민중의 어려운 일을 대신 짊어지고 고단한 그들에게 휴식을 주고자 한다.

> 수고하고 무거운 짐 진 자들아 다 내게로 오라 내가 너희를 쉬게 하리라.
> 나는 마음이 온유하고 겸손하니 나의 멍에를 메고 내게 배우라.
> 그리하면 너희 마음이 쉼을 얻으리니 이는 내 멍에는 쉽고 내 짐은 가벼움이라 하시니라. (『마태복음』, 11장 28~30절)

바로 여기가 시인의 님인 "대자대비"의 부처와 필자의 님인 "사랑"의 예수가 만나는 지점이다. 사랑하는 님을 믿으며 소망을 가지고 참고 견디는 시인에게 또 다른 시련이 있다.

슬픔 속에 있는 나에게 희망과 소망을 주는 시인의 님은 세상 사람들의 미움과 시기를 받는다. 그래도 별 관심 두지 말라고 님은 충고한다. 신라 시대의 승려 이차돈의 순교나 조선 후기 한국 최초의 신부 김대건의 순교를 생각해보라. 기존 질서와 세력에 반항하는 것은 언제나 비방과 시기를 받고 심지어 생명까지 요구한다. 로마 제국주의의 식민지였던 팔레스타인에서 많은 유대인들은 식민지를 해방시키는 정치적 구원자 예수에게 기대를 걸었는데 예수가 "도적"들인 당시 로마의 분봉왕 헤롯왕과 유대 지도자들에 의해 힘없이 "포로"로 잡히자 실망하였다. 지상천국을 꿈꾸던 당시 혁명가들에게 예수는 거짓 구세주로밖에 보이지 않았고 그의 "시련"받는 행동을 무기력한 비겁으로 규정하였다. 그리하여 당시 유대인들은 가차 없이 예수에게 당시로서는 최악의 정치범 사형 방식인 십자가형을 내릴 것을 외쳤다. 그러나 예수는 폭력으로 세상을 해방시키고자 하지 않고 사랑으로 세상을 변화시키고자 했다. 당시 유대인들은 예수를 크게 오해하고 비방했던 것이다.

시인은 세상 사람들에게 비난당하는 님을 옹호한다. 님이 가난하고 불쌍한 중생들 속에 들어가 구제하려는 것에도 걸림돌이 많았다. "정직한 당신이 교활한 유혹에 속혀서 청루(靑樓)에 들어갔다고 당신을 지조가 없다고 할수는 없습니다."(「비방」) 님이 청루에 들어간 것에는 어떤 높은 뜻이 있을 것이다. 시인은 자신의 님이 홍등가에 갔다고 음란하고 지조가 없다고 할 수는 없다고 말한다. 예수도 당시 유대 사회에서 도덕적 비난을 받았다. 세리들과 창녀들과 사귀는 것에 대해 엄청난 비방을 받았다. 그런 부류의 사람들은 구원할 수도 없고 과연 구원할 가치가 있느냐는 세상의 지탄을 받은 것이다(「마가복음」, 2장 16~17절).

시인은 이별 뒤에 오는 격심한 고통과 슬픔을 겪으면서 희망을 가지고 의롭게 살아가며 영적으로 성장한다. 그 첫 번째 징표가 님에 대한 복종이다. 『님의 침묵』에서 시 전체적으로 가장 기독교적인 내용이 담겨 있는 시는 바로 「복종」(服從)이다. 여기서 복종은 순종(submission)이다.

> 남들은 자유를 사랑한다지마는 나는 복종을 좋아하여요.
> 자유를 모르는 것은 아니지만 당신에게는 복종만 하고 싶어요.
> 복종하고 싶은데 복종하는 것은 아름다운 자유보다도 달금합니다.
> 그것이 나의 행복입니다.
>
> 그러나 당신이 나더러 다른 사람을 복종하라면 그것만은
> 복종할 수가 없습니다.
> 다른 사람을 복종하려면 당신에게 복종할 수가 없는 까닭입니다.

복종은 님을 향한 일편단심이다. 사랑하면 노예처럼 순종하는 것이 즐겁다. 아름다운 자유보다 복종이 행복이다. 여기서 복종은 물론 자발적인 것이다. 자유를 내던지고 스스로 복종하는 것은 나의 님만을 위한, 님에 대한 절대적 사랑이 있어야 가능한 일이다. 님 이외의 다른 사람에게 결코 복종할 수 없고 만일 다른 사람에 복종한다면 당신에게는 더 이상 복종하는 것이 아니다. 예수를 진정 따르려면 세속적인 다른 신들을 모두 버리고 예수

에게만 순종하는 것이다. 님만을 순종하면서 이별과 죽음을 참고 견뎌야만 재림으로 다시 만나게 되고 구원을 받는다. 이별을 통해 다시 만나고 죽음을 통해 부활하는 것은 분명 역설적인 진리다. 세상적인 가치를 버려야 진리를 만나고 죽으면 살리라는 말도 세상적으로 죽어야만 영적으로 새로 태어나는 것이라는 뜻이다.

속박을 풀면 고통은 사라진다는 것이 일반적인 통념이다. 그러나 만해의 님에 대한 사랑의 속박은 그 쇠사슬을 끊어내면 자유를 얻기보다는 오히려 "죽는 것보다도 더" 아프다. 성서에 나오는 예수님의 사랑도 속박이지만 우리는 주님의 속박을 기꺼이 받아들인다. 그 속박과 순종 속에서 오히려 우리는 주님과의 사랑을 느끼고 사랑을 성취할 수 있기 때문이다. 예수님 말씀의 속박 속에 있어야, 다시 말해 주님을 중심에 모시고 동행하는 삶만이 세상의 욕망이나 욕심을 버릴 수 있게 되어 오히려 영혼은 역설적으로 자유로워진다. 순종에 대한 만해의 표현법은 다음과 같다.

> 너의 님은 너 때문에 가슴에서 타오르는 불꽃에 온갖 종교, 철학, 명예, 재산 그 외에도 있으면 있는 대로 태워버리는 줄을 너는 모르리라. (「금강산」)

4) 재회와 눈물

소망을 가지고 순종하면서 기다리는 이유는 재회를 꿈꾸기 때문이다. 재회를 기대하는 것은 사랑하기 때문이다. 사랑하지 않는다면 고통을 참고 순종하며 기다릴 필요가 있겠는가? 그렇다면 사랑하는 이유는 무엇인가?

시인은 님을 「사랑하는 까닭」에서 님을 사랑하는 진짜 이유를 또다시 역설로 풀어간다.

> 내가 당신을 사랑하는 까닭은 까닭이 없는 것이 아닙니다.
> 다른 사람들은 나의 홍안(紅顔)만을 사랑하지마는 당신은 나의 백발(白髮)도 사랑하는 까닭입니다.

내가 당신을 그리워하는 것은 까닭이 없는 것이 아닙니다.
　　다른 사람들은 나의 미소(微笑)만을 사랑하지마는 당신은 나의 눈물도 사
랑하는 까닭입니다.

　　내가 당신을 기다리는 것은 까닭이 없는 것이 아닙니다.
　　다른 사람들은 나의 건강(健康)만을 사랑하지마는 당신의 나의 주검도 사
랑하는 까닭입니다.

　세상 사람들은 나의 "홍안(紅顔)", "미소", "건강"만을 사랑하나 내 님은
나의 "백발", "눈물", "죽음"까지도 사랑한다. 이것이 내가 님을 "사랑하는
까닭"이다. 내 님은 나의 약점, 부족한 점까지 모두 받아들이고 사랑한다.
부처의 대자대비의 정신과 예수의 사랑의 가르침은 이런 역설에 토대를 둔
다. 세상 사람들이 가치 있게 여기는 것뿐 아니라 님은 남들이 내게서 가치
없다고 무시하는 것까지 모두 긍휼의 마음으로 받아들인다. 「후회」에서 시
인은 지금까지 그런 님을 알뜰하게 사랑하지 못한 것을 후회한다. 시인은
이제야 그것을 회개하며 "뉘우치는 눈물"을 흘리지만 그렇다고 후회에 빠져
절망하는 것은 아니다. 붉은 마음과 눈물이 아직 남아 있다.

　　머리는 희어가도 마음은 붉어갑니다.
　　피는 식어가도 눈물은 더워갑니다.
　　사랑의 언덕엔 사태가 나도 희망의 바다엔 물결이 뛰놀아요. (「거짓 이별」)

　후회하면서 소망을 잃어버리는 것은 님을 진정으로 사랑하는 것이 아니
기 때문이다.
　만족을 배운 시인은 이제 곁에 있는 보이는 님만을 바라기보다 멀리 떠나
이곳에 없는 님을 그리워하는 경지를 뛰어넘어 이제는 님이 어디에 계실지
라도 항상 곁에 있는 것 같이 느낄 수 있다. 이제 시인은 님과 거의 재회한
것이나 다름이 없다.

어데라도 눈에 보이는 데마다 당신이 계시기에 눈을 감고
구름 위와 바다 밑을 찾아보았습니다.
당신은 미소가 되어서 나의 마음에 숨었다가 나의 감은
눈에 입맞추고 「네가 나를 보느냐」고 조롱합니다. (「어데라도」)

　보이지 않는 곳 어디에나 항상 계시는 하나님같이 보편내재하시는 성령님같이 시인의 님도 이제 시인과 항상 함께한다. 시인은 어디에서라도 님을 볼 수 있기에 이제 "눈물"도 슬픔과 고통의 표상이 아니라 사랑의 완성으로 바라볼 수 있게 되었다. 시인에게 눈물은 "진주 눈물"이 되고 그 눈물은 "방울방울", "창조"의 눈물이다.

눈물의 구슬이여, 한숨의 봄바람이여, 사랑의 성전을 장엄하는 무등등의
보물이여,
　아아, 언제나 공간과 시간을 눈물로 채워서 사랑의 세계를 완성할까요.
(「눈물」)

　"시간과 공간"을 님이 주신 눈물로 채운다면 사랑의 3차원의 세계는 이루어질 수 있다. 이 눈물을 통해 시인은 처음 만났던 님을 다시 만날 희망을 가진다. 만남이 있었던 "님"에게는 어쩔 수 없이 이별의 "님"이 될 수도 있다. 시인은 「최초의 님」에서 "만날 때의 웃음보다 떠날 때의 눈물이 좋고 떠날 때의 눈물보다 다시 만나는 웃음이 좋습니다"라고 노래하면서 다음과 같이 재회의 시기를 간절히 기다린다. "아아 님이여, 우리의 다시 만나는 웃음은 어느 때에 있습니까." 시인은 "울음을 삼켜서 눈물을 속으로 창자를 향하여 흘"리면서(「우는 때」) 웃음으로 다시 만날 날을 고대한다.

5) 죽음을 넘어서는 사랑의 완성―구원(해탈)과 천국(극락)

　이렇게 "눈물"로 간절히 님과의 재회를 기다리는 시인의 님에 대한 사랑

은 더욱 더 깊어진다. 이제부터는 진정한 사랑의 완성을 위하여 사랑을 사랑하는 경지에까지 나아간다.

> 온 세상 사람이 나를 사랑하지 아니할 때에 당신만이 나를 사랑하였습니다.
> 나는 당신의「사랑」을 사랑하여요. (「사랑」을 사랑하여요」)

　예수님은 기독교도들에게 하나님 사랑과 이웃 사랑을 새로운 계명으로 주셨다. 예수님의 사랑의 철학은 사랑을 사랑하는 것이다. 사랑을 사랑하게 된 시인은 님을 "영원한 시간" 속에 간직할 수 있다. 이 시의 님은 물리적인 시간의 흐름을 정지시켜 영원한 시간 속에 님을 모시어 시간 속에서 부패되지 않고 망각되지 않고 살아 있는 존재로 만들어버리고자 한다.

> 나는 영원히 시간에서 당신 가신 때를 끊어내겠습니다. 그러면 시간은 두 도막이 납니다. …
> 나는 영원의 시간에서 당신 가신 때를 끊어내겠습니다. (「당신 가신 때」)

　기독교도들에게 예수님은 역사적 인물이지만 그가 다시 오겠다고 말씀하신 재림 때까지 그는 살아 역사하신다. 그는 우리를 또 다른 영원으로 연결시키고자 다시 오실 것이다. 이런 의미에서 볼 때 2천 년 전 예수님이 이 세상을 떠난 때를 끊어내어 두 도막으로 만든다면 영원하지 못한 우리의 영혼을 구원하사 또 다른 영원의 시간으로 연결시킬 수 있다. 그래서 기독교도들은 예수님이 다시 오셔서 우리를 영원히 살게 하는 구원의 과업을 완수하시리라 믿고 기쁘게 감사하며 소망을 가지고 기다리는 것이다.

　언젠가는 반드시 오실 님을 기다리며 시인은 "가슴에 천국"을 꾸미리라 기대한다. 이 생각만 해도 달빛의 물결같이 "춤추는 어린 풀"의 장단에 따라 "우쭐거릴" 수 있다. 시인에게는 님과 다시 만날 때까지의 슬픔, 한숨, 눈물마저도 모두 삶의 "예술"이 된다.

저리고 쓰린 슬픔은 힘이 되고 열(熱)이 되어서 어린 양(羊)과
같은 작은 목숨을 살아 움직이게 합니다.
님이 주시는 한숨과 눈물은 아름다운 생의 예술입니다. (「생의 예술」)

　사랑의 예술가가 된 시인은 끝으로 가까이 갈수록 님을 간절하게 기다리
며 어서 빨리 오시라고 간청한다. 그러나 기약 없이 떠난 님이 언제 돌아올
지는 아무도 모르는 일이다. 그러나 님과의 재회에 대한 시인의 열망은 절
정으로 치달아 시인은 곧 오실 님을 "나의 꽃밭"으로 "보드러운 가슴"이 있
는 "나의 품"으로 초대한다. 시인은 님이 오시는데 방해꾼인 "쫓아오는 사
람"을 어떻게 해서든지 막아주겠다고 말한다. 시인은 오시는 님이 위험에
처할 때는 "황금의 칼"과 "강철의 방패"가 되어 보호하고자 한다. 오시는 님
을 못 오게 하는 방해꾼으로부터 보호하려는 시인의 결의는 대단하다.
　시인은 이제 『님의 침묵』의 마지막 88번째 시 「사랑의 끝판」에 다다랐다.
울음을 그친 시인은 이제 끝판에 와서 "이제 곧 가요"라고 반복해서 말한다.
재회와 재림의 주제가 드러난다.

네 네 가요, 지금 곧 가요. …
님이여, 하늘도 없는 바다를 거쳐서 느릅나무 그늘을 지어버리는 것은 달
빛이 아니라 새는 빛입니다.
해를 탄 닭은 날개를 움직입니다.
마구에 매인 말은 굽을 칩니다.
네 네 가요, 이제 곧 가요. (「사랑의 끝판」)

　나의 님이 "이제 곧 가요"라는 말로 이 시집은 단호하게 결론짓는다. 이
제 님이 돌아오는 날이 밝았다. 횃대에 앉아 자고 있던 닭도 날개를 움직이
며 새벽을 깨울 준비를 하고 있다. 마구간에 매여 있는 말도 막 떠날 채비
를 하며 말굽을 치고 있다. 님이 곧 돌아올 것은 이제 분명한가. 아니면 님
을 애타게 기다리는 조급한 마음의 간절한 바람인가? 시인이 기다리는 것이

애인이든, 조국의 독립이든, 진리의 깨달음이든 이제 곧 새벽닭이 울고 선구자의 말이 떠나면서 다시 돌아오리라! 님이 돌아온 세상은 눈물과 고통이 없는 새로운 세계이다.

님이 재림하여 다시 오시면 세상이 어떻게 변할까? 「명상」에서 만해는 님이 오시면 "천국"을 꾸미고 싶다고 말한다.

> 명상의 배를 이 나라의 궁전에 매었더니 이 나라 사람들은 나의 손을 잡고 같이 살자고 합니다.
> 그러나 나는 님이 오시면 그의 가슴에 천국을 꾸미려고 돌아왔습니다.
> 달빛의 물결은 흰 구슬을 머리에 이고 춤추는 어린 풀의 장단을 맞추어 우쭐거립니다.

『성서』의 신·구약 66권의 마지막 권인 「요한계시록」에서 예수의 제자였던 사도 요한은 지상 천국인 "새 예루살렘"을 기다린다. 19세기 초 영국의 시인 윌리엄 블레이크도 당시 산업화와 도시화로 황폐된 런던을 "새 예루살렘"으로 만들고자 시를 썼다. 그곳은 새 하늘과 새 땅이다. 그곳에서는 눈물, 죽음, 고통이 없는 곳이다.

> 모든 눈물은 그 눈에서 닦아주시니 다시는 사망이 없고 애통하는
> 것이나 곡하는 것이나 아픈 것이 다시 있지 아니하리니 … 보라 내가
> 만물을 새롭게 하노라 하시고 … (「요한계시록」, 21장 4~5절)

마지막 장 22장에서 사도 요한이 "주 예수여 오시옵소서"라고 간청하니 예수는 "보라 내가 속히 오리니"라는 말을 반복한 다음 성서 전체의 결론이 나온다. "내가 진실로 속히 오리라. 하시거늘 아멘 주 예수여 오시옵소서 주 예수의 은혜가 모든 자들에게 있을지어다 아멘."(20~21절) 성서의 마지막 구절은 『님의 침묵』의 마지막 구절인 "네 네 가요, 이제 곧 가요."라는 구절과 절묘하게 일치하고 있다. "속히 오리라"는 말과 "이제 곧 가요"라는 말은

같은 말이다. 한글에서 상대방에게 간다는 말이 영어에서는 온다는 말이기 때문이다. 이제 이 시집의 마지막 시의 마지막 행인 "네 네 가요. 이제 곧 가요"는 첫 시 「님의 침묵」의 첫 행 "님은 갔습니다. 아아 사랑하는 나의 님은 갔습니다"에 대한 대답이 되었다. 떠나갔던 님은 재회하기 위해 다시 시인에게 돌아오게 되었다. 재림을 약속한 예수님도 곧 오실 것이다. 재회와 재림은 부활이며 사랑의 완성이다.

시인은 시집의 말미에 붙은 「독자에게」에서 독자들에게 마지막으로 인사한다.

> 밤은 얼마나 되었는지 모르겠습니다.
> 설악산의 무거운 그림자는 엷어갑니다.
> 새벽종을 기다리면서 붓을 던집니다.

기다림과 고통과 눈물의 "밤"은 이미 깊었으니 어둠이 엷어지며 새벽이 멀지 않았다. "새벽종"은 사찰에서의 하루 일과의 시작이다. 새벽종은 번뇌와 구속과 슬픔이라는 어둠을 깨뜨리는 해탈이요 구원이다. 시인은 새벽을 깨우기를 기다리면서 시집을 마감한다. 새벽으로 시작하는 날은 님이 오시는 날이다. 우리가 님을 진정으로 영접할 때 "다시 만나는 웃음"을 회복하고 "님의 침묵"은 깨지면서 우리의 삶을 휘어잡을 것이다. 우리는 님에게 "복종"하며 "눈물" 속에서 비로소 "하나"가 되어 "생의 예술"을 터득하여 "사랑의 성전"과 "사랑의 세계를 완성"할 수 있을 것이다

3. 결론

1) 만해의 종교적 상상력의 재평가

만해는 불교 선사로서 사랑의 노래를 통해 침묵이라는 역설로 진리를 깨

닫기를 원하고, 혁명가로 시를 통해 조국의 독립을 위해 싸웠고, 시인으로 한글로 연애시를 새로 창조해냈다. 그러나 만해를 불교 선사, 독립투사, 시인으로 따로따로 떼어 보아서는 안 된다. 우리는 만해의 세 가지 역할을 함께 생각해야 한다. 김우창의 지적처럼 만해는 "全人的" 인격을 추구했다. 여기에서 전인적인 인격은 종교적인 성격에서 나올 수 있다.

만해의 사유의 밑바닥에는 종교적인 것이 깔려 있다는 것이다. 김우창은 한용운에게 있어 정치건 혁명이건 간에 그 토대는 "종교적인 충동"이라고 주장한다.

> 한용운의 이상은 全人的인 것이었다. 그러나 그것은 균형 잡힌 인간의 전면적인 개화를 바라는 인본주의적인 이상이 아니다. … 한번의 도약으로써 전체에 이르려고 하며 또 이러한 노력에 옥쇄하는 형이상학적 요구였다. 다시 말하여 그에게 있어서 가장 근본이 되는 충동은 종교적인 것이었다. 우리가 한용운에게서 보는 것은 타락한 세계에 사는 종교가, 不正의 세계에 사는 의인의 모습이다. 그는 현실 부정의 철저한 귀정을 요구한다. … 불의의 사회에 있어서 의인(義人)이 하는 것은 이 숨어버린 광명을 위하여 증인이 되는 것이다. (김우창, 『궁핍한 시대의 시인』, 민음사, 1987, 145쪽)

이와 같은 김우창의 주장은 매우 설득력이 있어 보인다. 만해는 어려서 유교의 가르침을 받으면서 성장하였고 후일에 『채근담』의 주석본까지 낸 바 있다. 젊어서는 한때 서양 학문과 종교에 대항하기 위해 만든 동학(東學)에 가담하였다. 동학은 후에 한국 최대의 민족종교인 천도교(天道敎)로 발전하였고 동북아의 3대 종교인 유, 불, 선이 천도교의 토대이다. 만해는 후일에는 불교로 귀의해 선사가 되었고 일제에 항거하여 독립을 외쳤다. 3·1운동시에는 많은 기독교인들과 교류하고 협력하였다. 이렇게 볼 때 만해는 무엇보다도 종교인이었다. 종교인으로서 만해는 부도덕한 시대에 의인(義人)이 되고자 했고 어두운 시대에 빛, 즉 광명(光明)을 구하였다. 만해는 「나의 길」에서 이 점을 분명히 하고 있다.

악한 사람은 죄의 길을 좇아갑니다.
의(義) 있는 사람은 옳은 일을 위하여는 칼날을 밟습니다.

님이여, 당신은 의(義)가 무거웁고 황금이 가벼운 것을 잘 아십니다. (「찬송」)

만해는 인간 사회는 옳은 것에 토대를 두어야 한다고 굳게 믿었다. 국제
관계에서도 의(義)는 지켜져야 한다. 일본 제국주의가 이웃을 무력으로 강탈
하여 지배하는 것은 정의(正義)가 아니다. 그것은 지배받는 나라에게 고통을
줄 뿐 아니라 지배하는 나라도 언젠가 그 대가를 지불해야 하는 잘못된 "악"
과 "죄의 길"이다. 의인은 사람이 행하여야 할 바른 도리를 행하는 사람이
다. 의에 이르기 위해서는 믿음, 지혜, 교훈이 필요하다. 악한 사람의 길은
넓은 길이다. 누구나 쉽게 달려가는 길이다. 그러나 옳은 일을 하는 의인의
길은 좁은 길이며 "칼날"을 밟는 지극히 어려운 길이다. 따라서 의인은 희귀
하다.

만해는 의인이 희귀한 어두운 시대에 광명을 구하고자 한 종교인이었다.
어두운 시대를 비추는 빛은 종교에서만 가능한 것은 아닌가? 인간이 자랑스
럽게 만들어낸 계몽(enlightenment)의 빛(light)은 역설적으로 엄청난 무지의
어둠을 가져왔다. 계몽의 빛이라던 합리론, 근대화, 발전, 개발, 자본 등의
개념은 새로운 평가를 기다리고 있다. 우리는 지금 계몽의 빛에 눈이 멀어
암흑을 헤매고 있는 것은 아닐까?

그것은 자비의 백호광명(白毫光明)이 아니라 번득거리는
악마의 눈빛입니다. …
광명(光明)의 꿈은 검은 바다에서 자맥질합니다. …
자신의 전체를 죽음의 청산(靑山)에 장사지내고
흐르는 빛으로 밤을 두 쪼각에 베는 반딧불이 어데 있어요 (「가지 마셔요」)

식민주의와 제국주의도 "번득거리는 악마의 눈빛"에 불과하다. 만해는

민족의 암흑기인 일제강점기에 무엇보다도 어둠을 헤칠 빛을 갈망하였다. 『님의 침묵』 전편에 흐르는 무의식적, 정치적 욕망은 긴 밤을 지나 새벽을 깨울 수 있는 빛이다.

> 님이여, 하늘도 없는 바다를 거쳐서 느릅나무 그늘을 지어버리는 것은 달빛이 아니라 새는 빛입니다. (「사랑의 끝판」)

석가모니의 깨달음의 상징은 이마에 박혀 있는 빛으로 상징된다. 이 깨달음의 빛은 세상에서 무지몽매의 어둠을 가르는 빛이기도 하다. 『성서』에서도 예수는 자신을 어두운 이 세상을 구원할 빛으로 설명하고 있다. "예수께서 또 말씀하여 이르시되 나는 세상의 빛이니 나를 따르는 자는 어둠에 다니지 아니하고 생명의 빛을 얻으리라."(「요한복음」, 8장 12절) 예수의 빛은 진리의 말씀과 연결되고 영원한 생명으로 이어져 어두운 세상을 구원하는 상징이 된다.

2) 사랑의 보편적인 궁극성과 만해 시의 세계성

필자는 만해 한용운이 민족시인, 저항시인, 불교시인으로만 박제되기를 원하지 않는다. 필자는 만해의 사랑의 찬송가인 『님의 침묵』이 다양한 읽기와 쓰기를 통해 인류에게 보편성을 가진 세계문학의 한 부분을 차지하기를 바란다. 소통하는 세계인이 되기 위하여 우리에게는 열린 "비교적 상상력"(comparative imagination)이 절대적으로 필요하다. 비교는 21세기 문화 세계화 시대의 새로운 윤리이다. 비교는 강제적 우열 가리기를 떠나 차이를 인정하고 자발적으로 함께하는 "화이부동"(和而不同)의 정신이다. 만해 한용운의 문학은 특정한 시간과 공간 속에서 배태되었다. 그러나 이제 그 시공간의 담장을 넘어 인류의 보편적인 사랑의 문학으로 거듭나야 한다. 만해가 역설을 토대로 한 연애시의 형식을 택한 것도 부처의 대자대비와 예수의 사랑을 시로 형상화하기 위한 매우 적절한 전략이다. 이것이 만해가 17세기 영국의 형이상학파 시인들 그리고 19세기 미국 민주주의의 국민시인 월트 휘트먼과 궤를 같이 하고 20세기 동시대에 인도의 대시인 타고르와 T. S. 엘리엇과 같은 반열에 올릴 수 있는 근거가 된다.

『님의 침묵』을 영역한 작가 강용흘은 번역 시집 서문에서 만해가 세계적 시인들과 함께 어깨를 나란히 하지 못할 이유가 어디 있느냐며 다음과 같이 반문하고 있다.

> 한용운은 그가 생존했던 시대의 훌륭한 선각자였다. 마치 같은 시대에 T. S. 엘리엇이 틀림없이 그러했던 것처럼. 그러므로 … 한용운이나 엘리엇 양자 다 커다란 영향력을 행사했음을 확신할 수 있다. 그러나 한용운은 동양인이 아닌가! 이제 그도 베일을 벗어던지고 범세계적인 모습으로 자신의 모습을 부각해야 할 날이 온 것이다. … 이제야말로 그는 그의 벗 타고르처럼 국제적인 무대로 그의 길을 내디딜 때가 온 것이다. … 서울이 세계적인 학자들과 시인들의 진지한 심포지엄을 개최하는 도시가 되어, 영문학자들이 서울을 방문할 때 그들이 예이츠나 파운드, 엘리엇, 로웰, 긴즈버그 등의 구미 시인에만 국한하지 않을 날도 틀림없이 올 것이며, 또 반드시 와야 하겠다. 한편으로 극동의 위대한 현대 시인에 대하여 알지 못함은 곧 은자(隱者)의 제국임을 뜻하는 것이 되리라. (한용운, 『한용운 전집』 제4권, 418쪽)

송욱은 사랑의 증도가로서 『님의 침묵』을 "세계 문학사에서 유일무이의 존재"(송욱, 앞의 책, 4쪽)라고까지 극찬하였다. 김우창도 "한용운의 시는 우리 현대시의 초반뿐 아니라 오늘의 시대까지를 포함한 '궁핍한 시대'에서 아직껏 가장 대표적인 국화꽃으로 남아 있다"(김우창, 앞의 책, 147쪽)고 평가하였다. 이어령은 2008년 8월 만해축전을 맞아 시인 고은과 대담하는 자리에서 만해를 "기독교적 메타포를 사용한 시인"이라 말하며 "『님의 침묵』은 의미라는 측면에서 볼 때 굴원(屈原)이 쓴 시 「이소」(離騷)에서 비롯된 동양적 정서의 연군가(戀君歌)인데, 수사학적으로는 패러독스이고 철학적으로는 형이상학이다. 동양 문학을 한 사람이나 서양 문학을 한 사람이나 거부감

없이 받아들일 수 있는 것이 만해의 문학이다"라고 언명하면서『님의 침묵』의 세계성을 주장한 바 있다.[9]

이 시집은 불교 사상 속에서 최고의 문학으로 계속 읽힐 것이다. 예수가 님인 필자는 만해의『님의 침묵』을 불교 전통뿐 아니라 기독교 신앙의 측면에서도 새롭게 읽을 수 있다고 믿는다. 위대한 작품은 시공간을 초월하며 항상 다시 새롭게 읽히고 쓰여짐으로 계속 거듭 태어나고 부활되어 영원히 사는 것이 아니겠는가? 그동안 불교 시집『님의 침묵』이 타고 남은 "재"를 기독교의 새로운 "기름"으로 만들고 싶다. 예수님으로 "그칠 줄 모르고 타는 나의 가슴"은 부처님을 모셨던 만해의 "밤을 지키는 약한 등불"이나마 되고 싶다. 이 글을 통해 "달빛" 만해 그리고 "흰 구슬" 송욱과 함께 어린 필자가 물결 위에서 춤을 출 수 있다면 얼마나 좋을까?

3) 나가며: 남는 문제들

본 논의는 초보적 연구이다. 앞으로 남는 작업은 세 가지이다. 우선 만해 한용운과 기독교의 관계에 대한 좀 더 철저한 규명이다. 1919년 3·1운동 당시의 독립선언서의 서명자 33인 중에서 열여섯 명이 기독교인이었고 열다섯 명이 민족 고유 종교인 천도교인이었고 두 명만이 불교도였다. 만해는 일본 제국주의와 식민주의에 맞서 조국의 독립을 위한 투쟁에서 당시 조선의 개화와 독립에 열심이었던 기독교도들과 어떤 형태로든 협력이 불가피했을 것이다. 또한 만해가 근대화 논리로서의 서구 사상에 깊은 감동을 받았다는 기록으로 볼 때 만해의 기독교에 대한 아니 적어도 성서에 대한 지식은 상당 수준이었을 가능성도 있다. 그 근거로는 만해가 불교 대선사이며 불교 사전과 저서를 출간한 대불교학자임에도 불구하고 타 종교에 대한 관용과 포용을 가지고 있었다는 데 있다. 그러나 이 부분은 더욱 연구해야 할

---

9) 이어령·고은(대담),「만해시의 정신」,『조선일보』, 2008. 8. 11., A29면.

부분이다.

　두 번째 작업은 불교의 가르침과 기독교 신앙의 기본적인 친연 관계에 관한 규명이다. "대자대비"의 부처와 "사랑"의 예수 사이의 거리는 그리 멀지 않아 보인다. 그러나 이 작업도 결코 쉬운 것이 아니다. 그리고 우리가 만해를 논할 때는 언제나 잊어버리지 말아야 할 것은 적어도 대선사로서의 만해, 독립투사로서의 만해, 작가로서의 만해를 동시에 보아야 한다는 점이다. 이 세 요소를 각각의 의미를 지닌 것으로 보기보다 총합적 또는 대화적으로 볼 때에만 만해의 삶, 사상과 문학의 전체가 온전하게 드러날 것이기 때문이다. 세 번째 작업은 만해를 세계적인 시인으로 만드는 작업이다. 이백, 단테, 셰익스피어, 괴테, 톨스토이, 타고르, 엘리엇처럼 만해는 '장대한 일반성'과 '구체적 보편성'을 지닌 시공간을 넘나드는 전 세계 사람들이 읽을 수 있는 문인으로 거듭날 수 있다. 앞으로 퇴계학이나 다산학과 같이 소위 '만해학'(萬海學)을 수립해야 하고[10] 여러 나라에서 열리는 세계적인 셰익스피어 축제처럼 '만해축전'을 좀 더 확장하여 전 세계에서 참가할 수 있는 국제적인 문학 축제로 만들어야 한다. 만해 현상은 지사(志士)로, 문인으로, 종교 사상가로 그리고 무엇보다도 통섭하는 인문 지식인으로 치열하게 살았던 한 인간의 이야기로 전 세계적으로 희귀한 한국 문화의 경이로운 자산이기 때문이다.

---

10) 최동호, 『한용운』, 건국대학교 출판부, 2005, 6~7쪽 참조.

2장 피천득에 미친 이광수의 영향

─ 정(情)의 문학론을 중심으로

1. 동포 인류를 사랑하자. 용서하여 저항하지 말자. 미워함과 성냄을 하지
말자.
1. 평생에 내가 접한 사람이나 동물에게 힘 있는 대로 기쁨을 주자.
— 이광수, 「나의 좌우명」, 『이광수 전집』 제8권, 596쪽

나는 과거에 도산 선생을 위시하여 학덕이 높은 스승을 모실 수 있는 행
운을 가졌었다. 그러나 같이 생활한 시간으로나 정으로나 춘원(春園)과 가
진 인연이 길다.
— 피천득, 「춘원(春園)」, 『인연』, 166쪽

1. 서론: 문학 공부 입문과 영문학으로의 초대

1) 춘원과의 만남

춘원과 금아는 처음 어떻게 만났을까. 춘원이 금아보다 18세 연상이므
로 함께할 시공간은 많지 않았을 것이다. 이것을 논의하기에 앞서 우선 밝
힐 것은 춘원과 금아는 조실부모한 고아들이었다는 점이다. 춘원은 11세 되
던 해 그 당시 평안도에 창궐하던 콜레라(호열자) 때문에 아버지와 어머니

를 모두 여의었다. 금아는 7세 때 아버지를 10세 때에 어머니를 마저 여의었다. 그 후 금아는 친척 또는 친지의 집을 전전하며 지냈다. 금아가 춘원을 만난 것은 이때였다. 금아가 춘원을 만나게 된 계기는 금아의 회고에 따르면 춘원의 부인 허영숙 여사를 통해서였다. 금아는 초등학교 4학년 때 검정고시 합격으로 2년을 월반하여 경성 제1고보(후에 경기중학교)에 입학한 수재였다.[1] 이러한 소문을 들은 허영숙은 춘원에게 금아 이야기를 하였을 것이다. 이에 같은 고아 출신으로 자신도 신동 소리를 들었던 춘원은 금아에게 관심을 가졌을 것이다. 더욱이 금아는 당시 2년 연상으로 양정고보에 다니던 수필가 윤오영(1908~1973)과 등사판 동인지 『첫걸음』을 내고 시를 발표하였기에 춘원은 문학소년 피천득에 대해 관심을 가졌을 것이다. 그 후 피천득은 거의 3년간 춘원의 집에 유숙하게 된다.[2]

춘원은 일본 와세다 대학 철학과를 나왔으나 영어를 잘했고 영문학에 대한 관심도 많았다(석경징과의 대담, 311쪽). 춘원은 본격적으로 금아에게 문학을 가까이하게 하고 영어의 영시를 가르쳤다. 금아의 말을 들어본다.

> 나는 춘원 선생의 글과 작품을 읽고 문학에 심취하게 되었다. 춘원 선생은 나에게 문학을 지도하여주셨을 뿐 아니라 영어도 가르치고 영시도 가르쳐주셨다. 그분 덕에 나는 결국 문학을 업으로 하게 되었다. 그러니 그분은 내가 문학을 하게 된 직접적인 동기를 베풀어준 분이시다. (「숙명적인 반려자」, 353~354쪽. 밑줄 필자)

금아는 당시 영어와 영문학에 관한 춘원의 관심에 대해 한 대담에서 자세히 밝히고 있다. 춘원은 일종의 세계문학집인 영어로 된 하버드 클래식을

---

1) 아버지가 돌아가신 1916년 9세 때 금아는 "유치원에 입학함과 동시에 근처 서당에서 한문공부도 함께 시작했다. 2년 동안 통감절요(通鑑節要)는 3권까지 뗐는데 양태부(梁太傅)의 상소문을 줄줄 외워서 주위에서 신동이라는 칭찬을 받았다."(손광성, 「금아 피천득의 생애」, 7쪽)

2) 금아의 증언에 따르면 유숙은 무료는 아니었고 매달 당시 쌀 2가마니 값인 10원을 지불하게 했다고 한다(손광성, 위의 책, 8쪽).

가지고 있었고 춘원이 존경하였던 톨스토이 전집도 가지고 있었다. 당시 이광수의 영어 실력은 국내외에 널리 알려져 있었다. 금아의 회고에 따르면 춘원은 상하이에서 귀국하여 동아일보 편집국장 시절에 경성제국대학 선과(選科)[3]에 들어갔다. 입학 때 치른 춘원의 영어 시험 성적과 그 후의 재학 중 영어 실력이 출중하여 19세기 영국 낭만시인 존 키츠를 전공했던 사토노 기요시(佐藤淸) 교수가 어떻게 이렇게 영어를 잘할 수 있느냐고 깜짝 놀랐다고 한다(석경징과의 대담, 312~314쪽).

춘원은 당시 금아를 데리고 윌리엄 워즈워스의 「수선화」("Daffodils")와 19세기 미국 시인 에머슨의 「콩코드 찬가」("Concord Hymn") 등 영시를 여러 편 읽었다. 춘원은 1924년에 쓴 「문장강화」라는 『조선문단』에 실린 글에서 「콩커드 기념비 제막식」이라는 제목으로 이 시를 번역해서 싣기도 했다.[4]

영문학에 대한 춘원의 애호는 「문예쇄담—신문예의 가치」(1925)에 잘 나타나 있다.

> 나는 힘있는 좋은 문예가 조선에 일어나기를 바란다. 앵글로색슨 민족의 건실하고 용감하고 자유와 정의를 생명같이 애호하고 진취의 기상과 단결력(국민 생활의 중심 되는 동력이다)이 풍부하고 신뢰할 만한 위대한 민족성을 이룬 것이 그들의 가진 위대한 문학에 진 바가 많다 하면 이제 새로 형성되려는 조선의 신민족성도 우리 중에서 발생하는 문학에 지는 바가 많을 것이 아닌가. 이렇게 생각하는 우리는 지금 겨우 자리를 떼려는 어린 신문예에 대하여 무한한 촉망을 두지 아니할 수가 없다. (『이광수 전집』 제10권, 409쪽)

여기에서 조선의 근대문학의 수립을 서구 문학을 통하여 이루고자 했던 춘원의 태도가 잘 드러나고 있다.

---

3) 예과를 거치지 않고 입학할 수 있으나 정식학위는 주지 않았던 연구생이나 청강생제도였다.

4) 금아는 1955년 하버드대학교 교환교수로 가서 지냈던 보스턴에서 이곳을 방문한 후에 「콩코드의 찬가」라는 수필을 쓰고 이 시를 번역했다.

1926년에 발표한 글 「중용과 철저—조선이 가지고 싶은 문학」에서 춘원은 섬나라 영국 문학의 특징에 대해서 유럽의 북구 문학과 남구 문학을 비교하여 아래와 같이 명쾌하게 밝혀내고 있다.

> 영문학도 상식적이요 평범한 것이 특징이다. 이것은 앵글로색슨족의 가장 중용적·상식적인 민족적 특성에서도 오는 것이려니와, 그 지리적으로 역사적으로 북구 민족의 극단의 엄숙과 지둔과 이지적·명상적인 것에 남구 민족의 극단의 감정적·쾌락적·경쾌적인 특징을 받아 조화한 까닭이라고도 한다. 위에서도 말하였거니와, 바이런 같은 교격한 시인을 제하고는 셰익스피어, 밀턴은 물론이요, 워어즈워어드, 테니슨, 무릇 오래 두고 영인(英人)의 정신을 지배하는 시인은 대개 평범한 제재와 평범한 기교를 썼다. 그러므로 남구 문학과 같이 산뜻하고 달콤하고 짜르르하고 사람을 녹여 버리려 하는 맛도 없고, 북구 문학과 같이 음침하고 무시무시하고 뻑뻑하고 뚝뚝한 맛은 없고, 구수므레하고 따뜻하고 양념을 하지 아니한 밥과 반찬과 같다. 남구 문학은 먹으매 취하게 하고 혼미하게 하고, 북구 문학은 먹으매 한숨지고 무섭고 마치 굳은 음식을 많이 먹은 것 모양으로 트림하여 몸이 무섭고, 자면 가위가 눌릴 듯하되, 영문학은 알맞추 먹은 가정에서 만든 저녁과 같다.[5] (『이광수 전집』 제10권, 434~435쪽)

이렇게 금아는 17세가 되던 1926년 상하이 유학을 떠나기 전까지 영미 애호가 춘원에게 영어와 영문학에 대해 많이 배웠다. 그 밖에도 춘원을 통

---

[5] 춘원은 같은 맥락에서 「민족개조론」(1925)에서도 이미 앵글로색슨족의 민족성과 문학의 특성에 대해 논하였다: "민족성은 극히 단순한 1, 2의 근본 도덕으로 결정되는 것이외다. 예컨대, 앵글로색슨족의 자유를 좋아하고 실제적이요 진취적이요 사회적인 국민성, 독일인의 이지적이요 사색적이요 조직적인 민족성, 라틴족의 평등을 좋아하고 감정적인 민족성, 중국인의 이기적이요 개인주의적 민족성, 이중에서 앵글로색슨족을 뽑아봅시다. 그네의 개인생활, 사회생활, 국가생활을 보시오. 어느 점·어느 획의 자유, 실제, 진취, 공동(共動) 같은 그네의 근본적 민족성의 표현이 아닌가. … 문학과 예술도 그러합니다. 영문학에는 남구 문학의 염려(艶麗), 방순(芳醇)도, 북구 문학의 심각, 신비도 없고 그네의 실생활과 같이 평담(平淡)하고 자연합니다. 그러나 영문학은 문학 중에는 밥과 같습니다. 남구 문학을 포도주에 비기고 북구 문학은 윗카(소주)에 비기면…."(124쪽)

해 금아는 책을 많이 읽었다.

> 중학교(제일고보, 경기고 전신)에 들어갔던 첫해 가장 많이 읽었어요. 그
> 때 학과 공부는 거의 하지 않고 책만 읽었지요. 그때는 순 일본어로 쓰여진
> 책들밖에 없어요. 셰익스피어 책들을 비롯해서 일본어로 번역된 서양 소설
> 을 제일 많이 읽었어요. 가장 심혈을 기울여 읽은 책은 아니시마 다케오라
> 는 일본 소설가의 작품들이었는데, 전집은 구해 숙독을 하곤 했지요. 독서
> 에 관한 한 특히 저는 춘원에게서 많은 영향을 받았어요. 그분은 책 읽기 버
> 릇을 들여야 한다며 항상 옆에 책이 있어야 한다고 말했습니다. (김재순과의
> 대담, 30~31쪽)

금아는 이 밖에 춘원과 함께 도연명의 「귀거래사」를 비롯하여 한시도 읽
고 특히 프랑스 작가 알퐁스 도데의 단편소설 「마지막 수업」을 함께 읽으면
서 식민지 지배하에서도 자기 나라 말을 잃지 않는다면 감옥의 열쇠를 쥐고
있는 것과 같다고 믿으며 모국어에 대한 애정과 나라에 대한 애국심을 고취
하였다(오증자와의 대담, 30쪽).

2) 상하이 유학 지시, 영문학 전공 권유, 그리고『동아일보』등 단 추천

금아의 생애 중 중요한 사건은 고등학교도 졸업하지 않고 중국 상하이로
유학을 떠난 일이었다. 이때에도 결정적인 영향을 끼친 것은 역시 춘원이었
다. 영어와 문학에 대한 소양을 깊이 한 금아는 춘원의 '분부'대로 상하이를
유학지로 정했다. 춘원의 강력한 추천의 배경에는 몇 가지 이유가 있었다.
종로에서 신상으로 돈을 많이 모은 아버지가 돌아가시고 3년 후 어머니마저
돌아가시게 되어 어린 독자로 남겨진 금아는 재산 분배 과정에서 친척 어른
들 사이에서 어려움을 당했다. 그때는 큰돈이었던 8천 원을 받게 되어 어떤
의미에서 그 돈을 노리는 사람들이 많았기에 가능하면 빨리 해외로 나가야

만 했다. 그래서 춘원은 16세의 어린 금아에게 가까운 일본이 아닌 당시 동아시아에서 최대의 국제도시였던 상하이를 추천했다. 당시의 경위를 금아의 말을 통해 직접 들어보자.

> 그땐 대개 일본으로 공부하러 떠나지 않았습니까. 물론 그 생각도 했죠. 그런데 춘원이 일본으로 간 사람들이 많으니 앞으로는 다른 교육을 받는 것이 좋을 수도 있다고 했죠. 특히 그때는 주요한 씨가 거기—상해 호강대학교—를 졸업하고 와서 동아일보에 취직을 했죠. … 그런데 동생이 주요섭이 있었어요. … 주요섭이랑 그 호강대학 교육학과에 재학 중이었죠. 그래서 그이를 믿고 내가 상해에 가려고 마음먹은 것도 있죠. 그이가 나를 돌봐줄 것이라는 생각으로. (석경징과의 대담, 314쪽)

춘원은 어떤 의미에서 자신이 공부하고 싶었던 영문학을 금아에게 공부하라고 권했던 것이라고 볼 수 있다.

그러나 무엇보다도 금아가 상하이를 유학지로 택한 것은 도산 안창호 선생을 만날 기대 때문이기도 했다. 물론 여기에서도 춘원은 일생 동안 스승으로 존경했던, 당시 상하이 대한민국 임시정부의 요원으로 계셨던 도산 선생을 직접 뵙고 공부하라는 권고를 금아에게 강하게 했다. 금아는 상하이에서 도산 선생을 만나 큰 스승으로 모시고 흥사단원이 되어 정기적으로 도산 선생을 만나 공부하였다. 도산과의 관계는 금아의 두 편의 수필 「도산」, 「도선 선생께」에 잘 나타나 있다. 어떤 의미에서 금아의 생애에서 가장 중요한 세 사람을 꼽는다면 어머니, 춘원 그리고 도산이었다. 그 도산–춘원으로 이어지는 유산은 금아의 삶과 문학에 큰 주춧돌이 되었다.

1926년 처음 상하이에 갔을 때 금아는 서울에서 고등학교를 졸업하지 못했기 때문에 기독교 계통의 학교인 한스베리 공립학교에 입학하여 다니다 3년 뒤인 1929년에 상하이 후장대학교(호강대학교) 예과에 입학하였고 2년 후인 1931년에 후장대학교에 입학하였다. 처음에는 졸업 후 직업을 위해 상업경영과를 좀 다니다가 적성이 안 맞아 결국 영문학과로 전과를 했다. 상하이에서의 영문과 학생 생활은 모든 것이 미국식 4년 대학 체제이며 전 과목을 주로 미국인 교수들이 영어로 수행하였기 때문에 금아의 영어와 영문학에 대한 깊이와 넓이를 더해갔다고 볼 수 있다.[6]

상하이에서 8년 연상인 주요섭과의 만남은 금아의 문학적 삶에 커다란 영향을 끼치게 된다. 여심 주요섭(1902~1972)의 형 송아 주요한(1900~1979)은 금아가 1926년 상하이로 유학을 떠나기 전에 경성에서 이미 알고 지내던 사이였다. 앞으로 춘원을 정점으로 하는 이 세 사람 간의 우정은 금아의 작가적 생애에 커다란 영향을 끼친다. 이 세 사람은 모두 도산 안창호를 흠모하고 따르는 흥사단원들이었다. 춘원은 피천득에게 아호로 금아(琴兒)를 지어주었다. 아마도 피천득의 어머니가 거문고를 잘 탔던 데서 거문고 금(琴) 자를, 어린아이같이 단순, 순진, 겸손하게 노래하며 시를 쓰고 살아가라고 어린이 아(兒) 자를 준 것이 아닐까. 금아는 일생 동안 자신의 아호를 실천하며 염결하게 살고자 노력했다.

춘원과의 인연으로 시작된 금아의 공적인 삶은 춘원을 통해 알게 된 다른 사람들과의 인연들로 새로운 전기를 맞게 된다. 1930년에 금아 피천득은 처음으로 『동아일보』에 시를 발표하게 된 것이다. 당시 1925년 상하이 후장대학교를 졸업한 주요한이 아마도 춘원의 추천으로 『동아일보』의 편집국장을 맡고 있었던 것 같다. 금아는 1930년 4월 7일자에 처음으로 시 「차즘(찾음)」을 발표하였다. 이것은 편집국장인 주요한의 추천이 있었기에 가능했을 것이다. 금아는 그 이듬해인 1931년 7월 15일자에 동시 「다친 구두」를 비롯해

---

6) 금아의 영문학에 대한 견해도 춘원의 견해와 유사하다: "내가 보기에는 영문학이란 것이 풍부한 문학이라고 생각하거든요. 아주 풍부하기가 한정 없는, 다른 문학에 비해서도 난 그렇게 말할 수 있으리라 생각하는데 … 영문학은 다른 나라 문학보다도 상당히 품위가 있고 또 질이나 양으로 보아 훌륭한 문학이라고 생각해. 나 개인적으로 봐서 영어가 친숙하여 영문학을 하게 된 것도 자연스러운 것이고 또 그 분야가 다양하고 질적으로도 좋고 해서 혹시 내가 다시 직업을 가지게 된다면, 통속적으로 말해서 다시 태어나서 뭘 한다고 하더라도 나는 영문학을 한다 해도 조금도 후회가 없을 거야. … 그렇게 풍부하고 높은 품성을 가진 문학이기 때문에 나는 현재로도 후회하지 않고 앞으로도 이런 기회가 내세에 있더라도 다시 해도 좋겠다는 생각입니다." (석경징과의 대담, 339쪽)

서 그 후 다섯 편의 시를 발표했다. 1932년 4월 12일에도 「기다림」을 비롯하여 열네 편의 작품과 평론을 더 발표했다. 1933년 7월 23일자에는 시 「여름밤의 나그네」를 발표하였다.

금아는 도산 안창호가 1913년 샌프란시스코에서 창단한 흥사단의 단원이었던 춘원이 도산과의 협의하에 국내에서 시작한 수양동우회의 기관지 성격을 띤 『동광』(東光, 1926년 5월 창간)에 1931년 9월호에 시 「편지」, 「무제」(無題), 「기다림」을 발표하였다. 당시 『동광』의 주간은 주요한이었기에 금아가 지면을 얻는 데 어려움은 없었을 것이다. 그 후 금아와 『신동아』(新東亞)와의 인연도 결국은 춘원과 여심 주요섭에서 시작되었다. 동아일보사가 1931년 11월에 창간한 월간 종합 잡지 『신동아』의 주간은 미국 유학에서 귀국한 상하이 유학 시절 절친했던 주요섭이 주간을 맡았다. 1932년 5월에 『신동아』에 처음 실린 금아의 글은 매우 짧은 장편(掌篇)인 「은전 한닢」이었다. 그 후 『신동아』에 여러 편의 시와 시조 그리고 수필을 게재했다. 1933년에는 처음으로 동아일보의 자매지인 『신가정』에도 동시, 번역 동화를 게재했다. 이로써 금아 피천득은 『동아일보』, 『신동아』, 『신가정』을 통해 시인으로 등단하게 되었다.[7]

필자가 여기에서 강조하고 싶은 것은 금아의 등단 과정의 배후에는 항상 춘원이 있었다는 사실이다. 춘원은 금아에게 본격적으로 문학과 영어를 가르쳤고, 영문학을 소개하고 상하이로 유학을 보내 영문학을 전공케 하였고 결국 시인으로 등단까지 시켰다고 볼 수 있다. 시인 피천득을 만든 것의 7할은 춘원 이광수였다.

금아는 춘원에 대한 수필 한 편이 있고 많은 대담 속에서 춘원에 관한 이야기를 많이 하고 있다. 금아는 인생의 시작부터 춘원에게 문학과 영어를 배웠고 영문학 전공과 상하이 유학을 권고받았고, 도산 안창호 · 주요한 ·

---

7) 이에 대한 자세한 논의는 졸고 「피천득의 1930년대 초 등단기의 작품 활동 개관―『동아일보』 『동광』, 『신동아』, 『신가정』, 『어린이』를 중심으로」 참조. (『문학과 현실』 제21호, 2012년 여름, 5~17쪽).

주요섭을 소개받았으며 등단을 위한 지면 마련 등 엄청난 가르침과 영향을 받았고 결정적인 기회들을 얻을 수 있었다.

춘원은 금아에 대한 기록은 따로 남기지 않았지만 편지를 자주 보낸 것 같다. 그러나 금아는 춘원이 자신에게 보낸 "많은 편지들"을 잃어버렸다고 적고 있다. 아직도 금아가 기억하고 있는 구절은 다음과 같다. "기쁜 일이 있으면 기뻐할 것이나, 기쁜 일이 있더라도 기뻐할 것이 없고, 슬픈 일이 있더라도 슬퍼할 것이 없느니라. 항상 마음이 광풍제월(光風霽月) 같은 행운유수(行雲流水)와 같을 지어다."(「春園」, 『인연』, 168쪽)

금아가 고아 소년으로 일제강점기를 출발하여 남북분단의 비극까지 겪으며 외롭고 어려운 삶의 도정을 거치며 살아오면서도 마음에 평정을 가지고 단순하고 검소하게 한결같이 살아온 원동력은 춘원이 금아에게 보낸 편지의 구절의 힘과 지혜였을 것이다.

2. 춘원과 금아의 고아 의식과 정(情)의 문학론

지금까지 춘원이 금아의 삶과 문학에 직간접적으로 끼친 영향을 단편적이나마 논하였다. 그러나 금아가 춘원에게서 배운 가장 큰 것은 정(情)에 토대를 두는 문학 사상이다.

정(情)에 토대를 둔 춘원의 문학사상은 초기의 사상이다. 중후기로 가서는 정 위주에서 지(知)와 의(意)까지 포함하는 좀 더 넓은 영역으로 나아간다는 것이 연구자들의 일반적인 견해이다. 이 글에서는 우선 초기에 국한하여 정을 중심으로 한 춘원의 문학론을 살펴보고 나서 그 이론이 금아에게 어떤 영향을 끼쳤는지 살펴보고자 한다.

춘원과 금아문학에서 정이 강조된 것은 그 둘 모두 고아였다는 사실에서 찾을 수 있다고 본다. 1933년 『삼천리』(三千里, 9월호)지와의 대담에서 춘원은 고아가 된 이야기를 기자에게 다음과 같이 설명하고 있다.

그것이 내가 열한 살 되던 해 8월이지요. 한 열흘 좌우두고 나와 아버지와 어머니가 급병으로 돌아가셨지요. 그때 자녀라고는 나와 내 누이동생, 그리고 젖먹이 어린애와 … 나는 전주 이씨 가문의 장손이지만 부모를 묘소에 모신 뒤에 돌아와서 곧 사당에 불을 놓아 홍패장도 문적도 위패도 다 태워버렸지요. 이제는 부모도 다 돌아가셨으니 고향을 떠나버리자. … 앞날이 갑갑하여 생각을 품고 … 그날 밤 고향을 떠나 진남포를 거쳐 인천 지나 서울로 올라왔지요. (『이광수 전집』 제8권, 641쪽)

졸지에 양친을 다 여의고 천애고아가 된 춘원은 모든 것을 버리고 서울로 올라와 밑바닥부터 새로운 삶을 개척하기 시작하였다. 부모의 사랑을 받지 못하고 정에 굶주리면서 자란 춘원은 그 문학에 어떤 영향을 끼쳤을까? 아마도 춘원이 정을 문학의 뿌리로 생각했던 것도 일단은 그가 고아였던 데서 시작된 것은 아닐까?[8]

금아는 10세 때인 1919년에 어머니가 돌아간 날의 일을 「그날」이라는 수필에서 자세히 쓰고 있다.

엄마가 위독하시다는 전보를 받고 나서 나는 우리집 서사(書士) 아저씨와 같이 평양 가까이 있는 강서(江西)라는 곳으로 떠났다. 나는 차창을 내다보면서 울었다. … 울다가 더 울 수 없으면 엄마 생각을 했다. 그리고 또 울었다. … 기차는 하루 종일 달렸다. 산이 그렇게 많은 줄은 몰랐다. 평양은 참 먼 곳이었다. 오후 늦게야 평양에 도착하였다. 기차에서 내려 역 앞에서 기다리고 있던 강서행 마차를 탔다. … 강서 약수터 엄마가 유하고 있던 그 집 앞에서 마차를 내리자 나는 "엄마" 하고 소리를 지르며 뛰어들어갔다. 엄마는 눈을 감고 반듯이 누워 있었다. 내가 왔는데도 모른 체하고 누워 있었다. 나는 울면서 엄마 팔을 막 흔들었다. 나는 엄마를 꼬집었다. 넓적다리를, 팔을, 힘껏 꼬집고 또 꼬집었다. 엄마는 꼼짝도 하지 않았다. 나는 얼굴에 엎

---

8) 이광수의 고아론에 관해서는 윤홍로의 논문(1030쪽) 참조. 또한 김윤식의 『이광수와 그의 시대』 1의 제1부 「고아의 길」(29~141, 710쪽)도 참조.

어져 흐느껴 울었다. 엄마의 뺨은 차갑지 않았다. … 우리 엄마는 내 이름을 부르면서 의식을 잃어버렸다고 한다. 나는 울다가 엎드린 채 잠이 들었다. … 엄마는 어두운 등잔불 밑에서 숨을 거두시었다. (『인연』, 112~114쪽)

금아는 후일 문학이 평생의 반려자가 된 것이 어린 나이에 겪었던 "하늘이 무너져 내리고 땅이 꺼지는 절망과 비통에 몸부림쳤던" 조실부모한 불행과 외로움의 결과라고 아래와 같이 회고하였다.

　　내가 유년 시절에 겪은 비극들은 한동안 나를 걷잡을 수 없는 방황으로 내몰았으나 세월이 흐른 뒤에는 차츰 문학의 길로 이끌어갔다. 이것이 내가 문학을 하게 된 간접적인, 그러나 숙명적인 동기라고 할 수 있다. (『숙명적인 반려자』, 35쪽. 밑줄 필자)

금아 문학의 뿌리는 고아 의식이다. 또 그가 춘원과 같이 문학의 본질을 정으로 보게 된 것도 결국 서럽고 슬픈 고아 생활의 숙명적 결론이리라.[9]

1) 춘원의 정(情)의 문학론

춘원은 1910년 2월에 발표한 글 「금일아한청년정육」(今日我韓靑年情育)에서 교육의 3대 주안점으로 일반적으로 논의되는 지육(智育), 덕육(德育), 체육(體育)을 소개하고 나서 인간은 기본적으로 감성을 가진 정(情)적 동물이기에 이제 정이 "인류의 최상의 권력"을 잡았다고 선언하면서 정육(情育), 다시 말해 대한의 청년들에게 감정 교육을 부과할 것을 강조한다.

　　정육(情育)을 기면(其勉)하다. 정육(情育)을 기면하라. 정육(情育)은 제(諸)

---

9) 박해현은 금아가 돌아간 다음날 추모 기사에서 금아의 문학 세계를 모성과 연결시켰다: "수필가 피천득의 문학 세계는 모성을 향한 끝없는 갈망을 바탕으로 모성으로 상징되는 영원한 아름다움 앞에서 상실감을 느낄 수밖에 없는 인간의 근원적 비애를 평이하면서도 감성적인 문체로 그려냈다." (『조선일보』, 2007. 5. 26.)

의무(義務)의 원동력이 되어 각 활동의 근거지니라. 인(人)으로 하여금 자동적으로 효(孝)하며, 제(悌)하며, 충(忠)하며, 신(信)하며, 애(愛)케 할지어다. … 진정하고 심각한 사업은 정(情)에서 용(涌)한 자(者)일진저. (『이광수 전집』 제1권, 526쪽)

1916년 11월에 발표한 「조선 가정의 개혁」에서도 춘원은 애정이 부족한 조선의 가정에 가족 간의 정의 필요성을 역설하였다.

구라파 중세기 종교의 허례를 파탈(破脫)하고 인생에서 무한한 자유와 쾌락을 주는 정(情)의 해방인성의 해방은 또한 금일의 조선에 유용할 지니, 자녀가 사랑스럽거든 안고 입맞출 지어다. 비(悲)하거든 실컷 곡(哭)하고, 열(悅)하거든 실컷 소(笑)하고, 흉중에 적회(積懷)가 유(有)하거든 시원하게 발표하는 정(情)의 자유를 득(得)할지어다. (『이광수 전집』 제1권, 540쪽)

춘원은 여기에서 가족 간의 자연스러운 감정의 교환과 표출을 권하고 있다.

춘원의 문학을 통한 감정교육론은 "동정(同情)론"으로 이어진다. 1914년 12월 발표한 글 「동정」(同情)에서 춘원은 동정을 다음과 같이 정의한다.

동정(同情)이란 나의 몸과 맘을 그 사람의 처지와 경우에 두어 그 사람의 심사와 행위를 생각하여줌이니, 실로 인류의 영귀(榮貴)한 특질 중에 가장 영귀한 자(者)다. 인도(人道)에 가장 아름다운 행위—자선, 헌신, 관서(寬恕), 공익 등 모든 사상과 행위가 이어서 나오나니, 과연 인류가 다른 만물에 향하여 소리쳐 자랑할 극귀극중(極貴極重)한 보물이 된다. (『이광수 전집』 제1권, 580쪽)

여기서 동정은 영어로 sympathy, 즉 공감(共感)과 같은 뜻이다. 다른 말로 하면 타자들의 입장을 바꿔놓고 생각하는 역지사지(易地思之)의 경지이다.

어려서 양부모를 모두 여의고 고애자(孤哀子)가 된 춘원은 외로움과 설움의 고통이 남달랐을 것이다. 어떤 의미에서 춘원이 문학에서 정을 강조하는 것도 고아 의식에서 나온 것이 아닐까? 춘원은 결론적으로 "인도(人道)의 기초"인 동정을 함양해야 함을 조선의 청년들에게 역설하고 있다. 그는 "부패 타락한 낡은 공기를 불어내고, 청량신선한 새 정신을 건설"하기 위해 청년들은 "대양 같은 넓고 깊은 동정"을 가지라고 권하고 있다.[10]

춘원은 1916년에 발표한 「문학이란 하오」에서 과학과 문학을 비교하면서 이 문제를 좀 더 자세히 논의한다.

> 문학은 각 사물을 연구함이 아니라 감각함이니, 고로 문학자라 하면 사람에게 각 사물에 관한 지식을 가르치는 자가 아니요, 사람으로 하여금 미감과 쾌감을 발케 할 만한 서적을 만드는 사람이니, 과학이 사람의 지(知)를 만족케 하는 학문이라 하면 문학은 사람의 정(情)을 만족케 하는 서적이니라. (『이광수 전집』 제1권, 548쪽)

춘원은 문학이란 정(情)의 분자(分子)와 "정의 만족(앞의 책, 550쪽)"이라고 다시 언명하며 근대 이래 인간의 마음이 지(知), 정(情), 의(意)의 3요소들의 관계에 대해 정의 지와 의, 즉 정치, 도덕, 과학의 노예가 아니고 독립적인 작용을 한다고 보아 정을 토대로 한 문학의 정체성을 확실하게 수립하고자 하였다.[11]

---

10) 동정(同情)과 관련지어 춘원의 작품 「사랑인가」를 중심으로 동성애 욕망을 논의하는 G. 실비안의 흥미로운 논문이 있다.

11) 이재선은 이광수 문학론의 원천과 형성을 논하는 자리에서 이광수의 정(情)의 문학론은 시마무라 호게쓰(島村抱月)의 『문학개론』(1908)에 나오는 "정(情)の分子"와 더 멀리는 영국의 학자 윈체스터(C. T. Winchester)의 『문학비평의 제원리』(*Some Principles of Literary Criticism*, 1899)의 "정서적 요소"(emotional element)와 관련이 있다고 밝히고 있다(이재선, 17~18쪽). 하정일은 이광수의 "문화적 근대 기록"(하정일, 147쪽)과 관련하여 문학을 "자율적 개인의 자기 표현"(149쪽)으로 규정하여 이광수 문학론에서 정(情)의 의미를 다음과 같이 적고 있다: "요컨대 정이라든가 자기 자신, 그리고 개성에 대한 새로운 인식이 근대문학을 탄생시키는 데 결정적인 역할을 했다는 것이다. 이는 결국 정의 만족을 목적으로 하는 문학이 자율적 개인과 본질

춘원은 계속해서 문학의 기능에 대하여 여섯 가지로 나누어서 설명한다. 문학은 인생을 묘사하는 것이므로 문학을 읽는 사람은 "세태 인정"을 이해할 수 있고 "실로 문학을 친하는 자는 전 세계 정신적 총재산을 소유할 수 있는 대부(大富)"(앞의 책, 550쪽)라고 언명하였다. 결국 문학을 있는 자는 품성을 도야하고 지능까지 개발할 수 있다는 것이다. 춘원은 문학을 통한 정의 교육을 인간 교육의 토대로 보고 있다.

춘원은 「민족개조론」(1922)에서 민족 개조의 경로를 열 가지로 나누어 논하는 자리에서 마지막 단계로 이지(理智)보다는 최종적으로 정의(情意)를 강조하였다. 춘원은 "마침내 그 사상이 미지의 정을 탈(脫)하여 정의적인 습관의 성에 입(入)하는 것을 통과하여 드디어 민족성 개조의 과정에 완성하는 것이외다"(『이광수 전집』 제10권, 134쪽)라고 말하면서 개조 "사상"이 개인적으로 또는 민족적으로 정착되기 위해서는 말이나 지식으로 되는 것이 아니라 원하는 덕목이 내면화되고 습관화되어야 실행에 옮길 수 있다고 강조한다. 이러한 습관화 과정은 물론 "정의(情意)"가 개입되고 토대를 이루어야 한다는 것이다.

춘원은 1922년에 『개벽』(19호)에 발표한 "신세계와 조선민족의 사명"이라는 부제가 붙은 「예술과 인생」이라는 글에서 기독교적인 이미지를 사용하면

적 연관 관계를 이루고 있음을 지적한 것이라 할 수 있다. 이광수는 "일찍이 지와 의의 노예에 불과하던 자가 지와 대등한 권력을 득하여" "독립한 지위"를 갖게 되었다고 강조한다. 이광수가 정의 독립성을 누차 강조하는 것은 그것이 문학의 자율성을 가능케 해주는 이론적 근거이기 때문이다. 다시 말해 지·정·의를 삼분하고 그로부터 과학, 예술, 도덕을 삼분하는 정신의 근대적 분화를 바탕으로 문학의 자율성이 정립되는 것이다."(앞의 책, 150쪽)

김재영은 이광수 초기 문학론의 구조와 와세다 미사학(美辭學)을 논하는 글에서 이광수의 「문학의 가치」를 중심으로 정(情)을 토대로 한 문학에 대한 접근을 세 가지로 나누어 설명하였다. 첫째는 지·정·의론의 맥락에서 지, 의와 대비되는 정의 만족을 중심으로 한 문학의 존재 가치를 부각시키는 것이고 둘째는 인간성의 본질과 현실의 모습을 사실주의적으로 그리는 묘사론의 입장에서 보는 것이고 세째는 정이 촉발시키는 동감, 열정, 충동 등에 토대를 둔 국민문학적 접근이다. 이러한 분류는 이광수 초기 문학이론의 핵심인 정에 관해 매우 유익하다(김재영, 123~124쪽). 이광수의 "문학론의 수준"에 대해서는 김윤식의 『이광수의 시대』 1, 153~156쪽 참조. 「문학의 가치」에서 '정(情)의 분자'와 정의 교육에 관련한 심층적 논의는 하타노 세츠코의 『무정』 연구서 참조(「문학의 가치」에 대하여—이광수 초기 문학관, 131~145쪽).

서 종교와 예술의 세계를 갈망하였다.

> 공중에서 최후 심판의 나팔 소리가 울렸습니다. 이제야 별이 떨어지고 땅
> 이 흔들립니다. 구세계가 가고 신세계의 서광이 비춰입니다. 애(愛)와 미
> (美)의 세계! 종교와 예술의 세계!! 이야말로 창세기부터 약속된 세계외다.
> "사람아, 너를 개조하라." 하는 외침은 "거듭나라." 하는 외침과 같은 외침이
> 외다. "사람아, 애와 미로 너를 개조하라." (『이광수 전집』 제10권, 369쪽)

사랑과 아름다움의 세계는 춘원이 억압과 분열의 조선 식민지에 대한 애
절한 이상이요 비전이다.

춘원은 1925년 7월 23일부터 『동아일보』에 연재한 글 「문학에 대한 소견」
에서 문학의 존재 이유를 정서(情緒)와 감정(感情)을 축발시키는 정(情)에 두
고 다음과 같이 언명하였다.

> 사랑의 본능이 발(發)하는 것이 곧 사랑의 정(情)이다. … 기분, 본능, 즉
> 기본 감정이 여러가지 열등, 고등, 복잡, 단순한 관념과 연합하여 심리학자
> 들이 이른바 정서라는 것을 구성한다. 비애, 실망, 불안, 희열, 안심, 장엄,
> 침울, 초조, 질투, 희망, 의혹, 전망 같은 것이 정서의 명칭들이다. 선악, 미
> 추도 밀경은 정(情)이다. … 그래서 소요(所要)의 정(情)이 발할 때는 우리는
> 일종 만족의 쾌감을 경험하는 것이다. (『이광수 전집』 제10권, 452~453쪽)

춘원은 정을 인간의 사고와 행동을 축발시키는 제1의 동인으로 파악하
여 문학이 감당해야 할 책무는 인간 내부의 정을 최초로 움직일 수 있는
본능을 일깨워 다른 모든 인식의 작동 출발점을 제공해야 한다고 말하고
있다.

춘원은 이어서 1925년 10월부터 『조선문단』에 연재된 긴 글인 「문학강화」
에서 문학은 "예술적 형식"과 "상상력에 의한"으로 이루어진 것이며 궁극적
으로 "우리의 감성을 움직이는 것"이라야 한다고 적고 있다(『이광수 전집』

제10권, 382쪽). 춘원은 문학작품의 가치를 "일종의 민족의 감정"으로 보고 감정을 다시 과학에 이르는 진리 가치 감정, 선한 행위로 이끄는 합일된 것이 도덕 가치 감정, 예술적 활동이 생기는 심미 가치 감정 세 가지로 분류한다. 춘원은 이 세 가지 가치 감정이 바로 "문학"이라고 단언한다. 춘원에게 문학은 우리의 감정을 교화, 순화시킴으로써 진리, 도덕, 심미적 가치를 모두 완성할 수 있는 장치가 된다.

감성은 감동으로 연결되어야 효과를 낼 수 있다. 춘원은 1926년 5월『동광』(창간호)에 실린 글「예술 평가의 표준」에서 문학에서의 '감동'의 중요성을 강조하였다.

> 문예는 우리에게 무슨 감동을 주는 것이라야 할 것이다. 재미있는 것도 감동의 일종이려니와, 그것은 관능적 · 표면적이라 할 수 있다. … 감동이란 정신적이요, 영혼적이다. 감동이란 종교에 있는 것이요, 예술에 있는 것이요, 위대한 행위에 있는 것이다. … 아무리 재미있는 문예적 작품이라도 우리에게 무슨 감동을 주는 것이 없으면 그것은 오직 재미있는 무엇이든지 결코 가치 있는 문예는 아니다. … 감동은 마치 연줄에 주는 튀김과 같아서 한번 튀길 때마다 연은 한층 높이 오르거니와 … 시인의 상상의 세계를 그린 것이 세상의 인정(人情)에 착 들어맞는다는 뜻이다. (『이광수 전집』 제10권, 442쪽)

위와 같이 정(情)은 감동력과 연계된다. 감동력이 많이 일으킬수록 우수한 문학작품이다. 작품이 가치의 제1조건은 작가의 표현에서 "아무 외적 조건에도 구속되지 아니한 자유로운 상상력"(앞의 책, 454쪽)이다. 제2조건은 독자에게 감동이며 감동을 많이 일으키는 힘이 제2조건이며 작품 가치의 중심이 된다. 감동은 단순히 목적론적인 감화나 교화가 아니다. 감동의 첫 단계인 감흥(感興)이며 "정(情)의 계통의 동요(動搖)"이다. 춘원은 정의 계통을 다양한 거문고류와 비유하고 있다.

> 여러 줄, 굵기와 켕긴 도수가 각이한 여러 줄이 있어서 자극의 질과 양에

따라 혹은 이 줄이 울고, 혹은 저 줄이 운다는 것이다. 혹은 비애의 줄이 울고, 혹은 희열의 줄이 울고, 혹은 경건의 줄이 울고, 혹은 외람(猥濫)의 줄이 울고, 혹은 엄숙의, 혹은 골계(滑稽)의, 혹은 유머의, 혹은 수치의, 혹은 용진(勇進)의, 혹은 우아의 줄이 우는 것이다. 이러한 줄들이 작가가 무슨 노래나 이야기나 악곡이나 그림을 지을 때에 항상 염두에 두는 이를테면 목표다. (『이광수 전집』 제10권, 456쪽)

춘원은 문학작품이 주는 "감동"의 예로 톨스토이 소설 『부활』이 "사랑—성적, 개인적인 것을 초월한 인류 동포에 대한 사랑의 감동(앞의 책, 456쪽)"을 준다고 말하면서 "감동"의 실천적·사회적 기능을 다음과 같이 덧붙이고 있다.

우리가 『부활』이라는 소설을 읽고 받는 이러한 크고 좋은 감동—이것이 이 소설의 가치의 중심이다—이 주(主)다. 또 이 감동은 우리를 크게 해주고 높게 해주기 때문에 여기 예술의 실천적·사회적 효과도 있는 것이다.
감동처럼 사람의 마음을, 속을 변화하는 것은 없으니, 이른바 변화 기질이라 함은 교화적 효과(예술 본능의 효과 말고)는 종교의 그것과 비기는 것이다. (앞의 책, 436쪽)

춘원은 문학의 감동의 기능과 효과가 종교적인 경지에까지 이른다고 지적하고 있다.

춘원의 초기의 "정(情)론"은 기독교와 불교의 섭렵을 통해 넓은 의미의 "사랑"으로 확대된다. 춘원은 1932년 『삼천리』(1월호)에 실린 대담 「이광수 씨와 기독을 語함」에서 "선생은 기독교를 믿습니까?"라는 기자의 질문에 다음과 같이 대답하였다.

옛날에 믿다가 파문을 당하였지요. 그런 뒤에는 조선의 기독교는 내 마음에 맞지 않아서 믿지를 않습니다마는 기독의 사상에다가 석가의 사상을 거

친 제3사상이 말하자면 나의 사상이 되었겠다고 할 것입니다. 기독에게서
영향을 많이 받은 것은 사실입니다.(『이광수 전집』 제8권, 640쪽)

　여기서 주목할 것은 춘원이 기독교 전체를 거부한 것이 아니다. "조선의
기독교" 즉 조선에서 정착된 제도권으로서의 기독교를 믿지 않지만 기독교
사상까지 버린 것은 결코 아니다. 춘원은 만년에 불교에 귀의하였으니 결국
그의 종교 사상은 예수와 석가모니를 포괄하는 제3의 사상이었다.
　이보다 7년이 지난 뒤에 이루어진 좌담인 '이광수 선생에게 문학 · 연애 ·
종교를 묻는 여류 문사의 모임'에서 대화를 들어보자.

　　　김동환: 선생은 전날에는 기독을 사모하시더니 지금은 불교에 귀의하셨
　　　　　　어요.
　　　춘원: 진리 있는 곳에 기(基, 그리스도), 불(佛)의 차(差)가 있으리까.
　　　모윤숙: 지금도 그 정신을 높이 보십니까?
　　　춘원: 무론(毋論)이외다. 인류를 건지신 분으로. 다만 나는 예전에 기독교로
　　　　　　부터 파문당한 몸이외다. 시체(時體) 조선 사람들이 믿는 그리스도와
　　　　　　는 지금도 나는 좀 다른 것이외다마는 나는 나대로 그 인격과 그 '애
　　　　　　(愛)의 종교(宗敎)'에 진심으로 머리 숙이고 그의 만분 일이라도 저도
　　　　　　실천하려고 노력합니다.(『이광수 전집』 제8권, 631쪽)

　춘원은 기독교와 불교는 기본 정신에서 차이가 없다는 점, 다시 말해두
종교 모두 "사랑"과 "대자대비"를 가르치는 종교라는 점을 강조하고 있다.
따라서 춘원은 양 종교에서 결국 "사랑"이라는 공통분모를 찾아내어 자신의
사상으로 통합하였다.
　위와 같은 사랑의 사상은 1948년 3월에 간행된 『돌베개』에 수록된 글 「사
랑의 길」에서 종합되고 있다. 여기서 춘원의 사랑은 부모자식 간이나 남녀
간의 사랑만이 아닌 "이웃 간의 사랑, 국민의 사랑, 인류의 사랑"과 같은 남
남 간의 사랑(『이광수 전집』 제10권, 222쪽)이다. 춘원이 말하고자 하는 사랑

은 가장 넓은 의미의 타자에 대한 사랑이다. '나'가 '우리'가 되고 '나라의 우리'가 되어 '인류의 우리'를 진화되어야 한다. 이렇게 해서 우리는 '법의 우리'로부터 '애정의 우리'로 나아가기 위해서 춘원은 '법의 관계'에서 '사랑의 정'으로 발전하여 법을 넘어 사랑에 이르러야 된다고 본다(『이광수 전집』 제10권, 224, 226쪽). 이렇게 정으로 출발한 춘원의 사상은 우리 민족의 사명이 사랑과 평화의 세계로 이끄는 것이라고 주장한다.

> 지나간 수천 년간의 고난과 수련을 같이 받아 이로부터 사랑의 문화를 빚어내어 손톱과 이빨에 피 묻은 인류에게 사랑과 평화의 길을 가르치라는 크고도 거룩한 사명에 있어서도 우리는 동지요, 동행이다. … 우리 동포의 서로의 애정과 동정이 자별하니, 이 따뜻한 정이야말로 인류를 평화의 세계로 끌어들일 유일한 길이다. (『이광수 전집』 제10권, 225쪽)

"사랑의 나라"를 세우는 것은 춘원의 사랑의 철학이 가닿은 종착지이다. 극심한 좌우 대립과 이념 분열 속에서 해방 공간을 지낸 춘원이 2년 후 발발한 6 · 25 한국전쟁이 빚어낸 민족상잔의 비극을 예견이라도 했던 것일까? 어느 시대이고 종족 간, 종교 간, 문명 간의 끊임없는 투쟁과 무한 경쟁 속에서 춘원이 제시한 사랑의 철학은 오늘날과 같은 세계시민주의 시대에 해독제가 될 수밖에 없을 것이다. 일생 동안 숭배했던 톨스토이의 사랑의 신앙에서도 영향을 받은 것이 틀림없다.[12]

2) 금아의 정(情)의 문학론

금아 피천득은 2005년 '문학의 집'(서울)에서 행한 강연에서 자신의 정(情)을 토대로 한 문학관을 피력하였다.

---

12) 최종고의 논문「괴테-톨스토이-이광수: 종교관을 중심으로」참조.

내가 보기에 문학의 가장 중요한 요소는 정(情)이며, 그중에서도 열정(熱情)이 으뜸이라고 생각한다. 지금 우리는 문학에서 감성이나 서정보다는 이성이나 지성을 우선하는 시대에 살고 있다. 하지만 이러한 풍조는 한 시대가 지나면 곧 바뀌게 마련이다. 문학의 긴 역사를 통하여 서정은 지성의 무위를 견지해왔다. (「숙명적인 반려자」, 357쪽)

금아는 여기에서 정을 "감성"과 "서정"으로 파악하고 있다. 1947년에 나온 금아의 첫 시집의 제목을 『시정시집』이라고 명명한 것도 그의 이러한 문학 사상의 결과라고 볼 수 있다.

금아가 문학의 본질은 언제나 정이라고 선언했다. 그 훨씬 이전에도 수필 「순례」에서 "사상의 표현 기교에는 시대에 따라 변천이 있으나 문학의 본질은 언제나 정이라고 그는 말했다. 그 속에는 '예전에도 있었고 앞으로도 있을 자연적인 슬픔, 상실, 고통'을 달래주는 연민의 정이 흐르고 있다"(『인연』, 270쪽)고 언명한 바 있다.

금아는 정(情)의 문학을 통해 만들어지는 여린 마음은 온유한 마음이 되어 이웃과 공감하고 서로 사랑하는 행복과 축복의 통로이다.

사람은 본시 연한 정(情)으로 만들어졌다. 여린 연민의 정은 냉혹한 풍자보다 귀하다. 소월도 쇼팽도 센티멘탈리스트였다. 우리 모두 여린 마음으로 돌아간다면 인생을 좀더 행복할 수 있을 것이다. (「여린 마음」, 『인연』, 291쪽)

금아는 인자한 마음으로 사랑을 베푸는 대표적인 예로 도산 안창호 선생을 들고 있다. 1930년대 초 상하이 유학 중 금아가 병원에 입원해 있을 때 문병 온 일을 정겹게 회상하고 있다.

그[도산 안창호]는 숭고하다기에는 너무나 친근감을 주고 근엄하기에는 너무 인자하였다. 그의 인격은 위엄으로 나를 억압하지 아니하고 정성으로 나를 품안에 안아버렸다. … 그의 사랑을 받은 사람은 수백을 헤아릴 텐데

한 사람 한 사람이 다 같이 자기만을 대하여주시는 것 같이 느꼈다. 그리고 그는 어린아이들을 끔찍이 사랑하였다. … 내가 병이 나서 누워 있을 때 선생은 나를 실어다 상해 요양원에 입원시키고, 겨울 아침 일찍이 문병을 오시고는 했다. (「도산」, 『인연』, 160~163쪽)

도산의 마력은 모든 사람에게 자신들이 도산으로부터 가장 사랑받는다고 느끼게 만드는 힘이다. 이것은 일시적인 또는 가식적인 정의 표현으로 이루어질 수 없는 일이다. 일생 동안 금아의 정신적 지주였던 도산의 정감어린 인자함은 상대방으로 하여금 커다란 감동을 받게 해 도산의 품에 안겨 버리게 만든다. 이러한 행복하고 평화로운 인간관계는 사람들 사이의 대가를 요구하지 않는 정(情)에 의해서만 가능한 일일 것이다. 금아는 "선생은 상해 망명 시절에 작은 뜰에 꽃을 심으시고 이웃 아이들에게 장난감을 사다 주셨습니다. 저는 그 자연스러운 인간미를 찬양합니다(「도산선생께」, 『인연』, 170쪽)"라고 적고 있다.

금아는 일생 동안 문학적 스승으로 모셨던 춘원의 "선량함"에 대하여 다음과 같이 적고 있다.

춘원은 마음이 착한 사람이다. 그는 남을 미워하지 못하는 사람이다. 남을 모략중상은 물론 하지 못하고 남을 나쁘게 말하는 일이 없었다. 언제나 남의 좋은 점을 먼저 보며, 그는 남을 칭찬하는 기쁨을 즐기었다. (「춘원」, 『인연』, 171~172쪽)

어려서 3년간 춘원 댁에 유숙했고 그 후에도 수시로 춘원 댁을 드나들었던 금아는 누구보다도 춘원의 성품을 잘 알고 있었을 것이다. 금아는 춘원이 말년에 과오를 범했으나 "그의 인간미, 그의 문학적 업적만을 찬양하기로 하자(『인연』, 174쪽)"고 말하면서 춘원의 "인간미"를 높이 칭송하고 있다.

금아는 다른 작가들을 평가할 때도 정을 최고의 기준으로 삼았다. 아마도 춘원 다음으로 금아와 가깝게 지냈고 여러 가지 면에서 도와준 주요섭에 대해서 다음과 같이 정리하고 있다.

> 형이 상해 학생 시절에 쓴 「개밥」, 「인력거꾼」 같은 작품은 당신의 <u>인도주</u>
> <u>의적</u> 사상에 입각한 작품이라고 봅니다. 형은 정에 치우치는 작가입니다.
> 수필 「미운 간호부」에서 보는 바와 같이 형은 몰인정을 가장 미워합니다.[13]
> … 형은 나에게 있어 테니슨의 '아더 헬름'과 같은 존재, 그대가 좋아하는 시
> 구를 여기에 적습니다.
>
> 어떠한 운명이 오든지
> 내가 가장 슬플 때 나는 느끼나니
> 사랑을 하고 사랑을 잃는 것은
> 사랑을 아니한 것보다도 낫습니다. (「여심」, 『인연』, 200~201쪽. 밑줄 필자)

금아는 상하이 시절에는 8년 연상인 주요섭을 항상 "선생님"이라고 불
렀다. 그러나 1972년 주요섭이 돌아간 후 추도문에서 그를 정다운 호칭인
"형"이라고 불렀다.

금아는 고등학교 시절부터 문우(文友)로서 가깝게 지내며 『첫걸음』이라는
동인지까지 낸 바 있는 2년 연상의 수필가 치옹 윤오영에 대하여 수필 「치
옹」에서 다음과 같이 쓰고 있다.

> 한칸 방이라도 겨울에 춥지만 않으면 되고 방 안에 있는 '센티멘탈 가치'
> 외에는 아무것도 아닌 그런 물건들을 사랑하여 살아왔다. 그는 단칸방 안에

---

13) 주요섭은 그의 수필 「미운 간호부」(1932)에서 다음과 같이 썼다:"이 숭고한 감정에 동정할 줄
모르는 간호부가 나는 미웠다. 그렇게까지도 간호부는 기계화되었던가? 나는 문명한 기계보
다도 야만한 인생을 더 사랑한다. 과학상으로 볼 때 죽은 애를 혼자 두는 것이 조금도 틀릴 것
이 없다. 그러나 어머니로서 볼 때에는…… 더 써서 무엇하랴! 「어머니」를 이해하지 못하고 동
정할 줄 모르는 간호부! 그의 그 과학적 냉정이 나는 몹시도 미웠다. 과학 문명이 앞으로 더욱
발달되어 인류 전체가 모두 '냉정한 과학자'가 되어버리는 날이 이른다면……. 나는 그것을 상
상만 해도 소름이 끼친다. 정(情)! 그것은 인류의 최고의 과학을 초월하는 생의 향기이다."(주
요섭, 326~327쪽)

한 우주를 갖고 있다. 그는 불운을 원망하던 일이 없고 인정미에 감사하며 늘 행복에 겨워서라고 한다.

　그는 정(情)다운 사람이다. 서리같이 찬 그의 이성이 정에 용해되면서 살아 왔다. 때로는 격류 같다가도 대개는 그의 심경은 호수 같다. (『인연』, 203쪽)

　금아의 문학 평가 기준은 언제나 정, 인정미, 인간미, 센티멘털, 연민의 정, 여린 마음, 사랑이다. 외국 작가들에 대한 평가도 역시 동일하다. 일생 동안 금아가 가장 좋아해, 수필 번역 등 많은 작업을 한 윌리엄 셰익스피어에 대한 금아의 평가를 들어보자.

　셰익스피어는 때로는 속되고, 조야하고, 수다스럽고 상스럽기까지 하다. 그러한 그 바탕은 사랑이다. 그의 글 속에는 자연의 아름다움, 풍부한 인정 미, 영롱한 이미지, 그리고 유머와 아이러니가 넘쳐 흐르고 있다. 그를 읽고 도 비인간적인 사람은 적을 것이다. (「셰익스피어」, 『인연』, 176쪽. 밑줄 필자)

　한때 누가 금아를 "한국의 찰스 램"이라고 비교했는데 금아가 반농담조 로 "찰스 램이 영국의 피천득"이라고 말을 바꾸었다는 일화가 있다. 18세기 영국 낭만주의 수필가 찰스 램은 금아가 좋아하는 수필가이다. 정은 램에게 서 사랑으로 드러난다.

　그는 역경에서도 인생을 아름답게 보려 하였다. …
　그는 오래된 책, 그리고 옛날 작가를 사랑하였다. 그림을 사랑하고 도자 기를 사랑하였다. …
　자기 아이는 없으면서 모든 아이들은 사랑하였다.
　어떤 굴뚝 청소부들을 사랑하였다. 그들이 웃을 때면 램도 같이 웃었다.
(「찰스 램」, 『인연』, 191, 193쪽)

　램은 어린이뿐만 아니라 사람들과 책, 도자기, 굴뚝 청소부들과도 공감할 수 있는 넉넉한 인정미를 가진 사랑할 줄 아는 사람이었다.

금아는 20세기 대표적인 미국 시인 로버트 프로스트를 좋아했다. 금아는 1955년 하버드 대학교 교환교수로 1년간 방문했을 때 직접 만나 교분을 쌓았다. 금아의 문학과 프로스트의 문학 세계는 유사한 부분이 많다. 금아는 프로스트에 대해 두 편의 수필을 남겼다.

> "시는 기쁨으로 시작하여 예지로 끝난다"고 당신은 말했습니다. 그 예지
> 는 냉철하고 현명한 예지가 아니라, 인생의 슬픈 음악을 들어온 인정있고
> 이해성 있는 예지인 것입니다. 당신은 애인과 같이 인생을 사랑했습니다.
> (「로버트 프로스트 I」, 『인연』, 186쪽)

기쁨, 예지, 인정(미), 사랑의 고리로 이어진 프로스트의 시 세계를 금아는 언제나 흠모했다. 금아는 "그는 자연의 시인인 동시에 그 자연 속에서 사는 인간의 시인이다. 인생의 슬픈 일을 많이 본 눈으로 그는 애정을 가지고 세상을 대한다(『인연』, 188쪽)고 지적하면서 자연 속에 사는 프로스트를 인정이 애정으로 변하는 모습을 보았다.

금아는 프로스트의 시 「자작나무」를 한 구절 인용하였다.

> 이 세상은 사랑하기에 좋은 곳입니다.
> 더 좋은 세상이 있을 것 같지 않습니다. (『인연』, 190쪽)

금아는 수필 「유머의 기능」에서 "유머는 위트와는 달리 날카롭지 않으며 풍자처럼 잔인하지 않다. 비평적이 아니고 동정적이다. 붓꽃을 튀기지도 않고 가시가 들어 있지도 않다. 유머는 따스한 웃음을 웃게 한다. …… 유머는 다정하고 온화하며 지친 마음에 위안을 준다. …… 유머는 인간에게 주어진 큰 혜택의 하나다"(『인연』, 300쪽. 밑줄 필자)라고 말하고 있다. 다른 수필에서 금아는 "진정한 멋은 시적 윤리성"(「멋」, 『인연』, 215쪽)이라고 규정하며 조선 중기에 나라를 구한 역관(譯官) 홍순언(洪淳彦)에 대해 "천금을 주고

도 중국 소저(小姐)의 정조를 범하지 아니한 통사(通史) 홍순언은 우리나라의 멋있는 사나이였다"(앞의 책, 216쪽)고 적고 있다.[14] 금아는 "정(情)"이 많은 사람을 "멋있는" 사람으로 보고 있다.

금아는 문학이나 작가의 평가 기준의 토대를 이루는 정(情)을 자신의 시와 수필과 관련시켜 다음과 같이 말하고 있다.

> 내가 시와 수필에서 가장 중요하게 생각하는 것은 순수한 동심과 맑고 고매한 서정성, 그리고 위대한 정신세계입니다. 특히 서정성은 세월이 아무리 흘러도 변하지 않는 것입니다. 나는 시와 수필의 본령을 그런 서정성을 창조하는 데 있다고 생각합니다. 그래서 나는 수필을 시처럼 쓰고 싶었습니다. 많은 서정성과 고매한 정신세계를 내 글 속에 담고 싶었습니다. (피천득, 『내가 사랑하는 시』, 10~11쪽)

여기에서 금아는 정을 좀 더 구체적으로 "순수한 동심", "맑고 고매한 서정성", "위대한 정신세계"로까지 확장시키고 있다.[15]

---

14) 춘원도 「사랑의 길」에서 금아와 비슷한 맥락에서 홍순언의 일화를 다음과 같이 적고 있다:"그들(외국인들)은 친절한 일을 한 나 개인을 기억하지 아니하고, 내가 속한 내 나라를 기억하는 것이다. 통사 홍순언이 명나라의 한 여자에게 보인 호의가 임진왜란에 명나라의 구원병을 준 중요한 이유가 된 것이다."(『이광수 전집』 제10권, 224~225쪽) 춘원은 정(情)에 기초한 "친절한 일"은 개인의 범위를 넘어 한 나라의 운명까지도 구할 수 있는 중대한 계기를 마련할 수도 있는 것이라고 한 것이다.

15) 하길남은 정을 토대로 한 피천득 수필을 수필 「서영이와 난영이」와 「비원」을 논하면서 다음과 같이 규정짓는다. "피천득의 수필을 한마디로 '천진성(天眞性)의 미학, 그 정(情)의 미학'이라고 할 수 있을 것이다. … 금아의 수필은 유리그릇 위에 피리 소리가 굴러가듯 잡티 하나 없이 맑고 투명하다. 그리고 지나치게 순수하고 고운 심성에 어리는 아름다운 꿈의 난간을 거닐 듯 아련하고 환상적이다. … 이러한 마음을 우리는 천심(天心)이라고 불러왔다. 하늘의 마음이 이와 같은 것임을 우리는 알고 있다. … 이처럼 피천득 수필가는 사람뿐 아니라 세상의 모든 생명들에게 이러한 정성을 보내고 있는 것이다. … 하나님은 이런 사람들을 위해서 천당이란 곳을 만들어놓았던 것이다. 세상에 빛을 주는 사람은 위대한 정치 지도자나 이른바 사회 지도자들이 아니다. 피천득과 같은 천심을 지닌 성자인 것이다."(278~280쪽, 밑줄 필자)

3. 결론: 정(情)의 시학에서 사랑의 원리로

춘원과 금아의 삶과 문학은 모두 파토스(pathos)에서 출발하였다. 조실부모에 따른 상실감과 불안감에서 오는 고아 의식 그리고 나라를 잃고 일본 식민제국주의 강점기의 억압과 착취에서 오는 비애감과 울분은 그들 문학의 뿌리가 되었다. 춘원과 금아는 아리스토텔레스가 『수사학』에서 말한 세 가지 힘인 에토스(ethos, 인격, 친위), 파토스(감성), 로고스(logos, 논리, 이성) 중 파토스에 속한다. 그들은 개인적 슬픔과 민족적 비극 속에서 쉽사리 에토스와 로고스에 기대어 살아갈 수 없었다. 그리움, 서러움, 외로움, 아픔 등은 춘원과 금아를 파토스의 세계로 내몰았다. 한 역사학자의 설명을 들어보자.

> 파토스, 고대 그리스 당시부터, 에토스의 파탄과 연관된 불길한 단어, 어둠과 고통의 심연. 로고스에 비할 때, 언제나 가볍고 일시적이며 유치한 표면이었다. 타락과 파멸로의 경박한 충동이었다. … 삶이 끝난, 우리는 무엇을 원할까? 로고스? 거대하나 차겁고 무표정한 그것? 단 차라리 굴곡의 부침(浮沈)의 파토스이다. 내 곁의 살아 있는 하나의 감성이다. … 파토스, 파토스의 힘. 우리를 움직여 살게 하는 것은, 정녕 회색의 일상을 녹색으로 지탱케 하는 것은, 빙한(氷寒)의 로고스가 아니다. 오히려 "끝까지 가봐요, 우리"의 짙고도 강렬한 파토스이다. (김현식, 8쪽)

파토스는 초원과 금아를 정과 사랑의 원리로 이끌었다.

춘원과 금아의 정(情)론은 그들 모두의 스승이었던 도산 안창호와 다시 연결된다. 도산을 만나 사귀는 사람들은 누구나 자신이 도산의 사랑을 가장 많이 받고 있다고 느낄 수 있게 만드는 도산이 대단한 정의 사람이었고 사랑의 사도였음에 틀림없다고 말했다. 춘원도 금아도 흥사단원이었다. 그들 모두는 흥사단 입단을 위해 도산과 문답을 했음이 분명하다. 도산이 입단 신청자에게 직접 했던 문답 중에서 정에 대한 부분을 살펴보자.

문: 정의 돈수란 무슨 뜻이요?

답: 서로 사랑한다는 뜻이오.

문: 돈수란 무슨 뜻이요?

답: 두텁게 닦는다는 뜻이오.

문: 두텁게 닦는단 무슨 뜻이요?

답: 서로 사랑하는 정신을 기른다는 뜻일까요.

문: 그렇소, 우리 흥사단의 해석으로는 정의 돈수란 사랑하기 공부란 뜻이오. 사랑하기를 공부함으로 우리의 사랑이 더욱 도타워질 수가 있을까요?

답: 사랑하기를 날마다 힘을 쓰면 그것이 습관이 되리라고 생각합니다. 습(習)이 성(性)이 되면 그것이 덕(德)인가 합니다. (주요한, 『안도산 전서』, 378쪽)

도산 안창호는 여기에서 "정의 돈수(頓首)"를 "사랑하기 공부"로 설명한다. 나아가 그는 정과 사랑을 연결시키고 그것도 공부처럼 훈련해서 습성으로 만들어야 최종적으로 덕으로 나아갈 수 있다고 보았다.

그렇다면 사랑 공부, 다시 말해 사랑의 연습은 어떻게 할 것인가?

문: 사랑 공부는 어떻게 하면 좋겠소? 어떻게 하는 것이 사랑의 공부가 되겠소?

답: 예수께서 내 이웃을 사랑하고 네 원수를 위하여서 기도하라 하셨으니, 누구나 다 사랑하기를 힘쓰는 것이 사랑 공부인 것 같습니다.

문: 천하 사람을 다 사랑한단 말이요?

답: 그렇습니다. … 결국 내 손이 닿는 사람, 내 목소리가 들리는 사람밖에는 사랑할 수가 없겠습니다. 날마다 나를 찾아오는 사람, 내가 찾아가는 사람, 나와 만나게 된 사람을 다 사랑하는 것이 이웃을 사랑하는 것이요, 민족과 사랑하는 것이요, 전 인류를 사랑하는 일이 되겠습니다. (주요한, 앞의 책, 380쪽)

사랑의 훈련은 가까운 내 이웃부터 사랑하기를 시작하여 이것은 민족과 나라를 사랑하는 것으로 연결되고 나아가 인류 전체를 사랑하는 박애주의로까지 나아갈 수 있는 것이다.

춘원의 정(情)의 문학론은 나와 우리를 뛰어넘는 바깥 세계의 타자를 위한 사랑의 원리로 확대 발전된다. 그는 「상쟁(相爭)의 세계에서 상애(相愛)의 세계에」란 글에서 인간과 역사의 궁극적인 고통을 해결하는 것은 혁명이나 투쟁에서 오는 것이 아니라 서로 사랑하는 데서 온다는 것이다. 춘원은 인류 구제를 위한 석가, 공자, 소크라테스, 예수의 가르침은 모두 "서로 사랑하라"는 것이라 결론짓는다.

> 인류를 쟁투의 고통에서 구제할 것은 오직 사랑의 원리외다.
> "내가 모든 사람을 사랑한다." 하는 곳에 모든 쟁투가 소멸되는 것이외다.
> …
> 그런즉 인류구제의 빛은 어디 있는가.
> 같은 사랑에 있다! 모든 성인도 이 길을 가고자 했거니와, 인류의 역사도 이제는 이 길을 밟지 아니치 못할 시기에 들어섰다. …
> "인류야, 사랑을 실행하라!" 함이외다. "각 개인은 사랑을 실행하고 각 민족은 사랑의 단결로 뭉치치어 사랑의 천국을 실행하라" 함이외다. (『이광수 전집』 제10권, 174~176쪽)

끊임없이 경쟁하고 싸우는 인간 문명에서 근본적인 해독제 또는 치유제는 사랑일 수밖에 없다. 그러나 이러한 우주적인 숭고한 사랑도 출발은 우리 가슴에서 정으로 시작된다. 이것이 우리 시대와 역사를 위한 정의 문학론에서 나온 문화윤리학일 것이다.

춘원에게서 사람은 좁은 경계를 타자에 대한 사랑이다. 그는 1948년 3월에 발표한 글 「사랑의 길」에서 그것을 "이웃 간의 사랑, 국민의 사랑, 인류의 사랑 같은 남남 간의 사랑"(앞의 책, 222쪽)"이라고 말했다. 또한 춘원의 사랑은 법을 넘어서는 보편적 사랑이다.

동네의 우리가 법의 우리로부터 애정의 우리로 올라가듯이 나라의 우리
도 법의 관계에서 애국심과 동포의 사랑의 정으로 엉기게 된다. 이리하여
우리는 동포를 대할 때에 한 가족과 같은 정다움과 소중함을 느끼도록 연
습이 되어 그것이 천성과 같이 누를 수도 없고 변할 수도 없이 되어 버린다.
(앞의 책, 224쪽)

이러한 춘원의 사랑이란 이름의 "정"은 궁극적으로 "평화의 세계"를 만들
어낸다.

간 날을 생각하고 올 일을 헤아리면 우리 민족처럼 눈물겹게도 정답고 소
중한 동포가 또 어디 있는가. 과연 겪은 고생도 크거니와, 받을 복락도 큰
누리 겨레다. 이 때문에 우리 동포의 서로의 애정과 동정이 자별하니, 이 따
뜻한 정이야말로 인류를 평화의 세계로 끌어들일 유일한 길이다. (앞의 책,
225쪽)

금아의 정(情)의 문학도 좁은 의미의 정의 세계에만 머무르는 것은 아니
다. 금아 문학의 목표는 정을 통해서 창출되는 새로운 세계의 창조이다. 금
아에게는 시인이 서정성과 순수한 동심과 고매한 정신세계만을 천착하는
것이 아니라 위대한 시인은 당연히 사회성도 가지는 것이다.

진정한 시인은, 가진 것이 많은 사람의 편, 권력을 가진 사람의 편에 되는
것이 아닙니다. 진정으로 위대한 시인은 가난하고 그늘진 자의 편에 서야
하고 그런 삶을 마다하지 않아야 합니다. (피천득, 앞의 책, 12쪽)

따라서 금아에게는 시의 서정성과 사회성은 대립되는 것이 아니라 상보
적인 관계에 있다(앞의 책, 10쪽). 그러나 금아의 문학은 사회성보다는 서정
성에 더 기우는 것은 사실에서 볼 때 금아 자신은 자신의 문학 속에서 서정
성과 사회성이 모두 들어 있다는 뜻보다는 이 두 가지가 모두 우리 사회에

필요한 문학이라는 것을 강조하고 있다고 하겠다. 가장 서정적이고 단순한 것이 사회적이고 복잡한 것에 대한 또 다른 문학적 반영이 아니겠는가?[16]

금아는 1975년에 발표한 「콩코드 찬가」라는 수필에서 15세기 미국의 대표적인 시인 랠프 월도 에머슨의 시 「전쟁 기념비 건립식에」를 번역 소개한다. 콩고드는 미국 동부 보스턴 근처에 있는 미국 독립전쟁의 발상지이다. 금아는 에머슨의 이 시가 "숭고한 애국충정의 표현"이지만 "여기에는 적에 대한 적개심도 조금도 없고 오히려 동정이 깃들여 있다"(『인연』, 292쪽)고 적고 있다. 금아는 계속해서 다음과 같이 말한다.

> 감격하게 하는 것은 그 기념비 가까이 놓여 있는 영국 병사들을 위한 조그마한 비석이다. 여기에는 미국 국민의 아량과 인정미가 흐르고 있다. 작은 그 비석에는 다음과 같은 말이 쓰여 있다.
>
> **영국 병사의 무덤**
>
> 그들은 3,000마일을 와 여기서 죽었다.

---

16) 금아는 2007년 봄 타계하기 전 자신에 대한 현대시인 집중 연구 특집을 준비한 『시와 시학』(2007년 가을호)을 위해 써준 시 「그들」에서 인간의 문명과 역사 뒤에서 희생된 그들(민중들)의 "피"와 "신음소리"에 대한 관심과 사랑을 보여주고 있다.

그들

만리장성
피라미드
그들의 피가 흐르고 있다.

그리스의 영광
로마의 장엄
그들의 신음소리가 들린다.

정진홍은 금아가 "전쟁과 분단의 한가운데서도 일상의 사랑과 평화를 씨줄·날줄로 짜아나간 사람이란 생각이 든다"(『중앙일보』, 2010. 5. 29. 밑줄 필자)고 적은 바 있다.

과거를 독좌 위에 보존하기 위하여

대서양 건너 아니 들리는

그들의 영국 어머니의 통곡 소리(앞의 책, 293쪽)

금아는 수필집 『인연』의 마지막 작품인 「만년」(晩年)에서 거의 종교적 경지에 다다른 듯한 소망을 내놓고 있다.

> 하늘에 별을 쳐다볼 때 내세가 있었으면 해보기도 한다. 신기한 것, 아름
> 다운 것을 볼 때 살아 있다는 사실을 다행으로 생각해본다. 그리고 훗날 내
> 글을 읽는 사람이 있어 "사랑을 하고 갔구나." 하고 한숨을 지어주기를 바라
> 기도 한다. 나는 참 염치없는 사람이다.[17] (앞의 책, 306쪽. 밑줄 필자)

금아는 죽어서도 자신의 삶의 남들—타자로서 이름지어진 자연이나 사람들—을 "사랑"하며 살다가 세상을 떠난 사람으로 기억되기를 갈구하고 있다. 내세에 그러한 소망을 가진 사람은 현세에서 얼마나 이웃을 사랑하려고 노력했을까 생각해본다. 내세를 믿으면 우리는 현세에서 남들을 함부로 욕하거나 미워하거나 싸울 수가 없을 것이다.

춘원과 금아의 사랑의 원리에는 약간의 차이가 있다. 두 사람 모두 정(情)과 사랑의 종착지는 거의 종교적 경지에 이르고 있다고 보이지만 춘원의 경

---

17) 이 구절은 1936년 11월에 발표된 춘원의 「나의 묘지명」(『이광수 전집』 제8권, 598쪽)의 끝부분과 매우 강력한 반향이 느껴진다.

> 나는 전날 세브란스 병원 1실에서 수술하고 나서 '유언'까지 하고 죽음을 기다리고 있었던 순간이 있
> 었다. … 내 자식들이나 가족, 또는 친우들이 내 죽어간 뒤에 구태여 묘를 만들어주고 비를 세워준다면,
> 그야 지하에 가서까지 말할 수야 없는 일이나, 만일 그렇게 되어진다면, 내 생각으로는 "이광수는 조선
> 사람을 위하여 일하던 사람이다"라는 글구가 쓰여졌으면 하나 그것도 마음뿐이다. (『이광수 전집』 제8
> 권, 598쪽. 밑줄 필자)

춘원은 위에서 "조선 사람을 위하여"란 말에서 조국애를 생각케 한다. 춘원이 다른 글에서 "나는 사랑이 일체 유형물의 생명 현상 중에 가장 신비하고 또 가장 숭고한 것임을 믿는다"(「높은 사랑을 위하여」, 『이광수 전집』 제8권, 484쪽)고 말한 것으로 보아 조국에 대한 사랑을 "높은 사랑"의 하나로 보았음이 틀림없다.

우 계몽적 지식인 작가로서 공적(公的) 사상에 더 가깝고 금아의 경우는 서정적 순수시인으로서 사적(私的) 사랑에 더 가까운 듯 보인다. 그것은 두 사람의 성격적 차이, 다시 말해 적극적이고 사회적인 춘원과 소극적이고 개인적인 금아의 차이이다. 그러나 문학에서 정과 사랑에 대한 춘원과 금아의 근본적인 차이는 물론 없다고 하겠다.

궁극적으로 춘원과 금아에게 정의 문학과 사랑의 원리는 고통 속의 개인의 구원이나 피압박 민족의 해방에만 이르는 길이 아니라 인류 보편에게 확산되어야 할 박애주의(philanthropism)로까지 발전된다. 그것은 분명 세계시민주의(cosmopolitianism) 시대의 문화윤리학이다.[18] 춘원과 금아는 개인과 민족에서 출발하였지만 그것들에만 매여 있었던 사람들은 아니었다. 그들은 개인과 민족을 타고 넘어서고 있다. 이것이 우리가 또한 주목할 부분이라고 여겨진다. 개인, 민족, 세계는 서로 밀접하게 연결되어 있고 침투되어 있다. 세계의 모든 것이 상호 의존적이라는 인식은 생태학적 깨달음이다. 춘원과 금아에게 개인과 민족을 넘어서는 돌파구가 없었다면 그들은 당시의 고단한 역사와 현실의 질곡 속에서 지탱할 수 없었을지도 모른다. 이런 의미에서 우리는 이제부터 이러한 넓고 열린 조망에서 춘원과 금아의 삶과 문학을 재조명해야 하지 않을까 한다.[19]

---

18) 이 주제를 위해서는 최종고의 유익한 논문 「"코스모폴리탄"으로서의 春園」과 박상진의 저서 『비동일화의 지평—문학의 보편성과 한국문학』의 7장 「민족주의와 세계시민주의—이광수 문학의 지평」 참조.

19) 이런 맥락에서 박상진은 "이광수의 문학이 자체의 일부를 부정하면서 견지하고 또 초월하는 구도 위에 서 있다는 말이다. 또 친일 문학으로 분류될 법한 텍스트들의 심층 분석을 통해 중층적 구조의 존재를 드러내고 그 사이에 끼어 있는 자기 부정과 비동일화의 흔적을 적극적으로 재해석하는 것도 가능하다. 이런 작업들은 결코 무의미한 것도, 희망이 없는 것도 아니다. 그 의미와 가능성을 동아시아 문학과 비교문학, 그리고 세계문학의 맥락들을 서로 연결시키고 한국 근대문학의 기원을 새롭게 물으면서 그들 각각의 재성찰에 새로운 기여를 하는 차원으로 나아가도록 만든 것은 이광수의 문학이 현재 우리에게 다시 살아나는 징표일 것이다"(40쪽)라고 역설한 것을 우리는 귀담아 들어야 할 것이다. 세계시민주의 시대에 금아 피천득 문학의 가능성에 대한 짧은 논의로는 졸저 『산호와 진주—금아 피천득의 문학세계』(푸른사상, 2012), 287~296쪽 참조. 이명재는 금아 수필에 관한 논의에서 금아 문학의 세계성에 대해 다음과 같이 논한 바 있다. "금아 수필의 나머지 특성 하나는 그 자신의 동서양에 걸친 폭넓은 문

화 체험과 지적인 활용이다. … 그의 행동반경은 실제 생활에서 공간적으로 동서양에 두루 걸쳐 있다. 서울에서 태어나 몇 차례의 해외 유학을 거쳤고 영문학과 중국 문학을 겸하여 지적인 활동 영역이 넓다. 즉, 서울-상하이-도쿄-보스턴으로 이어진 행동반경과 한국 문학-중국 문학-일본 문학-영미 문학에 걸친 지적 공간은 그의 글쓰기에 직간접적으로 표출되어 있다.”(240쪽)

3장 송욱의 문학 연구와 비교 방법론 재고
— 세계시민주의 시대의 한국 비교문학을 위한 하나의 시론(試論)

> 내가 사용한 여러 가지 비평 방법 중에는 또 한 가지가 있다. 그것은 동양
> 과 서양을, 문학과 사상의 전통, 정치와 사회의 차이, 이런 측면에서 비교(比
> 較)해보는 방법이다. 이는 한국의 문화나 문학이 흔히 빠지기 쉬운 '닫힌 상
> 황'을, 공간상으로는 동양으로 서양으로, 그리고 시간상으로는 과거와 현재,
> 그리고 미래를 지향하여, 훤칠하게 '열어보자'는 노력이다. 이 나라의 문화
> 나 문학에 대한 사랑을, 나는 오직 이렇게밖에는 표현할 수 없었던 것이다.
>
> —송욱, 「서문」, 『문학평전』, 4쪽

1. 머리말: 한국 비교문학계의 몇 개의 계기들

2000년대 들어서면서 세계화 시대 그리고 세계시민주의 시대가 되면서
한국의 학술계가 "비교"에 관해 많은 관심을 가지기 시작했다. 한국 비교문
학계가 본격적으로 국제학계와 교류를 시작하여 국내 비교학자들이 하계
올림픽처럼 3년마다 대륙을 돌며 개최되는 문학 올림픽인 국제비교문학회
(International Comparative Literature Association)에 참석하기 시작했다. 2007
년 8월에 브라질 리우데자네이루에서 개최된 제18차 ICLA 세계대회 총회
에서 캐나다(퀘백)와의 치열한 경쟁 끝에 2010년 제19차 ICLA 세계대회를

한국으로 유치하는 데에 성공하였다. 이에 따라 내년 2010년 8월 15일~21일에 서울에서 ICLA 세계대회를 개최케 되었다.

2008년에는 부산외국어대학교가 한국에서 처음으로 대학원에 "비교문학과"를 정식으로 설치하였다. 이것은 한국 비교문학사에 남을 학문적 사건이다. 지금까지는 국내 몇몇 대학에서 대학원에 협동과정 형식으로 설치했다. 하지만 부산외대의 비교문학과를 기점으로 앞으로 국내에 많은 비교문학과가 연쇄적으로 설치되기를 기대해본다. 앞으로 우리는 학부 과정에 비교문학이나 비교문화의 연계과정이 설치되고 나아가 전국적으로 몇몇 거점 대학교 학부나 대학원 과정에 비교문학과를 설치하는 운동을 시작할 수도 있을 것이다. 한국비교문학회와 제19차 ICLA 세계대회 조직위원회는 정부와 교육 당국에 전 세계 주요 대학교에서 한국만이 없는 비교문학과 설치를 새로운 학문정책적인 차원에서 고려해줄 것을 권유할 예정이다.

2009년은 한국비교문학회가 창립 50주년을 맞이한 해였다. 11월 28일 (토), "한중일 동아시아 비교문학"을 주제로 서울의 세종대학교에서 국제 학술대회가 개최되었다. 반세기를 맞은 한국비교문학회는 무엇보다 2010년의 제19차 ICLA 세계대회 개최를 발판으로 새롭게 도약할 기회를 마련해야 할 것이다. 이웃나라 일본은 2008년 일본비교문학회 창립 60주년을 맞아 국제 학술대회를 개최했고 같은 해 중국도 중국비교문학회 창립 30주년을 맞아 국제 학술대회를 개최한 바 있다. 필자는 2008년 이 두 대회를 한국 대표의 한 사람으로 참석하였다. 이제는 비교문학 또는 세계문학(World Literature) 또는 일반문학(General Literature)이 세계시민주의 시대에 다시 새로운 문학의 영역으로 그리고 학문으로 특히 한국에서 새롭게 부상될 것으로 기대한다.

여기서 필자가 말하려는 주제는 시인이며 영문학자였고 무엇보다도 한국 최초의 본격적인 비교학자였던 송욱(宋稶, 1925~1980)이다. 왜 송욱인가? 송욱은 1963년에 『시학평전』을 출간하여 우리나라 학계와 비평계에 새로운 바람을 일으켰고 비교학(comparative literature)에 대한 비상한 관심을 불러일으켰다. 그는 1969년 또다시 『문학평전』을 상재하였고 1978년에는 『문물의 타작』을 간행, 학문 연구에서 자신의 비교 방법론을 개발하여 한국 문학과 서양 문학, 동양사상과 서양사상 등을 비교 연구하는 학문적 그리고 비평적 토대를 세웠다. 허나 그가 1980년 갑작스럽게 타계한 후 그의 시인으로서, 비평가로서, 영문학자로서, 명성과 영향력도 빠르게 사라졌다. 필자가 세계화 시대가 본격적으로 시작된 21세기 초엽에 송욱을 또는 그의 유령을 다시 거론하는 것은 문학 연구와 문화 연구에서 하나의 융복합 및 통섭의 방법론으로서의 "비교"의 방법이 새롭게 부상되고 있기 때문이다. 나아가 최근 비교문학이나 비교문화에 대한 관심을 우리 학계와 비평계에 소개하고자 함이다. 그동안 학계에서는 시인으로서의 송욱에 대한 연구는 적지 않게 있었으나 이상하리만치 비교학자로서 송욱에 관한 연구와 논의는 별로 없었다. 따라서 본 논문의 목적은 문학 연구에서 송욱의 비교 방법에 대해 다시 살펴봄으로써 국내 문학계에 비교문학을 포함하여 국내의 비교학을 활성화시킬 방안을 모색하는 것이다. 그렇다면 송욱의 비교학을 본격적으로 논의하기에 앞서 "비교"에 대한 논구부터 시작해보자.

그렇다면 "비교"란 무엇인가? 오늘날 무엇 때문에 비교가 논의되어야 하는가? "비교"는 오늘날의 다문화 세계화 시대의 핵심어이다. 비교비평, 비교사상, 비교한국학, 문예 비교시학, 동서 비교문학, 동아시아 비교문학, 비교시학, 비교문화연구, 비교인문학 등 비교라는 말은 문화와 학문의 영역에서 다양하게 사용되고 있다. 21세기의 새로운 지구윤리학으로서 비교학(comparative studies)은 "세방화"(世方化, glocalization)의 문화정치학적 전략이다. 우선 비교는 차이에 대한 인식을 통해 주체의 정체성 정립의 토대이며 타자에 대한 이해의 "시작"으로 우열의 문제가 아니라 가치의 문제이다. 비교는 억압이나 비판을 위한 것이 아니라 차이의 문제이다. 차이는 옳고 그름의 문제가 아니다. 비교는 또한 단순화(단성적)가 아니라 복합화(다성적)이다. 비교는 영향 관계 문제만이 아닌 가치 창조의 문제이다. 비교는 결코 정태적인 것이 아니고 역동적이다. 비교는 중심이나 주변부 지대가 아니라 "중간 지대"에 속해 있다. "중간"은 비활성 폐쇄 공간이 아니라 치열한 소통과 교환의 장소이다. 비교는 처음이나 끝이 아니라 중간이다. 비교는 공모가 아니라 위반이다. 비교는 결과가 아니라 과정이다. 비교는 점이 아니라 선이다. 비교는 위계적이 아니라 평등적이다. 비교는 정착과 정주가 아니라 이동과 이주(유목)이다. 비교는 정지가 아니라 운동이다. 그러나 무엇보다도 비교는 순수의 선언이 아니라 잡종(혼종)의 선언이다. 비교학의 문화정치학은 잡종(혼종)성을 문학 연구에 접속시키는 일이다. 비교에 대한 새로운 개념 구성과 특별한 의미 부여의 목적은 결국 경계선 가로지르기와 방법적 세로지르기를 통한 전 지구화 문화의 복잡성과 다양성의 가치를 담보해내는 것이다. 진리나 진실은 단순명쾌하기보다 언제나 복합적이고 잡종적이다. 세계화 시대의 인문 지식인과 문학 지식인들은 이제 모두 비교학자(comparativist)가 되어야 하지 않을까?

좀 더 구체적인 이야기를 해보자. 영국의 에든버러 대학교의 영문학과 교수인 콜린 맨러브(Colin Manlove)는 문학 연구와 분석에서 "비교" 방법의 유용성에 대하여 아래와 같이 주장하였다.

> 비교의 유용성은 무엇인가? 유사하거나 상이한 작품을 나란히 놓고 보면 우리에게 어떤 이익이 있을까? 단독으로 한 작품만을 지나치게 자세히 들여다봄으로써 커다란 조망을 가지지 못하는 한 작가의 특성이나 개성에 대한 이해도를 우리는 비교를 통해 높일 수 있을 것이다. 만일 학 작품이 다른 작품을 번안하거나 개작하거나 아니면 심하게 의존한 경우라면 각 작품에서 동일한 구절이나 부분들을 빼내어 둘을 함께 살펴봄으로써 각 작품에 대한 통찰력을 획득할 수 있을 것이다. 그리고 좀 더 폭넓은 수준에서 우리는 한 텍스트를 그것의 문학적 원천과 비교하여 … 두 작품이 얼마나 유사한지 상이한지 알 수 있을 뿐만 아니라 각 작품의 특별한 관심사나 주제에 대한 통찰력을 얻을 수 있다. 또는 유사한 형식, 주제나 장르의 작품들끼리 비교할 수도 있다…. 총체적인 문학 분석 작업에 비교가 반드시 포함된다. (Manlove, 86쪽. 밑줄 필자)

다음으로 "비교문학"(Comparative Literature)이란 무엇인가. 비교문학에 대한 논의는 다양하지만 미국 뉴욕의 컬럼비아 대학교 비교문학과에 석좌 교수로 오랫동안 재직했던 에드워드 사이드(Edward Said)는 포스트식민주의적 비교학자로 유럽에서 시작된 비교문학에 대한 탁월한 견해를 제시하고 있다. 좀 길지만 인용해둔다.

> 편협성과 지역주의를 극복하고 몇 개의 문화들과 문학들을 함께 대위법적으로 보는 것을 그 기원과 목적으로 하는 분야인 비교문학을 전공하는 훈련받은 학자들은 환원적 민족주의의 무비판적인 신조에 대한 해독제를 이미 갖고 있다고 말할 수 있다. 결국, 비교문학의 본질과 원래 목표는 자신만의 조국을 초월하는 전망을 얻고, 자신만의 문화, 문학, 역사가 제공하는 보잘 것 없는 방어적인 편린 대신 전체를 조망하는 것이었다. 나는 우선 우리가 이상과 실천으로서, 비교문학이 원래 어떤 것이었는지 알아보자고 제안한다. (『문화와 제국주의』, 102~103쪽)

> 비교문학 연구야말로 문학 성취에 관해 초민족적인, 더 나아가 초인류적인 시각을 제공해줄 수 있는 이상이 형성되었다. 따라서 비교문학의 이념은 어족(語族) 연구를 통해 얻은 문헌학 학자들의 이해와 보편성을 표현할 뿐만 아니라, 거의 이상 세계와 다름없는 위기가 사라진 평온함의 세계를 상징한다. 편협한 정치적 문제들을 넘어서는 것은, 남녀 모두가 문학을 즐겁게 만들어내는 인류학적인 의미에서의 일종의 에덴동산이자, 동시에 매슈 아놀드와 그의 추종자들이 명명한 것처럼 일급의 작품만이 인정받는 "문화" 세계의 도래를 의미한다.
> "일급의 저작들"이라는 의미와 모든 세계문학의 종합이라는 뜻을 엮어 만든 괴테의 "세계문학"(Weltliterature)이라는 개념은 20세기 초의 비교문학자들에게는 매우 중요한 것이었다. (106쪽)

19세기 서구에서 비교문학이라는 문학 연구 방법이 처음 시작되었을 때 그들의 초기 의도는 비록 서구중심적이기는 하지만 일단은 근대적 민족주의적 경향을 극복하고 문학과 문학 연구에서 좀 더 보편성과 일반성을 객관적으로 논의하기 위해서였던 것만큼은 분명한 것 같다. 다음에서 한국 최초의 본격적인 비교학자였던 송욱이 어떻게 비교학에 관심을 가지게 되었는지 살펴보자.

2. 송욱의 "비교학" 이론과 비교 방법론

(1) 비교학 일반론

송욱은 영문학자, 비교학자이기 전에 탁월한 시인이었다. 그는 『하여지향』(1961), 『월정가』(1971), 『나무는 즐겁다』(1978)를 출간한 바 있다. 송욱은 20세기 후반기 한국에서 한글로 시를 쓰는 시인으로 자신의 시인으로서의 생성 과정 즉 "한 개인의 문학적 인격이 성장하는 과정"에 대해서 다음과 같이 말하고 있다.

> 문학에 불만을 품고 문학을 시작하는 젊은이에게 외국 문학은 빛나는 희망을 줄 수도 있다. 그는 내심이 지닌 요구를 상당히 만족시켜주는 내용을 지닌 동시에 우리 말로 훌륭한 작품을 쓰는 데 도움이 될 수 있는 모범을 외국 문학에서 상당히 많이 얻어볼 수 있는 것처럼 보인다. 그러나 결국 그는 아마도 30세를 고비로 하여 외국 문학이 우리에게 도움이 될 수 있는 한계를 알아차리게 되리라. 그는 당황하고 고민하다가 한국의 문화 전통을 의식하게 되고 전통과 외래 사조의 상호작용을 살펴가면서 작품을 쓰게 될 것이다. 즉 그는 점차 비평 의식을 간직하게 되고 전통의 변화와 외래 사상의 조정을 꾀함으로써 분열되었던 문학적 인격을 다시 통일시킬 수 있다. (「서문」, 『시학평전』, 7쪽)

여기에서 한국 시인으로서 송욱은 한국에서 계속 시를 쓰기 위해서는 결국 한국의 문화 전통을 알아야 하고 나아가 외래 사조와의 상호관계에 관심을 가질 수밖에 없게 됨을 고백하고 이것을 "비평 의식"이라고 부른다. 송욱은 "전통과 외래 사조와의 상호작용"이라는 비교 의식을 비평 의식과 같은 것으로 파악하고 있다. 다시 말해 송욱에게 비교 의식은 곧 비평 의식이 되는 것이다.

송욱은 계속해서 한국의 시인으로서 자신이 처한 3중으로 포위당한 상황을 다음과 같이 설명하고 있다.

> 전통에 기대고 있는 까닭에 지니는 문학사의 연속관과 자기 세대의 특수성을 느끼기 때문에 가지는 과거와의 단절 의식, 이 분열에서 이 틈바구니를 뛰어넘는 활동이 곧 작품 제작이라는 행동이라고 설명할 수 있으리라. 또한 역사의식이 시인에게 있어서, 심상치 않은 문제임을 여기서 우리는 새삼 깨닫기도 하는 것이다.
>
> 그런데 영국 시인과 우리들은, 전통에 관한 생각에서 무엇이 다르며 어떠한 차이가 있는 것일까. 우선, 엘리엇트와 같은 사고 노선을 따른다면 우리는 향가로부터 시작하는 우리의 문학사 전체, 그리고 이 역사와 떼어버릴 수 없는 『시경』(詩經) 이후의 중국 문학사 전체, 그리고 시간과 공간이 좁아든 오늘날, 우리가 그 앞에서 눈감을 수 없는 유럽 문학사 전체, 이러한 것이 현재에도 우리에게 중요한 것으로서 살아 있다고 의식하면, 이 사이에 끼어서 작품을 쓴다고 생각할 수 밖에 없다. (『시학평전』 제1장, 11쪽)

그러나 이런 3중의 포위망 속에서 우리는 어느 하나만을 선택하고 다른 것들을 쉽게 포기할 수가 없다. 여기에서 "비교"가 개입된다. 이제 "비교"는 시인이건 학자이건 간에 우리에게는 하나의 운명이 되고 방법이 되는 것이다. 비교를 통해 위의 세 가지 상황을 조정하고 통섭할 수 있다. 이런 의미에서 비교는 "대화"의 다른 이름이 될 수 있다. 치열한 대화적 상상력을 통해서만 이 포위망을 뚫을 수 있는 전략이 나올 수 있을 것이다. 이런 탈출의 전략은 동서양 문학과 문학에 대한 "역사의식"이 선행될 때에만 가능하다. 역사의식이 제공될 때에만 비평 의식은 제대로 작동될 수 있을 것이다.

송욱에게 비교는 이제 자신의 시인으로서의 창작에서는 물론 영문학자와 비교학자로서 자신의 연구 작업에서도 하나의 원리가 되었다.

> 과거의 모든 영원한 작품들의 동시적 질서를 의식한다는 것은, 어떤 시인이 작품을 만들어낼 때에, 그 작품과 과거의 여러 작품과의 관계를 의식한다는 결과가 된다. 동시적이라 함은 곧 과거와 현재의 대립을 일단 부정하고 본다는 뜻이니까, 살아 있는 시인의 작품을 같은 시대에 살고 있는 사람의 작품과 <u>비교</u>할 뿐만 아니라, 동시에 과거의 모든 작품과 (될 수 있으면) <u>비교</u>하는 것을 적어도 기준으로 삼으려는 생각이다.
>
> 어떤 시인도, 그리고 어떤 예술 분야의 어떤 예술가도 스스로 혼자만으로는 자신의 의의를 완전히 가지지 못한다. 그의 의의와 그가 받는 가치 평가는 그가 작고한 시인들이나 예술가에 대하여 가지는 관계가 받는 평가다. 그를 외톨로 떼어놓고 가치를 재어볼 수는 없으리라. 대조와 <u>비교</u>를 위하여, 그를 고인들 사이에 놓고 보아야 할 것이다. 나는 이것이 역사적비평뿐만 아니라 미학적비평의 원리라고 생각한다. (『시학평전』, 12~13쪽. 밑줄 필자)

이런 맥락에서 볼 때 송욱에게 "비교"는 이미 핵심적 인식소이다. 다시 말해 송욱의 사유의 하부구조는 밑바닥에 "이미 언제나" 비교의 본능(comparison instinct)이 깔려 있다. 좀 더 본질적으로 말한다면 송욱의 문학 연구나 시 창작에서는 비교를 통해 사고와 감정을 형성할 수 있고 창작을 작동시키고 가치 평가의 추동력이 될 수 있다. 이런 심층 모델적 사유 방식은 정치경제학자 마르크스의 상부구조-하부구조, 정신분석 심리학자 프로이트의 의식-무의식, 구조주의 언어학자 페르난드 소쉬르의 파롤-랑그, 생성언어학자 노엄 촘스키의 언어수행-언어능력에서 볼 수 있다. 송욱에게 비교의 사유는 비교능력(Comparative Competence)이며 비교 DNA인 셈이다. 송욱에게 비교는 거의 본능적이며 무의식적인 것이다. 또한 비교학은 그의 사유와 학문의 의식적인 방법이자 목표이며 "미학적 비평의 원리"가 되었다.

송욱에게 비교적 사유는 시공간의 시야의 비전을 훤하게 열어젖히는 하나의 방식이리라. 송욱 자신의 시에서 그 가능성을 가늠해보자.

> 슬프다 하면
> 너무 무겁고
> 무겁다 하면
> 너무 깊으다
> 하늘인가 바단가
> 흘러 가는 가락인가
> 살별 떼가 날으는
> 밤을 다한 마음인가
> 넓어질수록
> 아아 홍청대는 공간이여!
> 가라앉아도
> 아아 싱싱한 시간이여!
> 불꽃을 퉁기면서
> 휩싸고 돈다. (「아악(雅樂)—重光之曲」, 『월정가(月精歌)』, 128~129쪽)

"비교" 방법은 이제 우리에게 "홍청대는 공간"의 넓이와 "싱싱한 시간"의 깊이를 제공하는 것일까?

(2) 비교 방법론의 구체적 사례

『시학평전』의 「서문」에서 송욱은 이 책의 줄거리를 "동서 문학 배경을 비교하여 그 차이와 대조되는 면을 밝혀보려"(3쪽)는 뜻이라고 밝힌다. 송욱은 계속해서 다음과 같이 동양문학과 서양문학의 배경을 비교하는 것의 필요성을 아래와 같이 상술하고 있다.

> 지금 우리 안에는 여러 가지 '매우 해묵은' 우리 전통과 '아주 새로운' 외

래 사조가 야릇하게 혼합되어서 같이 살고 있다. 시 비평도 우선 이와 같은 난처한 우리 발판을 비추고 드러내는 일부터 시작해야 할 것이다. 나는 공자의 시관인 '사무사(思無邪)'와 발레리가 주장하는 순수의식 혹은 완고한 엄밀성을 바탕으로 한 시관을 비교해보았다. 이에 대한 동기나 근거를 지금 잠시 반성하고 되씹어보고자 한다. 그것은 우리가 전통적으로 지녀온 시관이 '사무사'와 가까운 것에 틀림없는데, 이러한 바탕에 발레리 시학이 들어와서 대립할 수 있는 가능성이야말로 현재 우리 문학 상황이 당면한 문제의 표지가 될 수 있다고 생각한 까닭이다. 그러므로 공자의 시관을 아리스토텔레스의 시학과 비교하는 것보다는 그것을 발레리의 시학과 견주어보는 것이 우리 시문학의 전망을 위해서는 더욱 절실한 일이라고 생각한 셈이다. (6쪽)

송욱은 우선 동서 문학 배경의 차이를 논의하기 위하여 동아시아권의 대표적 문학론으로 무엇보다도 공자의 『논어』에 나오는 구절을 제시한다.

시경에 실린 3백 수는 한 마디로 평해서, 생각에 간사함이 없다(思無邪)는 것이다. (「위정(爲政)」, 앞의 책, 제1장, 6쪽)

송욱은 특이하게도 이 핵심적인 구절과 대비되는 서양의 구절로 고대 그리스의 "서양 문학비평의 아버지"인 아리스토텔레스의 『시학』에서 가져오지 않고 현대 프랑스 시인이며 비평가인 폴 발레리의 『레오나르도 다 빈치 방법서설』에서 가져온다.

레오날도 다 빈치는 이러한 혼란과는 아무런 관계가 없다. 우리가 선택해야 하는 그렇게도 많은 우상 중에서 적어도 하나의 우상만은 공경해야 하니까, 자기 눈앞에 이 '완고한 엄밀성'을 단단히 세워놓았다. 그리고 이 우상은, 모든 우상 중에서도 가장 까다롭게 요구가 많은 것이 자기임을 말해준다(그러나 그는 마땅히 누구보다도 가장 세련된 존재일 것이며, 다른 모든 우상이 한결같이 미워하는 존재이리라).

엄밀성이 자리를 잡고 보면, 하나의 적극적인 자유가 있을 수 있게 된다. 일변, 언뜻 눈에 뜨이는 자유란, 우연의 충격이 있을 때마다 그것을 따르는 능력에 지나지 않는 만큼, 이러한 자유는 누리면 누릴수록 우리가 더욱 같은 한 점의 주위에 얽매어버리는 것이다. 마치 아무것도 잡아매지 않고, 모든 것이 영향을 끼치며, 우주의 모든 힘이 서로 겯고 틀며, 상쇄되는 하나의 장소를 마련한 바다 위에 뜬 낚시찌처럼. (앞의 책, 제1장, 3~4쪽)

송욱은 공자의 "시학"이 "진정과 인정(人情)만이 시의 내용"을 이루고 발레리의 시학이 "치밀한 계산을 통한 언어의 음악건축이란 형식으로, 형이상학을 주제"로 삼는다고 보고 이 두 사람의 차이를 동양의 시관과 유럽의 시관의 차이로 규정한다. 여기서 송욱은 도연명의 평가를 통한 발레리의 동서 예술론의 비교도 아울러 소개한다.

희랍 예술과 동양 예술이 다른 점은 동양 예술이 쾌락을 주는 것만을 위주로 하는 데 비하여 희랍 예술은 '아름다움'을 다시금 결합시키려고 꾀하는 데 있다. 즉 가까이 있고 만져서 알 수 있으며 오로지 우연한 속성으로 이루어진 여건이 자연인데, 그 안에는 존재치 않는 보편적 질서, 신성한 예지, 지성의 지배 등을 생각하게 만드는 하나의 형식을 여러 사물에 대하여 주려고 노력하는 데 있다. (앞의 책, 제2장, 34쪽)

송욱은 다시 한 번 동서양 예술이 차별화되는 배경을 동양의 인정을 토대로 한 "쾌락"과 서양의 "아름다움"에 대한 엄밀한 미적 구축으로 보았다.
다음으로 송욱은 T. S. 엘리엇의 "역사의식"(historical sense)과 중국의 상고주의(尙古主義)를 비교하면서 그 차이를 다음과 같이 정리하였다.

엘리엇트의 전통관은 동양의 전통사상이 가지고 있지 않은 어마어마한 특색을 지니고 있다. 즉 그것은 새로 나오는 작품이 정말로 새롭고 훌륭한 작품이라면 반드시 문학의 전통적 질서를 개혁하는 구실을 한다는 주장이다. 따라서 엘리엇트는 전통이 지닌 질서를 날카롭게 의식하는 면에서는 전통주의자이지만 새로운 작품이 전통을 바꿔놓는다고 본 점에서는 모더니스트이다. 그는 언뜻 생각하기에 서로 대립되어 있는 듯이 보이는 이 두 면을 한 몸에 지니고 있는 시인이다.

우리의 전통관은 "옛것을 익히고 새로운 것을 알면 남의 선생이 될 수 있다"(온고이지신 가이위사의 溫故而知新 可以爲師矣)는 공자의 말에도 표현되다시피 과거의 고사나 전고가 지닌 규범을 따라야 한다는 일방적인 것이었다. … 새로운 것이 옛것을 변화시킨다는 생각은 별로 강조되지 않았다. 새로운 것을 알아야 또는 만들어야 비로소 과거의 훌륭함을 깨달을 수 있다는 생각이 박약하여서 요순시대는, 즉 황금시대는 항상 태고에만 있을 수 있는 것으로 되어버렸다. 지신하여야 비로소 온고할 수 있다는 반대 방향을 엘리엇트는 말하고 있다. (앞의 책, 제1장, 14~15쪽)

송욱은 엘리엇의 전통과 역사의식을 새로운 것 다시 말해 새로운 질서를 창조해내는 것으로 보았고 동양(동아시아)의 전통관은 새것의 창조보다는 옛것을 익히는 것에 더 초점을 맞춘다고 보았다. 송욱은 아마도『논어』의 다른 곳에서 나오는 "술이부작"(述而不作)을 생각했을 것이다. 동양의 학자나 시인은 옛것을 그대로 설명하거나 기술하여야지 새로운 것을 지어내는 것을 금기시하였다.

송욱은「영미의 비평과 불란서의 비평」이라는 글에서 영시와 프랑스 시의 차이를 "경험과 현상의 세계"이고 "프라톤적 '이데아'의 세계"의 차이로 보는 보들레르 시에 대한 본푸아의 견해를 다음과 같이 소개하면서 영미 시와 프랑스 시의 특징을 잘 비교해내고 있다.

보드레에르는 어떤 통찰의 수준에 있어서도 사물 그 자체를 묘사하려고 하지 않고 오히려 존재의 본질과 이에 바탕을 둘 수 있는 모든 감정과 윤리적 통찰력의 함축성을 함께 전달하고자 한다. 이처럼 강렬하고 좁은 목표 때문에 현상세계에 대해서 초연한 태도가 거의 강박관념처럼 시에 다시 나타났는

데 이러한 경향을 불란서 시의 주류가 지닌 운명인 성싶다. (앞의 책, 177쪽)

여기에서 송욱은 영미 시의 경험주의적 장점과 프랑스 시의 이성주의적 장점은 모두 우리에게 필요하다고 말한다. 그 이유로 송욱은 영시를 "거울"로 비유하고 프랑스 시를 "수정구"(水晶球)로 비유하고 우리 문학은 아직도 거울과 수정구를 모두 가지지 못한 채 문학사의 고비에서 싸우고 있다고 지적한다. 또 다른 장에서는 프랑스 시인 발레리의 시론과 영국 시인 엘리엇의 시론을 "본질적 순수"와 "경험적 비순수"로 규정하면서 비교를 시도하고 있다.

송욱은 이 밖에도『시학평전』의「유미적 초월」과「혁명적 아공」이란 장에서 일제강점기의 만해 한용운과 인도의 대시인 R. 타고르를 비교하였다. 이 자리에서 송욱은 만해가 타고르의 영향을 받았지만 시인과 시에 있어서 만해가 타고르보다 훨씬 탁월하다고 평가한다. 송욱은『문학평전』에서는 이광수와 이상의 소설을 사회의식의 각도에서 읽기를 시도하였다. 특히 제3장 "창부와 사회의식"에서 이상의『날개』와 사르트르의『공손한 창부』를 비교하였다.『문학평전』의 Ⅲ부 "동서 시학의 비교"에서는 유럽 시인인 시먼스와 베를렌 그리고 한국 시인 김억과 김소월의 시를 비교하면서 송욱은 "뉘앙스의 시학"과 "기분의 시학"으로 나누어 분석/비교하였다.「동서시에 나타난 내면공간」이란 제목의 Ⅲ부 제2장에서 송욱은 독일시인 라이너 마리아 릴케, 고려의 시인 나옹(1320~1376), 이조의 여류 시인 황진이를 비교한다. 이 모든 경우들을 여기에서 자세히 소개하지는 못하지만 송욱은 실로 동서양의 다양한 시대와 시인작가들을 종횡무진으로 비교하고 있다. 이에 대한 좀 더 자세하고도 심층적인 논의는 다음 기회의 과제로 남긴다.

살아 있을 때의 마지막 저서『문물의 타작』에서 송욱은「동서 생명관의 비교」와「동서 사물관의 비교」란 기다란 글에서 동서 사상 비교에 관한 본격적인 작업에 착수하였다. 송욱은 노자의 무(無)와 사르트르의 소설『구토』에 나타난 무(無), 하이데거와 베르그송의 철학의 무(無)를 비교하면서 다음과 같은 결론을 내렸다.

노자에 있어서 무(無)는 생명과 만물의 기원이며, 그 상징은 물과 여자와 갓난아기지만, 하이데거에 있어서 무는 불안으로서 드러나며 인간과 모든 존재의 의미와 가치를 무너뜨리는 작용이다. 노자에서 되풀이하여 나타나는 물과 여자와 갓난아기와 사르트르의 『구토』는 무엇보다도 동서양에서 무가 얼마나 정반대의 내용을 지니고 있는지를 간단히 그리고 매우 뚜렷이 보여주고 있다. 즉 노자의 무가 생명과 모든 존재가 발생하는 원천이라고 하면, 하이데거와 사르트르에 있어서 무는 모든 존재가 군더더기로 돌아가는 종말을 뜻한다고 말할 수 있으리라.

동양에서는 노자, 장자, 그리고 불교가 보여주듯이 존재와 무가 언제나 융합될 수 있다는 사상이 전통을 이루고 있는 반면에, 서양에서는 기독교에서 말하는 인격신을 통한 만물 창조설은 물론 철학사 전체가 존재에 치중하고 있는 사상 전통을 가지고 있기 때문에, 동양에서는 무가 가치인 데 비하여 서양에서는 반가치가 되는 것이다. 이는 노자에 나타나는 동의 원리와 하이데거나 헤겔에서 볼 수 있는 대립의 논리, 즉 동일성과 타성의 대립을 엄격히 고집하는 논리의 차이라고도 할 수 있다.

베르그송은 무와 부정을 실상 따지고 보면 충만과 긍정이라고 한다. 또한 절대적 무와 존재 전체는 비슷한 관념이라고 생각한다. 그리고 부정에서 사회의 기원을 본다. 베르그송이 이처럼 무와 부정에서 사회와 실재, 그리고 인간의 이해 관계를 따르는 행동과 감정의 반영을 보는 생각은 오히려 동양과 서양에서 무의 내용이 그처럼 다르며 동양사상에서 무가 그처럼 중대한 구실을 하는 이유를 밝혀준다고 해도 좋을 것이다. (『문물의 타작』, 182~183쪽)

이 결론은 송욱의 비교학 분야에서의 학문적 작업을 마무리하면서 동서양의 사상적 철학적 차이를 무(無)를 통해 웅변적으로 제시하고 있다. 송욱은 여기에서 후학들에게 동서양 비교 사상의 엄청난 연구 영역을 남겨준 셈이다. 그러나 아쉽게도 문학자들뿐만 아니라 시인 작가들도 이 영역에 대한 탐구는 별로 진행시키지 않고 있다. 이 부분에 대한 자세한 논의는 필자에게 또 다른 자리를 필요로 할 것이다.

송욱은 계속해서 주자와 퇴계의 '중(中)의 논리'와 서양의 형식논리학의 3대 원리를 비교하면서 동서양 사유의 차이를 종횡무진으로 넘나들며 설명하였다.

> 이렇게 보면 주자와 퇴계의 사고방식은 서양의 형식논리학의 기초를 이루고 있는 3대 원리와 거리가 매우 멀다고 할 수밖에 없다. 주자와 퇴계가 자리 잡고 있는 '중의 논리'는 말하자면 동일의 원리, 모순의 원리, 그리고 배중(排中)의 원리가 아직 발동하기 이전의 상태에 놓여 있는 것이다. 그리고 퇴계가 사욕이 없는 마음과 편편한 기분으로 도리를 살펴라고 충고한 사실과, 주자가 중용장구에서 천명한 성, 리, 도체, 중 등이 모두 같은 뜻을 지닌 것으로서 해석한 점을 생각하면, 중이란 논리의 측면에 덧붙여서 윤리적 측면, 그리고 형이상학적인 측면과 심리적인 측면까지도 아울러 지니고 있는 것처럼 보인다. (앞의 책, 209쪽)

송욱은 이조 성리학의 대가인 퇴계와 율곡의 공부 방식을 비교하며 다음과 같이 두 사람의 흥미로운 차이를 쉽게 보여주고 있다. 동서양의 비교, 중국과 한국의 비교, 서양과 한국의 비교, 한국끼리의 비교 등 비교의 영역도 다변화되었다.

> 즉 율곡에 있어서 가장 중요한 것은 성현의 말을 넘어서서 그 뜻을 깨닫고, 진리를 몸소 직관하고 자기 말씨대로 표현하며 또한 실천하는 것, 바꾸어 말하면 '진리와 자기의 관계'를 확립시키는 것이다. 여기서 우리는 율곡이 노린 것은 직관과 창조와 실천이었으며, 경전의 주석이나 해설이 아님을 뚜렷이 알 수 있다. …
> 그러나 높은 산과 같은 도리 전체를 바라보는 방향 감각을 가지고, 자기 눈으로 보고 자기 말씨로 표현한 도리야말로 정말로 자기 것이라고 생각하여 경서의 본문이나 주석으로부터 상당히 자유로운 입장에 서서 직관과 창조 그리고 실천과 경험을 강조한 율곡의 특색을 퇴계에서는 볼 수 없는 성

싶다. 이는 퇴계가 주자의 글을 평하여 간략하면서도 정밀하고 타당하여, 한 글자라도 덧붙이거나 뺄 수가 없고, 또한 "몇 백 년을 겪어도 흠잡을 데가 없다"고 말한 귀절에서도 짐작이 가는 사실이다. (앞의 책, 210~211쪽)

결국 송욱의 학문 또는 문학 연구에서 비교학의 궁극적인 목표는 한국 문화와 문학을 세계문화와 문학적 조망 속에 편입하고 논의하려는 것이다. 송욱은 이러한 자신의 이상을 성취한 현대 한국문학의 최고봉을 만해 한용운이라고 주장한다. 그는 1974년 출간한 역작 『님의 침묵 전편 해설』의 결론에서 그 의미를 다음과 같이 요약하고 있다.

> 우리는 이제 증도가(證道歌)와 사랑의 시가 합친 시집, 현대의 모국어로된 사랑의 증도가를 90편이나 가진 사실을 알게 되었다. 그리고 이 사실이지닌 가치를 좀 생각해볼 필요가 있다. 선(禪)은 서양에는 없을뿐더러, 흔히만해와 비교되는 타고르도 알지 못하는 것이다. 선은 고래로 중국, 한국, 일본에만 있었다. 나는 20세기에 중국과 일본에서 만해와 같은 대선사가 있었다는 사실을 모른다. 하물며 현대의 모국어로서 하나의 시집을 증도가로 채운 대선사에 있어서랴! 또한 고래로 동양에서도 선종 사상 '사랑의 증도가'가 없었던 것은 두말할 여지조차 없다.
> 그러므로 우리는 어쩔 수 없이 이렇게 결론을 내리게 된다. 시집 『님의 침묵』은 지금까지 세계에서 오직 한 권밖에 없는 '사랑의 증도가'임에 틀림없다고. 그리고 이러한 결론이 지닌 뜻에 대하여 우리 민족은 누구나 영원히생각하고 또 생각하게 되리라. 또한 이 때문에 이 시집은 장차도 문학사는물론, 우리 사상사에 있어서도 대승선(大乘禪)의 눈부신 표현으로서 확고한지위를 항시 차지하고도 남음이 있으리라. (443~444쪽)

송욱은 만해 한용운을 이탈리아의 단테, 영국의 셰익스피어, 스페인의 세르반테스, 독일의 괴테와 같이 한국을 대표하는 국민적 작가로 내세우고 있다. 모국어 시어와 불교 사상으로 사랑의 노래를 부르고 있기 때문이리라.

필자는 최근에 쓴 글에서 만해 한용운의 『님의 침묵』의 구조와 주제가 불교에서뿐 아니라 기독교에서 가져온 것이라고 주장한 바 있다. 만해의 시, 소설, 그리고 산문은 진정한 모국어 한글의 보물창고이다. 만해가 『님의 침묵』을 통해 송욱이 말하는 불교의 "대자대비"뿐 아니라 "기독교의 사랑"을 토대로 위대한 "사랑의 노래"를 불렀다면 그는 현대 작가로서 세계시민주의 시대의 전 세계 독자들이 함께 읽을 수 있는 세계문학 또는 일반문학의 커다란 가능성을 보여주었다고 볼 수 있지 않을까?

송욱은 이렇게 비교학을 통해 동양과 서양의 대화, 그리고 동양사상과 서양사상의 융합, 나아가 동양문학과 서양문학의 조화를 이룩해내고자 하는 거대한 꿈을 가지고 있다. 살아 있을 때 그가 마지막으로 펴낸 저서 『문물의 타작』의 결론 부분에 이러한 거대한 비전이 잘 나타나 있다.

> 베르그송은 현대의 서양 문명이 주로 성욕(性慾)을 자극하는 것이라고 본다. 실상 천명과 도리 그리고 인간의 본성이 선이라는 뜻을 담은 유학자의 '성'이 성욕을 뜻하게 된 때부터, 우리 문화는 윤리 지상의 경향을 바꾸어, 물질 지상의 길을 걷게 되었다고 해도 지나친 말은 아닐 것이다. 성욕은 사람을 물질화하기 쉽기 때문이다. 그렇다고 우리는 베르그송의 생각대로 반드시 기독교적인 신비학을 따를 필요는 없다. 우리는 전통적인 유학이 물려준 도덕과 생명의 근원과 내면성에 관한 깊은 사상을 가지고 있으니까 말이다. 물론 유학은 기계학으로써 보충되어야 한다. 그러나 현재 우리는 도덕이나 생명의 본질에 관한 우리의 전통적 사상은 송두리째 버리고, 기계학만을 따르고 있는 것이 아닌가? 흔히 조선 500년은 주자학 일색이었다고 비난한다. 그런데 현재 우리 문화는 기계적 일색이 아닌가? 그러나 우리의 기계학은 얼마나 발달한 것인가? 퇴계와 율곡은 당시 유학을 거의 완전히 소화하였다. 우리는 현재 서양의 사상을 얼마나 소화하고 있는 것일까? 윤리가 없고 사상이 없고 교육이 없는 이 나라를 퇴계나 율곡이 보면 어떻게 생각할 것인가? 사상에 있어서도 전통과 외래 사상의 올바른 소화가 없이는 창조가 있을 수 없다. 현대의 한국은 우리 사상사에서 전례를 찾아볼 수 없을 만큼 처참한 공백기에 놓여 있다고 보아야 할 것이다. 퇴계는 일상생활의

명백하고 쉬운 데서 도리를 찾으라고 했다. 베르그송은 인류가 생활을 단순하게 하기 위하여, 열광적으로 노력할 때가 왔다고 부르짖는다. 우리는 기계학에 골몰할 뿐만 아니라, 우리의 전통적 사상이 지닌 바 내면성과 도덕과 생명을 존중하는 방향을 아울러 주목해야 할 것이다. (233쪽)

　여기에서 송욱은 무엇보다도 동양의 생명학과 서양의 기계학이 상호보완적이 되어야 한다고 강조한다. 퇴계와 율곡이 주자학을 완전히 소화하여 주체화한 데 비해 우리는 아직도 서양사상에 대한 "올바른 소화"도 하지 못하고 전통과 외래 사조 사이에서 길을 잃은 채 방황하고 있는 사상의 "처참한 공백기"에 처해 있다고 탄식하고 있다. 우리는 유용한 과거는 망각하고 서양 것만을 따르는 서양사상의 식민지 상태에 빠져 있다. 각 학문 분야에서 서양 이론에 점점 종속되는 상황이 21세기에도 계속될 것인가?
　그러나 이러한 동서양 비교를 통한 "도덕과 생명학"과 "기계학"의 조화와 중도의 길은 얼마나 험난한 것인가? 송욱은 자신의 시 「우주시대 중도찬」(宇宙時代 中道讚)에서 이 문제를 심도 있게 사유하고 있다.

　　　언제나 떳떳하게
　　　가운데를 걷기는
　　　칼날을 밟기보다
　　　하늘에 오르기
　　　우주를 꿰뚫기
　　　보다 어렵다
　　　도끼자루처럼
　　　손에 잡히고
　　　아늑한 구름처럼
　　　눈 안에 머흘대는
　　　가운데를 은밀하게
　　　목숨이 따라온다. (『월정가』, 34쪽)

그렇다면 지금까지 송욱을 중심으로 논의한 기본적인 기획들을 어떻게 우리 시대인 21세기에 접맥시킬 것인가의 문제를 다음에서 논의해보기로 하자.

3. 세계화 시대의 한국 비교문학의 방향

우리는 세계화의 한복판에 있다. 세계화의 의미를 다시 한 번 되짚어보자. 우리는 쉽게 거부할 수 없는 세계화 과정 속에 한 일원으로 동참하면서도 끊임없이 주체적으로 우리 것을 지켜내야 한다. 세계화의 커다란 수레바퀴 속에 낀 우리의 문물 상황을 포스트식민화하는 화이부동(和而不同)의 자세를 우리는 가져야 한다. 이것은 이른바 세계적으로 생각하고 지역적으로 행동하기 또는 지역적으로 생각하고 세계적으로 행동하기이다. 이러한 모순적 상황을 현명하게 살아내는 것이 이 시대 문학 지식인 모두의 문화정치학적 책무이다. 앞으로 세계화에 대처하는 주체적이고도 실효성 있는 아젠다를 제시하기 위하여 우리는 "세계화"(globalization)라는 용어 자체를 지양할 필요도 있다. 국지주의(localism)와 세계주의(globalism)를 대화적으로 절합하거나 통섭시켜 세계와 지역, 중심과 주변부를 항상 함께 사유하는 세방주의(世方主義)를 채택해야 한다. 이를 위해서 적절한 "거버넌스"(governance, 협치(協治))를 통한 정부, 기업, 비정부기구 등의 종합적 규제와 관리가 필요하다.

그러나 궁극적으로 세방화 전략을 넘어서 우리가 사는 세계를 전 지구적인 삶의 공동체로 만들기 위하여 우리는 "세계시민주의"(cosmopolitanism)로 나갈 수도 있다. 물론 세계시민주의는 또 다른 서구중심주의의 덫이라고 의심할 수도 있다. 수천 년 동안 한반도라는 특수한 지정학적 한계상황에 갇혀 있었던 우리는 "식민지 근대론"과 "식민지 수탈론"의 문제도 현명하게 대처하지 못한 채 언제나 개방이냐 폐쇄냐의 이분법에서 하나만을 강요받아 왔다. 역사적으로 근대 국민국가와 시민의식의 경험이 별로 없는 상황에서 우리가 또 다른 보편주의인 세계시민주의를 쉽게 수긍할 수 없는 것은 당연하다. 그러나 세계시민주의는 인간의 "장대한 일반성"을 토대로 더불어 사는 공동체 의식을 가질 수 있다. 다시 말해 그것은 "구체적 보편"에 이르는 길이다. 19세기의 저명한 시인이며 박애주의자였던 P. B. 셸리(Shelley)는 궁극적으로 타인을 사랑하는 능력인 "상상력"을 강조하였다. 자신이란 감옥에서 벗어나 타인 되기는 역지사지(易地思之)를 가능케 하는 상상력을 통해서만 가능하기 때문이다. 이런 의미에서 셸리는 당대의 위대한 세계시민주의자였다. 이제 우리는 세계화란 환영에서 벗어나 맑은 눈으로 세계를 보아야 한다. 세계화를 타작하여 나쁜 세계화의 껍데기를 날려버리고 좋은 세계화라는 알곡을 얻기 위하여 우리는 합리적 규제와 구체적 거버넌스를 도입하면서 적극적으로 상부상조하는 세계시민주의라는 보편적 인류애를 향하여 나가야 할 것이다.

한국 비교문학은 세계화 또는 세방화 시대에 어떻게 하나의 새로운 분과 학문으로 제도권화될 수 있을 것인가? 이를 위해 우리는 송욱의 제안대로 동서 융합을 통해 주체적인 한국 문화와 문학을 창조하는 길로 나가야 할 것이다. 그러나 이 지점에서 주체적인 자세를 견지하기 위하여 탈제국주의와 포스트식민주의적인 비판 정신을 가져야 할 것이다. 비서구권 출신의 비판 인문 지식인이었던 에드워드 사이드의 말을 다시 한 번 들어보자.

반어적이게도, "비교문학" 연구는 유럽 제국주의의 전성기에 그 기원을 두고 있고, 또 피할 수 없이 그것과 연결되어 있다. 그렇다면 우리는 제국주의가 계속 영향을 미치고 있는 현대 문화와 정치학 안에서 비교문학이 무엇을 할 수 있는지에 대해 비교문학의 궤도를 통해 더 잘 알아낼 수 있을 것이다. …

대부분의 유럽 사상가들이 인간성이나 문화를 예찬할 때 자신들이 말하는 사상이나 가치를 주로 자국 문화에만 혹은 동양, 아프리카, 심지어는 미국과도 거리가 먼 유럽에만 속하는 특성으로 보고 찬양하였던 것은 분명하다. 오리엔탈리즘에 대한 나의 연구도, 가령 고전학(사료 편찬, 인류학 그리

고 사회학은 말할 것도 없고)과 같은 소위 보편성을 표방한 학문 분야에서
마저 마치 다른 나라 문학이나 다른 사회는 자신들보다 열등하다거나 초월
적인 가치를 지니는 것처럼 극단적으로 유럽중심적인 연구 방식을 취하는
것에 대한 나 자신의 비판적 인식에서 비롯된 것이다. 심지어는 커티우스와
아우얼바하를 배태한 권위 있는 학문 전통 안에서 교육받은 학자들조차도,
아시아와 아프리카 혹은 라틴아메리카의 작품에 대해서는 거의 관심을 보
이지 않는다. …

　우리는 영토가 겹치고 역사가 뒤엉킨 현재의 지구 무대가 이미 비교문학
의 선구자들이 그토록 중요시했던 지리, 문화, 역사 간의 일치와 결합 속에
미리 예시되고 언급되었다는 것에 주목할 필요가 있다. 그렇다면 우리는 보
다 새롭고 역동적인 방법으로 비교문학자들의 "세계문학" 구도에 힘이 되는
이상주의적 역사주의뿐만 아니라, 같은 순간의 구체적인 제국주의 세계 지
도도 이해할 수 있게 될 것이다.

　그러나 이 생각은 이 두 가지에 모두 공통된 것이 권력의 정교함이라는
사실을 받아들이지 않고는 이루어질 수 없다. 세계문학을 믿고 실천하는 일
군의 학자들은 실제로 세계문학의 산물을 일종의 주도적인 초연함 속에서
연구할 수 있는 서구라는 위치에 자리 잡은 관찰자의 특권을 갖는다. 동양
학자들이나 비유럽 세계를 연구하는 다른 전문가들도—인류학자, 역사학
자, 문헌학 학자들—이 힘을 지니고 있으며, 내가 다른 곳에서 보여주고자
한 것처럼, 이 힘은 의식적으로 착수된 제국주의 사업과 종종 한패가 되기
도 한다. (『문화와 제국주의』, 102~103, 105~106, 111쪽)

　이 기다란 인용문에서 사이드는 서구 비교문학이 초기에 지녔던 세계화
이상(理想)이 쉽게 서구중심주의의 제국주의로 변질되었다고 지적한다. 오
늘날 비교문학 연구도 다른 대부분의 학문영역에서와 같이 지역적으로 유
럽중심 또는 인종적으로 백인중심으로 이루어지고 있다고 해도 과언이 아
니다. 좁게는 한중일의 동아시아의 막대한 문학 전통에 비추어볼 때 서구중
심주의는 불공평할 뿐 아니라 불가능하다. 이제 비교문학도 서양 중심의 주
제와 방법에서 벗어나 세계화되어야 한다. 그러나 단순한 세계화만이 능사

는 아니다. 송욱은 앞서 시에서도 보여준 것같이 자신의 특유한 중도론(中道論)을 주장한다. 송욱은 "우리 것만 알면 된다! 즉 소경 문화/동양만 알면 된다! 즉 애꾸눈 문화/서양 것만 알면 된다!/즉⋯ 사생아 문화"(유고집 『시신(詩神)의 주소』, 52쪽)라고 갈파하고 있다.

그렇다면 이런 상황에서 한국 비교문학계가 앞으로 나아가야 할 길은 무엇인가? 이 길은 가깝게는 2010년 한국 서울에서 개최되는 제19차 국제비교문학대회의 대주제와 관계지을 수 있다. 대주제는 "비교문학 영역의 확장"(Expanding the Frontiers of Comparative Literature)이다. 이 주제를 택한 이유는 비교문학이란 학문이 19세기 말 유럽(프랑스)에서 탄생하여 20세기 후반부에는 미국에서 주요한 통섭 학문 방법으로 정착되어 동아시아에서 일본, 중국과 전 세계로 뻗어나가는 상황이지만 에드워드 사이드의 지적처럼, 유럽중심주의(Eurocentrism)를 벗어나는 것이 쉽지 않기 때문이다. 필자는 이번에 동아시아의 중심부인 한국에서 국제비교문학회의 세계대회가 열리는 만큼 비교문학의 영역을 주제와 방법론 모든 영역에서 유럽 중심에서 벗어나 전 세계로 확장시키는 것이 매우 중요하다고 생각한다. 우선 대주제의 취지문을 일별해보자.

> 본격적인 세계화 시대에 접어든 오늘날 비교문학은 민족, 문화, 지역, 정치, 학문의 경계를 넘어 지경을 넓히고 통합하는 새로운 지식의 기반 위에서 진정한 의미의 문학에 대한 새로운 개념과 정체성을 다시 수립하여야 한다. 우리는 비교문학을 끊임없이 변화하는 새로운 변경 지대에 놓아야 한다. 비교문학은 언제나 역동적인 힘을 부여받고 인문학 위기 시대에 새로운 가능성을 마련해줄 것이다.
>
> 이제 비교문학은 서구 중심의 문학이론에서 벗어나 아시아 또는 동아시아의 오래된 그러나 끈질긴 문학 전통을 전경화시킴으로써 진정으로 비교문학을 세계화/전 지구화시켜야 한다. 이를 위해 동아시아 문학이론에 대한 연구와 논의를 확장시키고 서구 문학이론과의 비교대조를 통해 새로운 통섭의 가능성을 찾아내야 한다. 비교문학은 또한 세계의 다양한 전통들 속에

서 논의되어온 자연과 환경, 과학과 기술, 그리고 인간과 윤리의 문제들을
다시 꺼내 새로운 체계를 만들어내야 한다.

　　우리는 지금까지 논의된 다양한 타자성을 다시 한 번 짚어보고 차이의 갈
등과 정치학을 넘어 새로운 소통과 교환의 토대를 만들어내야 한다. 비교
문학은 결국 냉전 시대 이후 새롭게 전개되는 각종 차별과 갈등을 치유할
수 있는 실천적 방법을 제공해야 할 것이다. 한국은 전통–근대–탈근대라
는 "비동시성의 동시성"의 구현에 성공한 나라로서 위와 같은 여러 가지 문
제들을 함께 논의할 수 있는 적합한 장소이다. 제1세계와 제2세계뿐 아니라
제3세계 국가들도 모두 한자리에 모여 생산적이고 창조적인 담론의 장이 펼
쳐지길 기대한다. (『제19차 비교문학대회』(안내서), 14쪽)

서구중심적 비교문학의 논의를 진정으로 세계화하기 위해서는 위의 취
지문에서 밝힌 대로 문학 연구의 전 지구적인 연대를 만들어 비교세계문학
(Comparative World Literature)의 영역으로 확장시켜나가야 한다.

4. 맺음말: 송욱의 타작(打作)과 몇 가지 제안

우리는 전 세계 비교문학자들을 서울로 불러들여 함께 "비교세계문학"을
논의하려는 지금 한국 최초의 본격적인 비교학자였던 송욱을 다시 불러내
어 그의 탁월한 비교 방법에 관한 논구를 본격적으로 시작해야 할 것이다.
우리는 송욱을 타산지석으로 삼아 한국 비교학(비교문학과 비교문화 그리고
세계문학) 연구를 위해 새로운 방법론을 수립해야 한다. 송욱을 디딤돌 삼
아 21세기 한국 비교문학을 위하여 몇 가지 잠정적이나마 구체적인 제안을
하고자 한다. 위와 같은 맥락에서 오늘의 주제인 한국 비교학(Comparative
Studies) 연구는 어떻게 할 것인가?

첫째, 학부와 대학원 과정의 체제 정비와 조직의 제도화이다. 비교문
학 과정은 비교문학과로 승격되어야 하고 그것은 다시 비교문학부로 그리
고 궁극적으로는 사학과, 철학과, 경제학과처럼 (일반)문학과로 확대될 수

도 있다. 영어권 국가에서 이미 오래전에 새로운 학문 방법론으로 여성학(women's studies), 민족학(ethnic studies), 문화연구(cultural studies) 등이 대학에서 정립되고 있듯이 한국에서도 연구 후속 세대를 위해서 비교문학 또는 비교문화가 제도권 속에 하루빨리 정착되어야 한다. 비교학과 설립이 당장 어렵다면 우선은 관련 학과에서부터 비교학 전공자들을 일단 한 명씩이라도 배치시키고 학부에서 비교학 연계과정을 개설하는 것이 중요하다.

둘째, 다양한 인접 학문에 대한 과감한 수용을 통해 주제와 연구 영역을 확산시켜야 한다. 이러한 학제적 접근을 통해 비교문학은 서서히 비교학으로 확대 개편되어야 한다. 최근 미국에서의 비교문학의 연구 동향을 살펴보면 비교문학의 영역이 얼마나 잡종적인지 쉽게 알게 된다. 학문 영역에서 융복합과 통섭이 새로운 인식소로 부상된 이 세계화의 시점에서 비교는 문화윤리학이 되었다. "인문학의 위기" 시대에 "비교학"은 새로운 돌파구를 마련할 수 있다. 인문학의 학문 간 경계를 허물고 상호 침투하는 횡방법적 접근은 달려가는, 아니 정신없이 날아가는 현실 상황에 대한 복합적인 분석틀을 제공해줄 수 있다. 영상학, 번역학, 사이버학, 문화연구 등이 그 가능성의 일부이다. 위기는 급변하는 문물 상황에 대한 분석과 대응책을 적기에 제시하지 못하는 데서 온다. 학문 공동체로서 비교학은 새로운 문제틀과 분석 도구를 제시할 수 있다.

셋째, 한국 비교문학은 우선 동북아시아 3국인 중국, 한국, 일본의 맥락 속에서 이루어져야 한다. 이들 3국은 수천 년 전부터 한자를 중심으로 한 소위 한자 문화권을 형성하였다. 근대 이전에는 중국→한국→일본으로 소통되었지만 근대 이후로는 일본이 서양의 문물 제도를 앞장서서 받아들이고 한국과 중국에 큰 영향을 주었다. 따라서 안중근 의사가 백 년 전에 『동양평화론』에서 주장하였듯이 21세기에는 3국의 협력으로 번영을 누릴 수도 있다고 본다. 서양과의 관계를 비교학적 측면에서 논의하기 전에 이런 작업이 선행되어야 한다.

넷째, 한국문학을 포함하는 전 세계 주요 국민문학 연구자나 학회들이 공동 참여하는 세계문학회(가칭)를 구성하여야 한다. 비서구권에서 주도함으로써 서구 주도의 비교문학을 극복하고 국민문학의 장벽을 허물고 "비교"라는 새로운 전 지구적 문화윤리학을 개입시키며 동시에 통섭학으로서의 비교문학과 문화연구의 국제적 연대도 강화시킬 수 있고, 서구 중심이 아닌 새로운 세계문학의 개념을 만들어낼 수 있을 것이다. 오늘날 비교학은 복잡한 문물 현상인 복잡계에 접근하여 분석하고, 대화하고, 평가하는 데 필수적인 방법론이다. 비교는 그동안 보조적인 기능과 역할만을 가진 것으로 간주되었지만 이제 비교는 분석 이전의 필수 단계로 인식되어 모든 비평 행위의 선행 조건이 되었다.

다섯째, 비교학과 문화연구와의 방법론적 연계 가능성이다. 이렇게 되면 비교학 연구는 몇 가지 의미를 가질 수 있다. 우선 문화연구에 전통적 비교적 방법을 사용하는 것이고, 다음으로는 지역적 차이를 포함한 각각이 다변화된 문화연구방법론을 제설 통합주의적 시각에서 변용하거나 절합(appropriation)하는 경우이며, 끝으로는 문화연구에 비교문학의 복합적인 방법을 개입시킬 수 있다. 비교문화연구는 방법론적으로 결국 비교문학과 문화연구를 새로운 통섭의 원리에 따라 융합시키는 지적 작업이다. 그러나 현재 국내 학부와 대학원에서는 대학원의 협동과정으로 비교문학을 연구하고 있지만 학과로는 전무한 상황이다. 그런데 2008년 부산외국어대학교 석사과정에 국내 최초로 비교문학과가 처음으로 창설된 것은 획기적인 일이다. 미국이나 유럽은 말할 것도 없고 일본, 중국, 대만은 물론 심지어 태국까지도 학부 과정에 비교문학과가 설치되어 있는 데 비해 유독 한국만이 없다는 것은 문학 분야의 학문적 후진성을 보여주는 기이한 일이다. 우리는 그동안 다성적이고 복합적인 "비교"보다는 단성적이고 절대적인 위계만을 고집한 학문적 후진성과 방법론적 척박함에서 벗어나고 있지 못하기 때문일까?

외국 대학의 학부에서 흔한 비교문학과는 말할 것도 없고 문화연구과도 없는 상태에서 비교문화연구 분야에 대한 심도 있는 논의는 쉬운 일이 아니다. 문화연구의 경우에 국내에서 4년 전 최초로 본격적인 석·박사과정을 갖춘 문화연구 협동과정이 중앙대학교에 신설되었다. 앞으로 국내에 비교학과 관련된 학과들이 학부에는 적어도 연계과정이나 융합과정, 그리고 대학원에는 융복합 학과들이 설치되어야 우리 시대에 알맞은 비교문학이나 비교문화(연구) 체제가 제대로 시작될 것이다. 몇몇 주요 국립대학이나 사립대 학부에 이러한 학과나 과정들이 설치되어야 한다. 우리가 학문 연구에서 맹목적인 민족적 국수주의와 서구추수주의를 극복하고 새로운 독창적인 방법론을 창출하고 수립하기 위해서는 무엇보다도 송욱식의 "비교적 방법"을 작동시켜야 할 것이다. 이것이 우리가 잊혀가고 있는 송욱을 다시 불러내어 새롭게 연구하고 대화를 시작해야 하는 이유이다.

4장   음양 이론과 서양 텍스트
— 토마스 하디의 소설 『테스』 읽기

> 하나 안에 둘이 있는 삶인 남성과 여성. 두 부분이 다른 것보다 더 위대한
> 것도 아니다. … 또 여성으로서, 긍정적인 여자로서 하나의 존재가 있었다.
> 균형을 잡아주는 또 다른 위대한 삶의 원칙인 … 남성 원리. 세상은 남성 원
> 리 하나로 구성된 것이 아니다. … 그리고 남성의 울음은 공허감으로 크게
> 울리지 않는다. 그것은 우리가 알지 못하는 여성에게로 울린다.
>
> — D. H. 로렌스, 408쪽

> 하디의 소설 전반에는 … 성적 암시에 대한 특별한 힘이 있다. 마치 그가
> 남성적 인식의 제한에 묶여진 것이 아닌 또는 함께 멍에를 씌운 순간을 위
> 해 두 성 사이의 반응 사이를 거의 오가는 듯하다.
>
> — 어빙 하우, 109쪽

1.

하디의 『더버빌 가의 테스』(*Tess of d'Urbervilles*)는 생명력 있고 이상적인
여성의 특징에 대한 중심 테마인 여성의 본질에 대한 문제를 확연하게 보여
주고 있다. 여기서 과학적 자연주의자로 간주되는 고대 중국의 도교 철학자
노자(老子, Lao-Tzu)의 말을 인용하는 것은 매우 설득력이 있어 보인다. "계

곡의 정신은 결코 죽지 않는다. 이는 신비스런 여성으로 불린다. 신비스런 여성의 몸은 하늘과 땅의 뿌리라고 불린다. 그것은 현재에도 계속 사용되며 소멸되지 않는다."[1) 하디는 테스의 구조화된 자기 방어와 열정적인 헌신을 통해 부제에 의해 강조된 "순수한 여성"이라는 도덕적 논쟁을 제공하는 것처럼 보인다.

『테스』에서 테스 더비필드(Tess Durbeyfield)는 소설을 통해 우리의 관심을 끌고 있고, 실질적인 보조인물인 알렉 더버빌(Alec d'Urberville)과 에인절 클레어(Angel Clare)는 여성 주인공의 완성된 인간성과 명확히 대조적인 요소들을 제시한다. 이 두 남성은 통일된 미, 인간성, 소박성, 그리고 여성의 순수성과 대조를 이루거나 또는 그것들을 반영한다. 테스는 최상의 미와 인간 본성에 대한 완전한 개념을 고양시키는 고결함과 연관된다. 그녀는 변덕스럽지도 않고 자기중심적이지도 않은 숭고하고 이상적인 사람이며, 거짓 없는 진실과 자연 속에서 사는 인간의 자연적 소박함을 가지고 있다. 풍만한 여성의 아름다움, 확고한 성격, 열정적인 감정을 지닌 테스는 하디가 생각하는 순수하고 이상적 여성의 모습이다. 이 논문에서 동양의 독자로서 나는 서양 문화의 가치와 강박관념을 내면화한 이 두 남성에게서 명백하게 나타나는 결함적 성격과 대조되는 테스를 통해 하디가 나타내려고 애썼던 완전한 조화의 이상, 즉 음양의 원칙을 동양 사상에 근거를 두고 설명하고 싶다.

동양 사상에서 각각의 사람은 축소 모형의 우주로 간주된다. 사람의 안에는 자연의 모든 요소가 포함되어 있다. 사람은 우주 진행 과정의 모형으로 역할을 하고 있고 도교주의자의 상징처럼 적당한 비율의 음과 양을 포함하고 있다. 음과 양은 상보적인 힘 또는 원칙인데 이것들이 삶의 모든 측면과 현상을 구성한다. 음은 지구, 여자, 어둠, 수동적, 양보, 그리고 영양이 되

---

1) Lao-Tzu, *Tao te ching*, Ch.6. Trans. D. C. Lau, London : Penguin Classics, 1963, 62쪽. 이 책에서 더 많은 참고를 할 것이다.

는, 부정적인, 차가운, 약한, 붕괴적이고 파괴적으로 흡수되는 것으로 간주되며, 짝수, 계곡이나 시내로 표현되고, 붉은색과 깨진 선으로 나타난다. 반대로 양은 하늘, 남성, 빛, 활동적인, 역동적인, 그리고 변화하고 능동적인, 뜨거운, 강한, 독단적인, 통합적인, 건설적인, 통찰력 있는 것으로 나타나고, 홀수, 산으로 표현되며 푸른색과 깨지지 않은 선으로 나타난다. 음과 양은 서로 반대지만 상보적이고 균형적인 힘이다. 이들의 상호작용은 통합되거나 분할될 수 없는 최고의 존재 안에서 이중성을 만들어낸다. 반대의 것이 됨으로써 이 두 힘은 자연현상을 만들어낸다. 그들은 하나 안에서 모든 것과 함께 모든 것의 끊임없는 상호작용을 나타낸다. 조화는 이러한 성향의 균형 있는 상호작용이다. 조화가 있을 때 자연의 길이 모든 존재하는 사물에게로 퍼진다.

하디가 말한 것처럼 "변화의 리듬인 흐름과 역류는 하늘 아래 모든 것에서 교대로 일어나고 지속된다."[2] 그 길은 그것이 눈에 보이지 않고 눈에 보이는 자연인 하늘과 땅에게 하는 것처럼 인간을 지배한다. "자연에 근거를 두고" 있는 테스가 "임의적인 사회의 법으로 볼 때 비난밖에는 돌아올 것이 없다는 것을 알고는, 그날 밤 자신의 음울함에 대해 스스로 부끄러움을 느낄 때"(247쪽) 우리는 하디가 자연을 도덕적 기준으로 놓는 것을 알게 된다. 우주의 길은 개인의 행동을 우주의 길(과정)에 적응시키게 할 뿐만 아니라 그들 자신의 선택과 스스로의 책임으로 적절한 길에 적응하는 것을 요구한다. 자연, 사회 그리고 개인적 불행은 이 길을 걸으려 하지 않는 데서 유발된다. 서양에는 내가 알고 있는 한 긍정과 부정의 양극이 결합된 모델이 거의 없다. 서양의 대부분의 이미지는 결합이 아니라 억압하는 것이다. 즉 신이 사탄을, 선이 악을, 세인트 조지가 용을, 서양이 다른 나라를 지배하는 등등. 그러나 원시적 유동에 대한 헤라클레이토스(Heraclitus) 철학 개념

---

2) Thomas Hardy, *Tess of d'Urbervilles*, ed. William E. Buckler, Boston : Houghton Mifflin Company, 1960, 313쪽. 앞으로 『테스』에서의 인용은 이 책에서 할 것임.

은 도교의 개념과 매우 흡사하다. 헤라클레이토스에게 있어 "우주의 원칙은 반대의 법이었다. 그 반대되는 것의 싸움은 영원한 정의에 의해 통제되었고, 그 반대되는 긴장들이 존재의 분명한 안정을 만들어냈다." 양극성에 대한 그의 생각은 "반대되는 것에는 조화가 있고 다른 것으로부터 최고의 아름다운 조화가 나온다는 것이다."[3] 그러므로 여기에는 반대되는 것을 양성성의 이미지인 완전성과 통일성으로 변화시키는 이미지가 충분히 부여되어 있다. 양성성 이미지는 인간 영혼이 완전하고 진실된 사람이 되기 위해 균형을 맞춰야 하는 많은 이중성으로 구성되어 있다는 것이다. 융의 정신적 측면에서 남성과 여성의 연금술상의 결혼에 대한 이론, 의식과 무의식의 결합, 헤브라이인(죄의 감정)과 헬레니즘(이교도적 기쁨)의 문화적 힘에 대한 매슈 아널드의 결합은 이러한 이미지에 풍부한 자료를 드러내는 데 많은 역할을 했다.

버지니아 울프는 자신의 작품에서 양성의 이미지를 사용한 또 다른 사람이다. 그녀는 우주를 남성과 여성의 원칙에 부합하면서 반대의 것 사이의 영원한 싸움의 장면으로 간주하고 있다. 그녀의 주된 관심사는 싸우고 있는 반대의 것을 화해시키는 방법을 찾는 것이다. 울프는 결혼이 각 개인의 마음 그 자체와 남성 여성 원칙 사이의 결합 속에서 완성되어야 한다고 말한다. 그녀는 조화의 순간이 마음의 더 높은 상태, 양성성의 이상적 상태를 분명히 보여준다고 생각한다. 그것은 "어떠한 것도 억눌리도록 요구되지 않기 때문에 우리가 노력 없이도 계속할 수 있는"[4] 순간이며, 인공적 장벽이 없다는 것을 아는, 분리되지 않은 인격이 스스로에게 일어나는 임무를 전적으로 줄 수 있는 순간이다.

---

3) *The Norton Anthology of Poetry*, 3rd edition, 806.

4) Virginia Woolf, *A Room of One's Own*, 623 in *The Feminist Papers From Adams to de Beauvoir*, ed. Alice S. Rossi, New York: Bantam, 1973.

2.

테스의 완전함은 다른 인물의 편파성과 예리한 대조를 이룬다. 자신의 완전함을 만들어내면서 테스는 사물과 지각 둘 다를 깨닫는 양성성을 소유한 여자로서 구체화하는 것으로 보인다. "그녀 본성의 풍성함이 그녀로부터 뿜어져 나온다. 한 여자의 영혼이 다른 어떤 때보다 더 인간의 모습을 하는 순간이다. 가장 정신적인 아름다움이 육체 그 자체로 나타나고 여성성이 바깥으로 드러날 때…."(149쪽) 테스는 우주의 신비적인 결합과 완전한 조화를 이룬다. 그녀는 끊임없이 자연과 동일시되고 자연과 결합되어 있다. 테스는 형용할 수 없는 다양한 방법으로 자연 세계의 기본 요소들을 자기 자신 속에서 구현해내고 있다. 도교에서 미덕은 인간 안팎의 자연과 순응하는 것으로 여겨진다. 그리고 여성의 행동양식은 모든 것이 무로부터 얻어지는 방식에 가깝다. 그러므로 노자는 "비논쟁의 미덕"을 보유하고 있는 여성의 행동양식을 지지한다. 이런 점에서 하디는 테스의 수동성이 그녀의 회복력의 한 측면이라는 것을 통해서 도(道, way)를 구체화하고 있는 것처럼 보인다.

반면 두 남성은 테스의 완벽함과 비교해볼 때 불완전하게 묘사된다. 알렉의 도덕적으로 악함과의 동맹과 에인절 자신의 인간 본성의 비현실적이고 천사 같은 개념 중 하나와의 동맹은 비인간화의 상보적인 중개물로서 그들의 역할을 나타낸다. 우리는 에인절이 알렉이 한 것만큼 테스를 이용하고, 작품의 중간쯤에서 그들의 역할이 잠깐 동안 바뀐 부분에서 분명하게 보여주는 것과 똑같은 방식으로 테스를 이용하고 있다는 것을 알고 있다. 알렉은 복음주의로 개종하고 에인절은 처음으로 생각 없이 이즈(Izz)에게 브라질에 가자고 초대한다. 그들의 성격에서 음양의 비율은 같지 않다. 그래서 한 측면에 대한 결함은 또 다른 측면의 과장을 계속해서 유지할 수 없다. 그 결과 초래된 변화는 다시 균형을 맞출지도 모르고 그것이 불가능하다면 알렉의 존재를 멈추는 것일지도 모른다. 부조화의 형태는 음의 상태나 양의 상태 둘 중에 하나로 생각될 수도 있다.

음양 이론은 전통적인 도교 상징에 의해 잘 설명된다. 완벽함을 나타내는 원은 음과 양으로 동등하게 나뉜다. 그리고 완벽한 균형 속에서 차이가 있을 때는 언제나 계급 조직이 있다고 일반적으로 생각된다. 그들을 나누는 힘찬 커브(곡선)는 음과 양이 계속해서 변하고 있다. 즉 유동성이다. 이 두 비슷한 힘의 정반대는 한쪽이 왼쪽으로 향하고 다른 쪽이 오른쪽으로 향한다. 그리고 싸움보다는 오히려 생산적인 긴장(불안)을 만든다. 그들은 순환하는 힘을 만들어내고 그 힘은 모든 존재의 순환기를 대표한다. 음양은 서로 서로에게 우월하거나 열등하지 않는 반대의 것이지만 상보적 원칙들을 목록화할 것이다.

그 지루한 말롯(Marlott)에서 테스는 아름다움과 신선함을 부여받는 창조물로서 소개된다. 비록 그녀가 처음에는 그녀의 비참한 환경의 절대적인 희생물인 것처럼 보이지만(테스는 더비필드라는 배의 승객이다.), 결국 그 환경의 중압감을 견딜 수 없다. 존 더비필드(John Durbeyfield)의 게으름, 아름다운 흰 수사슴을 죽이는 이야기, 더비필드 집의 우울하고 알코올중독의 나른한 분위기는 나중에 나올 것을 준비시키는 반면에 그녀의 환한 완전성은 그녀가 다른 사람의 불완전함과 이기심에 반응하는 방법에서 나온다. 그녀는 인간이 삶에서 요구하는데 무엇이 옳고, 무엇이 꼭 필요한 것인가에 대한 기준을 제공해준다. 『테스』에서 다른 인물들은 테스의 경험을 확대하고 밝게 비춰주는 역할을 한다. 테스는 냉담한 엄마에게 설득되어 술고래 아빠의 책임을 받아들이고 마침내 더버빌 부인을 방문하게 된다. 테스의 엄마 조안(Joan)은 자기 보호에 의해서만 생기가 넘치고 딸의 아름다움이 가족의 번영에 디딤돌이 될 것이라고 본다. 조안은 속임수를 결혼의 유일한 수단으로 믿는다. 그리고 끊임없이 테스의 존엄성을 깎아내리려고 시도한다. 부유한 트랜트리지 더버빌(Trantridge d'Urbervilles)로의 방문은 테스의 허영이나 망상에서 나온 것이 아니라 그녀의 가족에 대한 강한 도덕적 책임감과 충성심에서 나온 것이다. 그녀가 꿀을 가지고 돌아오는 도중에 가족의 주된 경제적 재산인 말이 죽게 된다. 그 불행한 결과는 그녀의 나머지 인생의 전조가 된다. 수송에 관계된 이 이미지는 소설 전체에 걸쳐 매우 중요하다. 후회와 죄의식에서 그녀는 엄마의 계략에 동의한다.

새것으로 보이는 슬롭스(The Slopes) 저택에서 테스는 알렉을 만난다. 알렉의 교활함과 동물적 행동과 대조적으로 테스는 신선함, 아름다움, 조용한 힘의 귀감이 된다. 그가 살고 있는 집은 딸기, 장미, 그리고 빨간 입술처럼 빨갛다. 그리고 그의 집은 "순수하고 소박한 즐거움을 위해 지어졌다." 그녀는 알렉이라는 사람보다 "빨갛게 타고 있는 시가"(55쪽)를 먼저 보았다. 강간당하는 바로 그날 저녁에 테스는 빨갛게 타고 있는 시가를 보면서 무도회에 알렉이 참석했음을 처음 알게 된다. 그는 두툼한 입술과 대담하게 눈을 굴리는 전형적인 유혹자로 나타난다. 알렉에게 있어 디오니소스의 음 원칙은 아폴론의 양 원칙을 지배한다. 그의 디오니소스의 음 자질은 눈먼 여자인 더버빌 부인의 묘사, 그리고 체이스보로우 시장(Chaseborough market town)에서 술을 먹고 춤추는 인물들의 묘사에 의해 고조된다. 그러나 하디는 또한 알렉과 테스의 만남을 묘사하면서 양의 측면을 제공한다. 그는 텐트의 어두운 삼각형 문에서 나오고, 신사 같은 얼굴에는 기묘한 힘을 가지고 있다. 그는 "음울하고 몽롱한 연무"(33쪽)를 통해 보여지고 그런 몽롱한 상태는 일시적으로 음과 양의 거짓된 조화의 환상을 보여준다.

알렉의 이 빨간색과 대조하여 테스의 본질적인 하얀색은 현저하게 눈에 띈다. 테스는 단지 하얀 형태이다. 하얀색은 매우 중요하고 다면적 의미를 갖는다. 그것은 죽음과 공포뿐 아니라 빛과 순수, 영원과 관련되고 불가사의한 우주의 신비에 대한 진실을 가려버리는 초자연적 현상과 관련된다. 흰색은 또한 주위를 둘러싸고 있는 불가사의한 신의 원형이다. 당황했던 테스는 "꿈속에 있는 사람처럼 복종"(32쪽)하지만, 곧 "알렉의 입술이 닿은 그녀의 뺨에 있는 얼룩"(45쪽)을 닦아낸다. 그것을 통해 우리는 테스와 알렉은 "완벽한 순간에 마주치게 된 완벽한 전체의 반쪽들이 아니라는 것"(34쪽)을 안다. 그녀의 "화려한 측면" 그리고 "육체의 성숙함"(33쪽)이 그의 눈을 매혹시켰고, 알렉은 그녀가 잠자는 틈을 타서 테스를 임신시켰다. 사물의 우주

질서에서 테스는 알렉과 같은 사람에 의해 능욕당했다. "이렇게 아름다운 여성의 몸에 … 마치 받아들이기로 운명지어진 것처럼 저렇게 추한 무늬가 찍혀야만 하는지"(63쪽), 그러나 "그녀는 모두가 인정해온 사회의 법을 어길 수밖에 없었지만 자연의 법이라고 알려진 법은 어기지 않았다."(75쪽)

테스의 인생이 타락하는 전조는 알렉의 개가 끄는 썰매를 타고 가파른 경사면을 내려가면서 상징적으로 시작되었다. 순결을 상실한 후에 그녀는 더욱 성숙해졌다. 그녀는 그 상황에 굴복한 것이 아니라 초연하고 왕녀 같은 방법으로 그 재앙에서 빠져나온다. 그녀는 거짓말을 하면서 그 상황을 최대한 이용할 수 있음을 알고 있지만 그 비난을 자기 자신에게 돌리고 양계장을 떠난다. 그녀는 "잠시 동안 당신으로 인해 나의 눈이 현혹되었다. … 당신의 속셈을 알아차리지 못했고 그걸 알았을 때는 이미 너무 늦어버렸다"라고 말한다. 그러나 그녀는 "잠재해 있는 정신"인 훌륭한 자질을 가지고 있었다. 그래서 "모든 여자들이 그저 그렇게 말하는 것을 몇몇의 여자들은 진짜로 느낄지도 모른다는 것을 생각해본 적이 있나요?"(67쪽)라고 말한다. 알렉에게 테스는 성적 욕망의 대상 중 하나이다. 그러나 그녀는 우리가 그녀의 특별함을 보는 것을 놓치지 않게 한다. 개인적 정직성에 대한 테스의 감정은 그녀가 알렉과 같이 있는 것에 대한 거절, 그녀의 임신을 이용해서 그가 자기와 결혼하려 하는 것에 대한 거부를 분명하게 드러낸다. 그녀의 주된 소망은 그녀의 감각뿐만 아니라 그녀의 지성이 중요한 의미를 나타내는 세계에 들어가는 것이다. 단지 "먼지와 재"(72쪽)인 알렉은 그녀의 사랑을 지배하지 못한다. 비록 그가 그녀를 육체적으로 정복했지만 테스는 알렉의 범위 밖에 있는 우주이다. "나는 신이 그런 것들을 말했다고 믿지 않는다"라는 테스의 중얼거림과 그녀의 외로운 저녁 산책은 종교의 좁은 도덕관과 메마르고 "황폐화된" 세계를 나타낸다.

소설 자체의 서술은 먼 것과 가까운 것을 잘 섞으면서 인간적인 목소리와 비인간적인 목소리를 혼합하여 안팎으로 테스를 설명하면서 음양 원칙의 조화를 보여준다. 하디는 그 이야기를 일곱 개의 어구로 나누고 있으며 각각의 어구는 테스의 인생에 있어 중요한 시간과 관계 있고, 독특한 장소, 행동, 어조를 가지고 있다. 그리고 그 어구들은 이야기를 우연적이고 불연속적으로 만든다. 그러나 각각의 어구 중 어떤 것도 자기 혼자만으로 충분하지 않다. 왜냐하면 서술의 긴장이 긴밀히 연관된 유기적 완전함을 만들기 위해 부분에서 부분까지를 축적시키기 때문이다. 해의 규칙적인 반복, 계절에 대한 인물들의 감정 관계는 『테스』에 있어서 연속성이라는 중요한 선을 형성한다. 말롯의 경치에 있어서 그녀는 "그 장면의 완전한 부분이 된다."(74쪽) 그리고 "관습의 조각"에 기초한 자신들의 도덕성으로 테스를 타락한 여자라고 비난하며 반감을 갖는 그러한 사람들은 "실제 세계와 조화를 이루지 못하는"(75쪽) 사람이다. 테스는 외로움을 느끼지 않는다. 왜냐하면 그녀는 "빛과 어둠이 명백히 균형을 맞추어서 낮의 속박과 밤의 불안이 정신적 자유를 떠나면서 서로서로 중립화된 저녁의 바로 그 순간의 한 부분"이었기 때문이다. 그녀는 원시 세계, 즉 자연 세계의 신비로움 속에서 뿌리를 내린 더 깊고 더 오래된 자연의 법을 받아들인다. 문명화된 기독교 세상은 테스의 행복을 억압하기 때문이다. "그 불행의 대부분은 그녀의 타고난 감각에 의해서가 아니라 관습적인 측면에 의해 만들어졌다."(84쪽) 바라지 않은 죽음의 슬픔과 자연의 재생과 함께 테스는 크고, 비범하고, 경이롭고 신성한 사람으로 다시 태어난다. 확실히 죽음의 슬픔을 경험한 후에 의지에 대한 강인함과 풍부함은 그녀의 영웅적 차원의 성장에 기여한다. "그래서 테스는 단번에 소박한 소녀에서 복잡한 여자로 변했다. 사색의 상징과 비극의 징후와 함께 테스는 훌륭한 창조물이라고 불리는 것이 되었다. 그녀의 영혼은 지난해 또는 2년의 험한 경험들이 타락시키지 못했던 여자의 영혼이었다." 그녀는 "그녀 안에서 여전히 따뜻하고 희망찬 인생의 고동을 느끼고"(87쪽) "그녀 안에 어떤 정신이 어린 가지의 활력처럼 스스로 일어나고 있는 것"(88쪽)을 느꼈다. 테스는 최상의 자연으로 묘사되었고, 세상에 생존하는 모든 것에 활기를 불어넣는 생명력의 중요한 부분을 제공하는 것으로 묘사되었다. 왜냐하면 "테스가 겪은 육체의 타락은 그녀의 정신적 수

확이었기 때문이다."(100쪽)

"제3단계: 회복"에서 테스는 "작은 낙농장 계곡"의 포근하고 편안한 환경을 떠나 "큰 낙농장 계곡"(90쪽)에 들어간다. 그곳에서의 삶은 근본적으로 다른 방식으로 흘러간다. 이 계곡은 블랙무어 계곡(Blackmoor Vale)의 "짙은 파란색의 분위기"(91쪽)가 부족하다. 탤보세이즈(Talbothays)는 시골의 전원적 목초지이고 젖을 짜고, 우유를 맑게 하고 우유를 휘젓는 리듬이 있는 곳이다. 이 비옥한 땅에서 테스는 에인절의 거울이며 등불이다. 그녀는 점차적으로 에인절의 성향과 자연의 분위기에 따라 변화한다. 여기서 테스는 자연의, 시골의 원형적인 여자, 땅의 여신, 생명을 주고 유지하는 자연 그 자체와 같은 최고의 창조물이다. 자연 세계와 테스 둘 다 활짝 무르익어간다. 그녀는 에인절에 대한 사랑을 알게 되고 우리는 우주의 궁극적인 조화를 예상하도록 이끌려진다. 이 낙농장과 플린트콤−애쉬(Flintcomb-Ash)의 묘사를 비교해볼 때 이 두 경치는 음과 양의 연속된 대조를 나타낸다. 여름 대 겨울, 비옥한 낙원 대 황무지 그리고 에인절 대 알렉.

자연의 풍부한 환경과 탤보세이즈의 따뜻함은 테스의 희망과 제한받지 않는 가능성을 나타낸다. 그러나 서술의 명백한 지적은 땅이 우리가 원하는 대로 행동하지 않는다는 사실을 우리로 하여금 깨닫게 해준다. 테스가 낙농장에 도달하기 위해 에그돈(Egdon) 비탈을 내려올 때 그녀는 다음과 같은 방식으로 묘사된다. "자신이 가는 곳에 대해 확신하지 못하는 테스는 거대한 당구장 테이블 위에 있는 파리처럼 초목으로 둘러싸인 넓은 공간에 가만히 서 있었다."(92쪽) 하디는 테스의 마음 상태를 위한 더 큰 배경을 만들었다. 강하고 순간적인 신선함, 희망과 자연적 조화는 이러한 감정이 일어나는 세계 안에서 크고 본질적으로 중립된 세계의 윤곽을 파괴하지 않는다. 그는 또 다른 도교 철학자 장자(Chuang Tzu)의 현명한 메시지를 보내는 것처럼 보인다.

생이 있으면 사가 있고 사가 있으면 생이 있는 법이다. 가능이 있으면 불가능이 있는 것이고 불가능이 있으면 가능도 있는 것이다. 선으로 인해 악이 있고, 악으로 인해 선이 존재한다. … "이것"이 또한 "저것"이고 "저것"이 또한 "이것"이나니, "저것"과 "이것"과의 구별은 진실로 존재하는가? … "이것"과 "저것"이 서로 상반된 게 아닐 때, 도(道)라는 바로 그 축은 존재하는 법이다.

감각적인 에덴에서 테스는 순결하고 순수한 정신 그리고 생명적으로 충만한 성적이면서도 동물적인 육체가 완벽하게 조화를 이루고 있다. 그녀는 인간적이면서도 비인간적인 힘 사이에서 가장 가까운 통합을 경험하기 때문에 행복의 가장 위대한 순간을 느낀다. 그녀가 밤에 "초원 위에 누워 있을 때 그녀의 몸을 떠나는 영혼에 대한 그녀의 말, 그리고 몇몇의 큰 맑은 별을 똑바로 보는 모습"(106쪽)은 그녀의 직관적이고 종교적이면서도 신성한 정신을 나타낸다. 테스와 에인절은 서로의 삶에 참여하게 되고 그들이 만들어 낸 긴장과 함께 그 장면은 떨리듯 울려온다. 그들은 그들 자신 외부에 존재하고 그들에 의해 육체적인 대상을 거쳐 의사소통한다. 오월제(May Day) 무도회에서 그녀를 알아보지 못했던 에인절은 지금 이 순간 낙농장에서 가장 매력적인 여자라는 것을 발견하면서 테스를 알아보게 된다. 그래서 의식 이전 상태의 자연스런 조화와 의식적 인간 자체에 대한 존경 사이에 화해의 희망이 보인다.

3.

하디는 우리에게 에인절의 고정되고 추상적인 눈, 감각적이고 민감하지만 단호한 입, 그리고 에인절의 태도와 몸가짐에서 모호하고, 뚜렷하지 않은 것에 사로잡혀 있는 모습을 통해 그를 그려보도록 하고 있다. 심지어 식사 동안에 그의 구석진 곳은 "차가운 파란색의 보조등을 가지고 있는 것"(105쪽)으로 묘사된다. 나중에 테스가 에인절에 대해 알아보기 위해 에

민스터 목사관(Emminster Vicarage)으로 출발했을 때 그녀는 "짙은 파란색"의 기운을 느끼게 된다. 반어적으로 테스의 위엄에 대한 언급이 에인절로부터 들려온다. "저 젖 짜는 여자는 정말 자연의 신속하고 순결한 딸이구나!"(106쪽) 이 언급은 테스가 여전히 본질적으로 처녀이고 순수하다는 의미로 가득 차 있다. 테스라는 이브에게 에인절은 신 같은 아담이다. 근대 의식과 진보된 관점을 지닌 그는 정신적 섬세함이라는 자질을 갖고 있다. 테스가 결코 추상적인 지성을 드러내지 않는 반면에 위선적인 에인절은 절대적인 것과 조화를 열망하는 인간에게 호소하고 있다. 에인절에게 테스는 "성향에 있어서나 육체에 있어서나 위엄 있고 권력이 있는 사람"처럼 보인다. 그리고 일반적으로 그저 "한 영혼인 것처럼 그녀가 유령으로 보였을 때" 그녀는 "그에게 가장 크게 인상을 준다. 그녀는 한 전형적인 형태로 응축된 완전한 성, 여성의 상상적 본질이다."(115쪽) 에인절은 열정이 없고 생명이 없고 비인간적인 이미지 아르테미스, 데메테르, 이브, 여신으로 살아 있는 테스를 대신한다. 에인절에게 테스는 알렉에게 있어서와 결코 다르지 않은 사람이다. 알렉에게 그녀는 모든 것이 육체적이고 에인절에게 그녀는 순수함과 여신의 복합적 모습에 맞아야 한다. 그가 테스에게서 본 이상적인 아름다움은 그 자신의 창조이다. 테스는 연인의 결정을 내리지 못하는 무능력과 모순으로 괴로워한다. 내가 왜 당신을 그렇게 사랑하는지! 왜냐하면 당신이 사랑하는 그녀는 나의 실제 모습이 아니라 나의 이미지이다. 테스의 인습적인 양심이 그녀가 완전히 행복해지는 것을 방해한다.

우리가 알고 있듯이 그들의 모든 노력과 절제로 이루어진 도덕적이고 정신적인 이상주의는 우리에게 골칫거리를 안겨주는 바로 그 의식의 유형들이다. 그들은 선과 악, 그리고 이상과 현실을 별개로 인식하고 선이 악한 사람의 이상에 꼭 필요하다는 것을 알지 못한다. 노자는 그것을 이렇게 이야기한다. "위대한 도교가 사라졌을 때 우리는 인간의 마음과 정의를 갖는다. 지혜와 현명이 생겨날 때 우리는 위대한 위선자를 갖는다."(ch.18, 74쪽) 테스의 파트너 역할을 소화하기에 에인절은 너무 지적이고 회의적이다. 알렉과 반대로 아폴론의 양 원칙은 에인절에게 있는 디오니소스의 음 원칙을 통제한다. "더 고상한 사람"(216쪽)으로 만들어줄 수 있는 알렉의 "동물적 성향"이 에인절에게는 결핍되어 있다. 알렉이 테스의 몸을 강간한 것처럼 테스의 정신을 훼손한 에인절은 더 큰 인간적 차원이 잘못 인도된 지적 정신의 본보기이다. 그는 아무리 윤리적이라 할지라도 삶을 부정하는 생각은 파괴적이라는 것을 보여준다. 그는 여성의 순수성에 대한 관념에 사로잡혀 있다. 알렉과 에인절 둘 다 테스에게서 뿜어져 나오는 훌륭함을 평가할 수 있는 능력과 그녀가 구현하고자 하는 삶의 풍요로움을 평가할 능력이 부족하다. 어떤 점에서 하디는 에인절이 항상 "그들과 관계가 없는 감정으로 실질적 문제를 해결한다"(181쪽)고 말한다. 에인절은 자신의 사업적 이익에 도움이 되기 때문에 제분소가 있는 웰브리지(Wellbridge)로 신혼여행을 가기로 한다. 그는 테스의 가치와 기대를 고려하지 않고 자기 자신의 가치 체계 안에서만 너무 많은 행동을 한다. 또한 결혼 비용, 사회적 위치와 지식을 포기함으로써 "핑크빛 뺨을 지켜야 하는 만큼 시골의 순수함을 지켜야 한다고 믿는다"(210쪽)라고 테스에게 말하는 그의 언어는 알렉의 말보다 훨씬 더 상업적이다.

에인절은 자신이 잠깐 동안 불륜을 저질렀다는 사실에도 불구하고 테스에게 어떠한 아량도 베풀지 않고 그녀를 거부한다. 테스의 처녀성에 대한 그의 생각은 완전히 부서졌고 고백 이후 아침에도 여전히 그녀가 "완벽하게 순수"(210쪽)하게 보이는 것을 믿지 않는다. 그는 자신을 척박한 생각에 통제되도록 내버려두고, 그와 화해하려는 종교와 테스의 노력과 "테스라는 존재의 호흡과 생명"(172쪽)인 그녀의 애정에 관심 갖지 않는, 단지 "관습과 인습의 노예"(235쪽)일 뿐이다. 그는 종교적 정설에 의문을 가졌지만 아이러니하게도 종교와 밀접하게 관련된 성도덕은 그의 의식 속에 뿌리 깊게 남아 있다. 그는 테스의 이야기를 들은 후에 미친 청교도인처럼 행동한다. 그의 얼굴은 "일그러지고" "지옥에서 나는 웃음처럼 무섭게"(201, 202쪽) 웃기 시작한다. 이후에 그가 신앙심이 깊은 메르시 챈트(Mercy Chant)를 만났을 때, 그는 그녀의 귀에 그가 생각하는 "가장 이단적인 생각을 악마같이 속삭이는" 또 다른 사탄의 모습을 보여준다. 테스가 "흰 주름 장식이 있는 색이 바랜 파란 울로 된 겉옷을 입는 것"(209쪽)은 단지 우연이 아니다. 그녀는 "어렴풋한 희망"(209쪽)에 집착하지만 과거의 진실에 대한 에인절의 필사적인 질문에 대한 대답 이후 인내력에 있어 영웅적 자질을 잃지 않았다. 그녀가 조안이라면 계획적으로 숨김으로써 이 비극을 모면했을 것이다. 그러나 테스는 속임수, 무관심, 무감각을 받아들여 타락하지 않고 더 좋고 더 강한 생각을 보여준다. 그녀는 부모님과 주위의 다른 인물들이 보여주는 사랑과 결혼의 그러한 태도들에 대항하여 싸운다. 에인절이 "이해하지 못할 시골 여자"라고 그녀의 존재를 비난할 때 그녀는 "나는 자연에 의해서가 아니라 단지 신분에 의해서 농부일 뿐이다!"(205~206쪽)라고 자신의 존엄성을 주장한다.

탤보세이즈 반대편에 있는 플린트콤-애쉬는 황무지이고 냉혹하다. 잔인하고 세상에 종말이 온 듯한 날씨이다. 플린트콤-애쉬에서 기계화, 비안간성, 소외가 테스의 시련 속에서 현실화되었다. 빨간 타작 기계와 황량한 하늘로 둘러싸인 곳의 얼어붙어 딱딱한 땅에서 순무를 캐는 농장 노동자인 테스는 알렉으로부터 새로운 위협을 받는다. 이곳은 지옥의 모습이고 기계를 다루는 사람은 "불과 연기를 다루는 토펫의 창조물"(289쪽)처럼 보인다. 여기서 테스는 미래에 대한 희망과 힘을 잃고 최악의 순간에 도달한다. 그러나 이 황무지에서 테스가 머물렀던 것은 완전히 대비되는 그녀의 생명력과 강인함에 대한 인상을 강화시켜준다. 자신에게 하는 그녀의 노래는 지옥 같은 분위기에서 타락된 삶을 극복하려는 노력을 보여준다. 이 장면에서 알렉은 "동물성은 이교 사상, 바울주의라는 광신적 행위가 된다"(271쪽)라는 간결하면서도 모순적 어법으로 표현됨으로써 이중의 모습으로 나타난다. 그러나 그는 복음주의로 개종했던 것처럼 갑자기 그리고 완전히 호색한으로 되돌아간다. 그는 테스에게 더 친절하면서도 더 잔인한 것 같기도 하고 인간미가 있으면서 사악한 것 같다. 그의 개종과 테스를 탐하기 위해 개종을 포기한 것은 우리에게 그에 대한 약간의 연민을 느끼게 한다. 왜냐하면 그는 더 좋은 자아와 더 나쁜 자아 사이에서 분열된 듯 보이기 때문이다. 그는 자신 안에 있는 옛날의 알렉과 대항해서 자신을 보호해야 함을 알고 있다. 비록 그는 자신의 잘못을 남에게 돌리지만 그 자신의 사악함과 약함을 느낀다. 그럼에도 불구하고 그가 전혀 변화하지 않았다는 것은 유감이다.

알렉은 테스와 불구가 된 더비필드에게 도움을 주지만 동시에 그녀의 불행을 이용하는 일종의 악마가 된다. 이 우주에 존재의 부정에 대한 악으로서 그의 역할은 탈곡과 관련된 시로 정의된다. "빨간 폭력군"(289쪽)은 알렉이 테스의 운명과 연결되어 있다는 점에서 음의 색깔을 상기시킨다. "어릿광대가 이것은 마치 천국과 같다고 말하듯이 너는 이브, 나는 열등한 동물을 가장하여 너를 유혹하려고 온 늙은이"라는 알렉의 농담은 상당히 적절한 표현이다. 끈질긴 추구, 그의 권력 안에서 그녀에게 더 많은 것을 가져다주는 모든 환경을 이용하는 그의 능력, 그의 사악한 외모, 이 모든 것들이 그를 덜 인간적이게 만들고 더 상징적으로 만들도록 이끈다. 반대로 테스는 알렉의 관점을 유혹자 또는 유혹받는 자로 무시해버린다. "나는 당신이 사탄이라고 결코 말하거나 생각지 않았다. 나는 그런 식으로 당신을 생각하지 않는다."(311쪽) 에인절이 전형적인 말로 그녀를 불렀을 때 "나를 테스라고 불러라"(115쪽)라는 그녀의 말에서 이미 우리가 보았듯이 테스는 어떠한 신화적 역할에서처럼 판에 박힌 듯 정형화된 남성과 여성을 거부한다. 그녀는 단지 여성이기를 원하고 여성으로 성장하기를 허용한다. 그러나 그녀는 결국 상처와 절망 때문에 자신의 도덕적 신의를 저버리고 "육체적 의미에서 이 남자만이 그녀의 남편이다라는 의식을 갖고"(319쪽) 알렉과 함께 살기 위해 떠난다. 그녀는 "일단 희생자가 되면 항상 희생자가 되는 세상의 법"(295쪽)인 "황량한" 세상의 법의 지배를 받아들여야 한다.

또 다른 한편 에인절은 결국 순전히 편협한 관습이 얼마나 많이 상처받은 감정의 기저를 이루고 있었는가를 깨닫는다. 그리고 그의 도덕심은 브라질에서 만난 명석하고 마음이 넓은 낯선 이에 의해 완전히 정화된다. 그러나 그가 마침내 테스를 만났을 때 그는 테스가 "그 앞에 서 있는 자신의 육체를 인식하는 것을 정신적으로 멈추고—물 위에 떠 있는 시체처럼 살아가려는 의지와 분리된 방향으로 가도록 하고 있는"(338쪽) 것을 알았다. 그녀는 마음의 평정심을 잃었고 육체로부터의 이러한 분리는 그녀에게는 비자연적인 환경인 샌드본(Sandbourne)의 최신식 저택에서 알렉을 살해하도록 그녀를 이끈다. 그녀가 한 일을 들었을 때 에인절은 이제 그녀를 피하지 않는다. 그는 성숙하고 넓은 마음을 가진 사람으로 변화되었기 때문에 "미치도록 슬픈 순간에 … 그녀의 마음이 평정을 잃고 그의 깊은 심연으로 뛰어들었다"(343쪽)는 것을 알 수 있었다.

서구의 관점에서 진실은 초월적인 반면에 동양에서 사물의 진실은 내재적이다. 테스가 알렉을 살해했을 때 그녀는 올바른 마음이 아니었지만 정의는 행해져야만 했다. "일종의 익시온 수레바퀴에 얽매인 영혼"(309쪽)을 비웃고, 괴롭혔기 때문에 알렉의 처벌은 불가피한 것이다. 이 장면은 "잘못된 사람이 올바른 방법을 사용할 때, 그 옳다는 것은 잘못된 방식으로 작용한다는 것을 의미한다"라는 어느 도교 철학자의 말을 상기시킨다. 명예를 지키거나 그에 대한 보복을 하다가 죽기로 예정되어 있는 위대한 비극의 주인공들처럼 살인을 저지른 테스의 처형은 일종의 자살이다.

알렉을 살해한 후에 테스와 에인절은 짧은 시간이지만 남편과 아내로 함께 있게 된다. 행복하기도 하고 한편으로는 걱정이 되는 테스와 에인절의 재결합은 그 소설이 축적해온 긴장 속에서 휴식을 제공해준다. 브라질에서의 혹독한 시련 후에 "부드러움은 결국 클레어를 지배한다". 그들은 강제로 헤어지기 전까지 짧은 행복의 시간을 갖는다. 충만함은 도망가려는 그들의 계획만큼이나 "일시적이고 막지 못하는 것"이다.

우리는 환상과 현실의 비극적 주기 패턴을 홀로 끝낼 수 있는 마지막 죽음의 수동성이 준비된 테스를 본다. 이 세상은 적자생존이 최상의 생존인 곳은 아니다. 자신의 고통에도 불구하고 테스는 아직도 그녀의 여동생을 기억하게 하는 독단적이지 않은 자애심 속에서 자신의 "정화된 이미지"를 위한 더 나은 세상과 더 나은 삶에 대한 희망을 여전히 믿는다. 죽음 앞에서 단호하고 차분한 그녀의 태도는 죽음에 대한 두려움을 완전히 무시하는 위대한 도교 철학자들처럼 그 어떤 두려움도 없음을 보여준다. 그녀는 죽음을 기꺼이 받아들이게 해주는 일종의 비극적 유희를 즐기는 듯 보인다.

스톤헨지(Stonehenge)에서 테스는 그 돌 중 하나 위에서 잠을 잔다. 거대한 돌들은 영속성에 대한 상징을 제공한다. 그 구조는 지붕이 없고 우주의 한 부분인 더 큰 우주에 속해 있는 듯 보인다. 그것은 "수 세기보다 더 오래됐고 더버빌보다 더 오래됐다."(350쪽) 테스와 에인절이 스톤헨지를 찾은 것이 아니라 스톤헨지가 그들을 찾아내었다. 테스가 잠에서 깨어 경찰들을 보았을 때, 그녀는 "일어나 떨리는 몸으로 움직이지 않고 있는 그들 앞으로 걸어갔다. 그리고는 '나는 준비되었어요'라고 차분하게 말했다."(353쪽) 그녀는 자신이 살던 시대의 철학과 종교를 벗어버리고 그곳에 실제로 있는 권력과 마주했다. 장자에서 "삶이 계속될 때 그것은 사건의 자연스런 연속이다. 예정된 때에 일어나는 모든 일을 평안함으로 받아들이는 것과 사건의 자연스런 연속과 함께 평화를 유지하는 것은 슬픔 또는 즐거움의 범위 너머에 있는 것이다"(Chuang Tzu, 248쪽)라고 하는 말을 우리는 테스의 경우에서 볼 수 있다.

4.

W. 왓슨(W. Watson)은 "『테스』는 위대한 비극들 사이에 놓여야만 한다"고 말한다.[5] 하디의 『테스』는 특히 그녀의 욕망에 대한 절제로 인해 그의 비극적 비전에 대한 아주 놀랄 만한 진술이다. 아이러니하게도 테스는 여러 면에 있어서 빅토리아 시대의 이상적 여성이다. 그녀는 당시의 성적 코드

---

5) Jeannette King, *Tragedy in the Victorian Novel*, Cambridge: U of Cambridge P, 1978, 1쪽.

를 받아들이고 "결코 아무 남자가 자기와 결혼하게 하는 것을 허락할 수 없다"(121쪽)는 것을 느낀다. "그에게 좋은 것은 나에게 좋은 것이다"(121쪽)라고 여기는 그녀는 남편의 의견을 진실로 받아들이는 소박한 신앙을 가진 일반적 교인이다. 에인절에 대한 그녀의 사랑과 복종은 정확하게 좋은 아내가 느끼도록 기대되는 바로 그것이다.

하디에게 있어 비극은 고통과 악의 불가피성과 그들 간의 무관련성 둘 다를 주장하는 삶의 이상이자 비극적 철학이다. 그것은 인간 삶의 황량함을 보여주지만 동시에 인간이 선하다는 믿음을 주장하고 있기 때문에 긍정적이다. 하디의 메시지는 하디 자신에게 그러한 위안을 주었을 "하늘의 도는 신비스럽고 비밀스럽게 작용하고, 고정된 형상이 없으며 명확한 규칙을 따르는 것도 아니다. 그것은 너무나 위대해서 그 끝에 이를 수 없을 뿐 아니라 그 깊이 또한 깊어서 헤아릴 수 없다"[6]는 도교(Huai Nan Tzu)에서의 말로 전달 될 수 있다.

에인절과 리자 루(Liza-Lu)의 마지막 모습은 우리에게 아이러니한 상징을 보여준다. 처제와의 결혼은 불법일 뿐 아니라 1907년 제정된 '죽은 아내의 여동생 법'(Deceased Wife's Sister Act)이 통과되기까지는 근친상간의 오욕으로 불명예스러운 일이었기 때문이다. 하디는 사회 저항에 대한 자신의 극단적 표현을 드러내고자 일종의 "epater le bourgeois" 효과를 내기 위해 이러한 상징을 사용했는지도 모른다. 그렇게 강한 금기를 침범하는 충격 효과는 다른 관습의 모든 범주를 공격하기 위한 방법을 준비하기도 한다. 그러나 필자는 그의 은유를 결혼 내에서 두 개의 가능한 양성적 마음을 결합하기 위한 시도로 보고자 한다. 그들의 결혼의 기능은 그들이 테스의 꿈을 완성하고 서로서로 도와서 완벽한 양성성의 소유자가 되는 것을 가능하게 하는 것처럼 보인다.

---

6) *Huai Nan Tzu*, 9. in *Science and Civilization in China*, Vol.2. Cambridge: U of Cambridge P, 1956.

테스는 어떠한 사회에도 역사의 어느 순간에도 속하지 않는다. 그녀는 영원한 자연에 속한다. 그녀의 자연적 우수함은 그 시대의 애정 없는 대표 현상과 함께 놀라운 대조를 보이면서 지속적으로 상처받기 쉬운 것으로 보인다. 그녀를 표현하면서 하디는 일반적 인간 본성의 비극적 복잡성을 나타내고 있다. "그녀는 그녀 자신을 제외한 누구에게도 하나의 존재, 하나의 경험, 열정, 하나의 감정 구조가 아니었다."(80쪽) 결말에서 그녀의 최종적 체포는 이 잔인한 세상이 그녀를 정말로 감동시킬 수 없다는 것을 보여준다. 자신의 마지막을 받아들이는 그녀의 의지는 모든 것이 흔적 없이 사라지도록 의도된 존재의 아이러니를 보여준다. 행위, 욕망, 불만족을 나타내는 인류의 남성적 경향이 질투와 탐욕을 만들어내고, 갈등, 손실, 좌절과 무질서를 끌어내는 반면, 일어나는 사건의 자연적 과정을 받아들이기 때문에 무행동, 무욕, 양보와 만족을 나타내는 여성적 경향은 성공을 이끈다.

『테스』는 자신의 권리 속에서 한 인간으로서 인정받길 원하지만 이 "황량한" 세상에서 결코 실현될 기회를 갖지 못하는 한 여자의 이야기이다. 이 이야기에서 "우리는 자부심이 힘겨운 운명을 압도할 수 있다는 것을 하디로부터 배웠다. 하디가 써왔던 모든 글에서 그는 패배를 통해 지속해나가는 인간의 정신을 보여주었다"[7]라고 어빈(St. John Ervine)은 하디에 대한 찬사를 표현한다. 『테스』는 테스와 하디가 밝은 세상을 이해하는 데 기초가 될 수 있는 새로운 패러다임을 찾기 위해 함께 떠난 여정이었다. 죽음 이후에 테스는 에인절과 리자-루뿐만 아니라 독자들에게도 완전함에 대한 양성성의 상징이 된다. 버지니아 울프에 따르면 테스는 "모든 요소들의 힘을 한 곳으로 끌어모으는" 피뢰침과 같이 우뚝 서 있는 한 인간이다. 그러한 점에서 『테스』는 음양 원리에 대한 하디의 내재적 개념이 충실하게 표현된 인물이다.

---

7) Henry Thomas, *Living Biographies of Famous Novelists*, New York: Garden City Publishing Co., Inc. 1943, 305쪽.

5장 사이버 소설『뉴로맨서』의 미학과 정치학
— 과학과 소설의 만남

> 정보는 우리 시대의 지배적인 과학적 은유이다. 따라서 우리는 그것이 뜻하는 바가 무엇인지 이해하기 위해 정보와 대면할 필요가 있다. 그렇다고 과학기술이 정보를 변형시킴으로써 모든 것을 변화시켰다고 말하는 것은 아니다. 고전주의 뉴턴주의자들은 정보 유통의 시각에서 사물을 바라보지 않았다. 그러나 오늘날 우리는 그렇게 보고 있다.
>
> —1986년 8월 벤쿠버에서, 윌리엄 깁슨 인터뷰, 맥커프리, 273쪽

1. 들어가며: 문학과 과학기술의 대화/인터페이스

문학과 '과학'의 대결은 진보와 과학 신화에 토대를 둔 계몽주의와 근대화 과정과 더불어 시작되었다. '과학'은 문학이 그 이전에 경쟁하고 대결을 벌였던 철학, 역사, 종교보다 훨씬 더 강력한 상대였다. 문학에서 이에 대한 본격적인 대응 방식으로 나타난 것이 서구의 낭만주의였다. 특히 시인들은 과학의 분석적 사고에 대응하여 문학적 상상력을 강조하였으나, 소설가들은 근대성에 토대를 둔 과학주의와 산업화의 도움으로 새로운 근대 장르를 발전시켰다. (일부는 '센티멘털 소설' 그리고 '고딕 소설' 등을 통해 합리주의와 과학주의에 도전하기도 하였다.) 장르사적으로 볼 때 이 지점이 시

와 소설이 갈라지는 분기점이 되었다. 낭만주의 시인들은 과학과 기술을 통해 산업화가 이루어지는 '도시'를 버리고 자연으로 들어가면서 기계적 합리주의에 인간적 상상력을 대안 개념으로 내세웠다. 그들은 과학이 기술을 통해 인간을 구체적으로 해방시키지만 문학도 시인의 '독창적'인 상상력을 통해 인간을 구원할 수 있다고 주장했다.

이 당시 과학의 문제를 처음 본격적으로 다룬 작가는 메리 셸리였다. 영국의 급진적 정치사상가인 고드윈과 페미니즘의 이론적 기초를 다진 메리 울스턴크래프트 사이에서 태어났으며, 이상주의적인 급진파 시인 셸리의 아내인 그녀는 1818년 『프랑켄슈타인』이라는 괴기과학소설을 발표했다. 신체 일부분의 재생, 생명의 창조(괴물 만들기), 살인, 섹스, 복수, 법의 영역 밖에서 작업하는 놀라운 과학자, 병적인 분위기, 낭만주의 등을 두루 갖추고 있는 이 소설은 산업혁명과 과학 신화에 대한 정신분열증적인 태도를 보여주고 있다. 이 소설에는 과학과 기술이 가져다줄 문명에 저항하는 고딕적 분위기와 작가의 에코페미니즘적인 비전이 깔려 있다. 이런 의미에서 셸리의 소설 『프랑켄슈타인』은 오늘 우리가 논하려고 하는 사이버(펑크/스페이스) 문학의 원형으로 볼 수 있다. 오늘의 분석 대상인 깁슨의 소설 『뉴로맨서』의 주인공 케이스는 앞 소설의 주인공인 프랑켄슈타인과도 닮은 데가 적지 않다.

20세기 초의 I. A. 리처즈와 같은 문학자는 과학기술이 점차 우세해지는 현대사회에서 시적 진술의 특징을 지식이나 논리보다는 정서에 토대를 둔 '의사 진술'(pseudo-statement)이라 규정하면서 시와 과학의 기능과 역할을 분리하여 시의 독립성을 보장받으려 했다. 그러나 문학은 간간히 과학을 이용하여 미래학적 문명 비판이나 유토피아적인 문제를 다루게 되어, 20세기 초 일부 모더니즘 작가들은 과학기술을 본격적으로 작품에 편입하고 반영하여 영국의 헉슬리 같은 작가는 과학기술에 기초를 둔 반–유토피아적인 사회를 그리기도 하였다. 일부 미래파 작가들이 과학기술을 문학예술 세계에 깊숙이 연계시키려는 노력을 기울이게 되면서 '사이언스 픽션'(Science Fiction)

이라는 하부 장르를 확고하게 정착시켰다.

적과의 동침은 이미 시작된 것이다! 그러나 이 장르는 본격문학에 편입되지 못하고 탐정소설이나 스파이 소설, 괴기소설(네오고딕), 로만스(네오로만스)와 같이 통속적이고 대중적인 소수 주변부 장르로 남아 있었다. 이러한 경향은 과학기술이 엄청난 속도로 발전하고 우리 문명의 본질과 방향이 과학기술의 지배를 받는 60년대까지만 해도 계속되어, '사이언스 픽션' 산업 자체는 크게 성장했지만, 주류 작가들이나 대학 등으로부터 별다른 대접이나 주목을 받지 못했다. 그러나 이제 모든 것은 변하기 시작하고 있다. 인류 문명의 미래와도 관련지어 '사이언스 픽션'은 이제 중심적 장르가 되어 소위 본격문학만을 다루는 제도권인 대학과 문단에 상륙하여 본격적이고 진지한 논의가 이루어지기를 기다리고 있다.

2. 왜 사이버(네틱/펑크/스페이스) 픽션인가?

오늘의 주제는 '사이버'(문학)이다. '사이버'라는 접두어는 이제 일상생활에서 자주 사용되어 어느 '사이'(시간)에 '버'것이 우리들과 친숙한 '사이'(관계)가 되어 '버'렸다. 사람과 기계 '사이'(공간)를 '버'그러뜨리지 않기 위한 논의에 앞서서 우선 몇 가지 작은 역사를 들추어보자.

1980년대에 들어서서, 특히 윌리엄 깁슨의 『뉴로맨서』(1984)가 출간되면서 비교적 갑작스럽게 사이언스 픽션에 대한 논의가 활기차게 시작되었다. 그 이유는 무엇일까?

그것은 궁극적으로 우리의 삶의 현장을 볼 때 "제3의 물결"에 따라 컴퓨터를 필두로 하는 과학기술이 우리의 신체, 정신, 영혼에 너무나 깊숙이 침투해 들어오는 상황이 전개되기 때문일 것이다. 영화 등 예술 전 영역에 걸쳐서 과학이 침투해와 백남준의 비디오 예술이 증명하듯이 기존의 예술 개념이 송두리째 흔들리는 사태를 우리는 목격하게 된다. 문학의 경우 매체가 보수적인 '언어'이기 때문에 비교적 영향이 적은 편이다. 그러나 지금은 포스트구조주의, 포스트모더니즘 등의 '이론'의 영향과 최근 하이퍼텍스트/미디어 등 고도 전자 매체의 등장으로 "(문자)문학의 위기"감마저 팽배하고 있지 않은가?

이러한 맥락에서 볼 때 문학에서 20세기 후반기 고도 산업 기술 사회의 과학기술과 관련된 문물 변화 상황을 가장 첨예하게 재현시키고 있는 분야인 '사이언스 픽션', 특히 미국에서 80년대 후반부터 본격적으로 논의되기 시작한 '사이버펑크 픽션'의 열풍은 20세기 후반기의 디지털적 삶의 여러 징후들을 재현/생산하는 데 커다란 이점을 가진 장르로 그 중요성이 새롭게 부각되는 것은 당연하다.[1] (작가나 예술가들은 이미 언제나 새로운 현상을 창조적으로 만들어내고, 대부분 이론가들은 뒤늦게 그 현상에 주목하지 않는가. 따라서 이미 사이버 문학은 다른 어떤 문학 장르보다 우리 삶 속에 더 깊숙이 침윤된 디지털적 비전과 사이버 상상력으로 주류 문학에 강력히 도전할 것이고, 또 문학을 창작, 비평하는 우리는 일단 그것을 겸허하게 받아들이고 있지 않은가?)

'사이버스페이스 소설'을 논의하려면 반드시 '사이버펑크 픽션'을 거쳐야 한다. 이 용어에 대한 간략한 어원적 접근을 시도해보자. '사이버'란 말은 정보 체계와 인간이 그 체계의 일부—사이보그의 경우처럼—가 되는 방식과 관련되는 '사이버네틱'(cyvernetic)의 의미에서 나온 접두사이다. '펑

---

1) 맥커프리는 사이버펑크(CP) 이데올로기와 미학을 만든 63개의 항목을 소개하는 자리에서 영향력이 컸던 SF 작가와 작품들 외에도 다른 분야의 작품들을 포함시켰다. 그것들을 보면 CP 픽션이 단순히 문학에서만 자생적으로 배태된 것이 아니라 20세기 문화 전반을 반영함을 알 수 있다. 이 중 몇 개를 소개하면 마셜 매클루언(『매체는 전달 내용이다』, 1967), 루 리드와 존 케인(벨벳 언더그라운드 펑크 음악단, 1967), 기 드보르(『스펙터클 사회』, 1967), 앨빈 토플러 (『미래의 충격』, 1970), 장-프랑수아 리오타르(『포스트모던 상황』, 1979), MTV(1981~), 로리 앤더슨(『거대한 과학』, 1982), 리들리 스콧(영화 〈블레이드 러너〉, 1982), 장 보드리야르(『시뮬레이션』, 1983), 데이비드 크로넨버그(영화 〈비디오드롬〉, 1983), 제임스 카메론(영화 〈터미네이터〉, 1984), 프레드릭 제임슨(『포스트모더니즘, 후기 자본주의 문화 논리』, 1984), 데이비드 포루쉬(『부드러운 기계: 사이버네틱 픽션』, 1985), 아서 크로커 외(『포스트모던 장면: 배설 문화와 하이퍼 미학』, 1986)이 있다. Larry McCaffery ed. *Storming the Reality Studio: A Casebook of Cyberpunk and Postmodern Science Fiction*, Durham: Duke UP, 1991. 17~29쪽.

크'(punk)란 말은 복합 국적인들에 의해 지배되는 세계 대도시들의 더러운 거리들과 그곳에 사는 주민들을 가리킨다. '사이버펑크'(cyberpunk)란 용어를 1980년에 처음 사용한 사람은 브루스 베스키(Bruce Bethke)였다. 필자가 다루고자 하는 윌리엄 깁슨이라는 소설가는 소위 사이버펑크 운동의 선두 주자로 가장 독창적이고 재능 있는 작가이고, 이전의 사이언스 픽션(이 용어는 '공상과학소설'이라 번역되었지만 지금은 공상의 차원이 아니기 때문에 필자는 그대로 사이언스 픽션(SF)으로 사용하고자 한다.)과는 아주 다른 80년대의 새로운 사이언스 픽션의 창시자로 평가받으며, 심지어는 '사이버펑크의 왕'이라고까지 추앙받고 있다. 윌리엄 깁슨은 하위 장르 소설이던 사이언스 픽션을 새롭게 방향 전환시켜서, 사이버네틱스에 미국의 80년대 청년 반문화 운동인 펑크 운동을 접목시켜 새로운 사이언스 픽션 소설 장르를 탄생시켰다.

같은 계열의 작가인 브루스 스털링은 1986년에 펴낸『거울의 그림자』라는 사이버펑크 선집의 서문에서 사이버펑크가 하이테크 영역과 모던 팝 지하운동의 새로운 결합으로 새로운 반문화 에너지를 만들어냈다고 적었다.[2] 사이버펑크는 해묵은 두 문화—과학 대 인문학, 예술/정치 대 과학/기술—사이의 모순을 통합했으며(x쪽), 그 중심 주제는 신체의 침투(의족, 체내 이식, 성형수술, 유전공학적 변형)와 이보다 더 강력한 정신의 침투(두뇌-컴퓨터의 인터페이스, 인공지능, 신경화학)이다. 그리고 이 기술은 인간성과 자아의 본질에 대해서 근본적으로 재정의를 내리게 하였다(xi쪽). 사이버펑크가 형성된 80년대는 위대한 합성과 혼합의 시대로, 모든 경계와 이분법—예술/과학, 고급/대중, 인간/기계, 문학/정치, 동양/서양 등—을 와해시키고 전 지구적인 견해를 목표로 삼았다. 이들의 글쓰기 전략을 보면 상상력의 집중을 통해 서술 속도를 빠르게 하고, 새로운 과학기술 정보로 가득 채우며, 합성어, 신조어, 거리의 유행어, 전문용어를 많이 사용하고, 하드-록

---

2) Bruce Sterling ed. *Mirrorshades: The Cyberpunk Anthology*, N.Y.: Arbor House, 1986.

비디오 음악처럼 감각적이고, 부호화되고, 기이하고 초현실적인 요소를 삽입하고, 자세한 묘사, 인과 법칙을 무시한 플롯 구성, 특수 효과 영화, 마약 문화 등등을 다루는 것이다. 그러나 스털링의 사이버펑크에 대한 논구는, 60년대 반문화 운동에서 SF의 중요성을 강조하면서 70년대 작가들, 특히 여성주의 SF 작가들의 영향과 기여는 무시하는 아쉬움을 남겼다.[3]

브루스 스털링은 깁슨의 단편소설 선집인 『불타는 크롬』(1986)의 서문을 시작하며 다음과 같이 선언한다.[4]

> 만일 시인들이 세계의 공인받지 않은 입법자들이라면 사이언스 픽션 작가들은 법정의 야유자들이다. 우리는 대중들 앞에서 뛰어오르고 비방하고 예언하고 우리를 긁어낼 수 있는 현명한 바보들이다. 우리는 거창한 사상을 가지고 논다. 왜냐하면 펄프로 시작한 우리의 기원인 칙칙한 잡동사니는 우리를 해로운 존재가 아닌 것처럼 보이게 만들기 때문이다. (9쪽)

깁슨의 위의 단편들은 주로 1979년에서 1982년 사이에 쓰여진 공상과학 소설들로 후에 쓰여질 장편의 주제나 기법상의 특징들을 모두 갖추고 있지만, 필자는 그의 첫 장편 『뉴로맨서』를 중심으로 사이버픽션에 관한 논의를 구체적으로 전개하고자 한다.[5]

『뉴로맨서』는 출간되면서 예상을 뒤엎고 엄청난 반향을 일으켰다. 깁슨은 단편으로 '모던 팝 문화, 고도의 기술 문화, 고급 문학 기법의 복합적인 종합'(*Burning Chrome*, 10쪽)이라는 평가를 이미 받고 있었으나, 이 첫 번째 장편 소설은 스털링으로부터 가장 핵심적인 '사이버펑크 소설'(*Mirrorshades*, xii

---

3) Nicola Nixon, "Cyberpunk: Preparing the Ground for Revolution or Keeping the Boys satisfied?" *Science-Fiction Studies* col.19(1992), 219~213쪽 참조.

4) Brice Sterling, "Preface", William Gibson, *Burning Chrome*, London: Grafton, 1986.

5) 첫 장편 이후 깁슨은 『뉴로맨서』의 연속물이라 볼 수 있는 『카운트제로』(1986), 『모나리자 오버드라이버』(1988)를 발표했고 『차이의 엔진』(1991, 브루스 스털링과의 합작), 『가상 빛』(1993), 『아이도루』(1996)를 계속해서 간행했다.

쪽)로 평가받았다. 이 책으로 그는 1985년에는 이 방면에서 세 개의 권위 있는 문학상인 휴고상, 네뷸러상, 필립 K. 딕상을 휩쓸었으며 전 세계적으로 수백만 부가 팔렸다.

필자는 이 정도로 사이버펑크 소설의 배경 설명을 그치고자 한다. 그리고 이제는 사이버 픽션의 역사와 배경에 관하여 지리한 계보학적/고고학적 접근을 개론적으로 시도하기보다 사이버스페이스 소설에 관한 논의로 곧바로 돌입하고자 한다. 오늘날 '사이버'라는 접두사가 붙는 문학의 창시자라 할 수 있는 깁슨의 문학 세계를 여는 열쇠는 역시 그가 만든 용어와 개념인 '사이버스페이스'일 것이기 때문이다.[6] 필자는 깁슨의 소설이 '사이버스페이스'라는 '이데올로기'의 문학적 호명(interpellation)이라고 생각하고 있다. 따라서 필자는 이 글에서 깁슨을 사이버펑크의 영역에만 국한시키지 않고 '사이버(스페이스) 문학'의 입장에서 그를 논하고자 한다. 또한 광범위한 의미에서 사이버 픽션의 논의를 하려면 디지털 시대 문학의 총아로 떠오르고 있는 인터액티브 픽션, 하이퍼텍스트, 인터페이스 예술, 하이퍼 미디어 문학 등에 관한 소개도 의당 있어야겠지만 이러한 영역들은 이 글에서는 일단 논외로 하겠다.

3. 깁슨을 타작하기

깁슨을 스털링의 이론에만 접속시켜 읽으면 '사이버스페이스 소설'의 가능성이 사회, 정치적인 전략에 함몰될 가능성이 있다. 따라서 깁슨을 균형 있게 이해, 평가하려면 그 반대의 축도 필요하리라. 가령 이스트반 치처리－로네이의 접근을 들 수 있겠다.[7] 그는 스털링이나 글렌 그랜트와 달리 깁슨

---

6) 사이버스페이스에 관한 종합적인 논의로는 Michael Benedikt ed. *Cyberspace: First Steps*, Cambridge: MIT P, 1991 참조.

7) Istvan Csicsery-Ronay, Jr., "The Sentimental Futurist: Cybernetics and Art in William Gibson's *Neuromancer*", *Critique*, vol.33 no.3(1992년 봄), 221~239쪽 참조.

작품의 궁극적인 가치는 소외에 대한 서정주의와 현재에 대한 알레고리를 동시에 표현하는 복잡하고 SF적인 언어 감각을 강조하는 데 있다고 본다. 이것이 깁슨 문학이 전통적인 SF와 다른 점이라는 것이다. 치처리–로네이는 깁슨의 사이버펑크의 연원을 20세기 초의 미래주의에서 찾으며 『뉴로맨서』를 1909년 발표된 11개 항목 선언에 접속시켜 설득력 있게 분석한다. 그는 깁슨의 궁극적인 관심을 사이버네틱 기술에 의해 침윤된 인간 상황을 예술가로서 어떻게 재현, 재창조하는가로 보고 있다. 그러므로 깁슨의 관심은 사이버펑크 픽션의 정치나 윤리의 문제가 아니라 기술 사회 속에서의 예술의 가능성인 것이다. "윤리학은 미학이다"라는 비트겐슈타인의 말처럼 윤리학과 미학은 동전의 앞뒤가 아니겠는가?

깁슨은 새로운 고도의 전자 기술들을 소개하고 많은 펑크 문화, 반문화 운동으로부터 영향을 받고 있지만 결국 그의 관심사는 고도의 기술 사회에서 언어를 통해 인간 상황을 구원하려는 데 집착하고 있는 것 같다. 그는 결국 기술과 과학과 정보로 규정되는 20세기 후반, 그리고 2000년대 초까지 역사적 인간 상황에서 사이버스페이스를 '화이부동(和而不同)'과 '이이제이(以夷制夷)'의 전략으로 삼아 그의 소설의 등장인물들처럼 그도 결국은 가치와 의미를 회복하기 위한 노력을 경주한다고 보아야 할 것이다. 깁슨은 "컴퓨터 화면 뒤에 있을 수는 있으나 실제로 있지 않은 (모순적/이원론적) 공간"에서 어떻게 실제 현실과 가상현실 모두를 연결시키는 중층적 현실을 재현 아니, 재창조 아니, 단지 환기시키고 있는가?

사이버스페이스 소설의 이야기들은 속도 빠른 하이테크 세계의 스릴러이다. 정보와 재력을 가진 커다란 그룹(다국적 대기업) 사이의 이권과 권력투쟁이 그 주제이다. 소설 장면들은 전통적인 인과 관계에 따른 플롯 전개를 따르지 않는다. 이야기들은 부드럽고 매끄럽게 연결되지 않고 생략과 전환이 많다. 정태적 플롯 구성은 이 소설 주제와 어울리지 않는다. 단편적, 혼합적, 역동적, 시적 전개 방식, 하드록 같은 카오스적 헤비메탈의 비디오 뮤직적인 접근 방식, 복잡다단한 디지털적 작동 원리와 같은 새로운 의식과 장치가 필요하다.

　깁슨의 창작 기법은 '미래주의적인 콜라주 수법'으로 일종의 포스트모던 식의 절충주의적이고 혼합주의적, 나아가 잡종주의적이기까지 하다. 그의 소설을 읽어보면 우리는 이것을 쉽게 알 수 있다. 예술은 선택하는 것이라지만 깁슨은 작가로서 무엇이든지 일단 받아들일 자세이다. 그는 식성도 좋고 소화력이 탁월한 작가이다. 한 인터뷰에서 그는 다음과 같이 자세하게 언명한다.

> 이 모든 것들 '팝 문화, 고급 문화, 다양한 장르들, 다양한 예술 양식 등'이 우리에게 이익이 될 수 있다는 생각은 대단히 해방적인 것이었다. 이러한 문화적 혼합의 과정은 포스트모더니즘의 관심사인 것처럼 보인다. 이것은 사람들의 취향을 대단히 절충적인 것으로 만드는 결과를 가져왔다. 이들 중 일부가 예술가들이다. 이들은 펑크 뮤직도 잘 알면서 모차르트도 알고 저녁 7시부터 11시까지 공포 비디오와 SF 비디오를 빌려보고 그리고 나서 다음으로 진흙탕 레슬링 경기나 시 낭독회로 우리를 초대한다. 만일 당신이 작가라면 이 모든 것들을 받아들일 수 있도록 눈과 귀를 열어두고 동시에 어떤 것이 특정한 맥락에서 효과적일까를 어느 정도 인식하는 것이 좋은 기술이 될 것이다. 나는 글쓰기를 어느 다른 영역 속에 분류해야 하는지를 알지 못하지만, 나는 문학을 다른 예술들과 분리하지 않는다. 소설, 텔레비전, 음악, 영화―이 모든 것은 의도적이면서 동시에 무의식적인 방식으로 이미지, 어구들, 부호들의 형태로 나의 글쓰기 속에 들어와 재료를 제공한다. (맥커프리, 266쪽)

　치처리-르네이는 깁슨의 소설에서는 또한 플롯에서의 서술성보다 문체적인 면에서 시적인 특수성이 더 두드러진다고 지적한 바 있다. 특히 그는 깁슨의 서정적 문체의 특성이 금세기 초의 이탈리아 미래주의의 영향을 받았다고 주장하면서 『뉴로맨서』의 미래주의적 혼합을 설명하고 있다. 앞서 말한 깁슨 자신의 말과도 맥을 같이하는 대목이다.

이것이 깁슨 소설의 서술적 전략이다. 그러므로 그런 소설들을 주류 소설을 읽는 것처럼 읽으면 이해하기 어렵다. 작가는 독자를 긴장시키며 상상력을 역동적으로 작동시키게 만든다. 작가는 독자에게 구슬과 실을 던져주고 그것을 꿰는 것은 독자이다. 이른바 독자의 반응을 요구하며 텍스트와 독자 사이의 상호 침투 작용을 추천한다. 독자는 단지 관객이 아니라 참여자이며 사이버 시대의 의미 수용자/소비자가 아니라 의미 창출자/생산자가 되어야 한다.

그룹들 사이의 이해관계는 중요 인사들, 금전, 자료에 따라 서로 충돌한다. 이러한 관계 속에서 소설의 등장인물들은 살아남기 위해 계속 달리고 정보를 훔치고 팔고 죽이기도 한다. 암시장 바닥에 총잡이, 마약 중독자, 창녀, 밀수꾼, 술주정뱅이 등이 등장하며 이들은 거칠고 비인간적이기 때문에 진정한 의미의 사랑이나 우정을 기대할 수 없다. 그들 사이에는 같은 과업을 수행한다는 면에서 다만 동지애가 남아 있을 뿐이다. 이 밖에 이 소설을 읽으면서 우리가 당혹감을 느끼는 것은 언어 영역에서이다. 강력한 기본 동사의 배치, 새로운 합성어와 신조어의 등장, 하류 문화 집단의 비속어의 과감한 도입 등은 영어가 모국어가 아닌 우리와 같은 외국인 독자들이 이 소설의 속도를 따라가는 데 큰 걸림돌이 된다.

깁슨의 소설 세계에서는 공간적으로 볼 때 국가 간의 경계가 중요하지 않다. 다국적 대재벌 기업은 한 국가 이상의 권력을 가지고 전 세계에 걸쳐서, 그리고 무엇보다도 자신들의 조직과 투쟁에 필요하고 유능한 사람들을 장악하고 있다. 일본, 홍콩, 미국, 유럽을 순식간에 왔다 갔다 한다. 아니, 갈 필요가 없다. 세계적으로 연결된 컴퓨터 망 속의 사이버스페이스에서 거리 감각, 시간 감각은 함몰된다. 그들의 거처는 언제나 호텔 방 속의 컴퓨터 앞이다. 하이테크의 검은 정글에서 살아남는 것이 그들의 절대적인 과제이다. 정보는 새로운 권력이고 또한 금력이다. 정보를 훔치고 팔고 교환하고 누출하는 것을 막는 것이 대부분의 등장인물들의 일상적인 고단한 작업이다. 이들의 세계에는 섹스 산업, 할리우드식 쾌락 영화 산업, 판타지 산업, 전자

성형수술, 신체 기능 확대를 위한 체내 기관 교체 및 보강 수술을 하는 전자의학 등이 성행한다.

자, 이제 항해준비는 끝난 것 같다.

4. 『뉴로맨서』로 항해하기

우선 우리가 떠날 항구로 가보자. 그 소설의 첫 문장은 바로 다음과 같다.

> 항구의 하늘은 없어진 채널에 맞춘 텔레비전 화면 색깔이었다. (William Gibson, *Neuromancer*, London: Grafton, 1984, 9쪽. 이하 동일)

이 문장은 이 소설의 분위기와 주제를 극명하게 보여준다. 우리는 항구를 출발하여 하늘(우주)로 정보(해석) 항해를 떠나기로 되어 있다. 그러나 그곳은 실제 우주 여행이나 우주 유영이 아니라 텔레비전과 같은 고도 전자 매체인 컴퓨터의 '화면' 또는 소설의 페이지 속이다. 그런데 그 형상은 어떠한가? '없어진'(dead) 또는 방영이 '끝난' 채널이다. 없는 채널이나 방영이 끝난 채널을 켜본 경험이 있는 우리는 그 화면의 색깔을 안다. 그것은 이상한 쇳소리를 내며 검은 점, 흰 점들이 강력하게 역동적으로 요동치는 회색이 아니던가? '회색'은 수상하고 화려하지도 못하고 외로운 색깔이다. 그러나 검정과 흰색의 배색인 회색은 많은 윤리적, 인식론적, 상상적 가치와 가능성을 지닌다.

이것은 우리가 타고 떠나기로 되어 있는 '뉴로맨서'호의 운명을 환유하는가? 혹시 우리는 '뉴로맨서'호를 타고 목적지를 향해 떠나는 것이 아니라 바로 '뉴로맨서'호 자체가 우리의 목적지는 아닌가? 멀리 갈 필요도 없이 우리의 미래는 바로 지금 우리 앞에 있는 것이 아닌가? '뉴로맨서로'에서 '로'는 도구격이 아니라 목적격 조사란 말인가? 이 항해는 순조롭지 못하고 모호할 것이며, 이 소설의 해석(의미 찾기 아니 의미 만들기)은 어려우리라는 것을 암시하는가? 다만 죽은 화면의 그 역동적인 이기하고 강력한 에너지가 하나의 작은 위로의 힘을 가질 수 있을까? 우리가 시작하려는 사이버스페이스가 가능성은 있으되 상서롭지 못할 것에 대한 우화인가? 깁슨은 우리에게 미지의 삶의 공간인 사이버스페이스에 진입하기 위해 미리 인식론적 준비운동을 시키는지도 모르겠다.

이 문장은 디지털화된 인상적인 비유로, 17세기 영국의 "형이상학파" 시인들이 서로 상치되는 사물들을 거의 폭력적으로 연결시키는 '기상'(奇想)을 연상시킨다. 이 순간 기계(텔레비전)와 자연(하늘)이 놀랍게 상호 연결되는 인터페이스를 이루며, 특히 T. S. 엘리엇의 「황무지」에서 저녁노을을 에테르에 마취되어 수술대 위에 누워 있는 환자와 비유한 것 이상으로 신선한 충격을 경험한다. 깁슨은 사이버적 '낯설게 하기'를 통해 우리의 일상적 인식 구조를 흐트러뜨린다. 자연과 기계 그리고 인간(작가, 독자)이 같은 (사이버) 시공간 속에 들어 있다고 할까? 우리는 단 한숨에 (한 번의 키보드 누르기로) 전광석화처럼 가상현실인 사이버스페이스로 들어간다. 필자는 아직껏 이렇게 눈 깜짝할 사이에 작품 세계로 빠져든 기억이 없다. 이 얼마나 놀라운 디지털적 상상력의 기특한(?) 재주인가!

첫 페이지에 술집 차쓰보에서 일하는 래츠라는 바텐더가 등장한다. 의족을 지닌 그의 끔찍한 모습은 돈과 기술을 통한 (전자) 성형수술로 아름다움이 가능한 시대에서 더러운 핑크색 플라스틱으로 팔을 싼 채 여러 가지 기능을 부가시키는 조절기를 달고 있어서 추악하여 책을 읽는 것을 그만두고도 싶지만, 기묘한 분위기가 오히려 호기심을 자극한다. 이 인물이 풍기는 느낌은 이 소설의 첫 문장과 크게 다르지 않다. 작가는 우리를 정공법으로 시험하는가 아니면 우회적으로 유혹하는가? 이제 그만 주인공 케이스를 만나자. 그는 24세로 컴퓨터 정보망에 침투해서 정보를 훔쳐 팔거나 교환하는 사이버스페이스의 방랑하는 해적(console cowboy) 또는 도시의 카우보이이다. 그의 일상은 다음과 같다.

그는 젊음과 효율성의 부산물인 고도의 자극제 아드레날린을 거의 언제나 자신의 육체와 분리된 의식을 컴퓨터 행렬(매트릭스)과의 교감적인 환각으로 투사시키는 매일 사용하는 사이버스페이스(컴퓨터) 데크에 주입시켰다. 정보 도둑인 그는 몰래 대기업 시스템의 빛나는 벽들로 침투해서 창을 열고 풍부한 자료에 접근하기 위하여 필수적인 기이한 소프트웨어를 제공하는 다른 좀더 부유한 큰 도둑들을 위해 일한다. (11~12쪽)

그는 인간과 기계의 합성어인 '사이보그'(cyborg)로, 인간과 같은 특질을 지닌 로봇이거나 기계와 상호작용을 하는 종합적 요소를 지닌 인간이다. 그는 가상현실에서 살면서 정치, 권력, 윤리의 문제들에 무관심과 저항을 보인다. 아니면 자료와 정보의 세계 속에서 거칠고 고단하게 살면서 기계와 '화이부동'하는 모순적 태도를 가졌다고나 할까? 그는 이 바닥의 세상 물정을 잘 알고 있기는 하지만 자신의 대담성의 희생자이고 사이버스페이스 지배자들의 손아귀에 놓여 있는 저당물이기도 하다.

사이버스페이스에서 중요한 관심사의 하나는 우선 육체의 문제이다. 육체는 주변부에 위치한다. 인간 신체를 가진 기계적 구조와 기계가 생명체를 지니는 유기적 구조가 결합될 수 있다. 육체의 일부가 기술로 개선되고 강화되면서 기계의 역할이 증대되는 것이다. 인간의 '육신'은 약하고 망가지기 쉽고 부패하기 쉽다. 어떤 특정 기능을 고집하면 비효율적이기도 하다. 그러나 기계는 견고하고 정확하여 효율적이다. 사이보그들에게 육체는 '고기'(meat)에 불과하다. 이 소설의 주인공 케이스는 한때 자신이 행한 속임수 때문에 고객에게 보복을 당했다. 멤피스의 한 호텔 방의 침대에 묶여 그는 세균전에 쓰이는 곰팡이로 만든 마이코톡신이 몸에 주입되었다. 30시간 후에 깨어난 그의 신경조직은 파괴되어 이전에 누리던 자연스러운 육체의 즐거움을 누릴 수 없게 되었다. 그는 기능이 제한된 부자연스러운 육체로 자존심의 상시로 고통스러웠다.

그가 받은 해는 미세했고 미묘했지만 그 결과는 결정적이었다.

> 사이버스페이스에서 무형의 환희를 느끼고 살아온 케이스에게 그것은 추락이었다. 그는 잘 팔리는 일류급 컴퓨터-해커로, 자주 드나들던 술집들에서 그들 고수급들은 육체에 대한 어떤 손쉬운 경멸감을 갖고 있었다. 육체는 고깃덩어리였다. 케이스는 그 자신의 육체의 감옥으로 떨어졌다. (12쪽)

그러나 케이스는 포기하지 않고 남은 돈을 정리하여 일본의 도쿄 근처의 항구도시인 치바로 옮겨왔다. 그곳은 비밀리에 고도 전자 성형수술을 하는 진료소가 있어서 자신을 복원시킬 수 있는 유일한 희망이었다. 두 달여 동안 전 재산을 들여 신경조직에 새 유전자를 접합하는 수술을 기대했으나 별다른 치료도 받지 못한 채 다국적 대재벌 기업이 운영하는 조직에 편입되어 또다시 사이버스페이스 카우보이가 되었다. 그렇다면 그가 정착한 치바는 어떤 곳인가?

> 밤의 도시는 앞으로 빠르게 움직이게 만드는 단추에 언제나 손가락을 대고 있는 권태로운 연구자에 의해 고안된 사회적 진화론의 잘못된 실험 장소 같았다. 열심히 하지(속임수를 쓰지) 않으면 당신은 흔적도 없이 가라앉는다. 그러나 당신이 아주 기민하게 조금만 움직이면 암시장의 가냘픈 표면장력을 깨뜨릴 수 있다. 어떤 길이는 흔적도 없이 … 막연한 기억만을 가지고 사라질 것이다.
> 여기서 사업은 끊임없는 잠재의식적인 협잡 사기이다. 나태함, 부주의, 결핍된 세련미, 복잡한 통신 규약의 요구에 대한 무시로 당하는 죽음은 당연한 처벌이었다. (14쪽)

그야말로 정글의 법칙인 약육강식의 논리가 지배하는 척박한 곳이다. 여기서는 무엇보다 생존경쟁의 장에서 살아남는 것이 최고의 미덕인 것이다.

우리는 지금까지 지극히 일부분만으로 이 소설의 몇 가지 분위기, 인물, 배경 등을 알아보았다. 이제는 이 소설의 중요한 주제 하나를 살펴보자. 이것은 일부를 가지고 전체를 가늠하는 매슈 아놀드의 '시금석 이론'의 또 다른 실행이다. 소설이 끝나갈 즈음에 감동적 장면이 연출된다. 이소설의 분위기는 음산하고 냉랭하고 비관적이고 부정적인 모습이어서, 고도의 기술 사회에서의 인간성 회복이 작가의 중심 되는 관심사임을 느끼게 만든다. 과학과 기술에 의해 위협받거나 농락당하거나 패배당하지 않고 그것을 극복하고 자신을 새롭게 변형시키는 것이 우리의 과제일 것이다.

이 소설은 '통합'을 전략으로 이용한다. 다른 사람과 통합하려면 우선 자신으로부터 해방되는 '마음 비우기'(虛心)가 필요하다. 이 소설에서 AI(인공지능) 윈터뮤트는 눈물 나는 노력으로 또 다른 쌍둥이 짝인 뉴로맨서와의 결합에 성공한다. 이것은 자신이 자기의 자아가 아닌 '다른 어떤 것'(314쪽)이 되는 것이다. 그들은 과거에는 서로 다른 존재들이고 한때 적이었다. 윈터뮤트는 조직을 관리하고 의사 결정하고 바깥 세계를 변화시키는 사이보그였고 뉴로맨서는 인격이 있고 영원성이 있는 사이보그였다. 그들은 인간의 속성인 주체성, 동기, 의도, 자율성 등에 문제 제기를 하면서 결합을 꿈꾸었다. 그 결과 윈터뮤트는 이제 컴퓨터와 연계된 정보와 통제라는 '존재의 대고리'를 벗어나 뉴로맨서와 만나게 된다. 기계들 속에서 다른 존재를 그리워하고 찾아나서는 의지와 욕망은 중요한 요소인 것이다.

주인공 케이스는 윈터뮤트와 다음과 같은 대화를 나눈다.

"나는 이제 윈터뮤트가 아니에요."
"그러면 무엇이요?"
"케이스, 나는 매트릭스예요."
케이스는 웃었다. "그러면 그것은 당신은 어디로 데려갑니까?"
"아무 곳에나 그리고 그 어느 곳이라도. 나는 모든 작업의 종합이고 완전한 모습입니다."…
"상황은 어떤지요? 사물들은 어떻게 달라졌나요? … 당신이 신인가요?"
"사물들은 다르지 않지요. 사물들은 그대로 사물들이지요."
"그러면 당신은 무엇을 합니까? 당신은 그저 그곳에 있는 건가요?"
"나는 나와 같은 종류에게 이야기하지요."

"그러나 당신은 온전한 존재잖아요. 그러면 당신 자신과 이야기하는 걸 텐데요?"

"다른 종류들이 있지요. 나는 이미 하나를 찾았지요. … 당연한 얘기지만 내가 중심이었을 때는 알아야 할 사람도 없었고 대답할 사람도 없었지요." (315~316쪽)

이들의 대화는 선문답 같다. 윈터뮤트는 이제 어디에도 있고 어디에도 없다. 그는 그저 종합이며 온전한 존재라고 말한다. 한곳에 매이지 않고 자유로워진 자아는 자신과 같은 타자들을 찾는다. 그들과의 대화가 필요한 것이다. 관계는 우리의 운명이므로 우리는 관계를 회복해야 한다. 우리는 이미 언제나 혼자가 아니기 때문이다. 자연과 인간과의 관계, 인간과 사회와의 관계, 인간과 인간과의 관계, 인간의 내면과 외면의 관계, 심지어는 인간과 기계와의 관계 등 타자와의 대화 구축은 이 소설을 주제적 핵심이고 가장 혼을 울리는 부분인 것이다.

그렇다면 이제는 윈터뮤트와 결합하는 뉴로맨서의 기능에 대해서 알아보아야 할 시간이다. 어린아이의 모습을 한 뉴로맨서와 케이스의 대화를 들어보자.

"당신의 이름은?" …

"뉴로맨서. … 죽은 사람들의 나라로 가는 길. 당신이 있는 곳 … 뉴로는 은빛 길인 신경으로부터 왔지요. 나는 강신술사지요. 나는 죽은 사람들이고 그들의 나라이지요." (289쪽)

뉴로맨서의 역할과 기능은 이 소설에서 각별한 의미가 있다. 우선 그의 이름은 그 자신의 해명에도 불구하고 다의적(多義的)이다. '뉴로 + 맨서'는 그의 말대로 신경조직을 만들고 관리한다. 신경조직은 인간의 육신 중에서도 가장 섬세하고 중요한 부분이다. 또한 '뉴로 + 로맨서'라면 신경조직을 가진 낭만적인 대화와 사랑을 할 수 있는 또는 그러한 이야기를 만들어내는 존재이기도 하다. 이렇기에 기계 속에서 자신과 윈터뮤트와의 낭만적인 결합을 가능하게 하지 않았을까? 그는 죽은 사람들과 얘기를 나눔으로써 미래에 관해 배우는 일종의 강신술사이다. 거대한 기계의 네트워크 속에서 죽어가는 인간들을 다시 불러내고 살리고 이야기해주는 마법사가 아닐까? 끝으로 '뉴＋로맨서'는 신낭만주의자, 로맨스 작가, 공상가의 의미를 가질 수 있다. 20세기 후반기에 신낭만주의자라면 새로운 러다이트로 기계주의에 저항하는 낭만주의자일 것이다. 뉴로맨서의 모토는 '인격'과 '영원성'이다. 이렇게 볼 때 윈터뮤트가 '뼈'라면 뉴로맨서는 '피와 살'이고 '영혼'이다. 이의 결합으로 '뼈＋살＋피＋영혼'이 있는 '온전하게 된 존재'가 탄생하고 '통합'이 이루어지는 것이 아닌가? 그들은 결합하여 상호 침투하여 서로를 공유하게 되는 것이다. 그들은 컴퓨터가 가져다주는 새롭고 놀라운 기술 세계이며 가상현실 세계인 사이버스페이스와 결합을 시도하는 '새로운' 낭만주의자일까?

이제부터는 좀 더 추상적인 이야기로 들어가보자.

5. 사이버스페이스(CS)의 시공간

깁슨이 본격적으로 사용한 이 용어는 우리 시대의 시대 신과 인식소를 가장 잘 드러내고 있다.[8] 깁슨 문학의 중심적 은유인 이 개념은 어떻게 탄생되었는가? 깁슨은 한 인터뷰에서 어느 날 우연히 사이버스페이스라는 개념과 용어를 생각해냈다고 술회하였다(Larry McCaffery, 앞의 책, 272쪽). 그는 1982년 어느 날 그가 살고 있는 캐나다 벤쿠버의 번화가를 걷다가 비디오 아케이드를 들여다보게 되었다. 그 안에서는 아이들이 컴퓨터 게임에 몰두하여 완전히 황홀 상태에 빠져 있었다. 깁슨은 이 아이들이 게임이 투사

---

8) SF에 대해 우리보다 관심이 훨씬 많은 일본에서는 이 용어(CS)를 전자두뇌 공간인 '전뇌 공간'(電腦空間)이라고 번역하지만 우리나라에서는 아직 적당한 역어가 나오지 않고 있다. 사이버스페이스란 컴퓨터를 통해 많은 양의 정보가 시간과 공간의 제약 없이 전달된다는 점에서 좀 길지만 '자유 정보통신 시공간'쯤으로 번역할 수도 있겠다.

하는 공간을 분명히 믿고, 컴퓨터로 작업하는 모든 사람들은 컴퓨터 화면 뒤에 볼 수는 없지만 실제로 존재한다고 알고 있는 어떤 공간 즉 일종의 실제 공간의 존재를 믿는 것이 아닌가 하는 생각이 들었다. 물론 그것은 객관적 세계에는 없는 가상현실인 것이다. 이 순간 바로 사이버스페이스가 탄생한 것이다. 『뉴로맨서』에서는 어떻게 그것이 묘사되고 있는가?

> 사이버스페이스. 모든 나라에서 수억의 합법적인 컴퓨터 사용자들이, 수학적 개념을 배우려는 어린이들이 매일 경험하고 있는 교감적인 환상. … 인간 조직 속에 모든 컴퓨터의 전열로부터 추출된 자료들이 화면에 나타나 만드는 하나의 그래픽. 생각할 수 없는 복잡성. 마음의 비공간 속에 배열되어 있는 빛의 선들. 자료들의 무리들. 배열들. 뒤로 물러서는 도시의 불빛들과도 같이 …. (67쪽)

이러한 공간은 분명 환상의 공간이다. 기술, 경제적인 변화의 산물로서 후기 자본주의 정보 세계의 모델로 어떤 의미에서 유토피아적인 성향을 보이기도 한다. 깁슨은 단편소설집 『불타는 크롬』에서 "시뮬레이션 매트릭스의 색깔 없는 비공간, 즉 엄청난 양의 정보를 다루고 교환하는 것을 용이하게 만드는 전자 교감 환상 지대"이며 "인류의 확장된 신경조직"이라도 규정한다.

CS의 세계는 공허하고 암울하며 비관적인 분위기를 풍기므로, 대부분의 평자들은 『뉴로맨서』를 디스토피아 소설로 간주하지만, 이제는 비구름 사이로 간간이 쏟아지는 몇 줄기 햇빛을 잡듯이 그 반대되는 예를 논의해보고자 한다. 우선 이 소설의 사이보그들은 에로틱하다. 20세기 주요 소설들에서 진정한 사랑이 불가능한 것으로 묘사되는 것과는 달리, 주인공 케이스와 몰리가 성적 오르가슴에 달하는 장면은 밤의 도시 치바의 어둡고 칙칙한 길거리와 대비되어 시적으로 묘사되고 있다(45쪽). 사이보그들의 '육체'에 대한 모멸감은 성적인 사랑의 향수로 바뀐다. 뉴로맨서(신낭만주의자)들은 CS에서도 사랑의 유희를 즐기는가? 기계는 사랑도 감정도 섹스도 없다. 케이스와 몰리는 아무리 디지털화되고 사이보그화되었지만 사랑의 능력이 있음을 작가는 희망하는 것이 아닐까? 아니면 CS가 사랑의 오르가슴과 같은 황홀경을 가져다준다는 말일까?

이 소설에서 사랑의 행위가 가장 극적으로 제시되는 장면은 주인공 케이스가 자신의 첫사랑인 린다 리를 해변에서 만나 정사하는 장면으로 (284~285쪽) 윈터뮤트와 뉴로맨서가 결합할 때 느끼는 감동보다 더 강렬하다. 물론 이것은 린다 리가 죽고 없기 때문에 실제가 아니라 가상 세계에서 일어나는 상황으로, '죽은 자를 불러내는' 뉴로맨서의 주선으로 가능하다. 자신의 방 컴퓨터 데크에서 린다와 함께 해변을 걸으며 케이스는 "자아를 넘어, 개성을 넘어, 의식을 넘으며", "마음과 육체의 인터페이스를 그에게 허용"하는 사이버스페이스는 '죽음'도 초월하고 부활이 가능한 새로운 생명의 공간인가? 그것은 잃어버린 기억도 복원시키는 '비동시성의 동시성'을 경험케 하는 경이로운 종교적, 초월적 공간인가? 이것은 케이스 같은 사이보그들이 무시했던 '육체'에 대한 새로운 가치 부여이다.

> 그녀에게 흐른 것은 하나의 힘이었다. 그가 밤의 도시에서 알았고 그곳에서 유지했고 … 시간과 죽음으로부터 그들 모두가 사냥했던 거리로부터 잠시나마 지탱하게 한 어떤 것이다. … 그가 알기로는 그것은―그의 기억으로 그녀가 그를 잡아끌 때―고깃덩어리, 카우보이들이 조롱하는 육체에 속했다. 그것은 우리가 알 수 없는 거대한 것, 나선형과 유인물질 속에 부호화되어 있는 정보의 바다. 아주 맹목적으로 오로지 육체만이 읽어낼 수 있는 무한한 복잡성이었다. (284~285쪽)

가상 세계에서 이러한 해변의 정사를 그린 것은 깁슨의 디스토피아적인 세계를 뒤집어놓는 사건이라 하겠다. 그것은 거대한 기계가 범접할 수 없는 '육체'가 가져다주는 인간적인 교감 지대이다. 이것은 금세기 초 근대 기계 문명과 현대의 조직 문화 속에서 시들어가는 인간성을 건강한 성의 해방을 통해 건강하게 회복하고 인류 문명을 광정하려 했던 D. H. 로렌스와 깁슨이 만나는 부분이기도 하다.

CS의 성적인 함축성을 좀 더 살펴보자. 랜스 올슨의 해석에 의하면,[9] '사이버스페이스 매트릭스'에서 '매트릭스'는 모체(母體)라는 의미이다. 그 어원은 '자궁', '어머니'이고 주로 남자들이 특권적으로 이 지역에 들어간다고 본다면 '여성의 지역'이다. 여성(자궁)은 모든 창조의 원천이며, 제임스 조이스 소설의 주인공 블룸이 생각하듯이 예술가의 언어가 수정되어 작품으로 현현되어 나오는 생명의 원천이고 상상력의 원천인 것이다. 컴퓨터 운용자들은 키보드를 누르는 것을 여성의 여성을 애무하는 것, 그리고 컴퓨터에 들어가는 행위('jacking in')를 성행위와 비유한다. 물론 깁스의 관심은 이런 성적인 비유가 아니라 서로 대립되는 요소가 결합되는 데에 있다. 어설프지만 이분법을 사용한다면 남성적 원리(케이스, 카우보이, 정신)는 여성적 원리(몰리, 매트릭스, 육체)와 합쳐져서 하나가 되는 느낌을 갖게 된다. 또 다른 것으로 앞서 언급한 윈터뮤트와 뉴로맨서의 결합이 있다. 스위스 베른과 연결된 윈터뮤트(여성, 행동, 남성)와 브라질의 리오와 연결된 뉴로맨서(감성, 수동, 여성)의 결합에서는 지리적 거리감이나 성별과 같은 차별의 이분법은 약화된다. CS는 하나의 커다란 음양의 우주이며, 음양이라는 이분법은 조화를 이루고 통합을 이루어 '작업의 총합, 온전한 모습'을 만들어낸다.[10]

이제는 CS의 종교적 공간으로서의 가능성을 살펴보자. 그것은 서구적 주체와 자아가 해체되는 포스트모던의 공간으로, '이전에 없었던 공간' '비공간−공간이 아닌 공간' '그림자 없는 공간'이며, 분명 제3의 물결이 지나가는 후기 산업사회의 삶의 공간으로 유기론적인 인간의 감각 세계와 순수하게 디지털화된 가상 세계 사이를 중재하는 공간이다. 이 생각을 확대시키면

---

9) Lance Losen, "The Shadow of Spirit in Willliam Gibson's Matrix Trilogy", *Extrapolation*, col.32, no.3(1991). 278~288쪽 참조.

10) 이 밖에 마이클 하임은 깁슨의 사이버스페이스를 성적인 오르가슴과 연계시켜 『뉴로맨서』의 낭만주의적인 에로티시즘을 본체론적으로 논하고 있다. Michael Heim, "The Erotic Ontology of Cyberspace". 마이클 베네딕트, 앞의 책, 62~66쪽 참조.

신비적이고 초자연적인 (종교적) 영역에도 이를 수 있다고 믿는 사람이 있다. 바로 데이비드 토마스[11]로 그는 깁슨의 사이버스페이스가 신화 논리적 사고에서 보면 종교적 측면을 가질 수 있다고 생각한다. 왜냐하면 CS의 좀 더 근본적인 사회적 기능 중에 사물과 본질이 어떻게 존재하게 되었는가를 생각하는 신비학을 알게 하는 매체 역할이 있기 때문이다. CS는 "좁은 의미의 사회 경제적 용어로 또는 통념적인 문화의 시각에서 이해되어야 할 뿐만 아니라 내재적이고 독창적이고 명민한 메타사회적인 기능인 동시에 가능한 사이버네틱 신으로서 이해되어야 하는 것이 더 중요하다"(41쪽)고 그는 지적한다. 이러한 인류사회학적 접근으로 새로운 통찰력을 얻게 될 수도 있겠다. 어떤 의미에서 가상 우주 공간 어딘가에 인간이 거의 내재적으로 가지고 있는 종교적 비전과 맞닿는 부분이 있을 수도 있지 않겠는가. 결국 종교도 신도 컴퓨터도 CS도 인간의 상상력이 만들어낸 구성물이 아니겠는가?

이 CS의 개념은 깁슨의 문학에서 어떤 서술적 공간으로 변형되고 있는가? 무엇보다 그것은 디지털 세계에 대한 하나의 '객관적 상관물'을 보여주는 장치이다. 깁슨은 CS의 총아인 인터넷에 대해『뉴로맨서』를 쓸 당시 전혀 들은 바가 없지만 그는 통제로부터 자유로운 인터넷의 예언자요 방어자가 된 것을 자랑스럽게 여기는 것 같다. 인터넷은 여러 면에서 지금까지 과학기술이 만들어낸 것과는 다른 사이버네틱 공간이다. 그것은 법적 규제가 어려우며 국가의 경계를 넘나드는 탈국경적이다. 이 소설의 주인공이 "색깔 없는 공허한 지대를 가로질러 펼쳐지는 논리로 빛나는 격자무늬"(11쪽)를 통해 이 CS는 인간의 정체성마저 해체시키는 유동적이고 디지털화되는 전자 기술이 가져오는 가상 세계이다.

그러나 이 공간의 문제점은 실제에는 존재할 수 없는 '가상현실'이라는 점이다. 이것은 감당하기 힘든 사실이다. 깁슨은 이 공간의 부정적인 모습

---

11) David Tomas, "Old Rituals for New Space: Rites de Passage and William Gibson's Cultural Model of Cyberspace". 마이클 베네딕트, 앞의 책, 31~48쪽 참조.

도 어김없이 보여주고 있다.

> 그는 또한 어떤 의미에서 싹트기 시작한 기술들이 무법 지대를 필요로 하고 밤의 도시는 그 주민들을 위해서가 아니라 기술 자체를 위해 고의적으로 관리되지 않는 놀이터로 존재한다는 것을 잘 알고 있다. … 이 밤의 도시의 범죄적인 생태계 속에서 자신의 진로를 타개하려 했던 의심스러운 활동 영역은 거짓말로 점철되어 있고 한밤에 한 번씩 배반으로 얼룩져 있다. (19쪽)

깁슨은 또한 사이버스페이스를 "별들처럼 정보가 집중적으로 밀집되어 있는 단색의 비공간이며 그 위에서 대기업 은하계와 군사 조직의 차가운 나선형의 무기들이 불타고 있는 곳"(197쪽)이라고 규정하였다. 밤의 도시 치바는 CS의 대명사인데 그곳에는 거짓말, 속임수, 범죄가 난무하는 난장판 지대이다. 전통적인 카우보이는 말을 타고 다니면서 가축 등을 돌보지만 CS 카우보이들은 다국적 재벌 기업과 군사 조직의 비밀과 음모가 난무하는 곳에서 전자파를 타고 자신의 집단의 정보를 돌보고 경쟁 상대의 정보를 빼내느라 척박하고 고단한 삶을 살아가고 있다. 20세기 후반 미국의 카우보이는 고도의 컴퓨터 사회의 고급 컴퓨터 기술자(해커)들이다.

깁슨의 CS에 대한 태도는 애매모호하다. 이 공간은 '멋진 신세계'(환락의 순간)이면서 동시에 '어둠의 속'(밤의 도시)이다. 그의 태도는 CS에 대한 단순한 열광도 순진한 빈정거림도 아닌 좀 더 성숙한 자세이다. 중립적, 객관적 태도는 기회주의적인 태도가 아니라 지적, 이념적으로 정직한 태도가 될 수 있다. 그의 말을 직접 들어보자.

> 과학기술에 대한 나의 느낌은 전적으로 애매모호하다. 내 생각으로는 이것만이 오늘날 일어나는 상황과 연계되는 유일한 방법이다. 과학기술에 대해서 글을 쓸 때 나는 그것이 이미 우리의 삶에 어떤 영향을 줄까를 생각했다. … 여러분은 『뉴로맨서』에 분명히 전쟁이 있지만 그 전쟁의 원인이 무엇인지 또는 심지어 누가 싸우는가를 설명하지 않는다는 것을 알게 될 것이

다. … 직설주의는 어리석은 것 같으며 SF를 읽는 즐거움을 앗아간다. 나의 목적은 특정한 예언이나 판단을 제시하는 것이 아니라 오히려 과학기술이 주는 고맙기도 하고 그렇지도 않은 이율배반적인 것을 점검하는 적절한 허구적 맥락을 찾는 것이다. (맥커프리, 274쪽)

결국 CS는 하나의 가상현실이고, 하나님도 결코 존재를 확인할 수는 없지만 반드시 존재한다고 믿는 종교적 상상력의 결과라면, CS는 신일 수도 있다는 생각을 할 수 있겠으나, 우리가 그 무한하고 공허한 CS에 대해 어떤 숭고미와 외경감을 느낀다 해도 그곳에 반드시 우리를 구원할 신이 존재하는 것도 아니고 그 자체가 신이 아닐 수도 있기에 우리는 잠정적으로 CS를 지옥과 천당의 '중간 지대'(58쪽)인 연옥이라고 할 수 있을 것 같다. 그것은 우리의 욕망을 아주 포기하거나 승화시키지 못한 상태이기 때문이다.

지금까지 깁슨의 CS 개념에 대해 몇 가지 논의를 통해 CS의 긍정적인 가능성을 탐구하고자 했다. 이제 필자는 원점으로 돌아가 다시 한 번 깁슨이 현재와 가까운 미래에 컴퓨터가 가져다줄 고도 정보 공간에 대하여 열광적이지도 냉소적이지도 않은 태도를 보였음을 지적하고자 한다. 운동가, 정치가, 사업가, 과학자, 기술자가 아닌 단지 한 작가로서 그는 담담하게 CS의 가능성을 제시하고 있을 뿐이다.

이렇게 볼 때 깁슨의 CS 문학 세계에 대해 유토피아니 디스토피아니 하는 논쟁은 부질없다. CS는 '디스/유토피아'이다. 도나 해러웨이가 말하듯이 12) "우리는 모두 기계와 유기체의 이론에 따라 만들어진 혼합체인 키메라[사자의 머리, 염소의 몸, 뱀의 꼬리를 한 불을 뿜는 괴물]이다. 즉 우리는 사이보그이다. 사이보그는 우리의 존재론이다. 그것은 우리에게 정치학을 가져다주기 때문이다."(174쪽) 키메라가 아니라면 야누스는 어떠한가. 담장에

---

12) Donna Haraway, "A Manifesto for Cyborgs: Science, Technology, and Socialist Feminism in the 1980's," *Socialist Review* 80 (March–April), 65~107쪽.

걸터앉아 인간과 기계를 모두 바라다보아야만 하는 우리의 삶은 역설과 모순의 '객관적 상관물'이다. 가까운 미래에 우리의 삶이 CS에 침윤될 것이라면 CS는 결국 우리의 가능성이며 한계점을 지닌 인간 존재의 아이러니이다. 아름다운 무지개는 CS의 거대한 공허[無] 속에 걸려 있지만 우리가 현실적으로 소유할 수 없는 안타까운 것이다. (그러나 무지개가 없다면 우리의 지상의 일상적 삶은 얼마나 척박할 것인가?) 악이 없다면 선도 얼마나 김빠지는 덕목이 되겠는가? 결국 무(無, CS)에 유(有, VR)가 있고, 다시 유(有) 속에 무(無)가 존재하는 역설이 성립된다. 바로 여기에 자연과 인간의 비밀이 있을 것이다. (만일 CS를 단순히 판도라 상자로 만든다면, 그 얼마나 어리석은 일이 되겠는가.)

한 평자의 말을 빌려 윌리엄 깁슨 문학의 의미를 되새겨보자.

> 깁슨의 중요성은 그가 정보의 결정적인 중요성을 인식하고 있다는 사실에 있다. 그리고 자료의 세계에 침투해 들어가는 것이 어떤 것인가를 묘사하는 방법을 이루어냈다는 데 있다. 따라서 『뉴로맨서』는 '사이버스페이스'를 만들어낸 것이 아니라 그것을 느끼는 방법을 창조해냈다. 사이버스페이스에 대한 경험 그리고 사이버스페이스를 만들어내는 세계, 정보가 난무하고 오염되고 거대 기업이 통제하는 세계에 대한 경험이 사이버펑크들의 관심사이다. 깁슨은 그 용어를 발명한 것은 아니지만 『뉴로맨서』는 곧 사이버펑크의 구약이 되었다. 왜냐하면 이 소설은 세상 물정에 대한 약삭빠름, 강력한 외방 세력들의 통제하에 있는 빈민 도시의 냉혹한 말투, 자료를 향해하기, 그리고 파도의 표면을 타지만 바다를 소유하는 것은 아니라는 밑바닥에 깔린 음울한 느낌을 맛볼 수 있는 최적의 장소이기 때문이다. … 깁슨만이 이 모든 것을 흐르게 만드는 문학적 재주를 가졌다. 사실상 그는 변화하는 현대 세계의 결에 대해 기이한 감수성을 가지고 있다. 그는 우리에게 변화에 대한 정보를 제공하고 있다.[13]

13) John Clute, *Science Fiction: The Illustrated Encylopedia*, Surrey Hills, New South Wales(Australia): Reader's Digest Pty Limited, 1995. 198쪽.

6. 나가며: "사이버 상상력"을 향하여

SF를 포함하는 사이버스페이스 소설은 다른 어느 주류 장르보다 20세기 후반기 산업사회의 디지털화된 삶의 시공간인 포스트모던 사회—인간과 과학기술의 인터페이스가 더욱 더 본질적으로 이루어지는 시대—의 양상을 징후적으로 잘 보여주고(아니 예언해주고) 있다. 이렇게 볼 때 주변부 장르로만 취급되던 넓은 의미의 SF에 대한 논의가 문명사적 맥락에서 좀 더 활성화되어야 할 것이다. 특히 깁슨의 사이버스페이스는 '먼' 미래가 아니라 실현성이 큰(아니 일부는 이미 실현된) '가까운' 미래에고 현재와 미래의 '중간 지대'인 것이다. 따라서 필자는 윌리엄 깁슨의 『뉴로맨서』를 공상이나 환상 문학이 아닌 사이버네틱 픽션[14]과 사이버펑크 픽션 모두를 포함하는 넓은 의미의 '사이버스페이스 소설'이라고 부르고자 하는 것이다.

필자는 국내에서 SF나 CF가 창작과 관련되어 어느 정도로 실천적인 논의가 이루어지고 있는지는 잘 모르지만, 컴퓨터를 이용한 사이버 문학 생산 과정이나 유통 과정에 국한된 것이 아닌가 하는 인상을 갖고 있다. 우리가 근대 소설의 발생 과정에서도 볼 수 있듯이, 인간의 모든 문화적 산물은 물적 토대와 비전이 결합될 때 창출되는 것이기에, 우리는 원론적인 이야기 수준에서 벗어나 작가나 이론가들이 구체적으로 우리 여건에 맞는 사이버 문학(이론)을 생산할 수 있는 풍토와 여건을 만들어내야 할 것이다.

문제는 궁극적으로 '사이버 상상력'이다. 새로운 SF의 선도자이며 인터넷과 같은 컴퓨터 혁명의 예언자였던 깁슨도 『뉴로맨서』를 쓰던 1984년 당시에는 포터블 타자기를 사용할 줄밖에 모르는 일종의 컴맹이었다. 21세기를 바로 눈앞에 놓고 있는 시점에서 포스트문자 시대의 '문학의 위기'를 타고 넘는 길은 무엇인가? 단순한 컴퓨터 기능과 기술이 아니라 '사이버' 상상력을 가지고 문학의 형식, 내용, 기법 면에서 쇄신을 꿈꿀 수 있을 것이다.

---

14) David Proush, *The Soft Machine: Cybernetic Fiction*, London: Methuen, 1985.

그러나 '사이버' 문학이 사이비(似而非)가 되지 않기 위해서 다음의 몇 가지 단서 조항이 선결 문제가 되어야 한다. 컴퓨터를 통한 사이버 시공간으로서의 접근은 과연 누구로 인해 가능한가? 이것은 또 다른 새로운 계급인 기술 관련적인 독점 지식과 거대 자본이 아닌가? 전 지구적으로 볼 때 CS는 결국 매복한 신문화식민주의의 첨병이 아닌가? CS에 대한 열광은 탈을 쓴 신기계주의 또는 신인간중심주의는 아닐까? 우리가 무한한 자유를 위하여 CS로 진입하는 것이 혹시 현실과 역사와 유리된 일종의 정신적 자위행위는 아닐까? 『뉴로맨서』에서 이미 암묵적으로 제기된 이러한 해묵은 질문들이 진지하게 논의된다면 사이버 문학이 불가능한 것만은 아니리라. 이제 사이버 스페이스에서 정신 차리고 노는 법을 배우자. 사이버의 문제는 결국 우리가 숙고해야 할 절대 명제이고 제출 기일이 없는 우리의 숙제이다.

그러나 미네르바 여신의 올빼미는 왜 언제나 뒤늦게 날개를 펴는가!!!

6장 비교문학을 통한 민족문학과 세계문학의 만남

— 백철 문학론의 대화적 상상력

한국의 현대문학은 지금 커다란 전환기에 놓여 있습니다. 한국의 현대문학은 금세기 초 「신문학」이란 이름으로 나온 뒤 약 반세기의 문학이란 것은 한마디로 그 특징을 이야기 하여 민족주의, 민족성의 문학이라고 할 수 있겠습니다.

그러나 최근 10년간에 있어서 그 특징은 반성되고 수정되어 세계성의 문학으로 진출하는 전환기에 와 있다고 봅니다. 얼마 전에 나는 한국의 젊은 작가들과 이야기 하는 석상에서 괴테에 대한 소재를 갖고 대화한 일이 있습니다. 젊은 작가들에게 특히 괴테가 존경되는 이유는 그가 독일의 문학을 지방성의 문학에서 세계문학으로 진출시킨 데 있어서 기념탑과 같은 존재이기 때문입니다.

세계문학이란 말을 처음으로 발언한 사람도 괴테였다는 사실을 우리 한국 문학의 현재 상황에서 존중시 하는 것입니다. 이런 전환점에서 이번 37차 P.E.N 대회[1970]가 한국에서 열린다는 것은 한국문학으로서 지금까지의 지방성을 탈피하고 세계문학으로 나아가는 처녀길과 같은 극적 단면이라고 생각되어집니다. … 나아가서 머지않은 장래에 세계문학은 서구에서부터 아시아 지역으로 옮겨질 수 있다는 데 큰 가능성을 내포하고 있는 것입니다.

— 백철, 「환영사」, 『제37차 세계작가대회 회의록』, 5~6쪽

1. 서론: 두 개의 얼굴을 가진 비평문학

한국 근대문학 초기에 임화와 더불어 대표적인 비평가였던 백철(1908 ~1985)에 대해 국어학자 이숭녕은 "우리나라 문학평론의 개척자요 선구자"(『백철문학전집』 제II권, 5쪽)라고 불렀고 소설가 박화성은 "진지하고 정확한 비판력을 가진 평론가"(『백철문학전집』 제III권, 5쪽)라고 평가했다. 그러나 필자가 백철의 글을 처음 읽으면서 우선 맞닥뜨리는 문제는 백철의 사유와 글의 하부구조를 관류하는 매우 분명히 드러나 있는 일종의 복합적인 구조이다. 인상적이면서도 놀라운 이러한 복합성은 그의 비평적 생애 전체에서 나타난다. 카프 문학에서 농민문학으로 그리고 다시 휴머니티 문학으로, 시인에서 비평가로, 저널리스트에서 학자로, 마르크스주의에서 분석비평으로, 서구 문학 전공자에서 민족문학 주창자로 그리고 다시 세계문학 옹호자로, 한국문학에서 비교문학 등으로의 다양한 변모는 그저 간단하게 말한다면 이중적인 구조일 것이며 논리적으로 보면 모순적인 구조일 수도 있다. 이러한 백철의 이중성을 김윤식 교수는 "백철적 현상"이라고 이름짓고 "이러한 삶의 방식은 처음에는 의도적으로 시작되었지만 점차 생리적인 것으로 심화되어 마침내 한 전형성을 창조"했다고 설명하였다.[1] 특히 해방 공간에서 백철이 조선프롤레타리아예술가동맹(KAPF)이나 민족주의파 중 어느 쪽에도 가담하지 않고 독립적이며 중간적 입장을 취함으로써 그의 이중적 태도는 정점에 달했다.

그렇다면 한때 "중간파"로 치부되던 백철의 입장은 매우 기회주의적이며 그저 대책 없는 모순적이었던 것일까? 필자는 백철을 읽을수록 이 점에 대해 호기심을 가지게 되었다. 백철의 중간지대론은 그의 문학적 생애의 처음부터 세상을 떠나기 전까지 지속적인 것처럼 보였다. 그의 중간론은 어떤 의미에서 '성격은 운명이다'라는 말처럼 생득적인 면이 있을 뿐 아니라 그

---

1) 김윤식 외, 『우리 문학 100년』, 현암사, 2001, 184쪽.

자신의 세계관의 토대였다고 생각하지 않을 수 없다.

우선 백철은 삶의 후반기에 자신의 성격적 특징을 「인간신뢰」(1976)란 글에서 다음과 같이 허심탄회하게 설명하고 있다.

> 여기서 내가 살아온 지난 65년여의 생애를 돌아본다. 나는 그 인생을 어떻게 살아왔던가. 우선 내가 타고난 성격이 문제였다. 모질고 매서운 데라곤 하나도 없고 그저 순해빠지기만 한 약한 성격을 내가 그것을 느낄 때마다 반성도 하고 좀 더 의지적인 성격으로 바꿔본다고 노력도 해보았다. 그래서 내 필명 풀이를 하는 글에서 말한 일이 있듯이 내 본이름의 철(哲)자를 철(鐵)자로 써보기도 한 것이다.
>
> 그러나 그런 간단한 일로써 하루아침에 내 성격이 무쇠와 같이 강해지는 것은 아니었다. 나는 일생 동안 그 약한 성격 때문에 결단을 내리지 못하고 중간 상태에서 소외되고 고민하며 살아온 느낌이다. (백철, 『만추의 사색』, 76~77쪽. 밑줄 필자)

백철은 이러한 우유부단한 중간적인 처신을 자신의 "약한 성격"의 결과로 보고 있으나 필자가 보기에 반드시 그런 것은 아니라고 믿는다. 백철은 사물을 바라볼 때 일면적으로 보지 않고 항상 그가 애용하는 표현에서 볼 수 있듯이 "이쪽"과 "저쪽"으로 양면을 동시에 보고자 한다. 이러한 태도는 일관성이 부족한 이중적이거나 모순적 태도라고 쉽게 판단할 수 없을 것 같다. 더구나 백철의 이쪽, 저쪽을 모두 보려는 "두 개의 얼굴"을 가진 야누스적인 독특한 인식소는 대화적이다. 여기서 대화적이라 하면 양면을 모두 역동적으로 연계시켜 작동시키려는 태도이다.

인문 지식인으로 백철은 일제 치하에 나프와 카프에 참여하며 역사와 사회를 중시하고 마르크스주의에 경도하였으나 과학적이고 유물론적인 마르크스주의적인 역사주의에서 벗어나 한 때 마르크스적인 휴머니즘의 단계를 거쳤다. 해방 공간기에 백철이 "중간파" 입장을 띠는 과도기를 지나 1950년대 이후에는 영미 형식주의인 뉴크리티시즘(New Criticism)을 국내에 처음

도입 소개하여 문학평론, 연구, 교육에까지 적용하려고 노력했다는 점에서 그의 비평적 인생은 마르크스주의와 형식주의를 통섭(通涉, consilience) 정신으로 모두 절합하려는 대화적 상상력에 이른 것이다. 백철은 마르크스주의를 끝까지 포기하지 않았고 뉴크리티시즘이 마르크스주의를 완전히 대체할 것으로 받아들이지 않았다. 이러한 중간적 비평적 태도는 백철의 인식 활동의 특이한 재능이며 능력이다.

백철의 인식 활동의 대화적인 구조는 민족문학과 세계문학의 균형과 견제를 통한 비교문학적 시각에서도 잘 나타나 있다. 백철은 「예술의 지방성·국제성」(1967)이란 글에서 이 문제를 다음과 같이 설명하였다.

> "오늘은 한마디로 해서 문화교류의 시대라고 할 수 있다. 교류는 문화·예술의 특수성·지방성을 경쟁하기보다 일반성·세계성을 지향하는 경향이라고 할 수 있다. 그렇게 보면 현대의 比較學도 특수한 영향성의 데이터를 다루기 위해서보다 世界學의 수립을 목표하고 있다. … 또 하나는 문학예술이란 다 정말 인간적인 것, 휴우머니티의 진실을 추구하고 표현하는 것인데 그 휴우머니티의 본질이란 지방성을 뛰어넘어서 서로 진실을 통하고 있는 공동 광장이라는 사실이다. 예술의 주제와 표현이 그 휴우머니티의 본질에 도달할 때에 그것은 곧 세계성에 도달하는 것이 된다. … 결론적으로 우리는, 입장은 지방성의 대지 위에 세우고 시야는 어디까지나 세계에의 진출, 그것을 위해서 이론·실제의 양면에서 오늘은 우리의 반성기요 동시에 전진의 시대가 되어야 하겠다.[2] (『백철문학전집』 제 I 권, 520, 524, 528쪽)

---

[2] 유사한 맥락에서 백철은 「세계적 시야와 지방적 스타일」(1955)이란 글에서 한국문학에서 세계화와 국지화의 문제를 다음과 같이 논의하였다. "이제 우리는 한국문학을 과제하는 데 있어서도 멀리 그 세계적인 관련 위에 시야를 두고 기본적으로 지적 합리와 관련되고 거기 참여하는 일이 되어야 할 것이다. … 우리는 민족 문학을 논할 때에 항상 그 세계적인 관계를 강요하지 않고 민족문학이 세계성을 갖는다는 것은 현실적으로 우리 작품이 세계적인 진출을 하는 일을 전제하지 못하는 한 아무 구체성을 띨 수 없는 공론밖에는 될 것이 없다."(백철, 『백철문학전집』 제 I 권, 신구문화사, 1968, 516~517쪽)

백철은 궁극적으로 세계적인 보편성이 담보되지 않는 민족문학은 바람직하지 않다고 생각했다. 그 역도 마찬가지이다. 민족 주체성이 없는 문학은 동일성만 강조해 세계문학이 될 수 없다고 생각했다. 백철의 이러한 사유 방식에는 오늘날 원심적인 세계주의(globalism)와 구심적인 지방주의(localism)의 갈등 구조 속에서 풍요성과 차이를 함께 부둥켜안으려는 글로컬리즘(glocalism, 世方化)의 무의식적인 전략이 들어 있는 것이다. 이것은 백철 자신이 말한 "극단적이지 못하고 어중한 성격"에서 기인하는 것인지도 모른다. 어려서 배우고 익힌 한문과 동양학이 후일 영어와 일어와 외국 문학 사이에서 불안한 아니 역동적인 긴장과 갈등을 일으킨 것이 아닐까? 백철의 경우 글로컬리즘의 더 오래된 이름인 세계시민주의(cosmospolitanism)가 더 알맞다. '세계화'는 서구 중심의 경제 기술 분야에서 통합만을 강요하는 것이라면 '세계시민주의'는 문화 등 다양한 영역에서 각 지역을 차별하는 것이 아니라 그 차이를 인정하고 가치화하려는 대화 정신이다. 이런 맥락에서 백철은 순해 빠지기만 하고 약한 사람이 아니고 이미 철(鐵)과 같이 강한 사람이다.

2. 백철 인식론의 대화적 구조

백철의 인식 구조는 대화적(dialogical)이라고 할 수 있다. 바로 이 지점에서 20세기 최고의 대화 이론가로 불리는 러시아의 미하일 바흐친을 백철의 사유 방식에 개입시켜보자. 바흐친은 1920년대부터 러시아의 형식주의와 마르크스주의를 절합시켜 새로운 문화이론과 문학이론으로 발전시키고자 했다. 대화적 구조를 좀 더 심도 있게 규명하기 위하여 "대화주의는 변증법과는 다르다. 존재하는 것은 의사소통이다"(바흐친, 앞의 책, 297쪽)라고 말하는 바흐친의 견해를 살펴보자. "대화"란 결합의 결과가 아니고 시작이며 계속 지속되는 것으로, 독단주의는 물론 상대주의도 대화를 가로막는다. 진정한 역동적인 대화를 위해서는 여러 견해들을 혼합하는 "종합"도 거부해야 한다. 바흐친의 대화적 상상력에서 "대화"(dialogue)는 단순히 이질적인 또 다른 결합을 가져오는 "변증법"이나 "절충법"이 아니다. 대화는 각각 그 자신의 통일성과 열린 총체성을 가지고 하나로 통합되거나 통일되지 않고 서로를 풍요롭게 하며 상호침투적이면서 상호보완적이고 상호연계적이다. 각자는 타자성을 언제나 자신 속에 내포하고 있고 그것을 지배하거나 무시하지 않으면서 적극적으로 역동적으로 상호 관계를 유지하려고 끊임없이 노력한다. 대화란 자기 스스로 소진하는 작업이 아니며 "변증법적"이지도 않다. 헤겔이나 마르크스의 변증법은 통합이나 종합이라는 형이상학적 미망 속에서 하나의 단일한 의식 속에 봉쇄되어 있고 하나의 단성적 견해 속에서 모순들을 극복한다. 바흐친 자신이 구별한 대화법과 변증법의 내용을 직접 들어보자.

> 대화와 변증법. 대화에서 목소리를(목소리의 다양성을) 제거하라. 억양을 (정서적이며 개인적인 억양들을) 없애라. 살아 있는 어휘들과 반응들로부터 추상적 개념들과 판단들을 추려내라. 모든 것을 하나의 추상적인 의식 속에 쑤셔 넣어라. ─그리하면 당신은 변증법을 얻게 될 것이다.[3]

변증법은 대화에서 추상적인 대화성만을 추출해낸다. 변증법은 대화를 최종화하고 체계화한다. 바흐친은 "물신화된(물화되고, 객관화된) 영상들은 삶과 담론에서 심대하게 부적합하다. 세계에 대한 물신화된 영상성은 이제 대화적 모형으로 대치되고 있다. 말의 어떤 물질화도 또한 허용될 수 없다. 왜냐하면 말의 본성이 대화적이기 때문이다. 변증법은 대화의 추상적인 산물이다"(바흐친, 앞의 책, 293쪽)라고 지적하였으며, 대화를 "세계를 살아가는 사건"으로, 변증법을 "대립적인 것의 기계적인 결합"으로 파악한다.

만일 우리가 대화를 하나의 지속적인 텍스트로 변형시킨다면, 다시 말해

---

3) Mikhail Bakhtin, *Speech Genres and Other Late Essays*, Trans. Vern W. McGee, Austin: U of Texas P, 1986, 147쪽.

다른 극단(헤겔의 단성적인 변증법)에서 가능한 목소리들 사이의 구분을(말하는 주체들의 발화) 지워버린다면 깊이 뿌리박힌(무한한) 맥락적인 의미들은 사라진다. (우리는 막다른 골목에 부딪혀 정지할 것이다.) (변증법에서 우리는) 수족관의 물고기처럼 바닥과 옆 벽면을 치고 더 멀리 더 깊이 수영할 생각을 하지 못할 것이다. 다시 말해 독단적인 생각을 하게 될 것이다. (바흐친, 앞의 책, 159쪽)

대화를 단지 "의견불일치"로만 보아서는 안 되고 모순의 논리적 관계로 보아서도 안 된다. "의견 일치"는 의견 불일치만큼 대화적이어서 다양성과 무한한 의미들, 그리고 변화의 복잡한 상호 관계를 포함한다. 대화법과 변증법은 서로 아주 다르다. 변증법은 근본적으로 논리적이지 대화적인 것은 아니다. 변증법은 두 개의 대립적인 명제—정과 반—에서 어떤 "종합"을 가져오므로 결국 이것은 한 사람의 발화와 같다. 통합된 변증법 속에서 진정한 대화적 관계는 생겨나지 않는다(바흐친, 앞의 책, 183쪽).

그러나 대화는 어떤 의미에서 타자성이며 창조성을 배태하고 있다. 바흐친이 지적하는 대화적 상상력의 대가는 러시아의 소설가 도스토예프스키이다. 그는 다른 사람들이 단일성만을 보는 곳에서 언제나 다양성을, 갈등과 대화를 볼 수 있었다.

사람들이 하나의 단일한 생각을 가졌던 곳에서 그 '도스토예프스키'는 두 개의 생각들, 두 갈래를 찾아내고 느낄 수 있었다. 다른 사람들이 하나의 단일한 특질을 보았던 곳에서 그는 제2의 모순적인 성질의 존재를 찾아냈다. 단순하게 보였던 모든 것이 그의 세계에서는 복합적이고 다구조적인 것이 되었다. 모든 목소리에서 그는 두 개의 싸우는 목소리를 듣고, 모든 표현에서 갈라진 틈을 보고 그리고 또 다른 모순적인 표현으로 즉각적으로 넘어갈 수 있었다. 그는 모든 몸짓 속에서 신뢰와 동시에 신뢰의 결핍을 찾아냈다. 그는 모든 현상에서 심원한 애매성과 다중적인 애매성을 인식하였다. (바흐친, 앞의 책, 30쪽)

모순이나 이분법은 하나의 목소리나 의식 속에서 쉽게 통합되는 것이 아니다. 이들은 "병합되지 않은 목소리들의 영원한 목소리이거나 끊임없이 화해할 수 없는 싸움"(바흐친, 앞의 책, 30쪽)으로 존재한다. 바흐친의 경우 "대화"는 이어성, 다성성, 카니발의 개념과 연계되면서 확장되어 나간다. 백철도 1938년 5월 『조광』지에 도스토예프스키에 관한 글 「인간 연구의 최대 작가 성 도스토옙스키」를 쓴 바 있지만 백철의 인식 과정과 사유 방식이 바흐친의 대화주의와 다르지 않다. 백철은 「문학에 있어서의 개성과 보편성」(1937)이라는 글에서 문학에서 개성(특수성)과 보편성의 문제를 다루면서 문학을 개성(구체성)과 보편성의 역동적 중간 지대인 "구체적 보편"이라고 다음과 같이 규정하고 있다.

> 　　문학은 본래의 영역에 있어서 개성적이 아닐 수 없다는 것을 예증하는 동시에 문학은 어디까지든지 개성적인 점, 가급적으로 개성적이려고 할 때에 더욱 깊어지고 더욱 진실해진다는 사실을 시인하지 않을 수 없다. … 문학자에게 있어서는 개성을 출발점으로 삼을 뿐 아니라 그 보편의 피안에 도달하는 전 과정에 있어 개성을 강력하게 동반하고 추구하고 확장하는 데서만 그 유한성과 개성을 최후까지 전개시키는 자기 확장의 전 과정을 통하여 그 전체성을 보편성에 도달하는 것이 아닐 수 없다. … 그리하여 개성의 극치가 그 절실·박진미가 완전히 발휘될 때 거기에 심혼의 심연이 막연히 발견될 때 그곳은 개성이 보편과 합치되는 때 또한 인류와 거대한 공동이 소치(所致)되는 경지이다.(『백철문학전집』 제 I 권, 507, 513쪽)

　　여기에 이르면 김팔봉이 「20代 시절의 방황」이라는 글에서 백철에 대해 "그의 사상이 과학적인 분석을 통한 종합적 가치 평가를 문학비평의 방법으로 채택"(바흐친, 앞의 책, 5쪽)하고 있다는 언급의 의미가 드러난다. 백철은 그의 문학비평에서 "분석"과 "종합"을 서로 견주어가며 하나의 구체적인 방법으로 사용하고 있음을 알 수 있다. 분석이라는 나누기와 분리를 다시 종합이라는 더하기와 화합이라는 두 개의 과정을 통해 끊임없이 대화적 구조 속에서 작동시킴을 알 수 있다. 또한 이헌구는 「문학정신의 수호자」라는 글에서 백철의 장점은 "꼬치꼬치 따지기보담 거기에서 공감성을 발견하고 독자성을 인정하려는 긍정적이요 선의적인 노력가"(『백철문학전집』 제IV권, 5쪽)라고 언명하였다. 이 말에서 볼 수 있는 백철의 사유 과정은 "독자성"을 인정하며 동시에 "공감성"을 발견하는 것이다. 독자성이라는 구심적 원리와 공감성이라는 원심적 원리가 긍정적인 역동적 중간을 지향하며 선의적인 대화적 상상력 속에서 치열하게 운행되고 있다고 할 수 있다. 이와 같은 양극단을 피하는 지혜의 정신과 서로 화합하는 사랑의 마음은 백철 특유의 앞서 언급한 풍류 인간론적인 휴머니즘에서 오는 것일 것이다.

3. 역동적 중간 지대로서의 문학

백철은 해방 이후 한반도의 좌우 대결의 혼란스러운 문학적 상황 가운데 자신의 자기비판적인 중간 입장에 대해 「정치와 문학에 대하여」라는 글에서 아래와 같이 주장하고 있다.

> 오늘날 문학 단체가 정치에 대하여 자립성을 확보하는 가부 문제(可否問題)에 있는 것 같다. 오늘날과 같이 정치가 혼란한 와중에 있어서 무엇보다도 문학 단체는 그 자주성을 확보하는 일이 주요하다는 입론을 세울 수 있으리라. 말하자면 오늘의 미묘한 정세에 있어서 문학 단체가 일방적인 당파에 대한 지지를 취하는 것이 옳으냐 하는 데 이의가 없다. 지금 우리 앞에 서로 대치하고 있는 두 개의 정치 세력에 대하여 문학이 단독으로 한 세력에 진보성이라는 것을 인정하고 그쪽에 가담을 해버릴 때에 무엇보다도 문제되는 것이 객관적인 내외의 정세인데 그 객관성은 결코 어느 일방적인 정치로서의 통일이 아닌 것이 분명한 이상 중간에서 여론을 지도하는 문학 단체로선 진실로 중립지대에 서서 어느 편에도 편향하지 않은 자주적인 입장을 취해야 할 것이다. … 그렇다면 오늘의 문학에 대한 지도적인 강령은 과도기의 문학 단체의 성격과 현실의 구체적인 실정과를 참조한 비판적 입장

에서 정치와 문학에 대한 한층 더 항구적인 관계의 수립이 일반적으로 요구되고 있다.(백철,『속·진리와 현실』, 332~333쪽. 밑줄 필자)

이러한 자기비판이란 토대 위에 놓여 있는 중간 지대는 소위 신현실주의 문학으로 넘어가면서 이중성의 윤리를 극명하게 보여주고 있다. "중립지대"에서 자주적인 입장을 취한다는 것은 치열한 대화적 상상력에 다름 아니다. 이 문제를 상세하게 분석하고 논의한 김윤식 교수는 백철의 이중성을 애매성이지만 동시에 활력소라고 지적하고 있다.

> 문학과 정치의 우정 관계란 백철에겐 이중적이었다. 원론으로서의 우정이 그 하나이고 구체적인 인물 임화와의 우정이 그 다른 하나이다. 이 두 우정의 이중성이 끝내 분리되지 않았다는 사실이야말로 백철이 지닌 애매성이자 동시에 모종의 활력소였다. 현실의 정세가 아무리 불리하더라도 이 이중성이 은밀히 잠복해 있어 그는 오뚝이처럼 일어서고 또 일어설 수 있었다.(김윤식,『백철 연구』, 416쪽. 밑줄 필자)

결국 백철에게 있어서 이쪽과 저쪽을 포괄하는 논리는 한쪽을 포기하거나 양쪽에서 일부만을 차용하는 방식이 아니라 역동적인 조화의 원리로 근대화 이후 대부분의 열혈 한국인들이 지녔던 극단적인 한쪽—좌–우 투쟁, 참여–순수 논쟁, 진보–보수 논쟁 등—을 지양하고 양쪽 모두를 지향하려는 한국 지성사에서 희귀한 경우라 할 수 있겠다.

권영민 교수가 해방 공간에서 백철의 "중간화" 논리의 공과를 논하면서 다음과 같이 평가한 것도 설득력이 있어 보인다.

> 그렇지만 백철을 중심으로 한 여러 문인들의 중간적 입장과 그 문학론이 지니는 의미는 문단의 이념 투쟁에 비켜섬으로써 자기 위치를 조정할 수 있는 여유를 지닐 수 있게 되었다는 개인적인 측면을 훨씬 능가하는 문제성을 갖고 있다. 우선 정치적 이념의 열기 속에 빠져 있던 문학을 인간 정신에

대한 탐구의 영역으로 끌어내고자 하는 노력이 긍정적으로 평가되어야 할 것이다. … 극단적인 것이 더욱 선명하게 보였던 정치 시대에 문학의 방향을 독자적인 예술의 세계로 고정시키고자 했다는 점에서 그들의 특이한 존재가 재음미 될 필요가 있는 것이다.(권영민,『해방 직후의 민족문학운동 연구』, 128쪽)

여기에서 20세기 후반기 프랑스의 탈근대 철학자인 질 들뢰즈(Gilles De-leuze)와 펠릭스 가타리(Félix Guattari)의 중간(the middle)에 대한 논의가 백철의 인식소 해명에 큰 도움이 될 것이다. 들뢰즈나 가타리에게 '중간'은 애매하거나 정태적이거나 소극적이 아니고 언제나 적극적, 생산적, 역동적인 창조의 공간이라는 것이다.

중간은 결코 평균이 아니다. 그 반대로 중간은 사물들이 속도를 내는 지점이다. 사물들 사이는 어떤 한 사물에서 다른 곳으로 갔다가 다시 돌아오는 지역적 관계를 가리키지 않는다. 그것은 수직적 방향이며 하나의 그리고 다른 방법을 쓸어버리는 횡단적 이동이며 둑을 무너뜨리고 가운데서 속도를 더 내는 시작도 끝도 없는 물줄기이다.[4]

들뢰즈와 가타리에 따르면 문학이라는 중간 지대에서 그 의미는 확정되지 않고 끊임없이 새로운 의미의 고리가 형성되는 "사건"이다. 현실과 꿈, 선과 악, 미와 추, 정의와 불의의 관계도 항상 고착되어 있는 것이 아니다. 문학이란 철학처럼 추상적 논리의 세계도 아니고 역사처럼 구체적 사실의 서사가 아닌 결국 그 중간 지대이다. 구체적 보편으로서의 중간 지대는 정태적인 공간이 아니라 끊임없이 생성하는 역동적인 활주의 공간이다. 이러한 중간 지대는 바흐친의 대화적, 다성적, 카니발적 공간에 다름 아니다. 이

---

4) Gilles Deleuze and Félix Guattari, *A Thousand Plateaus: Capitalism and Schizophrenia*, Trans. Brian Massumi, Minneapolis: U of Minnesota P, 1987, 25쪽.

곳에서는 공식 문화, 지배 체제, 억압 이념, 차별적 부호들이 저항을 받고 위반하고 조롱되고 전복되는 해방 광장이며 중간 지대로서의 문학은 끊임없는 이동과 이주의 유목민적 공간이며 새로운 감수성으로 무장된 전투 지역이다. 문학은 고정된 공간이 아니라 시간, 강렬성, 지속, 배치이다. 문학은 언제나 중간으로 침투하는 "탈주의 선"을 통한 새로운 "지도 그리기"이다. 위와 같은 들뢰즈와 가타리의 중간 지대로서의 문학적 견지에서 본다면 백철은 전근대(전통 한국문학)와 근대를 가로지르는 시간과 한국, 일본, 중국, 미국 등의 공간을 가로질러 가면서 팽팽한 밧줄 위에서 느린 춤을 추는 지적, 문학적, 비평적 유목민이었다. 백철은 이미 언제나 중간 지대에서 "이것이냐 저것이냐"가 아니라 "이것도 저것도"를 함께 대화하며 펜을 휘두르는 글 쓰는 투사였다. 활발한 교류 지점인 중간 지대는 상상력이 가능한 창조의 지역이다.

백철은 이러한 맥락에서 아카데미시즘과 저널리즘의 상보 관계를 「문과 대학과 문단」(1953)이란 글에서 다음과 같이 개진하고 있다.

> 대학은 아카데미즘을 대표한 기관이요 문단은 저널리즘을 대변한 장소인데 아카데미즘과 저널리즘은 우선 문화적으로 길을 달리하고 있는 두 개의 영역이다. … 그러나 문과대학과 문학의 관계는 이상과 같은 대립 성질에서 고안하는 것보다는 아카데미즘과 저널리즘은 각각 그의 개성으로 하면서 그 두 개는 항상 접근 교섭되어온 사실을 그 반면에서 지적할 수 있다는 의미에서이다. … 대학의 격증은 필연적으로 우리 문단의 신조건을 제공할 큰 배경적인 신환경이다. 나는 어떤 논문을 통하여 우리 문단을 개조하는 중요한 신조건으로 각 문과대학의 젊은 지성을 문단의 신선한 저수지로서 지적한 사실이 있다. 현재까지 우리 문단의 치명적인 약점의 하나는 우리 문학의 체계적인 학문의 교육을 갖지 못한 사실이었다.(백철, 『문학의 개조』, 282~283, 285쪽)

백철은 대학의 엄정하고 논리적인 아카데미즘과 신문, 잡지의 상식과 일반성을 강조하는 저널리즘은 낙후된 우리 문단을 쇄신하는 데 반드시 협력해야 한다고 강조하고 있다. 인문학으로서의 문학은 이론을 위주로 하는 대학의 전문주의에만 맡길 수 없고 의견을 중심으로 하는 아마추어리즘에만도 맡길 수 없다. 문학은 지식과 비평 의식 모두 연결되어 있어야만 구체적 보편성을 유지할 수 있다. 중앙대학교 문리과 대학장이었던 백철은 1957년과 1958년 약 1년간의 미국 방문 후 미국 문단이 보여준 대학에서 출간되는 주요한 문학지와 대학 교수들인 강단 비평가들의 역할에 대해 강한 인상을 받았기에 문과대학이 한국 문단과 문학의 활성화에 필수적이고 상보적인 역할을 해야 한다고 강조하고 있다.

4. 화이부동의 풍류 인간과 생태적 인간

백철은 한국문학을 논할 때는 언제나 민족문학과 세계문학의 맥락 안에서 사유하고 있음을 이미 살핀 바 있다. 그는 대화적 상상력을 발휘하여 문학 연구와 비평의 기본 틀을 세계화와 지방화의 차원에서 이미 언제나 대화적으로 논의했다. 백철은 다시 말해 처음부터 거의 무의식적으로 글로컬리즘의 전략을 가지고 있었다. 백철은 "근대화"에 몰두한 나머지 흔히 무분별한 서구 이론들을 수입, 소개하는 것으로 잘못 비판받고 있는 듯하다. 그는 「동양의 교훈」이란 글에서 자신이 영문학을 공부하였고 많은 서양의 작가들과 문예사조 등을 논의하고는 있지만 유소년 시절의 중국과 한국 고전에 대한 집중적인 교육을 받은 결과 자신은 쉽게 서구화될 수 없었다고 고백하고 있다.

> 그러면 휴머니즘이란 것이 내 생에 있어서도 길을 걷고 있는 대지 같은 사상이라고 하고 그 대지에서 꽃을 피우고 있는 어떤 특수한 사상이나 저서가 내게다가 인생길을 안내하고 있는 것일까 하고 돌이켜볼 때에, 그 서구의 것들이 분명히 내 지식임에는 틀림이 없다. 그러나 실지로 그것들이 내 몸의 일부가 되는 생의 세력으로 체험되는 것은 아닌 것이다. 이것은 아마

그런 독서의 지식이란 내가 성인이 되어 늦게 읽은 때문인지도 모른다.(백
철,『만추의 사색』, 40~41쪽)

구체적인 예를 들어보자. 백철은 생명 중심의 휴머니즘을 주장하면서 서
양적 휴머니즘 전통에 동양적 풍류 인간의 회복을 접맥시키고자 하였다. 백
철이 칸트의 기계주의적, 과학주의적 세계관을 비판하면서 휴머니즘의 회
복을 주장하는 과정에서 가장 눈에 띄는 것은 "풍류 인간"에 대한 강조이다.
백철은「문화의 옹호와 조선 문화의 문제」(1936. 12),「문화의 조선적 한계
성」(1937. 3),「동양 인간과 풍류성—조선 문화와 풍의 일고」(1937. 5),「풍류
인간의 문학—소극적 인간의 비판」(1937. 6)의 논문에서 연속으로 서구의 이
성에 토대를 둔 근대 문명에 대해 비판하고 자연과 합일할 수 있는 풍류 인
간을 강조하고 있다. (당시 유럽에서 문제가 되던 나치주의와 파시즘은 모두
어떤 의미에서 서구의 잘못된 근대의 극단적인 형태들이었다.)[5] 백철은 특
이하게도 단군 이래 존재했던 풍류적인 문학이 이씨조선에 와서는 유교 이
데올로기에 의해 사라졌다는 것이다. 진정한 생명 중심의 휴머니즘을 위해
서는 우리는 그것을 회복시켜야 한다는 것이다. 백철은「풍류 인간의 문학
—소극적 인간의 비판」에서 풍류적인 동양적인 인간과 기계적인 서구적인
인간을 다음과 같이 비교하고 있다.

풍류적인 인간이 그와 같이 현실을 경멸하고 도피하여 은거하는 생활을
했다는 데는 그들이 본래에 있어 자연아인 때문이라고 생각한다. 자연의 품

---

[5] 풍류적 인간상은 서구중심적인 인문학을 뛰어넘는 중국의 3인 현자의 지혜와 크게 다르지 않
다. 3인의 현자 그림과 서구의 〈성모자상(聖母子像)〉은 각각 동아시아 문화와 서구 문화를 상징
하고 있다. "이 그림은 중국의 주류 전통에서 보이는 옷차림을 한 세 남자의 전형적인 모습을
보여준다. 한 명은 도교의 은자이고 또 한 명은 유교의 학자, 또 한 명은 불교의 승려이다. 세
사람은 함께 서서 맑은 하늘에 외로이 뜬 달을 쳐다보며 웃고 있다. 불교의 도상(圖上)으로 보
자면 달은 '부처의 본성', 즉 '깨달은 마음'을 상징한다. 도교에서 달은 본원의 대도(大道)를 표
상하며, 유교에서는 '인(仁)', 즉 휴머니티를 의미한다."(Kert Spellmeyer,『인문학의 즐거움: 21
세기 인문학의 재창조를 위하여』, 정연희 역, 휴먼앤북스, 2008, 29쪽) 백철의 풍류적 인간은
3인 현자를 합친 것 같은 화이부동(和而不同)의 정신을 가진 중간 지대의 인물이다.

에서 자연과 동거하고 자연을 동경하고 자연 그것에서 인생의 의의를 생각하는 순수한 자연아인 때문이라고 생각한다. … 사실에 있어 동양적인 인간의 문화체로서 그것의 최고 최대의 기본 개념은 영원과 보편에 대한 탐구요 설정이라고 볼 수 있다.(김현정,『백철 문학 연구』, 114쪽에서 재인용)

동양적 인간은 자연과 더불어 조화롭게 살아가는 인간이지만 서양적 인간은 자연과 적대 관계를 가지고 자연을 정복하는 인간이라고 규정한다. 여기서 "자연아"는 낭만주의자들이 주장했던 자연 속에서 인간의 가장 본질적이고 순수함을 지닌 "고상한 야만인"이라고 말한 것이고 백철은 그것을 "영원과 보편"이라고 독해한 것이다. 이쯤 되면 백철의 "자연아"인 풍류적 인간은 서구 근대를 비판하며 바야흐로 '생태적 인간'으로 바뀌는 것이 아닌가? 백철은 근대의 물질문명을 "인간적인 반역"(김현정, 앞의 책, 120쪽에서 재인용)이라고 말하면서 서구의 소위 근대 문명이 시작된 이래로 인간은 자연과 사회 속에서 심각한 모순과 불균형의 삶을 영위하고 있다고 보고 그 개조와 광정을 주장하고 있다.

이 사실의 세기에서 사는 인간이란 그 사실과람(事實過濫)의 편중된 짐을 지고 있는 인간으로서 모순과 불균형의 인간들이다. 우리들은 그 현상을 가르쳐 오늘날 지식인들은 지적인 것과 육체가 서로 이반되어 있다고 지정하고 있다. 혹은 근년에 와서 정신의 위기, 시(詩)의 감입, 지적인 패배같이 모두 이 편중된 인간적 현상에 대한 반성, 회의 등 항의등의 표현이 있는 것이다.
그런 까닭에 금일에 있어 인간을 탐구하고 현대 인간을 개조하야 신인간을 형성한다면 그것은 이 사실의 세기에 대하야 가치의 세기, 그 미래의 이상 시대의 인간일 것이다. 그리고 이상 시대의 인간적 내용은 첫째로 지(知)와 육체가 서로 상반되지 않는 균형, 조화적인 인간임을 의미하는 것이다.(김현정, 앞의 책, 122~123쪽에서 재인용)

백철이 여기에서 말하는 "신인간"이란 생태적 인간이다. 여기서 지(知)는 이성, 논리, 과학기술 문명일 것이며 육체는 감성, 정열, 자연이다. 지와 육체의 분열은 근대 문명의 비극의 시작이다. 냉철하고 도구적인 이성에 토대를 둔 지는 감성과 정열을 거쳐야 하고 육체는 이성과 논리를 통과해야 한다. 지와 육체의 통합을 통한 균형적인 연간을 만들기 위해서는 백철은 "정열적인 것이 지의 냉기를 통하여 세련되는 것과 지적인 것이 정열의 연소를 통하여 세련되는 것"(김현정, 앞의 책, 123쪽에서 재인용)이라고 언명하고 있다. 결국 백철이 말하는 "이상 시대"란 동양적인 풍류를 가진 생태적 인간만이 자연과의 조화와 지와 육의 균형을 이룰 수 있는 중간 지대의 "신인간"에 의해 이룩될 수 있는 것이다.

백철은 휴머니즘을 서구적인 다시 말해 세계적인 맥락에서 국지적인 즉 동양적인 맥락에 견주며 여기서 요즘의 어법으로 보면 문화의 원심적 충동인 세계화와 구심적 충동인 지방화의 균형을 시도하고 있다. 세계문학과 민족문학의 대화는 비교와 교류의 의식이 저변에 깔려 있다. 세계화와 지방화의 이중적 논리는 백철에게는 앞서 지적했듯이 결국 글로컬리즘의 전략으로 발전된다. 백철의 소위 "웰컴!주의"는 철없는 서구 추수라기 보다는 한국문학의 세계성(보편성) 획득을 위한 하나의 자극제 또는 타산지석의 예로 제시된 면이 더 크다. 백철이 외국 문학사조나 이론, 작가들을 소개할 때도 반드시 전통론자로서 비판적 시각을 견지한 사실을 잊어서는 안 될 것이다. 백철의 한국문학의 글로컬리즘 전략은 화이부동(和而不同)의 정신으로 어느 누구보다도 시대를 앞서가는 것이었다. 이것은 그의 인식소인 "대화적 상상력"이 국제적인 P.E.N.클럽 활동 등에서 배태된 선도자적인 것이라는 것을 말해준다. 백철은 절충적인 근대론자였다. 그는 근대에서 '좋은' 근대는 받아들이면서도 '나쁜' 근대를 버리고자 하였다. 이 과정에서 한국 나아가 동아시아의 '전통'으로 서구의 근대를 넘어서고자 했다. 근대론에 '탈'을 내어 나쁜 근대를 버리고 지양하는 의미의 탈근대주의적인 면모도 엿보인다.

5. 저널리즘과 아카데미즘을 넘어서는 중간 문체

대화주의자로서 백철은 고급문화와 대중문화의 교류에도 큰 관심을 가지고 있었다. 다시 말해 저널리스트로서 백철은 이미 언제나 전문가들보다는 일반인 다시 말해 보통 독자(common reader)들을 위해 글을 쓰고자 했다. 앞서 지적한 대로 백철은 일생 동안 아카데미즘과 저널리즘의 중간 지대를 마련하려고 했고 전문주의(professionalism)와 비전문주의(amateurism)를 중재하려고 노력했다. 그는 모든 글을 쉽고 부드럽고 매끄럽게 쓰고자 했다. 그러다 보니 그의 글은 만연체로 늘어져서 지루해지기도 하지만 그는 용이하고 정보 제공적인 유익한 글을 쓰기 위해서 다른 것들을 희생시켰다고 볼 수 있다. 사실상 글을 쉽게 풀어서 쓰는 것이 난해하게 뒤틀어서 쓰는 것보다 오히려 훨씬 어려운 일이다. 이무영이 백철 평론을 "수필적인 평론"(백철, 『진리와 현실』, 367쪽)이라고 규정하였는데 이 지적은 핵심을 찌른 말로 여겨진다. 백철 비평은 심원하고 고답적인 내용이라기보다 일반 독자들을 위한 쉬운 용어와 평이한 전개로 논리적 고준 담론이라기보다 수필처럼 느껴진다.

18세기 영국의 대표적인 신문 에세이(periodical essay) 작가였던 조지프 애디슨(Joseph Addison, 1672~1719)은 시민 사회의 일반 국민들을 위해 상상력 이론과 밀턴론에 대한 문학비평을 썼다. 당시 많은 전문 강단 비평가들로부터 깊은 내용이 없다고 비판을 받았다. 그러나 애디슨은 바로 전문가가 아니라 비전문가들인 시민사회의 일반 다중(multitude)들을 위한 글쓰기를 실천했던 것이다. 애디슨의 문체 또한 소위 "중간 문체"(middle style)였다. 중간 문체란 지나치게 장중하고 난해하지 않고 지나치게 가볍거나 천박하지 않은 문체이다. 애디슨의 문체는 심원한 맛은 없지만 활기차고 이해하기 쉽다. 언제나 독자를 상정하고 글을 쓰지만 지나친 구어체는 아니며 결코 현학적이지도 않다. 애디슨은 조야하지 않고 친근하고 장황하거나 장식적이지 않고 우아한 문체로 18세기 영국에서 새로 부상하기 시작한 시민 계층들을 위해 글을 썼다. 저널리즘적인 백철 비평을 아마추어라고 할 수는 없지만 18세기 초 영국의 계몽적 문학 지식인이었던 애디슨과 기본 태도와 맥을 같이하는 것이다. 백철은 당시 문단에 큰 시비를 일으킨「풍류론」을 쓰고 당한 고초를 다음과 같이 기술하고 있다. 자신의 글의 급조성과 즉흥성에 대해 이원조의 혹독한 비판에 대한 답변이다.

> 이원조는 이론가로서의 내 약점을 잘 알고 있는 사람이다. 내가 당시 문학을 한 태도와 방법이란 언제나 얕은 시평가의 경지를 벗어나지 못한 것이라고 전에 말한 일이 있지만, 무슨 새로운 것이 눈에 뜨이기만 하면 그것을 시간을 두고 좀 더 충실한 내용으로서 새겨서 논문에 옮기지 못하고 항상 기선을 노리고 시급히 서두르는 식이었다. 그런 것이 내 글의 결점이라고 느끼면서도 내 습성 때문이라 할까, 저널리즘의 속성에 익어온「풍류론」의 경우는 특히 그 경우에 해당한 것이었다.(백철, 앞의 책, 412~413쪽).

언어학자 이숭녕은「학자풍의 백철씨」라는 글에서 백철에 대한 일종의 문제론적 접근을 하였다.

> 한 인간의 개성을 알기 위해서는 그의 언어를 분석하는 방법이 있는데(文筆論), … 내 첫인상으로는 풍모나 화법에서 보아, 온건한 중용의 신사형이었으며, 문인이라기보다는 어딘가 학자형의 성격자라고 보았다. … '글은 사람이다'라는 서구의 평도 있지만, 백철씨의 글을 읽으면, 그 문체에서 풍기는 체취가 구수하다. 시비를 밝히는 조항에 이르러서도 남에게 지나친 상처를 내지 않으려는 태도가 인자(仁者)의 필법(筆法)에서가 아닌가 한다.
> 백철씨는 겸허 속에서도 격정의 열정을 간직하고 있다고 격성의 열정을 간직하고 있다고 보았다. 그는 불의에 대한 증오감도 거세며, 때로 과격한 언사가 나오기도 한다. … 세사(世事)의 시비에 유달리 날카로운 평론가지만, 그렇다고 그 예봉(銳鋒)을 마구 드러내지 않으며 격정을 잘 감출 수 있는 중후한 분이다.[6]

---

6) 백철,『백철문학전집』제Ⅰ권, 신구문화사, 1968, 4~5쪽.

이숭녕은 언어학자답게 이 글에서 문체 또한 언사(言事)로 백철의 성격을 따져보고는 "온건한 중용"의 중후한 신사로 보고 시비를 가림에 있어서도 예봉을 가진 날카로운 평론가이면서도 부드러움을 지닌 온건한 "인자"를 지닌 구수한 인물로 보았다. 백철은 대화적 상상력을 통해 극단을 피하는 지혜를 가진 문인이며 학자였다.

문학 입문서인『문학 ABC』는 백철이 1954년에 이미 써내 널리 읽히던『문학개론』을 "배경을 두고 그 요령을 쉽게 풀어서 일반 독자에게 쉬운 문학 교양의 책"으로 쓴 것이다. 머리말인「머리에 쓴다」에서 백철이 우선 생각하는 "일반 독자"는 "고등학교에서 공부하는 학생층"이다. 이 책은 "초등 문학개론" 또는 "쉬운 문학개론"이다. 그다음으로는 "일반으로 문학을 초심하는 젊은 문학도"와 "문학에 취미를 가진 일반 가정인"이다. 이 책은 유익한 교양서이다. 이 두 독자층을 위해 쓴 이 책의 목적은 "문학 일반에 대한 기초의 지식을 그들에게 얻는 일"로 가능하면 쉽게 그리고 예를 많이 제시하며 설명하고 있다.

다중을 위한 문학 지식인으로 백철에게 문학은 궁극적으로 일반 보통 독자를 위한 것이다. 1965년에 상재한「세계문화를 찾아서」시리즈 5권인『문학사화』의 머리말에서 백철은 문학을 교양주의 또는 인물 교양의 중심적 위치에 있음을 다음과 같이 천명하고 있다.

> 본서는 주로 서양문학을 중심으로 세계문학의 역사를 더듬어 내려온 사화(史話)이다. 학문적인 깊이만을 고려해 넣은 것이 아니라 문학에 관심을 갖고 늘 소설을 대하는 사람이라면 세계문학을 이해하는 데 커다란 도움이 되도록 엮었다. …
> 본서는 작품 사전과 작가 사전 그리고 문학사를 겸하고 있다고 하겠다. 문학의 전공자 혹은 초심자와 그 밖에 간혹 소설이라도 즐겨 읽어보는 사람에게는 명작을 접해보며 문학사적인 위치와 가치를 알아보기에도 필요한 책이다. 더욱이 설화체로 내용이 전개되었기 때문에 언제 어느 곳에서나 가벼운 마음으로 세계문학을 조감할 수 있어『사화전집』가운데서도 가장 압

권이라고 생각한다. … 어려운 백 권의 문학이론서보다 이처럼 쉽고 구체적인 작품들까지 실려 있는 세계문학의 안내서는 처음이 아닐까 생각한다. 문학은 전문가들의 독점물이 아니다. 글을 읽을 줄 아는 사람이라면 즐겨 소설을 읽고 문학을 접해보는 것도 좋은 것이다. 그런 의미로서도 본서가 주는 공헌은 크다 하겠다.(백철, 『문학사화』, 11~12쪽)

6. 결론: 통섭의 시대의 새로운 비평의 모형

백철은 1955년부터 중앙대학교 문리과대학 학장으로 있으면서 1957년과 58년에 걸쳐 약 1년간 여러 미국 대학들을 탐방하면서 그들이 시행하는 인문 교양 교육에 강렬한 인상을 받고 크게 깨닫게 된다. 그는 「대학 캠퍼스 총화(叢話)」란 긴 글에서 인문 교양 교육의 중요성을 상세히 설명하고 있다.

> 여기서 내가 1년간 미국의 대학에 체재한 일들을 일일이 기록해둘 여가는 없고, 다만 그 1년간 미국 대학 캠퍼스에서 지낸 일이 돌아와서 내가 학장 행정 업무를 하는 데에 큰 참고가 되었다는 것이다. 특히 내가 인상 깊었던 것은 MIT에 들렀을 때에 젊은 부총장을 만나 대화하는 중, 그 공대에서는 52년부터 처음 2년 동안은 인문 교양을 철저히 시킨다는 이야기였다. 그 이유는 아무리 우수한 전문가와 기술자라 해도 먼저 인격이 서지 않고는 무의미하다는 것이었는데, 이 말을 내가 귀국해서 중대의 전교생들이 모인 자리에서 보고 강연을 할 때에 인문 교양과 인간 교육이 대학 교육의 대전제란 말을 강조한 바 있다.(백철, 『만추의 사색』, 350쪽)

백철은 나아가 문사철(文史哲)을 중심으로 하는 인문학의 중요성을 다시 확인하면서 「현대인과 교양」이라는 글에서 인문학 중에서도 문학의 우위성을 아래와 같이 강조하고 있다. 열림과 소통을 위한 인문학의 선두주자는 문학예술이라는 것이다. 좀 길지만 인용해둔다.

이런 말들은 모두가 전문가와 기술자가 되기 전에 인문 교양이 필요하다는 것, 다시 말하면 교육의 근본 목표는 인격을 만드는 인간 도야에 있다는 뜻으로 된다. … 휴우머니스트는 곧 휴우머니티로 의미가 연락되는 것이며 그 휴우머니티즈의 과목들이 철학이든, 역사든 문학예술이든 간에 그 분야들이 모두 휴우머니티에 관한 학문이요, 지식이기 때문이다.

그중에서도 문학예술의 분야가 중요시되어야 할 것은, 그것들은 휴우머니티에 대한 설명이 아니고 직접 그것을 인간의 행동과 심리로써 그려낸 것이기 때문이다. 미국의 대학 등에서 문학 같은 것을 교과라는 내용을 보면 이론으로써 설명하는 방식이 아니라 직접 과거의 유명한 작품들을 읽히는 방법을 쓰는 것을 보았고, 교과서로 과거의 대표적인 작품들을 모아서 편찬한 방대한 작품집으로 되어 있어서 교실에서 작품들을 중심으로 강의와 토론을 하는 외에 숙제를 주어서 작품들을 많이 읽게 하는 것이 목표로 되어 있다.

학생들이 그 작품들을 읽으므로 해서 더 구체적으로 휴우머니티가 무엇인가를 배우고 모범을 삼을 수 있기 때문이다. …

따라서 휴우머니스트가 없고 도야를 목표하고 여러 가지 인문과학을 공부하지만 그중에서도 문학이나 예술작품을 공부시키는 것이 가장 인격 도야의 내용을 효력 있게 하는 방면이라고 할 수 있다.[7]

백철은 오늘날과 같이 "인문학의 위기"가 새삼스럽게 운위되는 시대인 우리 시대에도 유효한 논의를 진척시키고 있다. 또한 여기서 흥미로운 것은 인문학의 세 영역인 문사철 중에서도 문학의 우수성을 강조하고 있다는 점이다. 백철은 서구의 아리스토텔레스 이래의 고대로부터 내려오는 문학 옹호론의 전통을 받아들이고 있는 것일까?

인문학의 3대 지주에서 문학은 결국 역사와 철학의 중간 지대이다. 문학은 역사와 철학이라는 "두 개의 얼굴"을 가지고 있다. 백철의 인식 구조는 두 개의 얼굴이 가운데서 서로 대화하는 모습과 같다. 문학은 추상적이고 논리적인 철학보다는 실제 등장인물이나 배경을 가졌다는 점에서 구체적이

---

7) 백철, 『두 개의 얼굴』, 휘문출판사, 1964, 317, 319쪽.

지만 역사보다는 있음직한 개연성(probability)을 다룬다는 점에서 보편적이다. 문학은 그래서 구체적 보편(concrete universal)이다. 문학은 바흐친이나 들뢰즈의 말을 빌리지 않더라도 이미 언제나 대화적 상상력이 작동되는 역동적 중간 지대이다.

백철이 탄생한 지 100년이 되는 2008년 오늘날은 융합과 혼종의 시대이다. 이론, 지식, 정보, 자본, 노동, 문화 등이 지역과 국경을 넘어 섞이고 합쳐져서 변종과 잡종이 우세종으로 간주되는 시대이다. 순수보다는 비순수, 단순보다는 복합, 논리보다는 배리, 은유보다는 환유, 작품보다는 텍스트, 합리보다는 모순, 수직보다는 수평, 민족보다는 세계가 더 운위되는 시대이다. 단일, 순수, 직선, 논리에 익숙한 우리는 이제 여러 가지 새로운 도전들을 직면하고 있다. 우리의 인식 구조 속에서 사이의 문화정치적인 중간과 중도는 발을 들여놓을 틈이 없이 각박한 극단주의일 뿐인가? 문학 지식인이 선명하고 논리적인 입장을 지니는 것은 바람직한 일이다. 그러나 복잡하고 교활한 문물 현실에서 비둘기처럼 순수하고 뱀처럼 지혜로워야 상황 분석과 평가 그리고 대안 제시에 설득력 있고 생산적인 지적 활동을 수행할 수 있을 것이다. 한때에 가진 생각을 일생 동안 변치 않고 유지하는 것은 아름다운 일이기는 하나 일관성만을 고집하는 지식인들은 엄청난 변화들에 대해 지적으로 부정직해질 수 있다. 시대정신과 문물 상황이 바뀌면 대응 논리도 바뀌는 것이 오히려 지적으로 더 정직한 것이 아닌가? 소위 지조가 없다는 말을 듣기 싫어서 실제 상황을 곡해할 수는 없는 노릇이다.

이러한 상황에서 필자는 우리 주위에서 부당하게 홀대를 받고 있는 백철을 알게 되었다. 그가 바로 올해 탄생 100주년이 되는 문학평론가이며 문학사가인 백철이다. 그는 다양한 문학 활동을 벌였으나 제대로 평가받지 못하고 있다. 그의 글을 여기저기 읽어보니 그가 우리 시대에 지나치게 과소평가되어왔다는 생각이 든다. 그러나 백철은 21세기 세계화의 복합문화 시대에 오히려 더 소중한 유산이며 재평가받아야 할 인물이다. 필자는 지금까지 백철 탄생 100주년을 맞아 백철의 문학적 사유의 하부구조를 분석하여 '대화적 상상력'과 '역동적 중간론'으로 파악해보았다. 지금까지 백철적 문학 사유의 취약점이라고 여겼던 이중성과 모순성, 애매모호성은 21세기 벽두인 지금 오히려 새로운 가치로 떠오르고 있다. 혼종과 통섭의 시대에 백철의 문학이 론과 실제는 새로운 문학적 사유로 다시 태어나고 있는 것이다.

앞으로 남은 과제는 이러한 백철의 비정적 사유의 대화적 구조를 더욱 심도 있게 논의해야겠고 그에 따른 그의 다양한 비평 담론 분석을 구체화하는 작업이 뒤따라야 할 것이다. 이렇게 될 때에만 그동안 제대로 평가받지 못했던 "긍정적이요 선의적인 노력가"였던 백철이 한국 근대문학 형성에 끼쳤던 영향이 제대로 밝혀질 것이다. 나아가 백철의 비평적 사유 방식과 구체적 실제 비평 활동이 21세기를 살아가며 세계문학 속에서 한국문학을 정립하려는 우리에게 하나의 커다란 모형의 역할을 할 수 있을 것이다.

한국에서는 처음으로 1970년에 개최된 37차 국제 P.E.N 클럽 세계작가 대회를 주관한 사람은 한국본부 이사장이었던 백철이었다. 당시 박정희 대통령이 직접 치사(致辭)했던 이 대회는 서울에서 열린 가장 큰 규모의 국제 문인들의 모임이었다. 대회기간 중 모든 회의와 발표글들을 모아 작성한 회의록의 간행사에서 백철의 말을 듣는 것으로 이 글을 맺고자 한다.

서울대회가 아시아 지역의 대회였다는 사실과 함께 회의 상에 반영된 특색의 하나는 연설과 토론에 참가한 대표들도 전 연설자의 3분의 2를 차지한 점이다. 이것도 지금까지의 어떤 대회에서도 볼 수 없던 현상이며 그만큼 아시아 작가들이 세계 문학에 대해서 유럽이나 미주 쪽과 경쟁적으로 발언을 한 계기가 되었다고 본다. … 이렇게 보아서, 이번 서울 대회는 아시아를 무대로 삼고 구미와 아시아 문학이 대등한 수준으로 맞서서 참된 동서의 교류를 실현한 역사적 장면이었다고 자경(自慶)하는 바이다.

그리고 아시아 문학의 진출을 위한 구체적인 실천기관 구실을 할 수 있으리라고 믿는 「아시아 문학 번역국」의 앞으로의 활동에 대하여 본인은 특별한 기대를 걸고 싶은 것이다. (「간행사」, 『제37차 세계작가대회 회의록』, ix~x쪽)

7장　세계화 시대의
두 아랍계 미국 이론가의 비교
― 이합 하산과 에드워드 사이드

1. 들어가며

　　나는 기묘하게도 한때 미국 영문학 비평과 이론 방면에서 큰 족적을 남긴 두 분의 아랍계 미국인인 이합 하산(Ihab Hassan, 1925~) 교수와 에드워드 사이드(Edward Said, 1930~2003)를 직접 만나고 배웠고 그분들의 저서들을 국내에 번역, 소개한 바 있다. 하산 교수는 이집트 출신으로 포스트모더니즘의 초기의 주요 이론가였다. 그들을 만난 이후 나는 같은 중동 지역의 아랍계 출신인데 학문적으로는 포스트모더니즘과 포스트식민주의라는 접두어만 빼면 대립적이라고도 볼 수 있는 다른 분야를 선택한 것에 대해 흥미로웠다. 이러한 차이는 하산과 사이드 교수의 기질적인 차이 탓도 있을 것이다. 그러나 사이드 교수의 경우 자신의 조국 팔레스타인이 아직도 독립국가로 승격되지 못한 상황 때문에 좀 더 정치적 대항을 선택한 것이 아닌가 추정해본다. 나는 처음에는 학문적으로 기질적으로 하산 교수를 더 좋아했지만 후에는 사이드 교수에 더 경도되었다. 그러나 나 자신의 학문적 경향을 자세히 반추해보면 이 두 분의 대립적 요소들이 내 안에서 기묘하게 배합되어 있지 않은가 자문해보기도 한다. 이제부터 하산 교수와 사이드 교수에 대한 나의 논의를 개진해보기로 하자.

2. 포스트모던 담론의 구성: 쇄신과 전복의 사유와 이합 하산의 파라비평론

1) 서론: 포스트모던 사유 방식

이합 하산은 1925년 카이로 출생으로 국제적인 교육을 받았으며 미국 중서부, 유럽, 그리고 극동에서 특히 문학과 철학에 정통한 사상가로 인정받고 있다. 1982년에 한국을 방문한 바 있는 하산이 가진 문학 사상의 요체는 쇄신성, 실험성 그리고 전위성이다. 어떤 대상을 새롭게 혁신적으로 바라보는 방법이란 그 대상으로부터 이전에 부여된 의미를 사상(捨象)하고, 의미가 그 대상 자체 안에 있는 것이 아니라 그 주위에서 일어나는 인간 행위에서 나오는 것임을 인정하는 것이다. 따라서 내부는 더 이상 외부를 지배하지 못하고 의미의 핵심이란 호두알처럼 껍질이 깨어져 나오는 것이 아니며, 단지 의미 생성 과정 속에서 경험되는 행위의 텍스트성이 있을 뿐이다.

하산은 그가 문학비평을 시작했던 초기부터 시대 변화에 민감한 반응을 보이면서 모던의 시대는 언제 끝날 것인가 하는 질문을 던졌다. "어떤 시대가 그렇게 오랫동안 기다렸는가? 르네상스? 바로크? 신고전주의? 낭만주의? 빅토리아 시대? 아마도 중세의 암흑시대만이 그랬으리라"(『파라비평』 (Paracriticisms), 40쪽). 그에 다르면 쇠퇴기에 빠진 모더니즘은 오로지 허무주의, 역사적 절망, 영혼의 불신을 야기하였고 모더니즘은 끊임없는 창조적 유희에 대해 가락 없는 소진의 노래―새로운 기법의 발명 대신에 관습적인 기법의 소설에만 중점을 두는 '소설의 죽음 논쟁'을 보라―만을 부르고 있을 뿐이다. 이미 제도권화되고 체제 순응적이 된 모더니즘이 유일하게 기여한 점은 모든 상황에서 보편적인 것만을 찾아내려는 기반적인 노력뿐이다. 이것은 의도적으로 영원한 것과 일시적인 것을 혼동하고, 물질과 사건의 특별한 본성을 무시하는 것이다.

여기에서 하산의 관심은 자연스럽게 전환기에 새로운 가능성을 주는 작가나 예술가들에게로 옮겨간다. 향후 하산은 그의 비평 담론의 내용과 형식에 대한 쇄신을 통해 문학의 관습을 재조정하고 인간과 역사에 대한 끊임없는 재조명을 시도한다. 하산은 포스트모던한 사고방식에 따라 고정적이고 틀에 박힌, 닫힌 세계를 재현하는 기호 체계를 부수고 나와 예술가, 작가, 비평가 자신과 독자나 청중들의 자아를 자유롭게 다시 창조하는 과정에 궁극적인 의미를 부여한다.

따라서 혁신자 · 창조자로서의 비평가는 오스카 와일드처럼 종래의 부차적인 해석자 또는 중개자의 역할을 벗어나 실재나 작품의 숨겨진 의미를 찾아내는 것만이 아니라 그 거래 행위 자체를 하나의 창조적인 과정으로 받아들인다. 이것은 '언어'에 대한 (포스트)구조주의적인 기본 전제에서 온 것일까? 어떤 사건에서든지 진정한 현상은 사실이 아니라 관계이다. 따라서 언어는 초월적인 진리에 대한 주장을 불안하게 하고 전복시킨다. 하나의 대상으로서의 작품의 개념은 와해되고 퍼포먼스와 행위가 중요한 의미를 띠게된다. 텍스트나 작품은 성스러운 대상물이 아니라 언어의 공간이다. 여기에는 작가 중심의 작품 개념에서 독자나 청중이 의미 수립 과정에서 주도권을 가지는 텍스트 공간의 개념으로 바뀐다. 하산은 이러한 텍스트성을 비평 담론에도 적용하고자 하였다. 이는 문물 현상에서 언제나 새로운 것을 타작해내려는 문학비평가 · 문화이론가인 하산 자신의 탐색적인 인생과 일치되는 작업이며, 포스트모더니즘 이후 그의 새로운 관심 분야에 대한 탐구이다.

2) '전환기' 이론과 비평의 탐색 과정

하산은 미국에서 60년대 이후 문화의 새로운 변화의 양상인 포스트모더니즘 계열의 소설에 대해 긍정적으로 접근하고 있다. 모더니즘의 경험이 인간 형식에 파괴적인 힘으로 작용하여 어떤 와해의 상태에 이르렀다면 우리의 포스트모던 반응 속에 어떤 희망이 있는 것은 아닐까? 모더니즘의 막다른 골목에 서 있는 우리는 새로운 변화 상황들 속에서 생존을 위한 문학 대응 장치를 개발할 수는 없는 것인가? 하산은 낡은 주제와 형식에 반정(反正)하고 새로운 비평의 언어를 만들어내기 시작한다. 그의 첫 번째 관심사는 예술 속에서 비전의 중요성을 인식하여 문학 창조 뒤에 있는 정신적인 힘과 조우하는 것이다. 비평가에게는 "양식에 대한 관능적인 감각과 새로운 것에 대한 직관적 통찰"(『올바른 프로메테우스의 불』, 13쪽)이 필요하며 중요한 문제는 의식의 문제이지 단순히 문학 자체의 문제가 아니라는 인식이다. 따라서 비평가가 직면하는 것은 냉철한 지성적인 대상이 아니라 "언어에 의해 교활하게 이해할 수 없게 중재된 현존"(앞의 책, 166쪽)이다. 다시 말해 "작품을 대할 때 그는 단순히 그의 꿈이나 미적 의식만이 아닌 궁극적으로 한 인간의 존재 전체 속으로 들어가야 한다. 그렇게 함으로써 인간 열정의 총체적인 판단에 의존하게 된다"는 사실을 비평가는 인정해야 한다는 것이다.

그다음에 발표한 『침묵의 문학』에서 하산은 새로운 문학 형식에 관해 좀 더 구체적으로 발언하기 시작한다. 하산은 "예술은 쇄신을 가능케 하는 방향 설정을 위한 연습"(216쪽)이며, 필요한 것은 단순한 예술에서의 쇄신이 아니라 의식의 쇄신이라고 주장한다. 그는 헨리 밀러와 사뮈엘 베케트와 같은 대칭되는 작가들을 통해 현재에까지 흐르는 '침묵'의 전통 속에서 그리고 매너리즘, 낭만주의, 모더니즘 속에서 포스트모더니즘의 예비 징후를 찾고 있다. '침묵'은 하산에게 초기에는 부정적인 요소로 간주되었으나 후에 특히 문학의 주제보다 형식을 고려할 때 적극적인 가치가 된다.

> 반문학(anti-literature)의 중심부를 차지하고 있는 침묵은 큰 목소리이며 또한 다양하게 나타나는 것은 분명한 사실이다. 침묵이 분노나 계시의 충격으로 생겨났는가 아닌가의 문제와, 침묵이 순수한 행위 또는 순수한 놀이로서의 문학의 개념에 의해 고양되었고, 또한 구체적인 대상물, 텅 빈 페이지 또는 무작위적인 배열로서의 문학작품 개념에 의해 고양되었는지 아닌지 하는 문제는 아마도 결국에는 아무 상호 관련이 없을 것이다. 요점은 다음과 같다. 침묵은 문학이 그 자체에 대해 채택하기로 선택한 하나의 새로운 태도에

대한 은유로 발전된다는 것이다. 이러한 태도는 문학의 담화가 지닌 고래로
부터 내려온 특별한 힘인 탁월성을 문제시한다. 그리고는 우리 문명의 여러
가설들에 도전한다. (정정호 · 이소영 역, 『포스트모더니즘 개론』, 26쪽)

나아가 하산은 "문학은, 문학 자체를 거역하면서, 우리에게는 분노와 계
시와 같은 불안한 암시를 주며, 침묵을 열망하고 있다"(『올바른 프로메테우
스의 불』, 13쪽)고 전제하고 다음과 같은 결론에 도달한다.

> 밀러와 베켓은 모두 우리의 가장 어두운 희망을 소유하고 있는 코미디언
> 들이다. 그들의 희극 정신은 문학을 서로 다른 방향으로 곡해한다. 밀러가
> 문학을 평상적인 한계 밖으로 뻗어나가게 한다면 베켓은 그것을 무로 움츠
> 러들게 하고 있다. 그러나 확장과 수축은 끝에 가서는 똑같은 목적, 즉 어떠
> 한 주어진 문학 형태에서 철저하게 말의 기능을 변화시키는 그 목적을 만족
> 시킨다. 이러한 변화는 내가 은유적으로 침묵이라고 이름지었던 엔트로피
> 의 상태를 향하여 나아간다. 다시 말해 침묵은 문학이 자체를 향하여 채택
> 하고자 선택한 새로운 태도이다. 이러한 태도는 정말로 새로운 것인가? …
> 오늘날 우리는 무엇이 새로운 것인가에 대한 확신을 가지지 못한다. 그러나
> 우리가 좀더 확신할 수 있는 것은 … 침묵의 문학이 지나가는 유행으로 판
> 명되건 문학사의 한 국면으로 판명되건 간에 그것은 서구의 양심과 서구 양
> 심의 무의식이 우리 자신들에 대해내린 판결이다. (『포스트모더니즘 개론』,
> 42~43쪽)

하산은 『오르페우스의 사지 절단』에서 앞서의 문학에서의 '침묵' 문제를
다시 하나의 은유로 간주한다. 왜냐하면 오르페우스의 머리는 사지가 절단
된 채 계속 노래를 부르고 있고 그 노래의 가사는 제2의 자연이 되고 예술은
삶 속에서 용해되고 있기 때문이다. 그럼에도 불구하고 그 은유는 자아와
문명의 어떤 고뇌와 언어에 대한 반감을 드러내고 있어서 분노와 계시의 모
습, 즉 1960년대 미국의 모습을 자극한다.

시인의 전통적인 인물인 오르페우스는 현실 생활이라는 미내드(Maenad)에 의해 사지가 갈기갈기 찢긴다. 그러나 그의 남아 있는 머리는 계속해서 노래를 부른다. 사드, 헤밍웨이, 카프카, 주네, 베케트 등을 토의한 하산은 자기 희화, 자기 전복, 자기 초월의 반예술이 의기양양하게 지나간 후에 예술은 인간 의식의 완전한 신비와 상응하는 보상받은 상상력을 향해 움직일지도 모른다고 지적한다. 하산은 미래를 내다보는 소설가들이 이루어낸 것을 실행해야만 한다고 보았다. 의식 구조의 변화를 예측하고 "새로운 소설이라는 수단에 의해"(『오르페우스의 사지 절단』, 175쪽) 변화를 가능케 하는 적극적인 반응과 태도를 취해야 한다는 것이다. 비평가는 이러한 의식—특히 의식을 처음 창조했던 바로 그 제약들을 위반함으로써 새로운 의식이 창조되는 방식—을 이해해야 한다. 제약은 만들어지고 와해되면서 디오니소스적인 자기 변모로 이끌며 그 자체는 비존재라는 관능적인 대립 속으로 들어가고 궁극적으로는 총체적인 우주적 의식을 위해 언어를 초월하게 된다.

　따라서 『오르페우스의 사지 절단』에 이르러 하산은, 거의 2세기 동안의 문학의 실험은 "사라지는 형태를 향해 나아간다. 그들은 침묵의−역사로부터 자유로워지는 의식−암시가 말과 사물에서 벗어나 자유로워지기를 노력했다"(247쪽)고 지적하였다. 침묵은 새로운 문학에서 은유적인 의미를 가진다. 반문학의 아방가르드 전통, 이성, 사회, 역사와의 유리, 자연과의 분리, 꿈속으로 사라져버리는 낭만주의를 열망하는 예술의 거부, 결정이나 역사적 양식의 어떤 암시도 억제하기 위한 형태의 주기적인 전복, 광기와 신비주의에 의해 비어 있는 마음을 채울 수 있는 힘, 그 자체에 의식을 부여하고, 알려진 세계와 역사를 와해시키는 묵시록을 측정하는 것이 침묵을 통한 새로운 미학의 속성들이 될 수 있다.

　하산은 그 이후 저서인 『파라비평』에서 새로운 형태의 문학을 다루는 비평가의 새로운 기능과 의무에 관해서 논의하고 있다. 하산은 혁신자로서의 비평가로 보수적이며 형식적인 대학 강단 비평에 대하여 강한 불만을 품고 있었다. 하산은 그 다음 저서인 『프로메테우스의 불』에서도 현재의 변화하

는 이론들의 틀 속에서 문학비평이 가지는 자유와 책임을, 다시 말해 비평
가들이 전통적으로 부여받은 것보다 많은 비평적 상상력을 위한 더 확대된
역할에 관해 논하고 있다.

> 비평가의 자유는 불안하고 까다롭다. 그것은 동시에 진취적이며, 감응하
> 기 쉽고, 반사성이 있다. 그러나 비평가의 자유는 단지 혁신의 토대만을 제
> 공할 수 있다. 비평가는 더 많은 것을 필요로 한다. 그에게는 문체에 대한
> 색정적인 감각과 새로운 것에 대한 직관이 필요하다. … 비평의 언어들이
> 지금 전문 특수 용어, 신조어, 그리고 추상성에 의해 고통을 받는 것은 사
> 실이다. 그것은 그 언어들이 기술적인 동시에 개인 방언화되었기 때문이다.
> … 그러나 블랙머류나 바르트류의 문체가 명확한 사람들에게는 어색하게
> 보일지 모르나 기묘한 활력—일종의 사랑이랄까?—을 표현하고 있음을 우
> 리는 또한 감지한다. (『포스트모더니즘 개론』, 219쪽)

하산은 『프로메테우스의 불』에 두 번째로 실린 「문학의 재조명: 수사학,
상상력, 비전」이란 논문에서 문학에 관한 우리의 생각에 도전하고 휴머니즘
의 기준에 반정하는 (주로 프랑스) 이론들의 수사학을 논하고, 상상력에 대
한 몇 개의 개념을 예견하고 우리들을 비전에 대한 잠정적인 견해로 이끈
다. 이 에세이에서 그의 서술 양식은 우선 텍스트가 있고 몇 개의 인터텍스
트(텍스트 사이에 들어감)들과 에피텍스트(텍스트 이전이나 이후로 들어감)
들이 끼어 들어가고 다시 리트로텍스트(텍스트를 되돌아봄)를 통해 끝부분
에 도달하는 방식이다. 하산은 여기에서 포스트구조주의에 대한 한계를 지
적하며 다음과 같은 비판적인 견해를 보여준다. 아래 인용은 길지만 비평가
로서의 그의 위치를 가장 잘 보여주고 있다고 보여 그대로 소개한다.

> 1) (포스트)구조주의적인 부재의 형이상학과 분열의 이데올로기는 거의 광
>   신적으로 전체에 대한 비전(holism)을 거부한다. 그러나 나는 전체에 대
>   한 나의 은유적 감각을 회복하고 싶다.

2) 문학에 대한 (포스트)구조주의적인 개념은 … 전적으로 내파적이다. 모든 것은 언어 자체에서, 구조 내/외의 구조 위에서 내부로 붕괴한다. 그러나 나는 또한 외파적인 문학의 개념을 갈망한다.

3) 구조에 대한 구조주의자들의 생각은 궁극적으로 인간 역사와 우주의 진화 모두에, 즉 진행 과정 속에 있는 실재에 대하여 부적절할 수도 있다.

4) (포스트)구조주의적인 기질은 쓰거나/말하는 주체에 대하여 지나칠 정도로 비개성화되기를 요구한다. 쓰기는 표절이 되고 말하기는 인용이 된다. 그러면서도 우리는 쓰고 말한다. … 나는 나 자신이 나의 역사적인 목소리를 침묵시켜야 할 뿐 아니라 분명히 발언해야 하고, 나의 삶을 잃는 동시에 찾아야 한다는 것을 안다.

5) 많은 (포스트)구조주의자들의 문체는 처음에는 아주 매력적이나, 후에 가서는 혐오감을 불러일으키기 시작하는 것일까? … 그것은, 그들의 인식론 내에서 '주체'를 추방해버렸으므로 그 주체가 '기의'의 비속함을 피하는 척하는 복잡한 언어 의식 속에서 특이한 개성이 드러나는 문체로 자신의 존재를 시위하기 위해 고집스럽게 되돌아가기 때문일까?

6) (포스트)구조주의자들의 행위는 모든 것이 표현되고 행해질 때 특정한 문학 텍스트들이 지닌 의미, 경험, 힘, 가치와 즐거움을 충분히 앙양시키지 않는다. 그리고 문학으로 나를 끌어들이거나 문학에 대해 나를 자극시켜주지 않는다.(앞의 책, 256~258쪽)

하산은 이렇게 (포스트)구조주의자들에 대한 불만을 표하면서 그들과 분명한 거리를 유지하고 있으며 다른 유파나 학파와 떨어져 비교적 독립적·절충적인 입장을 취하고 있다. 하산은 그러나 이러한 포스트구조주의의 활동을 더 큰 문화 현상—즉 포스트모더니즘—의 한 부분으로 파악하고 있다.

3) 포스트모더니즘의 개념 정립을 위해

그러면 이제부터 하산의 포스트모더니즘에 대한 개념을 살펴보자. 하산이 새로운 문화적인 힘이라고 여기고 있는 포스트모더니즘(혹은 포스트휴머니즘)은 의미론적으로 다소 불안정한 위치에 놓여 있기는 하지만 금세기 후반기에 예술, 사회, 문화 전반에 걸쳐 일어나고 있는 뭔가 다른 양상과 경향들을 잘 설명해준다고 그는 지적한다. 하산은「포스트모더니즘의 개념 정립을 위하여」라는 유명한 논문에서 단순화의 위험을 무릅쓰고, 최근의 여러 학자, 이론가들의 개념을 빌려 모더니즘과 대조시켜 포스트모더니즘의 특징들을 제시해준다. 그러나 포스트모더니즘에 대한 하산의 중심적인 개념은 그 자신이 만들어낸 말인 '불확정 보편내재성'(Indetermanence = indeterminacy + immanence)이다. 이 개념의 저변에는 하이젠베르크의 '불확실성의 원리,' 보어의 '상호 보완의 원리' 그리고 괴델의 '불완전성의 증거'등의 개념이 깔려 있다.

하산의 '불확정성'의 개념에는 우리 시대의 다양한 목소리와 원리들이 포용, 통합되어 있다고 볼 수 있다. 이 목록 중 일부만을 나열해보면 와해(disintegration), 해체(deconstruction), 전이(displacement), 탈중심(decenterment), 불연속(discontinuity), 사라짐(disappearance), 탈정의(de-definition), 탈신비화(demystification), 탈총체화(detotalization), 탈합법화(delegitimation) 등이다. 여기서 우리는 개방성, 이단, 다원론, 절충주의, 무작위성, 반항, 변용의 정신을 엿볼 수 있다. 이러한 경향을 언급한 이론가들을 몇만 예로 들면 줄리아 크리스테바의 텍스트 상호성과 기호학의 해체, 폴 리쾨르의 의심의 해석학, 롤랑 바르트의 즐거움의 비평, 펠릭스 가타리의 분열증적 분석, 장 프랑수아 리오타르의 탈합법화의 정치학, 레슬리 피들러의 변종들, 레이먼드 페더만의 쉬르픽션, 그리고 하산 자신의 파라비평과 파라전기 등이 있다.

하산의 '보편내재성'의 개념인 산종(散種, dissemination), 확산(dispersal), 분산(diffusion), 분해(diffraction), 의사소통(communication), 상호작용(interplay), 상호 의존(interdependence), 상호 침투(interpenetration) 등에서는 확산, 정신 자체를 세계화—보편화하려는 경향을 찾아낼 수 있다. 이러한 경향은 아널드 토인비의 영화(靈化), 버크민스터 풀러의 무상화, 파올로 솔레리의 빗물질화, 칼 마르크스의 역사화한 자연, 테야르 드 샤르댕의 혹성화한 인류, 그리고 하산 자신의 새로운 영지주의에서 이미 나타나고 있다. 하산이 지적하는 포스트모던 세계의 이 두 개의 중심적인 경향—불확정성과 보편내재성—은 서로 반대되는 개념이 아니며 그 둘은 어떤 종합으로 이끌지도 않는다. 이 두 경향은 상호작용하고 상호침투적인 양상을 이루어 오늘날 서구 문화에서 일어나고 있는 변화들을 창출해내고 조절해주고 있는 보이지 않는 인식소(épistème)이다.

하산은 오늘날 신화와 기술이 그리고 문학과 과학이 수렴되는 과정을 깊이 인식하고 있다. 그래서 그는 도덕률 폐기론적인 요소들과 조화를 이루는 새로운 신비적 직관주의로부터 그의 문화이론을 이끌어내고 있다. 하산은 과학, 역사, 문화, 예술, 기술 등 모든 것이 서로 융합하여 정신에 호소해야 하고 또 상상력과 모호하면서도 두루 다 통할 수 있는 관계를 맺어야 한다고 주장한다.

이러한 영지주의적 계획에서 과학은 하산의 비전에 필수적인 것이다. 학부에서 전기공학을 전공한 그는 과학도 출신답게 과학의 힘에 대해서 상당히 낙관적이다. 그는 상상력과 마찬가지로 과학도 변화를 일으키는 데 강력한 힘을 가지고 있다고 생각한다. 하산의 유토피아는 희망과 기술이 영원히 동맹을 맺고 있는 세계이지 예술과 기술, 허구와 사실, 기술과 지식, 과거와 미래, 하늘과 대지가 구분되는 이중적인 문화의 세계가 아니다. 그리고 상상력 자체도 현대 문화 속에서는 과학에 의해 능력을 부여받게 되고 또 기술 혁신에 의해 그 범위가 확장된다. 게다가 그는 종교와 과학의 결합까지도 지적한다. 그리하여 그의 새로운 영지주의는 포스트휴머니즘(posthumanism)으로 인도되고 신비적, 직관주의적 계획 속에서 오는 포스트구조주의와 초월주의를 화해시키고자 노력한다. 하산은 우리 20세기가 떠맡고 있는 과업이 하나와 다수 사이에 새로운 관계를 찾아내고 또 모든 다양한 스타일이 공존되고 포용될 수 있는 다원적인 사회를 건설하는 것이라고 생각한다.

포스트모더니즘의 특징적 인식소들을 점검하기 전에 예비 작업으로 하산 교수가 제시한 모더니즘/포스트모더니즘 대비표를 이용하기로 하자. 앞에서 지적한 바와 같이 포스트모더니즘은 반드시 모더니즘 뒤에 따라왔거나 극복하는 개념이라고 할 수만은 없으나 단지 독자들의 편의를 위해 이 대비표를 이분적으로 제시되고 있다. 여기에 소개되는 항목들은 여러 분야, 즉 언어학, 철학, 인류학, 기호학, 정치학, 과학, 신학, 정신분석학, 문화이론, 예술 등의 분야에서 추출해낸 것들이다.

↑	← →
수직 관계	수평 관계
위계질서	평등 관계
모더니즘	포스트모더니즘
낭만주의/상징주의	파타피직스/다다이즘
(연결적이고 폐쇄된) 형식	(분리적이고 개방된) 반형식
목적	유희
의도	우연
위계질서	무질서
통찰/말(로고스)	소모/침묵
객체로서의 예술/완결된 작품	과정/퍼포먼스/해프닝
거리 유지	참여
창조/총합화	파괴/디컨스트럭션(해체)
종합	대조
현존	부재
집중화	분산화
장르/경계	텍스트/텍스트 상호성
의미론	수사학
계열 관계	결합 관계
종속적 구문	병렬적 구문
은유	환유
선별(선택)	조합
뿌리/깊이	뿌리줄기/표명

해석/독서	반해석/오독
시니피에(기의)	시니피앙(기표)
읽는(독자적)	쓰는(작가적)
설화/장대한 역사	반설화/사소한 역사
전체 통제 부호	개인 방언
증상	욕망
유형	돌연변이
생식기의/남근의	다형태의/양성의
편집증	정신분열증
기원/원인	차이—차연/흔적
하나님 아버지(유일신)	성령
형이상학	아이러니
확정(확실)	불확정(불확실)
초월	보편내재

4) 텍스트의 황홀경—『파라비평』

이합 하산은 내용은 물론이지만 특히 형식 면에서 획기적이고 근본적인 혁신의 의지를 가지고 파라비평(paracriticism)이라는 새로운 비평을 실천적으로 담당해왔다고 할 수 있다. 하산은 '혼돈의 감식가'이며 '변화와 쇄신의 대변자'로서 20세기 후반기—특히 60년대 이후—의 문화와 문학 전반에 걸쳐 일어나고 있는 새로운 현상들과 경향들에 관심을 집중시키고 다각도로 검토하는 매우 독창적이고도 이단적인 포스트모던 비평가이다.

무엇보다도 하산의 비평이 우리 독자들을 당황케 만드는 것은 파라비평의 형식과 문체이다. 그는 문학 형식에서의 혁신과 변화에 관심을 기울이는데, 그것은 내용이 새로워진 만큼 형식도 그 내용에 합치해야 된다고 생각하고 있기 때문이다. 그래서 그의 비평에서 차지하는 형식과 문체에 대한 비중은 상당히 크며 그는 비평이 구체적인 작품 분석에 그치는 것이 아니라 그 자체로 하나의 문학작품이 될 수도 있고 또 픽션의 경지에도 이를 수 있다고 생각한다. 그의 비평은 철학적, 문학적 사색 또는 회고에 가까운 형식을 취하기도 한다. 그는 그의 새로운 파라비평에서 "장난기 있는 불연속성"으로 대담한 실험을 하고 갖가지 인쇄 기술상의 변형과 문체상의 다원주의를 시도하고 있다.

하산은 자신이 "비평가나 학자로서, 더욱이 몰개성적인 시인이나 소설가나 극작가로서 비평문을 쓰지 않고 독특한 형식들 속에서 나 자신의 목소리를 찾고자 노력한다"고 말하면서 자신의 비평의 형식적인 특성을 다음과 같이 설명한다.

> 나는 이 에세이(비평문)들에서 일관된 논리를 … 주장하지 않는다. 그 에세이들을 잠정적인 부정, 불연속성, 침묵, 빈 공간과 놀라움을 가져오게끔 구성하였다. 또한 이 책은 낯익은 기법들로 가득 차 있다. 인쇄상의 변화와 주제의 반복, 연속주의와 그 패러디, 인유와 유추, 질문 형식과 콜라쥬, 인용과 병치;그러나 이 파라비평적인 에세이들은 충분하게 부정적이 아니다. 어쨌든 그것들이 주는 효과는 강단 비평 밖에서는 별로 새로운 것이 아니다. 그러나 강단 비평가들도 엘리엇이나 파운드도 가르치기를 좋아하지 않았던 『황무지』나 『캔토우즈』에서 무엇인가 배울 수 있다. 이 문제는 예술을 모방하는 비평의 문제는 아니다. 오히려 이것은 그들의 목소리들의 방향들과 그들의 삶의 가치들을 사용하는 작가들의 문제이다. (『파라비평』, vi~x쪽)

다시 말해 하산은 자신의 파라비평문에서 현대시의 여러 가지 기법들을 비롯하여 갖가지 수법을 동원한다. 즉 몽타주, 콜라주 수법, 여러 인용문들의 이상한 배열과 병치, 침묵, 빈 여백, 마스크 형식, 여백을 이용한 그림, 수학 공식, 도표, 연속적인 질문, 단어를 이용한 게임, 숫자놀이, 시적인 구성, 비슷한 단어 형태, 고딕체 활자, 이탤릭체 활자 및 크기가 다른 활자 사용, 텍스트 내에 참고목록 집어넣기, 자기 희화, 대화체 등등 그 예는 무수히 많다. (여기에서 독자들을 위해 그 실제 예를 들어주지 못하는 것이 아쉽다.)

하산이 이러한 형식상의 실험을 하는 이유는 비평문의 '낯설게 하기'로 독자들로부터 잠정적으로 확증을 빼앗고 그들을 불연속 상태, 침묵 상태, 놀라움의 경지에 빠뜨려놓은 다음 독자들이 그런 상태 속에서 꿈꾸고 창조하고 참여할 수 있는 어떤 놀이마당을 마련해주기 위해서이다. 그래서 전통적이고 통념적인 비평문의 형식에만 친숙해온 우리들로서는 그의 글을 처음 대할 때 어려움, 당혹감, 거부감을 느끼기도 하지만 신기함, 호기심도 갖게 되고 우리의 마음은 경박함보다는 '텍스트의 즐거움'을 가지게 되어 신선한 공기라도 마신 것같이 된다. 하산의 파라비평문은 점차로 그 형식이 내용이 되어 커다란 수사학적 힘을 가지고 우리 속으로 침투하여 울림과 꿈틀거림으로 묘한 즐거움을 준다.

하산 글의 또 다른 특징은 수많은 인용문이다. 그는 자신의 인용의 미학과 정치학에 관해 다음과 같이 주장한다.

> 롤랑 바르트는 "인용문들은 한 주제의 부성 권위를 수립하고자 한다. 그러나 수백 명의 '아버지들'이 많은 목소리들로 동시에 말한다면 어떻게 될까?" 수잔 손탁은 "인용(그리고 서로 어울리지 않는 인용들의 병치)에 대한 취미는 일종의 초현실주의적인 취미"라고 말한다. 나는 이 글에서 인용들이 … 일종의 집단적인 꿈의 모자이크라고 믿고 싶다. … 그리고 이 인용들은 나 자신의 목소리와 구별되고 이러한 상호 텍스트들은 나의 텍스트의 맥락을 제공하고 그 자체가 텍스트가 될뿐더러 내 자신의 말이 인용들이 되기도 한다. … 인용들은 우리 눈이 볼 수 있고 들을 수 있는 것에 하나의 틈을 제공한다. 그러나 이러한 단절도 구조적인 것이 될 수 있다. 이렇게 함으로써 이른바 바흐친류의 '다성성'과 '대화적 상상력'을 촉발시킬 수 있으리라.
> (*The Right Promethean Fire*, x~xiii쪽)

내용보다 비평문의 형식과 문체를 많이 생각하고 있는 하산의 비전통적인 태도는 적어도 각각의 형태는 그 자체가 내용이라는 것을 인정하고 있는 니체나, 전달 매체가 곧 전달 내용이라고 주장하는 매클루언과 맥을 같이한다. 예를 들어 하산이 몽타주 수법을 사용한 것은 인지적 이해에서 일어나고 있다. 동시성을 추구하고자 하는 노력의 일환인데 그의 이러한 비전통적인 비평 문체는 독자들에게 많은 찬반을 일으키고 있다. 어떤 이는 "이러한 인쇄 기술상의 변이는 현학적이며 형식을 무시하는 태도"로 보고 또 다른 이는 "이러한 것은 끔찍스러울 정도의 무서운 장애물"이라고 말한다.

그러나 하산은 헤이든 화이트가 지적하고 있듯이 그의 비평 텍스트에서 폐쇄성, 완결성, 완전성, 통일성의 개념을 부정하고 있고, 우리에게 지적 자극과 항상 깨어 있는 역동적인 의식을 제공하고 있으며, 그의 형식과 문체는 정말로 '광범위한 대화체의 의식'과 '인쇄 기술상의 기법들을 충분히 활용하는 수단'이 되고 '시각적인 형이상학'을 지니고 있다 하겠다.

이러한 하산의 파라비평의 새로운 텍스트학은 그의 독서 행위 개념과 일치한다. 그는 독서 행위를 텍스트의 언어를 어루만지면서 시작되는 텍스트와 독자 간의 정사로 보고 있다. 그에게는 일반 문학 텍스트뿐 아니라 비평 텍스트도 '과정', '생산성', '즐거움', '놀이', '있음-없음'이다. 그의 파라비평문의 전략은 '페이지의 에로학'(수잔 손탁)이고 극단적으로는 텍스트의 황홀 (textasy = test + ecstasy)의 경지까지 의도하는 것일까? 하산은 장중하고 잘난체하고 명령적이고 음울한 통념적인 비평문의 굴레를 벗어나고 경계를 뛰어넘어 간극을 메꾸고자 한다. 그가 사용하고 있는 용어는 간결하고, 활력이 넘쳐흐르고, 시적이고, 역동적이며, 신선하고, 독창적이고, 어원학적이며 장난기 있으면서도 신중한 것들이다.

하산은 지금까지 살펴본 바와 같이 그의 파라비평에서 형식과 이념 면에서 많은 실험과 모험을 시도하였다. 그것들은 과격하기도 하나 본질적인 것이어서 그만큼 우리에게 많은 시사점을 준다. 하산의 비전은 다변적이어서 모든 언어와 방언, 모든 관점, 모든 시점을 총괄적으로 포용하는 바벨탑이다. 그의 비평은 통시성, 공시성, 연속성, 불연속성의 관계 속에서 현실을 파악하고자 하는 여러 가지의 목소리를 담고 있다.

포스트모던한 비평가인 이합 하산은 전통적인 문학비평의 내용이나 형식에서 벗어나 그것의 영역을 무너뜨리고 혼합시키고 위/아래로 안/밖으로 확장시켜 "경계를 넘어 간극을 메꾸"게 되어, 문학비평의 영역에 '새로운 변종들'을 들여와 놀라울 정도의 정전이 개혁되고 개방되게 되었다. 이것은 랜돌프 번, 밴 윅 브룩스, 에드먼드 윌슨, 필립 라브, 라이오닐 트릴링, 어빙 하우 등 그 동안 신비평이나 강단 비평에 억눌렸던 중요 전통의 하나인 문화 비평의 전통이 되살아나 이전보다 비평의 민주화, 평등화, 대중화, 세속화, 저변화의 가능성마저 보여준다.

문학비평의 형식에 있어서도 '새로운 비평 문체의 문학'을 이루어내 지금까지의 비평적 담론이 가지고 있던 억압적인 형식에서 벗어나 비평문도 이제는 형식에 있어서 자유로워지고 해방성을 가지게 되고 따라서 비평가 자신도 주인이 되어 돌아왔다. 비평도 이제는 다른 문학작품들과 같이 하나의 독립된 담론의 장르가 되어 새로운 형태의 사유 체계를 담을 수 있는 언술 행위의 가능성을 가지게 되었을 뿐 아니라 시와 소설처럼 독자들과 같이 사색하고 즐기는 놀이마당의 가능성마저 가지게 되었다는 점에서 일단 주목해볼 만하다.

5) (마무리 없는) 결론

하산은 60년대 후반부터 줄기차게 벌여온 포스트모던 문화나 포스트모더니즘에 관한 이론적인 탐색 작업을 80년대 후반부터는, 다시 말해 『포스트모던 전환』(1987)의 출간 이후로는 거의 중지하였다. 그는 1986년에 『이집트로부터』라는 제목의 파라적인 자서전을 출간한 후, 1990년 새로운 탐색에 관한 책인 『모험을 하는 자아들』을 출간하였다. 카이로에서 태어나 끊임없는 지적 탐색과 추구 끝에 미 중서부 대학에서 문학비평가 및 문화이론가로 그 탐색 과정이 이어지고 있는 자신의 생애처럼, 하산은 현대 미국 소설 연구에서 출발하여 서구의 새로운 문화 현상인 포스트모더니즘의 탐구와 더불어 이제 또 다른 기착지에 정박 중이다. 이 정박은 최종적이 아니고 잠정적인 것이리라. 언제 그곳을 떠나 또 다른 탐색의 항해를 떠날 것인가?

하산은 20세기 후반기라는 예술과 사상의 한 시대가 종언을 고하고 있다고 진단한다. 그러나 이러한 '변화' 속에서 새로운 인간성을 탐구하고, 인간 표현의 새로운 가능성을 감지하고, 나아가 사상의 새로운 양식을 창출해내고자 한 오늘날 보기 드문 혁신적인 사상가이며 이론가이다.

우리는 현실과 변화에 대한 끊임없는 관찰과 사색을 통해 전환기의 현실을 제대로 읽고 미래를 올바르게 내다보는 그의 문학비평가·문화이론가로서의 예언자적인 기능과 역할에 앞으로 상당 기간 동안 주목하지 않을 수 없을 것이다. 현재 우리 문화와 문학은 21세기로 접어들면서 변화와 전환기에 처해 있다. 혼돈스러운 현 상황을 객관적·과학적으로 읽고 분석하여 현명한 대응책을 마련하여 미래에 대한 바람직한 지향과 전망을 보여주기 위해 우리는 '변화의 이론가'이며 '혼돈의 감식가'인 하산이 언제나 지우고 다시 쓸 수 있는 양피지에 계속 써온 문학이론을 타산지석으로 삼아야 하지 않을까?

3. 포스트식민주의적 담론 형성: 반제국주의적 사유와 에드워드 사이드의 비판적 인문주의

1) 서론: 오리엔탈리즘의 사유 방식

에드워드 W. 사이드(Edward, W. Said, 1935~2003)는 20세기 말 최고의 문학 및 문화비평가였다. 탁월한 포스트식민주의 이론가인 사이드는 독특한 배경을 가졌다. 아랍 출신으로 팔레스타인 지역의 예루살렘에서 1935년에 태어났으나 1948년 이스라엘이 건국되자 이집트로 이주하며 빅토리아 대학을 다녔다. 1950년대 말 미국으로 건너가 프린스턴 대학에서 영문학과 역사를 전공하였다. 하버드 대학에서 영문학 석사학위를 받고 조지프 콘래드 소설에 관한 연구로 1864년 박사학위까지 받았다. 그러나 사이드는 팔레스타인계 미국인으로서 주류 미국 사회에서 언제나 망명자라는 타자 의식을 가지고 초강국 미국 사회와 대외 정책 등을 비판적인 태도로 견지했던 실천적 인문 지식인이었다. 그는 언제나 아랍과 서구의 틈새에서 이중적인 삶을 살았다. 그의 주요 저작으로는 『시작: 의도와 방법』(1975), 『오리엔탈리즘』(1978), 『세계, 텍스트, 비평가』(1983), 『문화와 제국주의』(1993), 『수탈의 정치학』(1994) 등이 있다. 전문가 수준의 피아노 연주자이기도 했던 사이드는 1995년 5월에는 한국을 방문하여 서울대 등 여러 곳에서 강연한 바 있다. 사이드의 책은 여러 권이 한국어로 많이 번역되어 있다.

오리엔탈리즘(Orientalism)은 오늘날 가장 중요한 저항 담론 중 하나다. 이 용어를 최고의 문화 및 문학비평 용어로 유행시킨 사람이 에드워드 사이드다. 사이드가 전 세계적으로 인문학의 사유와 연구 패러다임에 대변환을 가져온 『오리엔탈리즘』을 출간한 지도 거의 사반세기가 됐다.

전 지구적 자본주의와 신자유주의 세계화 시대인 21세기에 공적 지식인 사이드를 '새롭게' 타작(打作)하려는 이유는 그 이론적 풍요성과 담론적 가능성이 우리에게 '다시' 다가오고 있기 때문이다. 그렇다면 변두리 타자이면서 추방자 지식인이며 동시에 미국 동부 명문 사립대의 권위 있는 교수였던 사이드는 과연 어떤 사람인가? 사이드는 팔레스타인 지역의 예루살렘에서 태어났으나 이스라엘이 건국되고 예루살렘이 그 수도가 되자 난민이 됐다. 1948년 이집트로 이주하여 당시 영국의 식민지 학교를 다녔다. 이때부터 유랑하는 그의 국외자적인 고단한 삶이 시작됐다. 그는 언제나 아랍과 서구의 틈새에서 이중적 삶을 살았다. 그렇다면 권위 있는 제도권 속에 들어간 사이드가 언제나 역동적인 저항과 위반의 세계를 추구할 수 있었던 추동력은 무엇이었을까. 그것은 사이드의 추방자성, 주변부성, 타자성, 유목민성이다.

사이드는 자신의 정의대로 "추방자, 주변인, 아마추어로서 그리고 권력을 향해 진실을 말하려는 언어의 사용자"로서의 지식인이다. 안주하지 않고 끊임없이 자신을 조롱하는 아이러니스트가 됨으로써 사이드의 글과 이론은 비판적, 위반적, 쇄신적 힘을 갖게 된다. 사이드는 죽기 10여 년 전 난치성 백혈병 진단을 받고 죽기 전까지 투병 생활을 하면서도 정력적으로 활동하다가 2003년 9월 24일 세상을 떠났다.

사이드가 오리엔탈리즘에 관심을 갖게 된 궁극적 이유는 결국 동양인(중동인)이라는 주변부 타자 의식 때문이다. 오리엔탈리즘은 이런 의미에서 이미 언제나 보편적인 주변부 타자의 문제가 될 수 있다. 사이드의 '동양적 의식'이란 것은 결국 서양인과 대비되는 이분법적 구별에서 나온 것이다. '오리엔탈리즘'에서 제시하는 이분법이야말로 억압적인 흑백논리이며 차별적인 패권주의다. 서양인들은 모든 긍정적 가치가 있는 특질들을 자신들이 소유하고 있기에 부정적 가치를 지닌 동양인을 식민지화해 수탈하고 비서구인들을 문명화하고 계몽시킨다는 미명 아래 '백인의 의무론'을 날조해낸 것이다. 이러한 이분법을 광정(匡正)하기 위해서는 '차이'를 가치화하는 타자의 대한 새로운 윤리학을 수립해야 한다. '차이'는 억압 요소가 아니라 하나의 가치이기 때문이다.

2) 서구의 동양주의 담론은 동양을 지배하려는 전략

서구 중심의 보편주의에 따라 서구는 우수하고 비서구는 열등하다는 논리를 이데올로기화하여 동양을 열등한 '타자'로 바라보는 방식이 바로 서구인들이 자신의 논리를 고착화하기 위한 오리엔탈리즘이다. 동양인은 서양인의 일종의 무의식이 투사된 분신 또는 또 하나의 자신이다. 즉 서구인들은 자신들에게서 인정하고 싶지 않은 '잔인성', '육감적', '퇴폐적', '게으름', '더러움', '감정적', '논리 부족' 등의 속성들을 동양인에게 덮어씌우고 나아가 동양인들이 '이국적'이고 '신비스럽고' '유혹적'이라 간주한다.

또한 동양인들을 개인으로 보기보다 동질적인 익명 집단으로 보고, 동양인들의 행동이 의식적인 선택이나 결정에 의해서라기보다 본능적인 감정(욕정, 폭력, 분노 등)에 따른 것이라고 본다. 아랍인, 아프리카인, 중국인, 한국인 등을 마치 집단적 특성에 따라 동물을 분류하듯 어떤 일원화된 동질 집단으로 본다는 것이다.

사이드는 현대사회에서 비판적 지식인 또는 비평가의 역할이 근본적으로 '세속적'(secular)이라고 밝힌다. 여기서 '세속적'이라는 것은 현실에서 벗어난 상아탑이 아닌 '정치적 사회적 세계'를 가리킨다. 사이드는 "기원에 관심을 가지는 정신은 … 신학적이다. 이와는 대조적으로 … 시작들은 압도적으로 세속적이거나 이교도적"이라고 주장한다. 이제부터 가장 널리 알려진 사이드의 저작 『오리엔탈리즘』을 살펴보자. 오리엔탈리즘에 대한 기본 가설은 무엇인가?

> 나의 중요한 작업 가설은 … 다음과 같다. 첫째, 학문의 여러 분야는 … 사회에 의해, 문화적 전통에 의해, 세속적인 여러 조건에 의해, 그리고 학교, 도서관 및 정부와 같은 고정적인 방향으로 작동하는 힘에 의해 억제되며, 영향을 받는다는 것. 둘째, 학문적인 저작도, 문학작품도 그것들이 사용할 수 있는 형상, 가정, 의도 속에 한정되어 있으며 결코 자유가 아니라는 것. 요컨대 나는 … 관념으로서, 개념으로서, 또 이미지로서 "동양"이라고 하는 말이 서양에서 상당히 광범위한 흥미 깊은 문화적 공명 현상을 불러일으키고 있음을 인정하면서, 오리엔탈리즘을 일관된 주제로 삼는 "제도"를 서술하고자 노력해왔다.(『오리엔탈리즘』, 330쪽)

여기서 사이드는 다시 포스트구조주의 역사학자인 미셸 푸코와 해체 철학의 원조인 니체의 해석론의 영향을 받아 서구중심적 담론 체계의 하나인 '오리엔탈리즘'에 대해 도전하고 있다. 어떤 '담론'도 모든 시대에 고정된 것이 아니다. 담론은 따라서 사회적 정치적 투쟁과 연결될 수 있다. 담론은 원인인 동시에 결과이며, 권력을 보호해줄 뿐 아니라 동시에 권력에 대항하기도 한다는 것을 사이드는 보여주고 있다. 사이드에 따르면 서구의 영원한 타지인 동양(주로 중동)을 힘의 불공평한 관계에서 재현하는 서구의 동양주의 담론은 결국 동양을 지배하려는 전략이다. 사이드에게 "동양이란 사실상 유럽인의 머릿속에서 조작된 것"(『오리엔탈리즘』, 11쪽)이다. 사이드의 말을 다시 들어보자.

오리엔탈리즘이란 오리엔트, 곧 동양에 관계하는 방식으로서, 서양인의
경험 속에 동양이 차지하는 특별한 지위에 근거하는 것이다. 동양은 유럽에
단지 인접되어 있다는 것만이 아니라, 유럽의 식민지 중에서도 가장 광대하
고 풍요로우며 오래된 식민지였던 토지이고, 유럽의 문명과 언어의 연원이
었으며, 유럽 문화의 호적수였고 또 유럽인의 마음속 가장 깊은 곳으로부터
반복되어 나타난 타자의 이미지이기도 했다. 나아가 동양은 유럽(곧 서양)
이 스스로를 동양과 대조가 되는 이미지, 관념, 성격, 경험을 갖는 것으로
정의하는 것에 도움이 되었다. 그러나 이러한 동양은 어떤 의미에서도 단순
히 상상 속의 존재에 그친 것은 아니다. 그것은 유럽의 "실질적인" 문명과
문화의 구성부분을 형성했다. 곧 오리엔탈리즘은 동양을 문화적으로 또는
이데올로기적으로 하나의 모습을 갖는 담론으로서 표현하고 표상한다. 그
러한 담론은 제도, 낱말, 학문, 이미지, 주의주장, 나아가 식민지의 관료 제
도나 식민지적 스타일로서 구성된다. (93쪽)

　　이렇게 오리엔탈리즘은 서양인들이 자신들의 필요에 의해 자의적으로 구
성(날조)해낸 '동양'이다. 이렇게 만들어진 동양은 사실적인 동양과 관계없
이 서양인들의 상상 속의 허구적인 동양이다.

　　문제는 이렇게 허구적으로 표상된 동양이 실제적으로 서양인들에 의해
제멋대로 이용돼 그들의 식민주의, 제국주의 논리에 강력하게 편입됐다는
데 있다. 따라서 오리엔탈리즘은 동양과 서양 사이에서 구성된 "존재론적이
자 인식론적인 구별에 근거한 하나의 사고방식"(14쪽)이며 "동양을 지배하
고 재구성하며 위압하기 위한 서양의 스타일"(16쪽)이 된다. 이러한 이분법
적 차별화를 통해 서양은 자체의 "힘과 정체성을 획득"했다.

　　그러나 오리엔탈리즘은 일방적으로 동양을 억압하고 착취하고자 하는 단
순한 전략 이상의 것이다.

　　또한 오리엔탈리즘이란(세계를 동양과 서양이라고 하는 불균등한 두 가
지로 구성하는) 지리적인 기본 구분일 뿐만 아니라, 일련의 "관심" 곧 학문적
발견, 문헌학적 재구성, 심리학적 분석, 풍경이나 사회의 서술을 매개로 하

여 만들어지거나 또 유지되고 있는 "관심"을 주도면밀한 것으로 만드는 것이기도 하다. 나아가 오리엔탈리즘이란, 우리들의 세계와 다른 점이 일목요연한(또는 우리들의 세계와 대체될 수 있을 정도로 새로운) 세계를 이해하고, 경우에 따라서는 지배하고, 조종하고, 통합하고자 하는 일정한 "의지"나 "목적의식"—을 표현하는 것이라기보다도 도리어—"그 자체"이다(32~33쪽).

3) 우리 안의 오리엔탈리즘을 넘어

사이드의 이론은 지나치게 단순화돼 있다는 비난을 받고 있기는 하지만, 우리가 모든 텍스트를 다시 읽고 새로 쓰는 데 방법론적 쇄신과 이론적인 기반을 제공해준다. 사이드의 오리엔탈리즘은 1980년대 후반 들어 '포스트' 식민주의라는 좀 더 체계적 이론으로 확대 발전되어, 오늘날 포스트식민주의(post-colonialism) 이론을 지원하는 가장 통찰력 있는 이론이 됐다. 결국 사이드의 오리엔탈리즘은 전 세계적으로 아직도 은밀하게 편재해 있는 식민주의와 제국주의에 '탈'을 내려는 전략에 다름 아니다.

현재의 전 지구적 상황은 이분법적 이념 투쟁의 냉전 시대가 아닌 충돌과 공존의 문화 대이동 시대다. 세계는 지금 엄청난 지식, 이론, 자본, 욕망, 정보, 자원, 노동의 이주 시대를 맞이했다. 이런 과정에서 세계는 전 지구화(세계화)라는 확산 작용과 국지화(지방화)라는 수축 작용을 통해 공존과 충돌이 동시적으로 일어나는 모순적 양상을 연출하고 있다.

자본과 테크놀로지에 의해 서구(미국) 중심의 세계 체제가 가속화되고 있는 시점에서 특히 분단 상황에 있는 우리는 한국의 주체 문화를 어떻게 창출하고 유통시킬 것인가 고민해야 한다.

삶은 안과 밖의 역동적 변형과 생성의 여행이며, 문화는 하나와 여럿의 상호 교류적 대화와 혼합의 운동이다. 민족적인 것이 세계적인 것이라는 모순어법에 따라 민족성이라는 특수성을 세계화라는 보편성과 지혜롭게 접속시키는 것이 우리의 과업이다. 이런 맥락에서 차이 속의 동일성, 동일성 속의 차이라는 갈등과 모순을 해결하지 않고 유지시키는 것만이 오리엔탈리즘의 덫에서 벗어나는 '탈'식민의 문화정치학적 전략이 된다.

우리는 모두 동양인이다. 아니 우리 내부에는 동양인이 있다. 따라서 우리 내부의 식민주의부터 해방시켜야 한다. 우리 안의 오리엔탈리즘에는 어떤 것들이 있는가? 식민지 콤플렉스, 이분법적인 교조적 민족주의, 이론적 사대주의(맹목적 서구국수주의), 국내 외국인 근로자 문제, 여성, 지방색, 장애인, 동성애자, 자연 생태 문제 등을 들 수 있을 것이다. 이러한 문제들을 현명하게 해결하기 위해 우리는 우리 내부의 파시즘을 내던져버리고 민주적이고 반권위주의적인 비판의식을 가지고 우리 사회의 현상들을 합리적으로 분석, 진단해야 한다. 또한 반드시 현실적이고 주체적인 대안의 방략(方略)을 창출해야 한다.

오리엔탈리즘은 원이론(Ur-theory)에 불과하다. 제3세계 출신 제1세계 지식인으로서 사이드가 제3세계에 대한 거리두기 등의 한계를 가지는 것은 분명하다. 그러나 우리는 사이드의 한계를 가로질러 그의 저항적 타자 이론을 '다시' 읽고 우리 상황에 맞게 절합(articulation)하여 변형된 이론을 '새로' 만들어내고 '다르게' 적용해야 한다. 사이드의 '오리엔탈리즘'의 진정한 실천을 위해 우리는 우리 사회 내부뿐 아니라 전 지구적으로 다양한 '차이'들을 인정하고 '타자'에 대한 관용을 통해 투쟁과 갈등을 해소하는 평등과 상호 공존의 문화윤리학을 창출해내야 할 것이다.

사실상 서구에는 오리엔탈리즘의 부정적, 차별적, 서구우월주의적인 나쁜 면뿐만 아니라 서구인들이 동양을 흠모하고 배우려는 긍정적이고 창조적인 좋은 면도 있다(정진농의 저서 참조). 이와 동시에 앞으로는 동양인들이 서구와 서양인들을 담론적으로 다루는 서양학, 즉 옥시덴탈리즘(Occidentalism)도 함께 논의해야 할 것이다.

사이드의 『문화와 제국주의』를 논하기 위해서는 적어도 그의 이전 저작 두 권을 살펴보는 일이 필요하다. 우선 『시작: 의도와 방법』은 사이드의 이론적 특징들이 드러나는 중요한 저작이다. 이 책에는 지식과 권력의 담론 문제에 대한 푸코의 영향이 뚜렷하게 나타난다. 그러나 무엇보다 가장 널리 알려진 사이드의 저작은 『오리엔탈리즘』이다.

사이드에 따르면 서구의 영원한 타자인 동양(주로 중동)을 힘의 불공평한 관계에서 재현하는 서구의 동양주의 담론은 결국 '동양을 지배하고 재구성하는 서구의 (지배)양식'이라는 것이다. '오리엔탈리즘'은 이른바 탈식민주의 이론을 제공하는 통찰력 있는 이론이다.

1993년 출간된 『문화와 제국주의』는 『오리엔탈리즘』의 속편으로, 사이드가 지금까지의 이론적·방법론적 문제점의 개선을 의식하면서 쓴 책이다. 따라서 『오리엔탈리즘』보다 훨씬 다양한 주제와 이론, 대안을 제시하고 있다.

이 책은 모두 4장으로 구성되어 있다. 제1장의 제목은 '겹치는 영토, 뒤섞이는 역사'다. 여기서 사이드는 "부분적으로는 제국으로 인해 모든 문화가 서로 연결되어 있다. 그 어느 문화도 단일하거나 순수할 수 없고, 모든 문화는 혼혈이며, 다양하고, 놀랄 만큼 변별적이며, 다층적"이라는 점을 강조한다. '통합된 비전'이라는 제목이 붙어 있는 제2장에서는 식민주의와 제국주의 문화가 어떻게 성립되었는지를 논의한다. 사이드는 내러티브와 제국주의의 불가분의 관계를 논하면서 서구 정전에 속하는 제인 오스틴의 『맨스필드 파크』, 베르디의 〈아이다〉, 카뮈의 『이방인』을 분석한다. 이를 통해 제국주의라는 정치경제적 이데올로기에 의해 문화가 어떻게 고정되고 통합되는지를 보여주고 있다.

제3장 '저항과 대립'에서는 서구 중심부와 식민지 주변부에서 탈식민화하려는 다양한 저항의 노력들을 소개한다. 윌리엄 버틀러 예이츠, 에메 세제르, 치누아 아체베, 살만 루슈디 같은 작가들이 어떻게 제국주의적 억압에 대항하고 해방 전략을 마련하는지를 논의한다. '미래: 지배로부터의 해방'이라는 제목의 제4장에서 사이드는 1990년대 초 걸프전에서 서방 언론의 취재 태도 등을 비판하면서, 냉전 체제 이후 전 지구화하는 세계에서 문화는 결국 상호침투적으로 될 수밖에 없고 따라서 공생할 수 있는 대화를 찾아야

한다고 주장한다.

그렇다면 이 책에서 말하고자 한 궁극적 목표는 무엇인가. "나의 주요 목표는 분리하는 것이 아니라 연결시키는 것이다. 나는 철학적·방법론적 이유로 인해 문화란 혼종이고, 혼합이며, 순수하지 않다는 그리고 문화적 분석이 현실에 맞추어 재연관될 때가 왔다는 점에 관심을 가져왔다."

사이드의 이러한 연결 작업은 새로운 텍스트 분석 전략을 만들어낸다. 바로 '대위법적 비평'(contrapuntal criticism)이다. 이러한 비평을 통해 우리는 중심부 역사와 주변부 역사 모두에서 만들어지는 담론들을 동시에 바라보며 단성적이 아닌 다성적인 방법으로 텍스트를 읽을 수 있다. 다양한 주제들이 서로 다투는 서양 고전음악의 대위법에서처럼, 이것은 여러 주제들의 유기적인 상호작용을 가능케 한다. 『문화와 제국주의』에서의 새로운 대위법적 읽기는 『오리엔탈리즘』에서 보였던 푸코적인 담론 결정론적 자세에서 크게 벗어난 것이다. 사이드는 식민과 탈식민의 단순한 이분법을 광정하고 사태의 복잡성을 인식하면서 좀 더 다원적이며 역동적인 접근 방식을 실천한다.

4) 이분법을 극복하는 새로운 담론의 지대

『문화와 제국주의』에서 또 다른 특이한 점은 사이드가 여러 장르 가운데 소설에 특권적 위치를 부여한다는 것이다. 그는 소설을 근대 제국주의 담론의 결정체로 보고, 주로 서구 정전에 올라 있는 작품들을 공들여 읽는다. 그는 어떠한 지배도 대위법적으로 읽어내면 억압과 저항이라는 양가성을 모두 드러낼 수 있다고 주장한다. "나의 방법은 가능한 한 개별적인 작품을 선정해 그것들을 우선 창의력과 상상력의 산물로서 읽고, 다음으로는 문화와 제국 사이의 관계의 일부로 보는 것이다. 나는 저자들이 기계적으로 이데올로기나 계급이나 경제사에 의해 결정된다고 보지 않는다."

사이드적 읽기란 결국 주변부의 타자들이 중심부에 가하는 맹목적인 공격인 '비난의 수사학'이 아니라, 어떤 연결점을 만들고, 증거를 최대한 잘 다루며, 소설에 나타난 것 혹은 나타나지 않는 것을 읽어내며 무엇보다도, 인간 역사의 침입을 배제하거나 금하는 고립되고 존경받으며 형식화한 경험 대신 경험을 보완적이고 상호의존적인 것으로 파악하는 진지한 지적 해석 작업이다.

사이드는『문화와 제국주의』를 '한 망명객의 책'으로 전제하고, 아랍계 미국인인 자신의 존재론적 이중성에 대해서 논한다. 그러나 이 이중성은 결코 대립적이지 않고 서로에게 침투하면서 역동적인 창조의 계기를 만든다. 자신은 어느 한쪽에만 속하는 것이 아니라 양쪽 모두에 속한다고 생각하며 살아간다. 이와 같은 타자적 상상력은 세계와 텍스트에 대한 그의 이해와 인식을 좀 더 깊고 넓고 두텁게 만들어준다. 이 같은 사이드의 절충주의적 전략은 일종의 제3의 공간 또는 중간 지대를 창출한다. 이 공간은 사이드에게는 이분법을 극복하는 새로운 담론의 지대다.

사이드는 1990년대 세계 상황을 신자유주의적 자본주의 사회로 특징짓는 세계화 시대로 규정하면서, 이에 알맞게 대응할 수 있는 새로운 정치적 아젠다를 제시한다. 그는 유색인종들의 저항적 감수성, 여권운동, 환경 생태 운동, 반제국주의 탈식민론을 통해 계급결정론, 경제결정론, 투쟁의 정치학을 모두 넘어서는 유연하고 관대한 이주와 이동의 새로운 지구문화윤리학을 주장하며 다음과 같이 결론을 내린다.

> 오늘날 어떤 누구도 순수하게 하나이지 않다. 제국주의는 전 지구적 규모로 문화와 정체성의 혼합을 더욱 견고히 했다. 아무도 오랜 전통, 지속된 거주, 모국어, 문화 지리가 끈질기게 지속되는 것은 부정할 수 없다. 마치 모든 인간적인 삶이 그런 것처럼…. 두려움과 편견을 제외하고는 사람들을 분리하고 변별성을 계속 강조할 아무런 이유가 없어 보인다. 사실상 생존한다는 것은 사물 사이의 관계짓기를 하는 것이다. 단지 '우리들'에 관해서보다는 타자에 관해 구체적으로, 공감적으로, 대위법적으로 생각하는 것이 훨씬 더 보상받는—그리고 훨씬 더 어려운—일이다. (565~566쪽)

그러나 이와 같은 사이드의 결론은 추상적이고 공허한 낙관주의적 절충주의가 아닐까 하는 의심을 떨쳐버릴 수 없음은 어쩐 일인가.

5) 21세기 인문학과 비판적 상상력

우리가 오늘 논의할 책인『저항의 인문학: 인문주의의 민주적 비판』은 사이드가 10년간의 암 투병 생활 끝에 2003년 9월 타계한 후 나온 그의 마지막 저서이다. 특히 이 책은 실천적 인문 지식인인 사이드가 2001년 9·11 테러 사태 이후 또다시 새롭게 논의되던 미국의 인문주의를 반성하고 대안을 제시해주는 중요한 책이다. 더욱이 사이드가 타계하기 직전까지 원고를 정리한 소위 "말년"의 최후의 저작이라는 데 또 다른 의미가 있다. 40여 년간 미국 대학에서 인문학을 가르치고 저술 활동을 하면서 사이드가 인문주의의 새로운 기능, 대화와 평등을 강조하는 민주주의 이상, 비판의식으로서의 인문학, 언어와 텍스트 읽기로서의 문헌학, 공적 지식인의 사회역사적인 역할에 대한 자신의 견해를 끔찍했던 9·11테러로 상징되는 21세기를 위한 새로운 인문주의의 재정립을 위해 분명히 밝히고 있다. 사이드는 이 책의 「들어가는 글」에서 이 책의 전체적인 의도를 다음과 같이 밝히고 있다.

> 테러와의 전쟁, 아프카니스탄 침공, 앵글로−아메리칸의 이라크 공격으로 인해 세계는 고조된 적의로 가득 찼고, 미국은 세계를 향해 더욱 더 공격적인 태도를 취했고—사이문화적인(bicultural) 나의 배경을 생각해볼 때—"서구"와 "이슬람"으로 불리는 것들 사이의 갈등은 더욱더 악화되었다. 나는 오랫동안 "서구"와 "이슬람"이라는 표지가 분석적으로, 비판적으로 해체되지 않는 이상, 오도된 것이며 명확한 이해보다는 집합적 열정을 동원하는 데 더 적합할 것이라 생각해왔다. 문화는 다투지 않으며 서로 풍요롭게 공존하고 상호작용한다. 이 책을 통해 하고 싶은 이야기가 바로 이 공존과 나눔으로서의 인문주의적 문화에 대한 것이다. 그것이 성공했든 그렇지 않든, 내가 이 이야기를 시도했다는 것에 우선은 흡족하다. (13쪽)

이 책에서 사이드가 지향하는 인문주의는 "오늘날 교전과 실제 전쟁, 각종 테러리즘으로 넘쳐나는 이 혼란스러운 세계를 살아가는 선생이자 지식인으로서 한 인간이 해야 할 일을 알려주는"(18쪽) 비판적 실천에 다름 아니다. 사이드는 자신의 논의가 미국에 한정된다고 밝히고 인문주의를 다음과 같이 정의한다.

> 이 특정 공화국(미국)의 시민인 우리가 인문주의라는 것을 이해한다는 말은 그것을 민주적인 것으로, 모든 계급과 환경에 열려 있는 것으로 이해한다는 뜻이며 또한 끊임없는 상기와 발견, 자기비판, 해방의 과정으로서 이해한다는 뜻입니다. 저는 더 나아가 인문주의가 곧 비판이며, 이 비판이란 대학의 안과 밖의 사건들이 처한 상황 속으로 우리를 인도한다고 주장하겠습니다. (이는 스스로를 엘리트 육성으로 내세우며, 편협하게 트집 잡는 인문주의가 취하는 입장과는 전적으로 거리가 있지요.) 그리고 이 비판의 힘과 현재성은 그 민주적, 세속적, 개방적인 특성에서 비롯된다고 말하고 싶습니다. (42~43쪽)

여기서 사이드의 핵심어 중 하나인 "세속적"(secular)이라는 말을 살펴보자. 인문주의는 왜 세속적이어야 하는가?

> "세속성은 정확히 문화적 차원에서 모든 텍스트와 모든 재현은 세계 안에 있으며 세계의 숱한 이질적 현실들에 지배된다는 것입니다. 말하자면 세속성은 오염과 연루를 피할 수 없습니다. 다양한 집단과 개인의 역사와 그 존재로 인해 그 누구도 물질적 실재라는 조건으로부터 자유로울 수 없기 때문입니다." (77쪽)

여기서 세속적이란 말은 현실에서 벗어난 상아탑이 아닌 정치적이고 사회적인 세계를 가리킨다. 이런 의미에서 사이드의 모든 비평 담론 체계는 지극히 정치적, 사회적, 역사적이라고 할 수 있다. 그는 추상적, 객관적, 초월적인 것을 믿지 않았다고 "정전적 인문주의"를 "오만한 유미주의의 가장 극단적 형태"(49쪽)로 거부한다.

　사이드는 인문주의의 영역에 대한 논의를 마친 후 "오늘날 언어와 인문주의적 실천에서 일어나고 있는 변화"(52쪽)의 지형도에 대한 토론을 시작한다. 사이드는 오늘날 인문학자들의 최대의 실수는 현재 전 지구적으로 요원의 불길처럼 일어나고 있는 거대한 근본적인 토대의 변화를 외면하고 도피하는 것이라고 개탄한다. 이러한 도피는 인문학자들 자신이 소위 인문학의 위기를 자초했다는 것이다. 사이드는 매슈 아널드, T. S. 엘리엇, 노드롭 프라이가 추종하는 인문주의는 유럽 중심과 남성 중심으로 이루어져 "극단적으로 비정치적이며, 경직된, 나아가 기술적인 관념"(64쪽)으로 격화되어 결과적으로 인종, 성별 등 소수자 타자 문제는 배제된 유럽중심주의 인문주의라고 비판한다. 오늘의 인문주의는 "고정관념에 대한 저항"이며 "모든 종류의 진부함과 부주의한 언어에 반대"(69쪽)이며 "인문주의의 중심에 비판"을 위치시키며 "비판이란, 민주주의적 자유의 형식이자 끊임없이 질문하고 지식을 축적하는 실천이며, 구성되어가는 역사적 현실들—탈냉전의 세계, 냉전의 초기 식민 형태, 오늘날에 마지막으로 남은 열강의 위협적인 전 세계적 지배력—을 거부하기보다는 그 현실에 열려 있는 것입니다"(74~75쪽)라고 말하며 새 밀레니엄인 21세기를 위한 인문학에서 비판적 상상력을 강조하고 있다.

　사이드는 위와 같은 인문학에서 비판적 상상력을 키우기 위해서는 비판 정치학을 강조하는 것이 아니라 의외로 "언어"의 중요성을 강조하며 인문학자가 출발할 곳은 바로 언어라고 말한다. 사이드는 인문학 작업에 대한 이해를 "누가 읽으며, 언제, 무슨 목적으로 읽는가와 같은 질문들이 끓고 있으며, 이러한 질문들은 미적 관심의 순수한 황홀경이란 상태"(70~71쪽)를 거부하는 것으로 이해한다. 사이드는 텍스트 읽기가 중심적인 직업이지만 일부 포스트구조주의자들이 말하는 텍스트의 황홀경 같은 것은 반대하고 있다. 사이드는 인문학자의 임무는 분리와 갈등이 아니라 공존과 평화의 모델을 제공하는 것으로 파악하고 "세속적이고 통합적인 방식 속에서, 격리나 분리와는 구별되는 방식 속에서 문헌학적으로 독해한다"(78쪽)는 것의 의미를 파악하고자 한다. 사이드에 따르면 문헌학이란 "언어에 대한 애정"이다. 문헌학적 독해만이 인문주의의 본질적 가치를 충분히 실행할 수 있다.

> 오직 더욱더 주의 깊게, 더욱더 세심하게, 더욱더 폭넓게, 더욱더 수용적으로, 더욱더 저항적으로 (제가 말을 만들어보자면) 읽는 독해 행위만이, 인문주의의 본질적 가치를 충분히 실행할 수 있도록 해줍니다. … 인문주의 실천의 변치 않는 토대란 제가 문헌학적이라고 불러왔던 바로 그것, 단어와 수사법에 대한 꼼꼼하고 끈기 있는 탐구, 필생의 고려입니다. 역사 속에 살아 있는 인간 존재는 이를 통해 언어를 사용하게 되지요. (93~94쪽)

문헌학적 독해는 텍스트 속에 숨겨진 이데올로기와 욕망을 드러낼 수 있으며 반민주적이고 반지성적인 전문적인 지식은 독해 작업이라는 저항과 비판을 통해 "자유, 계몽, 해방으로" 이끌 수 있다는 것이다. 현재 유통되는 사상과 가치의 내부인이면서 동시에 외부인이 되어야 하는 인문학도는 "다양한 세계와 복잡하게 상호작용하는 전통에 대한 감각, … 소속과 분리, 수용과 저항이라 표현했던 피할 수 없는 조합을 갈고 닦는 것"(113쪽)이 필요하다고 사이드는 지적한다.

사이드는 이러한 문헌학적 독해를 실천한 학자로 에리히 아우어바흐(Erich Auerbach)를 들고 있다. 그는 18세기 이탈리아 사상가 비코의 영향을 받고 아우어바흐의 서구 문학에서의 재현의 역사를 다루고 있는『미메시스』를 예로 들면서 "지난 반세기 동안 가장 위대하고 가장 영향력 있는 문학적 인문학 작품"이며 "인문주의적 실천의 정전"(125쪽)이라고 극찬한다. 사이드는 아우어바흐의 연구 방법을 "고정된 체계, 중단 없는 연속적 움직임, 고정된 개념을 명백히 거부"(163쪽)하는 것으로 보며 그의 세 가지 방법론적 특징을 다음과 같이 설명한다.

하나는 이미 존재하는 방법이나 도식적인 시대 틀에 의존하지 않고 개인적 관심과 배움, 실천에만 의존해 서구적 현실 재현의 역사를 구성하겠다는 포부입니다. 두 번째는 문학의 해석이 "우리 자신을 주제로 하는 정식화와 해석의 과정"이라는 인식입니다. 세 번째로는, 주제에 대한 전체적으로 일관성 있고 적절히 포괄적인 관점을 생산하지 않는 것, "하나의 상황·하나의 해석"이라는 것은 없다는 생각, "여러 다른 사람들의 상황과 해석일 수도;한 사람 안에서 각각 다른 때에 생기는 여러 개의 상황과 해석"이 있다는 생각입니다. "이렇게 해서 중복, 보충, 모순이 종합적인 우주관이라 부를 수 있는 어떤 것, 아니면 적어도 해석적 종합을 향한 독자의 의지에 도전하는 그 어떤 것을 산출해낸다"는 생각입니다. (164~165쪽)

그러나 사이드는 "어느 누구도 근대적 삶 전반을 종합하는 것이 가능하지 않다"는 깨달음과 "삶 그 자체에서 비롯된 삶의 질서와 해석"의 필요성을 깨달은 아우어바흐를 20세기 후반 서구 인문학의 최고의 성취자로 보면서도 종합이나 전체를 찾아내지 못하는 것에 대한 "필연적 비극적 결함"을 인정한다. 아마도 바로 이 비극적 결함이 인문학의 성취이며 한계일 것이다. 인문학은 전체나 이념을 위한 슬로건이나 행동 강령이 아닌 겸손과 자기비판이기 때문이다.

그렇다면 사이드가 추천하는 모두 인문학도인 작가와 지식인의 공적 역할은 무엇인가? 그는 "언제든, 어디서든 변증법적으로, 대립적으로 … 투쟁을 드러내고 설명하고, 강요된 침묵과 보이지 않는 권력의 정상화된 평온에 도전하고 이를 물리치는 것이 지식인의 역할"(188쪽)이라고 선언한다. 그런 다음 사이드는 지식인들이 비판 활동을 위한 "지적 개입과 진중한 노고"에 필요한 세 가지를 제시하고 있다. 첫 번째 인문 지식인은 진정한 역사의식을 위해 "공식적 기억과 국가적 정체성, 사명을 위해 전투원이 제시하는 것과는 다른 대안적 서사와 다른 역사적 관점을 제시"하여 "역사의 다원성과 복합성을 분명하게"(195쪽) 밝혀야 한다. 두 번째 공적 지식인은 "지적 노력을 통해 전투의 영역이 아닌 공존의 영역을 구축"(195쪽)해야 하고, 세 번째 인문학도의 임무는 화해할 수 없거나 해결책을 찾을 수 없으나 "저항적이며 비타협적인 예술의 영역"(198쪽)을 인정하고 겸허하게 받아들여야 하나 가능성을 찾는 노력을 중단하지 않아야 한다. 이것이 인문 지식인이 저항하고 비판하면서도 평화의 공존을 유지할 수 있는 지혜자가 되는 길이다.

6) 하나의 결론

팔레스타인 출신인 사이드는 주변부 타자로 언제나 망명자 의식을 가지고 경계인으로 살았지만 새로운 서구의 메트로폴리탄인 뉴욕의 한복판에 있는 명문 컬럼비아 대학 교수로 미국 문화와 담론 전력의 중심부에서 지내면서 개발한 "사이"의 생존 전략과 비판 이론은 미국의 중심부 밖에서 사는 많은 사람들에게는 불안정해 보인다. 이 불안정이 독특한 통찰력을 주는 것도 사실이지만 아쉬운 점도 있다. 사이드가 언어와 텍스트 두텁게 읽기를 인문학의 중심 과제로 삶은 문헌학으로의 선회(다른 곳에서 그는 "대위법적 읽기"라고도 불렀다)는 또 다른 텍스트중심주의로 떨어지는 것은 아닌가 하는 의구심을 떨쳐버릴 수 없다. 그러나 미국과는 엄청난 문화적 차이를 지닌 한국 인문학 또는 나아가 동아시아 인문학의 문제를 논의하는 데 있어서 매우 유용하게 참조할 만한 지점을 제시할 수 있다고 믿는다.

4. 나가며

나는 이론을 시작하면서 이합 하산과 에드워드 사이드를 사뭇 대립적인 위치에 놓고자 하였다. 이러한 상반되는 학문적 성향은 본문에서 이미 어느 정도 밝혀졌기를 기대한다. 그러나 나는 이 글을 마무리하면서 두 아랍계 미국 지식인의 대조적인 면을 넘어 어떤 공통점은 없을까 생각해본다. 두 사람은 모두 조국을 떠나 망명 고급 지식인으로 반아랍적인 또는 반이슬람적인 정서가 강한 미국에 살면서 기본적으로 어떤 자세를 가졌을까? 그 단서는 두 사람으로 각각 대표되는 포스트모더니즘(하산)과 포스트식민주의(사이드)의 "포스트"에서 발견될 수 있을지도 모른다. "포스트"란 미학적이건 정치적이건 서구 중심의 모더니즘(또는 모더니티)에 대한 거부와 저항에서 나온 것이다. 이렇게 볼 때 하산과 사이드는 서구 제국주의의 한복판인 미국의 대도시인 밀워키(하산)와 뉴욕(사이드)에 소재한 큰 대학에서 석좌교수직을 가지고 지식과 이론의 전방에 서서 선도하고 주목을 받기 위해서는 무의식적으로나 전략적으로 보수적인 미국 학계에 저항적인 비판적인 입장을 가질 수밖에 없었을 것이다. 이러한 태도는 자신들의 이슬람계 모국인 이집트(하산)와 팔레스타인(사이드)에 대한 최소한의 예의였을 것이다. 그러나 이런 밧줄타기는 쉽지도 않고 위험한 일이기도 하였다. 미국에서 적대적인 이슬람 출신 학자와 교수로 살면서 하산과 사이드는 어떤 한계와 약점을 가질 수밖에 없었을 것이다. 그들에게 미국 문화와 사회에 대한 근본적인 문제제기와 치열한 비판은 실제로 불가능했을지도 모른다. 그러나 어떠한 학자들이나 이론가들이 미국에서 하산처럼 쇄신을 강조하고, 사이드처럼 비판을 실천하였는가? 결국 다시 미국에서 공부하고 한국에 와서 가르치면서 지식인입네 하고 살고 있는 나 자신으로 돌아온다면 나의 중요한 지적 형성기에 하산과 사이드와 학문적으로 인연을 맺을 수 있었다는 것이 나에게는 지극히 행운이었다. 나를 지적으로 자극하고 사유의 화두를 던져준 하산과 사이드에게 늘 감사와 존경을 보낼 뿐이다.

제3부

번역, 번안, 개작(改作)
― 문학의 이동과 유통

1장 번역과 여행하는 이론

비평과 번역은 한 나라의 문화를 지탱하고 있는 두 개의 지주이다. 비평은 자기의 문화를 분석하고 설명하는 역할을 맡고 있으며, 번역은 다른 문화와의 접촉을 통해 자기의 문화를 변형시키는 역할을 맡고 있다. 번역이 없고 비평만이 있을 때 문화는 국수주의적 함정에 빠져들기 쉬우며, 비평이 없고 번역만이 있을 때, 문화는 새것 콤플렉스에서 벗어나지를 못한다. … 한국문화를 깊게 알면 알수록, 한국문화의 뿌리를 이루고 있으리라고 생각된 한국적인 것이, 여러 문화적 요소들의 얽힘이지, 단독적인 것이 아니라는 것을 지식인들은 알게 되었고, 한국적인 것은 외래문화와의 싸움에서 생겨난다는 것을 확인하기에 이른다.

— 김현, 「문학이론 분야의 번역에 대하여」, 1984

1. 들어가며: "번역"이라는 이름의 "여행"

모든 것은 생명처럼 여기저기로 이동하고 이주한다. 우리가 예상하지 못하는 시공간에서도 모든 것은 욕망처럼 합쳐지고 퍼뜨려지면서 흐른다. 바람에 날리는 씨앗은 정처 없이 떠돌다가도 어디엔가 떨어져 뿌리를 내린다. 생명이나 욕망도 이렇게 생성된 것이 아닐까? 인간의 문명과 문화도 유목민적 여행으로부터 시작되었을 것이다. 전 지구적 생태계 체계에서는 정착하고 정주한다는 것이 오히려 부자연스러운 일이 아닐까? 이제 이주는 우리의 운명이고 과업이다. 고인 물은 썩고, 구르는 돌이 박힌 돌을 빼내고, 껍질을 벗지 못하는 뱀은 죽는다.

우리 시대의 놀라운 철학자 질 들뢰즈의 메타포에 기대어보자. 이동과 이주는 우리의 유일한 "탈주의 선"(line of flight)이다. 이동과 여행은 단순히 직선적/선형적이지 않고 순환적이거나 환원적이지도 않다. 그것은 나선형의 미끄러지는 운동이며 동시에 "주름"을 만드는 창조적 행동이다. 나선형적 주름이라고나 할까? 주름은 이제 삶의 새로운 메타포이다. 주름은 안과 밖이 없으며 철학의 모든 이분법을 포월하는 끊임없는 생성의 윤리이다. 주름은 들뢰즈의 또 다른 개념인 좀 더 이종잡배적이고 복합다기한 판짜기 놀이인 뿌리줄기(rhizome)로 바뀐다. 뿌리줄기야말로 우리의 삶과 문화를 위한 교차배열법이며 연합종횡으로 연결시키기(networking)이다. 우리는 "이미 언제나" 이주자이며 여행자이며 방랑자이며 유목민이다.

스피노자처럼 "신에의 지성적인 사랑"만이 죽음 때문에 영원히 이 땅에서 정착을 거부당하는 저주받은 인간들의 마지막 목적지일까? 그러나 죽음은 놀랍게도 우리를 끊임없이 살아 있게 만든다. 이 지상에서 영원히 살 수 있다면 그것이 바로 죽음일 것이다. 죽음 속의 삶은 오히려 삶 속의 죽음보다 더 축복이 아니겠는가? 이러한 삶과 죽음의 역설과 아이러니는 우리를 이미 언제 어디서나 "타자"로 만든다. "인간은 하나의 무한한 이주이고 인간 자체 내부에서 진흙에서 신으로의 이주이다. 인간은 그 자신의 영혼 내에서 이주자이다"라고 누가 말했던가?

오늘 우리의 주제는 "이론/번역"이다. 이론/번역을 "여행"에 연계시키는 작업은 오늘날과 같은 전 지구적 상호 침투 및 교환 세계 체제인 세계지역화인 세방화(世方化, glocalization)의 시대에 시의적절하다. "여행하는 이론"이란 개념은 에드워드 사이드의 유명한 논문 제목이지만 이제는 우리 시대를 위한 필수적인 표어가 되었다. "번역"이란 말 자체가 여행이며 이론이란 뜻을 함축하고 있다. 이론 번역에 특별히 관심을 가진 J. 힐리스 밀러의 말을 들어보자. 이론이란 언어를 통한 항해이며 여행이 아닐까?

> 이론적 통찰이란 언어가 어떻게 작용하는가를 곁눈으로 흘끗 일별하는
> 작업이며, 또한 개념화가 완전하게 이루어지기 어려운 것을 흘끗 일별하는
> 작업이다. 다른 말로 하면, 원래의 이론 자체가 어떤 언어로 이루어져 있건
> 간에 그것 자체가 이미 잃어버린 원본에 대한 번역이자 오역이라 할 수 있
> 다. 이 원본은 결코 찾을 수가 없는데, 명시적인 말로 되어 있지 않은 그 무
> 엇으로 또는 어떤 언어로도 명시화가 불가능한 그 무엇으로 존재했었기 때
> 문이다. 따라서 이론의 번역은 오역의 오역이지, 무엇인가 권위 있고 명쾌
> 한 원본에 대한 오역은 아닌 것이다. 이러한 논리는 이론을 번역하고 새로
> 운 환경에서 이론을 수행적으로 사용하는 사람들을 즐겁게 할 것이다. (「경
> 계선 넘기—이론 번역의 문제」, 279쪽)

이미 이론이 현실을 떠나 언어를 통해 새로운 담론의 세계로 이주/이민/
여행한 것이다. 따라서 이론의 번역은 번역의 번역이다. 그렇다면 다음으로
는 이론에 관한 이야기를 해보도록 하자.

2. (문학)이론의 효용과 오용: 주체적 타작과 전화를 향하여

폴 드 만은 「이론에의 저항」이란 유명한 글에서 "이론에 대한 정의가 불
가능하다는 점이 문학이론의 주된 관심사"라고 말한 바 있다. 그러나 이 머
리말, 서문에서는 어색하고 제한적이지만 어떤 식으로든 그 정의를 시도해
보자. 단도직입적으로 "이론"이란 (새로운) 사실과 현 상황을 설명하고 그것
에 대항하는 논리와 개념을 창출하기 위한 하나의 지적/정서적 작업의 경험
적 결과물이다. 이주하는 특성을 가진 이론은 다음과 같은 (모순적) 특징이
있다.

(1) 이론은 '추상적'인 동시에 '구체적/실천적'이다.

(2) 이론은 '고정적'인 동시에 '잠정적/이동적'이다.

(3) 이론은 '보수적'인 동시에 '저항적'이다.

(4) 이론은 '순수적'인 동시에 '잡종적'이다.

(5) 이론은 '남성적'인 동시에 '여성적'이다.

(6) 이론은 '인지적'인 동시에 '수행적'이다.

이러한 모순 때문에 이론은 난해할까? 이론이 난삽하고 곤혹스러운 것은 무엇보다도 이론이 우리에게 주는 "부자연스러움" 때문이다. 그것은 또한 유라시아의 동쪽 끝에 매달린 작은 반도 국가 한국에 고래로부터 이질적인 불교, 유교, 도교 등은 물론 최근 1980년대의 서구 "이론"이 외부로부터 끊임없이 이동해 들어왔기 때문만이 아니라 우리 자신들 내부의 인식의 이동이 더 어렵기 때문일 것이다. 상식과 통념, 선입견(또는 편견)에 침윤된 외국인 공포증을 지닌 우리들에게 이론의 "기괴함"(uncanny)은 곤혹스럽기만 하다. 그 이유는 새로운 패러다임과 인식소들을 쉽게 받아들이도록 여행 온 "이론"이 우리에게 변화를 강요하기 때문이다.

"이론"이 난해하고 기괴한 것임에도 불구하고 우리가 그저 내버리거나 외면하지 못하고 그것들을 공부하고 부둥켜안고 넘겨졌다 다시 일어나기를 해야 하는 이유는 무엇인가? 그것은 분명 새로운 문명의 '전환기' 시대와 문학의 '위기' 시대를 여행하는 데 필요한 배낭(연장통) 또는 항해도구이기 때문은 아닐까? 이와 아울러 모든 이론이란 힐리스 밀러의 지적대로 "언제나 어떤 특정 작품 또는 작품들에 대한 독해"(201쪽)에서 나온 것이므로 제아무리 추상화되어 난해하게 보이는 "이론"일지라도 그것을 만들어내는 사람의 구체적인 상황 속에서 경험적인 독서 또는 분석 행위에서 나온다는 사실을 잊어서는 아니 될 것이다.

그렇다면 (문학)이론의 효용은 무엇일까? 첫째, 이동하는 이론은 새로운 인식론적인 돌파구를 마련해줄 수 있다. 그것은 문명과 역사에서 우리가 지금까지 당연한 것으로 간주하던 여러 가지 개념, 이념, 용어들을 다시 돌아보고 반성할 수 있게 한다. 그런 다음 그것은 필요에 따라 우리가 현실에 개입하여 저항하고 전복을 시도하여, 새로운 시도를 위해 인식론적 구각을 벗게 할 수도 있다. 지금까지 우리가 통념적으로 가지고 있던 자유주의적 인본주의 이념과 최근의 새로운 '이론'은 어떻게 다른가?

(1) 실재는 언어에 의해 재현되는 것이 아니고 구성된다.

(2) 언어는 가치중립적이 아니며 이미 언제나 정치적이다.

(3) 진리는 절대적이거나 몰가치적이지 않고 잠정적이고 우연적이며 상황의 존적이다.

(4) 의미는 잠정적이고 애매하여 언제나 불확정적일 수밖에 없다.

(5) 모든 해석은 공평무사하거나 중립적이지 않고 상대적이며 이데올로기적이다.

(6) 인간성은 시공간을 초월하여 불변하는 것이 아니라 변화가 가능하다. 그것은 대개 유럽중심적이고 남성중심적이다.

(7) 지식은 권력의 아들들이고 사회해방이 아니라 사회통제의 수단이다.

(8) 우리의 역할은 유희이고, 퍼포먼스이며 차이를 창조적으로 춤추는 것이다.

(9) 개인은 사회적으로 구성되며 욕망에 의해 그 주체는 끊임없이 해체된다.

(10) 주인과 노예, 우리와 타자의 관계는 언제나 전복 가능하며 상호침투적이고 잡종적이다.

두 번째로는 해석학적 효용일 것이다. 이론은 모든 종류의 텍스트(그것이 문학작품이든 비문학적인 서술이나 (대중)문화 담론일지라도)를 가지고 '다시 읽기/새로 쓰기'를 가능하게 하는 새로운 해석학적 전략을 제공한다. 해체론, 포스트식민주의, 페미니즘, 동성애론, 독자 반응 이론, 마르크스 이론, 정신분석학 이론 등 일일이 예를 들지 않아도 될 것이다. 셋째는 정치, 문화, 종교적 효용을 들 수 있다. 이론은 해석학적 효용에만 국한되어서는 아니 된다. 이론이 지닌 저항, 위반, 개입, 전복을 통한 세상 읽기의 전략은 쇄신과 변혁의 문화정치학으로 전화되어야 한다. 우리는 윌리엄스, 이글턴, 사이드, 스피박, 드 만, 라캉, 식수스 등을 통해 그러한 예를 얼마나 많이 보고 있는가.

그러나 우리는 "이론"의 오용과 남용에 대해서는 응분의 주의와 경계를 늦추지 말아야 할 것이다. 우선 이론을 위한 이론은 피해야 한다. 이론 생산은 결코 추상적인 사색에서 나온 것이 아니라 대부분 구체적 세상 읽기와 텍스트 분석에서 나온다. 이론이 지닌 그 실천성과 역사성을 외면한 채 하나의 정체적인 지식 체계로 또는 하나의 작품으로 읽기만을 탐닉하게 되면 허위의식이 조장될 뿐이다. 다음으로 이론의 창조적인 오독(misreading)은 일단 불가피하다고 하더라도 자의적인 이해와 견강부회식의 적용, 다시 말해서 국내의 특히 한국문학에 관한 논문과 평론에서 간혹 볼 수 있는 단순한 대입식 적용은 환원주의를 가져올 뿐이다. 끝으로 대학 내의 이론의 제도권화와 이론 산업의 급속한 신장의 결과로 이론의 신비화와 카니발화에 대한 반성이 필요함을 지적할 수 있다. 이론의 자가 생산, 단순 또는 확대재생산으로 인한 제도권화는 이론이 지닌 변혁성, 잠정성, 저항성을 무력화하고 희석화할 수 있다.

그렇다면 궁극적으로 우리는 서구 (문학)이론을 타작하여 주체적 이론을 창출해야 하는 임무를 떠맡아야 할 것이다. 우리가 서구의 거대 이론(Grand Theory)을 변형, 개선, 전화시키지 못한다면 우리의 학계와 문화계는 이론의 식민지로 전락할 것이다. 서구 이론에 숨겨진 식민주의적 패권 논리를 탈색시켜 우리 상황에 맞게 재조정하고 길들여야 할 것이므로 이러한 서양 이론의 국지화/토착화 과업은 서양 이론을 이해하고 수용하는 초기 단계 작업보다 훨씬 더 어려울 것이다. 이런 맥락에서 "이론은 여행한다"라는 메타포가 가능해지는 것이다. 모든 사상, 이론, 지식은 이곳에서 저곳으로, 저곳에서 이곳으로 이동되고 확산되고 전파된다. 이런 과정에서 그 본래의 이론은 그것이 도착한 지역에 연착륙하여 뿌리를 내리고 유익한 열매를 맺으려면 토착민들에 의해 그 토양에 맞게 재창조/재구성되어야 한다. (중국을 통한 인도 불교의 한반도 내 유입 과정과 토착화 과정을 보라. 주자학, 성리학 등 중국의 공맹 사상이 국내에 들어와 재해석되는 과정도 참고하라. 우리의 선조들은 끊임없이 외래 사상을 접하면서 그것에 먹히지 않고 살아남으려고 얼마나 노력했던가! 우리에게도 학문적 전용에 성공한 학자, 지식인들은 얼마든지 찾아볼 수 있다.) 나아가 우리는 비교이론적 시각에서 원이론(Ur-Theory)에 우리의 통찰력과 실천력을 덧붙여서 서구 이론에 되돌려줄 수도 있을 것이다. 편자들이 앞에서 '이론'의 모순적 특징을 지적한 자리에서 이론이 순수적이기도 하지만 잡종적(hybrid)이라고 한 말의 의미나 남성적인 동시에 여성적이라고 한 말의 뜻이 이해되었으리라고 믿는다.

3. 여행하는 이론: 루카치와 골드만의 경우

에드워드 사이드는 앞서 언급한 「여행하는 이론」이란 글에서 이론이 여행하면서 어떻게 정착하는가에 대한 재미있는 예를 들고 있다. 헝가리의 마르크스주의 문학이론가인 게오르그 루카치가 1923년에 간행한 『역사와 계급의식』이 그것이다. 여기에서 루카치는 마르크스를 전화시켜 자본주의 시대에 삶의 모든 영역에 영향을 끼치는 보편적 현상인 물신화 현상을 분석하고자 시도한다. 자본주의하에서의 인간의 삶과 노동은 모든 인간적, 유기적, 유동적, 과정적인 것을 격리되고 소외된 사물로 변화시킨다. 루카치에 따르면 계급의식은 단편과 소외를 통해 총합으로 이끄는 사상이며 그 주관성을 적극적이고 역동적이며 시적인 어떤 것으로 생각한다. 그리하여 계급의식은 비판의식으로 시작되며, 계급이란 의식이 자본주의가 강요하는 사물 체계에 구속되기를 거부하는 소요적이고 전복적인 행위의 결과인 것이다. 바로 여기에서 의식은 사물의 세계에서 이론의 세계로 넘어간다. 사이드는 그것을 다음과 같이 요약하고 있다.

이론이란 의식이 자본주의하의 모든 사물을 사물화하는 과정에서 자체의 끔찍한 화석화를 처음으로 경험할 때 시작되는 과정의 결과로 보여진다. …
이론은 '루카치'에게 현실도피가 아니라 세속성과 변화와 확실하게 공약한
혁명적 의지로서 의식이 생산하는 것이었다. 루카치에 따르면 프롤레타리
아의 의식은 자본주의에 대한 이론적인 반명제를 나타냈다. … 루카치의 프
롤레타리아는 결코 음산한 얼굴의 헝가리 노동자들의 거칠은 모임으로 동
일시될 수 없다. 프롤레타리아란 구체화를 거부하는 의식을 위한, 단순한
질료 위에서 힘을 주장하며 조직하여 정신을 위한, 단순한 사물의 세계 밖
의 더 좋은 세계를 만드는 이론적인 권리를 주장하는 의식을 위한 인물이
다. 그리고 계급의식은 그런 식으로 일하고 자신들을 의식하는 노동자들에
서 파생된 것이기 때문에 이론은 정치, 사회와 경제 내의 그 원천과 결코 유
리될 수 없다. (233~234쪽)

루카치는 이와 같이 여행 온 마르크스 계급이론을 1920년대 초 조국 형
가리의 상황 분석에 끼워서 빗대어 새로운 이론을 창출하여 보편 거대 담론
인 마르크스 이론을 세방화하는(glocalization) 동시에 비판 담론으로서의 새
로운 가능성으로 확장시킨 것이다.

루카치의 제자였던 루시앙 골드만은 1950년대 중반 자신의 주저 『숨은
신』에서 루카치의 이론을 원용하여 학문적인 이론을 만들어냈다. 구조주의
자였던 골드만은 16세기 프랑스의 대작가인 파스칼과 라신을 연구하는 위의
저서에서 계급의식을 "세계 비전"(vision du monde)으로 바꾸었다. 세계관의
개념은 집단의식과 관련된다. 골드만에 대한 사이드의 평을 들어보자.

정치적으로 참여적인 작가로서 글을 쓴 골드만은 파스칼과 라신느가 특
권이 부여된 작가들이였기 때문에 그들의 저작은 … 관련되는 변증법적 이
론화의 과정에 의해 부분이 전체와 관계 맺는 중요한 전체속으로 구성될 수
있다고 주장한다. … 이렇게 개인적인 텍스트는 세계 비전을 표현하는 것으
로 보여진다. 둘째로 세계비전은 그 귀족그룹의 총체적인 지적·사회적 삶
을 구성한다. 셋째로 이 그룹의 사상과 감정은 그들의 경제·사회적 삶의

표현이다. 이 모든 것에서 이론적인 기도, "해석의 원"(Hermeneutic Circle)
은 부분과 전체의 사이, 세계 비전과 작은 세부 묘사 속에서의 텍스트 사이,
결정된 사회현실과 그 그룹에서 특별히 재능 있는 구성원들의 저작들 사
이에서의 일관성의 증명(논증)이다. 다른 말로 하면, 이론은 연구자의 영역
이며 분리된, 겉보기에 연결되지 않은 사물들이—경제적, 정치적 과정, 개
인 작가, 일련의 텍스트들 등이—완벽한 조응 속에서 합쳐지는 공간이다.
(234~235쪽)

이렇게 볼 때, 사이드에 따르면, 1919년 헝가리 소비에트 공화국 형성이
라는 투쟁의 한가운데 있던 루카치의 경우 계급의식은 자본주의 질서에 저
항하는 것이고, 2차 대전 이후 소르본 대학의 망명 역사학자였던 골드만의
계급 또는 그룹 의식은 무엇보다도 학문적인 것이고 파스칼과 라신 같은 특
권을 누리는 작가들에 의해 비극적으로 제한적인 사회 상황이 표현된다는
것이다. 따라서 루카치와 골드만의 경우에서 볼 수 있듯이 "이론"이란 특정
시공간에 처해 있는 상황에 대한 반응이며 대응 논리의 창출이라는 것이 분
명해진다. 이론은 이렇게 여러 곳을 그리고 서로 다른 시대를 여행하면서
변모되고 전환되는 것이다!

4. 번역이란 다시 무엇인가?: 스피박과 힐리스 밀러의 경우

발터 벤야민은 일찍이 「번역가의 과제」(1923)라는 유명한 글에서 번역을
"하나의 (문학) 형식"으로 보고 훌륭한 번역을 "모든 문학 형식 중에서 원문
언어의 성숙 과정과 그 산고를 지켜보는 하나의 문학 형식이라는 점에서, 두
개의 죽은 언어가 갖는 생명 없는 동일성하고는 거리가 먼 것"(324쪽)이라고
지적하였다. 유태인 특유의 신학적 사고 양식과 비의적인 문체로 유명한 벤
야민은 처음으로 이 글에서 언어이론적 성찰을 보여주고 있다. 벤야민은 사
물과 이름 (언어)의 '유사성'이 있을 뿐 논리적 관계는 없다고 보는 언어의 알

레고리적 성격을 크게 강조하였다. 따라서 그는 언어의 본질을 '유사성'을 만들어내는 '모방적 능력'으로 보아 번역의 과제를 '순수한 언어'를 재현하는 것으로 보았다. 재현이란 것도 결국 '이동', '여행'시키는 것이 아니겠는가. 그는 번역가의 과제를 "그가 번역하고 있는 언어에서, 그 언어를 통해 원문의 메아리가 울려 퍼질 수 있는 그런 의도를 찾아내는 데 있다"(327쪽)고 지적한 바 있다. 벤야민의 문학작품 번역에 대한 설명을 직접 들어보자.

> 문학에서 본질적인 것은 설명도 전달도 아니다. 그럼에도 불구하고 무엇인가를 전달하려고 하는 번역은 정보, 다시 말해 비본질적인 것을 전달할 수밖에 없을 것이다. 정보의 전달—이것은 나쁜 번역의 한 특징이기도 하다. 그러나 정보 전달 이외에 하나의 문학적 작품에 존재하고 있는 것은—나쁜 번역가도 인정하듯—일반적으로 문학에서 본질적으로 간주되고 있는 측량할 수 없는 것, 신비적인 것, 번역가가 동시에 시인이어야 재현할 수 있는 '시적인 것'이 아닐까? (319~220쪽)

그러나 이론 번역에서는 오히려 "정보"와 "전달"의 문제가 가장 중요한 것이 아닐까? 이론 번역에서도 물론 벤야민이 말하는 "원문의 메아리"를 살려내는 것은 중요할 것이다. 번역은 결국 저기와 여기, 그들과 우리들, 그때와 지금과의 끊임없는 대화적 상상력이 아니겠는가? 외국어와 모국어의 틈새에서—말과의 치열한 싸움의 접합 지역에서—번역자는 창조의 고통과 희열을 함께 맛보는 것이다.

자크 데리다의 난해하기로 이름난 『기록학에 관하여』(*Of Grammatology*)를 영어로 번역하여 일약, 저명한 이론가가 된 가야트리 스피박의 경우를 살펴보자. 「번역의 정치학」이란 글에서 스피박은 번역 작업의 정치성을 주장한다. 번역의 정치학은 만일 우리가 언어를 의미 구성의 과정이라고 간주한다면 그 자체의 거대한 삶을 떠맡게 된다. 번역자는 원문 텍스트의 언어적 수사성을 따라야 한다. "논리와 수사학, 문법과 수사학 사이의 관계는 사회적 논리, 사회적 합리성 그리고 사회적 실천에서 비유법의 파괴성 사이의 관계이기도 하다."(186~187쪽) 이러한 관점은 자연스레 정치적 의미를 가질 수밖에 없게 된다.

> 번역자의 작업은 원문과 번역본 사이의 사랑—소통을 허락하고 번역자의 행위(힘)와 번역자의 상상의 또는 실제 청중의 요구를 견제하는 사랑—을 용이하게 만드는 것이다. 비유럽어로 된 여성 텍스트 번역의 정치학은 매우 자주 이러한 가능성을 억제한다. 왜냐하면 번역자는 원문의 수사성에 참여할 수도 없고 또는 불충분하게 취급되기 때문이다. (181쪽)

그다음으로 스피박은 번역자란 원문의 영역에서 차별성을 구별할 수 있는 능력을 갖춰야 한다고 지적한다. 스피박의 경우는 번역하고자 하는 텍스트가 취하고 있는 여러 가지 정치적 입장—가령 (포스트)식민주의나 제국주의인가? 종족차별적인가? 페미니스트적인가?—을 고려해보아야 한다는 것이다. 우리는 아직도 서구의 제국주의 언어에 길들어져서 서양 문학이나 이론을 읽는 경우가 많다.

> 구세계에는 오래된 제국주의 언어로 읽는 사람들이 많다. 유럽어로 된 현재의 페미니스트 소설을 읽는 사람들은 아마도 적절한 제국주의 언어로 그 소설을 읽을 것이다. 그리고 이것은 유럽 철학에도 똑같이 적용된다. 제3세계 언어로 번역하는 행위는 종종 다른 종류의 정치적 연습이다. 나는 이 글에서처럼 … 콜카타에 있는 자다브푸르 대학교의 고급 청중들 앞에서 해체론에 관해 벵갈어로 강연을 하는 것을 기대하고 있다. … 그것은 일종의 포스트식민주의 번역사의 시험이 될 것이라는 생각이 든다. (190쪽)

스피박이 벵갈어로 인도의 고급 청중들 앞에서 서구의 해체 철학에 관해 강연하는 것은 어떤 의미에서 한국에서 한글로 서양 이론과 비평을 번역하는 것과 마찬가지로 하나의 문화정치적 행위가 될 것임에 틀림없다.

스피박은 계속해서 일반적 의미의 번역의 정치학에 대해 그녀가 명명한 소위 "문화 번역"의 세 가지 구체적인 예를 들면서 좁은 의미에서 번역의 교훈이 더 나아가 어떤 정치적인 목적을 이루는가를 보여준다. 스피박은 결국 자신과 같은—또는 우리와 같은—외부자/내부자로서의 포스트식민인이 서양 이론을 읽으면서 어떻게 번역하여 원문의 영역에서 차이성을 구별해낼 수 있는가를 보여주고자 한다.

끝으로 이론 번역의 문제를 다룬 「경계선 넘기」라는 글을 쓴 힐리스 밀러의 경우를 살펴보자. 밀러는 우선 "번역"이란 말이 어원상으로 "한 장소에서 다른 한 장소로 옮긴", "언어와 언어, 국가와 국가, 문화권과 문화권 사이의 경계선을 넘어 이송된" 의미로, 그것은 "어떤 언어로 쓰여진 표현을 선택하여 운반한 다음 다른 장소에 정착시키는 것과 같은 작업"이라고 정의한다. 밀러는 더 나아가 우리가 다른 언어나 문화권에서 나온 사람의 글—작품이든 이론이든—을 원문으로 그저 읽는 작업도 하나의 "번역" 활동이라고 했다. 밀러는 자신이 60년대 70년대에 영문학을 공부하는 입장에서 조르주 풀레와 자크 데리다의 글을 읽을 때도 번역 활동을 한 것으로 생각한다. 이런 개념은 번역 작업의 영역을 확대해석하는 것이리라. 밀러는 "특히 그것이 문학 연구의 분야에 속해 있는 이론에 관한 글인 경우 이와 같이 다른 환경에 맞도록 '번역'이 될 것이고, 새로운 용도를 위해 전용될 것"(254쪽)이라고 주장한다. 사실상 2차 대전 중 유럽 대륙의 문학이론이 미국으로 건너가 미국 문학으로 바뀌어 세계 각처로 번역, 수용되고 있음을 볼 때 "문학이론은 어느 곳으로든 운반이 가능하도록 진공 포장되어 있을 뿐만 아니라 일단 뚜껑을 연 다음에도 오랫동안 맛이 보존되는 포도주"(255쪽)와 같은 것이다.

밀러는 같은 글에서 "하나의 언어 및 문화권으로부터 다른 언어 및 문화권으로 이론적 텍스트를 포함한 여타의 텍스트들을 번역할 수 있다"(264쪽)는 전제하에 번역 작업을 통한 "여행하는 이론"의 새로운 가능성에 대한 하나의 알레고리로 성경의 구약에 나오는 「룻기」를 들고 있다. 룻의 이야기는 수용의 이야기로, 기원전 1100년 구약의 사사 시대에 모압 지방 출신의 룻이라는 여인이 유대 문화로 수용되는 것을 이야기하고 있다. 「룻기」 1장

16~17절의 이야기를 보면 룻의 시어머니인 나오미는 남편과 아들(룻의 남편)이 모두 죽자 다시 본고향인 유다의 베들레헴으로 되돌아가기로 결정한다. 이에 모압인인 룻은 자신도 모압을 떠나 유대인이 되기를 시어머니에게 간청한다.

> 어머님 가시는 곳으로 저도 가겠으며,
> 어머님 머무시는 곳에 저도 머물겠습니다.
> 어머님의 겨레가 제 겨레요
> 어머님의 하느님이 제 하느님이십니다.
> 어머님이 눈감으시는 곳에서 저도 눈을 감고
> 어머님 곁에 같이 묻히렵니다.
> 어떠한 일이 있어도 안 됩니다.
> 죽음 밖에는 아무도 저를 어머니에게서 떼어내지 못합니다.
> 『공동번역성서』, 415쪽)

감동적인 이 룻의 충성 서약은 새로운 세계로의 전환, 다른 사람으로의 변형을 의미한다. 룻은 유다로 가서 죽은 남편의 사촌인 보아스와 결혼하여 아들 오벳을 낳는데 오벳은 후에 나오는 다윗 왕 가계의 시발점이 되며 궁극적으로는 예수의 탄생으로 연결된다. 만일 모압 지방의 이방 여인 룻이 유다로 옮겨 유대인이 되지 않았다면("번역"되지 않았다면) 예수를 정점으로 하는 기독교 역사는 어떻게 이루어졌을 것인가? 지금까지의 간략한 설명에서 우리는 "번역"을 통한 사람, 문물, 이론의 이동에 의해 새로운 땅에서 어떻게 새로운 역사가 시작될 수 있는가를 알 수 있게 되었다. 밀러의 말대로 모압지방의 이방 여인 룻은 여행하는 이론의 의인화이며 그녀의 이야기는 이론 번역에 대한 우화로 삼을 수 있다. 여행하는 이론은 당연히 정착되는 문화를 바꾸기도 하지만 그 자체도 변형된다.

이와 더불어 밀러는 "이론"을 놀랍게도 "강력한 가부장적 문화권 내 '유대 문화'에 존재하는 여성적인 것 '룻'으로 묘사"함으로써 이론이 "남성 고유의 지배의지의 산물"로 보는 통념에 도전한다. 한걸음 더 나아가 밀러는 "이론이 독해 행위뿐 아니라 대상 국가의 문화적 과제와도 복잡한 관계를 맺고 있는데, 이 관계는 남녀 사이의 관계로 파악하되 이론을 남성적인 것이 아니라 여성적인 것으로 볼 때 한결 더 훌륭하게 파악할 수 있다"(273쪽)고까지 주장하고 있다. 만물을 생산하는 대지처럼 여성이라는 이름의 이론은 인간의 문화와 문명을 잉태하여 출산하는 대모(Great Mother)란 말인가?

5. 나가며

국내에서 "번역" 작업은 양적으로 엄청나게 수행되고 있지만 번역에 대한 체계적 논의(번역학 또는 번역 작업)는 심도 있게 진행되지 못하고 있다. "번역은 반역"이라느니 "번역은 예술이 아니라 기술에 불과하다"느니 심지어 "번역은 여자와 같아 아름다우면 원전에 불성실하고, 충실하면 못생겼다"는 성차별적인 언명은 재색을 겸비한 여자를 만나기 쉽지 않듯이 충실하면서도 아름다운 번역은 그만큼 어렵다는 말이다. 나아가 번역은 아직까지도 별로 중요하지도, 독창적이지 못한 "2차적 작업"으로 폄하되어왔다. 대학에서도 교수나 학자들은 번역보다는 소위 연구 논문 쓰기에 열을 올린다. 그 이유는 명약관화하다. 번역은 그에 드는 정력과 시간에 비해 연구 업적으로 인정되지 않을 뿐 아니라, 오역이나 졸역의 위험부담이 있고, 재정적으로도 별로 도움이 되지 않기 때문이다. 전문 학술논문 생산만을 교수와 학자의 최고 미덕으로 삼는 대학교수직 계약제 시대에는 "번역 작업"은 더욱 더 어려운 지경에 이를 것이 우려된다.

그러나 이제 우리는 "번역"에 대해 다시 생각해보자. 제2의 창작으로 번역은 이미 문화를 형성하는 하나의 힘과 욕망으로 다시 태어나야 한다. 이것이 번역의 문화정치학이다. 이러한 문제에 관심을 가져온 김우창 교수의 말을 들어보자.

훌륭한 번역은 일시적인 상업적, 오락적, 장식적 활동이 아니라 한 문화의 토대를 구축하는 役事일 수 있는 것이다. … 번역에 보다 많은 노력과 자원이 투입되어야 한다는 것은 말할 필요도 없는 일이다. … 이것은 전문가 개인의 역량과 양심에 관계되는 문제이기도 하지만, 그것보다는 공적인 관심과 자원의 문제이다.(316쪽)

이제 대학에 "번역학", "번역 작업", "번역 연습" 등의 과목이 개설되어야 하고 동서양의 고전의 경우 결정적인 비판적 (주석 딸린) 번역본은 유럽에서처럼 학위 논문과 중요 연구 업적으로 인정해줄 수 있는 시점에 와 있다. 유럽에서 르네상스 시대와 신고전주의 시대는 번역의 황금기였다. 질 높은 많은 양의 번역을 통해 그들은 새로운 유럽 문화의 정체성을 수립하고 근대 문명의 정초를 세웠다. 각 분야에 열정과 능력 있는 전문 번역가를 양성하기 위해서는 지속적인 재정 지원과 체계적인 공공 정책의 수립이 새로운 번역문화를 위해 한국 문화의 현 단계에서 가장 선행되어야 할 작업이다.

우리는 20세기의 이론들을 성찰적으로 점검하고, 새로운 천년대의 솟아오르는 21세기 이론들을 미래적으로 탐색하고 그 이론들을 우리 문학/문화판에 전화, 적용시키려는 노력해야 한다. 이것이야말로 이론들을 이동시켜 번역에만 그치지 않고 경계를 지나 그것들이 새로운 변모를 가져오게 하는 실천적 작업을 완수해야 하는 우리 모두의 과업이다. 그런 다음 우리의 공통 관심은 어디로 향할 것인가? 궁극적인 인간 사회의 복지학, 또는 인류 문명의 운명과 관계되는 미래학이다. 상황이 변하고 관심도 이동하면, 이론은 당연하게 다시 여행할 것이다. 이런 의미에서 여행은 끝이 없고 언제나 새로운 시작이 있을 뿐이다.

2장   위험한 균형: 존 드라이든의 번역 이론과 실제의 변화 양상

— 작품 중심의 모방론에서 작가 중심의 표현론과 독자 중심의 반응론으로

1. 들어가며

영국의 문학사와 지성사에서 왕정복고기의 신고전주의 시대를 시작한 대문인은 존 드라이든(1631~1700)이다. 드라이든은 후일 새뮤얼 존슨에 의해 "영국 비평의 아버지"이며 "영국 산문의 법칙들"과 "번역의 올바른 법칙들"을 수립한 사람으로 칭송되었다. 궁정 내의 모든 공직에서 물러난 뒤 드라이든은 그의 생애의 마지막 문학적 불꽃을 번역을 위해 태웠다. 그의 로마 시인 베르길리우스의 『아이네이드』(*Aeneid*)의 영역본은 아직도 읽힐 정도로 탁월하다. 희랍과 로마의 고전 문학의 일부를 영어로 번역하였고, 특히 제프리 초서(Geoffrey Chaucer) 등 중세 영어 작가들의 작품들도 17세기 말 영국 독자들을 위해 당시 현대 영어로 번역하기도 했다. 따라서 영국의 번역 문학사에 남긴 드라이든의 공적은 눈부신 것이며 그의 번역 작업과 실제는 오늘날까지도 우리에게 커다란 통찰력을 제공해주고 있다.

드라이든과 포프의 시대는 "영국 번역가의 황금시대"라고 간주된다(Amos, 135쪽). 만약 드라이든의 후기 저작이 하나의 관계에 의해 통합된다고 말해진다면 그것은 번역에 관한 것일 것이다. 후기 비평적 담론의 압도적인 다수는 번역 문제에서 시작되었고 문학 번역의 원리는 다수의 에세이

와 번역된 서문에 나타나 있다.

드라이든의 번역 작업은 독창적이라기보다 파생적이다. 그의 작업은 에이브러햄 카울리(Abraham Cowley) 이래의 번역 작업의 종합이다. 드라이든이 사용하는 모든 용어들은 오래된 것이다. 그러나 드라이든의 분석은 기억할 만하다. 새뮤얼 존슨에 따르면 "시적 자유의 한계를 결정하는 것은 드라이든을 위해 남겨둔 것이고 그것은 우리에게 번역에 대한 법칙과 예를 보여주고 있다."(Smith, 466쪽)

나아가 드라이든에게 번역 작업에 대한 경제적 정치적 이유는 분명히 있다. 번역은 돈이 되는 계획일 뿐 아니라 그의 재능을 발휘할 주된 수단이 되었다.

2. 드라이든의 번역이론

『여러 사람들이 번역한 오비디우스의 서한집』(1680)을 위해 드라이든이 처음으로 쓴 중요한 서문에서 그는 세 가지의 형태를 논의함으로써 번역의 문제를 본격적으로 다루고 있다.

첫째로, 직역하는 것(metaphrase)은 작가가 한 언어에서 다른 언어로 한마디 한마디 그리고 한 줄 한 줄 바꾸는 것이다. 벤 존슨이 번역한 호레이스풍의 『시론』은 이런 방식대로 번역되었다. 둘째는, 의역(paraphrase)으로, 작가가 자신의 관점을 유지하면서 하는 번역이나 의역으로 그 의미 상실은 하지 않았지만 그의 감각에 따라 그의 단어로 정확하게 번역되지는 않았다. 부연하는 것은 인정이 되지만 의미를 변화시키는 것은 허용되지 않는다. 그것은 Virgil의 네 번째 *Aeneid*에 대한 Waller의 번역과 같은 것이다. 셋째로, 자유 번역(imitation)이 있다. 그 이름은 단어와 감각을 다양화하기 위해서뿐만 아니라 그가 기회를 보았던 것처럼 그것 모두를 버리기 위해서 자유를 가정하는 것이다. 그가 바라던 것처럼 원본으로부터 일반적인 힌트를 얻어서 기초를 바탕으로 차이를 두기 위한 것이다. 그것은 영어로 된 호레이스풍 중의 하나와 Pindar의 송시에 나타난 Cowley의 작품과 같은 것이다. (Kinsley, *John Dryden: Selected Criticism*, 184쪽)

1) 직역 방법

첫 번째 "직역" 방법은 언어 사이의 구조적인 차이가 단어들의 정확한 번역을 허용하지 않기 때문에 박식한 체하는 것 같고 실행 불가능하다. 드라이든의 설명을 더 들어보자.

> 요약하여 말하면 단어를 그대로 옮기는 번역은 한번에 많은 어려움에 봉착하기 때문에 번역자는 그 어려움들로부터 벗어날 수 없다. 번역자는 동시에 그가 번역하는 작가의 사상과 어휘들을 고려해서 다른 언어로 대응되는 부분을 찾아내야 한다. 그리고 이것 외에도 번역자는 운율과 각운의 제약에 놓이게 된다. 이것은 마치 족쇄를 단 다리로 밧줄 위에서 춤추는 것과 아주 흡사하다. 춤추는 사람은 조심해서 추락은 면할 수 있을지 몰라도 동작의 우아함은 기대할 수 없기 때문이다. 기껏해야 이것은 어리석은 과업일 뿐이다. 제정신을 가진 사람이라면 목뼈를 부러뜨리지 않고 피했다는 칭찬을 듣기 위해서 자신을 위험에 기꺼이 빠뜨리기를 원치 않을 것이기 때문이다. (앞의 책, 185쪽)

드라이든은 이러한 직역의 예로 호라티우스의 『시론』을 번역한 벤 존슨(Ben Jonson)을 들고 있다. 호라티우스의 해석자로서 존슨의 역할에 대해 드라이든은 계속 비판하고 있다. 결국 직역은 그 부자연스러움 때문에 실패할 수밖에 없다.

2) 모방, 자유번역

드라이든의 세 번째 방법 "모방", "자유 번역"은 원본의 감각과 단어가 정확하지 않다. "모방"은 완전히 새로운 작품이 되기 위한 자유이다. 그것 때문에 완전한 새로운 작품이 되기 위해서 가장 자유로워지는 것이다. "모방"이라는 용어에 대한 드라이든의 사용은 주목할 만한 것이다. 그러나 조금은 혼란스럽다. 그것의 부정적인 함축은 플라톤의 모방 이론으로 돌아간다. 그 모방 이론은 실제와 이데아로부터 멀리 떨어진 것이다. 드라이든은 단어를 부정적으로 바꾼다. 드라이든은 계속해서 다음과 같이 말한다.

> 나는 한 작가를 모방한다는 것은 같은 주제에 대해 후세 시인이 자신보다 앞서 썼던 선배 시인처럼 쓰는 것이라고 간주한다. 다시 말해, 그 선배 시인의 말을 번역하거나 원문의 의미를 지키지 않고, 그 시인을 하나의 견본으로 놓아두고 만일 그가 우리 시대에 우리나라에 살았다면 이렇게 썼을 것이라고 추정하고 자유롭게 쓰는 것이다. … 공평하게 말한다면 한 작가를 모방하는 것은 한 번역자가 자기 자신을 보여주는 가장 유리한 방식이지만 죽은 작가들의 기억이나 명성에 가할 수 있는 최대의 잘못이다. … 예를 들어, 데넘경(Sir John Denham)은 『아이네이드』 2권을 번역하면서 붙인 탁월한 서문에서 자기의 새로운 번역 방법에 대한 이유를 다음과 같이 제시하고 있다. "시는 그 정신이 너무 미묘해서 한 언어에서 다른 언어로 옮길 때 그 정신은 모두 사라져버린다. 그리고 번역 과정에서 새로운 정신이 첨가되지 않는다면 그 번역에는 죽은 시체의 머리만이 남을 것이다." 나는 이러한 주장이 어리석은 직역을 반대하는 데는 유효하다고 생각한다. 그러나 누가 그러한 방만한 자유 번역을 옹호하겠는가? (앞의 책, 186쪽)

드라이든은 우리가 흔히 알고 있는 "있는 그대로 베낀다"는 의미의 "모방"의 개념을 완전히 무시해버리고 "원본"의 의미와 정신을 완전히 곡해하는 "그림자"와 같이 간주하는 플라톤의 모방론에서 모방의 개념을 차용하고 있다. 번역자가 제멋대로 하는 창조적 번역을 드라이든은 인식론적으로 그리고 윤리적으로도 받아들일 수 없었다.

3) 의역 방법

　번역가는 작가의 관점을 "의역"(paraphrase)으로 유지한다. 그러나 그의 단어는 그의 감각을 엄격하게 따르지 않는다. 이 방법은 외부적인 원천에 충실하고 내부적인 미 그리고 언어적인 특성에 대한 요구에 응하는 것이다. 『아이네이드』 책 IV의 1658년 번역에서 에드먼드 월러(Edmund Waller)와 시드니 고돌핀(Sidney Godolphin)에 의해 도입된 방법이다. 번역가는 오비디우스의 불필요한 화려함을 삭제할 수 있다. 그의 묘사는 더 나아질 거라는 변명으로 그가 특징이나 윤곽을 바꿀 수 있는 특권은 없다(앞의 책, 187쪽). 드라이든은 초상화가/번역가의 은유를 사용한다. 그래서 훌륭한 화가처럼 번역가는 다른 것에 대해 적절한 집중을 함으로써 그의 주제에 대해 연구를 한다.

> 　그러나 각 언어는 자체의 특성들을 가지고 있기 때문에 한 언어에서 아름다운 것은 다른 언어에서는 야만적인 것이 될 수도 있기 때문에 번역자에게 그가 번역하는 작가의 어휘들의 좁은 범위를 강요하는 것은 불합리할 것이다. 원문의 뜻을 곡해하지 않는 표현을 찾는 것으로 충분하기 때문이다. 나는 번역자는 자신의 족쇄를 어느 정도로 자유를 향해 뻗을 수 있다고 생각한다. 그러나 나는 원저자의 사상까지 새롭게 만드는 것은 어떤 범위를 넘어서는 것이라 생각한다. 원저자의 정신은 전환될 수 있으나 상실되어서는 안 되기 때문이다. … 따라서 표현에는 자유가 허용될 수 있다. 원작의 어휘들과 행들은 엄격하게 규제될 필요는 없으나 일반적으로 말해서 원저자의 의미는 신성하고 침해할 수 없는 것이다.(앞의 책, 187쪽)

　따라서 드라이든은 이 세 가지 유형 중에서 가장 균형 잡힌 방법으로 "의역"을 선택하였다. 그것은 번역가에게 어떤 기준을 실행하도록 제공한다. 그의 법칙은 언어적인 성실함과 활기차나 부정확한 자유 사이의 균형을 만들기 위해 고안되었다. 그는 시를 번역하기 위해서 번역가는 시인이 되어야 하고 그 자신의 언어와 원작의 언어에 대해 마스터가 되어야 한다고 주장하였다. 그의 작품에서 번역가는 그의 작가를 개별화하는 특성을 이해해야 한다. 드라이든이 번역한 첫 번째 주요 작품인 『오비디우스의 서한집』(*Ovidius's Epistles*)은 카울리와 데넘에 대한 저항을 나타내고 있다. 서문에서 드라이든은 피해야 할 양극단인 자유번역주의와 직역주의를 반대하였다. 그는 글에서 번역에 대한 새롭고 온건한 방법을 제시하였다. 그것은 직역과 자유 번역의 중간 지대이며 하나의 타협이다.

드라이든은 작가의 의도를 나타내는 원본의 의미의 중요성을 강조하였다. 드라이든은 우리는 하나의 권위를 가져야 한다고 생각하였다. 그렇지 않으면 우리는 기준과 공부에 대한 목적을 가지지 못하게 될 것이다. 선택은 간단한 것이다. 우리는 지배적인 권위에 동의하거나 그렇지 않으면 주관과 혼돈에 굴복하는 것이다. 그래서 드라이든은 매우 규칙적이고 의식적인 규칙과 정의에 집착하는 것처럼 보인다. 전체 에세이는 그의 입장에 대한 정의와 논쟁이다. 핀다로스(Pindar)에 대한 카울리와 데넘의 번역은 허락될 수 있다. 그것은 시인의 "거칠고 억제할 수 없는" 파격은 허락되어지기도 한다. 그러나 오비디우스처럼 "규칙적이고 총명한 작가"를 다루는 데는 좀 더 통제력이 요구된다. 번역가로서 시인 드라이든의 방법에 대한 규정은 시 번역에서 자제와 조절이 필요하다는 것이다.

4) 절충적 방법

1685년에 출간한 두 번째 번역서인 『실배』(*Sylvae*)에서 드라이든은 하나의 법칙을 더 첨가했다. 번역가는 "실제적인 성격에 위반하지 않고 가능한 한 매력적인 모습"(앞의 책, 195쪽)으로 작가를 만들어야 한다. 드라이든은 이 작품에서 번역 규칙에 대한 강박관념을 계속해서 보였으나 테오크리토스(Theocritus), 호라티우스(Horace), 베르길리우스(Virgil) 그리고 루크레티우스(Lucretius)를 번역하면서 시인으로서 번역가의 "자연스러운 충동"을 보여주었다. 드라이든은 "나는 여러 번 나의 권한을 초과한 적이 있었다. 왜냐하면 나는 첨가하거나 생략을 했고 때로는 작가에 대해 너무 많이 대담하게 노출을 시켰기 때문에 주석자 중에 어느 누구도 날 용서할 사람이 없다"고까지 말하였다. "아마도 특별한 구절에서, 나는 어떤 아름다움을 발견했다고 생각했다. 그러나 그것은 현학자에 의해 발견될 수는 없지만 시인은 발견할 수 있는 것이다."(앞의 책, 19쪽)

> … 나는 그 작가의 매력과 그의 단어의 아름다움과 내가 첨가해야만 하는 단어들의 은유적 탁월함이 잃는 것 없이 내가 할 수 있는 한 작가에 가깝게 유지해야 하기 위해서 의역과 직역의 두 양극을 조정하는 것이 적합하다고 생각했다. 우리의 언어로 그들의 우아함을 유지하기 위해서 나는 융합을 시키기를 노력해왔다. 그러나 그것들의 장점들의 대부분은 필연적으로 상실되었다. 왜냐하면 그것들은 어느 곳에서보다는 그들 자신만이 빛이 나기 때문이었다. 베르길리우스는 그 둘의 하나로 융합시켰지만 우리 영웅시의 부족함은 하나 이상을 받지 못하였다. … 그런 것은 언어의 차이점이고 그런 기술에 대한 나의 부족한 점은 단어를 선택하는 것이다. … 신성한 작가인 베르길리우스의 모든 소재를 취하려고 하였고 나는 만약 그가 영국인으로 태어났다면 이 시대에 살았다면 이런 가정을 하면서 베르길리우스가 영어로 말하는 것처럼 만들려고 노력하였다. (앞의 책, 190쪽)

드라이든은 어색한 이중적인 용어인 "모방"은 포기하였다. 그러나 "영국에서 우리 시대에서처럼"이란 주제는 그대로 남겨두었다. 번역가의 기교에 대한 경계와 이상이 있다. 여기서 드라이든은 지나치게 빗나간 번역("자유번역")과 단어를 일대일로 전환시키는 번역("직역") 사이의 중간자적인 입장을 고수하고 있다.

지금까지의 드라이든의 논의 중 번역자가 지녀야 할 필수 조건은 다음과 같다.

(1) 시인이 되라.

(2) 원문 언어와 번역 언어 모두에 마스터가 되라.

그리고 번역 작품에 대해서 번역자는 다음 과업을 따라야 한다.

(3) 그 작가를 개성적 특징을 이해하라.

(4) 번역자 자신의 정신을 원문의 정신과 일치시켜라.

(5) 원문의 의미를 "성스럽고 침해할 수 없는 것"으로 유지하고 원문의 우아
함이 유지되는 한 직역하라.

(6) 원작의 작가를 그의 진정한 특성을 훼손시키지 않으면서 가능한 "매력
적"으로 만들라.

(7) 원작 시와 번역된 영어 시의 운문적 특성에 유의하라.

(8) 원작자가 우리 시대의 영어로 말하도록 만들라.

물론 번역가에게는 다음과 같은 금지 사항도 있다.

(9) 원문을 개선시키지 말라.

(10) 원문을 충실히 따라 그 정신이 사라지지 않도록 하라.

(T. R. Steiner, *After Babel: Aspects of Language and Translation*, 28쪽)

그러나 비평과 번역에 대한 드라이든의 법칙에 대해 트로브리지(Hoyt
Trowbridge)는 "불확실하거나 가설적인 것은 ⋯ 받아들여야 한다고 주장하
였다(Trowbridge, "The Place of Rules in Dryden's Criticism", 28쪽). 개연성
은 상황에 따라 변한다. 번역에 대한 드라이든의 법칙은 계속해서 창조적인
상황을 다양화함으로써 지속적으로 실험을 하고 있다. 드라이든의 이론적
입장은 다소 그의 번역에서 가필이나 현대화를 인정하는 부분에서는 실제
번역 작업과는 차이가 좀 있다. 따라서 이 글의 목적은 드라이든의 번역 작
업에서 한 초기의 작품 중심의 모방론에서 후기의 작가로서의 번역자 중심
의 표현론과 독자 중심의 반응론으로 자유로이 변화하는 양상을 지적하려

고 하는 것이다. 그래서 필자는 어떤 학자들에게는 동의하지 않는다. 드라이든의 번역에 대한 관점은 두 극단 사이의 중간을 이루고 있다고 조지 워서먼(George Wasserman)과 조지 스타이너(George Steiner)는 주장하였다. 드라이든은 단지 중간자적인 입장을 취함으로써 두 가지를 관찰하고 성취할 수 있는 것이다(Steiner, 앞의 책, 256쪽). 그러나 나는 이들에게 동의하지 않는다.

번역가로서 드라이든의 이론과 실제에 대한 정확한 탐구는 그의 번역 작업이 점차적으로 변화의 양상을 드러내고 있다고 볼 수 있다. "직역"과 "자유 번역"의 중간자적인 "의역"은 쉽게 실패하였다. 오히려 그 중간 지대의 균형은 그들 사이의 유희적인 갈등으로 이동해가는 것처럼 보인다. 다른 말로 해서 드라이든에서 의견에 대한 균형은 직관적으로 자유를 더 선호하는 경향으로 변화되고 있다.

3. 번역작업의 변화양상

왜 드라이든은 자신의 초기의 엄격한 기준에 변화를 주었는가? 그 첫 번째 이유는 그는 자신이 전에 생각했던 것보다 더욱더 번역은 복잡하고 그 광범위한 절차가 번역가의 다양한 작업에 적절하다고 인식하였다. 1680년에 드라이든은『오비디우스의 서한집』서문에서 이미 다음과 같이 말하였다. "나는 내게 주어진 규칙을 벗어났다는 것을 인정할 준비가 되어 있다. 정당한 번역이 허락할 것보다 더욱더 많은 자유를 택하였다."(Kinsley, 앞의 책, 188쪽) 모방 예술과 같이 번역은 재생을 피해야 한다. 그것은 원본의 실재성(reality)을 제시하기 위해 선택하고 분석해야 한다.

번역가에게 이상적인 모방과 같은 예술 이론은 그것이 다른 것들을 해결하는 만큼 문제를 만들어낸다. 번역은 충실하고 자유로워야 한다는 대립되는 요구 조건은 모방 이론이 때때로 제안하는 것처럼 쉽게 충족되는 것은 아니다. 그곳에 어떤 미적인 변화가 일어났다. 번역 자체의 분야에서 원본 작가가 가진 정체성을 번역가에게 종종 요구하는 경우가 있다. 그런 요구 조건은 관심을 원본 작품에서 번역가의 특성과 작문의 과정으로 이동시킨다. 원작으로부터 전형적인 예술가의 의식으로 방향을 전환하고 있다.

두 번째 이유로, 드라이든은 엄격한 체제와 원리에 관심이 없는 듯하고 저자로서의 번역가의 창작하는 즐거움과 읽는 독자의 즐거움에 더욱더 많은 관심을 갖기 시작한 것처럼 보인다. 『실배』의 서문의 결론 부분에서 드라이든은 "나의 위험한 부담률은 더욱더 커지지만 독자의 즐거움은 줄지 않는다"(Kinsley, 앞의 책, 207쪽)고 하였다. 드라이든은 바텐 홀리데이의 유베날리스(Juvenal)와 페르시우스(Persius)의 번역에 관해 이야기하면서 "홀리데이는 명성을 위하여 그리고 학자를 위하여 썼다. 우리는 단지 학자는 아니지만 무식하지는 않은 이해력과 좋은 센스를 가진 보통 사람들의 즐거움과 오락을 위하여 썼다. … 따라서 우리는 이런 종류가 가능한 줄 수 있는 모든 만족을 대중에게 주려고 노력하였다."(276쪽)

드라이든은 그 자신과 기질이 유사한 시인을 더 쉽게 번역할 수 있다고 그는 경험으로 알아내었다. 그는 영어로 호메로스(Homer)의 『일리아드』 전부를 즐겁게 번역할 수 있다는 기대를 가졌다. "나는 번역이 노동보다는 덜한 것이라고 말하지는 않았을지라도 호메로스 번역이 베르길리우스 번역보다 더 즐거운 작업이라는 것을 노력으로 알 수 있었다. 왜냐하면 그것은 그리스인들은 라틴 시인보다는 나의 특성에 더 맞기 때문이다."(287쪽) 여기에서 드라이든의 태도는 우리에게 번역할 때 번역가 자신의 표현을 강조하려는 경향이 있는 현대 번역 작업을 우리에게 생각나게 한다. 번역의 의식 속에 흐르는 시는 이제 암시적인 재생산이라기보다 언어적인 경험에 대한 언어적인 특별한 종류의 반응으로 간주되었다.

의식의 비평가인 조르주 풀레(Georges Poulet)는 다음과 같이 말한다.

> … 다른 것을 내 의식에 부가시키는 것은 내 의식의 박탈이라는 것을 결코 의미하지 않는다. 이와는 반대로 중요한 사건은 내가 읽은 것의 희생물

로 삼으려고 하는 순간에 내가 정의 내리려고 하는 것이 존재와 나의 의식을 공유하기 시작할 때 그리고 작품의 한가운데 숨겨진 의식적인 주체인 이 존재와 공유하기 시작할 때 나타난다. 그와 나 그리고 나인 우리는 공통적인 의식을 갖기 시작한다. (Poulet, "Criticism and the Experience of Inferiority", 47쪽)

독자의 의식에 초점을 둔 풀레는 그 의식을 문학 텍스트의 특별한 특성에 대한 반영으로서 간주하지 않고 텍스트의 주관성을 완벽하게 이해하는 정신적 태도를 설명하고 있다. 그러나 독자 반응 이론가인 볼프강 이저는 이 과정을 다르게 설명한다. 그에 따르면 독자는 텍스트 생산에 적극적으로 참여한다는 것이다. 독자는 자신의 방식으로 텍스트의 쓰여지지 않은 빈 공간("gaps")을 채운다. 따라서 이저는 개별 독자의 해석적 활동을 완전하게 받아들인다. 드라이든은 "베르길리우스는 독자에 의해 상상되는 많은 것들을 남겨두고 그의 언어에 빈 공간을 많이 두었기 때문에 어떤 현대 언어로도 결코 번역할 수 없었다"(Kinsley, 앞의 책, 177쪽)고 말한다.

드라이든은 원래의 의미가 "최고의 의미"라는 법칙을 포기하였다. 그는 "일반적으로 작가의 의미는 신성하고 불가침한 것이다"(187쪽)라고 하는 그의 믿음을 바꾸기 시작했다. 해석자로서 번역가는 작가의 세계적인 관점이나 혹은 개성이 아니라 텍스트에 동기를 부여하는 기본적인 관심을 찾아내어 그 자신의 것으로 만들어야 한다. 분명히 드라이든은 그 작가를 능가하는 텍스트의 의미를 인정하기 시작하였다. 따라서 번역은 재생산의 절차가 아니라 오히려 항상 또 하나의 새로운 창작이다.

4. 실제 번역 방식의 유연성

드라이든이 번역의 법칙을 버리지 않았다는 것은 명백하다. 그러나 그에게 어떤 일이 일어났다. 그 변화는 드라이든의 신뢰로부터 번역의 한계에 대한 인정, 모방의 충실함으로부터 창작의 기쁨 그리고 자유에 대한 억제로부터의 자유에 대한 강조를 말한다. 번역 행위의 기본은 원본에 있는 것이 아니라 결국에는 오히려 번역가의 마음에서 생성되는 재현에 있다. 그래서 읽기와 해석으로서의 번역 행위에 대한 활력은 텍스트가 번역가의 인식과 경험 그리고 독자의 기쁨을 만든다는 요구에서 찾아볼 수 있다. 드라이든이 점차 후기로 갈수록 그는 특히 『우화들』(Fables, 1700) 서문에서 초기에는 비난했던 카울리와 데넘의 엄격하지 않은 스타일로 다소 변화되어가고 있었다.

실제적인 번역 작업에 대한 사실을 조정하도록 강요받는 드라이든에게 문학은 새로운 방법을 따라야 하기 때문에 번역 작업은 새로운 길을 추구해가는 그 과정에서 새로운 활력과 유동성을 요구하게 되었다. 드라이든은 그 자신 스스로 "시에 대한 많은 올바른 지각은 마치 수학에서 보이는 증명과 같은 것이다. 바로 다이어그램에서는 그럴듯하지만 기계적 작동에서는 실패를 의미한다."(Kinsley, 앞의 책, 195쪽) 에이모스(Amos)가 지적했던 것처럼 "이론가들은 그것이 작은 것일지라도 번역 작업은 인간의 사고에서 살아 있고 자라나는 요소라는 것을 알기 때문에 여러 번 거듭해서 '그럴듯한 법칙'을 수정해야만 한다."(Amos, *Early Theories of Traditions*, 179쪽) 이런 태도의 변화는 그의 비평적인 경력과 밀접하게 관련이 되어 있다. 드라이든 비평의 원리와 방법은 그의 번역 작업과 일치한다. 로버트 흄(Robert Hume)은 1670년대에서 1690년대로 드라이든의 비평적인 관심의 변모를 주장한다. 그것은 코미디, 비극, 그리고 영웅적인 드라마의 문학의 규칙적인 형태에서 개별의 시인에 대한 독특한 "힘"으로의 변화라고 할 수 있다(Hume, *Dryden's Criticism*, 15~17쪽). 그러나 필자는 드라이든의 비평 경력을 대해 대략적으로 3기로 나누고자 한다. 첫 번째 기간(1664~1674)은 규칙과 활기로운 법칙과 자유 사이의 조화이다. 두 번째 기간(1675~1684)은 규칙성 법칙과 규준들의 기간(1668)이고 마지막 기간(1685~1700)은 활기로운 자유와 파격의 기간이다. 세 개의 대표적인 에세이, 『루시론』(*Essay of Dramatic Poetry*), 『트로이러스와 크레시다』(*Troilus and Cressida*)의 서문 그리고 『우화들』(*Fables*)의 서문이 각 기간에 속한다.

이런 맥락에서 다음의 다이어그램은 에이브럼즈(M. H. Abrams)에 의해
고안된 것으로서 나의 목적에 매우 유용하다.

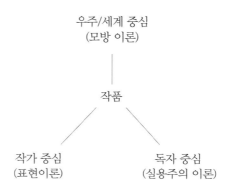

에이브럼즈는 다음과 같은 "표현" 이론에 대한 중요한 성향을 요약하였다.

> 예술 작품은 근본적으로 시인의 인식과 사고 그리고 감정에 대해 결합
> 된 생산물을 구체화하고 감정의 영향아래 작동되는 창조적인 과정으로 인
> 한 외부적인 것에서 만들어진 내부적인 것이다. (Abrams, *The Mirror and the
> Lamp: Romantic Theory and the Critical Tradition*, 22쪽)

에이브럼즈는 다음으로 비평은 독자를 위하여 정의된다는 독자 중심의
반응 이론을 "실용적인" 이론으로서 정의내렸다. 실용적인 비평가의 중심적
인 경향은 그것의 독자들에게 요구되는 반응에 영향을 주기 위하여 만들어
진 어떤 것을 시로 생각하는 경향이 있다. 작품과 우주에 대한 드라이든의
관심은 작품 그리고 예술가로 그 초점이 옮겨졌고 그리고 마지막으로 작품
과 독자 사이의 관계로 이동하였다. 드라이든의 번역가로서의 자세는 원본
의 재생산자로서 단순한 모방적인 번역가에서 예술가로서의 번역가로 그리
고 독자 반응을 중시하는 번역가의 관계로 변하였다.

드라이든은 원본 텍스트의 작가에 대한 유일무이성에 대한 관심을 보였다. 그리고 특별히 그들의 차이점에 관심이 있었다. "우리는 드라이든이 번역가에게 모든 다른 작가로부터 그 자신의 작가를 개별화시킬 수 있는 특성을 이해하는 것을 첫 번째로 요구했던 것을 기억하고 있다."(Kinsley, 앞의 책, 213쪽) "번역에서 좋은 영어로 작가의 감각, 시적인 표현 그리고 음악적 운율을 전달하는 것"(196쪽)만으로는 충분하지 않다. 더 힘든 작업은 "모든 다른 사람들과 그를 구분하게 만들고 당신이 번역할 개개의 시에 그를 나타나게 만들 특성들을 유지하는 것"(187쪽)이다. 죽던 해인 1700년에 쓴 『우화들』(Fables)의 서문에서 드라이든은 그가 사랑하는 베르길리우스의 개인적인 특성을 똑같이 좋아하는 호메로스와 대조하면서 다음과 같이 말하였다. "우리의 두 위대한 시인은 그들이 각각 다른 기질을 가지고 있다. 베르길리우스는 격하기 쉽고 호메로스는 낙천적이며 전자는 냉정하지만 후자는 우울하다 그리고 그들은 몇 가지 방법으로 자신들을 탁월하게 만들었다. 그들 모두는 기법에서뿐만 아니라 구성적인 측면에서도 천부의 기질을 따르고 있다."(289쪽) 드라이든은 이런 문제에 관심을 둔 첫 번째 번역가였다.

이런 현상은 『우화들』(Fables)의 서문에서 최고조에 달했다. 초서를 오비디우스와 보카치오(Boccacco)와 비교하면서 드라이든은 문학적인 "종류"(장르)로 그들의 작품을 논하기보다는 그들의 "천부적 기질"에 대한 예로 그들의 작품을 특징지으려 하였다. M. H. 에이브럼즈에 따르면 드라이든의 서문은 "거의 그 이후 동안 비평가들이 해왔던 방식과 같은 방향이다"라고 지적하였다(232쪽). 드라이든이 그 이후의 비평가나 번역자에게 설명하고자 했던 것은 위대한 작가의 독특한 특성에 관한 것이었다. 왜냐하면 점차적으로 그는 개인적인 생산물로서 문학을 중요하게 여기기 시작해서 그의 작품으로부터 작가들의 특성을 이끌어내기 때문이다. 드라이든이 자신의 번역을 진행시켜감에 따라 그는 번역의 "심리적인" 양상에 대해 더욱더 자주 언급하였다. 1685년 초기에 이미 "기쁨"(pleasure)과 "기분 좋은"(pleasing)과 같은 어휘가 『실배』의 서문에 나타난다. 일단 번역가가 원본에 대해 연구하기 시작하면 그는 진실을 만들고 그 진실을 본질적인 것으로 만들며 결국에는 하나의 작품으로 만드는 원본에 대한 감정과 매력, 정신 그리고 생기 있는 방식을 줄 수 있고 따라서 그는 내부로부터 하나의 새로운 번역을 만들 수 있다.

드라이든은 동시에 그의 독자에 의해 통제를 받았다. 그는 테오크리투스의 "도리아식 방언"에 대해서는 다시 번역하지 않으려고 하였다. "왜냐하면 테오크리투스는 방언을 사용하는 시칠리아 사람들을 위해 썼다. 번역의 이 부분은 소박한 표현도 이해하지 못하고 그 표현들 속에서 즐거움을 얻지 못하는 우리의 숙녀들을 위한 것이다."(Kinsley, 앞의 책, 204쪽) 『에어니이드에 바치는 글』에서 드라이든은 베르길리우스의 방식이었다고 생각한 것을 따랐다. "그는 선원들, 군인들, 천문학자들, 정원사들. 농부들 등을 위해서 쓴 게 아니라 일반적으로는 모든 사람들 그리고 특히 일류 남자들과 여자들을 위하여 썼다."(276쪽) 윌리엄 프로스트(William Frost)는 드라이든의 "의역"(paraphrase) 이론을 다음과 같이 해석하였다: "의역 이론의 강점은 일반적인 방식으로 독자들에게 명확하게 새로운 번역시와 원작과 어떤 관계인지 밝히는 것이다. 그리고 새로운 시들의 구조 속에서 그는 자유롭게 된다. 우리는 그의 번역에 대한 결과들을 고찰해야만 한다."(Frost, *Dryden and the Art of Translation*, 32쪽)

희랍 철학자 루크레티우스에 대한 드라이든의 번역에서 그의 의도는 영국 독자들에게 철학을 상세히 설명하기보다는 오히려 루크레티우스가 독자들을 즐겁게 만들어주도록 하는 것이었다. 드라이든은 그의 독자들에게 즐거움을 주는 영국 시를 창조해내기 위하여 상당한 정도로 고쳐서 의역을 하는 데 전혀 구애를 받지 않았다. 그의 번역 작업은 상당한 정도로 자유를 허락하였지만 그것은 번역가가 치밀하게 그 작가의 사상을 따르는 것을 요구하였다. 첨가하고 생략하고 고치는 "더 많은 자유"에 대한 드라이든의 가정은 영웅시로 루크레티우스를 번역하는 데 특히 유용하였다(Gallapher, "Dryden's translation of Lucretius", 19~29쪽). 여기에 번역 작업에서 독자들에 대한 깊은 배려가 있다. 새뮤얼 존슨은 『드라이든 평전』에서 독자중심적인 원리에 의해 드라이든의 번역 작업에서 원문 변형을 옹호하였다. "독자들이 던져버리는 재미없는 책은 아무 쓸모도 없는 책이다."

5. 나가며

마지막 책 『우화들』(*Fables*)의 서문에서 드라이든은 자신의 번역 작업에 대한 중요한 개념을 반복하여 말하였지만 초서에 대한 번역에서 그는 종종 그의 신조를 어겼다. 초서의 시를 번역하는 과정에서 드라이든은 "의역"에 대한 신념을 잃기 시작하였다. 드라이든의 확장, 요약 그리고 대치의 기법은 명백하고 어떤 경우에는 극단적인 관점을 지니기도 하였다. 드라이든의 번역된 시들은 주석을 확장하고 정교하고 우화적 요소를 정교화하였고 일반적으로 적절한 구체적인 판단을 내렸다. 그의 번역시들은 그 자신의 번역에 관한 정의에 적합하지 않고 오히려 그들의 원작에 대한 언급이 없이 최상의 작품이 되는 새롭게 창조된 시적인 경험들이다.

직역과 자유 번역 사이의 중간에서 벗어나는 것은 항상 그의 의도에 잘 맞아떨어졌다. 더 많은 자유는 그에게 번역가와 번역된 시인의 장점을 하나로 융합하게 만든다.

> 나는 나 자신을 직역에 속박시키지 않았다. 나는 '초서의 원문에서' 내가 불필요하다고 판단되고 훌륭한 사상을 드러내기에 점잖지 못하다고 생각되는 것은 종종 생략하였다. 나는 어떤 곳은 좀 더 대담하게 번역하였고, 초서가 완전하지 못하다고 생각되는 부분과 초서가 자신의 사상을 잘 표현하지 못한 곳에서는 나 자신이 말을 덧붙이거나 새로운 표현을 사용하였다. … 어떤 경우는 식자공의 실수로 누락되었어가 훼손된 의미를 복원시켜야 할 때도 있었다. (Kinsley, 앞의 책, 299~298쪽)

새뮤얼 존슨은 영어 번역사에서 드라이든의 역할의 중요성을 다음과 같이 설명하고 있다.

> 　드라이든은 일찍이 충실성이 작가의 감각을 가장 장 보존하게 하고 자유
> 는 작가의 정신을 가장 잘 돋보이게 한다고 보았다. 그래서 그는 최고의 찬
> 사를 받을 자격이 있다. 왜냐하면 그는 성실함과 즐거움 모두를 주는 번역
> 을 할 수 있고 원작과 같은 우아함을 지니고 원작자의 사상을 그대로 전할
> 수 있다. 드라이든이 번역하면 번역되는 언어 이외에는 바뀌는 것이 하나도
> 없다. (*Idler*, No.69. 밑줄 필자)

　이론가와 실제 번역가로서 드라이든은 그 자신을 스스로 더욱더 자유롭
게 그리고 더욱더 활기차게 보여주었다. 왜냐하면 그는 법칙을 따르려고 노
력하였고 직역과 자유 번역의 중간적인 입장을 고수하였지만 크게 성공하
지 못했기 때문이다. 그는 점차적으로 그의 번역에서 변역자 중심의 "표현
론적"이고 "독자반응적"인 양상을 인정하게 되었다. 그러나 그의 노력은 찬
사받을 만하다. 드라이든은 독자의 즐거움과 원문에서 시적 특질의 존재를
통합하여 영어 번역 작업의 미래 역사를 위해 확고한 기초를 마련하였다.
이것이 왕정복고기의 영국 문단에서 최대의 시인, 극작가였으며 최고의 번
역가였던 존 드라이든의 번역사적 위치이다. 그는 시적 법칙과 번역의 법칙
을 지키고자 했고 또한 직역과 자유 번역의 사이에서 균형을 잡으려고 노력
했다. 그러나 자신의 실제 번역 작업에서 그것들을 지키는 것은 거의 불가
능했다. 그는 고전 원작과 영어 번역 사이에서, 17세기 말 영국 시인으로서
의 자유로운 창조적 욕망과 고전 원작의 내용과 정신을 함께 살려야 한다는
책무 사이에서 언제나 불안하게 균형을 유지하며 항해하였다. 그러나 바로
이 점이 실제 번역가로서 그리고 번역 이론가로서 드라이든의 특징이며 장
점일 것이다. 이것은 셰익스피어나 밀턴처럼 문학 원리나 법칙에 얽매이지
않고 경험주의적 역동성에서 값진 생동감과 활력을 드러내는 영국 문학의
전통과 맥을 같이하는 것이라 볼 수 있다.

3장　창조로서의 모방

— 드라이든의 셰익스피어 '다시 쓰기'의 성과

훌륭한 시인은 훔치고 열등한 시인은 베낀다.

— T. S. 엘리엇

1. 들어가며—개작(改作)은 모방인가 창조인가?

모든 문학은 이미 언제나 '다시 쓰기'(rewriting)이다. 장구한 문학의 역사는 모두 다시 쓰기의 역사이다. 여기서 '다시'는 단순한 반복 또는 모방이 아니라 미세한 차이를 동반하는 반복 또는 새로운 창작이다. 다시는 역주행이 아니라 U자 회전으로 돌아오는 다시이다. 태양 아래 새로운 것은 없다. 날로 새롭게 된다는 것도 차이를 동반하는 반복일 뿐이다. 문학뿐 아니라 자연이나 인간의 역사도 마찬가지다. 인간이란 동물은 물론 지구상의 삼라만상의 생성은 언제나 무(無)에서 우연히 생성되는 것이 아니라 이미 존재하고 있는 것에 대한 '영원한 회귀'(eternal return), 즉 창조적 재생산(모방)이다.

흔히 모방(베끼기)으로 폄하되는 다시 쓰기는 신고전주의의 문학이론일 뿐 아니라 탈근대 시대의 '혼성 모방'이나 '리메이크'라는 이름의 새로운 문화이론으로 다시 등장하였다. '다시'는 언제나 똑같은 "다시"를 허락지 않고 언제나 "다름"인 것이다. 다시 쓰는 작가는 이 다름에 무게를 두고 자기 시대의 이념과 작가 자신의 욕망으로 원작을 굴절시키고 변용시킨다. 이것은 분명 변형이다. 그러나 전혀 새로운 것이라고 말할 수는 없다. 근대 소설 장르의 수립과 정착에 선구적 역할을 한 18세기의 영국 소설가 다니엘 드포우(Daniel Defoe)의 소설『로빈슨 크루소』(*Robinson Crusoe*, 1719) 이후 전 세계적으로 얼마나 많은 다시 쓰기 또는 "개작"(adaptation)들이 이루어졌는가? 우리는 그것들을 '로빈슨 이야기들'(Robinsonade)이라고 부른다.

문학 생산에 있어서 원전 텍스트와 새로운 창작 사이의 '비교'(comparison)는 어떤 의미를 가지는가? 문학 텍스트의 해석에 관한 탁월한 저서인『비평적 사유』에서 콜린 맨러브(Colin Manlove)는 셰익스피어의 사극『안토니우스와 클레오파트라』(*Anthony and Cleopatra*)와 원전 텍스트였던 고대 그리스의『플루타크 영웅전』(*Plutarch's Lives*)과의 관계를 비교 설명하는 자리에서 다음과 같이 "비교"의 중요성에 대해 갈파하고 있다. 좀 길지만 인용해보자.

> 비교의 유용성은 무엇인가? 유사하거나 상이한 작품을 나란히 놓고 보면 우리에게 어떤 이익이 있을까? 단독으로 한 작품만을 지나치게 자세히 들여다봄으로써 커다란 조망을 가지지 못하는 한 작가의 특성이나 개성에 대한 이해도를 우리는 비교를 통해 높일 수 있을 것이다. 만일 한 작품이 다른 작품을 번안하거나 개작하거나 아니면 심하게 의존한 경우라면 각 작품에서 동일한 구절이나 부분들을 빼내어 둘을 함께 놓고 살펴봄으로써 각 작품에 대한 통찰력을 획득할 수 있을 것이다. 그리고 좀 더 폭넓은 수준에서 우리는 한 텍스트를 그것의 문학적 원천과 비교하여 … 두 작품이 얼마나 유사한지 상이한지 알 수 있을 뿐만 아니라 각 작품의 특별한 관심사나 주제에 대한 통찰력을 얻을 수 있다. 또는 유사한 형식, 주제나 장르의 작품들끼리 비교할 수도 있다. … 총체적인 문학 분석 작업에 비교가 포함된다. (86쪽)

영국 문학사에서 1660년에서 1800년까지의 시기를 "왕정복고 및 18세기"라고 하는데 흔히 '새로운' 고전주의 시대라고도 불린다. 그 이유는 이 시대의 많은 시인, 작가들이 주로 희랍과 로마에서 생산된 고전 작품들을 새로 읽고 공부하고 다시 쓰는 경우가 많았기 때문이다. 필자가 이 논문에서 논의하고자 하는 왕정복고기의 시인, 비평가, 극작가인 존 드라이든(John Dryden, 1631~1700)도 윌리엄 셰익스피어(William Shakespeare, 1564~1616)의 사극『안토니우스와 클레오파트라』(1608)에 대한 "다시 쓰기"를 시도하여 새로운 신고전주의 극『사랑을 위하여 모든 것을 또는 멋지게 잃어버린 세계』(*All for Love or The World Well Lost*, 1677)를 만들어냈다.

본 논문은 셰익스피어의『안토니우스와 클레오파트라』와 드라이든의『사랑을 위해 모든 것을』을 비교하여 두 극의 차이와 장단점을 논의하기 위한 것이다. 이 주제에 관해 지금까지 쓰여진 논문들은 많이 있다. 그러나 본 논문은 드라이든이 신고전주의 시대정신에 맞추어 다시 쓴 극을 또 '다시' 읽고 정리하여 21세기의 새로운 '다시 쓰기'의 시대를 맞아 드라이든의 다시 쓰기 작업의 의미와 가능성을 새롭게 되짚어볼 것이다. 따라서 이 논문의 초점은 비교 자체라기보다 '다시 쓰기'나 '개작'에 대해 이동과 이주의 세계화 시대인 우리 시대에 맞는 새로운 가치 부여와 해석이 필요한 창작과 발명으로서의 '모방'(imitation)의 미학을 사유하는 데 있다.

2. 셰익스피어와 드라이든의 극의 비교

우선 셰익스피어가 살았던 엘리자베스 시대와 드라이든이 살았던 왕정복고 시대의 극장 배경에 대해서 간단히 살펴보기로 한다. 엘리자베스 시대의 무대 특징은 배경도 별로 없이 배우가 가장 중요한 요소로 모든 것을 거의 대사에 의존했고 시간과 장소의 제한을 별로 받지 않았다. 극을 상연할 때 어색한 장면은 서술을 사용하여 해결하였으므로 행위나 시간이나 장소 제한에 구애받지 않아도 되었다. 그러나 왕정복고 시대에는 엘리자베스 시대와 달리 극이 궁정과 귀족 상류계급의 전유물이 되었고 일반대중들에게는 아직도 청교도주의의 잔재가 남아 도덕적으로 나쁜 것으로 간주되었다. 따라서 극은 귀족의 취미를 반영하게 되었다. 더욱이 이 시대에 유행한 극의 형태는 영웅극(heroic drama)이어서 극의 대부분이 영웅시체 이행연구(heroic couplet, 二行聯句)로 쓰였고 등장인물들도 실제보다 크게 다뤄져 실세계에서는 일어날 수 없는 초인간으로 이상화되었다. 드라이든은 이 계열의 극인 『그라나다의 정복』(The Conquest of Granada, 1670)의 서문에서 영웅극을 "영웅시(즉 서사시)를 모방한 것으로 결과적으로 사랑과 용기(명예)가 영웅극의 주제가 되어야 한다"라고 정의내리고 있다. 드라이든의 『사랑을 위해 모든 것을』은 사랑의 미덕을 찬미한 점으로 보아 "영웅비극"(heroic tragedy)이라고 말할 수 있다.

아리스토텔레스는 극이 모방이라는 점을 강조한 반면 드라이든은 『극시론』(An Essay of Dramatic Poesy, 1668)에서 극의 정의를 "인간 본성의 정당하고 살아 있는 이미지이며 … 인간에게 즐거움과 교훈을 주기 위해 열정과 기질 그리고 운명의 변화를 재현하는 것"(55쪽)이라고 내리고 있다. 드라이든의 극의 조건으로 인간 본성을 정확하고 생생하게 그리는 것으로 보았고 호라티우스의 영향으로 극의 기능은 "즐거움과 교훈"을 주는 것으로 보았다. 드라이든은 어떤 의미에서 『플루타크 영웅전』에서의 이야기를 '다시 쓰기'한 셰익스피어의 사극 『안토니우스와 클레오파트라』는 자신의 시대인 17세기 후반 신고전주의 시대의 문학관과 잘 맞지 않고 극장 관객들에게 커다란 감동을 줄 수 없다고 생각하였다. 드라이든은 자신의 극의 정의에 따라 셰익스피어의 극을 "다시 쓰기"로 결정하였다. 사건의 좀 더 정확한 재현과 사건의 비극성을 고양시킴으로써 자기 시대의 관객들에게 "즐거움과 교훈"을 분명히 줄 수 있기를 바랐다.

드라이든의 또 다른 관심사는 당시 유럽을 지배하고 있던 프랑스의 신고전주의의 일부를 받아들이면서 위대한 셰익스피어의 영국 전통을 되살려내는 것이었다. 이런 맥락에서 당시 영국 문단에서는 고전주의의 3일치 법칙을 철저히 따르는 프랑스의 정확한 극과 3일치 법칙을 무시하는 셰익스피어의 역동적인 극 중 어느 것이 더 우수한가에 대한 논쟁이 활발히 전개되었다. 드라이든은 물론 이 문학적 논쟁의 와중에서 영국극의 우수성을 지지

하고 있었다. 드라이든은 프랑스와의 문화 전쟁의 한가운데서 당시의 영국 극이 프랑스 극보다 우수한 이유 중 하나를 플롯과 등장인물의 다양성이라고 보았다. 가장 위대한 영국의 극작가를 셰익스피어와 벤 존슨(Ben Jonson, 1572~1639)으로 꼽은 드라이든은 "가장 크고 가장 종합적인 영혼"(88쪽)을 가진 셰익스피어가 "자연의 모든 이미지들"을 구현하는 "위대한 상상력"을 발휘했다고 보았고 벤 존슨은 당시 프랑스 신고전주의의 영향인 3일치 법칙 등극의 제반 법칙을 잘 준수한 "가장 학식 있고 판단이 조심스러운 작가"(90쪽)라고 생각했다.

드라이든은 자신이 가장 사랑하고 존경했던 대가인 셰익스피어와 존슨의 장점을 모두 살리면서 영국의 신고전주의가 발흥하던 왕정복고 시대의 취미에 맞추어 셰익스피어의『안토니우스와 클레오파트라』를 개작하려고 했다. 드라이든은 일찍이『극시론』에서 새 시대에는 새로운 사조에 맞게 극작을 해야 한다고 강조한 바 있다. 이런 점에서 볼 때 드라이든이 영웅 비극인『사랑을 위해 모든 것을』을 쓴 목적은 분명하다고 볼 수 있다. 그는 셰익스피어의 자유분방하고 다양성 있는 천재성에 벤 존슨의 훌륭한 극의 법칙준수의 절제를 덧입힘으로써 자기 나름대로 셰익스피어와 존슨의 미덕이 모두 포함된 새로운 또는 다른 작품을 생각했던 것이다. 드라이든은 영국극전통의 자랑거리를 셰익스피어와 존슨이 함께 있다는데 두었다. 드라이든은 자신의 극에서 셰익스피어와 거의 동시대인인 벤 존슨의 비교와 대화를 시도하였다.

드라이든은『극시론』에서 두 사람을 비교하고 있다. 이 부분은 영미 비평사상 가장 탁월한 비교 비평(comparative criticism)의 예라고 할 수 있다.

> 만일 내가 벤 존슨을 셰익스피어와 비교한다면 나는 존슨이 더 정확한 시인이지만 셰익스피어는 더 탁월한 상상력을 가지고 있다고 인정할 수밖에 없다. 셰익스피어는 호메로스이며 극 시인들의 아버지이다. 반면 존슨은 베르길리우스이며 정교한 극작의 전형이다. 나는 존슨을 존경하지만 셰익스

피어를 사랑한다. 존슨에 결론을 내린다면 존슨은 가장 (3일치 법칙에 따른)
정확한 극들을 우리에게 남겼듯이 그의 이론서인 『발견들』(*Discoveries*)에서
수립한 원리들 안에서 프랑스인들이 우리에게 줄 수 있는 것 같은 무대를
완벽하게 만드는 많은 유용한 규칙들을 제공해주었다.(90~91쪽)

　　당시 1660년 왕정복고로 왕위에 오른 찰스 2세의 궁정에서 "계관시
인"(Poet Laureate)이었던 드라이든은 아마도 자신의 극에서 선배 대극작가
들인 셰익스피어의 천재성과 존슨의 정확성을 모두 쟁취하려는 극작가로서
의 야망을 가지고 있었을 것이다. 드라이든은 벤 존슨의 절제를 통해 셰익
스피어의 극을 '다시 쓰기'하여 17세기 말 당시 프랑스의 엄격한 신고전주의
자들의 셰익스피어 비난에 대해 그를 옹호하고 영국 신고전주의 극의 우수
성을 입증하려 했다. 뿐만 아니라 그는 개인적으로도 이 극은 자기 시대 관
객들의 구미에 맞게 쓴 것일 뿐이 아니라 자기 자신을 위해서 쓰고 싶은 대
로 쓴 작품이기도 하다.

　　이렇게 드라이든이 셰익스피어의 극을 다시 쓰게 된 동기는 앞서 지적한
자신의 야심과 더불어 당시 프랑스극의 절대적인 영향권에 놓여 있던 영국
신고전주의의 왕정복고 시대에 여러 가지 무대 관습과 관객들의 바뀐 취향
으로 인하여 엘리자베스 시대의 셰익스피어극을 그대로 상연하기 곤란했기
때문일 것이다. 그러므로 셰익스피어와 드라이든의 비교에 관한 연구는 절
대적인 평가 기준에 비추어 어느 것이 더 훌륭한 극이라는 식의 우열을 가
리는 작업보다 시대 배경과 작가 의식이 상이한 두 작가에 의해 쓰였다는
관점에서 두 작품을 비교하는 것이 바람직한 작업일 것이다. 나아가 드라이
든이 목표로 했던 신고전주의의 극작 법칙과 이상이 다시 쓰는 과정에서 어
떻게 효과적으로 이루어졌는가를 살피는 것이 생산적인 접근일 것이다.

　　셰익스피어와 드라이든을 비교하는 데 있어서 필자는 한 극작가의 작품
을 개별적으로 분석한 다음 작품을 비교하는 방식을 피하고 처음부터 몇 개
의 비교할 항목들을 정해놓고 두 작품을 직접 비교하고자 한다. 두 극을 비

교할 수 있는 항목은 여러 가지가 있을 수 있겠으나 본 논문에서 필자는 드라이든을 '다시' 읽음으로써 두 가지만을 중심적으로 다뤄보려고 한다. 우선 극의 3일치 법칙, 즉 시간의 일치, 장소의 일치, 행위의 일치를 비교해서 두 극이 어떤 차이가 있으며 드라이든이 셰익스피어의 극을 어떻게 변형하고 "새로" 썼는지 살펴보고자 한다. 다음은 두 극의 등장인물들의 문제이다. 주인공인 안토니우스와 클레오파트라는 물론 셰익스피어 극의 많은 등장인물들이 드라이든의 극에서 어떻게 조절되고 바뀌었는지 간단하게 살펴보고자 한다. 이렇게 해서 17세기 후반 영국의 신고전주의 시대의 극작가로서 드라이든은 16세기 말 엘리자베스 시대의 극작가인 셰익스피어를 뛰어넘어 자신의 시대의 문학적 취향과 이념에 맞게 다시 쓰기를 수행하며 셰익스피어를 재창조하였다. 모든 작가는 자기 기대의 취향과 문제에 언제나 충실해야 하기 때문이다. 드라이든은 『극시론』에서 17세기 프랑스 극작가들의 3일치 법칙의 엄격성을 반대하고 그것은 영국적인 전통이 아니라고 말하면서 3일치 법칙의 융통성을 강조하였다. 그러나 드라이든은 셰익스피어보다는 3일치 법칙을 준수해서 극을 쓰고 있다.

우선 "시간의 일치" 문제를 비교해보기로 하자. 양극에서 취급된 역사적인 실제 기간은 B. C. 40년부터 B. C. 30년에 이르는 10년간의 일이다. 필리피 전투에서 브루투스와 카시우스를 패배시킨 뒤 승리자인 안토니우스가 몰락하는 시기인데 셰익스피어는 이것을 12일 동안 전개시키고 있다. 중간에 여러 번의 막간이 있지만 셰익스피어는 영웅전에 기초를 두어 가능하다면 역사적 사실에 비교적 가깝게 묘사하기 위해, 즉 실제에 가깝다는 것을 사실적으로 보여주기 위해 열이틀 동안 등장인물들로 하여금 연기하게 했다. 좀 더 구체적으로 살펴보면 제1일에는 1막 1장~4장, 제2일에는 1막 5장~2막 3장, 제3일은 2막 4장, 제4일은 2막 5장~7장(3막 5장), 제5일은 3막 1장~2장, 제6일은 3막 4장~5장, 제7일은 3막 6장, 제8일은 3막 7장, 제9일은 3막 8장~10장, 제10일은 3막 10장~13장, 4막 1장~3장, 제11일은 4막 4장~9장, 제12일은 4막 10장~15장, 5막 1장~2장으로 이루어지고 있다.

반면 드라이든은 시간을 길게 끈 셰익스피어에 비해 소위 "자연스러운 하루의 범주"인 24시간 안에 사건을 꾸며놓았다. 물론 너무 방대한 사건을 짧은 시간 내에서 처리하려는 것은 약간의 무리가 있지만 드라이든은『극시론』에서 "모든 극들은 무대에서 (하루)24시간이라는 범위 내에서 공연되어야 한다. 그 극이 플롯이나 행위가 그 시간 내로 제한되는 것만이 자연에 가장 가까운 모방으로 생각되기 때문이다"(58쪽)라고 자신이 지적했듯이 과감하게 극 시간을 대폭 줄임으로써 극의 구조가 더 간결하고 극적 효과를 집중시킬 수 있는 이점을 가지게 된 것이다.

다음으로 "장소의 일치" 문제를 비교해보면『안토니우스와 클레오파트라』에서는 42개의 장면이 있고 로마와 이집트 등지의 일대가 모두 등장한다. 전체의 거의 3분의 1을 차지하는 14개의 야영과 전투 장면이 나온다. 엘리자베스 시대의 무대 관습에 의해 셰익스피어는 시간과 장소를 초월하여 알렉산드리아에서 로마, 메시나, 미세눔, 시리아, 아테네 등 로마 제국의 광대한 지역 속에서 종횡무진 움직임으로써 역사적 진실성을 나타내고 장대한 행위에 이점을 주고 있다.

반면 드라이든은『극시론』에서 "극이 오로지 하나의 같은 장소로 재현되는 무대에서만이 개연성이 있지 그 장소가 많고 그리고 서로 너무 멀리 떨어져 있으며 부자연스럽게 생각되기 때문이다"라고 밝혔듯이 장소의 다양성은 극히 "개연성과 현실성"(58~59쪽)을 해치게 되어 극을 부자연스럽게 만든다고 말한다. 그리하여 드라이든은 알렉산드리아와 로마의 무대를 알렉산드리아만으로 축소시켰고 42개의 장면을 다섯 장면으로 줄여 만들었다. 그리하여 셰익스피어의 지루함과 산만함이 극복되고 집중을 통해 극의 효과를 얻고 있다고 말할 수 있다.

"행위의 일치"에 관해 살펴보면 셰익스피어의『안토니우스와 클레오파트라』에서는 특정한 단일한 플롯을 희미하게 만드는 여러 개의 사건으로 나열되는 인상을 받는다. 이야기는 단순하지만 하위 플롯(subplot)이 복잡하게 얽혀 있다. 수시로 바뀌는 장면이 시간과 장소의 중복과 연결 등 매우 다양하고 장엄하기는 하나 지나치게 산만하다고 볼 수 있다.

드라이든은 셰익스피어의 이러한 산만한 구성을 단순화시켜 5막 42장을 다시 5막 5장(1막에 1장씩)의 극으로 만들었다. 드라이든은『극시론』에서 행위가 여러 개이면 극의 통일성이 파괴되므로 하위 플롯은 "커다란 하나의 행위"에 종속시켜야 한다고 지적한 바 있다.『사랑을 위해 모든 것을』의 짧은 서문(Preface)에서 드라이든은 이러한 단일화의 장점을 "이 극의 구조는 극의 다른 중요하지 않은 부분에 대해서 시간과 장소와 행위의 3일치는 영국 극장들이 요구하는 것보다 아마도 더 정확하게 준수되었다"라고 지적하였다.

구체적으로 살펴본다면『사랑을 위해 모든 것을』에서는 악티움 전투에서 패한 안토니우스의 절망적인 상황에서부터 극이 시작된다. 그는 시저에게 도전장을 보낸다. 시저의 군대가 알렉산드리아의 성벽 외곽지대까지 와 있다. 역사적인 10년의 기간이 불과 몇 주의 이야기로 만들어지고 무대에서는 하루에 해결된다. 드라이든은 1, 2, 3막에서의 모든 행위를 제거하고 그의 주제를 드러내기 위해 4막에서의 모든 전투 장면들과 5막에서의 옥타비우스 장면을 제거했다. 드라이든은 극의 제목이 제시하듯이 셰익스피어의 극에서 사랑의 이야기만을 극화하는 것이 목적이었으므로 잡다한 요소들을 과감하게 제거했던 것이다. 이렇게 해서 남게 되는 주요 사건들은 클레오파트라에 대한 안토니우스의 일시적인 혐오, 다시 클레오파트라에게 안토니우스가 돌아오고 두 번째 패배 이후 안토니우스의 클레오파트라에 대한 증오, 최후의 화해와 그들의 죽음 등이 주요한 사건들이다. 여기에다 드라이든은 옥타비아 장면을 덧붙였고 벤티디우스, 알렉사스와 도라벨라의 장면을 새로 만들어냈다. 특히 벤티디우스의 장면은 드라이든 자신이 짧은 서문에서 "나는 내가 지금까지 이런 종류의 극에서 쓴 어떤 것보다 1막에서 안토니우스와 벤티디우스 사이의 장면을 특히 좋아한다"라고 밝히면서 잘된 부분이라고 자평하였다. 이렇게 볼 때 드라이든은 셰익스피어의 방만한 극『안토니우스와 클레오파트라』와 달리 시간, 장소, 행동에 있어서 조심스러운 압축과 긴장을 위해 3일치 법칙을 준수하여 신고전주의 시대의 관객들에게 커다란 효과를 거두고 있다고 볼 수 있다.

3. 셰익스피어와 드라이든의 안토니우스 비교

드라이든은 『안토니우스와 클레오파트라』를 개작하는 데 있어서 안토니우스와 클레오파트라의 사랑의 이야기를 위해서 불필요한 등장인물들도 과감히 정리하고 극에서의 역할의 중요성도 축소, 확대 또는 변형시켰다. 우선 안토니우스, 클레오파트라, 샤미안, 아이라스는 양극에서 모두 같은 중요성을 지니게 된다. 그러나 『안토니우스와 클레오파트라』에서 중요치 않았던 벤티디우스, 알렉사스, 도라벨라가 『사랑을 위해 모든 것을』에서는 중요한 인물로 부각된다. 옥타비우스, 에노바버스, 폼페이, 레피두스, 사자들, 장군들, 군인들은 『안토니우스와 클레오파트라』에서의 플롯에 필요한 인물들인데 『사랑을 위해 모든 것을』에서는 거의 3분의 1로 줄여져서 열한 명 정도밖에 등장하지 않는다. 인물 묘사의 비교에 있어서 우선 양극에 나타난 안토니우스와 클레오파트라를 주로 비교해보고 그 후 벤티디우스, 알렉사스, 옥타비아, 도라벨라, 샤미안, 아이라스를 간단하게 비교해보기로 한다.

우선 안토니우스부터 비교해보자. 셰익스피어의 안토니우스는 정치가, 군인, 친구, 애인으로 그의 추한 현실의 갈등과 투쟁 속에서 실패하는 데도 그에 대한 매력은 사라지지 않는다. 마지막에 사랑을 위해 목숨을 스스로 끊을 때 우리는 그의 죽음의 허무성을 느끼기에 앞서 어떤 숭고함마저 느끼게 된다. 비현실적인 사랑에 빠져 있는 안토니우스는 편협하고 추한 세계를 초월하려는 이상주의자였으므로 무자비하고 냉엄한 현실주의자인 시저와의 경쟁에서 패하는 것은 어쩔 수 없는 일인지도 모른다. 셰익스피어는 안토니우스가 실패와 파멸을 하기는 하지만 안토니우스가 쾌락의 죄악을 저지르고 받아야만 하는 몰락과 죽음이라는 인과응보의 비극을 그리려고 한 것 같지는 않다. 오히려 비극적인 고매한 인간성을 그리려고 한 것 같다. 안토니우스는 숭고한 정직성, 외교적인 능력 등 정치가로서의 "위대한 마크 안토니우스"로 부각되지만(II, ii, 120), 무엇보다도 천재적인 장군상이 부각된다. 특히 지상전에서 뛰어나서 벤티디우스는 그를 가리켜 "전쟁의 마술적 언어"(III, i. 31)라고 불렀고 폼페이도 "그의 군인정신은 다른 사람의 배나 된다"라고 말했다. 타산적이고 냉철한 시저도 안토니우스와 자신을 비교하면서 안토니우스의 위대성을 말하고 있다(I, iv, 56~81). 클레오파트라도 꿈속에서 안토니우스의 위엄을 보고 "그의 발은 대양을 향해 걸어가고 그의 팔은 세계를 창조했다"(I, v, 23)라고 말하고 또 다른 곳에서는 "그의 얼굴은 하늘과 같고 그 안에/태양과 달이 있어 그들을 지키고 빛을 발한다"(V, ii, 79~80)라고 말한다. 레피두스도 다음과 같이 안토니우스를 평한다.

> 과실이 많다 해도 그분의 장점이
> 죄다 어둡게 된다고 볼 수는 없지요.
> 그분의 결점은 밤하늘의 별이
> 컴컴하기 때문에 더욱 뚜렷이 빛이 나 보이는 격이고
> 습득한 것이라기보다는 유전이라 봐서
> 어떻게 할 도리가 없는 것이외다.
> (I, iv, 1~15, 김재남 역. 이하 쪽수는 생략하고 막, 장, 행수만 표시함)

그러나 대로마 제국의 집정관이 일개 요부와 같은 클레오파트라에게 빠져서 시간과 재능을 낭비하는 것에 대해 극 초반에 필로는 안토니우스에 대해서 "세계의 세 기둥이 매춘부의 바보로 변했네"(I, i, 12~13)라고 도덕적 비판을 가한다. 그러나 안토니우스와 클레오파트라는 그들의 사랑을 다음과 같이 이야기한다.

> 클레오파트라: 진정 사랑하심 말씀해보세요. 얼마만큼이나 사랑하시는지.
> 안토니우스: 헤아릴 수 있는 사랑이란 빈약한 거요.
> 클레오파트라: 얼마나 사랑받고 있는지 그 한계를 좀 알고 싶어요.

안토니우스: 그렇다면 먼저 새 천지를 찾아야 할 거요.(I, i, 14~17)

위의 대사는 안토니우스의 사랑에 대한 본질을 표현하고 있다. 그의 사랑에는 관능적인 면뿐 아니라 육체적인 것을 초월할 수 있다는 의미까지 포함하고 있다. 이러한 사랑의 세계는 현실적인 시저로 대표되는 추악한 로마 세계에 대비되는 이집트 세계이며 이상주의자인 안토니우스의 세계인 것이다. (물론 이 두 세계는 안토니우스의 내부에서 치열하게 갈등을 일으킨다.)

안토니우스를 소환하려고 로마에서 사자가 왔을 때 안토니우스가 다음과 같이 말하는 장면은 클레오파트라의 사랑의 깊이가 어느 정도인지 알 수 있다.

로마는 테베레 강물에 녹고 질서정연한 제국의
넓은 아치도 쓰러져라! 이곳이 나의 영역이다.
왕국들은 진흙이요, 이 더러운 흙덩이는
짐승이나 인간을 한 가지로 길러주거든.
인생의 숭고함은 이렇게 하는 것이렷다.
한 쌍의 애인, 이 같은 두 남녀가 포옹할 수 있으니
나의 형벌의 고통을 무릅쓰고라도 세상에 고하지만
우리야말로 천하무쌍의 존재인 거요.(I, i, 33~39)

죽음의 장면에서 안토니우스의 위대성과 고매성은 한층 더 극명하게 드러난다. (이것은 후에 논의할 『사랑을 위해 모든 것을』에서도 마찬가지이다.) 안토니우스에게 죽음이란 단순한 소멸이 아니라 초월된 세계로 인도되는 것이다. 그는 기꺼이 죽음을 맞이했고 죽음을 통해 추한 현실을 벗어나 사랑과 이상을 끝까지 지키며 또한 죽음을 통해 클레오파트라도 각성시키고 변화시키게 된다.

드라이든의 안토니우스에서도 셰익스피어에서 나타나는 장엄성과 관대함 등이 약간 약화된 상태로 나타나고 있지만 분명히 다른 면을 느끼게 해준다. 물론 이런 점은 드라이든이 극 제목으로『사랑을 위해 모든 것을 또는 멋지게 잃어버린 세계』라고 붙인 것처럼 사랑의 이야기의 주제를 이끌어 내기 위해 안토니우스에게 셰익스피어와는 달리 어떤 극적인 비극적 약점을 더 구체적으로 제시하기 위한 변형이 필요했을 것이다. 드라이든의 안토니우스는 사랑의 노예 또는 열정에 탐닉하여 패배하는 단순한 패배자적인 면이 더 많다. 극이 시작될 때부터 안토니우스는 감상주의적인 사랑에 빠진 남자로 보인다. 드라이든은 안토니우스가 악티움 전투에서 패하여 절망에 빠지고 클레오파트라의 사랑에 빠져서 완전히 구제할 수 없는 상태에 이른 것을 보여주고 있다. 이런 상황에서 벤티디우스가 안토니우스를 본래의 상태로 이끌기 위해서 노력하고 있다. 안토니우스는 벤티디우스의 충고로 어느 정도 용기와 자신을 회복하게 될 뿐이다.

드라이든은 극의 서시(Prologue)에서 안토니우스를 다음과 같이 묘사한다.

> 여러 재사들이 작가의 폭한(暴漢)이라고 부르는 작가의 주인공은
> 용기가 부족하네; 그리고 결코 호언장담하지 않네.
> 그 주인공은 약간 외설적이지만 선의의 마음을 가졌네
> 많이 울고 별로 싸우지 않지만 멋진 존재이네.
> (10~14. 필자 번역. 이하 동일)

드라이든은 안토니우스를 셰익스피어처럼 장엄하고 고상하게만 만들지 않고 인간적인 면을 강조해서 관객의 공감과 연민의 정을 구하려 했다. 드라이든의 안토니우스에게는 유난히도 감상적인 면을 엿볼 수 있다. 자기 연민에 빠져서 이성을 잃고 꿈속에서 헤매기도 한다. 또한 벤티디우스의 충고로 알렉산드리아를 떠나려고 할 때 클레오파트라가 보낸 루비 팔찌를 받고 쾌락의 환상 속으로 쉽게 빠지는 나약한 몽상의 상태를 벗어나지 못하고 있다. 극이 진행됨에 따라 그의 몰락이 점차로 가까워지지만 그러나 그는 완

전히 천박한 인물로 결코 전락하지는 않는다. 또 그의 병적인 사랑도 쾌락이나 방종만을 위한 것은 아니고 클레오파트라에 대한 사랑에서 어떤 초월적이고 이상적인 승화를 희구하게 된다.

> 내가 얼마나 사랑했는지
> 네 발 아래 사라져 없어져버린
> 낮과 밤을 그리고 모든 시간아
> 너의 업무가 나의 정열을 세는 것이었으니까!
> 하루가 지나갔다. 그러나 사랑밖에 본 것이 없네.
> 또 다른 날이 왔다. 아직도 사랑뿐이네.
> 태양은 바라보는 것으로 지쳤으나
> 나는 사랑하는 것으로 피곤하지 않네. (II, i, 282~288)

클레오파트라가 죽었다는 말을 듣고 안토니우스는 모든 것을 체념하고 죽음을 받아들일 준비를 한다.

이렇게 볼 때 드라이든의 안토니우스에서는 셰익스피어에 비해서 초월적, 이상주의적 고결한 정신이 많이 감소되고 있다. 특히 드라이든의 안토니우스는 자주 친구의 우정도 의심하고 질투에 빠지기도 한다. 그러나 그의 인간적인 감상주의는 어떤 의미에서 그를 더 비극적인 인물로 부각시켰다고 볼 수 있다. 드라이든은 『사랑을 위해 모든 것을』의 짧은 서문에서 이 극을 쓰는 목적을 "도덕의 우수성을 밝히는 것이다. 왜냐하면 이 극에 등장하는 극중 등장인물들은 불법적인 사랑의 유명한 모범들이나, 그들의 종말은 언제나 불행하기 때문이다"라고 말했다. 이런 목적을 위해서 드라이든은 안토니우스에 대한 이런 식의 개작이 불가피했을 것이다. 그렇게 하여 비극의 중요한 목적인 주인공에 대한 연민의 정을 느끼게 함으로써 "인간에게 교훈"을 주려고 하는 것이다. 그러나 이러한 극적 효과 면에 대한 고려를 저버린다면 드라이든의 의도를 어떻게 변호하든 간에 드라이든의 안토니우스는 애인인 면을 제외하고 정치가, 군인으로서는 셰익스피어의 안토니우스에 비해 뒤떨어지는 것이 불가피하다고 말할 수 있다.

4. 셰익스피어와 드라이든의 클레오파트라 비교

이제부터 클레오파트라를 비교해보자.

클레오파트라는 두 극에서 열렬한 사랑의 소유자라는 공통점을 빼놓고는 차이점이 더 많다. 클레오파트라는 셰익스피어의 여러 인물들 중에서도 놀라운 반대명제 또는 영광스러운 수수께끼 등으로 가장 난해한 성격으로 여겨지고 있다. 그래서 셰익스피어의 클레오파트라는 복잡다양하고 변덕스럽고 자유분방한 여인의 모든 성질을 지닌 인물로 묘사되고 있다. 그녀는 여왕이면서도 질투심이 많고 술책이 많고 간교하며 요염하고 거만하고 신경질적이고 욕심 많고 자유분방한 모든 면을 잘 드러낸다. 이러한 클레오파트라의 매력에 대해 에노바버스도 다음과 같이 말할 정도이다.

> 천만에요. 버릴 리는 없소
> 나이도 여왕을 시들게 하지 못하고 언제 봐도 싱싱하오
> 무진장한 변화성을 가지고 있어서 말이오.
> 딴 여자들은 남자에게 만족을 주고 나면 물리게 하지마는.
> 여왕은 가장 만족을 주는 그 자리에서 도리어 굶주림을 느끼게 하는
> 가장 야비한 것도 여왕이 하면 좋게만 보이오
> 그래서 신성한 사제들도 여왕의 난봉에는 축복할 지경이오.
> (Ⅱ, ii, 236~244)

셰익스피어의 클레오파트라는 이상한 마력을 지닌 여인으로 남자를 사로잡기 위해 애원하고 위협하고 야유하고 찬미하기도 한다. 그래서 극중 인물들은 클레오파트라를 "무한한 변덕쟁이"니 "왕실의 매춘부"니 "홀리는 여왕" 등으로 부르고 있다. 또 2차 해전에 이집트군이 배반하여 시저군에 투항했을 때 안토니우스는 클레오파트라를 "세 번 배신한 창녀"(Ⅳ, xii, 13)라고

비난한다. 요컨대 클레오파트라는 진정으로 강렬하게 그를 사랑하면서도 수단 방법을 가리지 않고 변덕과 심술과 참사랑을 교차시켜가면서 그를 괴롭히고 안달나게 하여 안토니우스를 붙잡아 매놓는 요부의 역할을 계속한다.

그러나 클레오파트라는 4막 후반부터 갑자기 고상한 인물로 변모되기 시작한다. 이것은 안토니우스의 숭고한 죽음을 보면서 변화를 일으키는 것이며 자살 장면에서 현실의 어둠과 덧없음을 감지한다. 또 안토니우스의 관대하고 순수한 사랑에 의해 결국 교활하고 복잡한 클레오파트라는 단순해지고 고귀하게 된다. 안토니우스가 죽으면서 시저와 화해하고 잘살라고 유언했을 때 클레오파트라는 다음과 같이 말한다.

> 인간 중에 가장 훌륭한 분, 이것으로 세상을 하직하시겠습니까?
> 나를 내버려두실 작정이십니까?
> 당신이 없으면 돼지우리만도 못한 이 지루한 세상에
> 남아 있으란 말이십니까? (IV, xv, 59~62)

그런 후에 클레오파트라는 독사에 물려 죽는다. 클레오파트라는 안토니우스의 뒤를 따라 죽음으로써 사랑을 영원하게 했고 여왕으로서 안토니우스의 애인으로서의 고결함과 위엄을 회복하였으며 시저의 승리를 거부하고 그들의 사랑의 승리를 이룩했던 것이다.

그러면 클레오파트라가 죽기 전에 어떻게 변모하는지 다시 살펴보자. 사랑을 영원화하고 죽음의 세계로 떠날 준비를 하는 클레오파트라는 안토니우스에 의해 순수하고 위대해질 수 있었다.

> 나는 이 비참한 처지로부터 더 좋은 인생으로 축복받게 마련이지
> 시저가 되면 뭘 하니
> 시저는 운명의 신이 아니라
> 다만 운명의 종이요, 운명의 대행자밖에 못 되잖는가?
> 위대함이란 다른 온갖 행위를

끝장냄을 두고 말하는 것.(V, ii, 1~5)

또 죽음의 장면에서 클레오파트라의 다음과 같은 대사는 안토니우스의 죽음을 통해 완전히 변모된 고상한 여인의 모습이다. 5막의 거의 대부분은 변화된 클레오파트라를 묘사하고 있다.

> 그 곤룡포를 다오 그리고 면류관을 씌워다오 어서
> 영원 불사경에 들어가고 싶구나. 이제는 이집트 포도즙이
> 이 입술을 축이지 못하련다.
> 어서 해, 어서. 아이라스야, 어서
> 안토니우스께서 부르는 소리가 들리는 것 같다
> 그분이 나의 훌륭한 행위를 칭찬하고자 일어서는 모습이 보이는구나
> ...
> 이제 나는 불과 공기가 되고,
> 나머지 원소인 물과 흙은 이 천한 현세에다 남겨줘야지.(V, ii, 280~286,
289~290)

드라이든의 클레오파트라는 처음부터 셰익스피어의 클레오파트라처럼 사랑의 노예이기는 하지만 요부처럼 교활하지 않고 여왕다운 위엄은 어느 정도 지키며 또 어떤 면에서 평범한 순정적인 면도 엿보인다. 드라이든의 클레오파트라는 미숙한 상태로서 앞서 말한 셰익스피어의 클레오파트라의 속성을 거의 약화되거나 변형된 상태로 지니고 있다. 그녀는 세계의 제왕을 유혹한 요부답지 않고 "정숙한 아내"로 만족하려는 말도 한다. 또 셰익스피어의 클레오파트라의 "오래된 나일강의 뱀"(I, v, 25)이라는 인상도 없다.

> 천성적으로 나는
> 아내예요, 어리석고, 순진하고 집비둘기 같은.
> 술책도 없이 상냥하기만 하고 속임수 없이 친절하기만 하지요.(IV, i,
91~93)

처음부터 셰익스피어의 클레오파트라의 모습은 별로 나타나지 않는다. 클레오파트라는 안토니우스의 합법적인 아내가 되기를 열망하여 "나의 샤미안이여, 나는 그의 아내라는 고귀한 지위를 열망하네"(V, i, 413~414)라고 말하기도 한다. 그러나 위의 대사에서 나오는 "그의 아내"니 "가정의 비둘기"니 하는 말로 단순히 그녀를 평범한 감상적인 여자로 볼 수는 없을 것이다. 다음과 같은 대사를 보면 클레오파트라는 그들의 사랑이 이성과 법을 초월한 것이라는 것을 보여준다.

> 지루한 옥타비아(안토니우스의 아내)가
> 살아남아 그의 죽음을 슬퍼하게 하세요: 나의 더 고상한 운명은
> 우리들의 부부 관계를 너무나 강한 매듭으로 묶었어요
> 로마의 법으로도 깨뜨릴 수 없는. (V, i, 415~418)

이런 곳에서 드라이든의 클레오파트라가 지닌 어느 정도의 영웅적 위상을 엿볼 수 있다. 그래서 어떤 이는 안토니우스가 그녀를 떠나지 못하는 것이 "그녀의 육감적 매력이라기보다 그녀의 고상함"(Waith, 77쪽)이라고 말하기도 한다. 특히 죽음에 임박한 드라이든의 클레오파트라는 셰익스피어의 그것과 유사하다. 클레오파트라는 죽음을 통해서 시저와 로마 세계를 극복 초월하여 영원한 사랑의 결합을 이룩할 수 있는 것이다. "나는 안토니우스같이 또한 시저를 정복해야 한다./그리고 세계에 대한 나의 지배를 얻어내야 한다."(V, i, 465~466) 드라이든의 안토니우스는 죽음을 친구에 비유하였고 클레오파트라는 애인과 비교하고 있다. 클레오파트라는 죽기 전에 어의를 입혀달라고 시녀 샤미안에게 명하고 다음과 같이 말한다.

> 너는 참 답답하구나! 내 사랑을 만나기 위해서는
> 내가 그를(안토니) 시드노스 둑에서 처음 보았을 때처럼
> 여신같이 온통 반짝이는 옷을 입었었지, 그렇게 꾸미고
> 나는 그를 다시 한 번 찾을 거야. 나의 두 번째 결혼식도

첫 번째 결혼식과 영광 속에서 똑같아야 돼. 서둘러라 서둘러서
안토니의 신부에게 의상을 입혀다오.(V, i, 456~463)

이렇게 볼 때 셰익스피어의 클레오파트라와 드라이든의 클레오파트라의 차이점과 공통점이 어느 정도 드러난다고 보겠다. 사랑의 강도에 있어서나 자살의 장면에서 두 여인은 별로 차이가 없지만 그 외에는 이미 밝힌 바와 같이 셰익스피어의 클레오파트라는 심술과 변덕이 심하고 요염하고 교활하며 질투심이 강하고 무례하고 미묘한 반면에 드라이든의 클레오파트라는 훨씬 약화된 상태로 묘사되고 있다. 웨이스(Eugene M. Waith) 같은 학자가 셰익스피어의 클레오파트라를 "그녀는 아마도 엘리자베스 무대에서 보디스와 버팀살이 들어 있는 이집트 의상을 입었을 것이다"로 보고 드라이든의 클레오파트라를 "긴 옷자락을 가진 17세기 후반 궁정 복장"(76쪽)으로 본 것은 재미있는 비교로 보여진다.

5. 셰익스피어와 드라이든의 다른 인물들 비교

이제부터는 두 남녀 주인공 이외의 인물을 비교해보자. 우선 벤티디우스는 셰익스피어에서 조연급 인물이나(대사의 수는 III, i에서 30행이 고작이다.)『사랑을 위해 모든 것을』에서는 중요한 인물로 부각되고 있다. 안토니우스에게 옛날의 명예와 권위를 회복시켜주려고 자극하고 클레오파트라를 안토니우스를 타락시키는 요부로 보고 그녀의 유혹으로부터 안토니우스를 구해내려고 적극적인 노력을 한다. 또한 드라이든의 벤티디우스는 셰익스피어의 에노바버스, 이로스, 벤티디우스의 세 인물을 합친 역할을 한다. 벤티디우스는 코러스의 역할을 하여 극의 벽두에서 안토니우스를 묘사하고 있다.

슬픔이 그를 얼마나 흔들고 있는가!
그래 지금 폭풍이 그를 뿌리쳐 찢어놓고

그리고 지상에서는 고상한 파멸이 끝없이 이어지네.(I, i, 213~215)

셰익스피어에서 에노바버스는 안토니우스의 친구요, 부하이며 클레오파트라의 장점도 인정하고 있지만 드라이든의 벤티디우스는 클레오파트라와 적대 관계를 가지고 대결을 하고 있다. 드라이든의 벤티디우스의 모든 노력은 결국 실패로 돌아가고 우정과 충정심에서 자살하게 된다. 셰익스피어에서는 안토니우스를 놓고 시저와 클레오파트라가 다투지만 드라이든에서는 안토니우스를 놓고 클레오파트라와 벤티디우스가 투쟁하는 것이라고 볼 수도 있다.

다음에는 알렉사스를 살펴보자. 셰익스피어에서는 대사의 수가 32행(I, ii 11행, v, 17행, III, iii 4행)에 불과한 단지 추종하는 내시이지만 드라이든의『사랑을 위해 모든 것을』에서는 클레오파트라의 친구요, 보좌관 역할을 하게 되고 나아가 모사 내지는 나쁜 짓을 주선하는 중요한 인물로 나타나고 있다. 우선 그는 안토니우스와 클레오파트라를 헤어지게 하는 주모자이다. 또 다른 의미에서 드라이든의 극은 클레오파트라를 놓고 안토니우스와 알렉사스의 대결이라고 볼 수 있다. 드라이든의 알렉사스는 아첨, 속임수 등으로 치명적인 두 개의 장치를 만들어낸다. 그중 하나는 안토니우스의 질투를 일으켜서 도라벨라와 클레오파트라를 불신하게 하는 것이고, 나머지는 안토니우스에게 클레오파트라의 죽음을 허위 보고함으로써 그들을 죽음에 이르게 하는 것이다. 셰익스피어에게 안토니우스와 클레오파트라의 비극은 거의 자신들의 사랑의 결과인 데 비해 드라이든의 경우는 그 요소 이외에 알렉사스의 술수와 거짓말의 결과이다. 드라이든은 알렉사스를 중요한 인물로 부각시켜 극 전개상 대단히 중요한 역할을 하게 만들었다.

안토니우스의 아내 옥타비아의 경우도 셰익스피어에서보다 드라이든에서 더욱 중요성이 부각된다. 셰익스피어에서 옥타비아는 네 장면에서 모두 36행(II iii 3행, III ii 3행, iv 16행, vi 14행)의 대사를 말하는 미미한 존재이나 드라이든에서는 옥타비아는 역시 아름다움을 지닌 여성이었지만 이성과 의무와 오빠인 시저를 내세워 안토니우스의 마음을 되돌려보려고 노력한다 (Ⅲ, i, 295~302). 그러나 안토니우스는 다음과 같이 말한다.

> 옥타비아, 나는 당신의 말을 들었소. 그리고
> 당신 영혼의 위대함을 칭송하는 바요.
> 허나 당신이 제안한 것은 받아들일 수 없소;
> 왜냐면 나는 사랑 이외는 결코 정복될 수 없기 때문이오.
> 그리고 당신은 의무를 다하고 있소.(Ⅲ, i, 313~317)

그러나 옥타비아와 벤티디우스가 두 딸을 데리고 와서 그의 마음을 돌리려 하여 잠깐 동안이나마 그의 마음이 그들에게로 돌아간다. "이것은 당신의 승리요. 나를 당신이 원하는 대로 인도하시오. 당신 오라비의 진영일지라도"(Ⅲ, i, 371~372).

3막 마지막 부분에서 옥타비아와 클레오파트라는 정면으로 대결하게 된다. 이 부분에 대해서는 드라이든 자신도 자기가 꾸며낸 것에 대해 약간은 불안했던지 극의 짧은 서문에서 다음과 같이 자신의 입장을 옹호하고 있다.

> 두 격노한 경쟁자들이 내가 그들의 입을 빌려 표현했듯이 그러한 풍자(비난)를 사용한다는 것은 그럴듯하지는 않은 일은 아니리라. 왜냐하면 결국 한 여인은 로마인이고 다른 한 여인은 여왕이지만 그 두 사람 모두 여인들이다. 어떤 행동은 비록 자연스럽기는 해도 재현되기에 적합하지 않다. 자주 쓰이는 더러운 욕설들은 예의 바른 곳에서는 피해야만 한다는 것은 사실이다.

그러나 필자의 생각으로는 드라이든이 이 두 여인의 대면 장면과 특히 두 딸을 끌어들인 것은 극적 효과를 손상시키지 않았나 하는 생각이 든다. 왜냐하면 이 장면은 지나치게 극 전체에서 범속하여 멜로드라마적이고, 그녀들의 신분으로 볼 때 극 전체의 개연성을 훼손시킬 수 있기 때문이다.

도라벨라의 경우 셰익스피어의『안토니우스와 클레오파트라』에서는 시저의 친구로 미미한 존재이다(Ⅲ xii 5행, vi 1행, ii 42행). 드라이든에서는 안토니우스의 친구도 되고 클레오파트라와의 사랑의 행위로 안토니우스의 질투심을 불러일으킨다. 셰익스피어에서 도라벨라는 시저의 사절로 왔다가 클레오파트라에게 매료되어 시저의 계획, 즉 로마로 개선할 때 클레오파트라를 데려갈 것이라는 사실을 폭로한다. 드라이든에서 도라벨라는 우정과 사랑의 갈등 속에 빠지게 된다. 안토니우스와 옥타비아와의 화해를 모색하나 오히려 클레오파트라와의 관계 때문에 의심을 받게 되고 안토니우스의 노여움을 살 뿐이다(Marshall, 124쪽).

　클레오파트라의 시녀인 샤미안과 아이라스는 두 극에서 모두 별다른 차이 없이 여왕에게 충직한 인물들로 그려지고 있고 특히 클레오파트라의 자살 장면에서 극적으로 드러나고 있다. 클레오파트라가 아이라스에게 잘 살라고 자유를 주었으나 아이라스는 여왕보다 먼저 독사에 물려 자살한다. 여왕이 죽자 시저의 군대가 침입하는 소리가 들리는 가운데 사미온도 뱀에 물려 자살하고 만다.

　마지막으로 세라피온은 드라이든의 극에서 거의 행위는 없지만 사제로서 극의 서두에서 이집트 땅에 앞으로 닥쳐올 재앙들을 예언하고 극의 맨 마지막 부분에 안토니우스와 클레오파트라에게 작별인사를 하는 코러스적인 역할을 하고 있다(v, i, 515~519). 이렇게 볼 때 반복이 허용된다면 셰익스피어의 경우에 있어서는 너무 많은 인물들이 무질서할 정도로 등장하여 극이 장대하고 다양성은 있겠으나 극을 결정적인 장면으로 이끌지 못하는 산만한 인상을 준다. 그러나 드라이든의 경우에는 극의 전개에 불필요한 인물을 과감히 정리, 제거하였고 또 자신의 주제에 적당하게 인물들의 배역의 역할도 셰익스피어와 다르게 바꾸기도 하고 전혀 없는 장면(옥타비아와 클레오파트라의 대면 같은 경우)도 만들어내기도 하여 전체적으로 보아 단순해지고 집중적인 극의 효과와 등장인물의 강한 인상을 주는 데 어느 정도 성공하고 있다고 말할 수 있겠다.

6. 드라이든의 개작극 『사랑을 위해 모든 것을』의 특징

드라이든은 3일치 법칙을 잘 준수해서 셰익스피어의 산만성을 극복하고 극의 구조에 있어서 상당한 통일성과 긴장과 훌륭한 짜임새를 가지고 있다. 셰익스피어의 『안토니우스와 클레오파트라』는 장편소설을 읽는 장대함을 가질 수 있고, 드라이든의 『사랑을 위해 모든 것을』에서는 잘 짜인 중편소설이나 단편소설을 읽고 얻을 수 있는 단일한 집중적인 극적 효과를 느낄 수 있다. 특히 인물구성면에서 볼 때도 43명이나 되는 등장인물을 11명으로 대폭 줄여서 축약되고 절제된 시간과 공간의 상황 아래서 훨씬 짜임새가 있어 극적 효과가 더 배가된 것으로 볼 수 있다. 특히 셰익스피어가 안토니우스를 4막에서 죽게 하고 클레오파트라를 5막에서 죽게 하나 드라이든은 5막에서 다시 화합한 후에 거의 같이 죽게 한 것은 훨씬 비극적 효과가 있고 기교 면에서 볼 때도 더 훌륭한 것이라고 볼 수 있다.

대체로 드라이든의 '다시 쓰기'에 대해 비평가들 사이에는 두 가지 상반된 견해가 있음을 알 수 있다. 칭찬 아니면 비난이다. 리비스(F. R. Leavis)는 드라이든의 인물 구성에 셰익스피어에 비해 개연성 즉 시적 정의가 부족하다고 보았다.

> 드라이든의 비극적 등장인물들은 무대 자세의 세계에서만 존재한다: 정합성(整合性)은 사라지고 모든 것이 사라진다. 셰익스피어의 등장인물들은 운문의 삶과 조응하는 삶을 가지고 있다. 그들에게서 삶은 사실상 운문의 삶이기 때문이다.(106쪽)

리비스는 또한 상대적으로 셰익스피어 인물의 우수성을 주장했다.

그러나 그러한 비판을 전혀 회피할 수 없다 하더라도 왕정복고 시대의 영웅 비극의 속성 즉 사랑과 명예를 영웅적으로 그린다는 점을 리비스는 이해해야 할 것이다. 이 밖에도 여러 학자들이 드라이든 극이 신고전주의의 3일치 법칙을 지켰으나 셰익스피어극에는 다양성 등 역시 여러 가지 면에 미칠 수 없다고 주장하고 있다. 물론 드라이든의 훌륭한 점을 지적하는 사람도 많다. 그중 대표적인 사람인 톰슨(John Thompson)은『사랑을 위해 모든 것을』의 위대성과 드라이든이 만들어낸 다시 쓴 극의 의미에 대해서 다음과 같이 언명한다.

> 셰익스피어가 사용하는 형식은 순환적, 즉 영고성쇠의 구조이다. 우리는 안토니우스가 위대함의 정점까지 올라갔다가 추락하는 것을 본다. 삶의 모든 대조적인 양상들이 소진과 파괴에 대한 당혹스런 의미를 남기는 생생하게 대조적인 장면들 속에서 희극적인 것과 비극적인 것이 보인다. 드라이든의 목적은 감정을 분명히 하고 안정된 방식으로 끝내는 것이다. 이를 이루기 위해 드라이든은 형식을 선택해서 원 자료들은 변형시킨다. 그는 우리로 하여금 그의 등장인물들을 존경하기를 바랐다. 그래서 셰익스피어의 극에서보다 안토니우스는 좀 더 영웅적이고 클레오파트라는 좀 더 비극적이다. 누구 극이 더 훌륭한가라는 문제에 대한 진정한 해답은『안토니우스와 클레오파트라』는 드라이든 시대의 관객의 동의를 구하지 못한 것처럼『사랑을 위해 모든 것을』이 셰익스피어 시대 관객들에게 실패했을 것이라는 점이다. (94~95쪽)

또한 필자가 서론에서 밝혔듯이 두 극을 비교하는 것도 커다란 의의가 있지만 그보다 드라이든이『사랑을 위해 모든 것을』의 서문에서 밝힌 포부가 얼마나 성공적으로 수행되었는가를 밝혀보는 것도 중요한 일이다. 이런 맥락에서 브루스 킹(Bruce King)의 견해는 설득력이 있다.

>『사랑을 위해 모든 것을』은 드라이든이 바라는 대로 성공하고 있다. 이성을 지배하는 정열 속에서, 우리의 감정을 일으키는 고양된 언어 안에서, 그리고 가장 중요한 것은 주요 등장인물들의 실수에 대한 공감과 동정을 성취한 데 있다. 만일 우리가 드라이든의 의도대로 본다면 안토니우스와 클레오파

트라에 대한 감정적인 공감을 불러일으키는 것을 목격한다면『사랑을 위해 모든 것을』에 나타나는 다른 혼란들은 사라진다. … 그러나『사랑을 위해 모든 것을』은 드라이든으로 하여금 정열적인 장면들을 만들고 감정들을 불러일으키는 방식을 가르쳐주었고 그의 극의 언어를 정착시켰다. (145~146쪽)

7. 나가며 — 개작(改作)의 새로운 의미와 기능

셰익스피어의 극과 드라이든의 개작극을 비교하는 데 있어서 절대적 기준으로 단순히 우열의 문제를 따지는 것은 바람직한 작업이 아니다. 그보다는 서로 비슷한 주제를 가지고 서로 다른 시대에 살았던 두 작가가 어떻게 공통점과 상이점을 가지면서 극작을 했으며 자신의 시대의 관객들을 위해 어떤 상이한 극적 효과를 내는지가 더 중요한 문제이다. 셰익스피어의『안토니우스와 클레오파트라』에서는 그의 일반적인 특징들인 극의 구성에 있어서 다양성, 화려함, 웅장함 등이 나타나고 인물들도 자유분방하며 상상력이 풍부한 반면 드라이든은 3일치 법칙의 준수를 통해 제한(절제), 규칙성, 단일한 효과가 있으며 인물들도 셰익스피어에 비하여 약간은 손상된 느낌이 드나, 오히려 관객에게 연민의 정을 느끼게 해주어 비극성과 극적 효과가 집중, 심화되었다고 볼 수 있다.

결론적으로 드라이든은 셰익스피어의『안토니우스와 클레오파트라』를 다시 씀으로써 맹목적인 또는 열등한 모방에 그친 것이 아니라 왕정복고 시대를 살아가는 시인, 비평가, 극작가인 당시 문학적 영웅으로써 "다시 읽기/새로 쓰기"를 위한 그 나름대로의 독특하고 새로운 또는 다른 극을 만들어냈다고 볼 수 있다.『사랑을 위해 모든 것을』에서 드라이든은 그가 존경하던 벤 존슨과, 사랑하던 셰익스피어를 함께 만난 것이라고 볼 수 있다. 따라서 우리는 두 극의 우열의 문제를 단순히 논의할 것이 아니라 시대적인 차이에서 오는 두 극의 상대적인 강점과 약점을 인정해야 한다. 이 두 극은 영국 문학사에서 위대한 문학적 유산이다.

우리는 따라서 르네상스 시대의 셰익스피어의 극에 무조건 열광하고, 신고전주의 시대의 드라이든의 극은 무조건 폄하하려는 유혹을 뿌리쳐야 하고 더 나아가 신고전주의에 대한 (포스트)낭만주의적인 오해와 편견을 극복해야 할 것이다. 종말론, 환상, 감상, 개인주의에 탐닉해 있는 일부 (탈)근대 문학의 치유를 위한 어떤 해독제로서, "공공 예술"(communal art)로서의 신고전주의 문학의 절제, 질서, 공공성을 회복하는 것은 21세기를 맞이하는 전환기적인 우리 시대의 문학적 소명인지도 모른다.

이런 맥락에서 우리는 18세기 신고전주의 시대의 "모방"의 개념에 대해 새롭게 이해해야 한다. 이 시대의 "모방" 개념은 오늘날 생각하듯이 단순한 흉내 내기나 베끼기가 아니라 각 시대에 맞게 "발명"하는 것으로 파악되었다. 이렇게 될 때 모든 고전문학은 새로운 보물 창고가 되는 것이다. 결국 문학의 생산이라는 것은 "다시 쓰기"를 통해 자기 시대의 시대정신과 독자들의 취향에 따라 이루어져야 하는 것이 진정한 비교학의 목표가 아니겠는가? 19세기 낭만주의 시대 이래로 전염병처럼 풍미하는 새롭고 독창적인 것에 대한 강박증은 일종의 문학적 기만이다. 태양 아래 완전하게 새로운 것은 없다. 그저 차이와 반복이 있을 뿐이다. 발명과 창조로서의 모방을 통한 '다시 쓰기'는 이제 21세기의 새로운 글쓰기의 미학이 되어야 한다.

20세기 영국의 여류 소설가 진 리스(Jean Rhys)는 샬롯 브론테의 불후의 명작 『제인 에어』(1847)를 "다시" 써서 『넓은 사가소 바다』(*Wide Sagasso Sea*)를 출간하였다. 이 다시 쓴 소설의 주인공들은 제인 에어와 달리 주인 남자 집의 지하실에 갇혀 매 맞고 학대받고 사는 미친 아내를 구출해내어 아파트에서 함께 산다. 최근에는 남아공의 2003년 노벨 문학상 수상작가인 존 쿠체(J. M. Coetzee)가 다니엘 디포의 『로빈슨 크루소』를 1986년에 "다시" 써서 『포』(Foe)를 출간하였다. 쿠체는 다시 쓴 이 소설에서 백인 주인 로빈슨 크루소와 흑인 하인 프라이데이의 주종 관계를 포스트식민주의적인 시각에서 재해석함으로서 『로빈슨 크루소』를 U字로 회전시켰다. 모든 문학은 이렇게 끊임없이 "다시" 쓰여야 한다. 우리는 고전의 바다에서 아무런 죄의식 없이 지금 여기에서 우리에게 필요한 것을 "다시" 건져 올리는 작업을 통해 일종의 창조적/차이적 분열증이라는 무한한 가능성을 탐색하고 즐겨야 할 때이다. 이러한 "다시" 글쓰기 전략은 문학에서 진정한 "온고이지신"과 "법고창신"의 지혜를 실천하는 것이다. 이런 의미에서 모든 텍스트는 이미 언제나 "열린" 텍스트이다.

이러한 "다시 쓰기"를 통한 문학적 횡단과 재창조는 같은 문학 전통에만 국한되는 것은 아니다. 국가 간의 경계선을 넘어갈 수 있다. 우리의 경우 좁게는 중국과 일본을 비롯한 동아시아의 문학적 전통에서 우리를 위한 엄청난 본질적 "원칙"을 찾아내어 "다시 쓰기"로 활용할 수 있다. 넓게는 한번도, 동아시아 이외의 지역에까지 확산시켜 이러한 엄청난 문학적 원천들의 전 지구적인 문학의 교류와 소통을 "다시 쓰기"로 시작할 수 있다. 이것은 보편성과 특수성을 함께 아우르며 진정한 세계문학의 영역으로 나아가는 길이다.

이러한 "다시 쓰기" 전략은 문자 예술인 문학의 영역에서만 멈추는 것은 아니다. 시와 그림, 문학과 음악 등 매체를 서로 달리하는 예술 영역에서도 확대될 수 있고 문자 예술인 문학을 영상 예술인 영화로 다시 쓰고/만드는 매체 영역을 가로지르는 작업도 포함되는 것이다. 물론 그 역도 가능하다. 이러한 시인, 작가의 창작뿐만 아니라 문학 연구자들의 연구 작업은 이러한 시공간 폭넓은 다시 쓰기 작업을 통해 인문학의 총체적 위기에서 탈출하여 새로운 돌파구를 마련할 수 있으리라. 이것만이 대화적 상상력을 통해 비교비평, 비교문학, 비교문화를 모두 아우르는 비교학의 새로운 영역을 확장시키는 과업이 될 수 있는 것이다. 이러한 "열림"을 통해 우리는 과거와 현재, 동양과 서양을 비교하고 교류할 수 있는 놀라운 가능성의 장을 펼쳐나갈 수 있을 것이다.

4장 바로크 음악과 신고전주의 영시의 만남

— 헨델의 드라이든 시 작곡에 대하여

> 음악이란 시를 고양시키는 일이다. 음악과 시 둘 다 탁월하고 별개의 문제일 수도 있지만 그 둘이 합쳐졌을 때 제일 탁월하다. 이는 아름다운 이가 그에 걸맞은 재치를 겸비하듯 더불어 나타나기 때문이다.
>
> — 헨리 퍼셀, 1659~1696

> 바로크 양식은 위대한 예술이 쇠퇴할 때마다 태어난다. 고전적인 표현예술에서 요구 사항들이 지나치게 많아졌을 때, 바로크 예술은 마치 하나의 자연적인 현상처럼 나타나게 된다.
>
> — 프리드리히 니체, 1844~1900

1. 들어가며: 바로크 시대 음악과 문학의 만남

바로크 시대는 17세기 초에서 18세기 중기(1600~1750)까지의 서양 음악사의 시기로 근대음악의 태동기였다. 바로크(baroque)라는 말의 기원은 포르투갈어 바로코(barroco)이며 그 뜻은 "불완전한 모양의 진주"이다. 초기에 바로크라는 말은 원래 이 시대 예술의 새로운 조류에 대해 비난조로 쓰였으나 20세기에 들어와서는 그 시대를 특징짓는 개념과 용어로 확정되어 널리 쓰이기 시작했다. 영문학자 윤혜준은 독일 출신 미국 미술사가인 에르빈 파노프스키의『바로크란 무엇인가?』를 논하면서 그의 바로크 글을 소개하고 바로크를 근대의 출발점으로 보는 자신의 입장을 다음과 같이 개진하고 있다.

> 그는 바로크를 근대의 출발점으로 지목하면서, 데카르트의 서한들이 "감상성과 경박성이 바로크적으로 뒤섞인" 모습을 보여준다거나, 셰익스피어와 세르반테스가 현실의 겉과 속 사이의 괴리를 간파하면서도 "이에 대해 분개하거나, 그 흉악함과 크고 작은 해악과 아둔함으로 자신은 자유롭다고 생각하지 않는" 태도를 보인 것을, 객관적 모순과 대립을 주관적으로, 즉 '바로크적으로' "극복"한 예로 파악한다.
> 이 책은 기본적으로 파노프스키가 이해한 바로크 개념을 따른다. 즉 '바로크'란 갈등과 모순, 괴리를 봉합하지 않거나 못하여, 대립의 양태를 그대로 사유하고 형상화하여 '나'의 시각에서 주관적으로 해결하는 태도, 입장, 전략을 지칭한다. 반면에 우리는 파노프스키 등 미술사가들과는 다릴 바로크를 철학, 사상, 문학, 음악, 역사 등 상이한 영역에 걸친 현상으로 파악한다. (윤혜준,『바로크와 '나'의 탄생—햄릿과 친구들』, 17~18쪽)

바로크 시대에는 새로운 음악 양식들인 오페라, 오라토리오, 칸타타가 처음으로 등장했으며 소나타, 실내악, 협주곡(합주와 솔로) 등이 새로운 장르로 정착되었다. 이렇게 볼 때 바로크 시대의 음악은 그 후 서양 현대음악의 모태가 되었다고 볼 수 있다. 정치적으로 절대주의 왕정 시대였던 이 시대 이탈리아와 프랑스에서는 음악이 처음에는 절대 권력을 누리던 왕실이나 귀족 가문의 비호를 받았고 교황청이나 교회(개신교)의 찬양과 찬송 음악으로 발전하기 시작했다. 그러나 그 후 중상주의(重商主義)로 인한 자본 축적과 산업화, 도시화 등 중산층이 형성되면서 음악에 대한 욕구와 수요는 독일, 프랑스, 영국 등 전 유럽으로 폭발적으로 증가하였다. 대학과 교회에 찬양대가 조직되고, 왕가의 경조사나 전쟁 승리를 기념하는 등 궁정이나 귀족들의 저택에서 정기적인 음악회가 열렸고 공적인 음악 축제가 공공 장소에서 개최되었다. 17세기 말과 18세기 런던의 경우 템스강에서 수상 음악제가 열렸고 불꽃놀이 음악 모임도 있었다. 특히 새로운 음악의 수호성녀로 떠오른 성 세실리아(St. Cecilia)를 위한 음악 축제가 매년 11월 22일에 17세기 말 20년 전부터 그 이후 계속되었다. 2~3세기경 로마에서 기독교 박해가 한창 심할 때 고문을 당해 죽어가면서도 찬송을 부른 세실리아라는 여성에게 성자의 시호를 주고 기독교 세계의 음악을 수호하는 성녀로 모시고 매년 축제를 벌였다. 이에 당대 많은 시인, 극작가들이 성 세실리아를 위한 송가(Ode)를 지었고 이를 대본으로 많은 음악가들이 곡을 만들었다.

김승일에 따르면 바로크라는 용어는 일반적 서양 예술사의 용어로 쓰였고 17세기에는 당시 새로 부상하던 "괴기스러운" 음악을 지칭하는 부정적인 의미를 지녔는데 1920년에 쿠르트 삭스(Curt Sachs)가 「바로크 음악」이란 논문에서 처음 사용하여 지금과 같은 서양 음악사의 한 시기 또는 음악 양식의 개념으로 사용되기 시작하였다. 그 특징으로는 "다소 과장된 표현, 화려한 디자인, 웅장하고 방대한 효과 … 대비(contrast)가 빚어내는 아름다움"(김승일, 『문화사로부터 접근하는 서양 문화사』, 140~141쪽)이 있다. 김승일이 제시하는 바로크 음악의 특징은 서양 음악사의 맥락에서 크게 보아 극음악(오페라와 오라토리오 등)의 탄생과 그 발전 그리고 본격적인 기악의 발전으로 볼 수 있다. 그가 제시한 바로크 음악의 특징들 중 몇 개만 제시해 본다.

(1) 합주 협주곡(Concert gross) 양식은 대표적인 음악 양식이다. 바로크 음악의 가장 중요한 특징인 정서 이론(doctrine of affection)과 음악에서의 대비가 다양한 방식으로 드러난다.

(2) 바로크 시대의 작곡가들은 선율선들이 동시에 울리게 될 때 나타나는 화음 현상에 대하여 각별한 관심을 가지게 된다. 가장 낮은 베이스 성부가 화음의 저변을 이룬다는 것을 알아차리게 되면서 통주저음(通奏低音, basso continuo, thorough bass, 계속저음)이라는 반주 유형을 만들어냈다. 여기서 통주저음이란 베이스 성부는 기악 합주에서 어느 악장이나 악곡 전체를 통해 쉬지 않고 계속해서 일관되게 연주된다는 의미이다.

(3) 바로크 음악 시대 이전까지 성악 중심의 다성음악이었던 음악의 짜임새가 모노디(monody), 단성(homophony)으로 변화되면서 기악이 음악의 중요한 장르로 됨에 따라 단순화된 화성 체계인 장조, 단조의 중심음 또는 으뜸음(tonic)으로 바뀌었다.

(4) 바로크는 힘있는 운동을 선호했고 규칙적으로 반복되는 악센트를 기반으로 활기 있는 리듬을 추구하였다. 이러한 리듬의 지속으로 바로크 음악의 통일성이 이루어졌다. 곡의 처음에 나오는 리듬은 중간에 끝내지 않고 끝까지 반복되었으며, 이러한 지속적 리듬의 특성은 악곡에 추진력과 에너지를 부여했다.

(5) 바로크 시대에서 처음으로 템포의 강약법(dynamics)이 사용되었고 인간의 감정 즉 정서들인 기쁨과 슬픔, 유쾌함, 분노, 웅장함, 화려함, 불안, 공포, 존귀함 등의 관념적인 영혼의 상태나 감정을 음악적으로 보다 구체적으로 표현하는 데 관심을 기울였다. 음악적 효과를 극대화하기 위해 대조법을 즐겨 사용하였으나 이 감정들은 작곡가 개인의 감정이 아니라 가사 속에 내포된 관념적, 보편적 감정이었다.(김승일, 앞의 책, 143~149쪽)

바로크 시대는 새로운 작품을 끊임없이 요구하는 음악 애호가들의 요구에 따라 음악가들이 수많은 음악을 끊임없이 작곡하고 연주하였기 때문에 그 음악의 양이 엄청나다. 바로크 음악에 대한 재평가가 되기 시작하면서 많은 곡들이 발굴되고 있지만 우리가 현재 듣고 감상하는 곡들은 지극히 일부에 지나지 않는다고 한다. 바로크 시대의 음악 사상이나 이론의 핵심은 소리 예술인 음악이 문자 예술인 '언어'에 비유되는 재현성 또는 모방성(mimesis)이었다. 자연의 모습과 인간의 감정을 어떻게 문학에서의 묘사처럼 소리로 재현할 수 있는가가 주요 주제였다. 자연 묘사는 신의 섭리에 의해 창조된 세계가 조화와 질서를 토대로 한다는 우주론(cosmos)에 입각했다. 음악은 수학, 천문학과 밀접한 관계에 있다. 우주 생성의 시작이 바로 음악과 함께 시작되었고 음악의 조화, 질서, 화성, 선율, 템포, 역동성 등과 함께 우주가 운행되고 음악의 종말이 곧 세계의 종말과 동시에 일어난다고 보았다.

인간의 소우주와 세계의 대우주는 음악을 통해 연결되어 있었다. 이러한 음악 사상은 존 드라이든의 시 「성 세실리아의 날을 위한 노래」(A song For St. Cecilia's Day)에 잘 나타나 있다. 여기에 참고로 그 시 일부를 싣는다.

「성 세실리아의 날을 위한 노래」

1

조화에서, 거룩한 하늘의 조화에서
이 우주의 구조는 시작했다.
이 세상이, 서로 싸우는
원자들의 더미 밑에 깔려
그 머리를 들지 못했을 때
하늘에서 아름다운 목소리가 들려왔다 :
"일어나라, 죽음보다 더 죽은 자들이여."
그러자 흙과 불과 물과 공기가
그들의 자리로 질서 있게 뛰어가
음악의 권능에 복종한다.
조화로부터, 하늘의 조화로부터
이 우주의 구조가 시작했다
조화에서 조화로
음계의 모든 영역에 걸쳐
창조의 체계가 인간에서 완성되었다.

2

음악이 용솟음치게 하고 달래지 못할 정열이 어디 있는가!
주발이 거북 몸통에 맨 줄을 울렸을 때
그의 형제들은 둘러서서 귀 기울이고
그 거룩한 소리를 경배하기 위하여
감격하여 엎드렸다.
그렇게 아름답고 능숙하게 얘기하는

그 몸통의 공동 속에는
하나님이 들어 있다고밖에는 생각할 수 없었다.
음악이 용솟음치게 하고, 달래지 못할 정열이 어디 있는가!

...

5

날카로운 바이올린은
아름답고 거만한 처녀에 대한,
연인들의 질투의 고통과 절망,
격분과 미친 듯한 분노,
깊은 쓰라림과 높은 정열을 노래한다.

6

아! 그러나 성스런 풍금의 찬송을
그 어떤 예술이 가르칠 수 있겠으며
그 어떤 인간의 목소리가 따를 수 있겠는가?
성스런 사랑을 불어넣는 그 선율,
하늘로 날개쳐 올라가
하늘의 찬양대를 도와주는 그 선율을.

7

오르퓨스는 야생의 짐승들을 이끌어갈 수 있었고
나무들도 그의 칠현금 소리를 따르려고
제자리에서 뿌리뽑고 떠났었다.
그러나 빛나는 세실리아는 더 큰 기적을 이루었다.
그녀의 풍금에 목소리가 주어졌을 때
한 천사가 이것을 듣고 땅을 하늘로 알고
곧바로 찾아왔다.

大 合 唱

거룩한 노래의 힘에 의하여

천체들이 움직이기 시작하여

하늘의 모든 축복된 이에게

위대한 창조주의 찬미를 노래했듯이

최후의 두려운 시간이

이 무너져가는 세상을 집어삼킬 때

나팔 소리가 높은 곳에 울려퍼지고

죽은 자는 살고. 산 자는 죽고

음악이 하늘의 조화를 깨뜨릴 것이다.

(송낙헌 역)

이 시 제1연은 이 시대 음악의 전능을 통한 우주 창조를 가장 잘 보여주고 있다. 제2연의 첫 연에서는 성서에 나오는 음악의 거장으로 여겨지는 주발(Jubal)의 힘에 관해 노래하고, 제3연부터는 각종 악기들이 차례대로 소개된다. 각 악기들은 우리의 감정(emotion) 그리고 정념(passion)과 연결되어 있다. 나팔 소리는 분노나 죽음을 나타내는 고함소리와 같고, 제4연의 '피리'는 절망적인 슬픔을 드러내고 제5연의 바이올린은 연인들의 고통과 절망을 노래한다. 제6연의 풍금은 성스러운 찬양을 노래할 수 있다. 7연에서는 그리스 신화의 오르페우스의 음악이 산천초목과 동물들도 감동시켰다는 이야기를 소개한다. 그러나 기독교의 음악의 수호여신 성 세실리아는 더 큰 기적을 이루어 하늘의 천사가 땅을 하늘로 알고 내려오게 만들었다고 노래함으로써 이교도 음악의 신보다 기독교의 음악의 여신의 힘이 더 강함을 보여주고 있다. 마지막 연인 "대합창"에서는 우주가 음악의 힘에 의해 창조되었고 우주의 운행도 음악이 진행시키고 있으며 세상 최후의 종말이 올 때도 음악이 주도한다고 노래한다. 마지막 행, "음악이 하늘의 조화를 깨뜨릴 것이다"(And Music Shall untune the sky)에서 볼 수 있듯이 음악이 우주의 조화를 깨뜨리면 세상도 영영 끝장이 나버린다.

드라이든의 시는 "대합창"으로 끝나지만 헨델은 부록으로 "조화에 대한 찬양"을 추가했다. 그 부분은 다음과 같다.

> 아래를 내려다보시오 아래를 내려다보시오
> 조화로운 성인이여 우리가
> 그대의 음악과 그대에게 경배드릴 때
> 경이로운 음악의 힘은 보여준다
> 우리가 지상에서 알 수 있는 하늘의 모든 것을.
> 음악이여! 모든 것을 설득시키는 기술,
> 우리의 고뇌를 달래주고 우리의 기쁨을 고양시키고
> 부드러운 사랑을 창조하고 엄중한 분노를 누그러뜨리고
> 모든 거친 마음을 마음대로 다시 만든다.
> 아름다운 억양은 너의 모든 가락을 우아하게 만들고
> 모든 떨리는 현들을 연주한다.
> 각 음들은 가장 적당한 질서에 놓여지고
> 우리는 그 조화를 노래하리.
> 음악은 영혼을 매혹시키고 귀를 즐겁게 한다.
> 모든 정념들은 음악에 복종한다.
> 음악은 우리에게 희망을 주고 음악은 불안을 잠재우고
> 우리가 어떻게 할지 모르는 달콤한 억양들을 지배한다. (필자 번역)

조화가 깨지면 이 세상도 종말을 고하듯이 인간 사회의 모든 관계들에서도 조화, 다시 말해 화합, 대화, 공존 나아가 평화와 평강이 깨어지면 인간 사회는 존속될 수 없음인가? 이것이 드라이든과 헨델이 음악의 힘을 노래하면서 말하고자 한 것일 것이다. 총 연주 시간이 95분이나 되는 이 음악작품은 18세기 영국의 최고의 시인 존 드라이든의 문학과 바로크 음악의 최고의 작곡가 헨델 음악의 천재성이 하나로 합쳐진 문학과 음악 간의 희귀하고도 아름다운 결합의 대표적인 예이다.

17세기 프랑스 철학자 르네 데카르트의 『정념론』(*Les Passionsde L'Amé,*

1649)에 따르면 삶의 모든 좋은 것과 나쁜 것은 오직 정념에 의존한다고 보았다. 데카르트는 인간의 기본적인 정념의 수는 많지 않고 여섯 가지, 즉 경이, 사랑, 미움, 욕망, 기쁨, 슬픔이 있고 다른 것은 여기에서 조합되거나 파생되어 나온 것으로 보았다. 당시 많은 음악가들은 이러한 감성 이론에 토대를 두고 그에 맞는 여러 악기들을 개발하고 다양한 음악들을 작곡했다. 결국 음악의 목적이 듣는 이들의 감정을 최대한 일으키고 감동을 주어서 어떤 도덕적, 영적 효과를 주는 것이라면, 문학에서는 이성적으로 설득하고 이해시키고 청중을 감동시키고 고양시키는 "수사학"과도 관계를 맺을 수밖에 없을 것이다. 따라서 작곡이나 연주는 연설이나 웅변 나아가 작문, 작시에 비유되었다. 그래서『바로크 음악의 역사적 이해』를 쓴 저자들의 "음악과 수사학을 하나의 연장선상에 놓는 시도는 오랜 역사를 지니고 있지만, 특히 바로크 시기에는 음악과 언어의 연관성에 근거한 감정 이론과 음악수사학이 작곡과 이론에 있어서 중심적인 역할을 담당하였다"(82쪽)라고 언명하였다.

2. 바로크 시대의 음악가들: 헨델을 중심으로

바로크 시대의 대표적인 음악가로는 이탈리아의 클라우디오 몬테베르디(Claudio Monteverdi, 1567~1643), 안토니오 비발디(Antonio Vivaldi, 1678~1741), 헨델(George Friedrich Handel, 1685~1759), 바흐(Johann Sebastian Bach 1685~1750)가 있다. 몬테베르디는 오페라(가극, 음악극) 탄생의 중요한 역할을 하였다. 16세기 말 이탈리아의 피렌체에서 시작된 오페라는 우리 시대에도 가장 화려하고 장대한 음악 형식이지만 몬테베르디는 원래 음악에 고대 그리스 비극을 모태로 한 연극적 요소가 가미된 연극의 극적인 대사(시) 대신에 쓰인 독창 음악(아리아)과 연기, 무용 그리고 화려한 의상과 무대 장식까지 서양 음악 사상 가장 탁월한 장르를 개발하였다. 몬테베르디의 오페라 작품 〈오르페오〉(*Orfeo*, 1607)가 본격적인 의미에서 오페라의 시작이었다. 오페라는 바로크 시대의 가장 특징적인 음악적 실현이 되었다. 오페라 이전까지는 대위법 양식의 다성음악(contrapuntal polyphonic music)이 대세를 이루었으나 이것은 동시에 여러 가지 다른 리듬으로 노래하기 때문에 다성 성악 양식은 연극에서 배우의 대사를 대신하는 가사 내용을 분명하게 전달하는 데 방해가 된다. 따라서 노래 가사의 내용을 분명하게 전달하기 위해 독창 성악인 단성음악(monophonic)인 모노디(monody)로 전환되는 새로운 변화가 일어난 것이다. 오페라는 16세기 말과 17세기에 걸쳐 최고의 인기 있는 음악 양식이 되었고 전 유럽의 주요 궁정과 도시에서 공연되었으며 수천 편의 오페라가 작곡되고 공연되었을 것으로 추정하고 있다. 비발디는 합주 협주곡(concerto grossi)의 대가로 유명하다. 이 음악 양식은 세 명의 독주자들과 전체 오케스트라의 협주 형식이다. 이를 통해 솔로(독주)와 전체 악단과의 대비(Contrast)가 두드러지는 장점이 생겨났다. 비발디는 장수하면서 수많은 곡을 썼다. 23개의 교향악, 75개의 소나타, 400개가 넘는 협주곡, 40개가 넘는 오페라 외에 많은 종교음악도 지었다. 그의 『사계』는 경쾌하고 아름다운 바로크 음악의 대표적인 중요한 곡이다. 그러나 비발디는 1930년대가 되어서야 재평가받기 시작하였다.

　"지극히 고결한 음악의 왕자"로 불린 독일 태생의 헨델은 어린 시절부터 음악에 재능을 보였으며 음악 교육을 잘 받았다. 청년 시절인 1709년에 당시 서구 음악의 수도였던 이탈리아로 건너가 당대 저명한 음악인들과 교류하면서 이탈리아 음악의 정수를 흡수하였고, 그 후 1712년 영국에 정착하였다(1727년에 영국 국적을 취득했다). 헨델은 당시 세계의 시민으로 유럽 음악을 종합했다고도 볼 수 있다. 작곡의 양도 엄청나다. 50개의 오페라, 32개의 오라토리오, 100개의 칸타타와 세레나타, 여러 종류의 악기를 위한 50개의 협주곡(18개의 합주 협주곡과 17개의 오르간 협주곡 포함), 30곡의 찬양가, 여러 개의 조곡(Suites)들, 두 개의 수난곡, 수많은 하프시코드(피아노의 전신), 바이올린, 플룻, 오보에를 위한 솔로 연주 음악, 당대 여러 극작가들의 작품에 붙인 부수 음악들(incidental music)도 많았다.

서양 음악사에서 최고의 황금기였던 바로크 시대의 절정은 헨델과 바흐이다(여기서는 바흐에 관한 음악적 특징이나 위대성은 생략한다.). 이 두 사람의 업적은 바로크 시대를 대표하고 서양 음악의 거인이며 두 개의 주춧돌이다.

> 독일의 두 위대한 음악가 바흐와 헨델은, 같은 1685년에 출생지도 서로 멀지 않은 곳에서 태어났으나, 그 활동 범위와 음악적 경향은 서로 대조적이었다. 바흐는 출생지에서 멀리 벗어나지 않고 일생 동안을 궁정이나 교회 소속의 음악가로 보낸 데 비하여, 헨델은 독일, 이탈리아, 영국 등 당시 유럽의 주요 국가들을 돌아다니며 활동했다.
> 그리고 두 사람 모두가 중세 이래의 폴리포니 양식에 바탕을 둔 작품을 남기기는 했지만 세부적으로는 호모포니적인 점도 보였는데, 바흐보다는 헨델에게서 그런 경향이 더욱 강했다. 그것은 바흐가 주로 궁정이나 교회에 소속되어 중세 내지는 바로크적인 고풍스런 음악가의 길을 걸었음에 비하여, 헨델은 하이든의 만년이라든가 모차르트 등과 같이 18세기 말 작곡가들에게서나 볼 수 있는 근세적인 직업적 음악가의 자세를 취하여, 일반대중을 대상으로 한 세속 가극 위주의 음악 활동을 했기 때문이라고 생각된다.
> 어쨌든 이 두 사람의 위대한 작곡가에 의해서, 오랜 세월에 걸쳐 음악적 토양을 이루어 왔던 중세적 폴리포니에 대신하여 새로운 호모포니 음악이 참신한 모습으로 등장하게 되었다. (김승일, 앞의 책, 170쪽)

헨델의 바로크적 특징만을 정리해보면 다음과 같다.

(1) 북부 독일 출신으로 신실하고 종교적이었다.
(2) 새로운 양식을 발명하기보다는 오래된 형식을 완벽하게 만들었다.
(3) 헨델이 좋아한 음악 형식은 장대하고 극적인 오페라, 오라토리오, 칸타타였다.
(4) 새로운 형식의 기악음악의 놀라운 성장 속에서 성악과 기악의 대가였다.
(5) 개성적인 특성이 강했다.

(6) 바로크적인 다성(polyphonic) 음악의 대가였지만 동시에 대부분 단성적 (monodic 또는 homophonic)인 음악이 많았다.

(7) 부드럽고 엄격하지 않은 규칙적 리듬을 선호하였다.

(8) 이탈리아, 독일, 영국의 음악 스타일을 융복합하였다.

(9) 어떤 주어진 작곡의 분위기에 맞추기 위해 어떤 주조음(keys)을 규칙적으로 선택하였다.

(10) 기악 작곡가로도 매우 다양한 작품을 발표하였다.(Artz, *From the Renaissance to Romanticism*, 213~216쪽)

헨델의 음악은 다시 말해 힘, 탁월성, 한정성, 그리고 구성의 단순성과 자연스러움이 그 특징이다.

헨델은 이 밖에도 평소 문학에 깊은 관심을 가지고 시와 극의 숭고한 시적인 깊이와 함축성을 자신의 음악에 전이시키고자 했다. 또한 미술품 수집가로서 렘브란트의 그림도 여러 점 가지고 있었다고 한다. 따라서 그의 음악에는 시적인 깊이와 회화적인 시각적 생동감이 있었다. 어떤 사람은 헨델의 작품을 "음색으로 그린 가장 위대한 그림"(스미스와 칼슨, 59쪽)이라고 불렀다. 헨델은 음악과 시, 음악과 미술의 상호 관계에 대해서 예의 주목하였다. 헨델의 오라토리오인 『메시아』는 불후의 명곡으로 소리, 말, 그림이 함께 어우러진 자매 예술의 놀라운 총합체였다고도 볼 수 있다.

3. 헨델의 드라이든의 송가 작곡의 예

드라이든은 음악과 시의 관계에 흥미를 가지고 1674년에는 존 밀턴의 『실락원』에 토대를 둔 오페라 대본을 쓰기도 했고 그 후에 아서 왕에 관한 주제로 야심찬 오페라 작품의 서곡을 썼다. 후에 당대 최고의 영국 작곡가 퍼셀(Purcell)[1]과 함께 아서 왕의 오페라에 관계했고, 퍼셀은 1690년대에

---

1) 독일과 프랑스 사람들이 영국은 음악의 황무지라고 비아냥거렸을 정도로 영국에는 헨델, 바

는 여러 편의 드라이든의 극을 위한 음악을 작곡해주기도 했다. 드라이든이 1687년에 성 세실리아 송가인 「성 세실리아의 날을 위한 노래」를 쓰고 작곡가 드라기(Giovanni Draghi)가 곡을 붙여 1688년 11월 22일 성 세실리아 축제일에 연주되기도 하였다. 1697년에는 「알렉산더 대왕의 축제 또는 음악의 힘」을 쓴 작곡가 클라크(Jeremiah Clark)가 행사를 위해 음악을 만들기도 했다(당시 악보는 분실되고 없다).

헨델은 드라이든을 직접 만난 적은 한 번도 없다. 1700년 드라이든이 죽은 후인 1711년에 헨델은 영국에 처음으로 방문했다. 헨델은 1736년에 드라이든의 송시 「알렉산더 대왕의 향연」, 「음악의 힘」, 「성 세실리아 날을 경배하는 송가」(1697)의 대본을 만들어준 뉴버그 해밀턴(Newburgh Hamilton, 1692~1761)과 협업으로 작곡하였다. 사실상 이 송시는 읽기에는 매우 음악적이지만 음악으로 가사를 만들기에는 매우 어려운 작품이다. 그러나 헨델은 작곡가로서의 천재성을 발휘하여 아름다운 오라토리오로 창작하였다. 이에 고무되어 헨델은 3년 후인 1739년에 드라이든의 또 다른 성 세실리아 송가에 곡을 붙였다. 이 두 곡은 18세기 내내 인기리에 자주 연주되어 드라이든과 헨델의 명성을 이어가게 했다. 그러면 여기에 좀 길지만 드라이든 송시 「알렉산더 대왕의 향연」의 전편 번역을 소개한다.

「알레산더 대왕의 잔치 또는 음악의 힘:
성 세실리아의 날을 기리기 위한 송가」

흐, 하이든, 모차르트, 베토벤 같은 음악의 대가들이 없었던 것은 사실이다. 그러나 17세기 말에 활동했던 헨리 퍼셀(1659~1695)같은 영국 출신 작곡가는 영국에서 바로크 음악의 절정을 만들어가고 있었다. 퍼셀은 오페라 〈디도와 아이네이스〉(1689)를 발표해 대성공을 거두었고 드라이든이 대본을 만든 『아서 왕』(1691)과 16세기 영국 엘리자베스 시대의 대시인 에드먼드 스펜서의 『선녀여왕』(1692)에 곡을 붙였다. 그의 작품 수는 비종교적 오페라와 주 작품이 상연될 때 연주되는 부수 음악(incidental music) 그리고 칸타타와 교회음악 등 500곡이 넘는다. 그러나 너무나 애석하게도 질풍노도와 같이 치열하게 살았던 퍼셀은 38세의 젊은 나이에 일찍 죽었다. 만일 퍼셀이 바흐나 헨델처럼 60세만 넘겼더라도 그의 음악적 천재성을 유감없이 발휘하여 영국 음악의 셰익스피어가 되었을지도 모를 일이다. 안타까운 일이다.

1

필립의 호전적인 아들이
페르샤에 대한 승리를 축하하는 성대한 잔치였다.
그 신과 같은 영웅은
장엄함 모습으로
그의 제왕의 옥좌에 높이 앉았다.
그의 용감한 귀족들은 그의 둘레에 자리 잡고
그들의 이마는 장미와 도금양으로 장식되었다.
(전공의 용사는 마땅히 그런 관을 써야 하는 것이다.)
사랑스런 타이스는 젊음이 꽃피고
아름다움을 자랑하는 동녘의 꽃다운 신부처럼
그의 곁에 앉았다.
행복한, 행복한, 행복한 한 쌍이여!
오직 용감한 자만이
오직 용감한 자만이
오직 용감한 자만이 미녀를 얻을 수 있다.

합 창
행복한, 행복한, 행복한 한 쌍이여!
오직 용감한 자만이,
오직 용감한 자만이,
오직 용감한 자만이 미녀를 얻을 수 있다.

…

황홀해진 귀로
그 왕은 듣다가
신 같은 모습을 띠고
고개를 끄덕이는 듯하니
천체가 흔들리는 듯했다.

합 창
황홀해진 귀로
그 왕은 듣다가
신같은 모습을 띠고
고개를 끄덕이는 듯하니
천체가 흔들리는 듯했다.

...

4

그 소리에 흥이 나서 왕은 마음이 부풀었다.
그의 모든 싸움을 다시 싸우고
그의 모든 적을 세 번 다시 무찌르고, 죽인 자들을 세 번 다시 죽였다.
그 악장은 광기가 치솟음을 보고
왕의 뺨이 달아오르고 눈이 불탐을 보았다.
그리고 왕이 하늘과 땅에 도전할 때
그의 가락을 바꾸어 왕의 자만심을 억제했다.
그는 부드러운 연민의 정을 불어넣으려고
구슬픈 곡조를 골랐다.
그는 위대하고 선한 다리우스가
너무도 가혹한 운명 때문에
그의 높은 자리에서 떨어져,
떨어져서 쓰러지고, 떨어져 쓰러져서
그가 흘린 피 속에서 뒹굴던 일,
전에는 그의 은혜로 먹고 살던 자들에게
가장 어려운 때에 버림받아,
그의 눈을 감겨줄 친구 하나도 없이
맨 땅 위에 버림받아 쓰러졌던 일을 노래했다.
기쁨을 잃은 왕은 고개를 숙이고 앉아,
이제는 달라진 그의 마음속에서

이 세상의 여러 운명의 성쇠를 곰곰이 생각하고
이따금 한숨짓고
눈물 흘리기 시작한다.

합 창
이제는 달라진 그의 마음속에서
이 세상의 여러 운명의 성쇠를 곰곰이 생각하고
이따금 한숨짓고
눈물 흘리기 시작한다.

5

그 위대한 악장은 미소짓고
다음 차례는 사랑임을 알았다.
그것은 전과 비슷한 곡조를 울리기만 하면 되는 것이다.
연민의 정은 마음을 녹여 사랑으로 만드니까.
부드럽고 달콤하게, 애조띤 가락으로
곧 왕의 마음을 달래어 즐겁게 했다.
그는 노래했다. 전쟁은 고생과 고민이요,
명예는 헛된 물거품에 불과하오.
끝남도 없이 언제나 새로운 시작이요.
언제나 싸움이요, 끊임없는 파괴요.
이 세상이 그대가 정복할 만한 것이라면,
그것은 즐길 가치가 있음을 제발 생각해주오.
어여쁜 타이스가 그대 옆에 앉았으니,
신들이 그대에게 주는 선물을 받아주오.
수행원들은 드높은 갈채로 하늘을 찢는다.
이리하여 사랑은 영광을 누렸으나 음악은 그 목적을 이루었다.
왕은 사랑의 괴로움을 감추지 못하고
그 괴로움을 주는
그 미녀를 바라봤다.

그리고는 한숨짓고 바라보고, 한숨짓고 바라봤다.
한숨짓고 바라보고, 또다시 한숨지었다.
마침내, 사랑과 술에 같이 압도되어
사로잡힌 승리자는 그녀의 가슴에 엎어졌다.

합 창
왕은 사랑의 괴로움을 감추지 못하고
그 괴로움을 주는
그 미녀를 바라봤다.
그리고는 한숨짓고 바라보고, 한숨짓고 바라봤다.
한숨짓고 바라보고, 또다시 한숨지었다.
마침내, 사랑과 술에 같이 압도되어
사로잡힌 승리자는 그녀의 가슴에 엎어졌다.

…

7

…

드디어 거룩한 세실리아가 와서,
풍금을 발명했다.
이 신들린 사랑스런 이는, 그의 성스런 바탕에서,
타고난 재주와 전에 없던 기술로써,
이전의 좁은 범위를 넓히고
엄숙한 소리에 길이를 더하였다.
옛 티모데우스는 그 상을 양보하거나,
둘이 다 같이 그 영예를 누리도록 하라.
그는 인간을 하늘로 오르게 했고,
그녀는 천사를 내려오게 했다.

대 합 창

드디어 거룩한 세실리아가 와서,

풍금을 발명했다.

이 신들린 사랑스런 이는, 그의 성스런 바탕에서,

타고난 재주와, 전에 없던 기술로써,

이전의 좁은 범위를 넓히고

엄숙한 소리에 길이를 더하였다.

옛 티모데우스는 그 상을 양보하거나,

둘이 다 같이 그 영예를 누리도록 하라.

그는 인간을 하늘로 오르게 했고,

그녀는 천사를 내려오게 했다.

(송낙헌 역)

이 긴 송시의 내용은 한 마디로 그리스의 음악의 신 티모데우스(Timo-theus)가 당시 최강국인 페르시아 제국을 정복한 마케도니아의 알렉산더 대왕의 용맹성과 업적을 음악의 힘으로 찬양하고 나아가 대왕을 조종하고 지배하는 내용으로 되어 있다. 그러나 제7연에 가서는 이교도 음악의 신인 티모데우스를 넘어서는 "드디어 거룩한 세실리아가 와서" 새로운 음악의 수호신이 등장한다. 드라이든은 새로 등장한 성 세실리아를 "타고난 재주와 전에 없던 기술로써,/이전의 좁은 범위를 넓히고/엄숙한 소리에 길이를 더하였다"고 칭송하고 있다. 그리고 나서 한물간 옛 티모데우스에게 지금까지의 영예를 양보하거나 같이 누리라고 말한다. 왜냐하면 티모데우스는 "인간을 하늘로 오르게 했고" 성 세실리아는 하늘에서 땅으로 "천사를 내려오게 했"기 때문이다.

드라이든의 이 「성 세실리아 날을 위한 송가」는 1736년에 뉴버그 해밀턴에 의해 작곡을 위한 대본으로 만들어져 헨델에게 제공되었다. 헨델은 이 곡에 '서곡'(overture)을 붙였고 제1부와 2부로 나누었다. 제1부는 20개 부분으로 나누어 레치타티보, 아리아, 합창곡, 아콤파나토, 아리오소, 이중창 등의 형식으로 배치하였다. 제2부는 총 여덟 부분으로 곡의 마지막 부분에 대본 작가 해밀턴 자신이 직접 쓴 가사 세 부분을 덧붙여 총 열한 부분으로 확장하였다.[2] 여기에 성악부분도 소프라노, 테너, 베이스를 번갈아 독창이나 합창을 시키고 바이올린, 오보에, 호른, 하프시코드 등을 등장시켰고 오케스트라 합주도 포함시켜 매우 다양하고 역동적이며 화려하였다. 악기와 합주의 대비, 악기와 성악과의 대비 등도 도입했다.

최근 『헨델: 인간과 음악』(2008)이라는 제목의 헨델의 전기를 쓴 키츠(Jonathan Keates)는 1736년 1월에 작곡한 존 드라이든의 성 세실리아 송시인 『알렉산더 대왕의 잔치 또는 음악의 힘』의 바로크적 서사적 생생함은 조르다노나 솔리메나와 같은 화가가 그린 그림들 같고, 그리스의 음악의 장인 티모데우스의 노래와 창부 타이스의 매력에 의해 더 빛나고 있다고 지적하며 헨델이 지은 이 악곡은 장엄한 상상력, 부드러운 서정성, 오거스틴 특징이 담긴 위트가 잘 배합되었고 드라이든 시 자체가 지닌 기분의 변화를 헨델의 천재성이 잘 포착해내었다고 지적하였다(222~223쪽).

또 다른 전기 작가 호그우드(Christopher Hogwood)에 따르면 헨델은 이 세실리아 송가에 대해 퍼셀이 세워놓은 개념 위에 자신의 경험과 화려한 오케스트라 연주를 더했고 이 송시의 부제인 "음악의 힘"에 어울리게 리코더,

---

[2] 대본 작가 해밀턴이 덧붙인 마지막 세 부분의 가사 내용은 다음과 같다.

그대 목소리를 조율하라 그리고 높게 올리시오
높은 하늘에서 축복받은 세실리아의 이름이 울려 퍼질 때까지
하늘에서 온 최대의 축복인
그녀의 음악에 우리는 빚지고 있다
그러니 그녀의 명성을 크게 소리내라

천상에서 온 성 세실리아 음악에 모방하자
그리고 오늘 저녁이
조화와 사랑으로 성스럽게 되기를 기원하라.(발표자 번역)

드라이든의 시에는 그 전체 분량에 비추어 성 세실리아 부분이 마지막에 잠깐 나올 뿐이기 때문에 해밀턴은 추가 대본을 만들어 드라이든의 시를 보충하고 성 세실리아의 역할을 더 강화하고자 했을 것이다. 그러나 드라이든의 시의 원래 결말에서처럼 덧붙임 없이 간략하게 끝내는 것도 시적으로는 더 효과적으로 보인다.

바이올린, 오보에, 바순, 트럼펫, 드럼, 하프, 오르간, 벨차임 등 다양한 악기들을 출연시켰다(129쪽). 이 송가에 대한 성악가들도 당대 최고의 가수들인 소프라노 스트라다, 테너 비어드, 베이스 에라드 등을 출연시켰고 초연에 1,300여 명 이상이 참석했으며 그 후 여러 번 공연이 이어졌고 헨델도 많은 추가 보수를 받았다고 한다(130쪽).[3]

4. (결론 없는) 마무리

18세기 영국에서는 많은 시인, 극작가, 대본 작가들과 작곡가와 음악가들의 만남이 있었다. 당시 유럽 대륙의 어느 나라보다도 대중을 위한 공개 연주회가 가장 먼저 도입된 것은 영국이었다. 독일 출신의 헨델이 1727년에 영국에 귀화하여 영국적 토양 위에서 그가 대륙에서 배웠던 음악을 재창조한 위대한 업적에 약간의 위안을 얻을 수 있을 것이다. 영문학을 공부하는 우리가 헨델에 주목하는 이유는 그의 작곡 생애의 중후반에는 대부분 영국

---

3) 헨델은 1759년 4월 14일(부활절 토요일)에 런던의 부둣가에서 영면하였다. 그의 장례식은 4월 20일 웨스트민스터 대성당에서 열렸다. 그의 유해는 시인 묘역(Poets' Corner)에 안장되고 기념비가 세워졌다. 헨델 자신은 사후에 개인적인 장례식과 더불어 다른 곳에 묻히기를 원했으나 많은 문상객들이 참석했고 장례식은 런던 연합 합창으로 진행되었으며 당대 최고의 조각가 루이—프랑수아 두 비리악에 의해 기념비가 세워졌다.
헨델이 타계한 지 25년이 지난 1784년에 성대한 헨델 축제(탄생 100주년, 서거 25주년 기념)가 거행되었다. 첫 행사로 1784년 3월 26일 정오에 웨스트민스터 대사원에서 종교음악과 장송곡이 연주되었고 그의 오라토리오 『에스터』의 서곡이 연주되었다. 두 번째 행사는 5월 27일 오후 8시에 옥스퍼드 가의 판테온에서 거행, 연주곡은 네 개의 협주곡과 헨델이 작곡한 아홉 개의 오페라에서 열한 개의 성악곡이 발표되었다. 헨델의 세 개의 오라토리오에서 네 개의 합창이 연주되기도 했다. 5월 29일(토요일)에 웨스트민스터 대성당에서 거행되었던 세 번째 행사에서 헨델의 『메시아』가 연주되었는데 수많은 군중들이 모였고 525명의 음악가들이 참여하였다. 이 축제에는 거액의 찬조금이 걷혔고 이 프로그램은 6월 3일과 5일에 재공연되었다. 그 후 7년간 비슷한 규모의 헨델 축제가 있었고 1,068명의 음악가들이 동원되었다(유사한 헨델 오라토리오 연주가 독일과 미국에서도 이루어졌다.). 이 행사를 위해 당시 영국 왕 조지 3세와 음악가이며 학자인 찰스 버니가 참여해, 버니는 이 축제를 설명한 『웨스트민스터 대성당의 음악 연주회』란 책을 이듬해인 1785년에 출간하기도 했다. 이 책에서 버니는 당시 '헨델 열광팬들'(Handelomaniacs)을 위해 헨델의 짧은 전기를 썼고 이 축제에 대한 전반적인 설명을 하였다(Landgraf 외, *Cambridge Handel Encyclopedia*, 110쪽, 309~310쪽).

관객을 위해 영어로 된 가사를 사용했기에 대부분 이탈리아어나 독일어로 된 다른 작곡가들의 음악에 비해 친근감과 접근성이 용이하다는 데 있다. 우리는 앞으로 헨델이 이룩한 음악적 업적을 영국 문학과 연계해서 논의하는 것이 필요할 것이다.

앞으로 영문학 공부나 연구가 문학, 미술, 음악, 건축, 조각, 영화 등 "자매 예술"들과 상호 연계시키는 작업도 필요할 것이다. 영문학과 미술, 그리고 영문학과 영화에 관한 연구는 국내에서도 지금까지 많이 이루어지고 있다. 그러나 영문학과 음악의 상호 연구가 예술 분야에서의 수학이라고 불릴 만큼 가장 추상적인 예술인 음악과 그 이론의 난해성 때문에 쉽게 진행되고 있지 않고 있다. 앞으로 한국의 한국문학 연구와 외국문학 연구에서 예술 상호간 연구가 좀 더 활성화되기를 기대해본다. 앞으로 바로크 시대를 넘어 르네상스 시대, 매너리즘 시대, 로코코 시대, 신고전주의 시대, 낭만주의 시대의 영문학과 문학 상호 관계에 관한 논의도 필요할 것이다.

5장 조선 개화기 기독교의 번역 사역 활동

> 우리나라에서도 성경이 한글로 번역되면서 기독교가 우리 민족의 근대화
> 와 신문화에 끼친 영향은 결코 적은 것이 아니었다. … 정신 생활의 매개체
> 가 되는 중심 과제는 어디까지나 언어와 문학이다. 정신 생활에 있어서 내적
> 탐구의 구체적 실현이 문학에 있고, 사고 형식의 외적 실현은 언어를 통해서
> 만이 가능하기 때문에 우리 문화에 끼친 기독교의 영향이 논의되려면 우리
> 의 언어와 문학에 끼친 그것의 영향에 대한 연구가 먼저 선행되어야 한다.
>
> ― 유성덕, 1쪽

1. 들어가며

기독교가 다방면에 걸쳐 한국의 근대화에 끼친 영향이 크다는 것은 주지
의 사실이다. 개화기에 기독교의 기본 텍스트인 『성경』의 순수 언문(한글)으
로의 번역이 한국의 언어와 문학의 근대화에 영향을 끼쳤으리라는 것도 쉽
게 짐작할 수 있다. 한 나라의 언어와 문학은 그 나라의 사회와 문화에 토대
가 된다. 언어란 일상적인 의사소통뿐 아니라 정보, 지식, 이론을 수립하고
축적하고 교류하여 문화와 문명을 발전시키는 데 필수적인 도구이다. 이 글
이 다루고자 하는 주제는 개신교의 선교사들이나 목사들이 본격적으로 입

국하여 선교 활동을 시작했던 조선 후기 개화기에 초점을 맞추어 그 시기에 이루어졌던 성경 번역을 비롯한 문서 번역 사역이 얼마나 우리의 말과 글의 근대화에 기여했는지 살펴보고자 한다.[1]

글의 서두에서 이 논문의 핵심적인 개념인 "개화기"와 "근대화"에 대한 논의가 필요할 듯하다. 개화기란 조선의 왕조 체제가 붕괴되고 일제의 통치가 본격적으로 시작되기 전의 중간 지점이다. 흔히 제3의 중간 시대는 과도기로 폄하하는 경향이 있는 것도 사실이지만 "중간"이란 소극적인 정체성이 머무는 곳이 아니다. 오히려 더 역동적이고 대화적이고 복합적인 시기라고 볼 수도 있다. 우선 구한말 개화기를 1894년 갑오경장과 동학혁명이 일어났고 개신교 선교사들이 입국한 1890년대 초부터 한일합방이 있었던 1910년까지로 보는 것이 일반적인 추세인 것 같다.

유홍렬이 감수한 『국사대사전』은 '개화 시대'를 "우리나라의 근대화를 이룩하던 데서도 선진 문화를 받아들여 국민 생활에 직접 영향을 주던 시대이다. 즉, 병자수호조약 이후 종전의 봉건 사회질서를 타파하고 근대적인 사회로 개화되어가던 시기"(44쪽)라 적고 있다. 천관우는 한국의 근대 사상을 개관하는 자리에서 개화사상을 "열강에 대한 문호 개방을 도리어 한 계기로 삼아, 국내 체제를 근대적으로 개혁하고 선진적인 과학기술 문명을 도입하여 생산력과 군사력을 기름으로써 민족 독립을 수호하고자 한 것"(14쪽)으로 정의를 내렸다. 그 개화사상의 싹을 천관우는 박제가 이후의 조선 실학파의 전통의 영향과 서양 문물에 대한 관심을 가지고 1860년대 양무운동(洋務運動)을 시작한 청의 자강(自强)운동의 영향, 그리고 메이지 유신(1868년 이후)이 추구하던 문명개화 운동의 영향에서 찾고 있다.

---

[1] 최근 서양사학자 박지향은 조선 개화기에 대해서 "문명개화의 꿈을 이루기도 전에 일본에 의해 식민지로 전락해버리고 만다"(84쪽)라는 일반론적인 결론을 내버리고 있다. 그러나 조선 말기에서 일제강점기가 시작되던 1910년 이전까지 개화(근대화)하려는 조선인들의 노력은 치열했다. 외국 기독교 선교사들에 의해 시작된 교육, 의료 등의 근대화 사업과 일부 한국인들과의 협력을 통한 그들의 성경 번역 작업이 한국 어문 근대화에 커다란 기여를 했다.

개화사상에 중요한 영향을 끼친 기독교의 개신교가 어떻게 들어왔는지 살펴보자. 18세기 말 천주교가 조선에 들어올 때 조선 지배층의 맹렬한 저항과 비교해보면 19세기 말 개신교는 비교적 순조롭게 조선에 유입될 수 있었다. 천관우는 계속해서 개화기의 기독교의 공인 과정에서 개신교와 천주교의 차이를 다음과 같이 지적하였다.

> 갑신정변이 있던 1884년에 미국의 개신교 선교사들이 들어와 의료 사업 등을 통하여 궁정의 호의적 반응을 얻고, 그 이듬해에 상주 선교사인 장로교의 언더우드, 감리교의 아펜셀러가 들어와, 교회와 서양식 교육시설이 설치되기 시작하면서 한국의 기독교는 개신교의 수용이라는 또 하나의 변화를 가져오게 되었다. 개신교는 … 약 반세기 만에 비로소 국내에 뿌리를 내리기 시작한 것이다. 구교가 저 많은 순교의 참극을 치룬데 대하여 신교가 비교적 수월하게 들어오게 된 것은, 신교가 집권층과의 접근에 성공한 까닭도 있지만, 또 조선 왕조로서도 이미 서양 문화에 대한 폐쇄만을 고집하기 어려운 상황에 와 있었던 데에 원인이 있다. (15쪽)

기독교가 조선에 들어온 상황은 인근 중국이나 일본의 상황하고도 달랐다. 중국이나 일본에서는 강한 저항을 받았고 크게 융성하지도 못했다. 물론 18세기 말엽에 처음 조선에 들어온 천주교는 당시 유교 중심의 지배계급의 강력한 반발에 부딪쳤다. 그러나 19세기 말 개화기에 개신교가 조선에 들어올 때는 저항이 많지 않았다. 일부 지배계급에게는 거부당했지만 많은 백성들은 기독교를 환영하였다. 따라서 서양의 총칼을 앞세운 제국주의의 첨병으로서의 기독교 유입의 일반적인 과정은 개화기 조선에서는 일어나지 않은 것 같다. 이 문제와 관련하여 다음 홍덕창의 설명이 설득력이 있어 길지만 인용한다.

> 첫째 그 당시 한국은 전통적 종교의 사실상의 공백 상태를 들 수 있다. 조선조의 배불숭유정책하에서 국가의 지도 원리로 되어 있던 유교는 원래 종

교적 측면이 결여되어 있었으며 한때 성하던 불교나 선교도 형식만 남아 있어 조선조 말기는 사실상 신앙의 공백기였다고 볼 수 있다. 이와 같은 공백기에 새 종교에 대한 갈망으로 기독교는 급속히 수용되었던 것이다.

둘째로 청일전쟁(1894~1895)에서 청국이 일본에 패한 것을 목격한 한국인은 근대화를 위해 전통적인 보수적 사고에서 벗어나 서양의 사상을 수용하려고 하였고 그리하여 기독교에 의지하려 했다고 생각할 수 있다.

셋째로 개국과 함께 밀어닥친 외세의 난무에 갈피를 못 잡던 한국인은 심리적인 안정을 추구하기 위해 기독교를 수용하였다고 볼 수도 있다.

넷째로 기독교가 을사보호조약(1905)의 체결을 계기로 더욱 급속히 팽창한 사실로 보아 무엇보다도 한말의 국가적 비운과 직결되어 있었던 것을 생각할 수 있다. 재언하면 일인 폭도들에 국모인 민비가 시해(1895)당하는 기막힌 비운과 한일합방이라는 국가 자체가 멸망하는 사실을 지켜보고 통분과 좌절감에 헤매던 이 민족의 대중은 어떤 박력과 조직력을 가진 개신교에서 그 대책을 찾으려고 하였는지도 모른다.(홍덕창, 「기독교가 한국 개화 및 학교교육에 미친 영향」, 115쪽)

2. 개화기의 계몽활동으로서의 번역

개화기 초기 개신교 선교가 의료 선교, 교육 선교, 사회사업 선교 전략으로 일단 시작된 것은 자못 의도적이었다. 우선 조선인들의 반감이나 저항을 약화시키고 호의를 얻기 위하여, 나아가 근대화 신교육을 통해 해외의 지식, 기술, 사상, 문화를 섭렵할 기회를 주고 가르쳐 조선인들을 개화시키기 위한 것이었다.

몇 개의 예를 들어보자. 1884년 미국 북장로교의 의료 선교사로 한국에 최초로 들어와 미국 공사관 부속 의사로 있었던 알렌(H. N. Allen, 안련(安連), 1858~1932)은 갑신정변 때 민영익을 치료하여 고종의 시의(侍醫)가 되었다. 그 후 1885년 4월 조선 정부의 지원을 받아 근대식 병원인 광혜원(제중원)을 설립하였고 동시에 선교 활동을 하였다. 베어드(W. M. Baird, 배위

량(裵偉良), 1862~1931)는 1891년 3월 북장로교 선교사로 한국에 들어와 대구, 서울, 평양 지역 선교회 일을 보면서 1897년 숭실학당을 시작했고 1906년 한국 최초의 4년제 대학인 숭실대학을 세워 교육 사역과 성서 번역 사역을 하였다. 스크랜턴 부인(M. F. Scranton, 1832~1909)은 1885년 최초의 미국 감리교 여선교사로 조선에 입국하여 여성 교육 사업을 하다가 1886년에 민비에게 교명을 하사받아 이화학당을 창립하였다. 그 후 한국에 남아 여성 선교와 교육에 일생을 바쳤다. 알렌, 베어드, 스크랜턴 부인 등과 같은 많은 선교사들의 개화와 계몽 활동은 보수적인 조선에 기독교가 쉽게 들어오게 하는 결정적인 영향을 미쳤다.

그러나 의료 사업과 선교 교육이라는 간접 선교 방법은 1894년 청일전쟁 이후에야 놀랄 만한 효력을 내기 시작했다. 이전에 조선 사람들은 중국을 문명의 중심으로 생각했었고, 일본 사람들뿐 아니라 서양 사람들을 '야만인'으로 간주했었다. 그러나 일본의 승리가 우월한 서양 문명과 기술을 받아들여 나라를 근대화시켰기 때문이라는 것을 깨닫기 시작했다. 메이지 유신 이후의 일본처럼, 조선 사람들은, 특히 개화 엘리트와 그 추종자들은 부유하고 강력한 국가를 건설하기 위해서는 일본이 수십 년 전에 이미 받아들였던 서양의 가치와 제도를 받아들여야 한다고 확신하고 주장했다. 그러나 이와 동시에 조선 사람들은 일본의 노골적인 야욕을 경계해야만 했고 그래서 전후에 반일본 감정이 조선 사람들 사이에 급속히 치솟았다. 일본의 근대화를 극구 찬양하면서 조선의 사회적, 정치적 개혁을 위해 일본의 도움을 구했던 개화 엘리트까지도 청일전쟁 이후에는 반일본, 친서구적인 입장을 취하기 시작했다. 심지어는 고종도 기독교 국가들은 침략적인 일본 제국주의에 직면해 있는 무력한 조선 사람들을 도와주리라 생각했고, 실제 미국과 같은 '기독교 국가들'에게 도움을 받고자 노력했다. 달리 말하면, 청일전쟁과 그 후 발발한 러일전쟁(1904~1905)은 그들의 뿌리 깊은 반일 감정을 다시 살아나게 하였고, 이와 함께 그들의 반서양적 태도를 완화시켰다. 이런 상황 아래서 교육과 의료 사업 같은 개신교의 선교 프로그램은 개혁을 바라고 동시에 일본의 식민 야욕으로부터 조국을 지키고자 하는 많은 조선 사람들에게 강하게 먹혀들기 시작했다. 새 개종자들은 종교적 동기에서만이 아니라 미국에서 온 교회가 그들의 정치적, 사회적 목적—반일적인 정치 · 사회 개혁—을 진전시킬 수 있는 편리한 수단이 될 수 있으리라는 판단으로 개종하기도 하였다.

백낙준은 『한국개신교사』에서 개신교는 "국민 전체간의 합심과 단결을 가져오고 교회에서 새 교육을 실시하고, 새로운 책을 내고, 새로운 과학을 소개하며, 도덕적 표준을 높이고, 사회악을 개혁하고, 산업을 장려"하여 "한국인에게 새 이상과 새 인생관; 새 세계관을 소개"하였다고 지적하였다(천관우, 앞의 책, 16쪽에서 재인용). 문학사가이며 비평가인 백철도 같은 취지의 발언을 하였다. 이 "개화 시대"란 말할 것도 없이 선진적인 구미의 근대 정치와 문명의 제도를 새로 받아들이는 데 의해서 낡은 것과 새것을 바꿔가는 시기인데 이 외래의 새것 중에서 기독교가 그 새것을 전달하는 매개체가 된 것이다(93쪽). 그러나 개화기 조선인들이 기독교에 관심을 가진 것은 의료, 교육, 사회사업, 문맹 퇴치 때문만은 아닌 것처럼 보인다. 당시 조선인들의 자신들의 생존에 관한 좀 더 절박한 이유 때문에 교회의 문을 두드렸을 것이다. 당시 무질서한 한반도의 혼돈과 미래가 보이지 않은 상황에서 그들은 좀 더 근본적으로 일상의 생존적 차원에서 생명과 재산을 보호받고 싶었는지도 모른다.

한마디로 개화의식은 근대화였다. 그렇다면 '근대화'라는 개념을 어떻게 규정할 것인가? 근대화란 영어에서 보면 근대성(modernity)을 추구하는 근대적으로 되기(modernization)이다. 근대성이란 17, 18세기 계몽주의 시대에 서양 제국들이 발전, 진보, 이성, 합리주의, 과학, 민족, 개별 국가 등에 관해 가치 부여를 하고 추구하였던 결과물이다. 이러한 서구적인 근대화는 일찍부터 중국이나 일본에 들어와 있었다. 한반도에도 17, 18세기에 근대화 개념이 들어와 서학, 북학 등의 이름으로 영향을 끼친 본격적인 실사구시와 이용후생 사상인 실학 사상으로 발전하게 되었다. 그렇다면 근대화 개념을 토대로 하고 있는 실학 사상은 한반도 내재적인 것인가 아니면 외재적인 것인가? 여기에 관한 뜨거운 논쟁이 있다. 실학사상이나 근대화 개념이 17, 18세기 당시 한반도에 살던 사람들에게 내재적으로 발전한 것일까? 아니면 중국이나 일본에서 온 충격으로 외재적인가? 필자 같은 비전문가로서는 판단하기 어렵다. 그러나 역사 발전의 과정에서 볼 때 어느 한쪽만을 지지하기는 어렵다. 그것은 모방과 창조라는 고통스런 과정 속에서 좌절, 굴절, 변형, 도약을 겪는 문화 번역 행위이다. 식민지 근대화론과 식민지 수탈론도 마찬가지이다. 모든 역사의 진전과 사회의 발전은 서로 다른 모순들이 중첩되고 반복되면서 복합적인 작동에 의해 나선형을 따라 대위법적으로 이루어지지 않을까 한다.

이 글의 주제와 관련된 연구는 이미 상당 수준의 작업이 이루어졌다. 그렇다면 이 진부한 주제를 또다시 논의하는 이유는 무엇인가? 필자의 이 작업은 지극히 개인적 필요에 의해 시작된 것이다. 필자가 한국 신문학 형성에 대한 비교문학적 사유를 하는 도중에 개화기 초기부터 한국 어문에 가장 영향을 끼친 요인은 무엇인가라는 문제를 출제하게 되었다. 언어와 문학에 큰 영향을 끼친 것은 교육 전도 사역과 의료 전도 사역으로 출발한 당시 개신교 선교사들이 번역한 성경과 찬송가가 아닐까 하는 지점에 이르렀다. 이미 지적한 대로 이 방면의 기초적인 연구는 고(故) 김병철 등의 노력에 의해 어느 정도 이루어졌다. 앞으로는 좀 더 심도 있는 구체적인 비교와 영향에 관한 연구가 계속되어야 할 것이다. 본 논문에서 필자는 다만 이 주제에 관한 지금까지의 내용을 다시 정리하여 앞으로 개화기, 근대화, 기독교, 번역, 비교학, 신문학 그리고 한글 운동에 새로운 방향을 모색코자 한다. 다음에서 좀 더 구체적으로 개화사상과 기독교의 관계에 대해 논의해보자.

우선 육당 최남선 선생부터 시작해보자. 육당 선생은 주지하다시피 개화기에 한국 어문과 사상의 모든 영역에서 서양의 근대화를 가장 치열하게 주장하고 신체시를 실험하는 등 본인이 직접 참여하여 춘원 이광수와 더불어 19세기 말과 20세기 초의 가장 중요한 계몽 지식인의 한 사람이었다. 육당은 해방 직후인 1946년에 『조선인 상식문답』이란 작은 책을 상재한다. 이 책은 조선에 대해 당시 사람들이 너무 무지하다고 한탄하여 육당이 짧은 시간에 쓴 책이다. 이 책에는 지금도 흥미를 끄는 여러 가지 사항들이 수록되어 있다. 본 주제와 관련해 필자의 눈길을 끈 항목은 "기독교가 조선에 끼친 영향"이다. 육당은 무려 아홉 가지로 그 영향을 광범위하게 나열하고 있다. 그러나 여기서는 조선 어문의 발전과 조선 근대문화 소개에 관한 두 가지만 소개한다.

> 둘째는 국어, 국문의 발달이며, 기독교 선교사가 경전 번역과 책자 작성을 위하여 조선 어법 및 조선 문체를 연구하여 종래에 향언(鄕言), 언문(諺文)이라고 경시되던 국어, 국문에 새로운 생명과 가치를 갖게 된 것은 진실로 우리 문화(文化)에 대한 일대 공헌이라 할지니 저 천주교 전래 후에 교서 역성(敎書繹成)의 일변에서 사전 편찬이 수 차 실행되고 신교가 들어온 뒤에는 성서 전역과 찬송가 번역 등을 위하여 어문의 용(用)이 더 커지는 동시에 조선어의 문법 연구가 그네들의 손으로 장족 진보되는 등 조선 어문에 대한 기독교사들의 공적은 진실로 영원한 감사를 받을 것이요, 셋째 근대문화의 세례니 기독교사는 전도의 기구 또는 방편으로서 학교를 설립하고 따라서 근대 학술의 교과용서를 만들고 시료 사업으로 인하여 근대 의학을 전하고 근대적 인쇄술을 수입하고 신음악을 보급하고 집회, 오락, 교제, 연설, 토론 등 공동 생활의 양식을 가르치고 그네의 사생활에서는 음식, 의복, 원예, 공작 등에 관한 가르침을 받는 등 기독교의 진행은 그대로 근대문화의 보급을 의미했다 하여도 과언이 아닐 것입니다. (220쪽)

육당은 이 밖에 정신적 해방의 큰 은덕인 미신의 타파, 예배 등 기타 집회들의 남녀 회동에서 볼 수 있듯이 부녀의 해방(남녀평등), 의식의 간소화, 계급적 고습의 혁제(계급의식 타파), 교회를 통해서 세계 호흡의 교감(세계화 의식), 국권 상실 후에 민족운동 의지의 발견(자주독립 정신), 조선적 문화와 사정이 선교사들의 저술로서 외국에 소개(한국 해외 소개) 등을 기독교 전래가 조선의 문화 및 조선인의 생활에 끼친 기독교의 공적으로 꼽았다. 조선 민중의 각성에서 시작된 개화 시대의 기독교와 교회는 당시 개화사상을 전개시킬 수 있는 유일한 수단이었고 나아가 조선의 교회는 애국주의, 민족주의, 독립사상의 온상이 되었다고 해도 과언은 아닐 것이다.

또한 우리는 흔히 개화기에 성경 번역과 찬송가 번역이 창가, 신소설, 신체시 등을 통해 신문학 발전에 토대가 되었다고 말한다. 그렇다면 그 토대는 무엇인가? 우리는 월북 문학이론가 임화(林和)에게서 단서를 찾을 수 있다. 그는 1940년 1월 발표한 「신문학사의 방법」이란 글에서 "신문학사의 대상은 … 조선의 근대문학이며 근대 정신을 내용으로 하고, 서구 문학의 장르를 형식으로 한 조선의 문학이다"라고 전제하고 신문학의 토대에 대해 다음과 같은 의견을 개진하였다.

> 그러므로 신문학사는 조선 근대사의 성립을 토대로 하여 형성된 근대적 문화의 한 형태인 만큼 신문학사는 조선 근대 문화사의 한 영역임을 부단히 의식하면서 독자적으로 근대사회사와 관계를 맺고 교섭한다. 그러기 위해서는 신문학사의 토대로서의 근대 조선 사회사라는 것이 따로 의식되어야 한다. 이것은 신문학사 연구에 있어 문학작품 이외의 가장 큰 대상의 하나이며 최중요한 보조적 분과다. … 토대에의 관심은 그러므로 신문학을 새로운 정신문화의 한 형태로 이해하기 위한 기초다. 주지한 바와 같이 새로운 시대정신의 형성 없이 신문학은 형성되었을 리 만무하며 새로운 시대정신은 봉건적 사회관계의 와해와 시민적 사회관계의 형성을 표현하는 관념 형태다. … 신문학이란 조선에 있어 근대 정신만이 착용할 수 있었던 정신적 의장이라 할 수 있다. (483쪽)

여기에서 임화가 주장하는 요점은, 신문학 생성은 근대 정신을 불러온 토대(관념 형태)에 의존한다는 것이다. 그 토대라는 것이 성경 번역, 찬송가 번역 등을 통해 기독교와 함께 들어온 서구의 다양한 사상의 모체인 시민사회를 형성하는 관념 형태가 될 수 있지 않을까? 그러나 이러한 관념 형태로서의 토대를 찾아내는 복합적인 작업은 결코 쉬운 일은 아니다.

3. 최초『성경』번역의 시작과 그 양상

한국 개신교의 선교 활동은 성경의 번역에서부터 시작되었다. 최초의 성경 번역은 만주에서 이루어졌다. 당시 만주 봉천에서 중국어 성경을 가지고 선교 활동을 하던 조선에 관해 관심이 많았던 존 로스(John Ross, 1841~1915) 목사는 한글 성경의 필요성을 절감하였다. 그는 존 매킨타이어(John Macintyre) 목사 그리고 한국 의주 출신 청년 조력자들 이응찬, 백홍준, 김진기, 이성하, 서상륜 등과 함께 1875년부터 번역을 시작하였다. 그 후 그는 심양 문광서원에서 1882년에 평안도 사투리가 강한「누가복음」(56매)과「요한복음」(54매)을 출간하였다.

공역자의 한 사람이었던 매킨타이어 목사는 최초 한글 성서 번역의 방법에 대해 다음과 같은 기록을 남기고 있다. "성서의 한글 번역은 나의 성경반에서 진행되었는데 먼저 조선인 번역자들이 나와 함께 한문 성경을 읽고 나서 그것을 한글로 번역하면 나는 그것을 다시 헬라어 원문과 대조하여 될 수 있는 대로 헬라어 원문에 가깝게 하였다."(김병철,『한국 근대 번역 문화사 연구』, 33쪽에서 재인용) 그 이듬해「사도행전」,「말코복음」,「마태복음」이 발간되었고 일부 수정되어 재발간되었다. 1887년에는 역시 만주 봉천의 문광서원에서 신약 전체가 번역되어『예수성교젼셔』가 출간되었고 이것은 흔히 로스역(Ross Version)이라고 불린다. 최초의 한글 신약전서는 로스 목사의 단독 번역이 아니라 앞서 소개한 여러 사람들의 협업의 결과였다.

김병철은 로스역의 의미를 "한글 성서가 개화기 이후의 소설문학 내지 언문일치의 문장의 산모였다. … 한글 성서의 효시가 되는 로스역이야말로 한글의 발전과 언문일치의 신문체에 기여한 점은 다대하다"(앞의 책, 27쪽)고 지적하였다. 개화기의 성경의 한글 번역은 서구 문화의 양대 산맥 중에 하나인 기독교 사상을 구한말 개화기 시대에 조선 반도로 이동하고 이식시켰

다. 기독교 사상은 조선의 전통 사상과 문화와의 새로운 만남을 통해—새로
운 번역을 통해 수용, 변용, 전용되어 오늘날 우리의 모습의 일부가 되었다.

다음에서 구체적으로 살펴보자. 「누가복음」 1882년 초간본과 최종 수정
그리고 그 이후 최근까지의 역본들과 비교해보자. 비교 부분은 누가복음 2
장 1절에서 10절까지이다.

> A: 마츰그씨여긔살아구스토가텬하사룸으게죄세하여호젹을올리난듸쿠
> 레뇨는수리아방빅이되여이호젹이처음으로힝하고뭇사람은가호젹을올리고
> 각각그고을노돌아가난듸요셥은다빗의족보라고로가리리의나살잇노붓터
> 유듸에나아가다빗의고을에닐으니일흠은벳니염이라빙문한바마리암잉틱
> 흔바더부러호젹을올니니거긔셔아나을긔약이차맛아달을나으니비로써싸말
> 고말궁이에누이문긕졈에용납할곳이업사미라그디방에목인이이서밧테셔바
> 음에양의무리를 직키는듸쥬의사쟈겻틱셔셔쥬의영광이두루빗치우거날뎌
> 덜이크게무셔워하니사쟈갈오듸무셔워말나너의게듸희할긔별을보하노니
> 이는뭇빅셩을위할쟈라 (1882, 초간본)

> B: 1맛참그씨에 긔살아구스토가텬하사룸으게죄세ᄒ여호젹을올리는듸 2
> 쿠레뇨는수리아방빅이되여쎠에이호젹이 처음으로힝ᄒ미 3뭇사룸이가셔
> 호젹을 올니고각각고을노돌아가는듸 4요셥은다빗의족보라고로가니늬의 5
> 나살잇노붓터 유듸에나아가다빗의고을에닐으니일흠은벳니염이라 6빙문한
> 바마리암잉틱흔바 더부러호젹을 할식마참거긔셔아나을긔약이차미 7맛아
> 달을탄생ᄒ니뵈로써싸말고말궁이에 누이문긕졈에용납할곳이업스미라 8그
> 디방에목인이이서밧테셔바음에양의무리롤 9직키는듸 쥬의사쟈겻틱셔니
> 쥬의영광이두루빗치우거날목인이크게무셔워ᄒ니 10사쟈갈오듸무셔워말
> 나너의게큰깃분복음을보ᄒ노니이는뭇빅셩으위할쟈라 (1887, 개정판『예
> 수셩교젼셔』)[2]

---

2) 대조비교를 위한 참고로 번역에 많이 참고했으리라고 여겨지는 당시의 흠정영역성경(King
James Version)에서 해당 부분을 지면 관계상 여기서는 제시하지 않았다.

C: 二 一이 때에 가이사 아구스도가 令을 내려 天下로 다 戶籍하라 하였으니 二이 戶籍은 구레뇨가 수리아 總督 되었을 때에 첫 番 한것이라 三모든사람이 戶籍하러 各各 故鄕으로 돌ㄹ아가매 四요셉도 다윗의 집 족속인고로 갈릴리 나사렛 洞里에서 유대를 向하여 베들레헴이라하는 다윗의 洞里로 五그 定婚한 마리아와 함께 戶籍하러 올라가니 마리아가 이미 孕胎되었더라 六거기 있을 그 때에 解産할 날이 차서 七맏아들을 낳아 襁褓로 싸서 구유에 뉘었으니 이는 舍舘에 있을 곳이 없음이러라 O 八그 地境에 牧者들이 밖에서 밤에 自己 羊떼를 지키더니 九主의 使者가 곁에 서고 主의 榮光이 저희를 두루 비취매 크게 무서워하는지라 一o天使가 칠 큰 기쁨의 좋은 消息을 너희에게 傳하노라 (1964, 국한문혼용 관주 성경)

D: 예수의 탄생

1○그 때에 아우구스투스 황제가 칙령을 내려 온 세계가 호적 등록을 하게 되었는데, 2○이 첫 번째 호적 등록은 구레뇨가 시리아의 총독으로 있을 때에 시행한 것이다. 3○모든 사람이 호적 등록을 하러 저마다 자기 고향으로 갔다. 4○요셉은 다윗 가문의 자손이므로, 갈릴리의 나사렛 동네에서 유대에 있는 베들레헴이라는 다윗의 동네로, 5○자기의 약혼자인 마리아와 함께 등록하러 올라갔다. 그 때에 마리아는 임신 중이었는데, 6○그들이 거기에 머물러 있는 동안에, 마리아가 해산할 날이 되었다. 7○마리아가 첫 아들을 낳아서, 포대기에 싸서 구유에 눕혀 두었다. 여관에는 그들이 들어갈 방이 없었기 때문이다.

E: 목자들이 예수 탄생의 소식을 듣다

8○그 지역에서 목자들이 밤에 들에서 지내며 그들의 양 떼를 지키고 있었다. 9○그런데 주님의 한 천사가 그들에게 나타나고, 주님의 영광이 그들을 두루 비추니, 그들은 몹시 두려워하였다. 10○천사가 그들에게 말하였다. "두려워하지 말아라. 나는 온 백성에게 큰 기쁨이 될 소식을 너희에게 전하여준다. (2001, 표준새번역 개정판)

A에서 D까지의 여러 번역 텍스트들을 비교해보면 그 차이가 그대로 드

러난다. 최초의 순한글 번역본인 A는 순한글로 되어 있으나 띄어쓰기가 안되어 있고 구두점도 없다. 강내희가 주장하는 근대 어문 형식인 문장 끝의 종결어미 '-다'로도 안 끝나고 있다. 개정판인 B에서도 모든 것은 A와 같으나 절 번호인 숫자를 붙이고 절 사이를 띄운 것도 다르고, 단어의 맞춤법도 조금 달라졌다. C부터는 비로소 띄어쓰기가 시작되었고 한문을 읽을 수 있는 독자들을 위해 한자를 사용하였고 본격적으로 띄어쓰기가 시작되었음을 알 수 있다. D에서부터는 장에 소제목까지 붙이고 맞춤법도 거의 요즈음 것에 가까워졌다. 무엇보다도 종결어미 '-다'가 이미 예외 없이 사용되고 있다. E의 경우는 과감히 현대어 구어체를 사용하여 가독성을 획기적으로 높였다고 볼 수 있다. 여기서 각 텍스트의 번역의 변천을 더 정확히 알기 위해서는 역자들이 참조한 한문 성경과 일본어 성경과 나아가 히브리어 구약과 헬라어 신약까지 참조해야 할 것이다. 그러나 이 글에서 이 작업은 하지 못했다.

그러나 그즈음 일본에서도 개신교 역사상 두 번째로 성경의 일부가 학자 지식인 이수정(李樹廷)에 의해 한글로 번역되었다. 이수정은 1882년 8월 9일 박영효가 이끄는 수신사의 수행원으로 일본으로 건너갔다. 이수정은 원래 외국의 종교로 기독교를 반대하였으나 도쿄 대학의 조선어 강사가 되고 난 후에 기독교로 개종하였고 그 이듬해 4월에 도쿄의 한 교회에서 안천형 목사에게 세례까지 받았다. 이수정은 그 후 헨리 루미스(Henry Loomis) 목사의 권유로 1884년에 한문 성서 중 사복음서와 사도행전에 한글 토를 달아 『현토 한한 신약성서』(懸吐 漢韓 新約聖書)를 간행하였다. 이 당시 출판된 신약 중 『新約聖書 馬太傳(신약성서 마태전)』『新約聖書 馬下傳(신약성서 마하전)』『新約聖書 路加傳(신약성서 노가전)』『新約聖書 約翰傳(신약성서 약한전)』『新約聖書 使徒行傳(신약성서 사도행전)』의 이름으로 요코하마에서 미국성서공회에 의해 출간되었다. 그 후 마가복음 한글 번역을 시작하여 완성하였다. 루미스 목사의 번역 방법은 매우 엄격했다. 그는 "먼저 이수정에게 한문 마가복음을 주어 그것의 정독을 요구하였고, 그리고 실제 번역에 착수하게 되었을 때에는 일본어 성서, 영어 성서는 물론이고, 헬라어 원문까지 대조해가면서 거의 완벽에 가까운 번역을 진행시켰다."(김병철, 앞의 책, 49쪽에서 재인용)

번역에 있어 어려운 점이 한두 가지가 아니었다. 먼저 '하나님'에 대한 번역이 문제였다. 한문 성서에는 '상제'(上帝)로 되어 있고 일본 성서에는 '카미'(神)로 되어 있었다. 이수정과 루미스 목사는 결국 조선의 천주교에서 오래전부터 쓰던 '천주'(天主)라는 말을 쓰기로 결정하였다. 기타 고유명사는 '그리스도'를 '크리슈도스'로 하는 등 원전인 헬라어를 따르기로 했다. 그러나 한자에 익숙한 조선의 지식인들을 위해 주요 단어를 한자로 써주고 한글로 토를 달았다. 이들은 이 번역서의 이름을 『신약마가젼 복음셔 언ᄒ(諺解)』라 붙였고 1885년 2월 요코하마에서 1,000부가 출간되었다. 같은 해 4월 5일 부활주일에 조선 선교를 위해 제물포로 입국한 미 북장로교 선교사인 언더우드(Horace Grant Underwood) 목사와 미 감리교회 선교사 아펜젤러(Henry Gerhart Appenzeller) 목사는 이수정이 번역한 『신약전 마가복음서 언해』를 지참하고 있었다. 선교사가 선교지로 떠나기 전에 그 나라 사람에 의해 일부나마 이미 번역된 성서를 가지고 들어간 경우는 세계 선교 사상 초유일인 듯하다.

조선에서 본격적인 선교 활동을 벌이기 시작한 초기 선교사들은 지금까지 번역한 성서들이 오류가 많고 한문의 고투와 지방 사투리가 있어 단순 수정이 아니라 전면적인 새 번역의 필요성을 느꼈다. 이에 그들은 1887년 4월 11일에 성서위원회와 성서번역위원회(Committee for Translating the Bible into the Korean Language)를 조직하였다. 위원은 언더우드, 아펜젤러, 스크랜턴, 헤론, 레이놀즈, 게일이었으며 한국인으로는 최병헌, 조한구, 정동맹, 이창식이 있었다. 이들은 수 년간의 시험역, 임시역 등의 복잡한 절차를 거쳐 수정·보완판을 공동 번역하여 『신약성경』 전체를 1904년이 되어서야 출간할 수 있었다. 성서번역위원회는 1900년부터 구약 번역을 시작하여 여러 가지 우여곡절 끝에 1911년이 되어서야 신구약을 모두 번역하여 『신구약성서』를 출간하기에 이르렀다(김병철, 앞의 책, 58~66쪽). 이러한 성경은 빠른 속도로 일반대중들에게 공급되어 1911년에 성경 판매 부수가 26만 부를 넘어섰다고 한다(이민자, 『개화기 문학과 기독교 사상 연구』, 63쪽). 한글 성경이 보급됨에 따라 한국 언어, 문학, 사상 등에 큰 영향을 끼치기 시작했다. 조신권은 성경 번역이 조선 문화의 근대화에 기여한 바를 다음과 같이 적었다.

> 그러다가 성서가 역어(譯語)로서 평이한 언문일치(言文一致)의 한글을 채용함으로써 문자 생활과 언어 생활에 일대 혁신이 일어났고, 동시에 문법과 어문 체계를 갖춘 국어로 발전시켜주었던 것이다. 성경 국역에 자극을 받고서 개화기 이후에 등장한 소위 신소설과 몇몇 신문들이 한글 문체를 채용한 것은 언문일치 운동(言文一致運動)의 일환이 되었다. 뿐만 아니라 성서의 국역은 우리 언어의 비유성과 풍자성을 더욱 풍부하게 해주었고, 우리나라의 언해체(諺解體) 산문 문장(散文文章)을 좀더 근대적인 산문체 스타일의 문장으로 발전시켜주었다. 이와 같이 우리말의 사상성(思想性) 및 문학성(文學性)을 더해주었다는 점에서 성서 번역이 갖는 문학사적 의의는 자못 크다할 수 있지만 이에 못지않게 중요한 것은 한글의 대중화를 통해 한국 근대화의 터전을 마련해주었다는 것이다. (조신권, 『한국문학과 기독교』, 69쪽)

4. 서양 소설 『천로역정』의 최초 번역

선교사들의 기독교 소설 번역도 한국 어문의 근대화에 지대한 영향을 끼쳤다. 우선 조선 최초의 서양 소설 번역이었던 『천로역정』에 대해 살펴보자.

> 긔일역본(譯本) : 두사룸이동힝ᄒᆞ야가며길에셔본일을피ᄎᆞ의론홀ᄉᆡ긔독도(基督徒)진츙(盡忠)ᄃᆞ려말ᄒᆞᄃᆡ내가이제그ᄃᆡ를ᄯᅡ라와동힝ᄒᆞᄂᆞ거슬민우깃버ᄒᆞᄂᆞ니이거슨하ᄂᆞ님이지시ᄒᆞ샤우리둘이동힝ᄒᆞ게ᄒᆞ심이니그은혜를감샤ᄒᆞ노라진츙(盡忠)이글ᄋᆞᄃᆡ처음브터그ᄃᆡ와ᄀᆞ치동힝ᄒᆞ자ᄒᆞ엿더니나보다

몬져써낫스매홀수업서혼ᄌ오노라긔독도(基督徒)ᄀᆞ오ᄃᆝ내가쟝망셩(將亡城)에셔써남으로브터그ᄃᆝ가몃칠이나더잇다써낫ᄂᆞ냐ᄀᆞ오ᄃᆝ오래잇지못홀곳인줄알고진작ᄯᅡ라왓노니그ᄃᆝ써난후에사름이다말ᄒᆞᄃᆝ이곳이미구에텬화에살와지리라ᄒᆞ더라긔독도(基督徒)이샹이녁여무러ᄀᆞ오ᄃᆝ웃사름들이과연그리말ᄒᆞ더냐진충(盡忠)이ᄀᆞ오ᄃᆝ그렇타잠간동안에인심이다변ᄒᆞ야그리말ᄒᆞ더라긔독도(基督徒)ᄀᆞ오ᄃᆝ그러면뎌희들이다도망ᄒᆞ야나아와야올커늘웨너만혼ᄌ왓ᄂᆞ냐진충(盡忠)이ᄀᆞ오ᄃᆝ여러사름이말은다그리ᄒᆞ면셔단단히밋지ᄂᆞᆫ아니ᄒᆞ고네일을담론ᄒᆞ며우셔ᄀᆞ오ᄃᆝ그길은열에아홉은죽고혹ᄂᆞ나이사ᄂᆞᆫ길이라ᄒᆞ더라. (김병철, 앞의 책, 182~183쪽에서 재인용)

꿈에 보니 그들은 매우 사이좋게 함께 걸어가면서 순례 여행 도중에 그들에게 일어났던 모든 일들에 대해서 다정한 대화를 나누고 있었다. 크리스챤이 먼저 이야기를 시작했다.

크리스챤: "존경하고 친애하는 나의 형제 믿음씨, 내가 당신을 따라잡아 만나게 된 것이 몹시 기쁩니다. 하나님께서 우리들의 마음을 녹여주시어 이렇게 함께 즐거운 동반자로서 여행할 수 있도록 도와주신 것을 감사하는 바입니다.

믿음: "경애하는 친구여, 사실은 우리가 살던 도시를 떠나올 때부터 당신과 함께 가려고 생각했었는데 당신이 그만 먼저 떠나버렸기 때문에 할 수 없이 나도 이렇게 먼 길을 혼자 떠나오게 된 것이지요.

크리스챤: "당신이 날 따라서 순례 여행을 떠나기 전에 얼마 동안이나 멸망의 도시에서 머물러 있었습니까?"

믿음: "당신이 우리의 도시를 떠나자마자 가까운 장래에 하늘로부터 유황불이 떨어져 내려 온 도시가 잿더미가 돼버릴 거라는 굉장한 소문이 순식간에 좌악 퍼져버렸지요. 그래서 나도 더 이상 지체할 수가 없어 길을 떠나온 것입니다." (유성덕 역, 1987, 90쪽)[3]

---

3) 번역 대조 비교를 위해 참고로 영어 원문을 제시한다.

   Then I saw in my dream they went very lovingly on together, and had sweet discourse of all

게일 목사(James Scrath Gale, 1863~1934) 부부는 1895년에 17세기 영국 소설가 존 버니언(John Bunyan, 1628~1688)의 기독교적 우의소설인 *The Pilgrim's Progress*(1678)를 한글로 번역하였다. 『텬로력뎡』(天路歷程)이라는 제목으로 번역된 이 한글 소설은 한국 최초의 서양 소설의 번역이었다. 조선 후기 풍속화가 기산 김준근이 조선의 풍습과 문화에 맞추어 삽화를 그렸다. 이 소설은 그 후 "한글 신문학의 모체"가 되었다. 김준근의 삽화는 "기독교 미술의 시초"이며 "원근법을 사용하였고, 등장인물이 한복과 갓을 쓰고 있고 천사의 모습은 한국의 전통적인 선녀의 모습"을 띠고 있다(『한국기독교박물관 도록』, 256쪽). 게일 목사의 번역을 영어 원문과 비교해보면 당시 번역의 전략과 수준을 알 수 있다. 우선 문장 하나하나를 모두 번역하지 않고 어떤 부분은 대의만 적어놓는 의역과 번안으로 처리되어 있다. 그리고 원문은 대화체인데 뭉뚱그려 산문으로 번역하였다. 어떤 의미에서 게일 목사에게 번역은 기독 교리에 필요한 부분만을 취사선택하는 것이었다고 볼 수 있다.

김병철은 개화기에 번역된 다른 소설이나 문학작품들을 논하면서 문학사적 의미를 다음과 같이 세 가지로 지적하고 있다.

(1) 한국 문학사의 개화기 신문학 출현에 있어 창작 소설이 나오기 전에 벌써 번역문학이 선행하였다는 사실, 즉 개화기 신문학은 번역의 맹아로써 개화 과정의 시발점을 삼았다는 것.

---

things that had happened to them in their pilgrimage ; and thus Christian began.

Christain. My honoured and well beloved brother Faithful, I am glad that I have overtaken you and that God has so tempered our spirits that we can walk as companions in this is so pleasant a path.

Faithful. I had thought, dear friend, to have had your company quite from our town, but you did get the start of me; wherefore I was forced to come thus much of the way alone.

Christain. How long did you stay in the City of Destruction, before you set out after me on your pilgrimage?

Faithful. Till I could stay no longer; for there was great talk presently after you was gone out that out city would in short time with fire from Heaven be burned down to the ground. (Penguin, 1965, 101쪽)

(2) 개화기 소설이 구축한 의식 구조; 즉 민권과 국권 수호에 문학이 봉사해야 한다는 공리적인 소설관이 당시의 번역문학이 그 선도적 역할을 함으로써 구축되었다는 것

(3) 순문예 소설 생산에 있어서도 〈유목역전〉(아라비안 나이트)의 경우에서 보는 바와 같이 번역 소설이 창작 소설에 앞섰다는 것. 따라서 여기서 얻어진 결론은, 한국 문학사에 있어서 개화기 신문학은 그 형식과 내용 양면에서 영향을 당시의 번역문학에서 얻고 있다는 사실이다. (김병철, 앞의 책, 169쪽)

이런 맥락에서 볼 때 한국 근대 소설의 모체였던 한국 신문학은 창작 소설이 아닌 번역 소설에서 시작되었다는 지적은 의미심장하다. 또한 한국 근대시의 문체였던 신체시는 찬송가 등에 영향을 받은 창가(唱歌)의 영향이 절대적이었다는 점도 잊어서는 안 될 것이다. 따라서 개화기 신문학 연구는 성경 번역, 찬송가 번역, 그리고 번역문학(『천로역정』, 『유목역전』 등)에서 그 기원을 찾아야 하고 번역학적 연구와 비교학적 접근은 필수적인 것이다.

개화기의 초기 개신교 선교사들은 성경 번역이나 찬송가 번역 외에도 문서 번역에도 관심을 가지고서 1890년에 언더우드, 헤론, 올리거 등이 중심이 되어 좀 더 효과적인 문서 선교 사역을 위해 장로교, 감리교의 연합 문서 사업가 조직으로 조선성교서회(The Korean Religious Tract Society)를 설립하였다. 이곳에서 한 일은 주로 기독교 서적 역출과 신문, 잡지를 창간하여 선교 활동을 체계적으로 수행하는 것이었다. 이 기관의 첫 번째 사업은 기독교 교리의 핵심을 설명한 책인 『성교촬리』(聖敎撮理, G. 존, *Core Doctrines of Christianity*)를 언더우드가 1890년에 한글로 번역 출간한 것이다. 1892년에는 사이츠(A. D. Sites)가 지은 『성경도설』(聖經圖說, *Bible Picture Book*)이 로드와일러(L. Rothweiler)에 의해 번역 출간되었다. 숭실대학교 한국기독교박물관의 도록에 의하면 이 책은 "구약의 유명한 사건 80가지를 삽도로 구성하고 그림에 대한 역사와 정황을 설명하였다. 에덴, 노아의 방주, 아브라함의 행적, 모세의 기적 등 구약의 지도적 인물의 행적을 중심으로 삽화와 설

명"으로 편집한 책이다(258쪽). 1898년에는 A. D. 밀른(Milne)이 지었고 마포삼열(馬布三悅, S. A. Moffett) 목사가 번역한『장원량우상론』(張袁兩友相論, *The Catechism between Two Friends*)이 출간되었다. 기독교의 기본 교리를 해석한 것으로 개화기에 가장 널리 읽혔다는 이 책은 전통 종교들인 유교, 불교, 도교, 점술은 잘못된 것이며 오직 기독교가 참 진리라는 내용을 장씨와 윤씨 성을 가진 두 친구가 대담 형식으로 진행하고 회개, 중생, 부활, 천당과 지옥, 심판, 기도 등에 관한 내용들이 담겨 있다.

기독교의 선교 활동에서 신문과 잡지의 발간은 중요한 역할을 했으며 한국 어문의 근대화에도 큰 영향을 끼쳤다. 우선 1892년 1월부터 1898년 12월까지 선교사들에 의해 간행된 한국 최초의 영문 잡지인『한국 보고(寶庫)』(*The Korean Repository*)를 살펴보자. 이 잡지는 배재학당 기관인 삼문출판사에서 월간으로 간행되었고 창간한 사람은 이 출판사 사장이었던 감리교 선교사 F. 올링거(Olinger, 1845~1919) 부부였다. 그 후 편집인이 여러 번 바뀌면서 계속 간행된 이 월간지는 당시의 정치, 외교 문제, 사회와 문화, 선교 사업과 선교 정책 문제들을 다양하게 다루었다. 정치 문제로는 갑신정변, 동학농민운동, 청일전쟁, 갑오개혁, 을미사변 등에 관한 사설이나 논평이 있다. 일례로 민비가 시해된 1895년 을미사변에 관한 글이 왕비의 암살, 사건 조사, 장례식까지 아홉 건이나 된다(유영렬 외,『19세기 말 서양 선교사와 한국사회』, 86쪽). 조선의 관혼상제, 세시풍속, 풍수지리, 무(巫), 놀이 문화 등에 관한 문화 부문 기사도 많다.

성서 번역 사업에 관한 한 기사를 살펴보자. 이 기사는「조선에서의 성경 번역」(Bible Translation in Korea)으로 성경을 한글로 번역하는 과정에 대해 설명하고 있다.

> 어떤 원고가 위원회에서 결정되거나 위원회의 최종본이 조심스럽게 준비되면 그 원고는 이사회의 "시험역본"(Tentative Edition)으로 출판을 위한 상임 성경실행위원회에 넘겨진다. 시험역본 준비에는 3단계가 있다.

(a) 동료역자들의 도움 없이 만들어진 개인 역본

(b) 다른 여러 역자들의 서면 비평과 제안에 토대를 두고 작성된 임시역본

(c) 임시역본에서 논쟁이 된 번역 부분들에 대한 사후 모임에서 다수결 투표에 의해 결정한 위원회역본

위원회의 계획이 시험역본에 도달하는 최선의 방법으로 여겨지면 마지막 역본이 시험역본으로 출간된다. (유영렬 외, 앞의 책, 278~279쪽)

이와 같은 기사를 볼 때 초기 성서 번역의 오류들을 수정하기 위해 매우 체계적인 방법을 사용했음을 알 수 있다.

이 밖에도 여러 종류가 함께 사용되었던 「조선에서의 주기도문」(The Lord's Prayer in Korea)의 통일 문제에 대한 기사가 1897년 2월호에 실렸고 「조선 찬송가에 대한 고찰」(Korean Hymns —Some Observations) 기사는 외국 찬송가를 번역할 때 발생하는 실제적인 어려움들에 관해 논의하고 있다.

1898년 12월에 정부의 탄압으로 독립협회가 해산되고『한국 보고』도 재정상의 이유 등으로 1898년 12호로 종간되었으나 당시 국내의 선교사들뿐 아니라 외국인들에게 큰 도움을 주었고 외국에 조선의 실정을 알리는 데도 큰 역할을 하였다.[4]

그 후 한글로 발행한 신학 잡지로는 1900년 12월에 창간된『신학월보』(A Biblical and Church Monthly)가 있다. 1887년 9월에 내한한 미국 감리교 선교사 존스(G. H. Jones, 趙元時, 1867~1919)가『신학월보』를 창간하였다. 그는 한국어와 한국 역사에 정통하였고 당시 성서번역위원으로도 활동하였다. 기독문화연구소 도록의 해설에 따르면 "1910년 폐간될 때까지 초기 한국교회의 신학 형성 과정에 중요한 역할을 담당하였으며 1901년 최병현이 한국

---

[4] 개화기의 선교사들을 통해 영어의 도입과 영어 교육이 시작되었다. 한글과는 전혀 다른 서양 언어인 영어를 통해 다시 말해 타자를 통해 정체성을 수립하는 중요한 과정이 있었다고 볼 수 있다. 영어의 사유 체계를 통해 우리의 사유 체계뿐 아니라 언어 생활에도 많은 영향을 주었을 것이다. 그러나 이 문제는 본고에서는 다루지 못했다. 이에 대한 논의는 박종성과 송승철의 논문 참조.

인 최초의 신학논문을 게재한 것으로 유명하다"고 적고 있다(277쪽). 기독교계 신문으로는 1897년 2월에 감리교 선교사 아펜젤러가『조선 그리스도인 회보』를 창간했고 1897년 4월 1일에는『그리스도 신문』이 미국 장로교 선교사 언더우드 목사에 의해 창간되었다.『그리스도 신문』은 순 한글판 주간신문으로 지면은 8면, 순 한글로 3단 세로(내려쓰기)로 되어 있다. 그 후 감리교의『그리스도인 회보』와 합쳐졌고 1907년 12월부터는『예수교 신보』로 이름이 바뀌었고 격주간이 되었다. 1910년에는 다시 장로교 신문인『예수교 회보』로 이름을 또다시 바꾸어 간행되었다.

5. 초기 선교사들의 문서 선교

조선 개화기에 초기 개신교 선교사들이 성경 번역 사업과 동시에 시작한 작업이 문서 선교이다. 초기 선교사들은 성경 국역과 문서 선교 자료 번역 편찬 등을 위한 그 필수적인 예비 작업으로 한국어를 연구하였다. 이러한 한국어 연구는 한글 발달에 커다란 촉진제가 되었음은 말할 것도 없다. 황용수는 선교사들의 한국어 연구의 의미를 다음과 같이 정리하였다.

국어(國語)에 대한 본격적인 연구는 서양 선교사들에 의해서 먼저 시작되었다고 할 수 있다. 그들은 복음을 전하기 위해서 한국어(韓國語)를 배워야 했고, 그러기 위해서는 국어학습서(國語學習書)와 사전(辭典)이 필요했으며 포교상(布教上) 성서 번역도 필수적인 과제였다.

선교(宣教)를 목적으로 권력(權力)이나 배경(背景)이 없이 개인적으로 국어 연구(國語研究)에 참여한 서양인들은 애로와 고난이 극심하였다. 그러나, 그들은 형극(荊棘)의 길을 극복하고 음운(音韻)·문법(文法)·사전 편찬(辭典編纂)·국어(國語)의 계통(系統)·국자(國字)의 기원(起源)에까지 폭넓게 연구하여 뒷날 국내 학자(國內學者)들의 국어 연구(國語研究)에 크게 이바지하였다. (김종훈 외,『국어학사논고』, 207~208쪽)

황용수는 맨 먼저 국어에 대한 본격적인 연구를 시작한 것은 사실상 서양 선교사들이었다고 못박고 있다.

숭실대학교의 한국기독문화연구소 도록에 의하면 초기 한국어에 대한 다양한 자료들을 볼 수 있다. 1887년에 이미 A. D. 스콧이 지은『한국문법』(*A Korean Manual*)이 출간되었다. 조선에 주재했던 영국인 스콧은 "한국어의 자음 · 모음, 문법에 관해 품사별, 문장별로 영어로 설명한 문법서"로 "외국인의 사용에 편의"와 "한국어의 체계화"에 크게 도움을 주었다(253쪽). 1890년에는 언더우드 목사에 의해 외국인에게 한국어 및 문법에 관한 지침서로 이용된『한영문법』(*Grammatical Notes of the Korean Spoken Language*)이 출간되었다. 이 책은 "1부 문법편에서는 한국 자음과 모음, 명사, 주어, 동사변화, 존대어, 문장구조 등을 다루었고 2부 영한 문장편에서는 영한 문장 대비를 통해 실제적인 용례"를 다루었을 뿐 아니라 "서구 언어학적 방법론에 의한 한국어 문법 정리이며 선교사들을 위한 한국어 지침서였다"는 점에서는 의미가 있다(253쪽). 같은 해 언더우드 목사는『한영자전』(*A Concise Dictionary of the Korean Language*)과『영한자전』(*A Concise Dictionary of the Korean Language*)을 동시에 출간했다. 1897년에는 북장로회 선교사 J. S. 게일도 1894년에 한글 문법서로『사과지남』(辭課指南, *Korean Grammatical Forms*)을 펴냈다. 이 책은 "한글 문장과 영어 문장을 대조하는 형식"을 취했고 특별히 "동사에 대한 자세한 의미 설명과 변형 규칙을 서술"하여 "한국어 문법 체계" 수립에 큰 도움을 주었다. 계속해서 게일은『한영자전』(*Korean-English Language*)을 펴냈다. 이 자전은 표제어가 3만 5천 개에 이르는 한영사전이다. 3판을 낼 정도로 당시 대외의 한국어 연구자들에게 큰 도움을 주었고 "한국어의 어휘 정리와 문법 체계"를 정리하는 데 크게 기여하였고 부록에는 "단군으로부터 순종에 이르는 역대 왕의 계보도, 연표, 십이지간, 60갑자, 수사(數詞)"도 첨부된 점이 특징이다(255쪽).

개화기에 서양 선교사들의 한국어에 대한 관심과 연구는 한글의 문법 체계, 어휘론, 통사론, 철자법, 정서법에 이르는 다양한 분야에 영향을 주었다. 국어학자 지춘수는 이 문제에 대해 다음과 같이 주장한다.

> 서양 사람들이 우리 땅에 선교사 등의 자격으로 발을 들여놓으면서, 아
> 니 그 이전에, 들여놓을 준비로 조선어를 알아야 할 필요성이 생겼고, 그것
> 을 위하여 갖은 고난을 무릅쓰고 그들은 주로 우리나라 고전을 통하여 어휘
> 를 수집하였으며, 그들 문법 체계에 맞추어 우리 문법을 연구하여 그 바탕
> 위에서 마련된 철자법이기 때문에 보수적 일면을 보여주고 있기는 하나, 문
> 법 지식에 매우 조숙한 일면도 보여주고 있어, 그들의 초기 성경 번역과 그
> 기록이, 그 이전의 우리 조상들처럼 마구잡이로, 기분 내키는 대로, 백이면
> 백 사람이 모두 달리 쓰던 우리 글 표기의 태도가 아닌, 성실과 신중을 기하
> 여 조금도 허트러짐이 없는 과학적 기초 위에서 이루어졌다는 데서, 그들의
> 국어 정서법 확립에 이바지한 공은 높이 평가되지 않으면 안 된다. (지춘수,
> 「초기 성경에 나타난 正書法에 대하여」, 19쪽)

개화기 선교사들이 성경 번역을 통해 한국어 근대화에 이바지한 것에 대
해 많은 국어학자들이 수행한 언어학적 연구들을 여기에서 일일이 소개할
수는 없다. 최태영은 정서법(正書法)의 경우 1911년 한일합방 후 조선총독부
학무국에서 제정한 "총독부 철자법 제1차 규정"이 성경식 철자법을 대체로
따르고 있고 그 후 1921년과 1929년에 두 번의 개정을 한 후 1933년에 조선
어학회가 '한글 맞춤법 통일안"을 제정할 때도 성경식 정서법의 기본 원칙
이 그대로 지켜졌다고 주장하였다(최태영, 「초기 번역 성경 연구」, 4쪽).

그러나 분명한 것은 성경 번역을 통해 "한글"에 대한 가치를 알게 되고
자긍심을 가지게 된 것은 선교사들의 엄청난 기여임에는 틀림없다. 세종대
왕이 1446년 11월 한글 창제 관청인 언문청(諺文廳)을 설치하고 최만리와 같
은 한문 숭배 유학자들의 극렬한 반대에도 불구하고 훈민정음을 창제한 대
의명분은 두 가지라 한다(이덕일, 「정음청과 언문청」). 이 대의명분을 살피
는 이유는 개화 초기의 순 한글로 성경을 번역한 대의명분과 일맥상통하기
때문이다. 첫째, 한문을 읽고 쓸 줄 아는 양반계급의 일부 식자층만이 아니

라 일반 백성들까지도 쉬운 언문(한글)으로「용비어천가」같은 시를 지어 이씨조선 건국의 정당성을 알게 하기 위한 것이었다. 개화기 성경 번역자들의 목적도 만고불변의 진리인 하나님의 말씀을 한자를 못 읽는 일반 하층 백성들이 하나님의 섭리를 이해하게 하기 위해서였다. 둘째, 세종이 옥사(獄辭, 법률용어)를 언문으로 기록해서 "지극히 어리석은 사람이라도 모두 쉽게 알아들어 억울함을 품은 자가 없을 것"이라고 말한 것으로 전해진다. 어려운 한자로 된 법률 송사의 기록들을 한글로 작성해서 백성들에게 가해지는 위해를 줄이기 위해서였다. 개화기 성경 번역자들의 목적도 당시의 중국어 성경에서 벗어나 조선의 일반 백성들이 성령으로 쓰인 하나의 말씀에 빨리 쉽게 접근하여 이해하도록 하는 것이었다. 찬송가나 다른 교리문답서 등을 모두 한글로 번역하거나 출판한 것도 같은 맥락에서였다.

초기 성경 번역에 참여했던 선교사들은 한글 자체에 대한 연구나 가치 탐구를 했다기보다는 복음을 쉽게 전파하고 이해시킬 수 있게 하기 위해 한글을 도구로 사용하려 했을 것이다. 그러나 선교사들의 한글 번역 작업은 의외의 열매를 맺었다. 한글의 과학성, 한글의 탁월성, 한글의 아름다움을 동시에 깨닫게 해주었다. "기독교의 급속한 발전은 곧 한글 발전에 대한 공헌이 그만큼 큼을 의미한다"고 주장하는 김윤경의 말을 들어보자.

그들은 전도하기 위하여 성경을 한글로 번역하며 우민(愚民) 남녀(男女) 노유(老幼)에게도 그 성경을 읽히기 위하여 한글을 가르치며 이미 소개함같이 학교를 처처에 설립하고 … 자녀를 모아 교육하되 종래의 유교 교육과 같이 순 한문으로 하지 아니하고 순 한글로 하였습니다. 종래에는 유교(儒敎)에 중독되어 한문이 아니면 문자가 아니라고 생각하여, 한문을 모르면 크게 부끄럽게 생각하지마는 한글을 모름은 태연할 뿐 아니라 도리어 모르는 것을 자긍할 만큼 한글을 경시하였던 것입니다. 그러하나 보배가 언제까지 묻히어 있을 것이 아니기 때문에 마침내 기독교가 그 그릇된 생각을 깨뜨리고 한글의 가치를 천명하여 광채를 세계적으로 발휘하게 함에 큰 공적을 끼친 것입니다. 교도들은 한글 모르는 이가 거의 없다 할 만큼 되었다는 사실만으로 한글 발전에 대한 그 공헌이 얼마나 큰가 헤아릴 만한 것입니다. (김윤경, 『한국문자급어학사』, 651~652쪽)

오늘날 한글은 사용면에서 세계 15위이고 언어 경쟁력 면에서 9위라고 한다. 발성기관의 모양을 보고 만든 문자라서 컴퓨터에서도 세계 언어 중 가장 높은 음성 인식률을 가지고 있어서 유비쿼터스 정보화 시대에 가장 진가를 발휘할 수 있다는 것이다. 한글은 이제 디자인 분야뿐 아니라 미술의 소재로 사용되고 있다. 일찍이 중국을 소재로 한 소설 『대지』로 노벨 문학상을 받은 미국의 펄 S. 벅(Pearl S. Buck) 여사도 한국에 관한 소설인 『살아 있는 갈대』(*The Living Reed*)의 서문에서 한글을 "세계에서 가장 단순하고 가장 탁월한 글자"라고 극찬하였고 오늘날 세계 언어학자들은 "한글 자모는 꿈의 알파벳"이라고 칭송한다. 아마도 이런 이유들로 인하여 유네스코가 1997년 10월에 한글을 세계문화유산으로 지정하지 않았겠는가? 이렇게 한글의 우수성이 전 세계적으로 알려지기 시작한 것에도 개화기 선교사들의 역할이 컸다.

전택부는 개신교의 한글 번역 사역이 "기독교식 한글 문체"에 크게 영향을 미쳤다고 주장하였다. 1896년에 창간한 『독립신문』과 1897년에 창간된 기독교계 신문들을 번역 성경과 비교하면서 성경 문장의 기독교식 한글 문체가 공통적으로 나타나고 있다고 지적하면서 1902년 독립협회 사건으로 7년간 투옥되었던 이승만(1875~1965)이 쓴 저서 『독립정신(또는 옥중기)』을 대표적인 예로 들고 있다.

모든 권리의 근본을 다 백성의게 주장해야 중앙정부의 관원을 선정하거나 큰 사건을 결정할 때에는 전국 백성이 일체로 투표하야 사람 수효의 다소를 따라 결정하며, 한 고을 일은 다각기 그곳 사람들이 일제이 모여 한 법으로 맛하 행하며 일정한 법률 밋혜는 상하귀천 빈부로소 남녀관동의 등분이 조곰도 없고 다만 나이 호적할 년한에 차서 능히 제몸을 다스릴만한 자는 다시 일채 평등한 백성의 권리엇나니 이는 한두 관원이나 웃사람이 어진 마음이 나면 이렇게 대접하고 그럿치 안으면 변개하는 것이 안이라 아조 일정한 장정을 만들어 전국에 발포하매 백성이 하나도 이것을 모르는 자 없어서 서저히 직해가매 한두가지라도 그 법에 버서나는 거시 있스면 … (전택부, 「기독교와 한글」, 144쪽에서 재인용)

전택부에 따르면 배재학당 재학시 이미 기독교 신자였고 『협성회보』 기자였던 이승만의 위의 글이 성경 문체와 너무나도 유사하다고 말하면서 오히려 한글이 개화기 이후 일제강점기에 "일본식 문체와 표현 방식"에 침해를 받아 "조잡하고 오염된" 한글로 변했다는 것이다(전택부, 앞의 책, 144쪽).[5]

6. 나가며

성경, 찬송가 그리고 각종 기독교 문서들의 번역, 사전 편찬과 한글 문법서 발간 그리고 신문 잡지 창간은 모두 개화기 기독교의 한글 운동이었다. 이 운동은 한자 중심의 어문 생활에서 벗어나 한글 중심으로의 혁명적인 변화를 가져온 가장 전형적인 근대화 과정이다. 19세기 말과 20세기 초 한반

---

[5] 한국 근대문학에 영향을 끼친 개화기의 성경과 찬송가 번역과 배포의 의미에 대해서 우리나라의 사상과 어문학에 끼친 영향을 김경완은 다음과 같이 종합적으로 설득력 있게 요약하고 있다.

　　성경의 번역과 찬송가의 간행은 한글과 시가문학의 발달을 가져왔고, 그 성과는 당연히 국문 문학(國文文學)의 양적이며 질적인 발달로 이어졌다. 성경 자체가 지니고 있는 사상적 내용, 즉 자유·평등·박애·민주주의·영혼 구원 등에 의한 정신적인 영향이 컸다. 성경은 번역어로서 평이한 언문일치의 한글을 채용함으로써 조선 5백 년 동안 정처없이 표류해온 우리나라의 문자 생활과 언어 생활에 한글에 의한 언문일치 운동을 뿌리내리게 했다. 성경의 국역은 성경의 급속한 보급과 개화기 소설 이후의 표기 체계의 주류가 되는 한글에 의한 언문일치 운동의 선두적 역할을 하였다. 성경이 지닌 독특한 표기 체계, 어(語)와 문(文)의 구조, 문체 및 신어(新語)의 제작 등이 언어 생활에 들어와 국어의 내용을 풍부하게 했던 것이다. 한국 찬송가가 한국의 근대시와 연관을 갖는 영역은 창가, 신시 및 자유시 등의 율격의 완성 확충의 면과 아울러 새로운 음수율에 기초를 둔 신선한 리듬의 공급 및 전통 음율인 4·4조의 서정을 변혁하려고 한 점이다. 찬송가는 육당 최남선의 7·5조 창가와 더불어 초기 한국 시가에 지대한 영향을 주었던 것이다(김경완, 『한국소설의 기독교 수용과 문학적 표현』, 40~41쪽).

도에서 서구 열강들과 중국, 일본과의 각축전 속에서 우리 민족이 문화적 주체 의식을 가지게 되고 국민 대중이 주인이라는 민주주의 사상을 품게 된 것은 근대화 과정의 가장 핵심적인 전제 조건이며 토대이다. 서구에서도 근대의 시작은 모국어 운동과 문맹 타파, 민족국가의 수립 그리고 민권 사상이었다. 이런 맥락에서 개화기 개신교의 성경과 찬송가의 번역과 보급, 기독교의 급격한 신장, 그리고 교인들의 성경 읽기의 확산을 통해 일반 국민들의 문맹 퇴치가 시작되고 국민들의 의식이 고양되고 한자를 중심으로 하여 지식과 정보를 독점한 지배계급이 붕괴하고 새로운 시민계급이 대두되기 시작했다. 나아가 서구의 각종 새로운 사상, 지식, 기술이 유입되어 근대적 국민 의식인 주체적인 한민족 이데올로기가 생겨나고 새로운 민주국가의 틀을 만들어나가는 데 커다란 원동력이 되었음이 분명하다. 성경의 번역을 통한 사유 방식과 언어 생활의 혁신 그리고 성경이 교육, 정치, 경제, 사회에 끼친 새로운 사상들은 개화기의 조선인들에게 새로운 문화 충격이었다. 따라서 개화기 기독교의 한글 운동은 조선이 모든 영역에서 근대 이전의 질서에서 근대적 질서로 편입되는 중심적 역할을 했다.

그렇다면 영문학, 번역학, 비교학에 관심을 가진 우리에게 남은 과제는 무엇인가? 우선 몇몇 선각자들의 말을 들어보자. 앞서 잠시 언급한 바 있는 임화는 "문학적 환경" 속에서 문화 교류 내지는 문학적 교섭이 연구되어야 한다고 전제하고 이것은 별도로 "비교문학 혹은 문학사에 있어서의 비교적 방법으로 별개로 성립할 수도 있다"(임화, 「신문학사의 방법」, 485쪽)고 말하면서 비교문학의 방법론적 당위성을 인정하고 외국 문학 소개사와 번역 문학사의 중요성을 지적한다. "신문학은 서구 문학의 이식과 모방 가운데서 자라났다. 여기에서 이 환경의 연구가 이미 특히 서구 문학이 조선에 수입된 경로를 따로이 고구(考究)하게 된다. 외국 문학을 소개한 역사라든가 번역문학의 역사라든가가 특별히 관심되어야 한다."(임화, 앞의 책, 485쪽) 그러나 한국의 본격적인 근대문학의 시작이랄 수 있는 신문학을 제대로 논의하기 위해서는 이제 본격적인 일본 문학 또는 서구 문학의 영향을 받는 일본 문학 그리고 일본을 통한 서구 문학 이식 이전인 개화기의 유일한 번역이었던 번역 성경과 번역 찬송가의 영향을 먼저 점검해보아야 할 것이다.

이 분야에 가장 탁월한 업적을 남긴 김병철은 개화기의 성서 번역사를 마무리하는 장에서 성서 번역 문제가 "개화기 이후의 우리나라 사상과 언어 면에서 흥미있는 문제를 제시하고 있다"고 전제하고 앞으로 국문학, 국어학 그리고 번역(문학)을 전공하는 후학들에게 커다란 과업을 남겨주었다.

> 성서 국역은 국문학사 및 국어학사에서도 중요할 뿐 아니라 한국 번역문학사에서도 간과할 수 없는 중요한 의미를 지니고 있다 하겠다. 따라서 성서 국역이 이 세 학사(學史)에 부과하는 과제는 … 아직껏 다루지 못한 영역, 즉 성서가 지닌 독특한 표기 체계, 어와 문의 구조 문체 및 신어의 제작 등이 언어 생활에 침투되어 국어의 내용을 풍부하게 했으며, 또 그것은 그 후의 문학적 용어로서 굳어진 내용 및 과정에 대한 천착일 것이다. … 필자는 다만 … 초기 개신교 선교사들이 … 짧은 시일 내에 성취해놓은 그 혁명적인 불멸의 업적을 그 자료 면에서 비교했다는 초보적인 일을 했음에 불과하다. 말하자면 서설적인 작업을 했을 뿐이다. … 이 중대사는 앞으로 국문학자, 비교문학자 및 외국 문학자의 공동 작업에 의해서 이루어져야 할 것이지, 어느 한 사람의 힘만으로는 성취될 수 없는 중대 과제임에 틀림없다. (김병철, 앞의 책, 71쪽)

그러나 이 연구 영역은 30여 년이 지난 지금도 본격적으로 이루어지지 못하고 있는 듯하다. 연구 작업량이 방대하고 방법이 정치해야 하기 때문일 것이다. 언어와 문학의 보물창고인 성경의 번역이 한국의 문법 규칙, 언어 생활, 문학적 비유, 문학적 소재와 구조를 밝혀내고 나아가 성경에 들어 있는 다양한 사상이 우리의 사유 방식에 어떻게 관계되고 있는지를 파악하는 것은 지난한 일임에 틀림없다. 이 작업은 한국어는 물론 중국어, 일본어, 영어, 히브리어, 희랍어에도 정통한 국어국문학자, 외국 문학자, 비교문학자, 그리고 성서학자들의 장기간에 걸친 비교언어, 비교문학, 비교문화적 관점에서의 협업이 이루어져야 하는 대과업이다.

　지금까지 이 글은 필자 자신의 지난 30여 년의 학문에 대한 반성의 과정에서 생겨났고 필자를 위해 하나의 새로운 화두를 제공하는 지극히 시론(試論)적인 글이다. 따라서 필자에게 앞으로 많은 과업이 남겨져 있다. 개화기의 창가와 신체시에 커다란 영향을 준 찬송가 번역에 관해 논의가 필요하다. 한국 어문 근대화 과정을 추적하고 설명하기 위한 좀 더 구체적인 비교 설명과 본질적이고 체계적인 영향 분석이 필요하고 성경 번역과 관련하여 전통문학, 신문학, 근대문학과의 관계 규명을 해야 한다. 성경 번역 과정에서 반드시 참고해야 될 중국어 성경과 일본어 성경과의 비교 대조 작업은 물론 개신교(1884)보다 100년이나 앞서 들어온 천주교의 탁월하고도 엄청난 문서 번역 사업의 연구도 바람직하다. 개화기의 한글 보급 운동에서 지나치게 개신교 중심으로만 이루어지는 경향에 저항해야 하고 후기 개신교 번역과 천주교 번역의 대조 비교 작업도 앞으로 필자의 중요한 과업이 될 것이다.

6장   번역문학가 피천득의 사랑의 수고

금아 선생이 우리말로 옮기신 세계의 여러 명편 [시]들이 우리에게 다시
생각케 하는 것은 이러한 시심(詩心)에의 복귀, 마음의 고향에로의 복귀의
중요성이다.

　　　　　　── 김우창, 「날던 새들 떼지어 제 집으로 돌아오다──작품 해설/

금아 선생 번역 시집에 부쳐」, 137쪽

1. 들어가며

번역(translation)은 인류 문화사에서 가장 오래되고 중요한 어휘 중에 하
나이다. 번역은 아주 좁은 의미에서는 한 언어를 다른 언어로 옮기는 작업
이기도 하지만, 서로 다른 인간들의 인식 작용 자체를 받아들이고 해석하
고 수용한다는 광의의 의미를 가질 수 있다. 그렇기 때문에 외국의 이론이
나 사상의 섭렵과 수입도 번역이라는 소통 과정을 거칠 수밖에 없을 뿐만
아니라, 일상적 독서 과정도 모두 넓은 의미의 번역 작업인 것이다. 요즈음
의 전 지구적인 문화의 이동, 그리고 수용과 변용 과정도 크게 번역 과정의
하나로 볼 수 있다. 특별히 우리가 사는 시대는 "번역 문화의 시대"(김영무,
「문학 행위로서의 번역」, 136쪽)라고 불리고 있지만, 어느 시대, 어느 문명

권이고 간에 자아와 타자와의 교환 관계가 지속되었다면 이미 언제나 "번역의 시대"라고 부를 수 있으리라. 그러나 번역에 관한 논의를 좀 더 좁혀보자. 힐리스 밀러(J. Hillis Miller)에 따르면 영어 단어 translation은 어원상으로 "한 장소에서 다른 장소로 옮긴", "언어와 언어, 국가와 국가, 문화권과 문화권 사이의 경계선을 넘어 이송된" 의미로 "어떤 언어로 쓰인 표현을 선택하여 다른 장소로 운반한 다음 정착시키는 것과 같은 작업"이라는 것이다(252~253쪽). 번역은 결국 여기와 저기, 우리들과 그들, 그때와 지금과의 끊임없는 대화적 상상력의 결과물이다. 외국어와 모국어의 틈새에서—"출발 언어"와 "도착 언어"라는 두 언어와의 치열한 싸움의 접합 지역에서—문학 번역자는 시인과 작가의 창조의 고통과 희열을 함께 맛보는 것이다.

올해 2010년은 금아 피천득(1910~2007) 탄생 100주년이 되는 해이고, 서거한 지 3년째 되는 해이기도 하다. 이 시점에서 금아 문학 전체에 대한 새로운 정립이 필요하다. 그동안 우리는 금아를 수필가로만 알고 있었고 일부에서 시인으로서 피천득에 대한 논의도 있었으나 문학 번역가로서의 피천득에 관한 논의는 거의 없었다 해도 과언이 아니다. 피천득은 수필가로만 알려져, 거의 국민 수필가로서 인정받고 있다. 그러나 이러한 논의의 방향은 수정되어야 한다. 금아 피천득은 20세 때인 1930년에 이미 서정시를 『신동아』에 발표하며 시인으로 첫발을 내디딘 서정시인인 것이다. 피천득 자신도 자신이 수필가로만 알려져 있는 것에 대해 아쉬워한 적이 한두 번이 아니다. 실상 피천득 문학의 토대는 시다. 그리고 그의 문학의 영혼은 서정시라고 말할 수 있다. 향후 피천득 문학 연구에서는 수필과 더불어 시 쪽에 더욱 관심을 가져야 할 것이다.

그러나 피천득 문학에서 시의 중요성을 부각시킨다고 해도 여전히 남는 문제가 있다. 바로 그의 외국 시 번역 작업이다. 워낙 과작인 그의 작품 세계에서 양으로 보나 질로 보아서도 그의 번역 작업은 결코 무시할 수 없는 분야이다. 전집 네 권 중에 번역 시집은 그중 반인 두 권에 이른다. 더욱이 금아에게 있어서 외국 시 번역은 그가 시인으로서 성장하는 과정과도 밀접한 관계가 있다고 볼 수 있다. 금아는 자신을 한 번도 전문적인 번역가라고 내세운 적은 없지만, 그는 실로 모국어에 대한 토착적 감수성과 탁월한 외국어(영어) 실력에서 이미 준비된 번역가이다. 번역은 무엇보다도 사랑의 수고이다. 번역가의 길은 많은 시간과 정력을 필요로 하여 고단한 순례자의 길과 같다. 금아는 거의 30년간 영문학 교수로 지내며 자신이 좋아하는 영미 시는 물론 극히 일부지만 중국 시, 일본 시 그리고 인도 시를 번역하였다. 이 글의 목표는 지금까지 별로 본격적으로 논의된 바 없는 번역문학가로서의 금아의 작업과 업적을 시론적(試論的)으로나마 논의하는 것이다.

2. 피천득의 외국 시 번역의 범위와 원칙

금아의 번역시 책제목의 일부인 "내 사랑하는"에서 볼 수 있듯이, 금아는 번역시 선정에 있어서 문학사적으로 중요성이 크다든가 대표적인 장시(長詩)들은 한 편도 선택하지 않았다. 금아는 "평소에 내가 좋아해서 즐겨 애송하는 시편들"(피천득, 『내가 사랑하는 시』, 8쪽)을 중심으로 철저하게 자신의 기질과 기호에 따라 주로 짧은 서정시들을 택하였고, 나아가 자신의 문학 세계를 충실하게 발전시키며 지켰다. 다시 말해 금아는 번역되어야만 하는 외국 시와 자신이 번역할 수 있는 외국 시가 아니라 자신이 좋아하며 암송하는 수준의 시들만을 택하여 번역하여 자신의 창작 세계와 일치시킨 것이다.

금아는 기본적으로 번역은 불가능하다고 전제하였는데, 그 이유를 "다른 나라 말로 쓰인 시를 완전하게 옮긴다는 것은 불가능한 일입니다. 시에는 그 나라 언어만이 가지고 있는 고유의 감정과 정서가 담겨 있기 때문"(앞의 책, 9쪽)이라고 밝혔다. 피천득은 자신이 시를 번역하여 "번역시"집을 내는 이유에 대해서는 "내가 좋아하는 외국의 시를 보다 많은 우리나라의 독자들과 함께 나누고 싶"고 "외국어에 능통해서 외국어 시를 원문 그대로 감상할 수 있다면 가장 좋겠지만 현실적으로 그럴 수 있는 독자는 얼마 되지 않"기 때문이라고 말하였다(8~9쪽). 금아가 외국 시를 한국어로 "번역하면서 가장 염두에 두었던" 점은 다음 세 가지이다.

> 첫째, 시인이 시에 담아둔 본래의 의미를 훼손하지 않으면서
> 둘째, 마치 우리나라 시를 읽는 것처럼 자연스러운 느낌이 드는 번역을 하자.
> 셋째, 쉽고 재미있게 번역을 해보자. (9쪽)

피천득의 번역 작업을 논의할 때 필자에게 항상 먼저 떠오르는 사람은 "영국 번역가의 황금시대"였던 17세기 후반 영국 신고전주의 시대의 대문호 존 드라이든(John Dryden, 1634~1700)이다. 엄청난 양의 시와 극 그리고 문학비평을 썼던 드라이든은 계관시인 등의 모든 공직에서 물러난 뒤 여생을 번역 작업에만 몰두하여 영국 문학 번역사에서 번역 이론과 실제에 탁월한 업적을 남겼다. 드라이든은 후에 새뮤얼 존슨(Samuel Johnson, 1709~1784)으로부터 "영국 비평의 아버지"이며 "영국 산문의 법칙들"과 "번역의 올바른 법칙들"을 수립한 문인으로 칭송을 받았다. 영문학자이며 시인이었던 금아 선생을 영국 신고전주의 시대의 문인인 드라이든과 동등하게 비교하는 것은 불가능하겠지만, 필자는 문학 번역의 법칙이나 전략을 보면 상당히 유사한 면을 볼 수 있다고 굳게 믿기에 금아 번역론과 드라이든을 연계시키려는 것이다. 현재까지 엄청나게 많은 번역 이론들이 등장했어도, 결국 번역 문제에 대한 가장 기본적인 논의의 틀은 이미 17세기 말에 드라이든이 정리해 놓았다고 볼 수 있다. 우선 드라이든이 편집한 책『여러 사람들이 번역한 오비디우스의 서한집』(1680)을 위해 쓴 서문을 살펴보자. 이 서문에서 드라이든은 번역의 영원한 주제인 번역 방식 세 가지에 대해 다음과 같이 논의를 시작한다.

> 첫째로, 직역하는 것(metaphrase)은 작가가 한 언어에서 다른 언어로 한마디 한마디, 그리고 한 줄 한 줄 바꾸는 것이다. … 둘째는 의역(paraphrase)으

로, 작가의 관점을 유지하는 번역으로써 의미는 상실되지 않았지만 그 의미에 따라 그 단어로 정확하게 번역되지는 않았다. 부연하는 것은 인정이 되지만 의미를 변화시키는 것은 허용되지 않는다. … 셋째로, 자유 번역(imitation)이 있다. 그 이름은 단어와 의미를 다양화하기 위해서뿐만 아니라 … 그것 모두를 버리기 위해서 자유를 가정하는 것이다. 그가 바라던 것처럼 원본으로부터 일반적인 힌트를 얻은 것을 바탕으로 차이를 두기 위한 것이다. (Kinsley, *John Dryden: Selected Criticism*, 184쪽)

첫 번째 "직역" 방법은 출발 언어와 도착 언어 사이의 구조적인 차이가 단어들의 정확한 번역을 허용하지 않기 때문에 실행 불가능하다. 드라이든의 설명을 더 들어보자.

요약하여 말하자면, 단어를 그대로 옮기는 번역은 한 번에 많은 어려움을 가져다주기 때문에 번역자는 그 어려움들로부터 쉽게 벗어날 수 없다. 번역자는 동시에 그가 번역하는 작가의 사상과 어휘들을 고려해서 다른 언어로 대응되는 부분을 찾아내야 한다. 그리고 이것 외에도 번역자는 운율과 각운의 제약에 놓이게 된다. 이것은 마치 족쇄를 단 다리로 밧줄 위에서 춤추는 것과 아주 흡사하다. … 춤추는 사람은 조심해서 추락은 면할 수 있을지 몰라도, 그에게서 동작의 우아함은 기대할 수 없기 때문이다. (앞의 책, 185쪽)

드라이든의 세 번째 방법 "자유 번역"은 원본의 의미와 단어가 정확하지 않다. 드라이든이 이 당시 독특한 의미로 사용했던 "모방"은 완전히 새로운 작품이 되기 위한 자유이다. 그것 때문에 완전한 새로운 작품이 되기 위해서 가장 자유로워지는 것이다. 드라이든은 자유 번역의 문제점을 다음과 같이 말한다.

나는 한 작가를 모방한다는 것은 … 그 선배 시인의 말을 번역하거나 원문의 의미를 지키지 않고, 그 시인을 하나의 견본으로 놓아두고 만일 그가 우리 시대에 우리나라에 살았다면 이렇게 썼을 것이라고 추정하고 자유롭게 쓰는 것이다. … 공평하게 말한다면 한 작가를 모방하는 것은 한 번역자가 자기 자신을 보여주는 가장 유리한 방식이지만 죽은 작가들의 기억이나 명성에 가할 수 있는 최대의 잘못이다. … 누가 그러한 방만한 자유 번역을 옹호하겠는가? (앞의 책, 186쪽)

드라이든은 우리가 흔히 알고 있는 "있는 그대로 베낀다"는 의미의 "모방"의 개념을 완전히 무시해버리고 "원본"의 의미와 정신을 완전히 왜곡하고 번역자가 제멋대로 하는 창조적 번역을 받아들일 수 없었다.

드라이든은 이 세 가지 유형 중에서 가장 균형 잡힌 방법으로 두 번째 방법인 "의역"을 선택하였다. 그것은 번역가에게 실행할 수 있는 어떤 기준을 제공한다. 그의 법칙은 언어적인 성실함과 활기차나 부정확한 자유 사이에 균형을 만들기 위해 고안되었다. 그는 시를 번역하기 위해서 번역가는 시인이 되어야 하고, 그 자신의 언어와 원작의 언어에 대해 전문가가 되어야 한다고 주장하였다.

나는 번역자가 족쇄를 차고서도 자유를 향해 어느 정도 뻗을 수 있다고 생각한다. 그러나 나는 원저자의 사상까지 새롭게 만드는 것은 도를 넘어서는 것이라 생각한다. 원저자의 정신은 전환될 수 있으나 상실되어서는 안 되기 때문이다. … 따라서 표현에는 자유가 허용될 수 있다. 원작의 어휘들과 행들이 엄격하게 규제될 필요는 없으나, 일반적으로 원저자의 의미만큼은 신성할 뿐만 아니라 침해되어서는 안 되는 것이다. (앞의 책, 187쪽)

드라이든은 자유번역주의와 축어적 직역주의를 피해야 할 극단이라며 반대하였다. 그의 목표는 직역과 자유 번역의 중간 지대이며 하나의 타협이다.

그러나 드라이든은 이론가와 실제 번역가로서 스스로를 더욱더 자유롭게, 그리고 더욱더 활기차게 보여주었다. 그는 법칙을 따르려고 노력하였고 직역과 자유 번역의 중간적인 입장을 고수하였지만, 사실상 크게 성공하지 못했기 때문이다. 그는 점차적으로 그의 번역에서 번역자 중심의 "표현론적"인 양상과 독자중심적인 "독자반응적"인 양상을 인정하게 되었다. 이러한 그의 노력은 찬사받을 만하다. 드라이든은 번역가로서의 욕망과 권리, 그리고 독자의 즐거움과 시적 특질의 존재를 원문에서 통합하여, 번역 이론의 미래 역사를 위해 확고한 기초를 마련하였다. 그는 시적 법칙과 번역의 법칙을 지키고자 했고, 또한 직역과 자유 번역의 사이에서 균형을 잡으려고 노력했다. 그러나 자신의 실제 번역 작업에서 균형을 지키는 것은 거의 불가능했다. 그는 고전 원작과 영어 번역 사이에서, 17세기 말 영국 시인으로서의 자유로운 창조적 욕망과 더불어 고전 원작의 내용 및 정신을 함께 살려야 한다는 책무 사이에서 언제나 불안하게 균형을 유지하며 항해하였다. 그러나 바로 이 점이 드라이든의 실제 번역가로서 그리고 번역 이론가로서의 특징이며 장점일 것이다.

금아의 시 번역 첫째 원칙인 "시인이 시에 담아둔 본래의 의미를 훼손하지 않으면서"라는 말은 시의 본래의 뜻을 그대로 살리려는 "직역"과 거의 같은 것이며, 둘째 원칙인 "마치 우리나라 시를 읽는 것처럼 자연스러운 느낌이 드는"이라는 말은 "우리나라 언어인 한국어 질서와 어감이 맞는 느낌을 준다"는 뜻이며 "자유 번역"과 부합한다. 여기까지는 드라이든이 노력한 것 같이 금아도 직역과 자유역 사이에서 균형과 조화를 잡으려고 노력하였다. 그러나 실제로 번역 작업에 있어서 이러한 균형을 맞추기란 매우 어려운 일이다. 아마도 거의 불가능한 일일지도 모른다. 작품의 성격상 또는 번역자의 기질 때문에 잘못하면 한쪽으로 기울어지게 마련이다. 드라이든은 자신의 번역 이론을 이렇게 정했지만 실제 번역 현장에서는 균형과 조화를 유지 시키지 못하였듯이, 금아도 좀 더 자유로움을 택했다. 금아는 공식적으로 번역의 셋째 원칙에서 그것을 표명하고 있다. "쉽고 재미있게 번역을 해보자"는 말 속에는 역자인 금아 자신이 표현하고 싶은 자유와 소망, 그리고 한국 독자들이 예상되는 반응을 염두에 두면서 그들이 시를 용이하게 즐길 수 있도록 배려하고 싶었을 것이다. 이 문제에 대해 심도 있게 논의한 바 있는 저명한 평론가이며 영문학자인 유종호는 오장환의 예세닌 번역과 에즈라 파운드의 중국의 이백 시 번역을 논하는 자리에서 "분방한 자유역"(유종호, 「시와 번역」, 108쪽)을 이상적 문학 번역의 형태라고 주장하였다. 유종호는 한문을 못 읽었던 파운드의 중국 시 번역을 논하면서 "원시 제목에 대해서 생략, 변조, 축소, 보충을 마음대로 가하고 있다. 그러한 의미에서 대담한 자유역이지만 전체적으로는 원시의 정서와 대의에는 아주 충실하다"(113쪽)고 언명하였다. "쉽고 재미있게"라는 금아의 시 번역 전략은 여기에서 유종호가 말하고 있는 "분방한 자유역"에 해당된다고 볼 수 있다.[1]

금아는 자신의 전공 분야인 영미 시뿐 아니라 일본, 중국, 인도 시도 번역하였다. 그 이유는 "높은 차원의 시는 동서를 막론하고 엇비슷합니다. 모두 다 순수한 동심과 고결한 정신, 그리고 맑은 서정을 가지고 있"(피천득, 앞의 책, 13쪽)기 때문이다. 여기에서 금아는 언어와 문화가 서로 다른 경우의 시라도 인간성을 토대로 한 문학의 보편성을 믿고 나아가 일반문학 또는 세계문학으로서의 가능성도 인지하고 있는 듯 보인다. 자신의 번역 시집의 최종 목표를 금아 선생은 다음과 같이 선언하고 있다.

> 이 책 속의 시인들은 아이들의 영혼으로 삶과 사물을 바라봅니다. 그들의
> 시를 통해서 나는 독자들이 순수한 동심만이 이 세상에 희망의 빛을 선사할
> 수 있다는 믿음을 가질 수 있었으면 좋겠습니다. (앞의 책, 13쪽)

금아의 시 번역 작업의 의미를 논하는 데 있어서, 우선적으로 번역시 자

---

1) 우리나라의 근대 초기인 개화기에 해외 시 번역 소개 작업을 본격적으로 시작해 우리나라 근대시 형성에 다대한 영향을 끼친 안서 김억(1893~ ?)도 '창작으로서의 번역'을 강조하여 의역이나 자유역의 방식을 택하였다(김욱동, 『근대의 세 번역가: 서재필, 최남선, 김억』, 211쪽). 이렇게 볼 때 드라이든, 김억, 금아 모두 자신들이 창작하는 시인으로서 직역이나 축자역은 물론 거부하였고, 직역과 의역 또는 자유역 간의 불안한 균형을 이상으로 삼았어도, 결국 창작과 관련되어 의역이나 자유역으로 기울어진 것이 공통적인 현상으로 보여진다.

체에 대한 자세한 분석과 검토가 있어야 한다. 그다음에는 다른 번역시들이나 번역자들의 '비교'가 필요하다. 모든 논구의 과정에서 비교란 각 주체들의 정체성을 정립하는 데 필수적이다. 모든 것은 스스로 존재하지만, 때로는 다른 주변 존재들과의 관계 속에서 어떤 차이를 통해 변별성을 가질 수 있기 때문이다. 방법으로서의 비교는 문학 연구와 비평에서도 기본적인 선행 작업이 될 수밖에 없다. 여러 사람들에 의해 다양하고도 반복적으로 수행되는 번역 작업도 상호 비교를 통해 우선적으로 번역의 특징을 가려낼 수 있을 것이다.

따라서 문학 번역가로서의 금아 피천득 선생의 번역 작업을 정리하고 점검하기 위해서는 금아 번역자체에 대한 자세한 검토와 동시에, 다른 역자들에 의해 수행된 번역시들을 비교하는 것은 불가피해진다. 이러한 연구 작업은 앞으로는 일종의 비교 번역 비평(Comparative translation criticism)으로까지 나아가야 할 것이다. 그러나 비교는 우열 판정을 위한 것이라기보다는 우선 각 번역들의 변별성과 특징을 찾아내는 것을 의미한다. 그 다음 단계인 우열 판정을 하는 비평의 문제는 논자에 따라 또는 필요에 따라 그 기준이 엄청난 편차를 보일 수 있기 때문이다.

3. 금아 번역의 구체적 사례와 비교 논의

피천득은 윌리엄 셰익스피어가 지은 소네트 154편 전부를 번역하여『셰익스피어 소네트 시집』이란 단행본으로 출간하였다. 번역 시집 뒤에 붙어 있는 피천득의 세 가지 해설「셰익스피어」,「소네트에 대하여」,「소네트 시집(詩集)」은 유익하고 재미있는 평설이다. 그리고『내가 사랑하는 시』라는 번역 시집에 들어 있는 시들은 주로 영미 시편들로 윌리엄 블레이크(William Blake), 앨프리드 테니슨(Alfred Tennyson) 등 14명의 시인들의 비교적 짧은 시들이다. 그 외에 중국 시인으로는 도연명과 두보의 시, 일본 시인으로는 요사노 아키코, 와카야마 보쿠스이, 이시카와 타쿠보쿠, 인도 시인으로는 R.

타고르의 두 편이 번역되어 시집 속에 포함되어 있다.

우리는 이 두 권의 번역 시집에서 시 번역가로서 피천득의 특징들을 모두 파악할 수 있다. 앞서 제시한 피천득의 번역 방법에 비추어볼 때, 피천득의 번역시는 운율이나 흐름은 물론 그 내용에 있어서 한국 시를 읽는 것처럼 쉽고 자연스럽다. 14행시인 셰익스피어 소네트의 경우에도 완벽하게 한국어로 14행에 맞추어 번역되었다. 그러나 소네트의 일부는 우리 시 형식에 맞게 4행시로 3·4조와 4·4조에 맞추어 축약 번역(번안)이 새롭게 시도되기도 하였다. 우리는 피천득의 번역시들의 내용과 형식, 기법을 좀 더 연구하여 한국에서 외국 시 번역의 새로운 모형을 찾아볼 수 있을 것이다.

1) 셰익스피어 소네트 번역

영문학자 피천득은 윌리엄 셰익스피어를 세계 최고의 시인으로 꼽았다. 금아는 그의 수필 「셰익스피어」에서 그를 다음과 같이 높이 평가하고 있다.

> 셰익스피어를 가리켜 '천심만혼'(千尋萬魂)이라고 부른 비평가도 있었고, 한 그루의 나무가 아니라 '삼림'(森林)이라고 지적한 사람도 있다.
>
> 우리는 그를 통하여 수많은 인간상을 알게 되며 숭고한 영혼에 부딪히는 것이다. 그를 감상할 때 사람은 신과 짐승의 중간적 존재가 아니요, 신 자체라는 것을 느끼게 된다.
>
> … 그는 세계를 초월한 영원한 존재이다. 그의 이야기를 듣는 데는 노력이 요구된다. 그러나 이는 너무나 큰 보상을 주는 노력이다. …
>
> 셰익스피어는 때로는 속되고, 조야하고, 상스럽기까지 하다. 그러나 그의 문학의 바탕은 사랑과 미다. 그의 글 속에는 자연의 아름다움, 풍부한 인정미, 영롱한 이미지, 그리고 유머와 아이러니가 넘쳐 흐르고 있다. 그를 읽고도 비인간적인 사람은 없을 것이다. …
>
> 콜리자는 그를 가리켜 "아마도 인간성이 창조한 가장 위대한 천재"라고 예찬하였다. 그 말이 틀렸다면 '아마도'라는 말을 붙인 데 있을 것이다. (『인연』, 157~177쪽)

피천득은 모두 시로 쓰인 셰익스피어 극들도 좋아하였지만, 무엇보다 14행의 정형시인 소네트를 매우 좋아하였다. 금아는 자신이 좋아하는 시들은 암송하고 가르치며 번역하였다.

소네트는 유럽에서 13세기에 이탈리아나 프랑스에서 시작되어 영국에서는 16세기에 유행하기 시작하였다. 엘리자베스조(朝) 시대 문인들은 대부분 소네트 시인을 겸하였다. 대표적인 정형시인 영국 소네트는 1행이 10개의 음절로 되어 있고 그 한 행에 강세가 약강으로 된 운각(foot)이 5개로 이루어진다. 이런 형식의 시를 아이엠빅 펜타미터(iambic pentameter, 약강 5운각)라 부른다. 각운(end rhyme)은 두 행씩 짝지어져 있다. 14행 중 4행씩 한 스탠자가 되어 세 개의 스탠자에 마지막 두 행이 결론의 장(후장)이 되며 대개 이것은 마치 글의 순서인 기승전결(起承轉結) 형식과 같다. 금아는 소네트를 "가벼운 장난이나 재담"이라고 볼 수 있고 "단일한 클라이막스에 간결한 시상(詩想)을 담는 형식"이어서 "한순간의 소네트"(sequence of sonnets)로도 볼 수 있다고 하였다. "작은 것은 아름답다"고 믿는 금아는 언제나 감정이 응축되고 고도로 절제되어 있는 짧은 서정시를 좋아하여, 소네트에 "영국 민족에게 생리적으로 부합되는 어떤 자연성"이 있다는 전제하에 금아 역시 자신의 기질과 기준에 따라 셰익스피어 소네트를 좋아하여 전편을 번역하였다.

금아는 셰익스피어의 소네트를 해설하는 「소네트에 대하여」라는 글에서 흥미롭게도 영국 소네트를 우리나라의 대표적인 정형시인 "시조"(時調)와 비교하고 있다. 우선 두 정형시 사이의 유사점을 보자.

> 첫째 둘 다 유일한 정극적 시형으로 수백 년간 끊임없이 사용되었다는 점, 둘째 많은 사람들이 써왔다는 점이 같고 … 셋째 소네트에 있어서나 시조에 있어서나 전대절(前大節)과 후소절(後小節)이 확실히 구분되어 있다. 소네트의 마지막 두 줄은 시조의 종장(終章)에서와 같이 순조로운 흐름을 깨뜨리며 비약의 미(美)와 멋을 보여주는 것이다. 넷째 내용에 있어 소네트와 시조 모두 다 애정을 취급한 것이 많다. … (앞의 책, 174~175쪽)

소네트와 시조의 서로 다른 점을 살펴보자.

> 평시조 한 편만을 소네트와 고려할 때 시형이 폭이 좁다 할 것이요, 따라
> 서 시조에는 시상의 변두리만 울려 여운을 남기고, 소네트에 있어서는 적은
> 스페이스 안에서도 설명과 수다가 많다.
> 영시에 있어서도 자연의 미는 가장 중요한 미의 하나를 차지하고 있지
> 마는, 시조에 있어서와 같이 순수한 자연의 미를 예찬한 것이 드물다. 시조
> 는 폐정(閉靜)과 무상(無常)을 읊는 것이 극히 많으며 한(恨) 많고 소극적이
> 나 소네트의 시상은 낙관적이며 종교적인 색채를 가진 것이 많다. (앞의 책,
> 175~176쪽)

금아는 오늘날과 같이 복잡다단한 문명의 생활 속에서 소네트와 시조 모
두 주류적인 역할을 할 수 없다는 것을 인정하나, 영국과 한국의 생활 속에서
각 국민들의 "생리와 조화" 되는 점이 있다고 지적하고 있다(앞의 책, 176쪽).
피천득은 소네트 번역의 말미에 「소네트 시집」이라는 해설물을 제시하였
다. 셰익스피어 소네트 시집에 실린 시는 모두 154편이다. 그는 "이 『소네트
시집』 각 편은 큰 우열의 차이를 가지고 있다. 어떤 것들은 다만 기교 연습
에 지나지 않고, 좋은 것들은 애정의 환희와 고뇌를 우아하고 재치 있게 표
현하였으며, 그 속에서는 진실성과 심오한 철학이 있다. … 대부분의 시편
들이 우아명쾌(優雅明快)하다."(앞의 책, 181~182쪽)고 지적하였다. 금아 선
생은 154편의 소네트 중에서 "영문학 사상 가장 위대한 걸작품으로, 제12,
15, 18, 25, 29, 30, 33, 34, 48, 49, 55, 60, 66, 71, 73, 97, 98, 99, 104,
107, 115, 116, 130, 146(번)"을 꼽았고, 자신이 번역한 이 소네트 시집을
"같은 빛깔이면서도 여러 종류의 구슬이 섞여 있는 한 목걸이로 볼 수도 있
고, 독립된 구슬들이 들어 있는 한 상자라고 할 수도 있"(앞의 책, 181쪽)다
고 평가한다. 시인이자 영문학 교수였던 피천득은 자신의 업적 중에서 자신
이 세계 최고의 문학가로 꼽고 있는 윌리엄 셰익스피어의 소네트 전편을 번
역하는 데 오랜 기간의 노력과 정성을 들였다. 이 번역으로 금아 선생은 학

자와 한국 시인으로서 중요한 기여를 하게 되었으며, 문학 번역가로 금아의 업적을 평가하는 시금석이 되었다.

그럼 우선 윌리엄 셰익스피어의 소네트 번역부터 살펴보기로 하자. 금아는 소네트 29번[2])을 다음과 같이 번역하였다.

> 운명과 세인의 눈에 천시되어,
> 나는 혼자 버림 받은 신세를 슬퍼하고,
> 소용없는 울음으로 귀머거리 하늘을 괴롭히고,
> 내 몸을 돌아보고 나의 형편을 저주하도다.
>
> 희망 많기는 이 사람,
> 용모가 수려하기는 저 사람, 친구가 많기는 그 사람 같기를
> 이 사람의 재주를, 저 사람의 권세를 부러워하며,
> 내가 가진 것에는 만족을 못 느낄 때,

---

2) 여기에 소네트 29번 영어 원문을 제시한다.

> When in disgrace with fortune and men's eyes,
> I all alone beweep my outcast state,
> And trouble deaf heav'n with my bottles cries,
> And look upon myself and curse my fate,
>
> Wishing me like so one more rich in hope,
> Featured like him, like him friends possessed,
> Desiring this man's art, and that man's scope,
> With what I most enjoy contented least;
>
> Yet in there thoughts myself almost despising,
> Haply I think on thee, and then my state,
> Like to the lark at break of day arising
> From sullen earth, sings hymns at heaven's gate:
>
> For thy sweet love rememb'red such wealth brings,
> That then I scorn to change my state with kings.

그러나 이런 생각으로 나를 거의 경멸하다가도
문득 그대를 생각하면, 나는
첫새벽 적막한 대지로부터 날아올라
천국의 문전에서 노래 부르는 종달새,

그대의 사랑을 생각하면 곧 부귀에 넘쳐,
내 운명[팔자] 제왕과도 바꾸려 아니하노라

이 소네트 29번을 셰익스피어 전공학자였던 김재남(1922~2003)은 다음과 같이 번역하였다.

행운의 여신과 세인의 눈에게 얕보인 나는
자신의 버림받은 처지를 혼자서 한탄하며
무익한 울부짖음을 가지고 반응 없는 하늘을 괴롭혀주고,
자신을 돌아다보고 자신의 운명(運命)을 저주하고 있소.

그리고 나는 좀 더 유망한 사람이 되기를 원하여
용모나 친구 관계에 있어 그 사람을 닮아보고 싶어하고,
학식은 이 사람같이 되어보고 싶어하고, 역량에 있어서는 저 사람같이 되어보고 싶어하고 있소
그러나 나는 가장 원하는 것에 있어 가장 욕구 불만이오.

이렇게 생각하면 나는 나 자신을 경멸할 지경이지만,
다행히도 그대에게 생각이 미치면 나의 심경은
새벽녘 껌껌한 지상으로부터 날아오르는 종달새같이
하늘의 입구에서 찬미가를 부르게 되오.

그대의 총애를 돌이켜 생각하면 굉장한 재보가 찾아와주니 말이오
이래서 나는 나의 처지를 왕하고도 바꾸기를 원치 않는 것이오.

김재남의 셰익스피어 전집의 한글 번역은 세계 일곱 번째 그리고 한국 최초로 1964년(총 5권)에 이루어졌다. 그 후 1971년에 개정판(전8권)이 나왔고 1995년에 3차 개정판(총 1권)이 나왔다. 그러나 역자 서문 어디에도 김재남 자신의 번역 방법에 관한 구체적 논의가 없어 아쉽다. 다만 1964년판에 추천사를 쓴 저명한 문학비평가이며 영문학자였던 최재서는 셰익스피어 전집 번역자로서의 자격을 다음과 같이 논하였다. 첫째 셰익스피어의 "작품들을 계통적으로 연구한 전문 학자"라야 하고, 둘째 "난해한 셰익스피어의 표현을 우리말로 옮기는 데는 문학적 재능"이 필요하다고 전제하고 있다. 최재서는 김재남을 이 두 가지 조건을 구비한 "유려한 번역"자로 추천하고 있다(11쪽). 1995년판 추천사를 쓴 셰익스피어 학자 여석기도 이 세 번째 개정판에서 김재남의 번역은 "우리말 표현을 더욱 의미 있게 세련되게 하는 작업이 수반"(6쪽)되었다고 적고 있다. 이렇게 볼 때 국내의 원로 셰익스피어 학자들이 김재남의 번역을 높이 평가하고 있음을 알 수 있다.

여기에서 시인 피천득과 전문 학자 김재남의 번역을 비교해보면 그 차이가 뚜렷하다. 필자가 이 두 번역을 비교하는 것은 번역의 우열을 가리기 위한 것이 아니다. 다만 번역에 어떤 특징적인 차이가 있는가를 살펴보기 위함이다. 피천득의 번역은 역시 한국어 흐름과 독자들을 위해 좀 더 자연스러운 의역인 반면, 김재남의 번역은 전문 학자답게 정확한 번역을 위한 직역에 가깝다. 피천득은 자신의 번역 방법을 통해 셰익스피어 소네트를 번역하여 일반 독자들을 위한 훌륭한 한 편의 한국 시로 새로이 재창조하고자 한 노력이 역력하다. 반면 김재남은 소네트 번역의 한국어로 쓰인 시적인 특성을 살리기보다 다른 학자들이나 영문학과 학생들을 위한 정확한 번역 시로 만들고자 한 것 같다. 이러한 비교는 소네트 거의 전편에 해당된다고 볼 수 있다. 따라서 여기서는 더 이상의 예시는 하지 않겠다.

특히 피천득은 14행시라는 영국형 소네트의 형식을 완전히 무너뜨리고 다음과 같이 실험적으로 전혀 새로운 3·4조나 4·4조로 한국의 짧은 서정적인 정형시로 번안하여 재창작하기도 했다.

내 처지 부끄러워
헛된 한숨 지어보고

남의 복 시기하여
혼자 슬퍼 하다가도

문득 너를 생각하면
노고지리 되는고야

첫 새벽 하늘을 솟는 새
임금인들 부러우리

피천득이 외국 시 번역 작업에서 위와 같은 과감한 실험을 한 것은, 영국
의 대표적인 셰익스피어의 정형시를 한국의 일반 독자들이 쉽고 재미있게
소네트를 즐길 수 있도록 철저하게 토착 양식의 한국 시로 변형시키기 위함
이었을 것이다. 영국 시형인 소네트의 14행시는 사라졌지만 그 영혼은 한국
어로 남아 그대로 전달되는 것은 아닐까? 앞서 언급한 유종호는 이런 종류
의 번역을 "분방한 자유역"이며 한 걸음 더 나아가 "홀로서기 번역"(유종호,
앞의 책, 113쪽)이라 부르면서 다음과 같이 언급하고 있다.

> 번역은 자체로서도 훌륭한 시로 읽히는 홀로서기 번역을 지향하고 있다.
> 우수한 시인들이기 때문에 가능한 노력이지만 이를 통해 정평 있는 번역시
> 의 고전이 나오기를 기대한다. 그것은 우리 시의 성장을 위해서 좋고 무엇
> 보다도 문학적 감수성의 적정한 행성을 위해서 필수적이다. … 일급의 시인
> 작가들이 번역을 통해서 자기 세련과 모국어 문학에 기여하고 있다는 것은
> 기억해둘 만하다. … 이러한 시들은 대체로 분방한 자유역이면서 우리말의
> 묘미를 활용하여 음율적이라는 점을 지적하였다. 쉽게 말해서 우리말로 충
> 분히 동화되어 있어 투박한 번역이 들지 않는 것이다. … 우리말로 잘 읽히
> 는 번역시가 우선 좋은 번역이다. (유종호, 앞의 책, 116~117쪽)

물론 외국 시를 우리말에만 자연스럽게 완전히 순치시킨 번역이 최후 목표는 아닐 것이다. 가능하면 외국 시의 이국적이며 타자적인 요소들이 함께 배어나오면 좋겠지만, 잘못하여 생경한 축자적 직역을 그것과 동일시하는 것은 큰 문제가 될 수 있다. 금아의 외국 시 번역 작업의 목표는 이국적 정취가 아니라 문학의 회생이다. 번역을 통한 외국 시와의 관계 맺기는 결국 외국 시를 하나의 새로운 시로 정착시키고 한국 시와 시인에게 또 다른 토양을 제공하여 외국 시와 한국 시, 외국 시인과 한국 시인(번역자) 사이의 새로운 역동적인 확장으로 나아가는 길이 아니겠는가.

2) 영미 시 번역

소네트 이외의 영미 시 번역에서의 피천득의 작업을 살펴봄에 있어서 소네트의 경우처럼, 영미 시 번역의 거의 일인자로 알려진 영문학자 이재호(1935~2009)의 번역을 같은 선상에 놓아 금아의 번역과 비교해보기로 한다. 그래야 그 두 사람의 번역의 변별성이 드러나고 차이도 확연히 드러날 수 있을 것이다. (물론 이번에도 두 분의 번역의 우열을 가리고자 하는 것이 아니다). 우리는 이러한 차이를 통해 금아 선생 번역의 특징을 더 잘 이해할 수 있을 것이다.

우선 19세기 초 영국 낭만주의의 대표적인 시인인 바이런 경(Lord Byron)의 짧은 시 "She Walks in Beauty"의 번역을 살펴보자.[3]

---

3) 영어 원문은 다음과 같다.

> She walks in beauty, like the night
>   Of cloudless climes and starry skies,
> And all that's best of dark and bright
>   Meet in her aspect and her eyes:
> Thus mellow'd to that tender light
>   Which heaven to gaudy day denies.
>
> One shade the more, one ray the less,

이 시를 금아는 아래와 같이 번역하였다.

그녀가 걷는 아름다움은

그녀가 걷는 아름다움은
구름 없는 나라, 별 많은 밤과도 같아라
어둠과 밝음의 가장 좋은 것들이
그녀의 모습과 그녀의 눈매에 깃들어 있도다
번쩍이는 대낮에는 볼 수 없는
연하고 고운 빛으로

한 점의 그늘이 더해도 한 점의 빛이 덜해도
형용할 수 없는 우아함을 반쯤이나 상하게 하리
물결치는 까만 머릿단
고운 생각에 밝아지는 그 얼굴
고운 생각은 그들이 깃든 집이
얼마나 순수하고 얼마나 귀한가를 말하여준다

뺨, 이마, 그리고 보드랍고
그리도 온화하면서도 많은 것을 알려주느니

Had half impair'd the nameless grace
Which waves in every raven tress,
　　Or softly lightens o'er her face,
Where thoughts serenely sweet express
　　How pure, how dear their dwelling place.

And on that cheek and o'er that brow
　　So soft, so calm, yet eloquent,
The smiles that win, the tints that glow,
　　But tell of days in goodness spent,
A mind at peace with all below,
　　A heart whose love is innocent.

사람의 마음을 끄는 미소, 연한 얼굴빛은
착하게 살아온 나날을 말하여주느니
모든 것과 화목하는 마음씨
순수한 사랑을 가진 심장

이재호의 번역은 다음과 같다.

그녀는 아름답게 걷는다

구름 한 점 없는 별이 총총한 밤하늘처럼
그녀는 아름답게 걷는다,
어둠과 광명의 精華는 모두
그녀의 얼굴과 눈 속에서 만나서 :
하늘이 저속되게 빛나는 낮에게 거절하는
그런 부드러운 빛으로 무르익는다.

그늘이 한 점 더 많거나, 빛이 하나 모자랐더라면,
온 새까만 머리카락마다 물결치는
혹은 부드러히 그녀의 얼굴을 맑혀주는
저 이루 말할 수 없는 우아함을 반이나 해쳤으리라,
그녀의 얼굴에서 맑고 감미로운 思想이 表現해준다
그 思想의 보금자리가 얼마나 순결하며, 사랑스런가를,

매우 상냥하고 침착하나 웅변적인
그리고 저 뺨과 저 이마 위에서
사람의 마음을 사로잡는 微笑, 훤히 피어나는 얼굴빛은
말해준다, 선량하게 지냈던 時節,
地上의 모든 것과 화평한 마음,
순진한 사랑의 심장을

위의 두 번역을 비교하기 전에 이재호의 영시 번역론을 살펴보자. 이재호의 널리 알려진 영미 번역 시집인 『장미와 나이팅게일』은 1967년에 초판이 나왔고 그 이듬해에 개정판이 나왔다. 「서문」에서 이재호는 "원시의 리듬, 어문, 의미 등에 … 한국어가 허락하는 한 가장 충실히 따르"고자 했고, "원시를 가장 근사치(近似値)"로 전달하고자 함이라고 언명하며, "의역(義譯)을 하게 되면 원시의 향기가 많이 사라진다"고 보았다. 이재호는 계속해서 "영시를 공부하기엔 의역보다 직역(直譯)이 큰 도움이 된다"(5쪽)고 말하고 있다. 이재호의 영시 번역 전략은 철저하게 직역주의를 채택하였고, 이를 통해 "이 시집이 한국인의 감수성과 언어 감각에 새롭고 고요한 혁명을 일으키기를 기대"하였다(6쪽). 이재호는 의역을 통해 원시가 지나치게 순화되는 것보다 직역을 통해 한국 독자들에게 원시의 생경함을 주는 것을 중시한 것처럼 보인다.

피천득의 번역은 번역 투의 때가 거의 벗겨진 한 편의 자연스러운 한국 시이다. 심지어 번역시라고 눈치채지 못할 정도이다. 반면에 이재호의 번역은 그 자신의 시 번역 소신인 원문 충실의 직역을 중시하다 보니, 번역된 시가 자연스럽지 못하고 금새 번역 투의 어색함이 드러난다. 물론 이런 차이는 번역의 우열의 문제가 아니라 두 사람의 번역에 대한 목적의 차이일 것이다. 또한 이는 한국의 서정시인인 한 사람으로서의 피천득과 영문학자이면서 동시에 영시 교수인 이재호의 번역의 방향과 전략의 차이일 것이다. 피천득의 대상은 한국의 일반 보통 독자들이고 이재호의 대상은 일반 독자들뿐만 아니라 나아가 영시를 배우거나 공부하는 사람들을 더 위한 것이다.

피천득이 1937년에 상하이 대학교 영문학과를 졸업할 때 학부 논문의 주제는 Y. B. 예이츠였다. 20세기 시인 윌리엄 버틀러 예이츠(William Butler Yeats, 1865~1939)의 유명한 시 「이니스프리 호수」("The Lake of Innisfree")에 대한 두 분의 번역을 살펴보자.[4]

---

4) 영어 원문을 제시한다.

   I will arise and go now, and go to Innisfree,

피천득은 국정 국어 교과서에도 실린 바 있는 이 시를 다음과 같이 번역하였다.

이니스프리의 섬

나 지금 일어나 가려네. 가려네, 이니스프리로
거기 싸리와 진흙으로 오막살이를 짓고
아홉 이랑 콩밭과 꿀벌통 하나
그리고 벌들이 윙윙거리는 속에서 나 혼자 살려네

그리고 거기서 평화를 누리려네, 평화는 천천히 물방울같이 떨어지리니
어스름 새벽부터 귀뚜라미 우는 밤까지 떨어지리니
한밤중은 훤하고 낮은 보랏빛
그리고 저녁때는 홍방울새들의 날개 소리

나 일어나 지금 가려네, 밤이고 낮이고
호수의 물이 기슭을 핥는 낮은 소리를 나는 듣나니
길에 서 있을 때 나 회색빛 포도(鋪道) 위에서
내 가슴 깊이 그 소리를 듣나니

And a small cabin build there, of clay and wattles made;
Nine bean rows will I have there, a hive for the honey bee,
And live alone in the bee-loud glade.

And I shall have some peace there, for peace comes dropping slow,
Dropping from the veils of the morning to where the cricket sings;
There midnight's all a-glimmer, and noon a purple glow,
And evening full of the linnet's wings.

I will arise and go now, for always night and day
I hear lake water lapping with low sounds by the shore;
While I stand on the roadway, or on the pavements gray,
I hear it in the deep heart's core.

이재호의 번역은 아래와 같다.

이니스프리 湖島

나는 이제 일어나 가야지, 이니스프리로 가야지,
나뭇가지 엮어 진흙 발라 거기 작은 오막집 하나 짓고;
아홉 콩 이랑, 꿀벌집도 하나 가지리.
그리고 벌이 붕붕대는 숲속에서 홀로 살으리.

그럼 나는 좀 평화를 느낄 수 있으리니, 평화는 천천히
아침의 베일로부터 귀뚜라미 우는 곳으로 방울져 내려온다;
거긴 한밤엔 온 데 은은히 빛나고, 정오는 자주빛으로 불타오르고,
저녁엔 가득한 홍방울새의 나래 소리.
나는 이제 일어나 가야지, 왜냐하면 항상 낮이나 밤이나
湖水물이 나지막이 철썩대는 소리 내게 들려오기에;
내가 車道 위 혹은 회색 포도 위에 서 있을 동안에도
나는 그 소릴 듣는다 가슴속 깊이.

이 시의 첫 연의 2~3행을 다시 자세히 비교해보자.

거기 싸리와 진흙으로 오막살이를 짓고
아홉 이랑 콩밭과 꿀벌통 하나 (피천득)

나뭇가지 엮어 진흙 발라 거기 작은 오막집 하나 짓고;
아홉 콩 이랑, 꿀벌집도 하나 가지리. (이재호)

이 두 번역을 비교해보면 두 역자의 특징이 드러난다. 피천득의 번역은 시
상과 운율이 좀 더 시적으로 흘러가고 이재호의 번역은 약간은 산문적이다.
앞서도 잠시 지적하였듯이 피천득의 번역은 시인으로서 일반 독자들을 위해

좀 더 자연스러운 번역에 주안점을 두었고 이재호의 번역은 영시 교수와 학자로서 영시를 공부하는 학생이나 학자들을 위해 원문의 정확도로 다가가는 직역에 가깝다고 하겠다. 다시 말해 피천득은 외국 시의 모국어화를 목표로 삼았고 이재호는 외국 시의 이질성과 타자성을 살리려고 노력하였다.

3) 중국 시, 인도 시 번역

다음으로 중국 시 중 진나라 때 시인이었던 도연명(365~427)의 시 한 수를 살펴보자. 금아 선생은 도연명의 시 중 유명한 「귀거래사」, 「전원으로 돌아와서」, 「음주」 세 편을 번역하였다. 이 중에서 「전원으로 돌아와서」를 살펴보자.[5]

> 젊어서부터 속세에 맞는 바 없고
> 성품은 본래 산을 사랑하였다
> 도시에 잘못 떨어져
> 삼십 년이 가버렸다
> 조롱 속의 새는 옛 보금자리 그립고
> 연못의 고기는 고향의 냇물 못 잊으니
> 내 황량한 남쪽 들판을 갈고
> 나의 소박성을 지키려 전원으로 돌아왔다
> 네모난 택지(宅地)는 십여 묘
> 초옥에는 여덟, 아홉 개의 방이 있다
> 어스름 어슴푸레 촌락이 멀고

---

5) 원문은 다음과 같다

1. 少無適俗韻 性本愛邱山   2. 誤落塵網中 一去十三年
3. 羈鳥戀舊林 池魚思故淵   4. 開荒南野際 守拙歸園田
5. 方宅十餘畝 草屋八九間   6. 榆柳蔭後簷 桃李羅堂前
7. 曖曖遠人村 依依墟里煙   8. 狗吠深巷中 雞鳴桑樹顚
9. 戶庭無塵雜 虛室有餘閒   10. 久在樊籠裏 復歸返自然

가물가물 올라오는 마을의 연기
개는 깊은 구덩이에서 짖어대고
닭은 뽕나무 위에서 운다
집안에는 지저분한 것이 없고
빈방에는 넉넉한 한가로움이 있을 뿐
긴긴 세월 조롱 속에서 살다가
나 이제 자연으로 다시 돌아왔도다 (피천득, 앞의 책, 103~104쪽)

권위 있는 중국 문학자 김학주의 번역은 다음과 같다.

전원으로 돌아와(歸園田居)

젊어서부터 속세에 어울리는 취향(趣向) 없고,
성격은 본시부터 산과 언덕 좋아했네
먼지 그물 같은 관계(官界)에 잘못 떨어져,
어언 30년의 세월 허송했네.
매인 새는 옛날 놀던 숲을 그리워하고,
웅덩이 물고기는 옛날의 넓은 연못 생각하는 법.
남녘 들가에 거친 땅을 새로 일구고,
졸박(拙樸)함을 지키려고 전원으로 돌아왔네.
10여 묘(畝) 넓이의 택지(宅地)에
8, 9간(間)의 초가 지으니,
느릅나무, 버드나무 그늘, 뒤 추녀를 덮고,
복숭아나무, 오얏나무, 대청 앞에 늘어섰네.
아득히 멀리 사람들 사는 마을 보이고,
아스라이 동리 위엔 연기 서리었네.
깊숙한 골목에서 개 짖는 소리 들리고,
뽕나무 꼭대기에서 닭 우는 소리 들리네.
집안에 먼지나 쓰레기 없으니
텅 빈 방안에 여유 있는 한가함만이 있네.

오랫동안 새장 속에 갇혀 있다가

다시 자연 속으로 되돌아온 것일세.

피천득의 번역과 김학주의 번역도 앞서 여러 번 지적했듯이 역시 시인과 학자 간의 번역의 차이가 드러난다. 특히 첫 4행을 비교해보면 각자의 번역의 특징이 잘 나타난다. 피천득의 번역은 거의 시적이고, 김학주의 번역은 번역 투(산문적)가 엿보인다. 특이한 것은 피천득의 번역에는 11~12행이 누락되어 있다는 것이다. 이것은 실수라기보다 의도적인 생략이 아닌가 싶다. 이것은 지나친 의역을 시도하는 역자의 오만일 수도 있지만, 금아는 이 두 시행을 군더더기로 보았을 것이다. 중국 시에서 한국 독자에게 불필요하다고 생각되는 부분을 과감하게 삭제하여 더욱 시적 효과를 높이는 것을, 우리는 에즈라 파운드가 중국 시를 번역할 때도 익히 보았다.[6] 이것은 거의 창작 번역에 가깝다고 볼 수 있다. 피천득은 당나라 때 시인 두보(712~776)의 시 중 한 수 「손님」(客)도 번역하였으나 여기서는 다루지 않을 것이다.

다만 금아는 어려서부터 당시 한때 한반도에 열풍[7]이 불었던 타고르의 시를 번역이거나 원문(벵갈어에서 영어로 번역한 것)으로 읽었음에 틀림없다.[8] 1913년에 아시아 최초로 노벨문학상을 받은 인도의 시성 라빈드라나트 타고르(Rabindranath Tagore, 1816~1941)의 시집 『기탄잘리』[9](Gitanjali,

---

6) 에즈라 파운드의 중국 시 번역에 관한 논의는 이창배, 「파운드의 한시 번역 시비」를 참조.

7) 고(故) 김병철의 『한국 근대 번역 문화사 연구』 참조.

8) 이 번역시의 영어 원문은 다음과 같다. 타고르는 원래 자신의 토착어인 벵갈어로 시를 썼으나 자신이 직접 영어로 번역하였다.

> This is my prayer to thee, my lord—strike, strike at the root of penury in my heart.
> Give me the strength lightly to bear my joys and sorrows.
> Give me the strength to make my love fruitful in service.
> Give me the strength never to disown the poor or bend my knees before insolent might.
> Give me the strength to raise my mind high above daily trifles.
> And give me the strength to surrender my strength to thy will with love. (Tagore, *Gitanjali*, 52쪽)

9) 피천득은 1932년 상하이에 유학하고 있을 때 병으로 한때 요양원에 묵었다. 그 때 황해도 출

1913)에서 나온 두 편의 시 중 짧은 36번의 번역을 살펴보기로 하자. 타고르는 1920년대에 영국의 식민지였던 인도와 같이, 일본의 식민지 경험을 하고 있던 당시 조선에 대해 각별한 관심을 가졌고 조선을 "고요한 아침의 나라"로 부르며 1920년 『동아일보』 창간을 위해 「동방의 등불」이라는 시를 기고하기로 했다. 당시 조선 문단에서 윌리엄 버틀러 예이츠가 그 유명한 「서문」을 써준 『기탄잘리』는 번역으로 많이 읽혔고, 타고르 열풍이라고 부를 정도로 대단한 인기를 누리고 있었다. 타고르에 대한 피천득의 관심도 이와 무관하지 않을 것이다. 금아는 다음과 같이 번역하였다.

> 이것이 주님이시여, 저의 가슴 속에 자리 잡은 빈곤에서 드리는 기도입니다.
> 기쁨과 슬픔을 수월하게 견딜 수 있는 그 힘을 저에게 주시옵소서
> 저의 사랑이 베풂 속에서 열매 맺도록 힘을 주시옵소서
> 결코 불쌍한 사람들을 저버리지 않고 거만한 권력 앞에 무릎 꿇지 아니할
> 힘을 주시옵소서
> 저의 마음이 나날의 사소한 일들을 초월할 힘을 주시옵소서
> 저의 힘이 사랑으로 당신 뜻에 굴복할 그 힘을 저에게 주시옵소서

이 번역도 역시 한국 시를 읽는 것처럼 자연스러움이 그 특징이다.

4. 나가며

지금까지 피상적으로나마 금아 피천득의 번역시 몇 편을 중심으로 그의 번역문학가적 면모를 살펴보았다. 그의 번역은 영문학자나 교수로서보다, 모국어인 한국어의 혼과 흐름을 표현할 수 있는 탁월한 능력을 가진 토착적

신 간호사인 유순이가 "타고르의 「기탄잘리」를 나에게 읽어준 때도 있었다"(『인연』, 155쪽)고 적었다. "내가 좋아하는 타고르의 「기탄잘리」의 한 대목이 있습니다. 저의 기쁨과 슬픔을 수월하게 견딜 수 있는 그 힘을 저에게 주시옵소서" (「기도」, 『인연』, 284쪽).

한국 시인으로서의 번역이다. 그는 『내가 사랑하는 시』의 「서문」에서 밝힌 바 있듯 자신의 번역 방법과 목적에 충실하였다고 볼 수 있다. 금아는 자신이 영시를 가르치거나 시 창작하는 과정과 번역 작업을 분리시키지 않았다. 피천득은 필자가 대학 시절에 수강한 영미 시 강의에서도 학생들에게 강조한 것은 낭독(읽기), 암송, 그리고 번역이었다. 나아가 금아는 번역 작업을 자신의 문학과 깊게 연계시켰을 뿐만 아니라 번역을 부차적인 보조 작업으로 보지 않고 "문학 행위"[10] 자체로 보았다.

한국 현대 문학사에서 개화기 때부터 시작된 다양한 서양의 번역시는 외국 문학으로만 그대로 남는 것이 아니다. 아니 남을 수 없다. 그 번역물들은 우리에게 들어와서 섞이고 합쳐져서 새로운 창조물로 거듭 태어나는 것이다. 피천득의 번역시가 한국 독자들에게 "우리나라 시를 읽는 것처럼 자연스러운 느낌"이 들게 하고 "쉽고 재미있게 번역"되어 한국문학에 새로운 토양을 마련하였다. 다시 말해 다른 역자들의 것과 비교하자면 그의 번역시는 번역 투를 거의 벗어나 한국어답게 자연스럽고 서정적이다. 또한 글자만 외국어에서 한글로 바뀌었지 원작시의 영혼(분위기와 의미)은 그대로 살아 있다고 볼 수 있다. 한 걸음 더 나가서 유종호가 말하는 "홀로서기 번역"이다 (113쪽). 이것이 번역문학가로서 금아 선생의 가치이며 업적이다. 금아 번역 시집의 말미에 부쳐진 김우창 교수의 해설에서 다음과 같은 지적은 매우 적절하다 하겠다.

참으로 좋은 번역은 그대로 우리 시의 일부가 되고 아니면 적으로 그것을 살찌게 할 밑거름이 될 수 있는 것이 아닌가 한다. 이번의 금아 선생의 시

---

10) 영문학자이며 후에 시인이 되었고 다수의 한국 시를 영어로 번역한 바 있는 고(故) 김영무는 이에 대해 다음과 같이 말하고 있다: "번역은 모국어의 영역을 끊임없이 넓혀주는 작업이며, 번역은 모국어가 새로운 낱말을 창조하는 일을 거들어주고, 모국어의 문법적, 의미론적 구조에 영향을 주어서 모국어가 언어적으로나 개념적으로 더욱 풍성한 것이 되도록 도와준다. … 문학이 언어의 특수화된 기능이듯이, 번역도 문학의 특수화된 기능이다. 여기서 결정적으로 작용하는 것이 번역자의 창의력이다."(140, 145쪽)

번역과 같은 것이 거기에 하나의 중요한 공헌이 될 것이다. 이 번역 시집은
그 번역의 대상을 동서고금에서 고른 것이지만, 번역된 시들은 번역으로 남
아 있기 보다는 우리말 시가 됨을 목표로 한다. (김우창, 앞의 글, 124쪽)

피천득의 번역 작업의 배후에는 금아가 15세 무렵부터 읽고 심취했던 "일
본 시인의 시들 그리고 일본어로 번역된 영국과 유럽의 시들"이 있고 그 후
에는 애송했던 "김소월, 이육사, 정지용 등"이 있었다(『내가 사랑하는 시』, 9
쪽). 특히 금아는 수필 「순례」에서 조선 시대 시인이며 명기(名妓)였던 황진
이를 "멋진 여성이요, 탁월한 시인"으로 그리고, 자신의 "구원의 여성"(『인
연』, 263쪽)으로 높이 평가하고 있다. 금아는 황진이의 유명한 시조를 인용
하면서 "진이는 여기서 시간을 공간화하고 다시 그 공간을 시간으로 환원시
킨다. 구상과 추상이, 유한과 무한이 일원화되어 있다. 그 정서의 애틋함은
말할 것도 없거니와 그 수법이야말로 셰익스피어의 소네트 154수(首) 중에
도 이에 따를 만한 것은 하나도 없다. 아마 어느 문학에도 없을 것이다"(앞
의 책, 263~264쪽)라고 말한다. 그는 황진이가 남긴 시 몇 편을 세계문학
사상 최고로 평가하고 있는 것이다. 그의 이러한 면모를 볼 때, 금아의 번역
작업은 고전 한국 시 전통뿐 아니라 현대 한국 시 전통과도 맞닿아 있다고
볼 수 있다.

앞으로 번역문학가로서 피천득에 대한 접근은 그의 문학 세계 전체와의
관계 속에서 이루어져야 하며, 특히 그의 번역시들과 자신의 창작 시편들과
의 형식과 주제의 양면에서 비교문학의 방법으로 연계시켜야 할 것이다. 다
시 말해 그의 번역시와 창작시는 밀접한 관계를 가지고 있다. 금아는 자신
의 외국 시 번역 작업을 자신의 시 창작의 훈련과 연습과 연계시켰다. 그러
나 김소월(金素月, 1902~1934)의 경우처럼 시 창작 작업을 하나의 "부산물"
로 간주하지 않았고, 번역 작업과 번역시 자체의 독립적인 가치를 인정하였
다.[11] 더욱이 그의 번역시에 대한 논의에 있어서 좀 더 많은 번역시들을 포

---

11) 김소월의 번역 작업과 시 창작 사이의 영향 관계에 대해서 김욱동 참조(김욱동, 앞의 책, 236

괄적으로 동시에 구체적으로 논의하기 위해서는 원시와의 상호관련성 등 비교문학의 여러 방법들을 개입시킬 수 있을 것이다. 금아의 번역시를 하나의 새로운 한국 시로 접근하기 위해서는 비교비평적 방법과 번역 이론 적용 등 우리에게 남은 과제가 아직도 적지 않다.

그러나 피천득의 외국 시 번역 작업이 한국 토착화에만 중점을 둔 것은 물론 아니다. 금아는 번역시 선집『내가 좋아하는 시』의 서문에서 각 국민문학의 타자성을 포월하여 이미 양(洋)의 동서를 넘나드는 문학의 보편성 문제를 제기한 바 있다. 지방적인 것(the local)과 세계적인(the global)인 것이 통섭하는 "세방화"(世方化) 시대를 가로질러 타고 넘어가는 새로운 세계시민주의(cosmopolitanism)적 현상을 금아는 직시하고 있었다. 모국어인 한국어는 물론 중국어(고전 한문 포함), 일본어 그리고 세계어인 영어에도 탁월한 능력을 보인 피천득의 외국어 소양도, 번역을 통해 그의 보편문학으로서의 세계문학을 꿈꾸었다고 볼 수 있다. 번역은 이미 언제나 인류 문명사에서 가장 중요한 문명 이동과 문화 교류의 토대가 된 소통의 방법이었다. 이러한 번역이라는 이름의 소통이 없었다면 인간 세계는 결코 지금처럼 전 지구화(세계화)를 이룩해내지 못했을 것이다. 이런 시각에서 우리는 피천득의 외국어 시 번역 작업을 앞으로는 다른 번역과의 단순 비교를 넘어서 더 치밀하고도 비판적으로 재 논의되어야 할 것이다.

쪽 이하). 이재호,『장미와 무궁화』도 참조(86쪽 이하). 이와 관련하여 에즈라 파운드(Ezra Pound)는 영역 시집인『중국(Cathay)』을 펴냈다. 파운드는 "해석적 번역"(interpretive translation)을 논하면서 번역 작업을 창작하는 시인으로서 성장하기 위한 방식으로 이해했다(*The Literary Essays of Ezra Pound*, 200쪽).

7장   영미 문학 번역 소개의 편향성에 대한 반성

— 풍요 속의 빈곤을 넘어서기 위하여

1. 들어가며

우리나라에 서양문학이 소개된 지도 찬송가를 포함하면 벌써 100여 년 되었다. 해방 후만 치더라도 벌써 40년 이상이다. 그러나 그 소개와 연구 과정에서 여러 가지 문제점이 드러나고 있다는 것은 부인할 수 없다. 다양하고 균형 있는 영미 문학 소개와 연구를 위해 영미 문학을 전공 연구하고 그 소개 산업(?)에 종사하는 사람들이 수적으로는 많으나 이른바 '풍요 속의 빈곤'이라는 현상을 크게 벗어나지 못하는 상황인 듯싶다. 어찌 보면 일천한 서양문학의 소개와 연구의 역사를 지녔으므로 그 사정을 감안할 수도 있겠다. 그러나 이번 기회에 짚고 넘어갈 것은 짚고 넘어가보자는 생각에서 몇 가지만 중점적으로 생각해보고자 한다. 근년에 간행된 김병철 교수의 「서양문학 이입사」 등을 통해 서양문학 이입 경로와 그 변형과 굴절이 밝혀진 바 있다. 그러나 여기서는 학문적인 엄밀성을 가지고 전문적인 문제점을 포괄적으로 논하기보다 필자의 능력과 경험의 한계로 일반적인 문제점들을 개괄적으로 논하기로 한다.

2. 영미 문학 작품 번역 소개의 문제점들

정확한 번역은 외국 문물을 수입하여 우리 문화 발전을 위한 필수적 선행 작업이다. 이런 면에서 영미 문학이 잘못 소개된 경우는 구체적으로 일일이 나열할 수가 없을 만큼 상당히 많다고 하겠다. 특히 번역의 경우, '번역은 반역이다'라는 말이 있듯이 언어와 문화 차이 때문에 구조적으로 오역이 필연적인 경우도 있다. 그러나 이러한 본질적인 문제 이외에 사태를 악화시키는 고질적 문제는 일본어역, 즉 중역(重譯)이다. 어떤 경우는 일본어투의 번역도 눈에 띈다. 또 어떤 번역서의 경우는 어려운 부분은 적당히 요약역 또는 의역으로 처리하든가 아주 빼버리는 경우도 있다. 이제는 소위 번역을 많이 하는 분들 중에 일본어 세대가 많이 지나갔으므로 우려할 문제는 아닌 듯싶지만 주체적인 번역 문화 사업을 위해 우리 모두가 삼가야 할 점이다.

번역에 있어서 더 본질적인 문제는 번역자의 원문에 대한 연구 및 이해 부족에서 생기는 오역이다. 심한 경우는 원문의 해당상당어구(equivalents)와는 잘 연결되나 전체 뜻이 통하지 않는 때이다. 이런 경우 필요한 것은 전체 내용을 이해하여 한국말 질서로 재구성하는 지루하고 고된 작업이 선행되어야 한다. 번역 기술에 대해 여기에서 자세한 논의를 할 겨를은 없으나 지금까지 교수＝번역가라는 통념에서 벗어나 각 분야 별로 전문 번역가들이 배출되어 책임 있는 번역 사업에 임하면 많은 문제점이 해결될 것으로 본다.

그리고 그동안 영미 문학작품에 치중되던 번역 사업이 요즈음엔 폭넓은 영미 문학 이론 분야에도 활발해진 것은 고무적인 현상이다. 이 단계가 본격적인 영미 문학 소개라고 여겨지기 때문이다. 이론을 소개하는 번역은 일반 독자를 위한 적절한 소개와, 가능하면 그 비판, 또는 우리나라 문학계나 문화계와의 관계성과 유용성에 대한 논의까지도 함께 추가되어야 할 것이다.

번역에 이어 또 다른 문제점이 있다면 그것은 영미 문학 소개의 균형의 결여이다. 일례를 들면 서머싯 몸, 펄 벅과 같은 대중적인 통속 작가가 대대적으로 소개되는 반면 확고한 지위를 차지하는 작가들에 대한 소개가 의외로 부족하거나 전무하기도 하다. 그러나 이것은 소개자의 평가 기준보다는 소비자라고 볼 수 있는 대중 독자들의 취향과 유행에 민감한 출판사의 결정에 의존하는 경우가 많다 하겠다.

이론서의 경우도 예외는 아니어서, 예를 들면 70년대 후반부에서 80년대에 이르는 동안 문학 연구의 사회주의적인 접근 경향이 농후해지면서 마르크스주의 문학이론과 제3세계 문학에 대한 번역과 소개가 홍수를 이루었다. 특히 헝가리 최대의 마르크스 문학 이론가의 게오르그 루카치의 번역서만도 십수 권에 이른다. 반면에 영미 모더니즘에 대한 연구와 소개는 어느 정도 있었다고 하나, 최근에 서구 문화계에서 뜨겁게 논의되고 있는 포스트모더니즘 논의 등은 부당할 정도로 지연되고 있는 느낌이다.

이러한 균형의 결여는 영미 문학의 각 장르 부문이나 세기 연구에도 나타난다. 소설이 가장 활발하게 소개되고 연구되는 장르이다. 그것은 현대가 산문의 시대이고 후발타로 가장 뒤늦게 나온 소설이란 장르가 가지는 현실의 정확한 재현이라는 강점 때문인지도 모른다. 그래도 전통적인 장르인 시와 희곡에 대한 더 많은 연구와 소개가 필요하다. 그러나 아직도 가장 영세성을 면하지 못하는 부분은 역시 비평 및 문학이론 분야이다. 2차 대전 이후 외국에서는 이론에 대한 관심 고조와 다른 분야와의 학제적인 협조로 다양한 논의가 이루어져 이제껏 부차적이며 기생적인 기능만을 부여받은 것으로 여겨지던 비평이 이제는 확고하게 독립된 새로운 장르로 발전된 듯하다. (J. 힐리스 밀러라는 학자는 최근 「주인으로서의 비평가」라는 영향력 있는 논문을 썼다.) 그러나 국내에서는 아직도 비평 분야를 시, 소설, 희곡과 같이 완전히 독립적인 장르로 인정하기를 거부하는 실정이다.

세기별 영미 문학 연구의 불균형을 살펴보면 주로 교수진의 구성 때문에 낭만주의, 빅토리아 시대, 20세기의 모더니즘 시기가 가장 많이 소개되며, 셰익스피어가 있는 르네상스 시대도 상당히 연구되고 있다. 그러나 가장 소외당하는 시대는 영문학의 경우 왕정복고기로부터 워즈워스와 콜리지가 『서정가요집』을 낸 1798년까지의 소위 신고전주의 시기이다. 이 시기에 대한 일반적인 소개와 연구서는 전무한 상황이다. 에세이 문학(잡지 문학 포함)과 소설이란 장르가 확립된 다양하고 풍요로운 산문의 시대였던 이 시기에 대한 연구 소개는 전문 학술지에서도 별로 찾아보기 힘들다.

현대가 크게 문학사적으로 보아, 낭만주의 시대의 연장인 후기 낭만주의이기 때문일까? 그러나 그보다는 19세기 중엽 영국에서 대학교육의 확산과 더불어 소위 현대문학 강좌를 개설하면서 고등교육과정에 영문학 과목이 정식으로 편입되었는데 이 과정에서 당시 교재 편찬자들은 자신의 시대를 부각시키기 위해 그 이전 시대의 문학을 부당하게 훼평하였는데 그 전통이 지금에까지 이르게 되었다는 것이 정설인 듯하다. (당시 대학이라는 제도권 내에서 언술 행위를 지배하던 교수/교사들의 파워 플레이였으리라.)

그 외에도 최근 영미 문학에 대한 소개와 연구가 극히 일부 작가와 유파만을 제외하고 활발하지 못한 것 같다. 최근 영미 문학은 시기적으로 너무 가깝고 자료도 한정되어 있고 문학사적인 평가가 정립되지 않았기 때문인지 모르나 연구와 소개의 활성화가 요구된다. 다시 말하면 낭만주의, 리얼리즘과 모더니즘은 많이 소개되었으나 신고전주의와 포스트모더니즘 계열의 문학은 별로 그렇지 못한 것이 어쩔 수 없는 현실이며 경향이리라.

그다음으로 큰 문제점은 번역 소개와 관련해서 본문이 정확하게 이해되고 소화되고 이용되고 있는가 하는 점이다. 영미 문학 연구도 하나의 학문이라면 그간의 연구 성과가 축적되어야 하는데, 모든 문학적 해석과 연구의 기본이 되는 원문의 정확한 이해의 토대가 약한 듯하다. 일본의 경우 이미 60~70년 전부터 영미 주요 작품에 대한 자세한 주석 작업이 진행되어 교수, 학생, 일반 독자들의 원문 이해에 상당한 도움을 주고 있다. 이러한 작업은 시간도 많이 소비되고 빛나는 작업은 아니라 해도 외국 문학 연구의 초석을 놓는다는 의미에서 반드시 활성화되어야 할 1차 산업이다. 다행스럽게도 우리나라에서도 신아사, 탐구당 등에서 이 작업을 계속하고 있어서 많은 독자들의 시간과 노력을 절약시키리라 믿는다.

3. 문학 이론과 비평 방법의 번역에 나타나는 문제점들

다음은 문학사조나 방법론의 소개와 수용의 문제를 살피도록 하자. 그 일례로 신비평을 생각해보자. 신비평은 영미에서 1920~1930년대에 시작된 일종의 형식주의 운동으로 문학작품 자체의 내적 구조와 의미 구조에 중점을 두는 비평 양식을 말한다. 신비평은 서구 대학에서 문학 교육을 체계화시켰고 대중화시켰고 또 문학 연구를 하나의 제도권화시키는 데 대단한 기여를 했다. 최근에는 방법론적으로, 신비평의 무역사성과 비사회성 때문에 심각한 도전과 비판을 받고 있으나 교실 내에서 그리고 고차원의 문학 해석과 논의에 기본적인 작업의 틀을 제시하기 때문에 문학 강의 방식에는 상당한 영향력을 지닌다. 그러나 문제는 우리가 과연 이러한 금세기 최대의 문학 해석 방법론을 얼마나 철저히 이해하고 변용 내지 응용하는가 하는 점이다.

또한 걱정스러운 점은 우리가 외래 문화를 수용하는 데 있어서 외래 사조를 동시에 여러 가지를 받아들인다는 점이다. 다시 말하면 한 사조가 들어오고 그것이 미처 비판되고 변용, 수용되기 전에 또 다른 사조가 들어오므로 소화, 비판할 시간 여유 없이 피상적으로만 이해된다는 점이다. 그 예로는 60년대에 서구에서 실존주의 이후에 새로운 경향인 구조주의를 우리가 방법론으로서 이해, 비판, 수용하기도 전에 소위 1970년대부터 후기구조주의 또는 탈구조주의를 맞아들이게 되었다. 이렇게 이론과 사조의 와중 속에서, 우리가 그것들을 얼마나 정확하고 적절하게 이해, 비판하여 변용, 수용하는가의 문제가 심각하다고 본다.

외국 문학에 대한 주체적인 수용과 변용 문제는 외국 문학 연구의 공통적인 문제이다. 영미 문학을 영미인들이 하는 그대로의 방법론과 문제점을 그대로 계승하여 연구, 소개하는 단순 재생산도 의미 없는 일은 아니나 더욱 중요한 것은 궁극적으로 우리의 시각으로 영미 문학을 볼 수 있어야 한다는 점일 것이다. 앞서 논의한 바 있는 신비평의 해석 방법론은 문학 자체 내의 과학성과 엄밀성으로 인해, 인상비평, 의도주의, 영향주의 등의 주관 비평에 빠지기 쉬운 취약점을 보완한다. 그러나 발생론적 또는 역사적으로 보아 서구중심적, 보수주의적, 자본주의 체제 밖에 있는 우리는 맹목적으로 따를 수 없다. 그것은 대부분의 영미 문학자들의 방법론을 무비판적으로 받아들여 은연중에 그들의 놀이판에 함몰되어 우리의 영미 문학 연구의 주체성을 포기하는 결과를 빚을 수 있기 때문이다.

이와 함께 우리는 서구인들의 정전화(canonization)의 기준과 평가 기준을 분석 비판 검토해보아야 한다. 일례로 조지프 콘래드의 중편소설 「암흑의 오지」(1902)는, 소설의 배경이 되고 있는 1850년대 검은 대륙 아프리카에서 절정에 달했던 유럽의 제국주의적 식민주의를 비판하는 반식민주의 작품으로 다루어진다. 그러나 우리는 이러한 견해의 표면 구조 외에도 서구 작가로서의 콘래드 자신이 갖고 있는 견해가 서양 우월주의 그리고 소위 '백인의 의무'(White Man's Burden)와 관련되는 식민지 교화주의가 은밀하고도 교묘하게 교직된 심층 구조도 함께 살펴야 한다.

또 다른 예로, 이보다 좀 더 앞서 빅토리아 시대의 찰스 디킨스의 사회소설인 『위대한 유산』(1860~1861)에서는 중요한 세 인물―주인공 핍, 탈옥수 맥위치, 빅토리아 시대의 진정한 신사로 묘사되는 핍의 친구 허버트 파켓―이 모두 큰 돈을 버는 것은 하나같이 그들은 자본가 또는 그 하수인으로 해외 식민지에 가서 원주민 착취와 불평등한 무역 거래 등을 통해서라고 볼 수 있는데 디킨스 자신은 물론 아무도 이에 주의를 기울이지 않는다. 이러한 수동적 수용적 독서는 『위대한 유산』이란 작품 자체에 뿌리 깊게 박혀 있는 19세기 서구 자본주의의 팽창으로 인한 제국주의적 식민주의를 암묵리에 인정하는 그들의 마당판에 본의 아니게 참여하는 것은 아닌지, 이와 유사한 예는 무수히 많을 것이다.

미국 문학의 예를 들면, 19세기 소설가 제임스 페니모어 쿠퍼의 「모히칸족의 최후」(1826)에서는 미국 정부와 개척자들의 잔인하고 비인간적인 인디언 정책을 비판하기도 하나 마크 트웨인의 「허클베리 핀의 모험」(1884)에는 그들이 노예로 부리던 흑인들에 대한 차별 개념이 교묘하고도 은밀하게 내재화되어 있다. 미국 건국의 가장 이상적인 이념 선언서이며 인류 평등과 해방의 가장 숭고한 걸작으로 여겨지는 「미국독립선언서」(1776)도 따지고 보면 영국 식민지하에서 경제적 기득권을 얻은 부유층이 자신들의 재산권을 지키기 위한 수탈의 몸부림이었다면 지나친 말일까? 이들이 말하는 신앞에 평등, 재산권 보호 등의 것들은 당시 침략자였던 백인 지배계급 내의 평등이지, 아메리카 대륙의 원주민인 인디언들과 노예로 부리던 흑인들의 권리와 평등을 위한 울부짖음은 아니었다. 이렇게 우리가 그들의 지배자 논리를 그대로 받아들이면, 그들의 체제 우위를 인정하는 어리석음에 빠지게 된다.

우리가 영미인들의 문학 정권의 미사여구와 수사학 속에 고이 숨겨져 있는 음흉한 이데올로기를 소위 해체하여 그 언술 행위 속에 은폐된 지배자들의 배타적인 백인우월주의와 수탈주의의 계보학을 찾아내려면, 최근에 그 중요성을 더해가고 있는 해체주의 철학자 데리다, 지배 언술 행위 해체의 역사학자 미셸 푸코, 제3세계적 안목의 이론가 에드워드 사이드 등의 논리를 이용할 수 있을 것이다. 우리 안에서 자생한 이론으로 저들의 텍스트를 분석, 비판할 수도 있겠으나 그들의 이론을 변용하여 역공격하는 것도 전략적으로 더 효과적인 방법이 아닌가 한다.

4. 주류에서 벗어난 주변부 타자들에 관한 관심의 부족

이렇게 되면 우리는 어쩔 수 없이 영미 문학에서의 주변부에 위치한 인물 즉 국외자, 피지배자, 추방자, 여성, 이방인—흑인, 황색인, 인디언 등—등으로 대표되는 타자(The Other)에 대한 관심을 가질 수밖에 없다. 이런 점에서 서구중심의 문학에서 벗어나 제3세계 문학에 대한 논의는 국내에서 이미 여러 번 논의되고 역저술 활동도 활발한 것은 참 잘된 일이다. 이 분야의 폭넓은 논의는 지면 관계상 피하기로 하고, 문학 해석에서 타자를 '앞에 세우기'(foreground)를 함으로써 작품 이해에 어떤 기능을 수행할 수 있는가 하는 일례를 들어본다.

독자들에게는 좀 생소한 작품이겠으나, 18세기 조지프 애디슨은 로마의 견인주의자인 카토의 미덕을 기리고 18세기 영국민들에게 전범을 보여주고자 『카토』(*Cato*, 1713)란 비극 작품을 썼다. 이 작품은 그 당시는 명성을 얻고 여러 나라에서 여러 차례 공연되었으나 그 이후 지금에 이르기까지 거의 잊혀졌다. 카토는 당시 율리우스 카이사르의 야망과 인기에 대항하여 공화정의 로마를 지키고자 아프리카 북단의 누미디아족의 우티카란 나라에 와서 식민 정부의 총독으로 카이사르와 대항한다. 그는 자신의 의무에 충실하고 개인적인 이익에 빠지지 않고 항전하다가 끝내는 카이사르에게 패배하기에 이르자 자결한다. 여기에 본토의 왕자인 쥬바는 로마인들의 소위 '백인의 의무' 논리에 감탄하여 자신들의 가치를 버리고 자신의 나라를 로마화하고자 노력한다. 우리가 여기서 주목해야 할 인물은 쥬바 왕자를 보좌하는 누미디아 사람인 노장군 사이팍스이다.

적어도 필자가 알기로는 구미의 학자들은 아무도 타자로서의 사이팍스 장군에 대해 주의를 기울이지 않았다. 버지니아 울프도 이미 오래전에 이 극은 '박물관용'이라고 규정지었다. 그러나 필자의 생각으로는 서구중심적인 시각을 탈피하여 제3세계인으로서의 사이팍스 장군의 의미와 기능을 살펴 작품에 재조명해보면 새로운 결과를 얻을 수 있다. 작가인 애디슨의 의도도 무시할 수 없겠지만 카토와 쥬바로 대변되는 지배국 로마의 가치와 사이팍스로 대표되는 피지배국인 누미디아인들의 가치가 첨예화되고 있음을 대비, 비교됨을 알 수 있다. 이런 점에서 보면 이 작품이 반드시 구미의 일반 영문학자들이 생각하듯 이 카토의 미덕만을 그린 것이 아니라, 오히려 일종의 변증법적인 또는 대화적인 긴장감을 부여함으로써 이 작품의 새로운 의미를 만들어 내 작가의 의도가 그리 단순한 것만은 아니었음을 알게 된다. 나아가 우리는 '박물관용'으로 치부된 이 작품을 다시 꺼내어 우리의 식민지 경험을 되살려 새롭게 바라보며 서구민들이 자신들의 맹목성 때문에 알아채지 못한 다른 면을 통찰력을 가지고 이 작품을 재평가할 수 있게 된다. 영미인들의 맹목성은 제3세계의 주체성을 잃지 않은 사이팍스의 타자로서의 기능과 의미를 생각해내기 어렵게 한다.

이미 많은 논의가 시작되고 있지만 앞으로의 영미 문학 연구의 방향은 또 다른 커다란 타자인 여성에게 돌아가야 한다. 세계 인구의 절반을 차지하는 여성의 문제를 새로운 시각으로 문학에서 철저히 다루어야 함은 만시지탄의 감이 있다. 여성을 천사나 마녀로 구분한 것도 기실은 언술 행위를 지배해온 남성들이 만든 용어이다. 천사란 현모양처형으로 가사노동과 아이들 양육 속에 속박되어 남성들의 이익을 지켜주고 순종하는 여성들에게 붙여진 명칭이고 마녀란 남성의 권리와 기득권에 도전하는 주체적 여성을 탄압하기 위해 만들어낸 하나의 억압 장치이다. 그러므로 칠거지악 등 유교의 남존여비 이데올로기에 멍들어온 우리나라의 역사적 상황을 고려해볼 때 단순한 여성 이미지 비평에서 벗어나야 한다. 왜냐하면 보편적 철학적인 이미지 비평은 여성 개개인의 역사와 현실과 여성 간의 계급 차이도 무시하기 때문이다. 일레인 쇼월터의 주장대로 남성 문화의 '여성 하위문화'를 발굴하여 집단적 여성 경험을 복원하는 작업을 통해 여성 문학의 특수성과 차이성을 체계화하는 작업도 수행되어야 한다.

이러한 작업은 곧 샌드라 길버트와 수전 구바르가 최근에 펴낸 대저인 『다락방의 미친 여자』(1979)에서 밝힌 바대로 여성의 창조성을 중심으로 한 여성 문학의 이론화 작업인 '여성 시학'의 수립으로 이어질 것이다. 타자로서의 여성을 문학 해석에 적용할 때 우리는 청맹과니의 상태에서 벗어나 작품 속에 숨어 있는 텍스트 전략을 찾아내게 되어 의식적이든 무의식적이든 간에 작품이 지닌 다면층을 해석하는 데 커다란 빛을 던져줄 것이다. 기존 작품 속에서 새로운 해석과 가능성을 찾을 수 있을 것이고 정전 결정에도 영향을 주어 이전에는 별로 주목받지 못하던 작품을 새로이 부상시킬 수도 있다. 한 예로 19세기 말 케이트 초핀이라는 여류 작가의 「각성」(1889)이란 작품은 여성주의적 시각에서 재발굴되어 지금은 소위 '위대한 전통' 속의 중요한 작품으로 평가되고 있다.

5. 나가며 — 새로운 방향을 향하여

지금까지 산만하게 얘기한 것을 앞으로 우리가 해나가야 할 영미 문학 연구와 관련지어 새로운 방향에서 논해보기로 한다. 우선 비교문화나 비교문학 분야에 대한 배려가 필요하다. 영문학을 우리 문학과 관련시키거나 더 큰 구조와 문맥에서 연구해야 할 필요성은 절실하다. 다시 말하면 영문학과의 기능의 확대가 필요하다. 서구의 비교문학과의 기능의 일부도 수용하여 강의도 개설되고 연구하는 학생들과 교수들의 등장이 필요하다. 이렇게 해야지만 우리와 관련시켜 주체 의식과 어떤 일방적인 우위 의식, 열등 의식을 벗어난 비교의 미학에 도달할 수 있다.

둘째는 순수한 영미 문학 외에도 소위 '영어로 된 문학' 또는 '영연방 문학', '새로운 영문학' 등으로 불리는 영미 이외의 영어 문학권의 수용이다. 인도, 서인도제도, 남아프리카, 호주, 뉴질랜드, 캐나다 등의 도리스 레싱, 나라얀, 소잉카, 마거릿 로렌스, 패트릭 화이트 등도 소개되고 연구되어야 한다. 이 밖에도 미국 문화권 내에서도 소외되는 소위 타자 문학인 인디언 문학, 흑인 문학, 스페인 문학, 유태인 문학, 동양계 문학 등도 연구가 전무한 상태이다. 이러한 문학도 제3세계 문학과 관련지어 과감히 소개되고 연구되어야 하겠다.

셋째로 장르의 확산이 필요하다. 지금까지는 전통적 장르 의식에 너무 얽매여 문학의 여러 분야가 골고루 연구되는 것이 등한시되었으나 이제는 시, 소설, 희곡, 비평뿐 아니라 수필, 기행문, 일기문, 논픽션, 탐정소설, 현대 로맨스, 공상과학소설 등 소위 주변부문학(paraliterature), 또는 대중문학도 포함시켜야 할 것 같다. 심지어 영미 문학의 정전에서 철저하게 제외되어 있는 노동 문학도 다루어져야 할 것이다.

넷째로 폭넓은 문화연구 내지 문화이론 연구의 필요성이 증대되고 있다. 문학 활동을 큰 구도 단위인 문화 내의 다른 분야와 관련시켜 연구해야 한다. 문맥과 상황을 떠난 지나친 문학중심주의는 지양되어야 하는데, 우리나라에서는 사회구조와 역사의식 속에서 폭넓게 문학을 이해하고 관련시키고자 한 18세기의 애디슨, 존슨 이래 아널드, 최근의 영국의 레이먼드 윌리엄스나 미국의 에드먼드 윌슨, 라이오닐 트릴링, 어빙 하우 등과 같은 문화비평가들의 맥락이 경시되는 느낌이다.

다섯째로 최근 영미에서 일고 있는 최신(실험적) 작품들에 대한 관심이 약한 것 같다. 문학은 언어라는 매체를 사용하기 때문인지 미술, 음악, 건축, 무용 등 다른 예술 분야에 비해 가장 보수적이다. 더욱이 우리나라는 최근 문단에서 리얼리즘/모더니즘 논쟁과 민중문학 논의와 함께, 내용이나 기법에 있어서 새로운 경향에 대해 관심을 둘 겨를이 없는 듯하다. 물론 문학의 역사와 사회 속에서의 육중한 의미와 기능을 중시하는 루카치적인 관심도 중요하다. 그러나 예술의 본질인 자유와 실험을 통해 또 다른 의미에서의 인간의 가능성의 확대와 인간 정신의 해방을 꾀할 수 있기에 우리는 바흐친류의 대화적 상상력과 다양성의 미학을 포기할 수 없다. 최근의 소위 포스트모더니즘의 문학을 단지 모더니즘의 타락한 형태라든지 서구 후기 자본주의의 문화 논리의 결산으로 쉽사리 매도할 것이 아니라, 그 연구를 통해 그것들이 우리에게 줄 수 있는 새로운 가능성과 의미를 토론해야 하지 않을까?

여섯째로는 서구 이론 수용에 관한 태도를 한 번 반성해보기로 하자. 이것은 비단 영미 문학 분야뿐 아니라 다른 영역에서도 문제가 되는 중요한 문제이다. 대체로 외국 이론을 보는 시각은 세 가지 정도라고 할 수 있다. 첫째는 일단 거부하는 태도일 것이다. 왜냐하면 모든 이론이나 방법론은 그들의 역사와 전통 또는 상황 속에서 생겨났고 거기에다 민족주의적인 입장에서 보면 서구중심주의나 우월주의의 색채가 농후하다고 여기기 때문이다. 따라서 그들은 자국에서 자생된 이론을 맹목적으로 추구하고 더 선호하게 된다. 그 반대로 서구 이론을 맹목적으로 따르는 서구추수주의가 있겠다. 그러나 이것은 더욱 큰 문제를 야기한다. 이것은 특정 지역의 역사적 사회적 상황이 고려되지 않을 것이고 문맥이나 관련성 등도 전혀 배재된 상태에서 과연 서구 이론이 변용되지 않은 순수한 상태에서 어떻게 우리에게 이득을 줄 것인지 의심이 간다.

사이드가 일찍이 "사상이나 이론들은―이 사람에서 저 사람으로, 이 상황에서 저 상황으로, 한 시대에서 다른 시대로―여행한다. 문화적이며 지적인 삶은 이러한 순환에 의해 자양분을 받고 유지되기도 한다. … 창조적으로 빌려오든 전적으로 이용하든 간에 사상과 이론들이 한 곳에서 다른 곳으로의 이동하는 것은 삶의 사실인 동시에 지적인 활동의 유용한 가능성을 가져온다"고 지적하듯이, 이론들이 여행하여 그 지역의 역사와 현실에 맞게 변용되어야 할 것이다. 노드롭 프라이 식의 인간 행위 전반에 걸친 하나의 몰가치적인 객관적 보편성을 지닌 모형과 원형을 찾는 작업은 더 이상 어렵게 되고, 지역적 역사적으로 특수하고 개별적인 상황이 표백된 우리에게는 별로 가치 없는 작업이라고 여겨진다. 또한 T. S. 엘리엇이 그렇게 연연해하던 하나의 원천―『신곡』의 작가 단테 이래로 내려오는 서구의 공동체적이며 총제적인 전통과 역사―에 대한 향수는 우리에게는 서구중심적인 하나의 허구이며 허위의식의 발로는 아닐는지?

그렇다고 서구 이론에 대한 탐구를 게을리하라는 말은 결코 아니다. 오히려 그 반대이다. 그래서 마지막으로 영미 문학을 연구하는 이론적 탐구의 중요성을 강조하고 싶다. 사이드가 루카치의 『역사와 계급의식』(1923)을 논하는 자리에서 이미 지적했듯이 루카치에 있어서 "이론은 현실에 대한 도피가 아니라 세속성과 변화와 완전히 연구된 혁명적인 의지로서의 의식이 생산해내는 것"이다. 그러므로 이론은 하나의 허구와 유희가 아니며 지배 이데올로기에 대항하는 하나의 대항 이데올로기를 부단히 창출해내는 비판적인 지적 과업의 하나가 되었다. 영미 문학자는 상아탑의 흐릿한 유리창 너머로 열악한 삶의 현장 속에서 이전투구하는 민중을 멀리서 바라다봐서만은 안 된다. 곰팡이 냄새 나는 연구실 속에서 자기 이익만을 챙기거나 서구인들이 이미 만들어놓은 텍스트와 방법론과 장난질하며 그 도식 속에서 안이하게 무익한 단순 재생산이나 확대 재생산 작업에 몰두해서는 안 된다.

서구 이론에 노출되어 있는 영미 문학도가 우리 자신의 역사와 상황성을 고려한 새로운 이론을 창출해내야 한다는 말이다.

일부에서는 이론에 대한 지나친 관심을 경계하는 시각도 있다. 이론에 밝은 서구인들을 따르다 보면 '닭 쫓던 개 지붕 쳐다보기' 식으로 계속 미로 속에서 헤매게 되어 저네들을 따라잡기는커녕 오히려 또 다른 이론의 식민지화를 당할지도 모른다는 우려 때문이다. 그러나 그런 불안 자체가 일종의 식민지 콤플렉스(Colonial Complex)에서 나온 것은 아닐까? 우리에게는 좀 더 적극적인 자세가 필요하다. 서구인들의 여러 이론들을 파지, 비판, 변용하여 궁극적으로는 저네들의 지배자 언술 행위(master narrative of discourse)를 극복하려는 의지가 필요하다고 본다.

그러므로 이론 탐구를 게을리하는 것은 오히려 서구의 보이지 않는 이론 제국주의와 식민주의에 우리가 하여금 맞장구치거나 함몰되는 매판 지식인이 되는 결과가 될지 누가 아는가? 이미 영문학과라는 제도권 속에서 기득권을 가지고 앉아 있는 교수들이 현실에 안주하려는 보수적인 타성을 버리고 자기반성과 탐구를 통한(좀 거칠게 표현한다면 자기 조롱에 이르기까지 하는) 발전적 태도를 지향해야 할 줄로 믿는다. 이래야만 우리의 역사와 민족을 부둥켜안고 함께 뒹구는 주체적인 영미 문학 연구와 소개의 올바른 길을 찾을 수 있을 것이다.

제4부

세계문학, 일반문학, 보편문학
— 글로컬 시대의 지구문학을 향하여

1장 동서양 문학의 생태문학 모색

— 자연, 문학 그리고 지구적 상상력

1. 시작하며

생태환경론자들의 지속적인 경고에도 불구하고 지구온난화는 급속하게 진행되고 있다. 그 결과 지구촌 곳곳에서 최근 계속되는 기상이변 현상은 인간이란 동물이 지난 수만 년 동안 지배했던 지구가 드디어 종말을 맞기 '시작'한 것이 아닌가 하는 생각이 들 정도이다. 오늘날 우리는 발전을 위한 무한 경쟁과 이윤 창출의 극대화라는 어리석은 이데올로기로 무장한 채 브레이크가 파열된 자동차를 타고 불안하게 달리고 있다. 인간이 만든 이 광란의 자동차는 더 이상 멈출 수도 없고 신자유주의의 자본의 질주와 더불어 통제가 불가능해 보인다. 인간이란 동물의 만족을 모르는 욕망과 무시무시한 탐욕의 결과인 끊임없는 자연환경 파괴와 생태계 교란을 어찌 막을 것인가?

식물, 동물, 사람과 기타 모든 무생물이 어우러지는 지구상의 삼라만상은 상생(相生)과 호혜(互惠)의 균형과 상호 관계의 역동적 구조 속에서 무한히 자유롭게 살아가고 있다. 여기에서는 어떤 한 종(種)이 절대 우세하여 다른 종을 일방적으로 지배하고 억압하고 착취하지 않는다. 모든 것은 존재의 대고리 속에서 자유와 평등과 창조(종족 번식)를 위한 역동적 무질서와 혼란 속에서 존재한다. 이러한 상태는 패권자나 맹주(주인)가 없는 인식 논리 또는 철학적 아나키의 상태이다. 이러한 상태에서 종들 간의 지배-피지배 구조가 없는 생물종 다양성주의가 유지된다. 생태학이란 이러한 삼라만상 간의 절묘한 상호침투적인 의존관계를 연구하는 학문이다. 21세기 우리의 과제는 이러한 생태학을 자연의 수준으로 묶지 않고 생태학적 비전을 인간 사회와 인간 문명과 문화에 전면적으로 개입시켜 확산 적용시키는 것이다. 사회생태학, 인문생태학, 생태학적 인식론, 생태학적 윤리학, 생태문학 등을 생각해보는 일이다. 이런 의미에서 탈근대론과 생태학이 협업을 선언하고 통합을 추구해야 할 시점이다. 근대를 초월하고 해체하는 탈근대론은 이제 근대적 인간중심주의에 의해 망가진 지구상의 삼라만상의 비억압적인 상생 관계를 회복하기 위해 새로운 창조적 아나키즘으로서의 생태학과 제휴해야 한다. 이제 20세기까지의 인간 문명은 "생태학적으로 말해서" 그리고 "탈근대적인 시각에서" 반성되고 수정되어 21세기에는 새로운 문화윤리학 수립을 도모해야 할 것이다.

오늘날의 인간 문명은 어떤 단계를 지났고 금지의 선을 넘었다. 이제 분수령을 넘었다. 지금까지 인간이란 동물은 오만과 편견과 탐욕에 사로잡혀 지구의 문명화(文明化), 문화화(文化化) 작업에 진력해왔다. 그러나 지금부터는 인간 중심 문명은 내리막길이다. 근대 기획이 이제 대폭 수정되어야 한다. 아직도 근대(화) 기획은 미완성이라고 주장하는 것은 이분법적인 인간 지배, 서구 지배, 자본 지배, 남성 지배를 계속하겠다는 것에 다름 아니다. 새로운 이념의 창출과 문명 전환 기획이 논의되어야 한다. 인간중심의 문명화, 문화화 과정에서 인간이 일부가 되는 자연화(自然化), 생태화 과정으로 대역전되어야 한다. 이것이 동아시아의 위대한 생태학자, 아나키스트, 생태론자들인 노장(老莊)사상이 우리에게 주는 우리가 잊고 있던 놀라운 통찰력이다. 이런 의미에서 "탈근대 생태학의 기획"(postmodern ecology project)은 21세기의 새로운 지혜의 문화윤리학이 되는 것이다.

우리가 사는 21세기 초엽의 시대는 아직도 나쁜 근대의 기획 속에 있다. 우리 시대는 "지속 가능한 사회"를 위한 생태학을 수립하기 어려운 시대이

다. 우리는 모두 자연과 대적하고 착취하는 근대와 계몽의 "불빛"에 눈이
먼 어리석은 적록 색맹들이 아닌가? 그렇다면 이제는 공공의 적이 되어버
린 '나쁜' '근대'를 어떻게 할 것인가? 대역죄인 근대여, 오랏줄을 받아라!

'근대'란 17세기 서구의 계몽주의 시대에 생겨난 도구적 합리주의에 토
대를 둔 발전, 번영, 진보, 평등에 대한 이념이다. 그러나 이러한 근대 신화
는 철없는 낙관주의라는 것이 판명되었다. 근대(화)가 우리에게 어느 정도
의 발전과 풍요를 가져다준 것도 사실이지만 그 판도라 상자의 파행적 역
기능 또한 엄청났다. 전 지구적인 환경 파괴와 생태계 위협, 이른바 "백인
의 임무"로 포장된 제국주의와 식민주의의 수탈과 착취, 성차별, 세계대전,
아우슈비츠, 핵무기 생산에서 최근의 유고 침공, 코소보 사태에 이르기까지
근대의 빛인 서구 이성은 이제 거의 맹목과 광기로 변해가고 있다.

그렇다면 우리는 근대 이전의 '전근대'인 '전통'으로 돌아가야 하는가?
자연친화적이었던 자연과 비교적 공존했던 전통의 가르침에서 우리는 근대
를 광정할 수 있는 '비'근대와 '반'근대의 문화 논리를 수립할 수 있을지도
모른다. 앤서니 기든스는 전통(비근대, 반근대, 전근대)과 계몽주의(근대)의
관계를 논하는 자리에서 전통을 파기하려는 계몽주의의 음모를 거부해야
한다며 "전통"의 중요성을 지적하였다. 기든스가 말하는 "전통의 소생"이
나 "전통은 비전통적으로 수호될 수 있다"는 말에서 전통과 탈근대(반근대
로서의)가 연계될 가능성이 생겨나는 것이다. 전통은 탈근대를 통해 소생되
고 수호될 수 있으며 탈근대는 전통을 통해 지혜를 얻을 수 있다는 말이 아
닐까?

전통의 재구성을 통해 근대를 비판한다는 방략 속에서 우리는 전통론과
"탈근대론"을 절합시킬 수 있다. 전통과 탈근대 모두 근대의 "타자"들이다.
탈근대론도 전통론의 근대 비판처럼 근대를 "탈"나게 하는 저항 담론이다.
탈근대성은 단순히 전통을 거부하고 배격하는, 일시적으로 나타났다가 녹
아 없어지는 유행이 아니다. 그것은 하나의 문명을 위한 새로운 패러다임이
며 에피스테메(인식소)이다. 탈근대적 상대주의는 대화적 상상력에 다름 아

니고, 탈근대적(니체적) 건강한 허무주의는 해체구성적 비판적 전략이다. 따라서 전통과 탈근대의 다른 이름인 전근대론을 낡은 보수주의로 몰아붙이는 것은 오히려 일부 근대주의자의 보수적 반동이다.

근대사회의 인간들은 한편으로는 인간 세계와 다른 한편으로는 '자연'을 구별한다. 그러나 실제로 사람들은 인간적인 유기체로 이 두 세계에 모두 속한다. 근대사회에서 인간은 환경과 직접적인 상호 관계 속에서 얻은 지식보다 환경과 관계없이 얻은 추상적 지식에 더 의존한다.

전근대사회와 근대사회를 비교해보면 전근대사회의 인간은 자연과의 합일이나 자연과의 공동 운명체라는 현실을 수용하고 근대사회에 와서 인간은 자연과 분리되고 소외된 모습을 극명하게 보여준다. 인간은 왜 근대 이후에 자연환경 돌보기를 게을리했는지 알 수 있다. 이런 의미에서 근대를 초극하려는 '탈'근대가 전근대(전통)로 돌아가려는 것이 얼마나 자연스러운지를 알 수 있게 된다. 지구에서 인간은 '만물의 영장'이라는 오만과 편견으로 나서고 있지만 엄청나게 다양한 생물종의 하나일 뿐이다. 모든 것을 인간 위주로 인간의 이익 중심으로 생각하는 사고방식을 벗어나 삼라만상주의로 돌아가야 한다. 끊임없이 변화, 반복, 그리고 순환하는 구조를 가진 지구의 생태계는 나(인간) 중심이 아닌 다른 인간들, 비인간 생물들, 무생물들과 함께 삼라만상이 공존하는 지구 공동체 의식을 가져올 수 있다.

탈근대성은 근대성의 한계를 인식하고 그것에 "탈"을 벗기고 "탈"을 내는 것이다. 이런 의미에서 탈근대성은 "계몽"이나 "근대 기획"(modernity project)을 완전히 포기하는 것이 아니라 나쁜 근대성을 해체하고, 급진화하고 약화시키는 것이다. "탈근대성"은 허무주의적 "나쁜"(반동적인/보수적인/부정적) 탈근대성이고 "급진화된 근대성"은 "좋은"(비판적인/진보적인/긍정적) 탈근대성이라고 불러도 좋을 것이다. 이렇게 탈근대성을 "나쁜/반동적/보수적"인 것으로 무조건 매도하는 것은 아주 편협한 인식론적 태도이며 정세 분석의 방법적 오류이다. 이것은 마치 "해체론"(deconstruction)을 파괴와 전복(탈영토화)으로만 보고 재구축, 재구성(재영토화)의 양상을 무시하는 것과 같은 방식이다. 이런 의미에서 탈근대성은 근대성을 포월하여 여는 21세기 유토피아를 건설하는 데 필수적인 이념 기구가 된다.

지금까지 이야기한 것을 정리해보자. "인간" 중심 문명과 문화를 전 지구적으로 "자연"과 접속시키고 근대성을 광정하고 혁파하기 위한 두 개의 핵심어 또는 새로운 인식소는 "생태학"과 "탈근대학"이다. 인간(문명)과 지구(자연)가 상생의 원리를 되찾아야 한다. 이들은 음양오행설의 "음"과 "양"처럼 연대하고 협동하여 "상호침투적"이 되어야 한다. 탈근대와 생태학이 이렇게 만나는 궁극적인 목적은 이들을 상호보완적인 추동체로 만들기 위함이다. 좀 더 상세히 이야기해보자.

여기에서 다시 "생태학"은 세 가지 주요 논의인 심층생태론, 환경관리론, 지속가능개발론으로 나눌 수 있다. 생태론에서 이 세 가지 전략 중 어느 하나만을 고집할 수는 없을 것이다. 심층생태론에서는 삼라만상주의, 인간중심주의 해체, 신금욕주의의 전략이 가능할 것이고, 환경관리론은 합리적 환경 관리, 환경 정책 수립, 환경 과학기술 강조의 전략을 주장하고, 지속가능개발론은 지국의 자정 능력 한계 인식, 환경과 개발의 조화, 미래 세대를 위한 개발론의 전략을 내세운다.

또 다른 인식소인 "탈근대학"에서는 해체(구성)론, 비판론, 탈주론의 세 가지 전략이 가능하다. 해체론에는 산종(散種), (차연) 주변부화(타자화), 절합(부호 전환)의 전략이 있고 비판론에는 저항, 개입, 위반의 전략이 있으며, 탈주론에서는 유목성(해탈, 이주, 무정부주의, 세계화), 유희(잡종성), 대화(자비, 인애(仁愛), 사랑)의 전략이 가능하다. 음양의 원리로서의 탈근대를 절합시켜 지혜의 "생태학적 탈근대학"(Ecological Postmodern Studies)을 수립하기 위한 여섯 개의 각론(各論)을 음양오행설의 견지에서 보면 행(行)이 될 것이다. 이렇게 2학(學)과 6론(論)이 하나의 운행 원리가 된다면 21세기의 새로운 지혜와 쇄신의 문화윤리학의 수립과 실천이 가능해질 것이다.

거듭 말하거니와 21세기를 준비하는 오늘날 우리들의 최대 화두는 생태학이다. 근대화, 산업화, 과학기술화, 도시화의 꿀맛에 빠져 있던 우리는 갑자기 우리 자신들이 자행한 생태 파괴라는 끔찍한 죄에 놀라고 있다. 이미 때를 놓친 것일까? 저거너트의 수레바퀴는 멈추지 못하는가? 아니다. 지금 이야말로 우리가 변화되어야 할 때이다! 진보와 발전과 개발이라는 근대의 신화를 해체하고 인식의 녹색화, 무의식의 생태화로의 대전환이 필요한 때이다.

2. 인문(과)학, 인간(과)학 vs (자연/환경)생태학: 상호모순적이고 대립적으로 보이는 인문학과 생태학을 절합시키기

인문(人文)에서 '글월 문(文)자'는 '무늬 문(紋)자'와 같은 것으로 갑골문자에서 문(文)은 큰 대자로 가슴을 벌리고 서 있는 사람의 몸에 문신을 한 모습을 상형한 것이다. 글은 문자를 통해 우리 몸에 자연의 모습을 그려낸 형상인 것이다. 인간의 몸에 각인된 문신은 우주와 자연의 무늬이고, 인간은 우주 만물의 무늬가 된다. 그러므로 천지와 인간은 조화와 참여의 상호 관계를 이룬다. 고대 중국에서 인문은 인간주의로 보이지만 사실은 천지인(天地人)의 합일 사상에서 나온 곳이다. 6세기 초 중국의 유협은 『문심조룡』(文心雕龍)에서 문(文)의 속성을 다음과 같이 밝히고 있다.

> 문의 속성은 지극히 포괄적이다. 그것은 천지와 함께 생겨났다. 어째서 그런가? (최동호 역, 35쪽)

15세기 후반 조선의 서거정 등이 편찬한 『동문선』(東文選)의 서문에서도 위와 비슷한 구절이 발견된다.

> 하늘과 땅이 처음 나뉘자 문이 생겼다. 위로 벌이어 있는 해와 달과 별이 하늘의 문이 되었으며, 아래로 솟아 있는 산과 흐르는 바다와 강이 땅의 문이 되었다. 성인이 괘를 그리고 글자를 만들자. 인문이 점차 베풀어졌다. (김우창, 69쪽에서 재인용)

문(文)을 통한 삼재(三才)인 천지인(天地人)의 상생 상호 관계를 잘 보여주고 있다.

그렇다면 근/현대의 '생태학'(ecology)에서 우리는 무엇을 배울 수 있는가? 우리는 생태학에서 두 가지 핵심 강령을 찾아낼 수 있다. 첫째 삼라만상(모든 생명 유기체)은 상호 침투 그리고 상호 연결되어 있다는 유기체론(전체론)이다. 둘째 인간중심주의에서 벗어나 자연주의로 향하는 탈인본주의/포스트인본주의 사상이다. 여기에서 궁극적으로 중요한 것은 근대적 서구의 합리주의와 과학기술주의를 이끌어온 인간중심주의의 해체이다. 이 해체의 잔해 위에서만 인문학 또는 인간학과 자연환경 생태학은 상호 모순과 대립을 포월하여 절합할 수 있을 것이다. 그렇다면 우리는 이를 위해 지금까지와는 다른 어떠한 대안 전략을 세울 것인가?

    (1) '자연'으로부터 소외된 서구 근대 인간 중심 사유 및 인간 중심 과학인 전통적인 인문학(文史哲)을 인간의 삶과 자연의 유기적 관계의 학문인 생태학과 생성적인 관계 만들기

    (2) '지구'라는 우주의 한마을(장소)에서 '인간'이란 동물의 오만과 탐욕을 반성하고 새로운 삶과 생명과 살림의 문화윤리학을 수립하여 새로운 "인간학" 수립하기

    (3) 소위 인문학의 '위기'를 새로운 '기회'로 전환시킬 수 있는 기초작업의 한 방략 세우기

따라서 문제는 "이미 언제나" 인간이다. 현대 환경 생태 문제의 중심에는 인간이 있다. 인문학의 녹색화를 위해서는 무엇보다도 현재의 인간을 새로운 인간인 '생태적 인간'(homo ecologicus)으로 만들어야 한다. 접화군생(接化群生)하는 생태적 신인간은 흙, 불, 물, 공기의 4원소처럼 인간의 4대 구성요소인 육성(肉性, body, flesh), 감성(emotion, sentiment, sympathy), 지성(intellect, logic, knowledge), 영성(spirituality)을 상호침투적, 상호보완적이며 유기적인 종합적 관계로 만들어야 한다. 21세기에는 지금까지의 인간이란

동물의 정체성(identity)과 주체성(subject/subjectivity)에 대한 재고가 이루어
져야 한다. 이 문제를 김우창은 인문학의 인식론적 구조를 논하는 글 「주체
와 그 지평」의 말미에서 다음과 같이 논하고 있다.

> 우리는 합리적이면서 독단에 얽매이지 않은 지평, 축소 지향성을 띠지 않
> 은 지평, 그리하여 개개의 인간이 자신을 발견할 수 있는 지평을 마음속에
> 그려야 한다. 그런 지평을 그리는데 손쉬운 방법이란 있을 수 없다. 이 지점
> 에서 최소한 할 수 있는 일은 아마도 인간이 몸담고 살도록 강요된 주체성
> 의 체제를 반성적 시선으로 바라볼 수 있도록 문을 열어놓는 일일 것이다.
> … 이제 자아와 세계를 향한 반성적 귀환을 가능케 하는 모든 문이 닫혀 있
> 는 상태다. 인문학이 해야 할 역할이 있다면 이는 바로 이 문을 또는 문들을
> 열어놓는 일이다. 그럼으로써 비로소 세계의 드넓은 지평을 인간은 정신속
> 에 간직하거나 이 지평에 '유념'할 수 있을 것이다. 또한 그럼으로써 비로소
> 충만한 인간성과 세계의 생태 환경에 상응하는 인간 번영의 조건이 실현될
> 수 있을 것이다. (87쪽)

인간 주체성과 정체성에 대한 반성적 귀환을 통해 우리는 인문학의 지
평 확대 또는 궤도 수정을 할 수 있을 것이다. 오늘날 환경 생태학의 주제
는 (1) 인구, (2) 오염, (3) 야생지 (4) 거주지 (5) 동물 (6) 소비 (7) 전환의 일
곱 가지이다. 이같이 일곱 개의 영역에 인문학의 3대 영역인 문학, 역사, 철
학을 어떻게 개입시킬 것인가가 앞으로의 인문학 담론의 주제가 되어야 할
것이다. 환경 문학, 생태 비평, 녹색의 역사, 환경 윤리와 철학 등에서 보는
바와 같이 인문학의 녹색화 작업이 화급하다. 우리는 지금 일종의 생태학
적 또는 환경적 재앙들이 가져올 묵시론적/종말론적 비전 속에 시달리고 있
다. 2005년만 해도 지구온난화에 따른 이상기후뿐 아니라 지진, 해일, 홍수,
대지진, 조류인플루엔자, 종의 다원상 파괴 등 우리는 일종의 공포감에 빠
져 있다. 독일의 사회학자 울리히 벡은 이미 근대가 가져온 '위험사회'(risk
society)론을 오래전에 논했고, 최근에는 인류 파멸이 이미 시작되었는지도

모른다는 '재앙(災殃) 담론'(catastrophe discourse)을 확산시켰다. 이제는 우리 인류의 최고 가치는 자유, 평등, 박애보다 안전(safety)이 되어가고 있다. 이러한 상황 속에서 인문학은 무엇을 할 수 있을까? 생명의 본능/원리는 자기방어이고 보존 본능이다. 지구라는 아주 작은 별 속에서 살아가는 우리의 생명, 삶, 살림을 '지속'시킬 수 있는 '희망의 인문학' 또는 '인문학의 희망'을 위한 사유, 전략, 방법론, 모색을 어떻게 할 것인가? 본격적인 이론적 논의에 앞서 필자는 중국의 경전 중 고전인 『시경』(詩經)에서 시 몇 편을 읽어볼까 한다.

동북아시아에서 현재 남아 있는 가장 오래된 시가집인 『시경』은 지금부터 2,500~3,000여 년 전 주나라 시대 중국 전역에서 불렸던 민요들이 기원전 5세기와 6세기를 살았던 공자에 의해 305수로 정선되어 편집된 것이다. 현실적 도덕주의자였던 공자가 이렇게 공을 들여 당대의 시가들을 수집한 사실은 중요하다. 공자는 군자가 되기 위한 인품을 도야하는데 노래와 시를 중요시했다. 이것은 주나라 때부터 내려온 전통으로 예교(禮敎), 낙교(樂敎), 그리고 시교(詩敎) 사상이다. 공자는 『논어』 「위정」편에서 『시경』을 "생각에 사악함이 없는 것"(思無邪)이라고 한마디로 요약하였다.

주제와 기법이 다양한 『시경』을 읽는 방법도 여러 가지가 있을 수 있다. 오늘 필자는 『시경』의 일부를 환경 생태학의 시각에서 읽고자 한다. 지금부터 3,000여 년 전 중국인들이 노래했던 시편들에서 환경이 어떻게 다루어졌을까 하는 호기심이 발동하기 때문이다. 필자는 『시경』 전체를 환경 문학의 텍스트로 읽고자 하는 것이 아니다. 이 시편들은 연애시가 주류이지만 군신 관계, 가족 관계, 인간관계, 제사법 등 그 당시 사회 정치 문화 등에 관한 많은 주제들도 다루고 있다. 또한 당시에는 오늘날보다는 환경이 별로 문제시되지 않았지만 자연과 인간의 관계에 대한 노래도 적지 않음을 알 수 있다. 그중 몇 편을 골라 읽어보자.

칡덩굴(葛草)

칡덩굴은 길게 산골짜기에
잎새 무성한데, 누룩제비떼 날아와
떨기나무 위에 모여 앉아 짹짹 지저귄다.
칡덩굴은 길게 산골짜기에 뻗어 잎새 더부룩한데, 잘라닥 쪄내어
고운 칡베 굵은 칡베 짜 베옷 지어 입으리 좋으시고
부모님께 아뢰고 근친을 가려 할 제,
평복도 빨고 예복도 빨아
모두 깨끗이 빨아 입나니, 돌아가 부모님께 문안드리기 위함이다.
(김학주 역, 이하 동일)

이 시는 자연과 인간이 서로 조화를 이루면서 평화롭게 사는 모습을 노래하고 있다. 무성한 칡덩굴 위에 누룩제비떼가 노래하고 인간은 칡덩굴을 잘라서 칡베를 짜서 베옷을 해 입고 살아가는 모습이 나타난다. 인간–자연은 "칡덩굴"처럼 얽혀 있고 상호의존적 관계망 속에서 존재한다. 사람들이 자연물을 가져다가 가공해서 옷을 만들어 입는 등 문화를 이루고 있음에도 인간과 자연이 균형을 잃지 않는다. 오늘날처럼 인간의 지나친 탐욕이 자연을 쉽게 황폐화시키지 않으며, 삼라만상이 아름답게 조화를 이루고 살고 있다.

은거(考槃)

산골짜기 시냇가에 움막을 이룩하니 어진 은자의 마음은 넓네.
혼자 자다 깨어나 말하노니 이 생활을 못 잊겠다 언제나 다짐하네.
울퉁불퉁한 언덕에 움막을 이룩하니 어진 은자의 마음은 크네.
혼자 자다 깨어나 노래하노니 딴 생각 안 하겠다 언제나 다짐하네.
높고 평평한 땅에 움막을 이룩하니 어진 은자의 마음은 한가롭네.
혼자 자다 깨어도 그대로 누워 이 즐거움 남에게 얘기 않겠다 언제나 다짐하네.

이 시는 어진 사람이 자연 속에 은거하여 조용히 사는 모습을 즐겁게 노래한다. 자연과의 합일 속에서 유유자적하는 생활로부터 우리는 지금 얼마나 멀리 떨어져 있는가! 자연 그대로의 "울퉁불퉁한 언덕"에 움막을 짓고 사는 은자의 생활은 얼마나 단순 소박한가! 자연을 훼손하거나 개발하지 않는 그는 인간이기보다 자연 그 자체이다. 즐겁게 노래하며 사는 은자의 마음은 크고 한가로우며 그가 사는 곳이 바로 무릉도원인 것이다. 근대적 인간은 자연을 정복하면서 엄청난 물질 과학 기술 문명을 이룩했지만 그는 과연 행복한가? 오히려 근대 세계는 더 위험하고 불안하며, 오염으로 가득하고, 분주하기만 한 세상이 아니던가! 법정 스님의 수상집 『오두막 편지』에서처럼 "어진 은자의 마음"이 자연에서 멀리 떨어져 각박한 도시적 삶을 사는 우리들에게 얼마나 많은 지혜, 통찰력, 상상력을 가져다주는지를 일깨워준다.

묘문(墓門)

묘문 밖의 대추나무를 도끼로 자르고 있네.
저이의 착하지 못함은 백성들이 다 알고 있네.
아는데도 그치지 않고 예대로 그 모양이네.
묘문 밖의 매화나무엔 올빼미가 모여들었네.
저이가 착하지 못하니 노래로서 알려주었네.
알려줘도 거들떠보지 않으니 신세 망치는 날 나를 생각하라.

이 시는 자연을 마구 훼손하며 나쁜 짓을 일삼는 관리들이나 개발주의자들을 원망하는 노래이다. 그것이 나쁘다는 것을 백성들이 다 알고 올빼미도 자연을 대표해서 노래로 알려주건만 그는 자신이 하는 짓이 옳지 못함을 알려 하지 않는다. 그는 언젠가 자연의 준엄한 심판을 받고 멸망하리라. 이 노래는 자연 훼손을 일삼아 홍수, 폭설 등 기상이변을 일으키는 현대인들에게 죽음을 상징하는 "묘문"처럼 섬뜩한, 아니 절체절명의 메시지가 아닐 수 없다. 대지를 여성에 비유하는 최근의 에코페미니즘이 남성주의적인 자연 개발과 착취를 거부하고 자연과의 화해를 강조하며 인간들 사이의 평화정치학을 주장하고 있음은 남성 중심의 개발주의에 깊은 지혜와 예리한 통찰력을 제공한다 하겠다.

탐욕과 오만으로 가득 찬 인간은 자연의 이치나 섭리, 즉 생태 체계를 위반하고 무시하게 되면 언젠가 벌을 받는다는 교훈을 얻을 수 있다. 자연을 정복하지 마라. 자연의 지붕 밑에 살려면 자연을 마구 개발하고 훼손하려는 마음을 바꾸고 자연에 대한 외경감을 가지고 살아야 한다. 그렇게 되면 19세기 영국의 낭만 시인 윌리엄 워즈워스의 경우처럼 자연은 우리에게 삭막한 도시적 삶의 고단함을 달래주고 축복을 가져다준다. 자연은 인간을 결코 배반하지 않는다. 인간만이 끊임없이 자연을 배반할 뿐이다. 문학에서의 이 작은 예에서처럼 역사와 철학의 영역에서도 생태학적 상상력을 위한 커다란 통찰력을 얻을 수 있을 것이다.

3. 생태문학론

그렇다면 생태학적 상상력은 문학을 통해 어떻게 발현될 수 있을 것인가? 문제는 환경 생태 위기에 문학이 어떻게 개입할 수 있는가이다. 어떤 의미에서 문학은 이미 언제나 생태적이다. 아리스토텔레스가『시학』에서 시(문학)는 자연의 모방이라고 언명했다. 이것은 인간이 자신의 모방 본능을 충족시키기 위해 문학을 통해 자연을 흉내 내고 그리는 것을 말한다. 그래서 문학을 '말하는 그림'이라고 하지 않았던가? 우리가 창공을 날고 있는 새의 노랫소리에 귀를 기울이고 바람에 흔들리는 나무의 율동을 바라보면서 그림 모습을 따라하고 흉내 내는 모방 행위는 자연 속에서 살아가는 인간의 원초적 행동이며 즐거움이다. 모방은 반복을 통해 차이와 변형을 만들어낼 수 있기 때문에 하나의 창조가 될 수 있다. 모방은 자연의 대상 속으로 인간 자신을 무한히 열어젖히고 자연과 공감하고 함께하는 것이다. 오늘날 자연의 모방은 도구적 이성과 기술에 의해 억압된 자연을 해방시키는 실천 행위이다. 문학은 이제 자연의 모방을 통해 다시 인간과 새로운 관계를 맺을 수 있는 장치가 되어야 한다.

공자는 『논어』에서 『시경』을 논하면서 우리는 시를 통해 자연의 동식물에 관해 배울 수 있다고 말했다. '글월 문(文)자'는 '무늬 문(紋)자'와 같은 것으로, 갑골문자에서 문(文)은 큰 대자로 가슴을 벌리고 서 있는 사람의 몸에 문신을 한 모습을 형상화한 것이다. 문은 글자를 통해 우리 몸에 자연의 모습을 그려낸 형상인 것이다. 인간의 몸에 각인된 문신은 우주와 자연의 무늬들이고 문학은 우주 만물의 무늬가 된다. 그러므로 천지와 인간(天地人)은 문학을 통해 조화와 참여의 상호 관계를 이룬다. 국문학자 박희병도 이런 맥락으로 『한국의 생태사상』(1999)에서 문학과 생태학의 본질적 관계에 대해 "예술이나 글쓰기는 그 향방에 따라서는 생태주의를 확산하고 고양시키는 하나의 주요한 생활적 실천이 될 수 있을지 모른다"는 희망을 가진다.

원래 '생태학'(ecology)이란 용어는 1869년에 독일의 생물학자이며 철학자인 에른스트 헤켈(Ernst Haeckel)이 처음으로 사용했다. 헤켈은 생태학을 인간과 동물 등 자연 속 삼라만상의 총체적 상호 관계를 연구하는 학문으로 간주했다. 자연에 관한 관심이나 연구는 동서양에 공통적으로 나타나고 있지만, 근대화, 산업화, 자본화의 숨 가쁜 길을 걸어온 서구인들이 자연과 인간의 유기적 상호 관계가 훼손됨을 통감하여 좀 더 체계적이고 종합적인 연구에 먼저 착수하게 된 것 같다.

문학과 생태학을 적극적으로 절합시키는 새로운 문학 연구 방법론에 관한 용어들도 1970년대에 서구에서 등장하기 시작했다. 우선 '문학생태학'(literary ecology)이 그것이다. 이 용어를 처음으로 만들어낸 사람은 『생존의 희극: 문학생태학 연구』(1972)를 쓴 미국의 영문학자 조지프 W. 미커(Joseph W. Meeker)이다. 이 책에서 미커는 문학생태학을 "문학작품에 나타나는 생물학적 주제들과 관계의 연구"이며 동시에 "인간 종의 생태학 안에서 문학에 의해 어떤 역할이 수행되어왔는지를 발견하는 시도"라고 규정하였다. '에코비평'(ecocriticism)이란 말은 「문학과 생태학: 에코비평의 실험」

(1979)에서 미국의 영문학자 윌리엄 루커트(William Ruckert)가 처음 사용하였으며, 그것은 "생태학과 생태학적 개념들을 문학 연구에 적용"하는 것이라고 정의하였다. 이 밖에 이와 비슷한 뜻으로 생태주의 시학, 생명 시학, 녹색 문학, 환경 문학 등의 용어들이 회자되고 있다. 이러한 이론들은 전 세계적으로 문학의 창작과 연구에 엄청난 변화를 가져다주고 있다.

이번에는 필자가 좋아하는 영어권의 시인들의 시편 중 몇 편을 골라 읽어보기로 한다. 문학은 구체적 삶의 문제들을 비판적으로 재현해주는 "구체적 보편"의 예술 양식이다. 우리들은 이 시편들에서 오늘날 우리 삶의 가장 중차대한 문제인 환경 생태 논의에 관한 지혜와 통찰력을 얻을 수 있다.

20세기 미국 시인 윌리엄 카를로스 윌리엄스(William Carlos Williams, 1888~1963)는 자연 경배자로서 토착적 미국 풍경과 정신을 천착한 탈근대적 시인이다. 「봄과 삼라만상」이란 시에서 그는 봄이 만물을 소생시키는 우주적 대변화에 경이로움을 느낀다. 우중충한 병원 주위에도 황량한 들판에도 봄은 어김없이 찾아와 만물을 깨운다.

> 전염병원으로 가는 길목에
> 얼룩덜룩한 푸른 구름 아래로
> 북동쪽에서 밀어닥친
> 찬바람이 분다. 그 너머
> 진흙 들판의 넓은 황무지에
> 서 있거나 넘어진 메마른 잡초. (1연)

자연의 변형과 생성에 대한 경외감은 자연에 대한 경건한 마음으로 이어지고 인간과 삼라만상이 봄 속에 하나가 되어 깨어나고 호흡하고 춤추고 노래한다.

> 그러나 지금 시작의
> 순전한 권위―그래도 심원한 변화가

그들을 엄습하였다: 뿌리를 내리며
그들은 매달리며 깨어나기 시작하다. (7연)

자연과의 교감은 원초적 본능이며 인간 최대의 축복이다. 인간은 소위 문명이라는 것을 만들어 하나밖에 없는 지구를 망가뜨리고 이 세계를 "위험한 사회"(risk society)로까지 만들어버렸다. 인간이란 동물은 우주와 지구의 삼라만상의 일부로서의 위치를 망각한 채 인간 이외의 모든 동물, 식물, 무생물을(그리고 심지어 다른 인간까지도) 자신의 이용가치와 교환가치에 따라 분류하여 조직하여 끔찍한 생태계 질서를 교란시키고 있다. 이러한 인간중심주의는 자연에 대한 오만한 제국주의이며 식민주의이다. 윌리엄스는 바로 이런 점에 대한 치열한 시적 사유를 진행시킨다.

다음에 「나무들」이라는 시를 살펴보자. 인간들의 무관심과 잔인성이 여실히 드러난다.

나무들은—나무들이기에
몸부림치고 비명을 지르고
크게 웃으며 저주한다—
전적으로 버림받았다
인간 족속에 욕설을 퍼붓는다

제기랄, 개자식들은
비를 피할 만큼의
상식도 없다. (1~2연)

윌리엄스는 자연과의 교감, 자연과의 놀라운 감응, 자연과의 감정이입에 능하였다. 그의 자연 속의 사물들과의 공감력은 인위적이고 추상적이 아니라 거의 본능적이고 육체적이다. 겨울밤에 나무들의 자태를 그리는 「조용한 겨울밤」이란 시에서 윌리엄스가 느끼는 나무의 모습을 감상해보자.

큰 가지마다 입구마다
표백된 풀과 더불어
은빛 안개가 뒷마당에 깔려 있다
집들 사이로.

작은 나무들은
어색하게 그곳으로
한 발꿈치를 들고 주위를 맴돈다.
큰 나무는 웃으며 바라본다
위쪽을!

이 연들에서는 작은 나무들과 그 귀여운 모습을 보고 허허 웃는 큰 나무와 그 아내의 마당의 교감도 그러려니와 이 나무들과 마당과 시인과의 감정이입 또한 놀랍다.

윌리엄스는 동물에 대한 학대에 대해서도 민감한 반응을 보였다. 동물을 탄압하는 것은 결국 그들을 식민화하는 것이다. 그러나 인간도 "이성적이 아닌" 그저 "이성이 가능할 뿐"인 또 다른 동물에 불과하지 않은가?

나는 또한 기억한다
죽은 토끼를
악의 없이 누워 있는

한 사냥꾼의 손
손바닥 위에
내가 서 있는 동안

바라보며
사냥꾼은 사냥칼을 꺼내 빙긋이 웃으며

그 칼을
토끼의 몸에 갖다 휘둘렀다.
나는 거의 기절할 뻔했다.

그러나 인간의 잔혹 행위에 의해 죽은 동물을 통해 우리 자신을 성찰하게 되었지만 시인은 동물의 고통에 대해서는 그저 노래하여 나의 고통을 경감시킬 뿐 할 일이 없다는 무력감을 나타내고 있다("I can do nothing/but sing about it."). 이것은 "대자 대비" 또는 "긍휼의 정신"이지만 잔인한 현실 개입에서 어떤 역할을 해낼 수 있을 것인가? 그러나 문학이란 행동의, 권력의 담론은 아니다. 문학은 이미 언제나 부차적인 담론으로 남아서 지배 담론과의 오래 걸리는 저항을 계속하는 것이 그 숙명이 아니던가?

4. 마무리하며

생태학적 "지행합일"(知行合一)을 위해 우리는 무엇을 할 것인가? 우선 인간과 환경에 대한 전 학문적인 통합적 접근을 시도해야 한다. 인간의 모든 사상과 학문이 우리 문명에 중차대한 환경 위기에 봉착하여 문제 해결을 위해 노력을 기울이지 않는다면 무슨 의미가 있겠는가! 21세기에도 "지속 가능한" 지구를 위해 기존 학문 체계는 전면적으로 환경친화적으로 재구성되어야 한다. 문제는 "이미 언제나" 인간중심적 인식론이다. 인문과학은 이러한 인간중심적인 사고 유형을 혁파하고 인간과 자연의 상호 관계에 초점을 맞추어야 한다. 인간을 포함한 삼라만상의 "상생"이라는 이론의 틀거리를 만들어내야 한다. 만물은 상호의존적이라는 명제 아래 심층생태학, 에코페미니즘이 출현한 것처럼 녹색윤리학, 환경심리학, 생태문학, 생태역사학 등이 새로운 학문 체계로 부상되어야 한다. 사회과학도 이론 환경에 대한 새로운 이론과 실천의 영역을 구축해야 한다. 지구와 자연과 환경이 배제된 인간, 사회, 제도를 연구하는 어떠한 사회과학도 온전한 것은 아니다. 우리 시대의 모든 지적 담론의 화두인 성별–계급–종족에 환경이 추가 개입되어야 하며 녹색경제학, 사회생태학, 환경정책학 등이 활성화되어야 한다. 예를 들어 신자유주의의 무한 경쟁 논리와 효율제일주의에 빠진 자본의 교활하고 무자비한 증식 논리에 갇혀버린 인간의 무한한 욕망을 효과적으로 승화시켜 "작은 것은 아름답다"를 노래 부르게 하는 것이 녹색경제학의 주요 과제이다. 근대 과학기술은 모든 것을 분리하고 나누고 잘라 단편화시켰다. 자연과학기술 분야에서는 지구, 자연, 산업, 인간이라는 네 겹의 상호 보완의 구도 속에서 지속적으로 지탱 가능한 역동적인 전 지구적 체제를 유지시키는 방법을 연구하는 학제적 기술 환경 인간 공학이 수립되어야 한다. 이것이 과학기술의 무거운 윤리적 책무이다. 과학기술은 근대와 산업화가 가져다준 "빛"에 의해 눈이 먼 우리의 "위험사회"를 치유할 수 있는 구체적, 실천적 방책을 마련해야 하기 때문이다.

문학은 자연에서 벗어나려는 인간 문명의 구심적 작용을 제어하면서 언제나 인간을 자연 속으로 되돌려놓으려는 원심적 작용을 동시에 하는 이른바 나선형의 반복 구조를 실천한다. 우리는 문학의 이러한 기능을 좀 더 자연친화적으로 확산시켜야 할 것이다. 이제 문학은 독특한 느낌, 감성, 비전, 통찰력으로 인간이 생태학적 계몽주의 시대로 돌아가도록 도와주어야 한다. 그렇다면 문학가들은 자연과 환경 문제를 어떻게 환기시켜야 할까? 이제 하나뿐인 지구의 환경 생태 문제를 생태학자, 환경공학자, 환경운동가들에게만 맡겨서는 안 되고 인간 문명의 현 단계에서 예술가들도 이 환경 생태 문제에 적극적으로 개입할 시기에 이르렀다.

사람과 자연은 문학을 통해 서로 교통하고 융합된다. 삼라만상이 상호 침투적이고 상호 소통하는 관계의 망을 형성하는 것이 바로 자연의 생태학적 존재 방식이다. 인간과 자연은 분리될 수 없고 이미 언제나 하나이다. 이러한 천인상감(天人相感)에 따라 인간은 언어, 시, 문학을 통해 자연과 소통하고 조화를 이루고 하나가 될 수 있는 것이 아닐까? 이런 의미에서 문학은 다시 언제나 생태적이다. 문학은 이제 자연에 이르는 길이요, 자연은 문학을 통해서 그 모습이 나타난다. 문학은 곧 자연이고 생태학적 상상력에 다름 아니다. 이제 생태학의 세기가 될 21세기 초의 새로운 문학이론을 창출해야 한다. 그것은 자연=인간=문학의 상호 관계를 근본적으로 재정립하기 위한 탈근대 생태학적 노력이 되어야 한다.

궁극적으로 문제는 다시 "인간"이다. 환경 생태 문제의 중심에는 이미 언제나 "인간"이 있다. 21세기에는 인간이 이제 근본적으로 바뀌어야 한다. 근대적 "경제 인간"(homo economicus)에서 탈근대적 "생태 인간"(homo eco-logicus)으로 변해야 한다. 그래야만 하나밖에 없는 지구상의 모든 문제들이 해결의 실마리를 찾을 수 있다. 다음은 생태 인간을 위한 일곱 개의 선언문이다.

(1) 인간이란 동물은 지구에 존재하는 삼라만상 중의 한 종(種)에 불과하다. 패권적 인간중심주의를 벗어나 생물종의 다양성을 지키는 것은 인간의 전 지구적 윤리학이다. 지구는 삼라만상이 상호 의존하는 생명 공동체이기 때문이다.

(2) 인간의 유일한 삶터 지구에는 공기, 물, 땅 기타 가용 자원이 한정되어 있으며, 그 자원은 인간만을 위한 것이 아니다. 자원의 과용은 다음 세대의 것을 미리 훔치는 행위이다.

(3) 오늘날 인간과 지구에 위기와 재앙을 가져오게 한 서구의 근대론을 혁파해야 한다. 근대 기획을 획일적으로 포기할 수는 없다 해도 근대를 성찰하고 비판하여 생태학적 탈근대성으로 만들어야 한다. 근대 문명의 판을 다시 짜야 한다.

(4) 경제효율제일주의와 과학기술 중심 사상이 인간에게 편리함과 즐거움을 가져다준 것은 사실이지만 그것은 동시에 많은 고통과 재앙을 가져다준 판도라의 상자이다. 인간은 하늘에 구멍을 내고 열대림을 파괴하고 바다와 강을 더럽히고 다른 종들을 멸절시키고 있다.

(5) "지금 여기"를 지속 가능한 세계로 만들기 위한 희망의 문화정치학과 실천 전략을 위해 생태철학, 환경과학, 경제정책, 과학기술 등이 모두 학제적인 협업 체제를 구축해야 한다. 이러한 인간들의 공동 노력으로 생명

공동체의 미래를 위한 전 지구적 거대 이론을 화급하게 창출해야 한다.

(6) 전 지구적 생태 위기에서 우리의 마지막 선택은 생태적 인간으로의 대변신이다. 인간은 무책임한 종말론적 비관론에 빠지지 말고 지금까지의 실패와 과오에서 새로운 미래학을 수립하려는 "비극적 환희"를 가져야 한다.

(7) 생태학적 상상력의 요체는 "의미 있는 타자"(자연, 동물, 식물, 다른 인간들)에 대한 사랑이다. 사랑은 타자를 강제로 지배하거나 착취하지 않고 다만 상호 교환하고 활성화시킨다. 사랑은 모든 것을 변화시키고 창조하는 위대한 힘이다. 생태학적 혁명가인 "생태적 인간"의 궁극적인 목표는 따라서 생태학적 상상력의 발현이다.

인문학과 생태학이 절합하여 생성된 '생태학적 상상력'은 '진보'와 '발전'이라는 '근대 신화'의 전복과 해체를 통해 서구적 근대에서 전 지구적 탈근대로의 이행을 꿈꾸어야 한다. 생태학적 상상력은 그리고 인간중심주의에서 삼라만상주의로 횡단하는 유목적 사유를 통해 전통 휴머니즘에서 포스트휴머니즘으로의 이동을 실행해야 한다. 경쟁, 무한 이익, 개발 이데올로기에서 탈주하여 겸손과 절제의 생태학적 상상력은 인간을 경제적 동물에서 생태적 인간으로 변신시켜야 한다. 이렇게 된다면 환경 파괴라는 생태적 원죄를 지은 인간이 쫓겨난/잃어버린 낙원(지구, 자연, 생태계)으로 구원받고 돌아갈 수 있을까?

2장   백철의 국제 문화 교류 활동
— 한국문학의 해외 소개 사업

1. 들어가며: 세계화 시대의 백철의 재평가를 위하여

2008년은 백철 탄생 100주년이 되는 해였다. 그동안 백철에 관한 논의와 연구는 평론가와 문학사가로서의 역할에 집중되었고 문화 교류자로서 백철의 활동을 살피는 작업은 별로 없었다. 2008년 1월에 간행된 김윤식 교수의 방대하고도 탁월한 평전(critical biography)인 『백철 연구』에도 이 부분에 대한 상당한 소개는 있지만 자세한 논의는 없었다. 이러한 현상은 근대문학 연구자들이 백철의 생애에서 국제 문화 교류의 활동을 부수적이고 본질적인 활동이 아니라고 높이 평가하지 않았기 때문이다. 그러나 백철의 선구적인 국제 문화 교류 활동은 오늘날 한국문학의 세계화를 운위하고 있는 현 상황에서 매우 중요하고도 필수적인 문인의 국제적 활동의 귀감이라고 할 수 있다. 이 방면의 연구는 평론가와 문학사가로서의 백철에 대한 좀 더 종합적이고도 균형 잡힌 재평가를 위해 반드시 필요한 작업이다. 이 글은 지금까지 진지하게 연구의 대상으로 고려되지 않았던 백철의 문화 교류자로서의 역할을 시론적으로 살펴보는 것이다.

백철의 직계 제자로 현장 평론가로 그리고 현대문학 전공 학자로 활약하고 있는 이명재 교수는 백철의 문학적 생애를 다음과 같이 요약하고 있다.

백철 박사는 실로 일본에서 프로 시인으로 출발하여 30년대 초 농민문학
의 문제 제기 이래 인간묘사론에 이은 휴머니즘론 주창과 50년대 말의 신비
평 소개 등, 당시 새로운 문학의 쟁점으로 평단을 이끌어온 선도자였다. 그
리고 40년대 중기 이후 신문학사조사를 정리한 학문적 업적은 물론이며 우
리 문단의 거목으로서 70년의 세계작가[P.E.N] 대회를 서울에서 주관하는
등, 한국문학의 국제 문화 교류에도 크게 이바지한 공로자이다. 또한 장년
기 이후에는 한 세대 남짓 서울대, 동국대, 중앙대 강단에 교수로서 직접 수
많은 인재를 길러내는 데 힘써온 교육자이기도 하다. (이명재, 「서문을 대신
하여」, 백철 『인간 탐구의 문학』, 4쪽)

이 교수는 매우 계몽적인 또 다른 논문인 「백철 문학 연구 서설」에서 백철
의 학문적, 비평적 생애를 매우 유용하게 다음과 같이 여섯 개의 시기로 나
누었다.

유·소년 시절(1908~1927): 학창 수업기
청년 시절(1928~1934): 프로문학기
장년 시절(1935~1944): 전향 활동기
완숙 시절(1945~1955): 문학사 서술기
노년 시절(1956~1973): 국제 문화 교류기
노후 시절(1974~1985): 노후 정리기 (이명재, 「백철문학연구서설」, 20쪽)

오늘 본 논문의 주제인 백철의 문화 교류자적인 활동을 살피는 것은 위의
분류에서 보면 다섯 번째에 해당한다.
백철의 국제적 활동의 의미와 그 부분에 대한 연구의 필요성을 김윤식은
다음과 같이 설득력 있게 정리하고 있다.

PEN을 통한 백철 교수의 이러한 국제적 활동은 동경고등사범학교 영문
과 출신의 그다운 자질에다 또 하나, 문학판이라면 어디에나 끼어드는 마당
발 성격이랄까 관심 확대의 기질에서 말미암았다고 볼 것이다. 이러한 지향

성이 도미 교환교수 1년간의 뉴크리티시즘과의 만남에서 황홀하게 폭발할 수 있었다. 뉴크리티시즘 도입 및 소개의 선편을 잡은 백철은 대학 사회에서는 물론 문학 저널리즘에서도 이전과는 선을 긋는 막강한 실력자로 군림할 수 있었다. … 그는 펜과 뉴크리티시즘을 통해 그 단계에 바야흐로 육박한 형국이었다. 행정가로서의 문과대학장에 멈추지 않고 문학이론으로써도 우뚝 서기, 국제회의 참가자의 여행꾼에서 멈추지 않고, 당당히 국제무대에서 세계적 문학 감각을 얻어내기에 그는 성공을 거두었다. 폐쇄적인 문단과 대학 문과 사회에 가히 백철은 실력자로 군림했다. 그 실력자의 군림이 얼마나 눈부셨는가를 한국 문학비평 범주의 시선에서 정리한다면 어떠할까. (김윤식, 『백철 연구』, 650~651쪽.)

국제 문화 교류자로서의 백철의 활동들을 필자는 다음과 같이 몇 개의 범주로 나누어 논의하고자 한다. 우선 백철의 외국 문학의 소개와 도입 그리고 그 "비판적 전유"(critical appropriation), 그다음으로 한국문학의 세계화를 위한 백철의 국제 P.E.N.클럽 활동과 1970년 서울 대회 유치와 그 성공적 개최, 또한 각국의 문학들의 교류를 위한 비교문학과 세계문학 논의와 번역의 중요성을 강조한 점들을 논의해 볼 것이다.

2. 외국 문학의 소개와 도입: 그 비판적 전화

백철은 서구 문학의 필요성을 일찍부터 느끼고 있었다. 백철은 국경 근처의 신의주 산골의 서당에서 한문을 배우고 동양 고전을 섭렵할 때부터 "개화기의 의식"을 가슴에 품고 "근대적인 새 문명 새 학문에 대한 동경"(백철, 『진리와 현실』, 27쪽)을 가졌다. 그의 서구에 대한 호기심은 근대화 문제와 직결되어 있었다.

백철은 한국문학의 선진화와 보편성 획득을 위해서도 서구 문학의 필요성을 오래전부터 강조해왔다. 그가 1927년에 도쿄고등사범학교에 입학하여 영어영문학을 전공하게 된 것도 당시 일본을 통한 근대화 작업은 결국 그 출발이 서구에 있음을 너무나도 잘 알고 있었기 때문일 것이다. 그는 문학의 경우도 일본을 거치지 않고 직접 서구로부터 도입하고 싶었을 것이다. 그는 이를 위해 무엇보다도 외국어 실력의 중요성을 강조하였다. 자신의 도쿄고사 시절 외국어 교육을 게을리한 것을 후회하며「학창시절은 인생황금」이란 글에서 다음과 같이 말하고 있다.

> 나는 동경고사의 영어영문학과에 입학했다. 먼저 말했다시피 학교도 좋고 교수도 이름난 사람들이 많아서 영문학을 공부하는 데에는 좋은 환경이었다. 그만큼 우선 영어 하나는 4년간에 훌륭하게 마스터할 수 있는 기회요 기간이었다. 잘하면 불어까지도 충분히 습득할 수 있는 기회였다. 알다시피 뒤에 귀국하여 나는 문단 저널리즘에 투신하여 현대문학을 따라오는 데 이른 사람인데, 그때마다 그 문단 생애에 있어서 절실히 느낀 것은 내가 고사 시절에 좀 더 외국어 실력을 길러두었더라면 하고 느낀 것이 한두 번이 아니었다. … 아무리 국내에서 자기 문학을 한다 해도 국내적인 문학 조건 안에서만 연구되어지는 것이 아니고, 오늘의 국내 문학은 동시에 세계문학과 통한다. 그 세계와 통하는 길은 중요한 세계어들, 영, 불, 독어 등에 익숙해서 직접 그 원작들과 접촉하는 방법밖에 딴 방법이 있을 수 없다. (백철,『만추의 사색』, 72~73쪽)

백철은 이처럼 외국어 실력을 키우는 궁극적 목표를 한국문학의 수준을 세계화하는 데 있다고 밝히고 있다.

백철은 6·25 한국전쟁 이후인 1954년 12월 5일 국제 펜클럽 한국본부 창립 기념 강연회에서 행한 연설인「외국 문학을 받아들이는 몇 가지 방법적 조건」에서 무비판적 수용에 반대하여 몇 가지 유의 사항을 다음과 같이 제시하고 있다.

> 나는 여기서 대체로 금세기의 외국 문학의 제 경향에 대해선 우리는 전체적으로 거기에 반동하는 입장에 서는 것이 필요하다고 생각한다. 대등보다

도 반동을 할 때에 우리는 더 거기에 대한 큰 비판을 가질 수 있다는 것을 역설하는 것이다.

금세기의 구라파 문학 세계는 결코 건전한 세계가 아니다. 영국의 비평가가 '병실'에 비유하여 금세기를 설명한 것은 정말이라고 생각한다. 말하자면 금세기는 문학사적으로도 하나의 붕괴기에 속한다.

어떤 새것 어떤 주류가 오기 전에 여러 가지 병적인 혼란상이 야기되고 있는 과도기, 거기에 대해서 그 태평을 부정 반동하는 입장에서 외국 문학을 볼 때에 우리는 비로소 그 혼란 속의 어떤 주류적 동태를 받아들여 금후 우리 문학의 건설에 대하여 부질없이 남의 실패한 전철을 밟지 않고 나갈 수 있는 방향을 취할 수 있을 것이다. (백철, 『문학의 개조』, 280~281쪽)

백철이 외국 이론을 그대로 이식하고자 했던 아마추어라는 비난은 그의 민족문학에 대한 심도 있는 논의를 읽어보면 공평하지 않다. 「민족문학론을 위한 서설」에서 백철은 "현대의 세계문학사적 진도"에서 민족문학들을 주장하는 것은 시대착오적이 아닌가 하면서도 우리의 "역사적 현실이란 우선 서구적 선진사(先進史)와 대조하여 차질의 것이면서 동시에 극복이요 경쟁의 뜻을 내포한 것"이라고 전제하고 문학사의 방법론으로 "지역적인 것을 구별하고 자기의 것을 중요시하는 것이 더 구체적이요 현실성을 갖는 것"(백철, 『인간탐구의 문학』, 110쪽)이라고 주장한다. 나아가 백철은 한국의 현대문학이 세계문학과의 지속적인 교류 속에서도 우리 문학 자체의 근대적인 고유한 맥락을 제시해야 하는 특수하고도 복잡한 양상 속에 있음을 직시하면서, 2차 대전 이후에 독립된 동남아 지역의 여러 나라가 지닌 공통적인 주체적인 문화의 문제는 모국어 회복 운동이라고 전제한다. 백철은 서구의 르네상스 이후의 근대는 민족과 국가를 강조하는 것으로 시작되었다고 전제하고 근대 시민국가 출현의 토대는 민족어를 전경에 내세우는 것이라고 말한다.

백철은 『신곡』의 저자 단테가 1304년에 발표한 「속어론」(俗語論)이 "이태리 문학의 선구적 이론"이며 "세계적인 민족문학 이론의 첫 번째 자리"(앞의 책, 119쪽)라고 전제한다. 단테는 이 글을 중세 때부터 계속 유럽의 공용어로 쓰이던 라틴어를 버리고 지방어인 이탈리아 방언으로 자신의 작품을 쓰는 것에 대한 옹호를 위해 썼다. 문학을 모국어로 쓰는 것의 여러 가지 장점을 설명하고 있는 이 글은 진정한 근대문학의 출발인 국민문학을 위한 하나의 선언문이 되었다. 또한 백철은 프랑스의 작가 뒤 벨레가 1549년에 쓴 「프랑스어의 옹호와 현창」도 소개하면서 문학어로서 모국어의 중요성을 더 강조하고 있다. 우리 문학의 경우도 고대 이두 문학(吏讀文學)의 시대가 있었지만 유럽의 근대화 과정에서 모국어를 강조한 것과 비길 수 있는 것은 우리 한글의 창제로 보았다. 이 사건은 한자 문화에 대한 세종의 일대 문화 혁명적인 조치였으나 그 원래의 뜻이 이루어지지 못했다고 백철은 안타까워했다. 더욱이 연암 박지원, 다산 정약용과 같은 민족 자주 의식이 강했던 18세기의 실학파 학자들조차도 민족문화의 자주독립을 위한 한글의 중요성에 대한 각성이 없었는지에 대해 아깝게 생각했다. 그때만이라도 문학어로서 탁월한 모국어인 한글이 부활되었다면 근대적인 리얼리즘 문학 아니 근대화도 앞당겨지거나 크게 일어나지 않았을까 생각하였다. 백철은 30쪽에 달하는 이 긴 글의 결론 부분에서 "서구의 르네상스와 비슷한 시대의 한글 절정기를 우리 민족문학의 발상"으로 생각하면서 다음과 같이 결론 내리고 있다.

> 그때는 우리가 먼저 보아온 것처럼 민족문화에 대한 의식이 투철했고, 또 그만한 역사적인 기운도 일어나서 직접 작품으로도 「용비어천가」「월인천강지곡」 특히 「석보상절」과 같은 대서사시의 작품들이 연달아 나온 것을 우연한 사실로 생각할 수 없다. 우리는 이 시대의 역사성과 그 작품을 재검토하고 평가하는 가운데 오늘 우리의 민족문학 부흥을 위하여 영감을 얻고 앞으로 나아갈 추진 세력을 만들어가야 할 것이다. 그중에서도 민족어와 민족문학의 관계가 얼마나 본질적인 관계의 것인가에 대하여 그 발상기와 유기적인 연락을 짓도록 하고 그렇게 함으로서 신문학 이후 또는 현재에 이르기까지 문학과 언어의 관계에 대하여 비교적 등한시하고 문학작품의 생성을 자연발생의 것으로 생각하는 태도에 대해 큰 반성을 촉구하는 현실적 의미를

가져야 한다. (앞의 책, 138쪽)

지금까지의 백철의 민족문학에 관한 심도 있는 논의는 그의 다른 글「전
통론을 위한 서설」과 같이 한국문학을 세계문학의 반열에 놓아야 할 대과업
의 토대로서 민족어로서의 한글과 민족문학 그리고 민족 전통의 연구와 수
립이 불가결한 작업임을 다시 한 번 천명한 것이다. 여기에서 우리는 백철
을 무리한 해외추수주의자로 오해하려고 하는 편견과 유혹을 뿌리쳐야 할
것이다.

3. 국제 문학의 교류: 국제 PEN 활동과 문화 외교

국제 문화 교류자로서의 백철은 외국 문학의 주체적인 국내 도입과 소개
뿐 아니라 우리 문학작품의 해외 소개와 교류를 적극 강조하고 있다. 백철은
1955년 신년사에 해당하는 글인「세계적 시야와 지방적 스타일―해외와의
작품 교류에 관련하여」에서 문학작품의 해외 교류 문제를 다음과 같이 논의
하고 있다.

> 이제 우리가 한국문학을 과제하는 데 있어서도 먼저 그 세계적인 관련 위
> 에 시야를 두고 기본적으로 그 지적 협력과 관련되고 거기 참여하는 일이
> 되어야 할 것이다. 구체적으로 무엇을 할 것인가. 우리는 이미 유네스코, 펜
> 클럽 등의 국제적인 문화예술 기관에 연결되어 있는데 우선 금년은 그 국제
> 기관의 활동을 한 층 더 적극화할 필요가 있다. 예를 들면 펜클럽 한국본부
> 의 활동으로선 그 헌장에 나타나 있는 모든 국제적인 협력의 일 즉 국경을
> 초월하고 국제 간의 동란이나 혼란의 상태 등에 동요되지 않고 문학의 국제
> 적인 상호 교류를 확보하여 나아가서 그 문학을 통하여 각 민족이나 국가
> 간에 상호 존중과 이해와 친선을 도모하는 데서 최대의 영향을 주도록 노
> 력하는 동시에 종족이나 계급이나 국가 간의 증오감을 타파하고 인류의 행
> 복된 생장을 위한 인간성의 이상을 옹호한다. … 그것을 위하여 우리는 작

가를 단 한 사람이라도 국제적인 대회에 보내야 할 것이요, 또 외국의 유력한 작가를 초청하는 일 등에도 착수해야 할 것이다. (백철, 『문학의 개조』, 296~297쪽)

백철은 문학의 국제적인 교류를 통해 세계시민주의(cosmopolitanism)의 이상을 실천하고자 했다. 그는 또한 같은 글에서 우리 작품을 세계로 내보내자고 다음과 같이 역설한다.

이제부터 우리 작품은 세계시장으로 내보내자! 나는 금년 우리 문학계의 일을 전망하는 데 있어서 먼저 그런 의미의 어떤 출발이 있기를 희망하고 싶다. 그러나 작품을 내본다고 해서 어떤 빈곤한 작품도 좋다는 의미가 될 수 없다. 먼저 말한 바와 같이 그 작품은 세계적인 지적 협력의 일에 참여하는 일이라면, 우리 작품의 참가가 단순히 수의 문제가 아니라 질에 있어서 세계적인 데 대한 어떤 플러스가 있어야 할 것이다. (앞의 책, 299쪽)

한국 문학의 해외 교류는 민족문학의 세계화를 위한 첫걸음이다. 백철은 이 문제를 「민족문학과 세계성」이란 글에서 논의한다. "절름발이 민족문학"을 광정하는 길은 한국문학을 세계화하는 길밖에 없다고 주장한다.

오늘날 우리들이 민족문학의 과제를 새로 토의하게 된 것은 그 절름발이 민족문학을 수정하여 좀 더 통일의 방향으로 이끌어가자는 것인데 그 새로운 특징은 정치성에 대한 맹렬한 반성과 문학인이 통일적으로 민족문학의 장소에 집결한 사실과 그 민족문학의 의미는 지방적인 데 대한 감상적인 옹호의 문학이 아니라 그 허다한 민족 재산의 누적에서 진실하고 아름다운 전통을 찾아내서 그 역량을 세계적 지위까지 끌어올리는 일과 세계적인 데 대해선 복잡한 민주주의적인 현실 속의 깊은 본질을 파악하여 우리 것으로서 소화하는 일이 서로 표리의 유기적인 관련을 얻어 소위 민족적인 동시에 세계일 수 있는 문학이 되는 것이다. (백철, 『문학의 개조』, 27~28쪽)

한국문학의 해외 교류와 세계화는 물론 해외 문학의 도입과 소개를 위해서는 번역이 중요한 문제가 된다. 백철은 "외국 작품 번역 운동의 태무(殆無)"를 한탄하기도 하였다.[1]

문학의 해외 교류를 통한 민족문학과 세계문학을 꿈꾸었던 백철은 세계적인 작가들의 모임인 국제 펜클럽(International P.E.N.)에 적극적으로 가담하고 참석하게 된다. 백철은 1954년 10월 23일 국제 펜클럽 한국본부 창립에 관여했고 1956년 7월 런던에서 개최된 제28차 국제 펜 대회에 처음으로 참석했다. 그 후 그가 한국 대표로 참가한 대회의 목록은 아래와 같다.

> 1957년 도쿄 국제 펜 대회 참가
> 1960년 브라질 국제 펜 대회 참가
> 1961년 독일 국제 펜 대회 참가
> 1962년 유고 국제 펜 대회 참가
> 1969년 프랑스 국제 펜 대회 참가
> 1970년 제37차 서울 국제 펜클럽 대회(조선호텔에서 6월 29일부터 5일간 계속) 대회장

백철은 1963년부터 임기 2년의 국제 펜 한국본부위원장을 10대부터 19대까지 18년간 재임하면서 활발하게 문학의 국제 교류를 위해 헌신했다.[2]

---

1) 백철은 번역의 중요성을 다음과 같이 강조하였다:"그다음 세계적인 것을 위해서는 우선 문학을 통한 우리 문학자의 정신 그 민족관 현실관의 기본적 입장이 세계를 파악한 것이어야 하겠지만 구체적인 문학 과제로선 역시 번역문학에 좀 더 중요한 의미를 강조하여 이제부터 활발한 번역문학의 활동에 착수할 요구가 크다고 생각된다. 이미 설명한 일이 있지만 근대문학이 신흥할 때에 후진국의 문학 운동이 단기간에 그만한 성과를 내게 된 것은 번역문학의 힘이 컸다는 사실을 지적할 수 있다. 그 의미에서 이번 새로운 문학 단체의 외국 문학부에 중요한 활동을 기대해야겠으며, 일반적으로 실력 있는 외국 문학 전공가의 적극적인 문학 활동과 거기 대한 출판계의 협조가 요망되는 바다. 여기서도 그 외국 문학의 활동은 결코 무원칙한 것이 아니고 세계성을 대표한 작품을 골라서 그것이 우리 민족문학을 풍부케 하는 실질이 되도록 유도하는 것이어야 할 것이다."(백철, 『문학의 개조』, 30쪽)
2) 김윤식, 『백철 연구』, 649~651쪽. 이 밖에 이명재, 「한국평론계의 큰 별—백철의 문학과 인간」,

백철은 1970년 서울에서 개최된 제37차 국제 펜 대회를 대회장 자격으로 치르고 나서 그 해 연말에 대회 기간 중 발표된 글들을 묶어서 영문판 단행본으로 냈다. 1957년 도쿄 대회 이후 동양에서는 두 번째로 개최된 서울 대회의 대주제는 '동서 문학의 해학'이었다. 백철은 서문에서 이 대회의 목적은 긴장과 불안으로 교차되던 당시 냉전 체제의 세계질서의 상호 이해와 화해를 위한 문학에서의 해학(Humor)의 확산이라고 선언했다. 이를 위한 네 개의 소주제들은 '해학의 지역적 특성', '현대사회의 해학의 기능', '연극에서의 해학', '국제적 이해 증진의 수단으로서의 해학'이었다. 당시 한국은 유럽에서도 거리가 멀고 미국과 소련의 양극화 체제에서 미국과 밀착되어 있었고, 남북 대치, 유신 등 국내 정치 상황이 어려운 한국에서 국제 펜 대회를 개최하는 것에 대해 반대가 많았으나 어렵게나마 서울 대회 유치에 성공한 것은 한국의 문화와 문학을 위해 크게 다행한 일이었다. 이 대회에는 한ㆍ중ㆍ일 작가들이 당연히 많이 참가했는데 국내 주요 발표자로는 이은상, 김동리, 피천득, 정인섭, 장왕록, 전광용 등 70여 명이 참석했고 임어당, 업다이크, 가와바타 야스나리 등 200여 명의 외국인 작가들이 참석했으며 당시 박정희 대통령의 축사도 이채로웠다. 백철은 이 국제 문학 교류 행사를 위해『현대 한국시 선집』(*Modern Korean Poetry*)도 많은 국내 역자들을 동원하여 번역 간행하였다. 이 선집을 위해 백철은 서문에서 한국시 전통을 "서정성"(lyricism)으로 파악하여 8세기 향가 이래 1960년대 시에 이르기 까지 역사적인 논의를 전개하고 있다. 이 대회에서 아시아문학작품번역국(Asia Writers' Translation Bureau)이 설치되고 저널이 창간되어 그 후 아시아 지역 작가들의 작품들이 주로 영어로 번역되어 세계 각 지역에 널리 소개되었다.

백철은 제37차 서울 국제 펜 대회를 마친 직후 출간된 그 자신의 문학적 자서전인『진리와 현실』의 "서"(序)에서 대회장으로 성공리에 마친 국제 대회에 대해 크게 자부심을 가지고 있음을 보여주었다.

『한국예술논집』문학편 IV, 대한민국예술원, 1997, 196~197쪽 참조.

어릴 때부터 나를 알고 있는 몇 사람의 친구는 나를 보고 가끔 시골 논바닥의 올챙이가 용이 되었다고 농담을 하기도 한다. 그것은 생각할 탓이리라. 이런 것도 무슨 출세 같은 것이라고 할 수 있을는지. 만일 요즘 유행하고 있는 출세 이야기라면 결코 오늘의 내 신분은 출세란 것이 될 수 없다.

나는 내 문단 생활 40년을 지나는 동안에 각별히 자기가 택한 인생길에 대하여 비관할 일도 없다. 나는 지금 이 글을 1970년 7월 6일 아침에 쓰고 있다. 마침 내가 주인 격으로 되어 70년도 37차 국제 펜클럽 대회를 비교적 성공적으로 끝내고 난 이튿날 아침의 시각이다.

하나의 감상일지 모르나 내가 주인이 되어 세계의 작가들을 서울에 모아서 대회를 가졌다는 자체가 내게는 벅찬 감격이 아닐 수 없다. 40년의 문학 생애에서 하이피크와 같은 행사였다고 생각하는 것이다. (백철, 『진리와 현실』, 6~7쪽)

4. 비교문학과 세계문학: 한국문학의 세계화

백철은 민족문학으로서의 한국문학과 세계문학으로서의 한국문학을 위해 작가와 작품의 교류와 번역 문제 등에 주로 관심을 가졌지만 이 문제와 관련하여 각각의 국민문학들을 비교하고 견주어보아 문학의 일반성과 보편성을 지향하기 위한 좀 더 체계적이고 구체적인 작업으로 비교문학에 관해서로 관심을 가지고 있었다. 백철이 비교문학에 관해 쓴 글들을 살펴보자.

1957 「비교문학의 방향으로」, 『한국일보』 1월
1959 르네 웰렉과 오스틴 워렌의 『문학의 이론』, 김병철 교수와 공역(비교문학 항목 포함됨)
1963 『문학개론』(개정판)(비교문학의 장을 신설하였음)
1971 「한국 신문학에 끼친 외국 문학의 영향에 관한 연구—1890년~1910년대를 중심으로」(문교부 학술 보고서)(이가형 교수와 공동연구)
1973 「문학의 東쪽 西쪽」, 『문예사조』 제2호

이 밖에 「개화기 한국문학에 끼친 기독교의 영향」, 「이광수 문학과 기독교」 등 영향 관계를 다룬 논문들도 있다.

백철은 1968년에 펴낸 『비평의 이해』란 책의 "편찬자의 의도"에서 "우리가 젊은 세대와 함께 문학이론과 비평을 공부하는 데 있어서 일방적으로 서구 것을 대상으로 하지 말고 동서의 것을 두루 조사해서 그 관계와 차이를 살피도록 하잔 뜻에서 처음부터 동서의 고대 이론을 대조해볼 때 해설문은 서두에 놓았고 근대적인 비평 이후의 것을 짜는 데 있어서도 저쪽의 것만이 아니고 한국·중국·일본 것들을 같이 넣어본 것입니다"(백철 편, 『비평의 이해』, 1~2쪽)라고 언급하면서 비교문학적인 의도를 분명하게 밝혔다. 백철은 자신의 최초의 저서 『조선신문학사조사』의 서술 방식의 방법론적인 문제에 대한 권영민 교수와의 대담에서 자신의 방법에 관해 다음과 같이 설명하였다.

> 내가 국문학사를 쓰는 데 국문학의 역사와 동시에 외래적인 것과의 연관성을 아울러 설명했기 때문에 외국은 이런데 우리나라는 이렇게 됐구나 하는 비교문학적 방법도 독자들에게 영향을 주었으리라 생각해요. (백철, 『인간탐구의 문학』, 340쪽)

이명재 교수는 한국문학, 동아시아 문학, 세계문학을 아우르는 백철의 비교문학적 접근을 다음과 같이 정확하게 요약하고 있다.

> 50년대 말에 신비평(뉴크리티시즘)의 첫 소개는 물론이요, 「동서비평의 고대이론」과 「한국 비평사를 위하여」 같은 중후한 논문은 현대 비평가로서는 감히 접근할 수 없는 우리 전통문학과 서양의 비평을 비교, 천착한 업적인 것이다. 그의 전공이 한학이나 한국의 고대소설 습득 과정을 거친 다음의 영문학인 점이 한국문학의 세계문학적 접근의 기본적인 축이 되겠지만 백철 비평의 세계문학적인 시공(時空) 지향성은 단순한 이론에 그치지만은

않는다. 그는 사실 수시로 세계 펜 대회 등에 주빈으로 참석하여 저명한 외국의 문인들과 교류하고 그런 일의 책임을 맡아 관장해오기도 했던 것이다. 그리고 그가 이야기하는 중에 으레 서양을 지칭하여 '저쪽'이라는 어휘를 잘 활용해온 습성도 항시 이와 같은 세계 속의 동서 문학을 의식했던 일과 무관하지 않다. (이명재, 「백철문학연구서설」, 32쪽)

이명재 교수는 같은 논문에서 이러한 "백철의 남다른 장점과 높은 공적"이 다른 분야에서 "다소의 취약성을 보충하고도 남는다"고까지 주장하였다.

백철은 「한국 비평사의 구도」라는 글에서 '비교문학적인 검토'를 방법론으로 본격적으로 거론하고 있다.

그 '비평의' 재료들을 서구적인 문학이론이나 비평 방법과 대조하여 우리 비평문학의 재료를 좀 더 일반화, 세계문학화하는 방향에서 그 적은 재료 정리를 하자는 것이다. 이것은 정확한 서술의 태도는 아닐지 모르나 워낙 우리 비평문학의 재료들이 빈약한 이유도 있고, 또 작품평의 방법이 너무 추상적인 언어를 쓰고 있기 때문에 그때마다 그 내용을 서구 문학의 입장에서 1차 확인을 하는 일이 그때마다 우리 고대 비평의 내용이나 개념을 분명히 하는 일이 된다고 생각하기 때문이다. (백철, 『인간 탐구의 문학』, 96쪽)

백철의 이러한 접근 방식이 문제적이라고 말할 수도 있으나 그는 이미 한국 비평사의 큰 난점으로 "이론이나 비평이 어떤 독립된 문학 분야로 발전된 것이 아니라는 사실"과 극단적으로 "우리 고대 문학에선 이론이나 비평의 독자성과 기능을 의식하고 비평을 쓴 사람은 한 사람도 없다. 중국과 대조해도 비교도 안 된다"(앞의 책, 93쪽)고 지적한 바 있다. 백철에게 또 다른 난점은 한국의 비평사에는 근대에 들어와서도 18세기의 실학파 운동을 제외하고는 역사적으로 교체되는 문학운동이나 문예사조가 없고 분산적이고 단편적이라는 점이라는 것이다(앞의 책, 95쪽).

한국의 문학비평은 중국 문학의 영향을 크게 받고 있으므로 1차로 중국

문학의 텍스트인『문심조룡』등과 대비시키는 비교문학의 의식이 필요하듯 한국비평사적 주제도 "결국 동서 비평이 합류하는 세계문학적인 바다로 채널을 파는 것"이 백철 작업의 목표이다.

> 이렇게 지방에서 세계로 극적인 무대의 전환에 우리 비평사의 최후의 목적이 있는 것이다. 이 서론의 처음에 내세운 것은 보다시피 우리의 과거와 전통에 대한 연락과 계속을 위한 것이었지만, 그러나 그 일이 정말 전통적일 때는 그것의 필연의 노력으로써 세계문학의 이론과 크게 합류하는 것이다. … 진실로 지방적인 것, 진실로 민족적인 것은 그대로 세계적인 것, 인류적인 것과 통해지는 것이다. 정말 그 나라의 문화 전통일 때는 그것은 단순한 로컬리티가 아니며 깊이 그 지방의 인간성을 대지로 한 것이기 때문에 그 대지성(大地性)은 줄곧 세계문학적인 대륙성과 그 일반성에서 통해지고 있는 것이다. (앞의 책, 107쪽)

백철의 이 같은 주장은 당시 미국의 비교문학의 대가였고 일반문학론을 주장한 르네 웰렉에게서 특히 그가 김병철 교수와 공역한『문학의 이론』에서 크게 배운 것으로 보인다. 웰렉은 국민문학을 넘어서는 일반성과 보편성을 토대로 한 세계문학을 비교문학의 목표로 보았다. 웰렉은 한국어판 원저자 서문에서 만일 자신이 중국, 인도, 한국 등에 관한 문학을 알았다면 자신의 세계문학 이론이 대폭 수정되어 좀 더 보편성을 띠었을 것이라고 말한 바 있다. 백철은 여기에서 자신은 역으로 한국문학에서 출발하여 동양 문학과 서구 문학까지 아우르는 비교문학적 맥락에서 한국 문학비평사를 집필하는 것을 자신의 학문적 과제로 삼고자 했던 것이다. 백철은「젊은 문학도에게 주는 글」에서 "단순히 우리 현대문학에 대한 고대문학적인 자기 전통을 찾아내는 문제라 해도 그것은 그저 고사(古事), 고문(古文)에 대한 기계적인 입장이 아닌 동시에 어디까지나 현대문학의 입장에서 추구되는 것이며, 따라서 더 정당한 방법은 근대 및 현재의 외국 문학에 대한 비교문학적인 성질에서 더 분명하게, 정확하게 구득할 수 있다고 본다"(백철,『두 개의 얼굴』, 339쪽)고 말하면서 한국 현대문학과 비교문학과의 관계를 비교문학의 시각에서 논의하였다.

백철은 「한국 비평사를 위하여」라는 또 다른 글에서 비교문학과 세계문학과의 관계를 다시 천명하고 있다.

> 일반성, 보편성이라고 하면 근대 미국의 비교문학에서 애용되고 있는 말이다. 그것은 세계문학이 내포하고 있는 내용과 일치되는 말이다. 그렇게 보면 근대 미국의 문학계에선 세계문학이라는 말이 많이 쓰이고 있다. 그것은 미국의 문학이 근대에 와서 그 작품적인 수준에서 세계문학의 높은 수준까지 가고 있다는 증거도 되지만 그보다도 미국 현대문학의 이론이 그 세계성을 향한 방향에서 추구되고 있다. … 이번은 한국문학과 동양문학에서 출발하여 세계문학의 일반성을 지향하는 길, 거기서 구미 각국의 문학과 그들의 고전과 연작을 짓는 일이 가능하며 또 그 일이 금후 우리의 학문적인 과제가 아닌가 하는데 이번에 내가 시도하는 한국 문학비평사가 그런 일을 위한 일단의 노력이 되면 좋겠다고 생각하는 바이다. (백철, 『한국문학의 이론』, 368~369쪽)

백철은 여기에서 프랑스식과 대비되는 미국식 비교문학의 일반문학론과 세계문학론을 그대로 받아들이고 있다. 백철은 또한 1964년에 출간된 그의 개정판 『문학개론』에서 '비교문학'의 항목을 따로 설정하여 논의하고 있다.

백철은 "동서 문학의 고대 비평이론을 대조"하는 자리인 「문학이론의 고전—동서의 유형」이란 논문에서 다음과 같이 "비교비평"(comparative criticism)까지 제안하고 있다.

> 우리가 동서 문학의 고대 비평이론을 비교 검토해서 제시할 것은 동과 서의 문학예술이 그 출발에 있어서 발생적으로 어떤 공통성(세계문학성)을 갖고 있었는가, 또는 그 이론과 실제에 있어서 어떤 질적인 차이가 있었던가 하는 것을 알아보는 것이다. 그리고 공통성이 더 많은가 차이성이 더 많은

가를 타진하여 만일 거기에 질적인 차이가 확실히 인정된다면 그 각자의 특수성이 각각 동과 서의 문학의 전통적인 의미를 갖게 되는가 하는 것을 반성 확인해보는 일이다. (백철, 『비평의 이해』, 12쪽)

백철은 『비평의 이해』의 서론 격에 해당하는 이 글에서 비교비평의 예를 잘 보여주고 있다. 그는 "저쪽"의 대표적인 문학이론서로는 자타가 공인하는 아리스토텔레스의 『시학』과 "이쪽"의 것으로는 시차는 크지만 6세기경 중국의 유협(劉勰)의 『문심조룡』(文心雕龍)을 선정해 비교하고 있다. 비교 영역으로 백철은 동서 문학의 자연관, 문학관, 차이, 인간사회관, 수사론, 문학비평론을 비교적 소상히 대조 비교하고 있다. 그러나 이러한 비교학 작업의 목표는 "한국 현대문학이 현재 세미나아를 하고 있는 주요한 토의 제목이 … 오늘의 현대화 과정과 관련하여 근대화의 문제가 재검토되고, 나아가선 고대 문학에 대한 근대적, 현대적 이해, 결국 우리 현대문학을 위한 전통론적인 이론과 전통을 찾아내어 현대문학의 이론과 작품의 연관성을 지어보는 데 있"(앞의 책, 7~8쪽)다고 확실히 언명하고 있다. 모든 동서 과거의 문학이론 연구는 "온고이지신"과 "법고창신"의 정신 이래 현대 한국문학의 이론 정립과 관련지어야 한다는 매우 합당한 논지이다.

5. 나가며: 세방화 시대의 백철에 대한 종합적인 재평가를 향해

문학이란 보편성과 개성(구체성)이 결합된 "구체적 보편"(concrete universal)이며 꿈과 현실의 이쪽과 저쪽의 "두 개의 얼굴"을 가진 중간 지대이다. 김윤식 교수는 백철의 중간파 노선에 대해 논하는 자리에서 "문학 자체의 중간파적 속성"(김윤식, 『백철 연구』, 460쪽)을 지적하면서 중간파의 이론적 근거로 "좌파의 조급성과 우파의 완고성이 모두 편파적이기에 오늘의 현실을 그리지 못한다는 것, 따라서 오늘의 현실을 그릴 수 있는 중간파야말로 신현실주의가 아니겠는가, 이것이 새로운 윤리, 새로운 리얼리즘 창달"(앞의 책, 447쪽)이라고 하고 있다. 그러나 중간의 길을 걷는다는 것은 지난한 일이다. 팽팽한 밧줄 위에서 춤추는 것과 같은 일이다. 양극단을 피하고 역동적이고 생산적인 중간의 길을 걸을 수 있다면 그것은 지혜의 문학에 이르는 길이 될 것이다.

민족의 종교 천도교의 신도였던 백철은 국제 문화 교류자 또는 매개자로서 자신의 책의 제목처럼 "두 개의 얼굴"을 가지고 전환기를 살았던 "비판적" 문학 지식인이다. 여기서 비판적이라 함은 일차적으로 견주어보고 비교하여 본다는 뜻이 포함되어 있다. 이런 과정이 없이 어떤 대상에 대한 궁극적인 가치 평가가 어찌 가능하겠는가? 민족문학주의자이며 동시에 세계문학 주창자이며, 대학에서 가르쳤던 강단 또는 학자 비평가(scholar critic)이며 동시에 저널리즘에 봉사했던 시민 또는 공공 평론가(public critic)이며, 『한국신문학사조사』와 같은 학술서를 쓴 전문가이며 동시에 다중에게 인문 교양의 전파를 위해 노력한 아마추어 인문 지식인이며, 한국문학이론가이며 동시에 비교문학자였고, 동양적인 풍류를 중시하고 전통을 강조하는 한국인이며 동시에 국제 펜 한국본부장을 18년간 역임한 열린 세계인이었다. 백철의 다면체적인 속성은 이중성과 애매성으로만 치부하기보다 극단적인 것들을 배제하는 양가성은 "제3의 문학관"으로 명명된 제3의 공간을 열어주는 지혜의 속성이 될 수도 있다. 어떤 한 유파나 조류에 매달리지 않고 필요와 취향에 따라 자신의 의견을 바꾼다. 이것은 그저 주체성이 없는 변덕이라기보다 오히려 지적으로 정직한 것이며 새롭게 작동하는 "중간 지대"를 마련하기 위한 창조적인 분열증이다. 중간에서는 가까이 그리고 멀리 볼 수 있기에 중간 지대에서는 미시적 시각뿐 아니라 거시적 시각도 가능하다. 백철은 이 모두를 가로질러 타고 넘어가는 투시적 시각을 가질 수 있었다.

백철은 자신이 밝힌 대로 기질 탓도 있었지만 자신의 의지로 "두 개의 얼굴"을 가지기로 결단을 내렸고 이 노선은 그로 하여금 역동적인 중간의 길을 걷게 했고 이쪽과 저쪽을 아우르는 생산적인 대화주의자로 만들었다. 김윤식 교수는 이런 맥락에서 백철의 업적을 최종적으로 정리하였다.

> 마침내 백철 그는 비평가 되기에도 최선을 다했고 동시에 교사 되기에도 최선을 다했다. 어느 쪽에나 유감이 있을 수 없었다. … 이 땅에서 한 생에 한 길 걷기도 어려운데, 이 땅에서 한 생에 두 길을 걷고 그것도 거의 완벽하게 걸어간 사람이 있었다. 그 이름은 비평가 백철이자 교사 백철이다. (앞의 책, 680쪽)

2008년 백철 탄생 100주년을 맞아 우리는 그를 21세기적인 새로운 시각에서 지금과는 다른 아니 응분의 합당한 문학사적 평가를 내릴 준비를 해야할 것이다. 1908년의 새로운 시대적 도전은 2008년의 새로운 시대적 도전과 크게 다르지 않아 보인다. 역사는 양피지에 덧대어 다시 또는 새로 쓰는 글쓰기이다. 역사는 언제나 다르면서 동일한 "차이와 반복"의 궤적 속에서 나선형으로 움직이는 것이다. 본 시론은 필자에게 백철 재평가의 시작의 시작에 불과하다. 그러나 모든 "시작"은 이미 언제나 정치적 행위가 아니겠는가?

사실상 이 글에서는 국제 문화 교류자로서 백철의 다양한 활동들에 관한 수많은 자료들을 포괄적으로 심층적으로 다루지 못했다. 뉴크리티시즘을 국내 문단에 번역, 대담, 논문을 통해 소개한 업적은 자세히 다루지 않았다. 이미 이 방면에 많은 선행 연구들이 나왔기 때문에 반복을 피하기 위해서이다. 특히 김윤식 교수는 『백철 연구』에서 이 문제에 대해 상세하고도 심도 있는 분석과 비평을 제공하고 있다(앞의 책, 567~640쪽 참조). 또한 백철의 활동 중에 거의 논의되지 않은 부분은 요즘 말하는 문화비평에 해당되는 분야이다. 당대 문화에 대한 관심, 특히 영화 예술에 대해 큰 관심을 가지고 글도 여러 편 남겼다. 영화가 새로운 종합예술 매체로 떠오르던 50년대 후반부터 그가 논했던 영화론은 문학과 다른 매체와의 교류라는 의미에서 새로운 백철 연구의 영역이 될 수도 있을 것이다. 백철은 또한 1953년 이탈리아 베니스에서 열린 유네스코 주최 국제문학회의에 참석한 바 있고 그 후 1961년에는 문화사절단으로 동남아 각국을 순방하였고 1971년에는 미국 하와이 대학으로부터 "교수 중의 교수"로 초청받아 도미하여 3개월간 한국문학 강의를 하였다. 1972년에는 제1회 일본문화연구국제학술대회의 귀빈으로 초대받아 다녀오기도 했다. 그러나 자료 미비로 이 문제에 대한 자세한 논의는 다음 기회로 미룬다.

백철의 국제 문화 교류 활동에 대해 앞으로 많은 과제들이 남아 있다. 자료 발굴과 사실 규명에 더 노력해야 하고 자료와 사실에 대한 분석과 평가가 뒤따라야 한다. 또한 그동안 주목받지 못했던 문화 교류자로서의 다양한 활동이 평론가로서 문학사가로서의 활동과의 관계를 새롭게 밝혀내야 거의 반세기에 이르는 백철의 문학적 업적의 전모가 제대로 드러날 것이다. 백철은 "전통"(전근대/비근대)으로 다시 태어나 "근대"(성/화)로 뜨고 나서 다시 "탈근대"(후근대/비근대/반근대)로 날고자 하였다. 그러나 전통, 근대, 탈근대가 불안하지만 창조적으로 동거하여 만들어내는 다양체의 제3의 시공간은 백철에게 언제나 새로운 "탈주/비상의 선"(line of flight)을 마련해주는 것은 아닐까?

3장 월남전의 역사적 모순과 문학적 평가
— 세계시민 시대에 다시 읽는 한국계 호주 작가

1. 들어가며: 6 · 25 한국전쟁과 한국계 호주 작가의 탄생

돈오 김(Don'o Kim, 본명 김동호)은 타계하기 전인 2013년까지 호주에서 영어로 작품 활동을 하며 국제적으로 알려진 유일한 한국계 호주 작가이다. 1936년 평양에서 태어난 돈오 김은 1945년 해방과 더불어 남한으로 내려온 실향민으로, 서울에서 초중고교를 다녔고, 고려대 영문학과를 졸업하였다. 잠시 고등학교에서 교편을 잡았던 돈오 김은 1961년 콜롬보기획 장학생으로 선발되어 호주 시드니 대학에서 영문학과 비교언어학을 공부하였다. 호주에 도착하기 전 돈오 김은 일본, 중국, 소련, 베트남을 두루 방문하였다. 돈오 김이 작가가 되기로 결심한 것은 대학을 졸업하고 도서관에서 사서로 일하던 때이다. 그는 처녀작의 소재를 월남전으로 삼기로 결심했다. 60년대 초반 존 F. 케네디 정부가 들어서면서 미국의 본격적인 개입으로 월남전은 몹시 치열해졌다. 당시 호주는 파병 문제 등을 놓고 사회적 논의가 뜨거웠고, 월남전에 대한 반전 시위는 물론 월남전 자체에 대한 진지한 반성이 뒤따랐다. 이러한 와중에서 돈오 김은 자신이 그렇게 비극적으로 아픈 경험을 하고 또 가장 큰 피해자가 된 한국전쟁 대신 월남전을 자신의 소재로 선택하였다: "한국전쟁은 너무나 가까이에 있었지요. 거리를 두고 쓸 수가 없었죠. 우리는 직접 보고 경험한 것만이 진실이라고 생각하고 또 자기가 보지 못한 것은 비현실적이라고 생각하는데 난 다르게 생각해요. 때론 가보지 않고, 거리를 두고 상상력과 집요한 연구로 뽑아낸 현실이 더 절실할 수 있는 거죠"(김인기, 「돈오 김: 문학으로 맞서온 삶의 고독과 부자유」, 164쪽). 월남전은 인간이 개인의 양심과 전쟁이라는 집단적 광기 사이에서 갈등하는 가장 보편적인 상징물이었다. 첫 소설은 월남전에 대한 돈오 김의 시위였다. 또한 이 소설은 호주인들뿐만 아니라 월남전에 파병한 한국인들, 그리고 전 세계인들이 자기 반성을 할 수 있는 도덕적인 문제들을 제기하였다.

돈오 김은 왜 영어로 글을 쓰는가? 그것은 모국어인 한국어로 소설 쓰는 작업이 쉽지 않기 때문이었다. 모국어에 배어 있는 한국적 호흡, 욕망, 피와 땀은 객관적으로 상황을 설명하기에는 너무 벅찬 것이었는가 보다. 그렇지만 무엇 때문에 영어를 고집하는가? "영어는 모든 언어 중에서 가장 자유롭다"고 그는 말한다:"영어는 만만한 표현 언어이기 이전에 개성이 없는 유일한 언어이다. 그래서 자유롭다고 말한다. 모든 언어가 아이덴티티를 가지고 있다. 당연히 일정한 거리를 둔 작품을 쓰기란 힘들다. 하지만 영어는 자신을 자유케 한다."(김인기, 앞의 글, 164쪽) 여기서 "자유롭다" 함은 어떤 지역성이나 특수성에 얽매이기보다 세계성이나 보편성으로 열려 있다는 뜻이리라.

돈오 김은 실향민으로 어디에도 정착할 수 없는 정신적 유목민이다. 방랑하고 고독한 영혼인 그는 결혼도 거부하고 독신을 선택하였으며 자신을 끊임없이 타자화함으로써 중심부보다는 주변부에 머물고자 하였다. 그것은 지배나 착취의 이데올로기가 아니라 생성과 변형의 서사적 전략이다. 타자적 상상력은 그에게 이미 언제나 "낯설게 하기" 전략을 제공한다. 주변부 타자는 사물의 밖에서 가장 객관적으로 그리고 가장 잘 사물의 안을 바라볼 수 있게 만든다. 이것이 작가 돈오 김으로 하여금 한국적 분위기 속에 침잠하지 않고 호주의 중심부로 함몰되지 않고 "거리 두기"를 숙명으로 삼은 작가로 만들었다. 그는 고향을 그리워하지도 않고 타향을 고향으로 만들지도 않은 채 어느 곳이나 타향으로 생각하고 살아가는 강인한 영혼으로, 종교적으로 말하자면 수도승이거나 문학적인 사제이다. 물론 언어를 도구로 삼는 예술가로서의 진지성이 최우선이다.

돈오 김의 두 번째 소설『암호: 정치적 음모』(*The Password: A Political Intrigue*, 1974)는 중앙아시아의 가상국가 타르타니아에서 중국, 일본, 소련, 영국 등이 국제 정치 음모의 각축전을 벌이는 내용이다. 이상주의적 평화주의자인 주인공 중국인 노는 일정한 성과를 이루지만 결국 암살된다. 세 번째 소설인『차이나맨』(*The Chinaman*, 1984)에서 처음으로 호주가 소설의 배경이 된다. 특히 거대한 산호 지역인 자연의 대경관, 그레이트 배리어 리프에서 일본인 주인공 죠오를 중심으로 현대사회의 물질주의 문명, 인종차별 등의 다양한 문제들이 제기된다. 이들 소설에서도 작가 돈오 김은『내 이름은 티안』에서처럼 특수한 소재를 보편화된 주제로 전화시키는 독특한 능력을 발휘한다. 월남에서 일어난 전쟁이든, 중앙아시아에서 일어난 정치적 음모든, 호주 대자연의 관광지에서 일어난 사건이든 간에, 일단 작가의 손에 들어가면 전 지구적인 보편적인 인간과 역사의 실존 문제로, "장대한 일반성"으로 자연스럽게 부각된다. 호주의 한국계 작가 돈오 김을 세계 속의 한국문학의 맥락에서 조명해보는 이 자리에서 필자는 많은 문학상을 수상한 그의 처녀작이며 출세작인『내 이름은 티안』(*My name is Tien*)을 중심으로 역사 속의 개인의 문제를 구체적으로 다루어볼까 한다.

2. 독립전쟁에서 이념전쟁으로 —— 미군의 개입과 월남전 발발

1969년 영국에서 출간된 돈오 김의 첫 번째 소설 제목은『내 이름은 티안』이다. 작가 자신이 6 · 25전쟁 중 겪었던 피난 경험이 월남전 초기에 이리저리 쫓기던 월남 소년 티안의 경험 속에서 재현되었을 것이다. 소년 김동호와 소년 티안이 "전이와 역전이"로 정신분석학적으로 반복되는 과정을 그린 이 소설은 월남전에 관한 최고 소설이 되었다. 출판 직후 아일랜드에서 나온 서평을 읽어보자: "이 소설은 말 하나하나가 진실이다. 아름답고, 슬프고, 단순한 진실이 악의나 심지어 분노도 없이 정치하게 쓰여진 이 소설은 내가 이 주제[월남전]에 관해 읽었던 첫 번째로 설득력 있는 작품이다. 그리고 내가 이 소설이 어떻게 더 좋아질 수 있을까를 생각할 수 없는 최후의 소설이 될 것이다."(Stewart)

소설의 시작은 너무나 목가적이다. 이것은 뒤에 연이어 나오는 끔찍한 사실을 극적으로 아니 충격적으로 대조시키기 위한 작가의 전략이리라. 부모, 형제자매들 그리고 정다운 이웃과 함께한 우리의 어린 시절은 이미 언제나 가장 아름답고 소중한 기억으로서의 역사이다. 이러한 정겨운 장면은 우리 모두의 집단무의식이다.

> 긴 장마 뒤 하얀 사과꽃이 피어나는 달이었다. 사과꽃들은 비에 씻긴 녹색 잎들 사이로 마치 포도송이처럼 바람에 흔들렸다. 여름이 오자 꽃들이 빨리 자라났고 잡초도 덩달아 무성해졌다. 그러나 아빠는 아직도 멀리 계셨고, 엄마와 타 형은 잡초 뽑기를 시작했다. …
>
> 마당 옆 사과나무 아래 개와 함께 누운 티안은 문에서 저 아래 밭 끝까지 펼쳐져 있는 녹색 숲을 바라보았다. 그는 소나무와 뱅갈보리수 그리고 그것들을 감고 있는 넝쿨을 지켜보았다. 바로 그곳에서 아빠가 갑자기 나타나 뜨거운 햇볕 아래 졸고 있는 마당의 닭들을 모두 놀라게 할 것이다. 그러나 지금은 파리들이 웅웅거리고 물소들은 논에서 계속 울어대고 있었고, 닭들은 반쯤은 졸면서 마당에서 모이를 쪼고 있었다. 그때 갑자기 코끼리 바니가 그 긴 코로 나무문을 밀치고 들어왔다.
>
> "달팽아, 달팽아, 구멍에서 나오렴."
>
> 피아는 코끼리 목 위에 높이 앉아 노래를 불렀다. 그녀의 작은 얼굴은 우산만큼이나 큰 밀짚모자 아래 감추어져 있었다. (『내 이름은 티안』, 김소영 역, 9~11쪽. 이하 동일)

아버지 대신 전사 통지서가 날아든다. 아버지는 월남의 독립을 위해 프랑스 식민지 점령군과 싸우던 게릴라였다. 이런 상황 때문에 티안은 형 타와 함께 어머니의 배웅을 받으며 이곳을 떠나야 했다. 티안은 태어날 때부터 부모들끼리 결혼을 약속했던 피아와도 헤어져 이 전쟁이 끝날 때까지 피아의 친척이 승려로 있는 남쪽으로 멀리 떨어진 비아 남에 있는 절로 가기로 되었다. 그러나 열아홉 살의 타 형은 장남으로서 아버지의 원수를 갚는다며 동생 티안의 기차표만 사고 자신은 북쪽에 그대로 남아 독립 게릴라군에 자원한다. 할 수 없이 티안은 혼자 남쪽으로 떠난다. 그러나 그 남행 열차는 게릴라들에 의해 폭파되고, 휴의 병원에서 여섯 시간의 대수술을 거쳐 겨우 목숨을 건진 티안은 여기에서 네 명의 생존자 중 하나인 "기적의 소년"이 되어 프랑스 의사 닥터 위고와 월남인 콴 간호사를 만난다. 티안은 콴 간호사의 제안대로 이 전쟁이 끝날 때까지 더 잘 배우기 위해 비아 남의 절로 가지 않고 이곳에 남아 닥터 위고의 호의로 병원 청소를 조금씩 하면서 학교에 다니게 되었다. 닥터 위고의 말처럼 20세기인 지금 티안에게 필요한 교육은 절에서 받을 수 없을지도 모른다. 이렇게 "기적의 소년" 티안은 다시 "행운아"가 된다.

1954년 3월 13일부터 5월 7일 사이에 하노이로부터 320km 떨어진 라오스 국경지대인 디엔비엔푸에 주둔하고 있던 드 카스트리 장군 휘하의 프랑스군은 북부 월남의 공산주의 게릴라 단체인 베트민에게 포위되어 예상을 뒤엎고 패배하였다. 베트민은 1941년에 결성된 베트남 독립연맹군으로 인도차이나의 일본군에 저항하다가 후에는 프랑스 식민지군과 싸웠다. 디엔비엔푸 전투는 인도차이나 반도에서 프랑스 식민지의 종식을 가져왔고, 베트민의 승리는 베트남 독립의 중요한 디딤돌이 되었다. 그러나 불행하게도 전쟁이 끝난 후 베트남은 제네바 협정에 따라 남과 북으로 분단되었다.

> 디엔비엔푸가 무너졌다. 그리고 모든 사람들이 그토록 오래 희망해온 종전이 되었다—그러나 17도 선을 따라 비무장지대가 설치되었다. 모든 사람들은 다음 해 전국 선거까지의 일시적인 경계일 뿐이라고 믿었다. 나라를 사랑하는 사람들은 왜 가족들이, 남편은 아내로부터 어린아이들은 부모로

부터 영원히 떨어져야만 하는지 이유를 알 수 없었다.

그러나 이미 오래전에 그 약속의 해는 지나갔고 그 다음 해는 이제 어느 누구도 기억할 수 없는 또 다른 기만의 해가 되었다. 사람들은 더 이상 재결합이라든지 통일을 이야기하지 않았다. 바보들과 빨갱이로 낙인찍힐 공포를 이겨낸 사람들만이 거리에서나 뒷마당에서 감히 참견하고 목소리를 높였다.

끝난 건 단지 공개적인 싸움일 뿐이었다. (37~38쪽)

티안은 그곳 학교에서 연상의 친구 쏙을 만난다. 북베트남 하노이 근처에서 살던 쏙의 집안은 빨갱이들에게 재산을 몰수당하고 엄마는 프랑스 군인과 도망갔고 아버지는 자살했다. 쏙은 남베트남의 사이공으로 내려가 "돈을 벌어 사람처럼 살고 독립"을 얻고자 계획하였다. 또한 티안이 닥터 위고가 일하는 병원에서 지내던 중 이미 베트콩 게릴라로 북쪽을 돕던 형 타가 갑자기 나타나 동생에게 부상당한 전우들을 구할 수 있도록 페니실린을 급히 구해달라는 부탁을 한다. 처음에는 거부했지만 티안은 결국 페니실린 한 상자를 훔쳐 형에게 넘긴다. 티안은 이 사실을 고백하려고 콴 간호사를 만나러 갔을 때 평소에 온화했던 그녀로부터 놀라운 말을 듣는다.

"난 베트남 사람만 아니라면 무엇이든 되려고 노력할 거야. …
난 그들이 우리 집을 몰수하는 것을 보고 북쪽을 떠났지, 여기에서라면 자유를 찾으리라고 생각했어. 그러나 난 병든 땅에 온 것뿐이야. 외국인들은 이 땅에서 남자의 일은 군인이고 여자의 일은 매춘이라고 생각하지. 그러나 우리 지도자들은 썩은 생선보다 더 지독한 냄새가 나. … 닥터 위고는 비록 외국인이지만 이곳에서 좋은 일을 했어." (54쪽)

닥터 위고는 티안이 페니실린을 훔쳐서 형에게 준 사실을 말하자, "내가 아들처럼 기른 아이가 그 맹목의 야만적 폭력을, 그 학살과 혼란의 씨앗을 기르기 위해 내 걸 훔쳤다고?"라고 말하면서 티안을 쉽사리 용서하지 않았다. 열여섯 살 티안은 이제 번갯불과 천둥에 홀린 듯 자신에 대한 인식을 충격적으로 경험한다. 식민지적 주체에 대한 깨달음일까?

> 놀랍게도 그의 내부 깊숙한 구석에 숨어 있던 어떤 것이 머리를 들면서 그의 피를 솟구치게 했다. 티안이 그토록 오랫동안 두려워하고 존경해왔던 사람이, 자비와 우월을 상징하던 사람이 그를 좌절시킨 것이다. 그는 더 이상 티안이 생각하던 사람이 아니었다. 그는 이제 정의와 공정함의 표상이었고 그 앞에서 티안은 아무것도 아니었다. 티안은 닥터 위고가 닫고 들어간 침실의 문을 두드리지 않았다. 그는 그것을 마주 보고 서서 조용히 자신을 경멸하였다. 그는 타 형을 저주했을 때보다 홀가분했고 심지어 만족스럽기까지 했다. 그는 이제 닥터 위고의 아이가 아니었다. 그는 이제 독립할 것이다. (61쪽)

그날 밤 티안과 쏙은 기차로 그곳을 떠나 새벽 3시에 사이공에 도착했다. 이 둘은 쏙의 아저씨가 운영하는 미군 병사들을 위한 술집을 찾아갔으나 검문에 걸려 쏙은 도망치고 티안은 잡혔다. 티안은 그 자리에서 16세의 나이로 남부 월남군의 병사로 징집되었다. 티안도 이제 "불가능한 침묵과 이룰 수 없는 사랑 사이에 갇힌 역사"(Runcie, "Newer Voices: 'Don'o Kim' 1", 203쪽)의 집단적 광기 속으로 빨려 들어갔다. 형은 베트콩이고 자신은 그들과 싸우는 남월남의 병사이다. 베트콩 소탕작전 중에 어린 티안은 그들의 공격을 받고 "대나무 칼이 뚫고 지나간 등 가운데로 짙은 검은색 피를 흘리며 얼굴을 땅에 박고 누워 있는" 소년 전우를 보고 충격을 받아 총과 철모를 내던지고 탈영하여 맨발로 사이공으로 향했다.

티안은 술집에서 쏙을 다시 만난다. 티안은 "우리는 모두 강간당해 더러워진 이 땅 때문에 비틀거리고 있는 거야"(87쪽)라고 울부짖는 쏙의 도움으로 닥터 위고가 일하는 병원이 있던 도시 휴로 되돌아왔다. 그러나 그곳은 이미 프랑스군 대신 미군의 주둔지가 되어 있었다. 닥터 위고는 홍콩으로 떠났고 콴 간호사와 어렵게 재회하였다. 이때 그녀는 티안의 형 타와 만나고 있었다. 콴 간호사는 "난 게릴라들은 모두 무식하고 피에 굶주린 줄 알았는데 내 생각이 틀렸던 거야"(92쪽)라고 말했다. 그녀는 이제 탈영병이 된 티안을 위해 사이공에 있는 라버슨 신부에게 소개장을 써준다.

3. 동족상잔 전쟁의 모순과 인간성 왜곡의 비극

사이공으로 돌아와 라버슨 신부의 도움을 받으며 일자리를 구하던 티안은 20대 후반의 민이라는 청년을 만난다. 그는 대학신문에 글을 잘못 써서 퇴학당한 "진정한 공산주의자"였다. 민은 티안에게 낫과 망치가 그려진 책을 보여주고 전쟁의 폭력에 대해 일대 강연을 한다.

> "억압자든 피억압자든 오직 한 가지, 폭력을 알고 있어. 폭력은 폭력만을 불러오고 모든 사람들을 부패시키지. 모든 사람들이 죽이고 그리고 이기고 싶어 해. 모든 사람들이 뒷마당에서 핵폭탄을 만들고 싶어 하고 그래서 조금만 도발을 해도 그걸 던져버리려고 하지. 난 어떻게 하면 이런 일이 일어나는 것을 막을 수 있을지 모르겠어.
> 하지만 너도 알다시피 우리는 21세기를 향해가고 있어. 우리는 폭력이 대답도 아니고 이데올로기 간의 차이를 해결하는 데 정말 필요하지 않다는 걸 충분히 알게 되었지. 어떤 지도자도 이걸 몰라. 어느 지도자도 여기서 승리란 더러운 말인 걸 몰라. 이데올로기란 이름 아래의 폭력이란 명백한 사기야. 순수한 전쟁이 있다면 그건 인종간의 전쟁, 원시적인 증오에서 나오는 전쟁밖에 상상할 수 없어." (105~106쪽)

민은 계속 티안을 포섭하려고 하지만, 티안은 "난 정치나 이데올로기에 대해선 몰라요"(106쪽)라고 대답한다. 그 후 티안은 영어와 불어를 조금 할 수 있어서 운좋게 미군 부대에 취직을 약속받는다. 그러던 중 거처가 급습당하고 민이 티안의 베개 밑에 놓고 간『코뮤니스트 리더』가 발견되어 티안은 베트콩 협력자로 오인되어 죽음의 위기에 몰리게 되었다. 그러나 쏙의 아저씨가 돈으로 매수하여 얻은 신원확인서를 받아서 그는 석방된다. 그 후 티안은 쏙과 함께 아저씨가 운영하는, 미군들과 양공주 아가씨들이 주로 드나드는 술집에서 비교적 편하게 지내면서 "세계가 자기를 중심으로 대체로 유쾌하게 돌아가는 걸 느꼈다."(126쪽) 그러나 얼마 못 가 술집은 베트콩이 던진 폭탄 테러에 의해 불타고 아저씨도 죽는다. 티안과 쏙은 이제 서른다섯 살까지 징병을 피하여 도망다닐 수밖에 없는 신세가 되었다. 그러나 그들은 빠져나갈 구멍이 없는 현실에서 살아남기 위해서 자원하여 다시 남월남 군대에 들어가 인생 도박을 걸었다.

> 그(쏙)는 웃고 흥분하였으며 심지어 확신에 차 보였다. 티안도 그와 함께 웃었지만 흥분하지도 확신에 차 있지도 않았다. 그는 그에게 짐이 되었던 모든 희망을 마침내 접어두고 나서야 후련함과 더불어 해방감을 느꼈다. (156쪽)

군에 다시 복귀한 티안은 베트콩 출몰 지역의 정찰 임무를 맡았다. 얼마 후 티안은 사이공 근처의 막사에서 다른 부대로 배속된 쏙을 만났다. 그러나 그는 변해 있었다. 무엇인가에 커다란 충격을 받은 듯했다. 쏙의 부대가 베트콩의 기습을 받았고, 미친 듯이 도망가던 쏙은 오두막에 들어가 숨었다. 그곳에는 병들어 울고 있는 아이와 함께 저주를 퍼붓는 젊은 여자가 있었다. 총성이 멎은 새벽이 되어 반쯤 미쳐버린 그 여자로부터 도망치듯 그곳을 떠나려 했다. 그러나 그녀는 쏙에게 "그냥 그렇게 갈 거야…? 날 강간하지 않을 거냐구. 어디에서 왔든 지나갈 때면 그 짓을 하던데"(162쪽)라고 말하며 어린아이를 욕하고 다시 때리기 시작하자 쏙은 방아쇠를 당겼다. 티안이 "네 자신을 죽였어야 했어"라고 말하자, 쏙은 테이블을 때리면서 "난 그러려고 했지만 할 수 없었어"라며 울부짖었다.

그 후 티안은 베트콩 소탕 작전에서 쏙을 다시 만나고, 여기에서 두 사람 모두 베트콩의 포로가 되며, 티안은 형 타를 만났다. 형은 티안에게 고작 남베트남군 군복을 입었느냐고 질타하며 차라리 북베트남을 위하는 베트콩 게릴라가 되든지 어머니가 말씀하셨듯이 절로 갈 수도 있지 않았느냐고 질책했다. 티안은 영웅적으로 반격한다.

> "왜 항상 형의 생각을 내게 강요하는 거야? 그것 때문에 바로 형이 싸우고 있는 것 아냐? 형처럼 나도 군복을 입을 권리가 있어. 난 독립을 원해. 내가 어떤 대가를 치르더라도 말이야!" … "형이 나를 잡아둔 사람으로서 말한다면 형이 원하는 대로 나를 처치해버려. 난 힘이 없으니까. 형 마음대로 뭐든지 할 수 있어. 어떤 종류의 폭력이든 다 특권이잖아. 하지만 난 형을 경멸할 수 있어. 그건 내 특권이야. 어떤 폭력도 미칠 수 없는 특권이라고." (180쪽)

그러나 "절"만이 우리의 고향이며 새로운 빛을 본 희망이 있는 곳이라 믿는 형은 티안에게 비아 남에 있는 절로 가서 어린 시절 약혼녀 피아를 만나보라고 강권한다. 피아는 북쪽에서 정보원 훈련을 받고 남쪽으로 파견되어 임무 수행을 하던 중 체포되었다가 실성하여 석방되어 절에 가 있었다. 티안에게 이제 다른 선택은 없는 것인가? 형 타는 동생을 위해 쏙과 미군 쿠퍼 대위를 함께 강물을 이용하여 탈출시키고자 한다. 형 타는 허위 이데올로기에 의해 찢겨진 베트남의 무의미한 지옥 같은 전쟁에서 동생만이라도 구출하여 어머니의 뜻대로 그들의 아니 우리 모두의 "고향"으로 되돌려 보내려는 것이다.

> "피아가 고향과의 유일한 끈이고, 네게 피아는 아내 이상이라고 생각해. 고향은 우리가 기억하는 것이자, 바로 우리의 모습이지. 우리는 이 전쟁에 이기기 위해 싸우는 것이 아니라 고향으로 돌아가기 위해 싸우는 거야. 그래서 다시는 뿌리 뽑혀 방황하지 않기 위해서지. 이것보다 더 중요한 것이 뭐가 있지! 그리고 이것이 우리 부모들이 우리에게 바란 것이 아닐까?" (186쪽)

오랫동안 프랑스의 식민지로 있다가 이제 다시 미군의 전쟁터가 되어버린 이 분단의 땅에서 한 개인이 양심을 지키면서 산다는 것은 가능한가? 티안은 탈출 과정에서 부상을 입고 친구 쏙은 머리에 총을 맞고 죽는다. 그러나 티안은 미군 공군 대위 쿠퍼를 구출하였다 하여 미군으로부터 명예훈장을 받는다. 쿠퍼 대위는 "넌 베트남에서 미국의 한 가지 모습만 본 거야. 미국은 여러 얼굴을 가지고 있어. 거기서 공부를 하면 보람이 있을 거야"(200쪽)라고 말하면서, 미군이 시작한 시민 원조 프로그램을 통해 티안이 미국에서 공부할 기회를 만들어주겠다고 제안한다. 월남이 남북으로 갈려 서로 싸우고 미국이 개입하여 함께 싸우고 죽이는 것은 결국 인간이란 무엇보다도 "조직의 일원"이기 때문이며, 단순히 "나만의 문제"가 아니라, "세대 전체의 문제"이며 나아가 "세기의 문제"인 것이다. 그러나 조직 속에서도 개인은 "정치적인 장애에도 불구하고 다른 사람들 틈에서 혼자 선한 일을 시작할 수 있"다는 것이 쿠퍼 대위의 생각이다. 어떤 면에서 개인 간, 개인과 사회 간, 개인과 국가 간의 완전한 이해란 불가능한 것이지만, 위와 같은 이데올로기나 종족이나 성별의 차이를 넘어서는 인간 개인의 가능성은 우리의 유일한 희망인지도 모른다.

쿠퍼 대위가 자동차로 티안을 그곳에서 멀리 떨어지지 않은 절로 데려다주었다. 이제 티안은 6년 만에 피아를 다시 보기 위해 이곳에 왔다. 티안은 "바위에 박힌 묘비"처럼 서서 실성한 피아의 모습을 보다가 쓰러져 주먹으로 얼굴을 가리고 한참 울었다. 피아를 진정으로 위하는 것은 그곳을 소리 없이 떠나는 것이었다. 노승은 티안의 손을 잡으며 말한다.

> "티안, 나의 아들아. 넌 매우 용감했다. 지금 가야만 한다면 가서 네 길을 찾아라. 아까도 네가 보지 못한 것 그리고 진정한 너의 모습이 무엇인지를 스스로 알아가는 것이 신의 섭리인지도 모르겠다. … 오늘 우리가 겪은 일 때문에 슬퍼하거나 부끄러워하지 말아라. 난 네가 이 일을 간직하고 기억하기를 기도하겠다. 기억은 바로 우리들의 존재다." (214쪽)

티안은 밤이나 지내고 새벽에 떠나라는 노승의 권유를 뿌리치며 산 아래로 내려가기 시작했다. 여기에서 티안이 찾은 진정한 자아란 무엇인가? 그것은 결코 벗어버릴 수 없는 과거에 매어 있는 정체성인가? 정체성을 찾는 일은 신이 우리에게 내린 임무이다. 그것을 찾아내는 순례의 과정이 우리의 삶이 아닌가? 또 그러한 삶의 과정이 바로 소설이다. 그 과정에서 일어난 일에 대해서 슬퍼하거나 수치스럽게 생각할 필요가 없다. 기억은 우리의 존재이기 때문이다. 그 과정의 끝이 있다면 그곳에서 혹시 역사의 광기 속에서 잃어버린 주체성을 비로소 찾을 수 있을지 모른다.

돈오 김의 소설에서 "전쟁"이란 21세기를 살아가는 하나의 보편적 상징이며 은유이다. 20세기의 모든 전쟁은 근대성의 결과로 나타난 인간 문명의 질병이다. 여기에는 성차별, 종족주의, 계급 갈등, 식민주의, 생태계 파괴 등도 포함될 수 있다. 그의 소설에서 주인공 티안의 모든 개인적 경험과 기억은 하나의 원형(archetype)으로 우리 모두의 집단 경험과 기억이 된다. 아무리 사적인 문학이라도 그것은 공적 과정이며 공동체 기술로서 하나의 "공영역"(public sphere)이 된다. 이 소설에서 작가는 월남전의 여러 가지 구체성을 보편성으로 극대화시켜 "구체적 보편"(concrete universal)을 성공적으로 만들어내었다.

4. 결론을 대신하여 — 돈오 김의 문학적 평가

『내 이름은 티안』과 같은 비교적 짧고 단순해 보이는 돈오 김의 소설을 어떻게 읽을 것인가? 형식과 내용이 단선적으로 연계되어 이야기가 진행되는 것처럼 보이지만 실제로는 좀 더 역동적이고 대화적으로 전개된다. 이 소설은 티안이란 북부 베트남 출신 소년의 개인적 경험이 일직선으로 진행되는 것이 아니라 1954년 디엔비엔푸 전투 전후 베트남을 지배했던 외세 프랑스와 미국의 등장을 통하여 미국이 도와주는 사이공의 남부 베트남과 중국이 도와주는 하노이의 북부 베트남의 역사가 병치되고 평행선을 달린다. 특히 6·25 당시의 소년 김동호와 월남전 초기의 소설 주인공 티안의 전이 현상을 보여주며, 1945년 일제에서 해방된 후 남북이 분단되고 1950년에 발생한 한국전쟁이 평행되고 있다. 이러한 대화적 평행적 구조로 인간과 사회, 개인과 역사, 지배계급과 피지배계급, 민족과 외세, 평화와 폭력이 대립되는 구조를 보여주며, 월남전과 그 안에서 고통받는 주인공 티안은 지역적 시간적 개인적 시점을 넘어 보편적이고 일반적인 조망을 획득한다.

이 소설은 한국어 번역보다 영어로 읽는 것이 재미있다. 돈오 김의 영어 산문에서 우리는 단순하고, 분명하고, 직접적인 문체가 주는 어떤 힘의 광휘를 느낄 수 있기 때문이다. 번역은 작가가 이 소설에서 노린 "분위기"를 독자들이 파악하는 데 제약이 될 수 있다. 작가가 이 소설에서 조성한 분위기 속에서 우리는 악몽과 같은 전쟁의 폭력과 무익성에 관한 "보편성에 대한 느낌"을 강화하게 되고 나아가 거의 "이상한 환각적 효과"까지도 환기시킨다. 돈오 김의 영문 소설의 산문체의 "압축, 정수, 그리고 균형"은 독자들이 자동적이고 습관적인 지각 작용에서 깨어나 어두운 현실의 신음 소리를 아프게 느끼도록 만들어준다(Vintner). 이러한 문학적 감정이입은 독자들에게 타자 의식을 개입시켜 관심, 사랑, 참여를 유도하는 효과를 가져온다. 이러한 "분위기"를 만들어내는 것이 분명 소설가 돈오 김의 탁월한 소설적 기술이리라.

돈오 김 소설의 리얼리즘은 독특하다. 단순히 역사와 현실의 무게가 느껴지는 "형식적" 리얼리즘이 아니다. 이러한 리얼리즘은 그 전형성이 주는 친숙함으로 오히려 역사와 현실을 비켜갈 수도 있다. 그러나 그의 리얼리즘은 "사유적" 리얼리즘이다. 복잡한 삶과 인간 운명의 넓이와 깊이를 독자들이 끌어안도록 하는 고통스러운 내면화 과정을 유도한다. 이것이 그의 소설이 동화처럼 단순하고 쉬워 보이면서도 손쉽게 소설의 몸(구체적 물질성)을 허락하지 않는 이유이다. 아마도 호주인뿐 아니라 일반적으로 서양인들이 돈오 김의 소설에 대해 어떤 숭고미 또는 혼의 울림을 느낀다면, 그것은 작가의 유불선의 동양적 사유 방식이라는 복잡한 구성적 미로의 덫에 걸리기 때문이리라. 아마도 이것은 바로 그의 소설의 이데올로기나 욕망의 밑그림을 찾아내는 징후적 읽기뿐만 아니라 동시에 팽팽한 밧줄 위에서 느린 춤을 추게 만드는 명상적 읽기를 요구할 것이다. 앞서 지적한 대로 그의 텍스트의 언어적 구조(결)는 역동성과 대화성을 환기시키는 독특한 기능을 발휘한다.

현재 돈오 김은 최대 역작인 네 번째 소설『태극』(太極, *Grand Circle*, 2007)을 위해 전력투구하였다. 아직도 세계 유일의 분단국으로 남아 있는 한반도 남북 통일에 관한 이야기이다. 태극 사상은 음과 양의 상호침투적인 역동적 조화의 형상이다. 남한과 북한의 대화와 혼용은 이제 마지막 희망으로 남아 있다. 그러나 돈오 김은 환상적 통일주의자가 아니라 강인하고 무서운 현실주의자이다. 그의 소설에는 이미 섬뜩한 현실성이 나타나고 있다. 한반도 통일은 남한과 북한의 문제만이 아니다. 중국, 일본, 러시아, 미국과 같은 주변 강대국들의 이해관계가 현실적으로 상호 교직되어 있는 복잡한 국제 정치의 문제이기도 하다. 남한과 북한이 통일되어 거대한 원을 만들 때 비로소 여러 가지 인종, 성별, 계급의 대립과 모순, 갈등을 극복하고 동서, 남북의 화합이 이룩될 것이다. 이와 더불어 세계문학 속에서 돈오 김의 보편주의라는 문학적 목표도 함께 성취되는 것이다.

돈오 김은 자신의 4편의 장편인『내 이름은 티안』,『암호: 정치적 음모』,『차이나맨』,『태극』을 "연계아시아소설"(Asian Novel Cycle)이라고 불렀다. 그 이유는 1930년대 타타리아(신장 위구르)를 다루었고, 1960년대 베트남 전쟁, 1990년대 한반도 분단 문제 등 모두 20세기 아시아지역 국가들을 무대로 한 소설들이기 때문이다. 돈오 김의 소설들의 주체는 모두 "개인의 양심과 역사의 집단적 광기 사이의 투쟁"이다. 그의 소설들은 서구인들의 시각이 아니라 아시아인, 호주계 한국인 나아가 한국인의 관점에서 쓰여졌다는 점이 요즘과 같은 포스트식민주의 글로컬 시대에 주목받을만 하다. 이런 맥락에서 돈오 김은 호주계 한국인 작가로서 세계문학의 무대에 당당히 올라 정당한 평가를 받아야 할 것이다.

4장 지구 시민 시대의 한국문학의
세계화 담론의 전략

1. 들어가며: 문학은 '구체적 보편'이다

문학은 언어 예술이다. 언어로 쓰이고 구성된 것이 문학작품이다. '언어'는 인간 존재의 집이다. 인간만이 특별히 가지고 있는 의사소통 체계인 언어 활동, 즉 듣기, 말하기, 읽기, 쓰기 활동이 없으면 인간은 실질적으로 존재할 수 없다. 언어 없이 인간의 문학적 활동은 불가능하다. 따라서 인간성의 토대는 언어에 대한 감식력과 훈련이다. 자신을 표현하고 남을 이해하고 설득하는 모든 기술은 인간들이 사회를 구성하여 공동 생활을 하는 데 토대가 되는 언어이다. 문학은 상상력을 통해 허구(있음직한 사건)를 창조해냄으로써 인간의 능력과 비전을 극대화하는 제도이다. 흔히 시, 소설, 희곡, 수필, 비평 등의 장르로 나뉘기도 하는 문학은 인간의 언어 연습, 사유 훈련, 그리고 상상력 교육에 매우 중요하다. 문학 읽기와 문학 공부를 통해 우리는 노래하기(시), 이야기 꾸미기(서사), 남을 설득하기(수사학), 다양한 글쓰기(작문 및 창작론)를 배울 수 있다. 그러나 무엇보다도 나 이외의 타자들을 이해하고 이 세상 이외의 더 나은 이상적인 세계를 꿈꿀 수 있는 능력인 상상력을 키우는 데 문학은 절대적이다. 상상력이 바로 문학의 힘이다.

문학은 "구체적 보편"(concrete universal)을 추구한다. 아리스토텔레스는

『시학』에서 인문학의 3대 축인 문학, 역사, 철학을 비교하며 문학은 구체적 사건을 다루는 '역사'와도 다르고 추상적 보편성을 취급하는 '철학'과 다르다고 지적하면서 문학의 우위를 논한다. 문학은 일어날 수 있는 보편성을 가진 있음직한(plausible) 사건을 다룬다. 이러한 문학이 비극 장르에 투영될 경우 주인공의 비극적 종말을 통해 '긍휼과 두려움'을 느껴 마음의 카타르시스에 이르는 정서적 순화의 기능을 완수하기도 한다. 문학은 우리들에게 일어날 수 있는 구체적 사건을 다루면서도 궁극적으로는 보편적인 것을 지향한다. 보편적이란 말은 모든 시대와 지역의 인간들에게 공통적으로 일어날 수 있는 것을 말한다. 이렇게 문학은 다른 독특한 분야의 학문과는 달리 일반적이고도 보편적인 것을 목표로 삼는 것이 특징이다.

공자는 『논어』에서 시 배우기를 게을리하는 제자들을 질책하며 시의 효용을 다음과 같이 말하고 있다.

> "자네들은 어찌하여 시를 배우지 아니하는가? 시는 감흥을 불러일으킬 수 있으며, 풍속의 성쇠를 살필 수 있게 하며, 사람과 잘 어울릴 수 있게 하며, 윗사람의 잘못을 풍자할 수 있으며, 가까이는 부모를 섬기는 도리가 있고 멀리는 임금을 섬기는 도리가 있으며, 새와 짐승과 초목의 이름을 많이 알게 해준다."

여기서 공자는 "문학"이 인간 생활에서 여러 가지 일반적인 역할과 보편적인 기능을 가진다고 말하고 있다. 나아가 공자는 『논어』의 「위정」편에서 『시경』을 "사무사"(思無邪)라는 한마디로 다음과 같이 요약한다.

> 시 삼백 편을 한마디로 뭉뚱그린다면 그것은
> 생각에 사특함이 없다는 것이다.

이런 지적은 위의 아리스토텔레스의 문학의 기능을 "카타르시스"(정화,

배설)에 두고 있는 것과도 무관치 않다. 공자는 『논어』의 다른 곳에서 제자들에게 "시를 배웠느냐?" 물었다. "아직 배우지 못했습니다"라고 대답하니, 공자는 "시를 배우지 아니하면 말을 할 수 없다"고까지 지적하였다. 문학은 이렇게 우리가 일상적으로 살아가는 필수적인 수단이다. 소통의 도구인 언어생활을 위해서도 문학을 배울 수밖에 없다. 결국 언어와 문학은 인간들 사이의 "구체적 보편"의 성취를 위한 제도이다. 나아가 이 글에서 다루고자 할 한국문학의 세계화 작업에서도 마찬가지로 가장 중요한 요소는 한국문학이 세계인들에게 수용될 수 있는 "구체적 보편성"의 문제라 할 수 있겠다. 또 다시 문제는 세계 시민주의 시대에 한국문학을 민족과 언어의 경계를 타고 넘어 어떻게 좀 더 세계화하여 궁극적으로 세계문학의 일원으로 당당하게 다가서게 하는 가이다. 여기서 경계를 타고 넘는다는 말은 담장에 걸터앉아 안과 밖의 세계를 바라본다는 뜻이다. 다시 말해 야누스와 같은 경계적 상상력을 가지는 것을 지칭한다.

2. 세계화와 복합문화주의: 세계시민주의를 향하여

삶의 한가운데서 '구체적 보편성'을 지향해야 하는 '문학'은 지금 그 사회적 중요성이 급격히 소멸되고 있다. 문학이 다른 어떤 학문에 비해 인간의 삶과 사회에 보편적 모습과 비전을 가져다준다는 보편성의 신화는 약화되고 있다. 사회, 삶, 문명이 엄청나게 복잡해지고 잡종적이 되어 그 전체적 모습을 재현하기도 어렵다. 문학은 현재 안팎으로 격변에 흔들리고 위기에 처해 있다. 언어적 위기로 인해 문자 문학 자체의 재현 능력도 의심받고 있는 상황에서 고도 동영상과 인터넷 매체 시대에 표현 매체로서의 문자 문학은 점차 (특히 신세대들의) 관심권에서 멀어지고 있다. 또한 신자유주의 등 경제적 효율제일주의 논리는 문학을 오락이나 소비 상품으로 전락시켜 문학 고유의 비판의식도 삼켜버리고 있다. 컴퓨터 등 신과학기술주의는 문학적 글쓰기를 비실용적이고 흥미 없는 작업으로 무력화하고 있다. 그러나 '문학'은 역사적으로 이미 언제나 계속 달라지는 문물 상황 속에서 끊임없이 도전을 받으며 끈질기게 버텨왔다.

세계화는 이 어려운 시대에 문학의 새로운 도전 중 하나로 등장했다. 한국문학의 경우 세계 유일의 분단 상황에서 아직도 그 주체적 지위를 우리 스스로가 마련하지 못했으며 세계화 시대에 세계문학으로서의 구체적 보편성을 획득한 근대문학으로도 인정받지 못한 (소위 노벨상 기준에서) 상황이다. 한국 소설의 예를 들어 한국문학의 보편성 문제를 살펴보자. 우선 한국 소설은 최근에 해외에서 많은 호응을 얻고 있지만 많이 읽히는 외국의 잘된 소설들에 비해 어딘지 모르게 좁고 규격화된 느낌이 든다. 다시 말해 그것은 "구체적 보편성" 결여의 문제이다. 필자는 그 원인을 두 가지로 보고 싶다. 첫째, 도덕적 계몽주의라는 덫이다. 소위 근대화 과정도 제대로 밟지 못한 일제강점기 초기에 갑작스럽게 근대(성)의 장르인 소설을 쓰기 시작한 계몽 지식인 이광수는 치열한 문학에 대한 열정보다는 너무 쉽게 도덕적 계몽 작가가 되어버렸다. 서양에서 근대소설의 발생은 소설이란 장르 내외적으로 근대적 성과의 집적이 종합적으로 이루어진 결과물이다. 그러나 우리의 근대소설은 한국의 전통적인 서사문학과도 대체로 단절된 채 근대화 과정에 대한 역사적 경험도 없이 시작되었다. 따라서 작가들이 자유분방한 도시의 근대적 삶의 풍요로운 문물적 상황을 심도 있게 재현할 수 있는 소설적 훈련이 부족했다고 볼 수도 있다. 좀 과장한다면 우리 작가들은 일제강점기를 거치면서 식민지적 상황에서 이러한 도덕적 계몽주의의 덫을 과감하게 통과하여 넘어서지 못하고 주저앉은 감이 있다.

둘째, 이분법적 이데올로기의 덫이다. 민족상잔의 비극적인 6·25 남북전쟁은 자유민주주의와 공산사회주의라는 흑백논리 중 택일을 강요하는 이데올로기의 피비린내 나는 싸움이었다. 전쟁 이후의 한반도 분단 체제의 장기화는 군사정권으로 이어져 반공 이데올로기로 변질되어 민족 간 지역 간의 갈등과 모순을 보편적인 주제로 승화시키지 못했다. 이런 역사적 맥락에서 볼 때 한국의 소설문학은 그 문학적 상상력을 마음껏 펼치지 못했다고 하겠다. 우리 소설문학은 민족적인 것(특수한 것)과 세계적인 것(보편적인 것)이 아우러지는 "구체적 보편성"의 획득을 크게 성공하지 못했다. 그러나 예를 들어 1993년대 노벨문학상을 받은 미국의 흑인 여성 소설가인 토니 모리슨은 주변부 타자인 흑인 여성의 특수한 문제를 종족 및 성적 차별이라는 인간의 보편적인 문제로 승화시켰다.

서로 다른 문학의 역사와 관습에서 오는 차이를 무시하고 한국 현대 소설을 서구의 표준으로 보아 함량 미달이라고 폄하하는 것은 문제이다. 우리가 서양의 독자들로 하여금 현실적으로 한국 소설들을 집어 들고 읽게 만들기 위해서는 고려하지 않을 수 없는 문제이다. 그러나 특히 1990년대 이후 그리고 2000년도에 들어서서 한국 소설들은 국내외 젊은 작가들에 의해 새로운 방향으로 나아가고 있고, 전 지구화 시대의 외국 독자들도 관심을 가질 만한 보편적 주제가 제시되고 다양한 기법이 사용되고 있다는 것은 주목할 만한 일이다. 세계화와 문화 전쟁 체제로의 내키지 않는 수동적 편입은 우리 문학인들을 더욱 큰 혼란에 빠뜨리고 있다. 이러한 문명사적 전환기에 지금과는 다른 문학의 새로운 패러다임을 개발해야 한다. 이 문화 전쟁과 문학의 위기라는 이중고를 우리는 21세기 한국문학에서 어떻게 타고 넘어 갈 것인가?

우리는 그동안 소위 '단일'민족 이데올로기에 너무 집착해온 것이 아닌가? 과연 우리 민족은 단일민족이었던가? 한반도에는 어떤 공통어 문화와 공동체적 정체성이 있는 것은 사실이지만 삼국시대만 하더라도 얼마나 다양한 시대였던가. 중국, 북방과 폭넓은 교류가 있었던 고구려와 발해는 말할 것도 없고 신라의 동남아 국가들과의 교류, 백제의 중국 송나라와의 교류, 일본과의 교류 등이 있지 않았던가? 고려 시대는 몽고족 등 북방제국들의 끊임없는 침공과 불교의 도입과 함께 서구 중세와 같이 이국에 대한 호기심과 활발한 국제무역이 성행했다. 고려 시대와 조선 시대 여러 차례의 외침(外侵)으로 우리가 종족적 순수성을 얼마나 지킬 수 있었는지 의심스럽다. 그럼에도 우리가 단일민족이라는 의식을 첨예하게 가지고 있었을까? 더욱이 단일민족 신화는 일제의 한반도 침략이 노골화되기 시작할 때 독립운동과 저항운동의 필요에 의해서 단일민족 이데올로기를 만들어냈다는 가설도 있다.

우리가 민족주의를 내세우는 것도 결국 우리가 외세 속에서 우리만의 정체성을 가지지 못하는 불안 속에서 나온 징후일 것이다. 그러면서 민족이나 민족문학에 대하여 우리 모두가 공감하는 체계도 만들어내지 못하고 지금에 이르렀다. 이제는 우리의 민족문학과 민족문화 이론 수립에 있어서 새로운 전략을 수립할 때가 되었다. 차이 속에서 의미는 발생하고 타자들과의 관계 속에서 우리의 정체성이 창출되기 때문에 우리는 우리와는 다른 다양한 가치들을 섭렵하는 세계화 과정을 수행하면서 동시에 주체화 과정을 동시에 이루어내어야 하는 이른바 세방화(世方化, glocalization)이중적 과업을 떠안게 되었다. 폐쇄적 '단일'은 이제 미덕이 아니고 악덕이 될 수도 있다. 개방적 '융복합'은 새로운 가치가 되고 있다.

'복합다문화주의'에는 한 나라 안에서 모든 사람들이 평등하게 창조되고 구조화하지 않았다는 통찰력이 있다. 점점 복합문화사회가 되어가고 있는 한국사회에서 우리는 각자 종족, 계급, 성별, 교육 수준, 성적 취향, 나이, 종교, 직업, 결혼 여부, 비만 여부, 장애 유무, 건강 상태 등에 따라 서로 다른 정체성을 가진다. 세계화 과정에서도 우리는 제1세계 국가 시민인가 제3세계 국가 시민인가, 선진 공업국가 시민인가, 개발도상국 국민인가, 식민지배 국가 시민인가, 피식민지 국가 시민인가, 통일국가 시민인가, 분단국가 시민인가 또는 지배적 종교가 불교, 유교, 기독교, 회교 중 무엇인가 등에 따라 자신의 정체성을 얼마든지 달리할 수 있는 것이다. 이렇게 복합적인 문화유형과 전통에 속한 사람들이 어떻게 서로를 이해하고 포용하고 배우면서 같이 문화적으로 다양하게 살아갈 수 있는가는, 서로 다른 문화들이 교류하는 거대한 유목민 또는 대이주의 시대가 될 21세기에 인간 문명의 최대 과제가 될 것이다.

이런 의미에서 한국에서의 복합다문화주의(multiculturalism)는 "다양성의 가치를 핵심 원칙으로 조장하여 모든 문화 그룹들이 존경을 받고 대등하게 취급되어야 한다고 주장하는 사회의 지식 운동"으로 규정된다. 우리가 한국인이 되기 위해서 모두 똑같이 생기고, 행동하고, 말하고, 생각할 필요는 없다. 오히려 우리는 한반도 내 여러 층위의 문화의 차이들 속에서(남-북, 영-호남, 고소득층-저소득층, 남-녀, 노년-청년, 지식인-일반대중, 고학력-저학력 등) 상호 관용, 상호 존경 및 서로의 상생(相生)문화에 대한 지식을 개발하고 이해하는 법을 배워야 한다. 나아가 한반도 안과 밖의 관계에 있어서도 평등과 호혜의 입장에서 다른 나라의 문화를 이해하고 배우는 자세가 필요하다. 지나친 문화적 국수주의나 문화적 사대주의, 과장된 식민지 근대화론이나 식민지 수탈론을 가로질러 타고 넘어가는 것이 식민지 콤플렉스를 진정으로 광정하는 길이 아니겠는가?

3. 국문학을 넘어 한국문학으로

한국문학은 어떤 것이 되어야 할까? 결론부터 말하자면 지금까지 내재적 발전론에 따라 면면이 이어온 민족문학으로서의 '하나의' 문학을 초월하여 세계문학의 대열에 들어서기 위한 '여럿의' 문학이 시도되어야 할 것이다. 그러나 이에 앞서 '국문학'이라는 명칭에 대하여 한마디 있어야 할 것 같다.

'국문학'이라는 말 자체는 서양 중세 시대에 공용어였던 라틴어로 쓴 문학에서 각국의 토속어(민족어)로 분화, 정착되는 과정에서 생겨난 명칭인 국가문학 또는 국민문학(national literature)의 일본식 번안인 '고쿠분카쿠'(國文學)에서 왔다는 것이 거의 정설로 되어 있다. 계보학적 방법론에 따른다면, 우리가 그동안 금지옥엽으로 여기던 민족문학으로서의 국문학이라는 명칭은 민족 주체적이라기보다, 멀게는 서양의 근대문학사에서 온 것이고 가깝게는 일본의 '식민지 근대화'의 결과를 그대로 빌려온 혐의가 짙다. 우리가 그동안 주체적 민족주의의 성채로 간주하던 '국문학'이란 명칭이 오히려 서양추수적이고 일본 식민지 잔재라는 것은 기막힌 아이러니가 아닌가? 시대착오적인 '고쿠분카쿠'라는 명칭을 과감하게 포기하고 21세기에는 '한국문학'(Korean literature)이라는 명칭을 사용해야 한다. (지금은 일본과 중국에서는 물론 서양의 그 어느 나라도 근대 초기에 사용했던 이러한 자폐증적인 문화국수주의적 향수가 강한 '국(민)문학'이라는 명칭을 거의 사용하지 않고 있다.) 이러한 긴급동의는 한국문학이 그 명칭에서부터 서양을 맹목적으로 따르는 추수주의와 식민지 근대화의 가면을 쓴 가엾은 식민주의적 잔재라는 사실을 징후적으로 보여주기 위함이다.

세계화와 복합문화주의 시대에 각 문화 간의 의사소통을 통한 공감과 이해를 성취하는 데도 무엇보다 문학이 가장 효과적이다. 언어라는 걸림돌이 있기는 해도 문학의 교류를 통해 다른 문화의 수용과 변용이 문화의 충돌과 전쟁을 예방해줄 수도 있다. 국경을 초월하는 보편적인 문학은 서로 다른 문화들 간의 이질적인 역사, 철학, 종교, 언어, 관습의 벽을 한번에 무너뜨리지는 못하더라도 조금씩 허무는 데 큰 도움을 줄 것이다. '특수성'과 보편성을 교묘하게 배합하고 있는 문학이 21세기의 복합다문화주의 시대를 이끌어갈 새로운 문화윤리학을 제시해줄 수 있을 것이다.

순수한 단일민족 국가인 한국에도 이제 고도 전자 매체, 통신 설비와 엄청난 다국적 기업의 상품이 몰려들어오고 있으며 우리 상품들도 전 세계로 팔려나가는 세계화 시대에 동참하지 않을 수 없는 상황에 처해 있다. 전통적으로 복합문화적인 성격을 띤 국가들보다 어떤 면에서 단일민족을 미덕으로 믿어온 우리가 다양한 문화 유입에 대한 대응 전략이 미숙할 수도 있다는 점에서 복합문화주의에 대한 논의는 세계화라는 미명하에 외국 문화에 함몰되어가고 있는 우리 자신의 정체성 정립 문제와 관련지어 이루어져야 하며, 아울러 "우리 자신의 문화적 정체성을 잃지 않고 가능하면 얼마나 주체적으로 타자에 가까이 다가갈 수 있는가?"라는 문제를 진지하게 생각해보아야 한다. 진정한 통(通)문화적 또는 상호문화적 대화는 타 문화에 대한 적대감은 물론, 어떤 지배조차도 도모하지 않는 관용에서 나온다. 나아가 우리 문화의 담장에 걸터앉아 안 밖 양쪽을 바라보면서 여러 문물의 교류와 이동을 통해 자신의 변모와 자신의 영역을 확장시켜나가는 것이 세계화 시대에 복합문화주의를 통해 이룩할 수 있는 우리의 적극적인 삶의 방식이 될 것이다.

문화적 순수주의는 일종의 강박적 유일 문화주의이다. 자신의 문화 속에서만 자신의 문화 정체성을 수립하고자 하는 것은 자폐증적 식민지 콤플렉스이다. 정체성은 타자를 통해서 이루어진다. 각 문화는 잡종적이고 다양하고 복합적인 양상 속에서 자체의 자리매김을 가져야 할 것이다. 우리의 문화주체성은 이제 세방화(世方化)의 모순과 갈등 속에 있다. 이런 문화 속에서 문학은 탄력성과 경쟁력을 가질 수 있다. 다시 말해 특수성을 가진 우리 문학의 보편화를 서둘러야 한다. 이질 문화, 타자 문화, 외래 문화를 탄력적으로 받아들이고 적절히 소화시켜 문화적으로 잡종적이고 혼성적이어야 한다. 우리는 모두 서로 섞이고 서로를 침투하고 서로에게 의존하며 혼합되어 있다. 평화적으로 동시에 역동적으로 우리의 문화를 잡종화하는 것이 21세기 새로운 문학의 도전이며 책무이다.

4. 나가며: 한국문학의 세계화를 위한 몇 가지 방안

21세기를 맞이하는 현 단계에서 중차대한 문제는 한국문학에 어떻게 세계시민주의를 실질적으로 개입시킬 것인가이다. 세계시민주의의 목적은 다양화, 다변화, 지방화, 세계화이다. 이를 위해서는 다음과 같은 몇 가지 작업이 필요하다. 첫째, 한반도에서 고대, 중세, 근세에 생산된 구비문학, 한문문학, 한글문학을 모두 한국문학에 포함시켜 한국문학의 영역을 통시적으로 확대하는 것이 필요하다. 또한 한국 고전문학의 확장과 소개를 위하여 현대 한국어로의 활발한 번역 작업이 필요하다. 이렇게 함으로써 21세기 젊은 세대들이 한국 고전문학에 쉽게 접근할 수 있게 될 것이며 그것을 새로운 문학 창출의 토양으로 만들 수도 있을 것이다. 둘째, 우리 동시대 문학의 확장을 위해서 시, 소설, 희곡, 수필, 아동문학, 비평의 장르뿐만 아니라 지금까지 주변 장르로 간주되던 편지, 전기, 기행, 일기, 콩트, 논픽션, 르포, 만화, 설교 등도 주류 장르에 편입시키는 것이 필요하다. 그동안 몇 가지로 공식화된 문학 장르의 예술성, 독창성, 자족성을 가치화하여 일부 엘리트만이 참여하던 문학의 생산구조를 바꾸는 것도 필요하다. 일정한 수준을 강요하는 엘리트 문학이 아닌 좀 더 많은 사람들이 '글쓰기'에 참여할 수 있는 생활 문학의 논리도 개발해야 한다. 이와 아울러 순수 장르만이 아닌 장르 간의 해체, 혼합, 확산이 시도될 수 있는 잡종 문학도 필요하다.

셋째, 성별이나 계급의 측면에서 주변부 문학의 활성화가 필요하다. 성적 취향에 따른 이성애 문학만이 아닌 동성애(게이, 레즈비언) 문학은 물론이고 요즈음 엄청나게 이미 확대되어 있는 여성 문학, 그리고 신세대 문학, 청소년 문학, 노동자 문학, 노인 문학, 장애인 문학 그리고 이주민 문학 등의 활성화가 필요하다. 넷째, 공간적인 면에서의 확산도 바람직하다. 서울 중심의 문학 외에도 지방색(local color)이 건전하게 드러나는 향토문학은 물론, 중국, 일본, 미국, 러시아 등 세계 각국에 퍼져 살고 있는 이민 세대들의 해외동포 문학, 디아스포라 문학, 이민 문학도 활성화하고 국내에 소개되는 것이 필요하다. 이민 문학의 양성은 소수민족으로 해외에서 살고 있는 이들의 생활상을 통해 그 지역 국민들에게 '한국'의 문화를 알릴 수 있는 좋은 계기가 될 것이며, 국내의 한국민들이 그들의 삶과 생활을 이해하여 동포 간 서로를 이해하고 교류하는 데 큰 힘이 될 것이기 때문이다. 전 세계의 10대 언어권으로 올라선 한글로 된 문학의 범세계적 가능성은 무한하다. 미국, 일본, 러시아, 중국의 언어로 문학작품을 생산하는 한국계 작가들의 한국적 감수성도 한국문학의 지평을 넓히는 데 중요한 요소가 될 것이다.

다섯째로, 시급한 문제는 반세기 이상을 분단 상태로 나누어진 남한 문학과 북한 문학의 화합 문제이다. 한반도 문학의 궁극적인 정체성 수립을 위해 하루 빨리 통일이 되어 남북한 문학을 한 자리에서 논의할 통일 문학이 필요하다. 나아가 한반도 문학(남북한 문학)을 같은 문화권인 비교문학적 시각에서 그리고 동아시아에서의 상관관계를 조명해보는 것도 필요하다. 여섯째로, 우리에게 남는 과제는 고전문학을 포함하는 한국 현대문학의 세계화이다. 이를 위해서는 훌륭한 작품의 선정과 양질의 번역이 동시에 이루어져야 한다. 다품종 소량 번역보다 소품종 다량 번역이 필요한 이유는 좋은 작품을 소수 선정하여 최고의 번역으로 세계 각처에 다량 보급하여 세계인들의 문학적 취향을 한국화하는 데 있다. 번역만 잘한다고 한국문학이 세계화가 되는 것이 아니고 한국문학 자체가 한반도 삶의 구체성과 특수성을 내면화하는 동시에 세계인들이 감동할 수 있는 보편성을 가지는 일반문학 또는 세계문학으로서의 자격을 갖추어야 할 것이기 때문이다. 이것이 민족문학을 가로질러 세계문학에 이르는 길이다. 한국문학의 세계화를 위해서 번역된 한국문학작품들을 전 세계 네티즌들이 쉽게 볼 수 있게 인터넷 홈페이지를 통해 사이버 공간에 띄울 수도 있겠다. IT 강국답게 고도의 동영상 매체와 절합된 한국문학의 새로운 경지 개발은 한국문학의 해외 확장뿐 아니라 장기적으로는 문자 문학이 살아남기 위한 효과적인 전략이 될 수도 있을 것이다.

이제부터 현 단계에서 효율적인 작품 선정 문제를 간략히 논의해보자. 해외에 소개될 작품을 선정할 때는 우리끼리만 좋다고 생각하는 작품보다는 당연히 무엇보다 해외(특히 서구) 독자들이 관심을 가질 만한 작품을 선정하는 것이 좋겠다. 그렇게 하려면 투명하고 공정한 상설 선정위원회를 구성하여 한국 고전문학, 근대문학, 60~70년대 문학, 90년대 및 우리 시대 문학들을 총망라하여 문단의 연고주의를 과감하게 버리고 내적으로 문학적 성취와 역량을 가지고 있고 외적으로 광범위한 시장조사 등을 통하여 해외 독자들의 취향까지도 감안하여 선정해야 한다. 이런 상설 선정위원회에는 해외의 영향력 있는 평론가, 번역자, 그리고 출판인들도 포함시키고 미국, 일본, 중국, 유럽, 러시아, 호주 등의 해외동포 작가들도 포함시킬 수 있을 것이다. 또 한국문학번역원이 개최하는 한국문학 국제 심포지엄을 서울뿐 아니라 세계 주요 도시에서 수시로 개최하는 문화 외교 활동을 통해 세계인들에게 한국문학에 대한 관심을 고조시키는 것도 중요하다. 그리고 무엇보다도 세계시민주의 시대에 '번역'의 중요성이 지속적으로 재인식되어야 하고 국내외에서 한국문학에 관심을 가진 외국인들과 교포들을 포함한 젊고 유능한 번역가들을 훈련시켜야 한다. 해외 각지의 유수 대학이나 기관에 한국문학을 포함한 한국학과 한국문화를 소개하는 데 대한 정부 차원의 관심과 지속적인 노력 그리고 성의 있는 투자가 절대적으로 필요하다. 한국문인협회와 국제 펜클럽 한국본부가 문화체육관광부와 협력하여 전 세계로 배포될『현대 한국문학』(Korean Literature Today)지 같은 계간지를 창간하는 것도 필요하다. 이 국제적인 잡지를 위해 "구체적 보편"의 기준에 따라 선정작품의 질을 더 높여 공정성을 확보하고 외국학자들이나 독자들의 한국문학에 대한 평론, 연구논문, 서평, 독후감도 게재하는 등 전방위적인 전략이 한국문학 세계화를 위한 구체적이고도 바람직한 방책이 될 것이다.

5장 『世界文學小史』 다시 읽기
— 조용만의 세계문학사 서술 전략과 내용

1. 들어가며

　필자는 대학원 재학 시절이던 1974년 2월 초 조용만 선생이 지은『세계문학소사』(박영사, 1974년 1월 20일 초판 발행)를 일독한 바 있었다. 그 당시 기억으로는 문고판의 작은 책이지만 작가, 번역가 그리고 영문학을 전공하신 교수 한 사람이 방대한 세계문학을 섭렵하고 이렇게 짧고 요령 있게 정리할 수 있을까 하고 감탄하였다. 그 후 40년이 지난 후 이제야 비로소 다시 "세계문학"에 새롭게 관심을 가지고 다시 꺼내 읽어보았다. 물론 젊은 시절 읽었을 때 보지 못했던 세계문학의 역사에 대한 이 작은 책의 한계와 문제점이 눈에 많이 띄었으나 아직도 국내에서 국내 학자의 이름으로 본격적인 세계문학사가 나오지 못하고 있는 상태에서 이 책은 아직도 상당한 장점과 미덕이 있음을 부정할 수 없었다. 국내에서는 이제야 세계문학 담론에 관한 논의가 시작되었지만 해방 후 단행본 기준으로 세계문학에 관한 이론적 논구는 여럿 있었다. 백철, 조용만, 백낙청, 조동일, 윤지관, 박성창, 김혜니 등에 의해 이루어졌고 이 주제로 약간의 번역물도 있었지만 본격적인 세계문학사는 아직 나오지 않았다. 이에 필자는 새로 출발한다는 의미에서 조용만 선생의 문고판『세계문학소사』를 다시 꺼내 그의 세계문학사 기술의 원칙과 전략을 살펴보고자 한다.

저자 조용만(趙容萬, 1909~1995)은 이 책의 「소서」(小序)에서 이 책을 쓰는 배경을 "세계 일가(一家)라는 말을 오늘날 우리들은 절실하게 피부로 느끼게 되었다. … 이만큼 세계는 좁아졌고 세계 한 모퉁이에서 일어난 일의 파문이 지체 없이 우리들의 생활에 영향을 주고 있다"(3쪽)고 전제하고 1970년대 초에 이미 지구마을 시대의 도래를 언명한다. 이에 우리는 이웃 세계에 대해 더 잘 알 필요가 있게 되었다는 것이다. 저자는 이 책의 목적을 다음과 같이 진술하고 있다.

> 우리들은 지금까지 등한히 여겨왔던 다른 나라의 일에 대해서, 좀 더 자세히 알고 있어야 할 때가 왔다. 세계의 모든 나라에 대해서는 일이 거추장스러워지므로 위선 굵직굵직한 강대국에 대해서는 어느 정도로 그들의 문화라든지, 민족성이라든지, 역사의 내력을 좀 더 자세히 알아야겠다. 그리고 그것에 손쉽게 통달하는 길은 그들의 정신적 소산인 문학작품을 읽는 것밖에 없다고 생각한다. 딱딱한 역사책보다는 그들이 어떻게 살아왔고, 무엇을 생각하고 있는가를 좀 더 구체적으로 우리들에게 알려주는 것은 그들이 낳은 문학적 업적이 제일이라고 생각한다. 이리하여 이 책은 대단히 간략하나마 동서양을 통털은 세계 각국의 문학사를 한눈에 알 수 있도록 써본 것이다. 위선 그 길을 안내하는 입문서라도 될까 해서 써본 것이다. (3쪽)

저자는 이 책을 학술적 엄밀성을 가진 방대한 저서로 꾸미는 대신 "입문서"로 만들고자 하여 책 이름도 "小史"(작은 역사)라 불렀다. 작은 문고판에 전 세계의 다양한 문학들을 고대로부터 현재에 이르기까지 기술한다는 것은 엄청난 선택과 집중의 기술이 필요할 것이다.

이 책의 차례를 일별해보자. 우선 대부분의 서양인들이 쓴 세계문학사와는 달리 동양문학부터 시작된다. 제1편인 동양문학 개관에는 중국, 인도, 일본, 그리고 한국이 포함되어 있다. 한국인인 조용만이 쓴 책이니까 당연히 한국이 포함되었을 것이지만 매우 이채롭다. 제2편인 서양문학 개관에는 고

대부터 그리스 문학과 헤브라이 문학을 출발점으로 하여 중세, 르네상스, 고전주의, 18세기, 19세기, 20세기 문학에 관한 설명이 있고 각 시대는 다시 국가별로 기술되고 있다. 이렇게 큰 나라 중심으로 전개시키다 보니 동양과 유럽 중심이 되어, 아프리카나 남미, 그리고 오세아니아는 빠졌다. 같은 동양에서도 중동과 동남아 지역 국가들은 생략되었고 유럽에서도 동구 등 소국가들은 누락되었다. 아쉽지만 문고판의 분량으로는 모든 것을 다 포함시킬 수 없었으리라. 이제부터 각 국가별로 들여다보도록 하자.

2. 본론: 동양문학

1) 중국 문학

저자 조용만은 중국 문학사를 시작하면서 중국 문학의 기원을 설명한 후 중국 최고(最古)의 시로 공자가 이전 수천 년 시대부터 전해오는 3000여 수의 노래 중 305편을 직접 골라 편찬한『시경』(詩經)을 꼽았다. 그는 시경을 구성하고 있는 풍(風), 아(雅), 송(頌)의 세 종류를 분류하고 풍은 "연애와 결혼에 관한 시가 많고 난리 때문에 위정자를 풍자하고, 병역의 고통을 술하여 민중의 소리가 든 소박한 노래"라 불렀다. 아와 송은 "귀족 생활을 반영하여 제사, 향연, 연회, 사냥 등의 노래가 많다.『시경』은 크게 보아 "민간가요"와 "귀족가요"와 "시인의 창작"(10쪽)으로 구성되어 있다.『시경』은 후에 중국 문학의 경전이 되었으며 시의 효용을 "사무사"(思無邪)로 보아 시를 중요시한 공자에 의해 유교의 경전 중에 하나가 되었다. 조용만은『시경』의 특징을 중국 문학사적 측면에서 다음과 같이 설명하였다.

> 북방 황하 유역의 문학의 대표작이 되는「시경」의 시풍은 자연의 혜택을 못 입은 풍토의 노래로서 현실적인 제재를 온화한 감정과 소박한 사구(詞句)로 표현하였음에 반하여, 초사(楚辭)는 자연의 혜택을 입은 남방의 노래

답게 공상적이고 화려신선하고 정열적이었다. 이것은 물론 위대한 우수 시인 굴원(屈原)의 예술적 천분에 힘입음이 많지만, 한쪽으로는 남방 초지(楚地)의 풍토와 종교적 정열에 불타는 초인의 성격 때문인 것이다. (12쪽)

저자는 당(唐)의 문학을 논하면서 "당은 남북 양조의 문화를 통합하고 정치 경제로부터 학문, 종교, 음악 등 모든 부문에 정비를 가하였을 뿐 아니라 인도와 서역의 문화까지 취급하여 동양 문화의 정화(精華)를 개화시켜놓았다"(19쪽)고 언명한다. 그는 당대의 300년을 "시의 황금시대"(20쪽)라고 부르면서 그 이유를 다음과 같이 설명하고 있다.

당 시대에 시가 융창한 이유로서 관리의 채용 시험에 시를 과하였다는 사실을 들고 있지만 그것보다도 근본적으로 당대에 시가 흥융한 원인은 국운의 융성과 국민 사기의 왕성과, 제반 문화의 융창을 들 수 있다. 다음 원인으로 한위 이래로 문은 쇠운에 들었고, 시만이 육조와 수를 계승하여 문인의 의력이 시에 집중되었기 때문이었다. 즉, 당대에 이르러 천재 시인이 배출되었기 때문인 것이다. (20쪽)

송(宋), 원(元), 명(明), 청(淸)나라를 건너뛰고 20세기로 넘어오자. 청조가 멸망하고 중화민국이 성립된 것이 1912년이지만 문학 혁명이 성공한 것은 1917년 전후였다. 현대 중국 문학을 일으키고 확립한 사람은 조용만의 견해에 따르면 노신(魯迅, 1885~1936)이다. 특히 노신의 대표작의 하나인『광인일기』(1918)에 대한 저자의 말을 들어보자.

「광인일기」는 노신의 처녀작인 동시에 중국 신문학의 최초의 걸작이었다. 광인의 일기로 하여 4천 년 내의 유교의 예의 도덕의 압력으로 광인이 된 주인공의 눈을 통해서 전통에 대한 항의를 한 것이 이 소설의 주제다. 문장이 날카롭고 간결하여, 내용의 혁신에까지 이르지 못했던 당시의 문학계에 있어서, 낡은 미학과 정신을 부정하고 국민문학의 실질을 갖추고 나타난 점에

큰 의의가 있었다. 구문학의 영향 밑에 자라서 그것에 저항하면서 자기 형
성을 수행한 노신은 전통의 압력을 내면화하고 피나는 절실한 소리로 변형
시켜서 독자 앞에 던져본 것이다. (40쪽)

저자는 그 후 1921년에 발표된 노신의 소설 『아큐장전』(阿Q正傳)을 중국
근대문학의 대표작으로 평가하였다. 조용만의 중국 문학론은 중일전쟁의
항일 문학에서 그치고 해방 이후의 공산권 중국 문학에 관해서는 언급을 하
지 않았다.

2) 인도 문학과 일본 문학

조용만은 종교적으로 언어적으로 매우 다양한 인도 문학에 관해서는 12
여 쪽의 분량만 할애하여 비교적 짧게 쓰고 있다. 그는 총론에서 인도 문학
을 다음과 같이 개괄하고 있다.

> 인도의 문학은 그 언어의 종류가 많고, 사상적 배경을 이룬 종교가 단일
> 하지 않은 점에서 다른 나라 문학과 크게 의취를 달리하고 있다.
> 언어상으로 볼 때에 인도의 문학을 인도 · 유럽계와 트라비아어계로 대별
> 할 수 있는데, 인도 · 유럽어계 문학은 연대적으로 고대와 중세의 산스크리
> 트 문학과, 근대의 각종 방언 문학으로 나눌 수 있고, 트라비어어계 문학은
> 수종의 방언 문학으로 나눌 수 있는데, 고대의 방언 문학은 알려지지 않고
> 있다.
> 종교 방면으로 본다면 최고의 베다 문학은 파라몬교를 배경으로 하고, 중
> 고의 고전 산스크리트 문학은 힌두교를 배경으로 하고 있다. 근세의 문학은
> 주로 힌두교를 배경으로 하고 있고, 현대문학은 그리스도교적인 유럽 문학
> 의 영향을 받고 있다.
> 이와 동시에 프라크리트어로 쓴 불교문학과, 자이나교의 종교문학도 있
> 고, 근세에 와서 이슬람교 문학도 있으나 너무 번잡하므로 여기서는 생략하
> 기로 하는데, 보통 인도 문학은 고대, 중고, 근대로 삼분하고 있으나 이 같

은 언어와 종교를 고려할 때에 더욱 세분할 수 있다. (44쪽)

여기서는 일제 식민 지배하에서 우리에게 큰 영향을 끼친 라빈드라나드 타고르(Rabindranath Tagore, 1861~1941)에 대한 저자의 언급만을 소개하고자 한다. 타고르는 1921년에 아시아에서는 처음으로 노벨문학상을 받았고 근대 벵골 문학을 대표하는 작가였다.

> 그는 부유한 가정에 출생하였고 아버지는 유명한 종교사상가이었다. 어려서부터 전통적인 인도 고유의 종교문학에 친해짐과 동시에 진보적인 부친의 사상의 영향도 받았다. 일찍부터 영국에 가서 공부했고, 유럽을 순방해서 동서 문화를 깊이 이해하였다. 서정시인으로서 이름을 인도에 떨쳤고, 모어인 벵골어뿐만 아니라 영어로도 많은 시, 소설을 발표하였다. 서정시집 『기탄잘리』(*Gitanjali*, 1912)를 영문으로 발표하자 유럽 문단에 인정되어서 1913년도의 노벨문학상을 받게 되었다. 그의 종교, 철학, 교회, 사회문제에 관한 사상은 현대 인도의 사상과 문학에 큰 영향을 주었다. 1900년에 '샨치니케단'에 평화학당을 설치하고, 1921년에는 대학을 창설하여 교육에 크게 힘썼다.
> 그의 작품으로 주요한 것에 시집 『원정』(1913), 희곡에 「치트란가다」(Chitrangada, 1916), 「우체국」(1916), 그리고 산문 소설에 『고라』(*Gora*, 1901), 『가정과 세계』(1916) 등이 있다. (55~56쪽)

조용만은 일본 문학의 개관을 위해서 인도 문학 개관보다 다소 많은 15쪽 분량을 할애하였다(57~81쪽). 여기서는 일본 근대문학의 특징에 관해서만 그의 말을 들어보자. 그는 일본의 근대문학에 대해 명치 시대의 중반부터 나타난 것으로 그 이전과 다른 문학이라고 규정짓고 있다.

> 첫째로 문학의 작가가 다른 사람, 다른 계급으로 바뀐 것이다. 사회적 지위가 낮은 사람들로부터 서양문학을 연구한 지식 계급이 새로운 문학의 일군으로 등장한 것이다.

이들은 먼저 서양문학을 연구하고, 이것을 수입하였는데, 새로운 문학은 새로운 문체를 필요로 하므로 위선 언문일치 운동부터 일어났다. 즉, 딱딱한 문어체에서 부드러운 구어체로 바뀌어진 것이다.

다음 독자층도 부녀자와 서민계급으로부터 지식계급으로 바뀌고, 작자와 독자가 대등한 지위에 서게 되었다. 교양 있는 작자들은 문단을 형성해서 상호 교류를 하게 되고, 문학의 사회적 위치를 높였다.

종래는 화가가 문학의 주도적 지위를 점하였으나, 이것이 서양문학의 수입과 함께 소설로 바뀌고, 근대의 소설이 권선징악적이었던 것이 새로운 근대 예술 이론에 따라서 변하게 되었다. (71쪽)

그러나 일본 근대문학이 우리 근대문학에도 많은 영향을 준 것으로 알려져 있지만 여기서는 그러한 비교문학적인 언급이 전혀 언급되지 않은 것이 아쉽다.

3) 한국문학 개관

이 작은 문고판 『세계문학소사』에서 조용만은 앞서도 언급했듯이 한국문학에 관해 30쪽 분량의 많은 지면을 할애하고 있다(82~111쪽). 필자로서도 이 부분에 가장 관심을 가지고 있다. 조용만이 이 책이 출간된 1974년의 시점에서 세계문학사적 맥락에서 한국문학을 어떻게 논의하고 있는지가 자못 궁금하기 때문이다. 저자는 우리나라 소설의 시초를 논하는 자리에서 그 시발점을 고려 시대에 발간된 『삼국유사』와 『삼국사기』에서 찾고 있다.

우리나라의 소설의 시초를 찾는다면 「삼국사기」나 「삼국유사」에서 많이 뽑을 수 있는데, 거기에는 건국의 신비를 나타낸 이야기, 조상의 무용을 자랑한 이야기, 자애의 갈등이라든지, 정치의 풍자를 그린 이야기 등 가지각색의 이야기가 많다. 「삼국사기」에 나오는 바보 온달의 이야기, 「삼국유사」에 나오는 「조신낙산몽」 같은 것은 영국에 있어서 초오서의 「캔터베리 이야

기」나 이탈리아의 복카치오의 「데카메론」 속에 나오는 짧은 이야기에 못지
않은 재미있는 이야기이다. (88쪽)

저자는 한국 고전소설 가운데 최고의 걸작으로 18세기 이조 후기에 형성
된『춘향전』을 내세운다.

> 「춘향전」은 작자 미상인데 우리나라 고대 소설 중의 걸작임에는 틀림없
> 다. 대중은 물론 상류계급에도 널리 애독된 소설에 이 춘향전을 따를 것이
> 없고, 자유연애를 제창한 것이라든지 봉건제도를 타파하고 사민평등의 민
> 주주의 사상을 제창한 점, 탐관오리를 응징하고 부정불의를 격감시킨 점 등
> 에서 고대소설 중에 가장 뛰어난 작품이었다고 하지 않을 수 없고, 지금까
> 지도 일반대중의 절대적인 지지를 받고 있다. (90쪽)

조용만은 "한국문학의 세계성"에 관해 논하는 자리에서도 한국문학의 최
대 걸작인『춘향전』을 번역 문제와 관련하여 다시 논하고 있다.

> 우리의 보는 바로서는 「춘향전」이 걸작인 까닭은 영국의 사용극이 말 한
> 마디마다 격언으로 되었듯이 그 홍청대고 멋있는 문장과 조사의 아름다움
> 에 있고, 둘째로는 도처에 넘쳐흐르는 위트와 유우머의 장면 전개에 있고,
> 셋째로는 양반이라는 특권층의 횡포와 이에 대한 서민층의 반항을 그린 사
> 회적 의미에 있다고 생각한다. 이리하여 우리나라의 수많은 소설 중에서 단
> 연 첫손가락을 꼽아야 할 최대의 소설임에 틀림없지만, 이것은 우리들 사이
> 에만 통용되는 이야기이고, 외국 사람에게는 통용되지 않는다. 문장, 조사
> 의 미를 그대로 번역할 수도 없고, 번역한다고 해서 우리가 느끼듯이 그들
> 이 느낄는지도 의문이다. 유우머와 위트의 장면일지라도 우리에게는 그 장
> 면이 몹시 우습게 보이고, 재치있게 느껴질지 모르지만 풍속, 습관을 달
> 리한 그들에게도 우리와 똑같이 어필될는지 또한 의문이다. (108~109쪽)

저자는 여기에서 한국문학을 세계문학의 반열에 올려놓기 위해서는 번역

작업이 필수적인데 한국문학 특히 고전문학의 순수 한국적인 특성들이 번역을 통해 잘 전달될 수 있을지를 우려하고 있다. 그러나 이 문제는 이 책이 간행된 1974년 초의 시점과 40년이 지난 지금에는 많은 부분 해소되고 있다고 보아도 무방할 것이다. 능력 있고 경험 많은 한국 고전 전문 번역가들이 한국문학번역원 등을 통해 내국인뿐 아니라 외국인들도 서서히 늘어나고 있기 때문이다.

조용만은 한국 "근대문학의 별견"에서 우리나라 신문학 운동에서 "잡지 『소년』이 창간된 1908년부터 잡지 『청춘』이 폐간된 1917년까지의 10년동안을 육당, 춘원 두 사람의 문단 시대"(92쪽)라고 부르면서 최남선은 신시 운동으로 이광수는 신소설 운동으로 육당 최남선과 춘원의 역할을 높이 평가하고 있다. 이광수는 "우리나라 근대소설의 개척자"로 그의 소설 『무정』은 "우리나라 최초의 근대적 장편소설"로 "문장이 언문일치로 되었고 내용이 새롭고 성격 묘사가 생생하여서 우리나라에서 처음 보는 근대소설"(92쪽)이었다고 술회하고 있다.

조용만은 "한국문학의 특질"을 "우리나라 문학이 외국 사람들에게 이해될 수 있는 국제성 또는 세계성"의 유무의 견지에서 논하고 있다. 저자는 우리나라 문학의 주류를 시조(時調)가 있음에도 불구하고 소설을 잡으며 그 특징들을 논한다. 첫째로 우리나라 말의 뉘앙스(맛)가 중국과도 다르며 서구와는 판이하게 다르다는 점이다. 두 번째로 우리나라 소설의 문체에 있어서도 18세기 영국 근대소설이나 현대소설과 매우 다르다. 그는 "우리나라의 이야기책이 목침을 베고 누워서 낭랑한 육성으로 낭독하게 되어" 있어서 "산문이 아니라 시나 노래의 형식"을 가지고 있는 일종의 산문시의 형식을 가진 것으로 보고 있다. 한국 소설은 서구 소설처럼 "묘사"가 아니라 "표현"으로 되어 있어, 『심청전』이나 『춘향전』에서처럼 "우리나라 고대소설의 문장은 자세하게 묘사해서 독자에게 보이는 것이 아니라, 간단한 몇 마디의 말을 암시하여 그 간단한 함축 있는 말을 새기고 씹어서 독자가 제 스스로 느끼고 터득하게 만들었다"(103쪽)는 것이다.

조용만은 "모든 다른 나라 문학과 같이 휴머니티의 옹호와 그 개발 신장을 내용으로 하는" 한국 소설은 내용면에 있어서도 그 특징들을 다음과 같이 개진하고 있다.

> 우리나라 문학의 내용은 우리의 이상주의와 인간적 본능과의 갈등으로 인하여 생기는 반정·풍자·도피의 세 형태를 취하고 있다고 믿는다. 우리의 이상주의란 구체적으로 말하면 봉건적인 가족주의, 충군애국의 국가주의다. 이 같은 우리의 이상과 우리의 인간적 본능 사이에는 필연적으로 충돌과 갈등이 생길 것으로 이 충돌과 갈등으로 인한 반정이 그 첫째이고, 소극적 반정인 풍자가 그 둘째이며, 반항도 풍자도 하기 싫어서 현실로부터 유리해버리는 도피가 그 셋째인데, 우리나라 문학은 이 세 가지를 내용으로 하고 있고, 따라서 우리나라 문학의 특색이 이것이라고 나는 생각한다. 누구나 다 알 수 있는 대표적인 예증으로 「홍길동전」, 「춘향전」, 「전우치전」 등이 그 첫째 예이고, 「콩쥐팥쥐」, 「서동지전」, 「별주부전」, 「홍부전」 같은 것이 그 둘째 예이고, 「구운몽」, 「옥루몽」, 「사씨남정기」 같은 것이 셋째 예이다. (105쪽)

저자가 지적하듯 그 특징은 우리나라 사람들은 "가족주의, 국가주의, 이상주의의 질곡"(105쪽) 속에서 "반항소설", "풍자소설", "도피소설"을 발전시켜왔다.

조용만은 이제부터 본격적으로 한국문학의 세계화 문제에 대해 논의를 시작한다. 과거에 번역 소개된 『춘향전』, 『구운몽』 등의 예를 들면서 작품의 보편성의 문제 그리고 번역 가능성의 문제를 집중적으로 다루었다. 본격적인 번역이든, 번안이든 개작(재창조)이든 서양인에게 『삼국지』나 『수호지』처럼 "재미있는 이야기"를 선택하는 것이 제일 중요하다. 저자는 한국 현대소설 중에서 번역해서 해외에 내보냈을 때 부끄럽지 않을 작품들로는 춘원 이광수, 동인 김동인, 횡보 염상섭, 빙허 현진건, 월탄 박종화 등을 들고 있다. 조용만은 좋은 작품 선정과 좋은 번역의 중요성을 강조하면서 한국문학이 외국 독자들에게 읽혀지기 위한 선행 조건을 다음과 같이 제시하였다.

> 무릇 한 나라 문학이 다른 나라 국민 사이에 애독되기 위해서는 그 나라
> 에 대한 애정이 필요하다. 우리나라의 문학이 서구 사람들에게 이해되고 애
> 독되기 위해서는 우리나라가 먼저 서구 사람한테 애호되어야 한다. 애호된
> 다는 것은 정치, 문화, 도의 등 모든 인간 활동의 분야에 있어서 다른 사람
> 에게 존경과 친근성을 느끼게 하는 것이다. (111쪽)

3. 서양문학의 개관

1) 그리스 문학과 헤브라이 문학

조용만은 제2편 서양문학의 개관을 시작하면서 무엇보다도 서양문학의
근처에 흐르는 2대 사조인 그리스 문학과 헤브라이 문학을 먼저 언급한다.
그는 서양문학 이해의 필수조건으로 그리스 신화와 문학작품에 관해 통달
해야 하고 헤브라이 문학인 성서(Bible)에 대한 광범위한 지식 역시 서양문
학을 이해하기 위한 중요한 선행과업으로 꼽고 있다. 그는 그리스 문학의
창시자를 호메로스(Homer)로 간주하고 두 편의 장편 서사시인『일리아드』
(*Iliad*)와『오디세이』(*Odyssey*)를 세계에서 가장 오래된 최고의 서사시로 평가
했다. 그 후 그리스 문학을 이끌었던 사포(Sappho), 아나크레온, 핀다로스를
논하고 3대 비극시인 아이스킬로스, 소포클레스, 에우리피데스와 희극시인
아리스토파네스도 중요하게 언급하였다.

조용만은 소포클레스의 비극『오이디푸스 왕』을 토대로 쓴 아리스토텔레
스의『시학』을 높이 평가하고 내용을 상세히 소개한 후 다음과 같은 최종 평
가를 내놓았다.

> 그는 물론 위대한 문학이론가이고, 그의 문학론은 지금도 통용될 만한 것

이 많다. 그러나 그는 자기가 출생하기 전에 나온 그리이스의 대시인들의 작품을 연구해 가지고 거기서 이론을 뽑아낸 것이다. 그러므로 그의 이론은 과거에 대한 정리이지 미래에 대한 암시나 시사가 아니다. 뒤에 나온 비평가들이 아리스토텔레스의 법칙을 가지고 모든 문학작품을 저울질하고 재는 표준을 삼으려고 한 것은 잘못이었다. 다만 그의 이론이 오늘날에 있어서도 통용되는 것은 그 이론을 뽑아낸 근본인 그리이스의 작품이 위대하였기 때문이다. 사실 그리이스 문학은 후세에 나올 문학의 모든 싹을 지니고 있는 최초의 문학이었던 것이다. (128쪽)

조용만은 유럽 문화의 두 원류의 또 다른 하나인 헤브라이의 『성서』를 "유대 민족의 사상과 역사와 문학을 담은 한 크나큰 앤솔로지"(129쪽)로 보고 성서가 그리스도교의 성전(聖典)이지만 서양문학 이해의 초석으로 간주하고 있다.

바이블은 얼른 보기에는 아무 질서가 없는 교훈집같이 보이지만 실상은 위에서 말한 웅대한 구상을 가진 문학적 작품이다. 그 속에는 시편이 있고, 욥기 같은 희곡도 있고, 아가 같은 전원시도 있다. 이리하여 나중에 와서 서정시, 서사시, 희곡, 수필로 분화 발전하게 된 모든 문학 형태의 원형을 가지고 있는 것이다. 오늘날의 바이블은 시와 산문과의 구별도 없고 번잡하고 괴상스럽게 장과 절을 나누어서, 문학적으로 음미하는 데 불편하게 되어 있다. 이것은 중세기의 주석하는 학자들이 잘못한 짓이지만, 그래도 우리들은 바이들이 문학작품으로서 우수한 것을 읽어서 알 수 있다.
그중에서 가장 흥미 있는 것으로 구약에서 「욥기」, 「시편」, 「아가」의 셋과, 「창세기」, 「예레미야」, 「애가」, 「잠언」 등을 들 수 있다. (129~130쪽)

저자는 『성서』의 많은 비유들과 표현들이 인류가 발견해낸 최고의 문학적 가치를 지니고 있다고 극찬하고 있다.

2) 중세 르네상스 문학, 신고전주의 문학

조용만은 로마 문학의 논의를 거쳐 중세 문학에서는 단테(Dante, 1265~
1321)의 대표작 『신곡』(*Divina Commedia*)을 논한다. 중세 당시 유럽의 모든
학문어와 문학어는 라틴어였다. 이런 상황에서 평민 출신인 단테가 처음으
로 자신의 모국어인 이탈리아어로 『신곡』을 써냈다. 저자는 이 작품이 근대
이탈리아 언어의 토대가 되었고, 천 년이나 지속되었던 흔히 암흑시대라 불
리었던 서양 중세 문학을 대표하는 최대 걸작이라고 평가한다(140쪽).

르네상스(문예부흥) 시대의 문학을 논하는 자리에서 조용만은 이 시대의
분위기를 다음과 같이 적고 있다.

> 문예부흥 운동의 주조는 인간의 재생, 회생 또는 신생에 있다. 즉 그리스
> 도교가 지배하던 중세기가 모든 것을 신 본위로 해오던 시대라고 하면, 르
> 네상스로 개시된 근대는 인간 본위의 시대, 휴머니즘의 시대라고 할 수 있
> 다. 이 휴머니즘이란 말은 르네상스 사람들이 처음 만들어서 자기들의 표어
> 로 써오던 말이다. 이 시대에 이탈리아에서 써오던 「유마니스모란」 말은 처
> 음에는 그리이스나 이탈리아의 고전을 애호하고 연구하는 태도라는 뜻이었
> 는데, 이것이 차차 각국으로 퍼짐에 따라서 복잡하고 다양한 의미를 가지게
> 되었다. 가령 예를 들면, 이탈리아에서는 지상의 생활을 향락하고 미를 사
> 랑하는 방향으로 전개되었고, 북쪽 유럽에서는 종교개혁을 일으켜서 윤리
> 적인 경향을 띠어온 것과 같은 것이다. (144~145쪽)

르네상스 시대의 대표적인 문인이라면 누구보다도 영국의 극작가 윌리
엄 셰익스피어(1564~1616)이다. 조용만은 셰익스피어의 작품을 "구성이 웅
대하고 상상이 분명하고 기교가 놀라워서 모든 점에 있어서 세계에서 으뜸
가는 작가임에 틀림없다"라고 평가하며 칼라일의 예를 따라 "영문학이 가진
큰 보배"(148쪽)로 보았다. 그는 계속해서 셰익스피어가 후대에 미친 영향
을 다음과 같이 언명하였다.

셰익스피어의 작품은 나중에 독일과 프랑스에 큰 영향을 주어서 두 나라에 낭만주의 정신을 크게 고취시켰는데, 그는 아리스토텔레스의 소위「삼일치」의 원칙을 무시했고, 또 새로운 말을 만들고 묵은 말에 새 의미를 붙이기도 하여 보통 영어의 단어 4천을 1만 5천으로 만들었다. 그리고 작가가 아무리 위대하다고 하여도 그가 창조하는 인물은 많아야 4, 5명밖에 안 되는데, 셰익스피어는 적어도 50명이나 되는 분명한 인물의 성격을 창조하였다. 그중에서도 햄릿, 오델로, 맥베드로부터「베니스의 상인」에 나오는 유대인 샤일록(Shylock),「헨리 4세」에 나오는 폴스타프(Falstaff) 같은 인물들은 분명한 성격을 가지고 우리 앞에 나타나 있다.

독일의 괴테(Goethe, 749~1832)와 실러(Schiller, 1759~1805), 그리고 프랑스의 위고(Hugo, 1802~1885), 러시아의 푸시킨(Pushkin, 1799~1837) 같은 유럽 각국의 일류 작가들이 모두 셰익스피어의 영향을 받았다는 것을 생각할 때 그의 위대한 품을 알 수 있다. (148쪽)

18세기 문학으로 넘어가보자. 여기에서는 조용만의 프랑스의 계몽주의 작가 볼테르(Voltaire, 1694~1778)론을 소개해보자. 볼테르는 젊은 시절 모함에 빠져서 영국으로 도피하여 3년간 머물며 영어를 배우고 아이작 뉴턴을 비롯해 많은 문인 학자들을 만났고 그 결과로 영국 문화 및 작가론인『철학서한』을 내기도 했다.

볼테르는 영국의 철학자 로크(Locke, 1632~1704), 흄(Hume, 1711~1776)을 본받았고, 그의 철학을 프랑스에 소개하였다. 철학뿐만 아니라 문학도 널리 소개하여 영국을 프랑스와 유럽에 알리는 데 힘썼다. 그의 작품으로는「캔디드」(Candide)가 유명한데, 내용은 주인공이 독일에서 남쪽 아메리카까지 여행하면서 여러 가지 모험도 하고 연애도 하는 이야기로서, 풍자와 비판에 차 있다. 더구나 종교에 대해서 몹시 비판적이어서 묵은 종교가 인류의 진보를 방해한다고 말하고 있다. 그는 소설 이외에 시도 썼고, 극작도 남겨놓았다. 그리이스의 오이디프스 전설에서 재료를 취한「에디프」와 로마의 역사 이야기인「브루투스」(Brutus) 등이 있으나 별로 뛰어난 작품은

아니다. (168쪽)

　조용만은 낭만주의 문학에 대한 논의에 앞서 18세기 신고전주의와 19세기 낭만주의 시대를 걸쳐서 산 독일의 대문호이며 근대 독일 문학의 수립자인 볼프강 폰 괴테(Goethe, 1749~1832)를 높이 평가하였다. 비교적 장수했던 괴테는 일생 동안 꾸준히 글을 써서 "서정시, 서사시, 소설, 희극, 밸라드, 오페라, 과학 논문, 문예비평, 자서전 등 문학의 모든 분야"(172쪽)에 걸쳐 있고 이것들을 모두 합치면 120권의 책이 된다. 영국, 독일, 프랑스의 낭만주의 문학에 관한 것보다 여기에서는 19세기 신흥국 미국의 낭만주의에 관해 조용만의 말을 들어보자. 그는 신생 국가 미국이 유럽의 문학 전통에서 벗어나 독자적으로 나간 문인으로 쿠퍼(James Cooper, 1789~1851), 워싱턴 어빙(Irving, 1783~1859), 포(E. A. Poe, 1809~1849), 에머슨(Emerson, 1803~1882), 소로(Thoreau, 1817~1862), 호손(Nathaniel Hawthorne, 1804~1864), 멜빌(Herman Melville, 1819~1891)을 꼽았다. 그는 그중에서도 새로운 사상과 형식으로 미국 시의 아버지인 월트 휘트먼(Walt Whitman, 1819~1892)을 높이 평가했다. 그의 말을 들어보자.

　　휘트먼은 데모크러시의 시인인 동시에 리얼리스트이기도 하다. 그는 가난한 집에서 태어나서 교육도 받지 못하였고, 따라서 서민의 생활을 뼈에 사무치게 알고 있었다. 그는 지금까지 시인들이 시적이 아니라고 하던 것을 시재로 썼다. 그의 대표 시집은 「풀잎」(Leaves of Grass)인데, 이 시집에서 그는 공장이니 기차니 하는, 그전에는 시적이 아니라고 해서 물리치던 것을 노래하였고, 그 시형도 자유시형을 골랐다. 이 때문에 그의 시는 시가 아니라고 비난하였지만 차차 그 진가가 알려져서 지금 와서는 가장 미국적인 시인이라고 칭찬받게 되었다. 그는 개인의 강렬한 자아를 주장하는 동시에, 개인이 동지애로 결합할 것을 주장하였다. (196쪽)

　조용만은 19세기 서양문학을 논하면서 영국, 독일, 프랑스 외 러시아와 주변국들인 북구권, 동구권, 남구권 문학도 언급하였다. 그는 러시아에서는 체호프이나 도스토예프스키(1821~1881), 톨스토이(1828~1910) 등을 논하였다. 여기서는 톨스토이의 후기의 삶과 사상에 대한 그의 견해를 살펴본다.

> 이 두 작품(『전쟁과 평화』와 『안나 카레리나』)을 쓴 뒤에 톨스토이의 사상은 큰 전향을 해서 지금까지의 자기의 반생을 부정하고 그의 앞서 작품의 가치를 부인하였다. 귀족이나 지주의 생활은 모두 거짓이고, 농민대중의 생활이야말로 참된 생활이라고 생각하였다. 이 때문에 재산을 버리고 농민과 같이 생활하려 하였지만 가족들이 반대하여 그는 고민하였다. 이것을 계기로 그의 예술관이 일변해서 예술의 목적이 미를 추구한다는 종래의 사상에서 벗어나서 참된 것과 착한 것, 그중에서도 착한 것을 추구하는 것이 예술의 목적이라고 생각하게 되었다. 작품도 일변해졌고, 그는 농민을 교육시키는 일과 빈민을 구제하는 사업에 열중하였다. 그리스도교를 비판하고, 전쟁과 징병제도를 부인하여 관리의 의심을 받았다.
> 최후로 쓴 것이 「부활」이다. 내용은 청년 시대에 저지른 자신의 과실을 제재로 하여 당시의 관리와 귀족, 지주의 타락을 폭로하고, 감옥제도와 유형의 참혹한 것을 그렸다. 그의 인도주의, 무저항주의 사상은 후세의 작가들에게 큰 감화를 주었다. (220쪽)

조용만은 북구 문학에서는 노르웨이의 입센(1828~1906), 비외른손(Björson, 1832~1910), 스웨덴의 스트린베르히(Strindberg, 1849~1912), 덴마크의 안데르센(1805~1875), 동구권에서는 폴란드의 『쿠오바디스』를 쓴 시엔키에비치(1846~1916), 체코슬로바키아의 차베크(1890~1938), 남구권의 이탈리아의 레오파르디(1798~1837), 만초니(1785~1873), 단눈치오(1863~1938), 피란델로(1867~1936), 스페인의 라몬 데 캄포아모르(1817~1901) 등을 언급하였다.

20세기 서양문학에 대해서 조용만은 국가별로 비교적 다양하게 논의하고 있지만 여기서는 대표적인 몇몇 문인들만을 소개해보자. 프랑스의 소설가 마르셀 프루스트(1871~1922)의 『잃어버린 시간을 찾아서』에 대해 조용만은 다음과 같이 적고 있다.

> 프루스트의 주요한 관심은 철학적으로 말해서 인식론에 있다. 정신이 외계로부터 정보를 얻어 들이고, 진행시키고, 동화시키는 방법을 연구하는 것이다. 이것을 철학자로서가 아니라 소설가로서 추구한 것인데, 그의 생각에 의하면 인간의 경험은 그것이 쾌락이건 고통이건 간에 그것이 일어나는 그 순간에 있어서는 아무런 의미도 없다. 다만 그것을 예기할 때와 추억할 때에 의미가 있다는 것이다. 즉 그런 일들이 생길 것을 예기하고 즐거움을 느끼며, 또 지나간 기억을 되새길 때에 쾌락을 느낀다는 것이다. 이런 심리적인 연상이 프루스트의 방법의 기본이 되어 있다. (243~244쪽)

20세기의 대표적인 독일 소설가로 조용만은 토마스 만(1875~1955)을 높이 평가하였다. 그는 미국 작가들로는 골고루 소개하여 드라이저(Dreiser, 1871~1945), 싱클레어(Upton Sinclair, 1878~1968), 런던(Jack London, 1876~1916), 포크너(William Faulkner, 1897~1962), 스타인벡(John Steinbeck, 1902~1968), 콜드웰(Erskine Caldwell, 1903~1987), 루이스(Sinclair Lewis, 1885~1951), 울프(Thomas Wolfe, 1900~1938), 앤더슨(Sherwood Anderson, 1876~1941), 윌라 캐더(Willa Cather, 1835~1947), 더스 패서스(John Dos Passos, 1896~1970), 거투르트 스타인(Gertrude Stein, 1874~1946), 헤밍웨이(Ernest Hemingway, 1898~1962) 등에 대해 짧지만 요약된 문장으로 이들의 문학의 특성을 밝혀주고 있다. 조용만의 20세기 서양문학에 관한 논의는 대체로 1960년대까지이다.

4. 나가며

한 나라의 문학사를 담기에도 부족한 작은 문고판에서 방대한 세계문학의 역사를 논의한다는 것은 어느 누구에게도 결코 쉬운 일이 아닐 것이다. 더구나 동서고금의 세계문학의 엄청난 양의 수많은 작품들을 일일이 다 읽고 세계문학사를 쓴다는 것도 사실은 자신이 소설가이며 번역가이며 영문학 교수였던 저자 조용만의 말대로 "불가능한 일"(4쪽)임에 틀림없다. 따라서 이 작은 문고판 세계문학사의 문제점은 저자 본인이 고백한 대로 "억지로 간략하게 이 책을 꾸며놓고 보니 어떤 데는 너무 간단하게 지나쳐버렸고, 비교적 장황하게 늘어논 곳도 있어서 선이 고르지 못하고 다소 얼룩진 느낌이 있다. 더구나 동양 네 나라는 서양에 비해 지나치게 간략하게 다룬 혐(嫌)이 없지도 않다."(4쪽)

그러나 앞으로 "동양과 서양의 굵직굵직한 나라들의 문학의 역사적 발전을 얼마나 정확하게 또는 통일성 있게 조감"(4쪽)하기 위해서 몇 가지 아쉬운 소리를 할 수밖에 없다. 2000년대 들어서 구미권이나 국내에서 일부 논의되고 있는 세계문학에 대한 이론적 논의의 수준으로 40년 전에 출간된 이 작은 책을 재단하려 한다면 그것은 너무나 불공평한 일일 것이다. 저자의 말대로 "굵직굵직한 나라들의 문학"을 논하다 보니 전 지구적으로 볼 때 중요하지 않은 대륙과 작은 나라들의 문학이 거의 언급조차 될 수 없었던 점이 가장 아쉬운 점이다. 서양문학의 출발점의 경우도 헤브라이의 성서나 그리스의 호메로스로부터 시작되는 통념도 수정되지 않고 그대로 기술된 점도 문제이다. 기원 3000년 전에 시작된 이집트의 상형문자, 수메르, 아시리아, 바빌로니아의 쐐기문자 문학이 헤브라이 문학과 그리스 문학에 앞설 뿐 아니라 많은 영향을 주었다는 것은 이미 오래전에 밝혀진 바 있기 때문이다.

필자는 여기서 이러한 문제로 이 문고판에 대해 시비를 걸기보다 한국에서 세계문학에 관한 역사서가 작은 책이기는 하나 한국 작가 겸 학자에 의해 처음 발간된 것 자체가 의미 있는 일이라고 생각한다. 그리고 물론 우리나라 사람이 쓴 세계문학사이긴 하지만 한국문학이 중국, 인도, 일본과 더불어 세계문학의 역사에 편입되어 논의된 점도 매우 고무적인 일이다. 앞으로 이 작은 책을 출발점으로 해서 좀 더 확장된 본격적인 세계문학사가 우리의 손에 의해 출간되기를 간절히 기대해본다.

6장 동서고금의 문학들을 전 지구적으로 "연계"(접속)시키기

—『롱맨 세계문학선집』(전6권, 2판, 2009)의 작품 선정과 구성의 원칙

1. 들어가며

현재 전 세계 학계와 문단에서 활발하게 논의되고 있는 세계문학 담론의 핵심 인물 중 한 사람은 하버드 대학교의 영문학과와 비교문학과 교수인 데이비드 댐로쉬(David Damrosch)이다. 그는 세계문학선집을 먼저 상재하여 선두주자가 된 노턴판 세계문학선집에 도전이라도 하듯, 동료인 데이비드 파이크와 함께 책임 편집자가 되어 미국의 또 다른 다국적 출판사인 롱맨사에서 『롱맨 세계문학선집』(*The Longman Anthology of World Literature*)을 내놓았다. 이 선집은 2009년에 새로운 모습으로 2판이 간행되었다. 총 여섯 권으로 구성된 롱맨 선집은 아라비아 숫자가 아니라 알파벳 자모로 순서가 매겨져 있고 각 권의 제목이 시대별로 매겨져 있다. 또한 2인의 책임자 외에 그 시대와 분야의 전공 교수들로 각 권의 편집진이 꾸려졌다. 이 선집의 총책임자인 댐로쉬는 그의 유명한 저서 『세계문학이란 무엇인가?』(2003)에서 밝힌 세계문학에 관한 본격적인 논의의 출발점으로 세 가지 기준을 제시하였다. 첫째, 세계문학은 고전(classic)이라야 한다. 둘째, 그것은 명작(masterpiece)이라야 한다. 셋째, 세계문학은 세계 이해를 위한 창(window to the world)이어야 한다고 언명한 것이다. 이러한 전제 조건 자체가 식민주의

적이고 서구중심적인 혐의가 있는 것도 사실이지만 필자는 일단 그의 전제를 받아들이면서 롱맨판 세계문학선집의 작품 선정 원칙과 그 구체적 구성을 살펴보고자 한다.

2. 서문 들여다보기: 작품 선정 원칙과 선집의 구성

롱맨 세계문학선집의 책임 편집자인 데이비드 댐로쉬와 데이비드 파이크가 쓴 "서문"에 이 선집의 세계문학론, 작품 선택의 원리, 문학과 예술(미술과 음악) 관계, 번역 문제 등에 관한 논의가 잘 나타나 있다. 서문의 초두에서 댐로쉬와 파이크는 오늘날 우리의 세계가 확장되는 동시에 작아지고 있다고 다시 말해 세계화, 전 지구화, 지구마을화를 지적한다. 상호 간의 활발하게 관여하는 문화의 영역들이 엄청나게 증가할 뿐 아니라 인력과 생산품들이 경계를 넘어 증가하고 있기 때문이다. 이러한 확장과 축소라는 이중적 운동은 새로운 긴장과 불확실성들뿐 아니라 문화를 가로지르는 이해의 좋은 기회를 제공한다. 이러한 문물 상황의 격변에 따라 세계문학도 새로운 모습을 띨 수밖에 없게 된다. 미국에서 한 세대 전의 "세계문학"이란 용어는 그리스의 고대 서사시인 호메로스로부터 일부 미국 작가들을 포함하는 최근에 이르는 유럽 작가들이 쓴 "걸작"(masterpiece)을 의미했다. 그러나 최근에는 인류의 최초의 문자인 수메르어로 된 서정시가 새겨진 점토판이 발견되고 카시미르 시가 인터넷에 등장하는 등 세계문학의 재료가 다양하고 풍부해졌다. 이러한 새로운 자료들을 어떻게 다룰 것인가? 기존의 익숙한 문학 전통과의 균형과의 조화를 어떻게 맞출 것인가? 댐로쉬와 파이크는 살만 루시디가 세계문학 유산에 관해 언명한 "이야기의 바다"를 독자들이 성공적으로 항해하는 것을 돕기 위해 선집을 설계했다고 선언한다(xxi쪽).

그렇다면 이 선집을 위한 작품 선택은 어떻게 할 것인가? 이에 앞서 댐로쉬와 파이크는 세계문학의 서로 다른 전통들을 연결시키는 문제를 제기한다.

세계문학 작품들은 이중의 대화를 진행시킨다. 첫째 원천 문화와 대화이고 둘째 작품들이 고향을 떠나 밖으로 여행하는 지역들의 다양한 맥락들과의 대화이다. 따라서 세계문학을 폭넓게 바라보는 것은 접촉과 공통성의 지점들뿐 아니라 차이의 양상들을 관찰하는 것이다. 세계의 서로 이질적인 전통들은 문학의 매우 변별적인 종류로 발전되어왔고 "문학"이라고 불려야 하는 것에 대한 매우 다른 생각들을 발전시켰다. 이 선집은 가장 변별적인 것과 또한 세계문학들 사이에 공통적으로 공유하는 것을 보여주기 위하여 다양한 수단을 사용한다. (A권, xxii쪽)

댐로쉬와 파이크는 조망들(Perspectives)과 반향들(Resonances)이라는 항목을 제시한다. 조망들은 주요 작품들에 대한 광범위한 중요성을 밝혀주는 문화적 맥락을 제공한다. 반향들은 어떤 특정 텍스트와 그 텍스트에 대한 반응들—주로 다른 시간과 공간에서 온—의 원천을 제공한다. 조망들 항목은 예를 들어 중세 이베리아 반도(스페인)에서 기독교인들과 무슬림들과 유대교인들의 만남에 관한 배경 지식들을 제공해준다. 반향들 항목에서는 예를 들어 고대 그리스의 서사시인 호메로스의 『오디세이』에 대한 프란츠 카프카, 데릭 월컷과 다른 그리스 시인 조지 세페리스의 반응과 영향을 제공한다.

롱맨 선집에서 책임 편집자인 댐로쉬와 파이크가 사용한 작품 선정의 원리를 살펴보자. 제1원칙은 시공간을 건너 연결점을 찾는 것이다. 예를 들어 B권에 나오는 중세 일본의 "궁정 여인"은 D권에 나오는 계몽주의 시대 유럽의 "궁정 문화와 여성 저작의 문제"와 연결시킨다. 이 선집에서는 고대에서 현재에 이르기까지 세계 각지에서 온 다양한 작품들을 서로 일관성 있게 통합적으로 연계시키는 작업이 이루어진다(A권, xxiii쪽). 서로 다른 다양한 문학 전통 안에서 댐로쉬와 파이크는 시, 희곡, 소설(허구적 서사)을 중심으로 선택하지만 글쓰기 장르를 확산시켜 엄격한 의미에서 순문학은 아닐지라도 문학에 영향을 끼친 역사, 종교, 철학 저작들인 플라톤의 『변명』과 이슬람의 코란 경 등도 선정하는 "포괄주의적 접근"(inclusive approach)을 따르고 있다. 책임 편집인의 말을 직접 들어보자.

이 선집에서 우리의 작업을 통하여 우리는 원칙상 모든 것을 포함하는 방향으로 나가려고 노력했으나 명목상으로 포함시키려는 것은 피했고 그 역으로 이질적인 자료들을 감당할 수 없게 나열하고 누적시키면서 실제로는 세심하게 선택적이 되고자 노력하였다. 만일 우리가 우리가 희망한대로 성공했다면 그 결과는 폭넓을 뿐 아니라 일관성이 있고 고무적일뿐 아니라 영속적이 될 것이다. (A권, xxiii쪽)

　그러나 포괄주의와 선택주의라는 상반되는 작품 선정의 원리가 얼마나 정교하게 균형과 조화를 이루었는지는 독자들인 우리들이 판단할 문제이다.

　롱맨 세계문학선집에서 독특한 것은 예술의 한 장르인 문자 예술인 문학의 범위를 넓혀서 자매 예술인 미술, 조각, 건축 등 시각 예술과 음악과 같은 소리 예술과의 상관관계를 강조하고 있다는 점이다. 문화의 미학적 감수성이라는 큰 맥락 속에서 이미지, 문자와 함께 종합적으로 고찰하는 것은 문자 문학을 이해하고 감상하는 새로운 방법이 될 수 있기 때문이다. 이 선집에는 흑백으로 또는 컬러로 된 많은 그림과 이미지가 있다. 음악의 경우도 문학적 창작과 공연에 밀접한 관계를 가지고 있다. 서정시(lyric)는 원래 악기에 맞추어 부른 노래에서 출발한 것이다. 이 선집에 두 개의 CD가 붙어 있는 것도 그 이유이리라. 이 선집의 구성적인 특징으로는 각 시대와 각 작가와 작품에 대한 비교적 자세한 해설이 붙어 있다는 것이다. 그리고 독자들이 본문을 쉽게 이해할 수 있도록 유용한 각주들이 달려 있고 발음하는 법, 그리고 각종 지도와 연대표(Time lines)가 붙어 있어 매우 편리하다.

　끝으로 영어 이외의 언어로 된 수많은 고금의 외국 작품들은 모두 영어로 번역되어 수록되어야 하므로 번역의 문제가 매우 중요하다. 번역은 문학작품뿐 아니라 모든 문화를 이동시키고 전달하고 매개하는 중요한 기술, 예술이다. 번역은 충실하게 원문을 옮겨놓을 수도 있지만, 번안 수준으로 전달되기도 하고 어떤 경우는 개작(改作)이나 재창조의 수준에까지 가기도 한다. 특히 세계문학의 소통과 교류는 탁월한 번역 작업을 전제 조건으로 내세워야 한다. 이를 댐로쉬의 말로 하면 세계문학의 작품들을 정의하는 방식은 "번역 속에서 의미를 가질 수 있는 작품들"로 간주할 수 있다. 어떤 한 시대나 지역의 문학작품이 "좋은 번역을 통해야만" 다른 시대나 다른 지역에 가서 그 다른 독자들에게 의미 있는 것으로 변형되는 것이다. 예를 들어 19세기 미국의 작가 에드거 앨런 포는 모국인 미국에서보다 프랑스어로 번역되어 타국의 시인 샤를 보들레르에 의해 "상징주의"라 칭송되었다. 이것은 새로운 시풍이 형성되고 살아남아야 문학적 이주와 여행이 유종의 미를 거두게 된다는 것을 보여준다. 또 다른 예로, 본 선집에 실린 『성서』의 창세기(1장~11장) 등 여러 부분은 세 개의 다른 번역인 흠정역 성서(King James Version), 신 국제 번역 성서(New International Version)와 로버트 알터가 번역한 성서의 활력 있고 구전 양식으로 된 번역본을 제시하여 독자들이 그 미묘한 번역의 차이를 맛볼 수 있게 했다. 이 선집에 실린 중국 시 번역에 있어서도 20세기 초 모더니즘 시인인 에즈라 파운드의 번역과 우리 시대의 중국 시 번역 전문가의 번역을 함께 제시하고 있어 서로 비교하여 원시와 번역시의 의미를 재음미할 수 있다. 번역과 관련하여 책임 편집자들의 말을 다시 들어보자.

> 번역과 관련된 많은 문제들에 초점 맞추기 위해 우리는 2판 선집에서 새로 "번역란"을 설치하였다. 시 선집의 각 권마다 두 개의 주요 작품 뒤에 원문과 몇 개의 다른 번역들을 제시했다. 다른 시대와 문화적 맥락 속에서 번역자들의 서로 다른 선택들을 비교해봄으로써 우리는 원문 작품에서뿐 아니라 각 세대의 독자들을 위해 번역된 문학의 변형된 방식들에서도 새로운 의미를 발견할 수 있다. (A권, xxv쪽)

세계문학선집을 어떤 민족적, 지역적, 시대적인 편견 없이 객관적으로 올바른 방식으로 동시에 인류의 문학적 유산과 업적을 다양하게 제시할 수 있도록 편찬하는 데 있어 가장 어렵고도 중요한 첫 번째 문제는 작품 선정일 것이다. 그다음 중요한 문제는 역사적 맥락에서 원문에 충실하게 그리고 문화적 맥락에서 자국민들에게 쉽고 재미있게 읽힐 수 있도록 자국어로 번역하는 문제일 것이다. 누가 어떤 목적으로 어떤 방식으로 번역할 것인가의 문제에는 불가피하게 번역의 문화정치학의 문제가 개입할 수밖에 없다. 번역 작업을 통해 문화의 이동과 문학의 이주는 오늘날과 같은 전 지구화 시대에 가장 중차대한 문명 상호적인 대과제임에 틀림없다. 그럼 이제부터 시대별로 총 여섯 권으로 이루어진 롱맨 세계문학선집의 각 권에 수록된 작품들과 그 구성 체제를 상세하게 살펴보도록 하자.

3. 『롱맨 세계문학선집』의 각 권에 실린 작품 소개 및 구성 체제

롱맨 세계문학선집의 여섯 권은 특이하게도 아라비아 숫자가 아니라 알파벳 A, B, C, D, E, F의 순서로 되어 있다. 제1권 격인 제A권의 제목은 "고대 세계"이다. 추가 편집진은 페이지 두보이스(캘리포니아 샌디에이고대), 셸던 폴록(컬럼비아대), 데이비드 파이크(아메리칸대), 데이비드 댐로쉬(하버드대), 폴린 유(미국학회연합회)이다. 이제부터는 시대별, 지역별로 선집에 제시된 순서대로 일별해보자. 번호는 편의상 필자가 임의로 붙인 것이다.

A권: 고대 세계

1. 고대 세계: 시대 전반에 관한 해설(서문), 지도, 컬러로 된 각종 이미지(사진) 자료들과 자세한 연대기(timeline)가 제시되어 있다.

2. 고대 근동(近東): 고대 바빌로니아 신들의 계보, 이집트의 신학, 유대인의 경전 「창세기」가 실려 있다.
   (1) 사랑과 헌신의 시(BC 3000년~2000년대)

(2) 「아가」(구약성서)(BC 1000년대)

(3) 『길가메시의 서사시』(모린 코박스 번역)(BC 1200?)

　　※ 조망들: '죽음과 영생'(관련 작품들 일부 제시)

(4) 「욥기」(구약성서)(BC 6세기)

　　※ 조망들: '외국의 이방인들'(관련 작품들 일부 제시)

3. 고전 그리스

(1) 호메로스(BC 8세기): 『일리아드』와 『오디세이』 일부 제시

　　※ 반향들: 프란츠 카프카, 조지 세퍼리스, 데릭 월컷 작품 일부 제시

[고대 서정시가]

(2) 아르킬로코스(BC 7세기): 작품 일부 소개

(3) 사포(BC 7세기 초): 작품 일부 소개

(4) 알카이오스(BC 6~7세기): 작품 일부 소개

(5) 핀다로스(BC 518~438): 작품 일부 소개

(6) 아이스킬로스(BC 525~456): 『아가멤논』(전작) 수록

(7) 소포클레스(BC 496~406): 『오이디푸스 왕』(전작)과 『안티고네』(전작) 수록

　　※ 조망들: '독재와 민주주의'(솔론, 투키디데스, 플라톤 저술 일부 제시)

(8) 에우리피데스(BC 480~405): 『메데이아』(전작) 수록

(9) 아리스토파네스(BC 455~386): 『리시스트라타』(전작) 수록

4. 고대 남아시아

(1) 브야사의 『마하바라타』: 2권, 5권, 6권 수록

(2) 발미키의 『마라야나』: 2권, 3권, 6권 수록

　　※ 조망들: "문학"이란 무엇인가?(남아시아 지역의 몇 개의 문학론 제시)

[궁정 언어로 쓴 사랑]

(3) 타밀 선집(AD 2~3세기): 일부 제시

(4) 할라의 700편의 노래(2~3세기): 일부 제시

(5) 아마루의 100편의 시(7세기): 일부 제시

(6) 칼리다사(4, 5세기): 일부 제시

　　※ 반향들: 쿤타카, 괴테, 타고르 시 제시(비교)

5. 중국: 고전 전통

　　(1)『시경』(BC 1000~600)(아서 웨일리 번역): 23편의 시 수록

　　(2) 공자(BC 551~479):『논어』에서 일부 수록

　　　　※ 조망들: '도교와 그 길들'(『도덕경』과 장자 등 저작 일부 소개)

6. 로마와 로마 제국

　　(1) 베르길리우스(BC 70~19):『아이네이드』중 6권 수록

　　(2) 오비디우스(BC 43~AD 18):『변형』중 8권 수록

　　　　※ 조망들: '로마 문화와 기독교의 시작' 카툴루스(BC 84~54), 호라
　　　　　　티우스(BC 65~8), 페트로니우스(~ AD 67), 사도 바울(AD 10~
　　　　　　67), 사도 누가(AD 80~110), 그리고 초기 기독교에 대한 로마의
　　　　　　반발에 관한 일부 저작 소개

　　(3) 아우구스티누스(354~430):『고백록』중 7권 수록

이상이 선집 첫 번째 권인 A권에 실린 작품들이다.

B권: 중세 시대

1. 중세 시대: A권의 경우처럼 이 시대에 대한 전반적인 소개

2. 중세 중국

　[초기 중국의 여성들]

　　(1) 유향(劉向, BC 79~8):『열녀전』일부 수록

　　(2) 반소(班昭, 45~120):『여계(女誡)』일부 수록

　　(3) 원채(袁采, 1140~1195):『원씨세범(袁氏世範)』일부 수록

　　(4) 여성들의 소리들: 몇몇 여성 작가들 작품 소개

　　(5) 원진(元稹, 779~831)의「앵앵전(鶯鶯傳)」일부 소개

(6) 도잠(陶潛, 365~427): 일부 작품 소개

(7) 한산(寒山, 7~9세기): 일부 작품 소개

(8) 왕유(王維, 701~761): 일부 작품 소개

(9) 이백(701~762): 일부 작품 소개

(7) 두보(712~770): 일부 작품 소개

(8) 백거이(772~846): 일부 작품 소개

 ※ 조망들: '문학이란 무엇인가?'(이 시대 대표적 문학론 일부 소개 비교)

3. 일본

(1) 『만요슈』(萬葉集, 702~785): 일부 작품 소개

(2) 무라사키 시키부(978~1014): 『겐지(源氏) 이야기』 중 일부 게재

 ※ 조망들: '궁중의 여인들'(몇몇 일본 궁녀들의 이야기 소개)

(3) 『헤이케(平家) 이야기』(14세기): 작품 일부 소개

[노(能): 유령, 기억, 구원의 드라마]

(4) 제아미(1363~1443): 작품 일부 소개

4. 고전 아라비아와 이슬람 문학들

[이슬람 이전의 시]

(1) 임루 알카이스(? ~550): 작품 일부 소개

(2) 알 칸사(575~646): 작품 일부 소개

(3) 브리간드 시인들—알사 알릭(6세기경): 작품 일부 소개

(4) 『코란』(610~732): 경전 중 일부 수록

(5) 하피즈(1317~1389): 작품 일부 소개

 ※ 조망들: '시, 포도주 그리고 사랑'(당시 이슬람 시인들 작품 일부 소개)

(6) 시드의 노래(12세기 후반~13세기 초반)

 ※ 조망들: '이베리아, 세 개의 세계들의 만남'(이 시대 여러 작가들의 작품 일부 소개와 비교)

(7) 마리 드 프랑스(12세기 중반~13세기 초기)

(8) 『가웨인 경과 녹색의 기사』(14세기 후반)

(9) 아벨라르(1079~1142)와 엘로이즈(1095~1163)

(10) 『아담극』(1150)

(11) 단테 알리기에리(1265~1321): 『신생』과 『신곡』 중 일부 수록

(12) 마르코 폴로(1254~1324): 『마르코 폴로의 여행기』 중 일부 수록

(13) 제프리 초서(1340~1400): 『켄터베리 이야기』 중 일부 수록

C권: 초기 근대

1. 초기 근대 총론

[모국어 혁명]

2. 남아시아의 모국어 글쓰기: 바사반나(1106~1167) 등의 작가들의 작품
일부 소개

3. 오승은(吳承恩, 1500~1582): 『서유기』 일부 소개

4. 유럽 모국어의 등장: 모국어 성경 찬반 논쟁과 여성과 모국어에 관한 글
수록

5. 초기 근대 유럽

(1) 조반니 보카치오(1313~1375): 『데카메론』 일부 수록

(2) 마르그리트 드 나바르(1492~1549): 『헵타메론』 일부 수록

(3) 프란체스코 페트라르카(1304~1374): 작품 일부 수록

　　※ 조망들: '서정 시편들과 자기 정의'(윌리엄 셰익스피어를 비롯한
당대 시인들의 작품 일부 소개와 비교)

(4) 니콜로 마키아벨리(1469~1527): 『군주론』 중 일부 수록

(5) 프랑수아 라블레(1494~1553): 『가르강튀아와 팡타그뤼엘』 중 일부
수록

(6) 루이스 바스 드 카몽이스(1524~1580): 『오스 루시아다스』 중 일부
수록

(7) 미셸 드 몽테뉴(1533~1592): 『수상록』 중 일부 수록

(8) 미겔 데 세르반테스 사아벤드라(1547~1616): 『돈키호테』 중 일부 수록

D권: 17세기와 18세기

E권: 19세기

1. 총론
2. 윌리엄 워즈워스(1770~1850): 『서시』와 대표적인 시편들 수록
3. 알렉산드르 세르게예비치 푸슈킨(1799~1837): 단편과 장편 『예브게니 오네긴』 일부 수록
   ※ 조망들: '국민 시인'(관련된 여러 나라에서 시인 작가들의 작품 일부 수록, 비교)
   ※ 조망들: '식민지 변경 지역에 관하여'(관련된 작품들 중 일부 수록)
   [낭만주의적 판타지]
4. 새뮤얼 테일러 콜리지(1772~1834): 「쿠블라칸」, 「늙은 노수부의 노래」 수록
5. 루트비히 티크(1773~1853): 「아름다운 머리칼을 가진 에크베르트」 수록
6. 오노레 드 발자크(1799~1850): 소설 『사라진』 수록
7. 프레더릭 더글러스(1818~1897): 『프레더릭 더글러스의 삶에 관한 이야기』 수록
8. 해리엇 제이콥스(1813~1897): 『7년간 숨겨졌던 한 노예 아이의 삶의 사건들』 중 일부 수록
9. 에밀리 디킨슨(1830~1886): 대표시 12편 수록
10. 조아킹 마리아 마샤두 지 아시즈(1839~1908): 『정신분석학자』 수록
    샬럿 퍼킨스 길먼(1860~1935): 「누렁 벽지」 수록
    루벤 다리오(1867~1916): 시 수 편 수록
    헨리크 입센(1828~1906): 『인형의 집』 전편 수록
    히구치 이치요(1872~1896): 『나누어진 길』 수록
    안톤 체호프(1860~1904): 『개를 가진 숙녀』 수록
    라빈드라나드 타고르(1861~1941): 「결론」 수록

F권: 20세기

1. 총론

※ 조망들: '선언문의 기술'(미래주의, 쉬르리얼리즘, 페미니즘 등 주요 선언문 수록)

2. 조지프 콘래드(1857~1924):『나르시서스 호의 검둥이』 일부와『암흑의 핵심』 수록

3. 프렘찬드(1880~1936):『나의 큰형』 수록

4. 루쉰(1881~1936):『광인일기』 등 수록

5. 제임스 조이스(1882~1941):『더블린 사람들』 전편 수록

6. 버지니아 울프(1882~1941): 에세이와『나만의 방』 중 일부 수록

7. 아쿠타가와 류노스케(1892~1927): 단편 수편 수록
   ※ 조망들: '모더니스트의 기록'(T. S. 엘리엇 등 관련 시인, 작가들의 작품 일부 수록)

8. 프란츠 카프카(1883~1924):『변형』『우화들』 수록

9. 안나 아흐마토바(1889~1966): 시 수 편 수록

10. 윌리엄 버틀러 예이츠(1865~1939): 주요시 수록
    ※ 조망들: '시에 관한 시'(네루다, 월러스 스티븐스 등 관련 작품들 일부 수록)

11. 베르톨트 브레히트(1898~1956):『엄척 어멈과 그 자식들』 수록
    ※ 조망들: '전쟁의 메아리들'(전쟁에 관한 시들 다수 수록)

12. 사뮈엘 베케트(1906~1989):『엔드게임』 수록
    ※ 조망들: '세계시민주의적인 추방자들'(나보코프 등 관련 시인 작가들의 작품 수록)

13. 호르헤 루이스 보르헤스(1899~1986): 단편 일부 수록

14. 나기브 마푸즈(1911~2006):『자발라위』 등 작품 수록
    ※ 조망들: '20세기의 천일야화'(관련 시인 작가들의 작품 수록)

15. 레오폴 세다르 셍고르(1906~2001): 시 작품 수 편 수록

16. 에메 세제르(1913~):『고향땅으로 돌아오기』 수록

17. 제임스 볼드윈(1924~1987):『소니의 블루스』 등 단편 2편 수록

18. 제랄드 비제노르(1934년생)
    ※ 조망들: '20세기의 토착 문화들'(전 세계 각지의 토착민들의 작품들 중 일부 수록)

19. 장아이링(아일린 창, 1920~1995):「교착상태」수록

20. 마하스웨타 데비(1926~):「젖 주는 사람」수록

※ 조망들: '성별화된 공간들'(관련 주제를 다룬 여러 작가의 작품들 수록)

21. 치누아 아체베(1930~):『모든 것은 무너진다』외 에세이 수록

22. 월레 소잉카(1934~):「죽음과 왕의 기수」수록

※ 조망들: '포스트식민지 상황들'(나딘 고디머 등 관련 주제를 다룬 작품들 수록)

※ 조망들: '문학, 기술, 매체'(윌리엄 깁슨, 하루키 등 관련 주제를 다룬 작품들 수록)

20세기를 다루는 선집의 마지막 권인 F권에서는 조망들이 무려 9개나 제시되어 있다. 20세기의 다양한 문제들과 주제들을 세계문학과 밀접하게 "연계"시켜 다루려는 편집자의 의도가 돋보인다.

4. 나가며

『롱맨 세계문학선집』에는 각 시대의 시대상과 관련된 컬러와 흑백으로 된 사진(이미지) 자료가 다수 수록되었다. 또한 각 시대의 세계의 지형을 알 수 있는 다수의 지도들이 제공되고 있다. 이 밖에 세계의 문화사를 한 눈에 볼 수 있는 연대기가 각 권마다 다양한 정치, 경제, 군사, 문화적인 사건들의 표시와 함께 제공되고 있다. 편집자들은 롱맨 세계문학선집을 단순히 작품 모음집으로만 기능을 한정하지 않고 각종 시청각 자료, 학습 참고 사이트, CD 등을 제공함으로써 세계문학을 배우는 독자(학생)들이나 가르치는 교수들을 위해 실질적인 도움을 주고 있다. 그러나 이 롱맨 선집에서 가장 아쉬운 점은 포괄주의를 따르고 있는 편집자들이 중국 문학과 일본 문학에 대해서는 과분할 정도의 지면을 할애하고 있지만 매우 유감스럽게도 총 여섯 권 어디에도 한국문학의 흔적을 찾을 수 없다는 것이다. 이제 한국도 규모는 작은 나라이지만 국력으로 보나 국격으로 보나 모든 면에서 "작은 거인"의

면모를 보이고 있지 않는가? 한국의 고전문학과 현대문학도 상당한 정도로 각국어로 번역되어 출간되고 있다. 그럼에도 한국문학이 수록되지 않았다는 것은 미국이나 기타 외국이나 연구기관에 한국문학 연구자나 한국문학 과정이 별로 없는 등 여러 가지 이유들이 반드시 있을 것이다. 우리가 21세기에 문화강국으로 세계 무대에서 부상하기 위해서는 정부의 장기적인 정책적 기획과 지원이 뒤따라야 하고 기업들도 한국문화 소개 홍보 사업에 투자를 해야 한다. 무엇보다도 문학 연구자들, 작가들, 한국문학 독자로서의 일반 국민들의 뜨거운 관심과 노력이 수반되어야 할 것이다. 롱맨 세계문학 전집의 편집자들의 다음 개정판(3판)에는 반드시 한국 작품이 고전과 현대 작품들이 균형 있게 수록되기를 바랄 뿐이다. 편집 책임자인 데이비드 댐로쉬 교수가 지난 2010년과 2011년에 한국영어영문학회 연례 국제학술대회와 연찬회에 와서 기조 발제 강연도 하여 한국문화나 문학에 대한 관심은 커졌고 하니 기대해본다.

7장 5대양 6대주 문학으로의 "여행"

— 『노턴 세계문학선집』(전 6권, 3판, 2012)의 편찬 전략

1. 들어가며

미국의 다국적 출판 회사인 노턴에 의해 2012년에 총 여섯 권으로 간행된 3판 『노턴 세계문학선집』(*The Norton Anthology of World Literature*, Third Edition)의 책임 편집자는 하버드 대학 교수인 마틴 푸크너(Martin Puchner)이다. 그의 실무 편집진에는 세계문학 각 분야 전공자인 일곱 명의 교수들이 포진되어 있다. 열두 명의 편집 자원 교수들이 있고 르네 웰렉, 메이나드 맥, 사라 러월 교수 등 열여덟 명에 이르는 편집인들의 이름이 올라 있다. 각종 문학선집 출판으로 명성이 높은 노턴판 세계문학선집의 편찬 전략을 살피는 것이 이 글의 목적이다. 각 권은 시대별 명칭이 붙어 있지 않고 알파벳 자모순인 A, B, C, D, E, F로만 표기되어 있는 것이 특이하다. 서구중심적이고 작위적인 시대 구분을 피하고자 함인지도 모른다. 그리고 각 권에 똑같은 "서문"(Preface)이 붙어 있다. 따라서 필자는 이 서문을 살펴서 이 노턴 선집의 편찬 전략을 살피고자 한다.

「서문」의 편집자들은 1665년 오토만 제국 시대 터키의 귀족인 에우리야 첼레비(Evliya Celebi)가 당시 적대국이었던 빈을 첫 번째로 방문한 여행 이야기로 시작한다. 여행 중독에 걸릴 정도로 여행광이었던 에우리야는 이미

이집트와 소아시아 지역과 그 동쪽까지 여행한 바 있었다. 기독교 국가의 도시였던 당시 빈에서 에우리야는 새로운 문물과 기이한 풍속에 엄청난 충격과 놀라움을 경험한다. 그는 빈에서 도시의 한가운데 높이 서 있는 장대한 가톨릭 대성당을 보았으나 이스탄불의 거대한 이슬람 모스크와는 비교할 바 못 된다고 생각하였다. 그러나 그 대성당의 도서관을 방문하고는 아연실색했다. 이슬람 자료만도 이슬람 국가들이 가진 것보다 더 많고 다양했고 각종 세계지도들, 그림책들, 귀중한 학술서들을 보고 감탄하였다. 에우리야는 기독교 도시에서 열광도 하고 실망도 하고, 분노도 하고 경탄도 했지만 전문 여행가답게 균형 감각을 잃지 않았다. 그는 빈라는 이방 문화를 접하고 당황하지 않고 즐기는 방법을 터득하였다.

노턴 세계문학선집의 편집자들은 에우리야의 여행담과 그 자세로 세계문학이라는 5대양 6대주의 놀라운 여행과 연결시키고 있다. 세기의 여행가 에우리야가 빈 대성당의 도서관에서 느꼈던 경외감과 놀라움 그리고 당혹감과 좌절감을 엄청나게 다양하고 수많은 세계문학 작품들을 보는 독자들도 유사하게 느낄 것이다. 지금까지 자국의 모국어로 된 민족문학, 국민문학과 일부 서구 중심의 문학선집만 익숙하게 읽어왔던 독자들은 동서고금의 이 거대한 새로운 이야기들의 보물창고를 보고 놀라지 않을 것인가? 그러나 이 놀라움에는 즐거움과 기쁨만이 있는 것이 아니라 기이한 전통과 엄청난 양에 대해 불안감과 좌절감도 포함되어 있을 것이다. 노턴 선집의 편집자들은 이러한 일반(학생) 독자들의 5대양 6대주의 거대한 문학 세계에 대한 불안감과 거부감을 줄이기 위해 이 선집을 좀 더 쉽게 접근 가능하게 만드는 몇 가지 전략을 세운다. 첫째 각 권의 내용을 해설하는 서문들을 짧고 분명하고 쉽게 쓰기 위해 작가의 전기적 사실을 제시하고 작품의 문화적 맥락을 설명하고 나서 작품 자체에 대한 간단한 해설을 붙인다. 그 밖에도 방대하고 이질적인 세계문학이라는 거친 바다를 항해하는 데 필요한 도구로 컬러나 흑백으로 된 수백 개의 이미지와 그림 자료들을 함께 실어 문자 문학이 주는 위압감을 이미지로 경감시키고자 했다. 또한 독자들을 5대양 6대주에 지리적으로 그리고 지형학적으로 친숙하게 만들기 위해 곳곳에 필수적인 지도들을 배치·제공하였다. 그리고 세계 문명 전체를 시간적으로 연계시키기 위해 상세한 연대기를 추가하였다. 이 연대기는 각 시대별로 문학작품 생성의 역사 문화적 맥락을 쉽게 조망하는 데 유용할 것이다.

대부분 모국어(여기서는 영어)가 아닌 언어로 쓰여진 세계문학 읽기를 "즐거운 모험"으로 만들기 위해 필수적인 작업은 적절한 작품 선정 못지않게 "번역"이다. 우리 시대의 독자들에게 편안한 읽기를 위해 좋은 번역을 찾거나 때로는 외국어 원문을 새로 번역해야 한다. 한 나라나 지역에서 세계문학의 운명 즉 성패는 번역에 달려 있다고 해도 잘못된 표현은 아닐 것이다. 완전한 번역은 불가능하므로 모든 문학작품은 원래 쓰여진 원어(original language)로 읽어야 한다고 주장하는 순수주의자들도 있지만 세계문학 읽기의 경우 어떤 형태로든 번역 없이는 불가능하다. 모든 사람이 다 각각의 외국어를 습득해서 작품을 원어로 읽을 수는 없을 것이다. 번역이라는 도구 없이는 문화와 문학의 소통, 전달, 이동, 유통, 이주는 불가능하듯이 세계문학—자국문학과 외국문학—은 번역 없이는 5대양 6대주로 여행할 수 없다. 이에 따라 이번 3판의 노턴 선집은 주요 수록 작품들 중 상당수를 새로운 번역으로 수록하였다. 또한 이번 편집자들은 세계문학 여행에서 중요한 것으로 서로 다른 시간대와 지역들을 서로 엮을 수 있는 "특별 국제"난을 신설하여 오랫동안 전 지구적으로 서로 나누어지고 떨어져 있는 시간과 공간을 연결시키고자 노력하고 있다.

2. 세계문학 작품 선정의 원칙

편집자들은 문화 전반에서뿐 아니라 문학에서도 '접촉'(contact)을 강조한다. 우선 이들의 말을 직접 들어보자.

다시 또 문학은 고향에서 세계로 나아가는 여행을 환기시킨다. 그 주인공

들─다시 말해 독자들─을 그들과는 다른 사람들과의 접촉으로 이끌어간
다. 그러한 접촉은 그것이 가져오는 이질문화와의 교류이며 문화들을 형성
하는 데 매우 중요하다. 가장 초기의 문명들─글쓰기를 만들고 문학을 발명
한 문명들─은 전략적 무역의 길과 이주의 길을 따라 오면서 싹트기 시작했
다. 접촉은 완전히 형성된 문화들 사이에서 생기는 것뿐 아니라 이러한 문
화들을 무엇보다도 우선 가능케 만든다. (A권, xxii쪽)

이에 따라 이 선집의 편집자들은 넓은 접촉 지대들을 형성하는 새로운 난
을 만들었다. 예를 들어 이러한 접촉 구역 중 가장 큰 것이 지중해 연안이
고 더 확장하면 팔레스타인에서 페르시아만까지의 '비옥한 초승달 지대'까
지 포함할 수 있다. 또 다른 예로 동아시아의 중국과 일본에 월남과 한국까
지 묶어서 동아시아 접촉 지대를 중심으로 한 문학권을 만들 수 있다. 이 밖
에 종교가 문화에 끼치는 영향력이 심대함을 비추어볼 때 아라비아와 페르
시아가 기원인 이슬람교가 함께 만나는 접촉구역도 상정할 수 있다. 즉 서
아프리카, 소아시아(터키) 그리고 남아시아(인도와 인도네시아 등) 지역을
들 수 있다. 이들 지역은 토착 문화와 이슬람교 문화가 만나 공통된 새로운
독특한 문화권을 형성하고 있다. 이런 문화 상황에서 생산되는 문학도 당연
히 복합문화종교적이 될 수밖에 없다. 유럽(구세계)과 새로 발견된 아메리카
대륙(신세계)과의 접촉과 만남도 새로운 문화를 만들어낸다. 19세기에 절정
을 이룬 유럽의 전 세계를 향한 제국주의적 팽창과 식민주의적 침략은 아프
리카와 동양 등에 새로운 관계 맺기를 강요하였다. 이러한 광범위한 문화의
접촉과 문학의 만남이 노턴 세계문학선집에 반영되고 있다.

노턴 세계문학선집이 주목하는 점은 문학의 새로운 사조인 "리얼리즘"의
전 지구적 확산이다. 흔히 리얼리즘이 유럽에서 처음 발생한 것으로 간주하
나 이것은 오류다. 유럽과 관계없는 또는 유럽의 리얼리즘 작품을 읽지 않
은 비유럽 작가들이 자신들만의 리얼리즘 문학을 생산해내고 있었다. 지구
여러 지역에서 특히 도시와 그 주변에서 살고 있는 사람들의 일상생활을 있
는 그대로 묘사하는 것은 지극히 당연한 것이다. 우리 시대의 세계화는 인

력, 원자재, 상품, 정보, 지식 등이 급속히 그리고 광범위하게 유통되고 거래되는 전 지구적 신자유주의 자본주의 시대의 고도 전자 매체 시대를 이끌어 새로운 이질 문화와의 "접촉"과 "만남"은 이제 일상생활이 되었고 아니 오히려 모든 지방적이고 토착적인 것이 녹여져 하나로 균질화되는 위험한 시대가 되고 있다. 따라서 세계문학은 이제 "세계와 문학 사이의 관계에 관한 이야기"(A권, xxv쪽)가 되었다.

편집자들은 "문학은 우리를 세계의 오지로 그리고 풍경을 가로질러 이동시킬 뿐 아니라 독자들로서 우리가 여행할 수 있는 상상된 세계들로 제시한다"(xxvi쪽)고 말하면서 문학이 창조하는 상상력의 세계를 강조한다. 선집 A권의 시작 부분에서 편집자들은 "창조와 코스모스"라는 특별란을 만들어 고대에 널리 퍼져 있던 창조 신화들을 모아놓고 있다. 인간은 언제나 지금 우리가 살고 있는 세계와는 다른 새로운 세상 즉 세상 위의 세상들을 꿈꾸며 살아왔다. 작가들은 이상향뿐 아니라 인간을 억압하고 착취하는 반유토피아 세계를 그리기도 하고 과학기술이 가져다줄 "신나는 신세계"를 예언하기도 하였다. 문학은 이미 언제나 과거의 기억, 현재의 기쁨과 슬픔, 미래에 대한 꿈과 두려움을 재현하고 있다.

편집자들은 문학 장르에 있어서도 비교적 자유롭다. 독창적인 시인이나 작가의 천재성과 상상력에 의존하는 순수문학인 시, 희곡, 소설에만 의존하지 않고 장르의 확산을 꾀하고 있다. 문학의 범위에 있어 낭만주의적인 근대 문학관을 넘어서 18세기 계몽주의 문학관을 채택하고 있다. 당시 문학은 오늘날처럼 시, 희곡, 소설에만 국한되어 있지 않고 일기, 여행기, 편지, 전기, 에세이, 설교 등까지 넓은 의미의 글쓰기인 문학으로 간주했다. 편집자들은 문학 자체에 대한 변화와 새로운 기능에 주목하면서 이 선집에 비문학적인 글들인 신화, 종교, 철학, 지혜의 문학, 정치론, 동화 등도 인류의 문학적 자산으로 과감하게 수록하였다. 종교서의 경우에도 유대교, 기독교, 이슬람교, 힌두교, 유교, 도교 등의 텍스트를 선택하였다. 결국 문학이란 무엇인가? 언어란 무엇인가? 문자 예술인 문학은 상상력으로 인간의 의식, 감성, 지성, 그리고 영혼을 작동시키고 고양시키는 넓은 의미의 윤리적 기능과 책무에서 완전하게 자유로울 수 없을 것이다. 언어와 문학은 이 지구마을에서 이웃과 더불어 살아가고 또 살아남기 위하여 인간이 만들어내고 또지켜내야 할 궁극적인 도구와 가치가 아니겠는가? 이제부터는 『노턴 세계문학선집』의 구체적인 내용을 권별로 살펴보기로 하자.

3. 노턴 선집에 수록된 작품 살펴보기

『노턴 세계문학전집』(2012)은 전체가 여섯 권(A~F)으로 나누어져 있다. 그러나 각 권이 고대로부터 연대기별로 구성되어 있으나 각 권의 시대 명칭이 붙어 있지 않다.

A권

I. 고대 지중해와 근동(近東)

바로 작품으로 시작하지 않고 특별 주제인 "창조와 코스모스"라는 제목을 붙이고 고대 창조 신화에 관한 이야기들을 모아놓았다. 「유니스 왕을 위한 식인 주문」, 「아텐에게 바치는 위대한 찬송」, 「바빌로니아 창조서사」(에누마엘리쉬), 헤시오도스, 탈레스, 헤라클레이토스, 루크레티우스의 글들이 수록되었다.

[고대 이집트 문학]
○ 시누헤 이야기
○ 이집트 사랑의 시편
○ 세트네 캄와스와 나네페르카프타(시트네1)
○ 타임토텝의 스텔라
○『길가메시의 서사시』(벤자민 R. 포스터 번역)(약 BC 1900~250)
○『히브루 성서』(약 BC 1000~300): 「창세기」, 「출애굽기」, 「욥기」, 「시편」
   의 일부 수록

○ 호메로스(BC 8세기):『일리아드』와『오디세이』에서 일부 수록

○ 이솝(약 BC 620~564):『우화』 중 37편 수록

○ 사포(약 BC 630년 출생)

[고대 아테네 드라마]

○ 아이스킬로스(약 BC 524~456):『아가멤논』 전작 수록

○ 소포클레스(약 BC 496~406):『오이디푸스 왕』『안티고네』 전작 수록

○ 에우리피데스(약 BC 480~406):『메데아』 전작 수록

○ 아리스토파네스(약 BC 450~385):『리시스트라타』 전작 수록

○ 플라톤(BC 429~347):『향연』 전편 수록

　　※ 특별 주제: "여행과 정복":『난파선의 선원의 이야기』와 헤로도토
　　　스, 에스킬러스, 호라티우스, 세네카의 작품의 일부 수록

○ 카툴루스(약 BC 84~54): 시편 다수 수록

○ 베르길리우스(BC 70~19):『아이네이드』 중 5권 수록

○ 오비디우스(BC 43~17):『변형』 중 5권 수록

　　※ 특별 주제: "말, 글쓰기, 시": 플라톤의『파에드로스』, 아리스토텔레
　　　스의『시학』 등 주제와 관련된 10편의 글이 수록됨

Ⅱ. 인도의 고대 서사시와 이야기들

○ 발미키의『라마야나』(약 BC 550): 5권 수록

○『마하바라타』(약 BC 400~AD 400): 7권 수록

○『바가바드기타』(약 BC 400~AD 400): 5장 수록

○『자타카』(BC 4세기): 3편의 이야기 수록

Ⅲ. 초기 중국 문학과 사상

○『시경』(약 BC 1000~600): 11편 수록

○ 공자(BC 551~479):『논어』에서 발췌 수록

○ 노자(BC 6~3세기):『도덕경』에서 발췌 수록

○ 남방의 노래들(BC 3세기~AD 2세기):

○ 장자(BC 4세기~2세기):『장자』 발췌 수록

○ 사마광(약 BC 145~85): 역사서 등에서 발췌 수록

※ 특별 주제: 말, 글쓰기와 초기 중국의 시:『논어』,『시경』서문, 장자, 한회자 등에서 발췌 수록

B권

I. 지중해 돌아보기: 유럽과 이슬람 세계

○ 기독교 성서:『신약』: 복음서(AD 약 1세기) 중 일부 수록

○ 아풀레이우스(약 AD 125~180):『황금 당나귀』중 2권 수록

○ 아우구스티누스(354~430):『고백록』중 7권 발췌 수록

○『코란』(610~632): 일부 발췌 수록

○ 이븐 이스하크(704~767):『예언자의 전기』중 일부 수록

○『베오울프』(9세기)(시머스 히니 번역): 전편 수록

○ 아볼카셈 페르도우시(940~1020):『샤나메』에서 일부 수록

○ 아비센나(이븐 시나)(약 980~1037):『미라주나메』에서 일부 수록

○『롤랑의 노래』(11세기): 발췌 수록

○ 페트루스 알폰시(1062~1116 이후):『탁자의 안내서』일부 수록

○ 마리 드 프랑스(1150?~1200?):『노래』중 일부 수록

　※ 특별 주제: "중세 서정시"(보에티우스의『철학의 위안』, 예후다 할레비, 카발칸티, 단테, 하페즈 등 32명의 서정시들 다수 게재)

○ 파리드 우딘 아타르(1145~1221):「새들의 모임」등 수록

○ 단테 알리기에리(1265~1321):『신곡』중 일부 수록

○『케브라 나가스트』(14세기): 16편의 시 수록

○『천일야화』(14세기): 주요 부분 발췌 수록

○ 조반니 보카치오(1313~1375):『데카메론』일부 수록

○ 제프리 초서(1340?~1400):『캔터베리 이야기』중「바스의 여장부」등 6편 수록

○『가웨인 경과 녹색의 기사』(14세기 후기): 전편 수록

○ 크리스틴 드 피잔(1364~1431?):『귀부인들이 도시에 관한 책』에서 16개 이야기 수록

　※ 특별 주제: "여행과 만남"(마르코 폴로의『다양한 세계』와 이븐 바투

아의『여행기』, 존 맨드빌에서 일부 수록)

II. 인도 고전 시대
○ 비슈누 샤르마(2~3세기): 작품 일부 게재
[고전 타밀 서정시]
○ 아캄 시편들:『5개의 내면 풍경들』중 일부 수록
○ 푸람 시편들:『외부 풍경들』중 몇 편 수록
○ 칼리다사(5세기):『사쿤타라와 회상의 고리』중 일부 수록
[고전 산스크리트 서정시]
○ 바르트르하리: 7편의 시 수록
○ 세 명의 여류 시인들(5~7세기): 비카타니탐바, 바바카데브, 비디아의
   시 일부 수록
○ 바나(7세기 초기): 3편의 시 수록
○ 다르마키르티(7세기 초기): 3편의 시 수록
○ 바바부티(8세기): 4편의 시 수록
○ 요게스바라(9세기): 7편의 시 수록
○ 무라리(9세기 중반): 5편의 시 수록
○ 라자세카라(9세기 후반~10세기 초): 3편의 시 수록
○ 소마데바(11세기):『카타사리스트사가라』중「정절의 붉은 연꽃」수록

III. 중세 중국 문화
[은둔자들, 불교도들, 그리고 도교도들]
○ 완적(阮籍, 210~263): 시 3편 수록
○ 유의경(劉義慶, 403~444):『세설신어』(世說新語) 일부 수록
○ 한산(寒山, 600~800?): 시 14편 수록
※ 특별 주제: "문학에 관한 문학"(조비(曹丕), 육기(陸機), 왕희지의 문학
   이론에 관한 글 수록)
○ 도잠(陶潛, 365~427):「도화원기」(桃花源記) 등 10여 편 시 수록

[당시(唐詩)]

○ 왕유(699~761?): 시 6편 수록

○ 이백(701~762): 시 11편 수록

○ 두보(712~770): 시 10편 수록

○ 백거이(772~846): 시 5편 수록

○ 한유(768~824): 「모영전」(毛穎傳) 중 일부 수록

○ 유종원(柳宗元, 773~819): 「천설」(天說) 중 일부 수록

○ 원진(元稹, 779~831): 「앵앵전(鶯鶯傳)」 중 일부 수록

○ 이청조(李淸照, 1084~1151?):『금석록』 중 일부와 서정시 6편 수록

IV. 일본의 고전시대

『만요슈』(萬葉集, 759?): 작품의 일부 수록

[헤이안 궁정의 시]

○ 스가와라노 미치자네(845~903): 시 6편 수록

○『고긴슈』(古今集, 905?): 시 다수 수록

○ 기노 쓰라유키:『도사닛키』(土佐日記) 중 일부 수록

○ 세이쇼나곤(966?~945):『마쿠라노소시』(枕草子) 중 16편 수록

○ 무라사키 시키부(978~1014?):『겐지 이야기』 중 일부 수록

○ 가모노 조메이(1155?~1216):『호조키』(方丈記) 중 일부 수록

○ 요시다 겐코(1283?~1352):『쓰레즈레구사』(徒然草) 중 일부 수록

○『헤이케 이야기』(14세기): 6편의 이야기 수록

C권

I. 이슬람과의 만남들

○『순자타: 만데 사람들에 관한 서아프리카 서사시』(13세기 후반~14세기 초): 일부 수록

○『데데 코르쿠트의 책』(15세기): 일부 수록

○ 이브리야 셸레비(1611~1683?):『여행기』 일부 수록

[이슬람 이후 · 인도 시]

○ 바사반나(1106~1167): 시 10편 수록

○ 마하데비약카(12세기): 시 7편 수록

○ 카비르(1398?~1448):「개미」등 8편 수록

○ 미라바이(16세기): 시 5편 수록

○ 투카람(1608~1649): 시 6편 수록

II. 유럽과 신세계
　　※ 특별 주제: 인본주의와 고전 과거의 재발견(마키아벨리, 프랑소와
　　　　라블레, 조아심 뒤벨레 작품 일부 수록)

[페트라르카와 사랑의 서정시]

○ 프란체스코 페트라르카: 시 7편 수록

○ 가르실라소 데 라 베가: 시 3편 수록

○ 루이즈 라베: 시 3편 수록

○ 베로니카 프랑코: 시 1편 수록

○ 윌리엄 셰익스피어: 소네트 5편(76, 116, 129, 130, 135번) 수록

○ 니콜로 마키아벨리(1469~1527):『군주론』에서 일부 수록

○ 루도비코 아리오스토(1474~1533):『광란의 오를란도』일부 수록

○ 토마스 모어 경(1478~1535):『유토피아』일부 수록

○ 마르그리트 드 나바르(1492~1549):『헵타메론』일부 수록

○『라사리요 데 토르메스의 삶과 그의 행복과 불행』(1554) 일부 수록

○ 미셸 드 몽테뉴(1533~1592):『수상록』일부 수록

○ 미겔 데 세르반테스(1547~1616):『돈키호테』일부 수록
　　※ 특별 주제: 유럽과 신세계의 만남(크리스토퍼 콜럼버스, 에르난 코
　　　　르테즈 등 탐험가들의 글 수록)

○ 로페 드 베가(1532~1635):『푸엔터 오베유나』일부 수록

○ 윌리엄 셰익스피어(1564~1616):『햄릿』전편 수록
　　※ 특별 주제: 신, 교회, 자아(마틴 루터, 존 던 등의 작품 수록)

○ 존 밀턴(1608~1674):『실낙원』제1권, 2권, 4권, 8권, 9권, 10권, 12권
　　수록

D권

I. 동아시아 희곡

○ 제아미 모토키요(1363?~1443):『아쓰모리』 일부 수록

○ 공상임(孔尙任, 1648~1718):『도화선전기』(挑花扇傳奇) 일부 수록

○ 지카마쓰 몬자에몬(1653~1725):『신주텐노아미지마』(心中天網島) 일
　부 수록

○『춘향전』(18세기): 작품 일부 수록

II. 유럽의 계몽주의와 아메리카

　※ 특별 주제: 계몽주의란 무엇인가?(새뮤얼 존슨, 칸트, 데카르트, 디
　　드로, 벤자민 프랭클린, 데이비드 흄, 메리 울스턴크래프트, 마르키
　　드 사드 등의 작품 수록)

○ 몰리에르(장–밥티스트 포클랭, 1622~1673):『타르튀프』 전편 수록

○ 아프라 벤(1640?~1689):『오루노코』 전편 수록

○ 소르 후아나 이네스 데 라 크루스(1648~1695): 시 4편 수록

○ 조너선 스위프트(1667~1745):『걸리버 여행기』(제4부),「적절한 제안」
　수록

○ 알렉산더 포프(1688~1744):『머리타래의 강탈』『인간론』(서한 1번) 수
　록

○ 볼테르(프랑수아–마리 아루에)(1694~1778)『캉디드』 전편 수록

III. 초기 근대 중국 모국어 문학

　○ 오승은(1500?~1582):『서유기』 일부 수록

　○ 풍몽룡(馬夢龍, 1574~1646):『두십랑이 보물상자를 강물에 던지다』(杜
　　十娘怒沈百寶箱) 수록

　○ 조설근(1715?~1763):『홍루몽』 일부 수록

IV. 초기 근대 일본 대중문학

　○ 이하라 사이카쿠(1642~1693):『고쇼쿠이치다이온나(好色一代女)』 일

부 수록

※ 특별 주제: 하이쿠의 세계(기타무라 기긴의 「산 속의 생」, 마쓰오 바쇼, 『깊은 북쪽으로 가는 좁은 길』 등 하이쿠 일부 소개)

E권

I. 유럽과 아메리카의 혁명의 시대

※ 특별 주제: 혁명의 맥락(미국의 독립선언서, 에드먼드 버크, 워즈워스, 시몬 볼리바르 등의 혁명에 관련된 자료 수록)

○ 장-자크 루소(1712~1778): 『고백록』 일부 수록

○ 클라우다 에쿠이아노(1745~1797): 『올라우다 에쿠이아노의 삶의 재미있는 이야기들』 일부 수록

○ 요한 볼프강 폰 괴테(1749~1832): 『파우스트』(1부) 수록

○ 도밍고 파우스티노 사르미엔토(1811~1888): 『파군도』(문명과 야만) 일부 수록

○ 프레더릭 더글러스(1818?~1895): 『프레더렉 더글러스의 삶의 이야기』 수록

○ 허먼 멜빌(1819~1891): 『필경사 바틀비』 수록

[낭만주의 시인들과 그들의 후계자들]

○ 애너 리티셔 바볼드(1743~1825): 시 2편 수록

○ 윌리엄 블레이크(1757~1827): 『순수의 노래』와 『경험의 노래』에서 여러 편 수록

○ 프리드리히 횔덜린: 「삶의 반쪽」 외 3편 수록

○ 윌리엄 워즈워스(1770~1850): 「틴턴 사원에서 몇 마일 떨어진 곳에서 쓴 시편」 외 4편 수록

○ 새뮤얼 테일러 콜리지(1772~1834): 「늙은 수부의 노래」 외 2편 수록

○ 안나 부니나(1774~1829): 「나와 여자들 사이의 대화」 수록

○ 안드레스 벨로(1781~1865): 「열대 농업 송시」 수록

○ 퍼시 비시 셸리(1792~1822): 「서풍부」와 「시의 옹호」 결론 수록

○ 존 키츠(1795~1821): 「나이팅게일 송시」 외 7편 수록

○ 하인리히 하이네(1797~1856): 「진실 말하기」 외 3편 수록

○ 자코모 레오파르디(1798~1837): 「실비아에게」 외 2편 수록

○ 엘리자베스 바렛 브라우닝(1806~1864): 「어린이들의 울음」 외 수록

○ 앨프리드 테니슨 경(180809~1892): 「마리아나」 외 2편 수록

○ 로버트 브라우닝(1812~1889): 「포필리아의 연인」 외 3편 수록

○ 월트 휘트먼(1819~1892): 「나의 노래」 일부 외 3편 수록

○ 샤를 보들레르(1821~1867): 『악의 꽃』 중 일부 수록

○ 에밀리 디킨슨(1830~1886): 시 19편 수록

○ 크리스티나 로제티(1830~1894): 「죽음 후」 외 2편 수록

○ 로살리아 카스트로(1837~1885): 시 8편 수록

○ 스테판 말라르메(1842~1898): 「에드가 포의 무덤」 외 3편 수록

○ 폴 베를렌(1844~1896): 「가을 노래」 외 2편 수록

○ 호세 마르티(1853~1895): 「나는 정직한 사람이다」 수록

○ 아르튀르 랭보(1854~1891): 「술 취한 배」 외 수편 수록

○ 루벤 다리오(1867~1916): 「레다」 외 4편 수록

II. 제국의 교차로에서: 월남, 인도, 중국

○ 응우옌주(1765~1820): 「쭈옌 끼에우」 일부 수록

○ 갈리브(1797~1869): 시 여러 편 수록

○ 유악(劉鶚, 1857~1909): 『노잔유기』(老殘游記) 일부 수록

○ 판디타 라마바이(1858~1922): 「결혼 생활」 외 1편 수록

III. 세계에 걸친 리얼리즘

○ 표도르 도스토예프스키(1821~1881): 『지하생활자의 수기』 전편 수록

○ 귀스타브 플로베르(1821~1880): 『순박한 마음』 전편 수록

○ 레프 톨스토이(1828~1910): 『이반 일리치의 죽음』 전편 수록

○ 헨리크 입센(1828~1906): 『헤다 가블레르』 전편 수록

○ 조아킹 마리아 마샤두 지 아시즈(1839~1908): 『정의의 회초리』 전편
  수록

○ 안톤 체호프(1860~1904):「체리 농장」 전편 수록

○ 라비드라나드 타고르(1861~1941):「형벌」 외 1편 수록

○ 히구치 이치요(1872~1896):『나누어진 길들』 수록

※ 특별 주제: 구전문학(독일 민담, 영국 민담, 아일랜드 민담, 미국 노
예 이야기, 마라가시 지혜시가, 하와이 민담, 나바호 의식 등 수록)

F권

I. 모더니티와 모더니즘, 1900~1945년

○ 조지프 콘래드(1857~1924):『암흑의 핵심』(1899) 전편 수록

○ 다니자키 준이치로(1886~1965):『문신해주는 사람』 전편 수록

○ 토마스 만(1875~1955):『베니스에서의 죽음』 전편 수록

○ 마르셀 프루스트(1871~1922):『스완의 길』 제1부 전편 수록

○ 제임스 조이스(1882~1941): 단편「죽은 사람들」 일부 수록

○ 프란츠 카프카(1883~1924):『변형』 전편 수록

○ 루쉰(1881~1936):『광인일기』 외 1편 수록

○ 루이지 피란델로(1867~1936):『작가를 찾는 여섯 명의 등장인물』 전편
수록

○ 아쿠타가와 류노스케(1892~1927):『대나무 숲』 전편 수록

○ 프렘찬드(단 팟 라이 스리바스타바)(1880~1936):「구원의 길」 전편 수록

○ 가와바타 야스나리(1899~1972):「이즈의 무희」 전편 수록

○ 버지니아 울프(1882~1941):『나만의 방』에서 1, 2, 3장 수록

○ 윌리엄 포크너(1897~1962):「헛간 화재」 외 1편 수록

○ 구시 후사코(1903~1986):「늙은 류큐 여성의 회고록」 외 1편 수록

○ 라오서(老舍, 1899~1966):「노자호」(老字號) 수록

○ 채만식(1902~1950):「치숙」 수록

○ 베르톨트 브레히트(1898~1956):「쓰촨의 착한 여자」 수록

○ 호르헤 루이스 보르헤스(1899~1986):「갈림의 정원」 수록

○ 장아이링(1920~1995):「봉인」 수록

[모던 시가]

○ 콘스탄틴 카바피(1863~1933): 「야만인을 기다리며」 외 8편

○ 윌리엄 버틀러 예이츠(1865~1939): 「비잔티움」 외 8편 수록

○ 라이너 마리아 릴케(1875~1926): 「백조」 외 4편 수록

○ T. S. 엘리엇(1888~1965): 「황무지」 외 2편 수록

○ 안나 아흐마토바(1889~1966): 「진혼곡」 수록

○ 페데리코 가르시아 로르카(1898~1936): 「이그나치오 산체스 메야아스를 위한 탄식」 수록

○ 파블로 네루다(1904~1973): 「오늘밤 나는 쓸 수 있다」 외 4편 수록

○ 에메 세자르(1913~2008): 「귀향론」 수록

○ 옥타비오 파스(1914~1998): 「중앙공원」 외 2편 수록

　※ 특별 주제: 선언문들(「미래주의의 토대와 선언문」, 「초현실주의에 관한 선언문」, 「다다 선언문」 등 수록)

II. 세계 2차대전 후와 포스트식민주의, 1945~1968

○ 레오폴 세다르 셍고르(1906~2001): 「시인에 보내는 편지」 외 7편 수록

○ 훌리오 코르타사르(1914~1984): 「점거된 집」 수록

○ 타데우시 보로프스키(1922~1951): 「휘발유, 신사숙녀를 위한 길」 수록

○ 파울 첼란(1920~1970): 「시편」 외 8편 수록

○ 도리스 레싱(1919~): 「나이든 추장 므쉬랑가」 수록

○ 사다트 하산 만토(1911~1955): 「토바 텍 싱그」 수록

○ 제임스 볼드윈(1924~1987): 「토착민 아들에 관한 노트」 수록

○ 알베르 카뮈(1913~1960): 「손님」 수록

○ 사뮈엘 베케트(1906~1989): 「엔드게임」 수록

○ 블라디미르 나보코프(1899~1977): 「바람개비 자매들」 수록

○ 클라리스 리스펙터(1920~1977): 「술 취한 여자의 백일몽」 수록

○ 타예브 살리(1928~2009): 「워드 하미드의 돔나무」 수록

○ 치누아 아체베(1930~): 「차이크의 학창 시절」 수록

○ 카를로스 후엔테스(1928~2012): 「아우라」 수록

○ 알렉산더 솔제니친(1918~2008): 「마트리오나의 집」 수록

○ 나기브 마푸즈(1911~2006): 「자발라위」 수록

○ 마흐무드 다르위시(1941~2008): 「신분증」 수록

○ 앤드루 페이네차(1904?~1976): 「소년과 사슴」 수록

○ 앨리스 먼로(1931~): 「워커 형제 카우보이」 수록

Ⅲ. 우리 시대 세계문학

○ 예후다 아미카이(1924~2000): 「만일 내가 그대 예루살렘을 잊는다면」 외 7편 수록

○ 데릭 월컷(1930~): 「밧모섬으로 간 요한처럼」 외 그리고 『오메로스』 중 5개 장 수록

○ 시머스 히니(1393~): 「벌」 외 7편 수록

○ 가브리엘 가르시아 마르케스(1928~): 「사랑을 넘어 한결같은 죽음」 수록

○ 아마 아타 아이두(1942~): 「두 자매」 수록

○ V. S. 네이폴(1932~): 「많은 중에 하나」 수록

○ 레슬리 마몬 실코(1948~): 「노란 여자」 수록

○ 응구기 와 티옹오(1938~): 「십자가에서 결혼」 수록

○ 월레 소잉카(1934~): 「죽음과 왕의 기수」 수록

○ 베시 헤드(1937~1986): 「깊은 강」 수록

○ 나왈 엘 사다위(1931~): 「카메라 안에서」 수록

○ 오에 겐자부로(1935~): 「똑똑한 비나무」 수록

○ 살만 루슈디(1947~): 「구멍난 종이」 수록

○ 자마이카 킨케이드(1949~): 「여자아이」 수록

○ 마하스웨타 데비(1926~): 「지리발라」 수록

○ 하난 알-샤이크(1945~): 「여성 수영장」 수록

○ 토니 모리슨(1931~): 「레치타티보」 수록

○ 모옌(1955~): 「오래된 총」 수록

○ 니이 오순다레(1947~): 「베를린」 외 7편 수록

○ 응우옌후이티엡(1950~): 「퇴역장군」 수록

○ 이사벨 아옌데(1942~): 「그리고 우리는 흙으로 창조되었다」 수록

○ 주톈신(朱天心, (1958~):「라 만차의 남자」수록

○ 주노 디아스(1968~):「물에 빠지기」수록

○ 로베르토 볼라뇨(1953~2003):「센시니」수록

○ J. M. 쿠체(1940~):「엘리자베스 코스텔로」수록

○ 오르한 파묵(1952~):「창문 밖을 내다보기」수록

4. 나가며

『노턴 세계문학전집』(3판) 여섯 권을 모두 살피면서 다양한 국가의 문학 전공자들인 편집자들의 편찬 방침이 어느 정도 드러난 듯하다. 이 선집을 일반 독자(주로 미국의 대학생)들에게 접근하기 쉽고 세계 각국의 동서 고금의 다양한 문학들을 새로운 번역을 통해 즐길 수 있게 만들려는 진지한 노력들이 돋보인다. 미국 대학의 영문학과와 비교문학과에서 주로 가르치고 있는 세계문학은 독특한 배경에서 나온 것이다. 초강대국으로서의 미국이 자국 국민들에게 세계 각국의 문화와 관습의 가장 대표적인 반영물인 문학을 다양하게 섭렵시켜 그들의 문화를 이해시키고 문물의 교류와 이동을 용이하게 만들려는 국가 전략이다. 그러다 보니 편집자들이 제아무리 객관적으로 공평하게 세계문학을 소개한다고 해도 서양 중심 또는 영어권 중심을 쉽게 벗어날 수 없어 보인다. 세계문학선집 편찬 작업이 완전히 중립적이기는 어려울 것이다. 미국의 다국적 기업인 대형 출판사 노턴이 자국의 독자들에게 상품으로서 선집을 판매해야 하고 교재 선택권을 가진 교수들도 마음에도 합당한 세계문학 교과서를 만들어내야 하기 때문에 이 선집의 주요 소비지인 미국 우선주의는 피할 수 없는 것이 현실일 것이다. 이번 노턴판에서 가장 고무적인 일은 처음으로 『춘향전』 일부와 채만식의 단편소설이 포함되었다는 사실일 것이다. 앞으로 영어로 된 세계적으로 저명하고 권위 있는(?) 노턴 세계문학전집에 좀 더 많은 한국 작품들이 포함될 수 있도록 다양한 방책을 세워야 할 것이다. 이것은 지구 시대의 일종의 문화 전쟁

이기도 하다.

만일 우리가 한국에서 한글로 일반 독자들이나 대학생들을 위해 이러한 세계문학선집을 편찬한다면 당연히 매우 다른 전략과 방법이 채택될 것이다. 한국에서는 오래전부터 대형출판사 중심으로 다양한 시인, 작가별 개별 권으로 된 세계문학전집류가 만들어지고 있다. 그러나 이러한 전집류는 그 권수가 100여 권을 훨씬 상회하여 분량도 많고 경비도 만만치 않다. 작품 선택도 중국과 일본 그리고 서구 주요 나라의 언어권 외에는 연구자나 번역자가 없어서 그 세계문학의 범위와 내용이 매우 제한적일 수밖에 없고 국내 시장이 협소하여서 편집비와 제작비를 감당하기 어려울 것이다. 그래도 노턴판에 버금가는 한글판 세계문학선집(우리나라에서도 대략 고대부터 현대까지 최소 여섯 권이 필요할 것이다.)을 만든다면 고려해야 할 요소들이 많을 것이다. 노턴판에서 한국에 비해 과다하게(?) 할애된 중국과 일본의 작품들의 수는 감소될 것이고 한국의 시조를 포함하는 고전 작품들과 근현대 문학작품들이 상당히 포함되지 않을 수 없을 것이다. 이것은 단순히 우리나라 독자들을 배려하는 면도 있겠지만 민족문학, 국민문학으로서의 한국문학 작품들이 세계문학적 조망에서 어떻게 자리매김이 되는지를 볼 수 있는 측면도 있을 것이다. 앞으로 한국 대학의 교양 과정 대학이나 국문학과와 영문학과 등 외국문학과들과의 연계 과정에서 세계문학 과목이 개설되거나 또는 제도권 대학 밖의 인문 교양 프로그램이나 비정규 대안 대학에서 세계문학 과목이나 과정이 설치될 수도 있지 않을까? 이러한 때를 대비하여 노턴판 세계문학선집은 좋은 점에나 잘못된 점에서 우리에게 타산지석이 될 것이다.

문학은 언어를 통해 공감을 일으키는 감성의 소통이며 다른 의견을 교류하는 능력을 키우는 예술의 양식이다. 동서양의 성현들은 무엇보다도 이웃서로 간의 "사랑"을 말했다. 부처가 말하는 "대자대비"도, 공자가 강조하는 "인"(仁)도, 예수가 가르친 긍휼도 결코 모두 "사랑"이다. 우리가 글로컬 시대 세계문학 읽기를 통해 무엇을 얻을 것인가? 그것은 국민문학/민족문학이

주는 지경을 넓혀 평화와 차이를 사랑하는 전 지구적인 사해동포주의를 고양시키는 것이 아닌가? 궁극적으로 세계 사해동포들이 서로 "공감" "관용"을 가지도록 만들려는 세계문학의 이러한 목적과 기능이 없다면 굳이 그것을 애써서 읽을 필요가 있을까? 이런 의미에서 넓게 유익하고 즐겁게 읽힐 수 있는 세계문학선집을 번역·편찬한다는 것은 커다란 "사랑의 수고"가 될 것이다.

에필로그: 지구마을 시대의 "비교세계 문학"을 향하여

'21세기 전 지구적 맥락에서' 비교문학과 영문학의 차이는 그렇게 큰 것은 아닙니다. 왜냐하면 호주에서(영어권의 다른 많은 지역에서와 같이) 영문학과는 아주 폭이 넓어서 영문학의 정전(正典) 이외에도 영어로 번역된 외국 텍스트들, 문화연구, 그리고 흔히 영화와 전자 텍스트들도 가르치는 경향이었습니다. 나는 비교문학적으로 가르치는 일이 매우 중요하다고 굳게 믿습니다만 통념적인 비교문학 전통과는 어느 정도 거리를 유지하고 있습니다. 왜냐하면 비교문학은 국민(민족)문학들 사이의 관계와 국가적 전통들에 특권을 부여하는 경향이 있기 때문입니다. 내 사유 방식으로는 국민문학 간의 관계를 중시하는 것은 오늘날 세계의 문학(과 다른 매체들)의 진정한 국제주의와 지역문화들 사이의 지속적인 상호 관계의 중요성을 폄하하는 것처럼 보입니다.[1]

필자가 "비교세계문학"이란 말을 처음 들은 것은 2008년 10월 중국 베이징 어언대학에서 3년마다 개최되는 제9차 전 중국 비교문학회 학술대회에서 기조 발제를 했던 미국인 교수 데이비드 댐로쉬의 기조 발제 강연에서였다.

---

1) 「문학 연구, 문화연구, 인문학의 미래」(2006년 6월 22일 동국대 문화관에서의 필자와 존 프로우 교수와의 대담).

세계문학은 시대를 초월하여 세계적으로 유명한 걸작들의 목록으로 또는 좀 더 일반적으로는 세계문학들의 총합으로 간주되어왔다. 그러나 세계에 관한 논의가 어디에선가 온 것이라는 견해가 필수적이 되었다. 어떤 주어진 시간이나 공간에서 세계문학은 초국가적으로 유통되는 독자들의 자국의 전통의 저자들과 더불어 서점에서 실제로 구할 수 있고 강의실에서 학생들에게 부과된 외국 작품들의 목록으로서의 실질적 협정 안에서 존재하고 있다. 따라서 비교세계문학은 세계의 서로 다른 지역들의 다양한 문학에 대한 비교적인 탐구와 관련된 도전과 기회의 맥락에서 논의된다. (2008년 제9차 전중국 비교문학회 학술대회 자료집 214쪽)

올해 2014년 3월 20~23일 미국의 뉴욕 대학교에서 "자본들/수도들"이라는 대주제로 개최된 미국비교문학회(ACLA) 연차 전국 학술대회의 자료집을 보면 "비교세계문학"(Comparative World Literature)이란 제목을 가진 두 개 세미나가 보인다. 그중 하나는 런던 대학교의 갈린 티마노프 교수가 주도하여 3일간에 걸쳐 열렸다. 여기에서 발표된 열두 편의 논문들 중 몇 편의 제목만 살펴보자.

  ○ 「세계문학이 한 나라의 운명을 만들 때―1910년 혁명 후 호세 바스콘세로스의 멕시코」(멕시코 국립자유대, 나이르 아니야 페레이라)
  ○ 「포르투갈어로 세계문학하기」(리스본대, 헬레나 부에스쿠)
  ○ 「슬라브 세계문학. 독일 이데올로기와 러시아 제국 간의 충돌에서 19세기 범슬라브 운동」(니콜라우스 코페르니쿠스대, 아담 콜라)
  ○ 「비교주의에서 비교성으로」(아루스대, 스벤드 에릭 라센)
  ○ 「괴테의 세계문학 개념: 얼마나 '독일적'인가?」(본대, 크리스틴 모세)
  ○ 「비교 번역 풍경―언어, 이데올로기, 세계문학들」(캘리포니아 주립대, 조단 스미스)
  ○ 「소련에서의 '세계문학'」(런던대, 갈린 티마노프)

데이비드 댐로쉬 교수가 구성한 다른 비교세계문학 세미나에서는 3일간

아홉 편의 논문이 발표되었다. 그중 몇 편만 소개해보자.

○「조지 엘리엇의 세계문학의 비교적 개념들」(툴레인대, 토마스 알브레히트)
○「추상화된 세계들—세계화와 세계문학」(캘리포니아 버클리대, 코피르 코헨)
○「타하 후세인과 세계문학을 찬성하는 주장」(루벵대, 메이 하와스)
○「독일계 유대인 추방자의 세계문학들」(시카고대, 나마 로켐)
○「세계문학에 대한 터키의 이해」(텍사스 오스틴대, 파트마 타라시)
○「세계문학과 고대 산스크리트 희곡—횡단문화적 공간들을 구성하고 비우기」(뉴욕대, 미누 타루)

(『2014년 미국비교문학회 연례학술대회 자료집』, 뉴욕대, 71, 133쪽)

필자가 논문 목록을 제시하는 것은 "비교세계문학"이란 주제로 한 세미나에서 어떤 내용의 논문들이 발표되는지 소개하기 위해서이다. 대체로 민족문학에서 시작하되 그것을 넘어서는 새로운 비교문학적 사유와 방법으로 세계문학을 다양하게 논의하는 내용들이다. 비교세계문학은 "비교하는" 세계문학으로 각국의 민족문학을 역동적으로 비교 연계시키면서 세계문학을 역동적으로 논의하는 것이다. 동시에 비교문학을 통해 세계적인 맥락을 고려하는 민족문학론이다. 각국의 국가나 민족 중심의 비교문학을 넘어서 세계문학의 전체적 조망 속에서 사유하는 비교문학도 필요하다. 따라서 21세기 글로컬 시대에는 비교문학과 세계문학이 협동하여 민족문학과 상호침투적으로 균형적인 상호작용을 통해 "비교세계문학"을 수립함으로써 우리는 융복합적 방법으로 세계의 모든 문학 읽기와 연구를 필요로 할 것이다. 이런 작업은 "오래된"(문제성이 있는) 비교문학을 갱신하고 새로 부상되는 세계문학 담론에 비판적 시각을 주기 위한 것이다.

필자가 그동안 서구중심주의라는 수많은 비난을 받아온 '패권주의적인' 비교문학의 논리와 방법을 완전히 폐기하고 손쉽게 새로운 문학 담론으로 떠오른 세계문학으로 문패를 바꾸지 않는 이유는 무엇인가? 그것은 과거의 각국의 국민문학(민족문학)들 간의 비교 방법을 전면 쇄신하여 그대로 살려내기 위함이다. "비교"는 이제 우열을 결정하여 (큰) 중심과 (작은) 주변부로 나누어 궁극적으로는 주체–타자로 나누는 이분법적으로 차별하는 억압의 정치학이 아니다. 글로컬 시대의 "비교"는 필자가 "프롤로그"에서 밝혔듯이 가로지르기와 상호 대화를 통해 차이를 가치화하는 새로운 문화윤리학이다. 따라서 세계문학이란 말 앞에 비교란 말을 붙인 이유는 민족문학(국민문학)과의 관련 속에서 세계문학이라는 거대 담론이 급속히 부상하는 현실에서 두개의 다른 민족문학과 세계문학의 비생산적이고 쉽게 이분법적인 대결구도를 피하고 생산적 대화를 위한 균형의 추를 마련하기 위함이다. 민족문학, 비교문학, 번역문학, 세계문학이 각각 지배적 또는 독점적 담론으로 정체와 고정의 상태로 전락하지 않고 서로 "위험한 균형" 속에서 역동적인 소통을 극대화하는 것이 필요하다.[2] 이를 위해서도 단순히 민족문학과

---

2) 이와 관련한 좀 더 포괄적인 논의로는 박성창의 논문 「민족–세계문학론의 비판적 검토 : 경쟁적 모델과 순환적 모델」의 특히 10~13쪽 참조. 국내에서 논의되는 세계문학 담론의 선두주자의 한 사람인 박성창은 상기 논문에서 국내외의 세계문학 담론의 장을 월러스틴, 파스칼, 카사노바, 프랑코 모레티 등의 세계문학론을 '경쟁적 모델'로 보는 입장과 데이비드 댐로쉬 등의 세계문학론을 '순환적 모델'로 보는 입장으로 양분하여 설명하고 있다. 그는 비교적 균형잡힌 시각에서 한국에서의 생산적인 세계문학 담론을 위해 예리하게 두 모델의 장단점을 논의하고 있다. 또한 필자는 소위 계간지 『창작과 비평』을 중심으로 한 "경쟁적 모델"에 경도된 민족문학 진영의 평론가들 중에서 중견 영문학자인 윤지관의 최근 저서인 『세계문학을 향하여—지구시대의 문학 연구』에서 세계문학론에 관한 견해를 소개하고자 한다.

세계문학이 무엇인가라는 질문은 세계문학이 어떠해야 하는가라는 물음과 결합되어 있을 수밖에 없다. 이 질문에 잠정적으로 답한다면, 지구화 시대에는 이 시대의 핵심적인 모순들과 씨름하는 문학에 세계문학의 지위를 부여해야 할 것이다. 말하자면 지구화가 초래한 불평등한 현실을 바꾸어나가고 지구적 공존의 윤리를 실천하는 문학, 어떤 국지, 어떤 기원에서든 전 세계 민중의 삶을 더 나은 방향으로 이끄는 데 기여하는 문학, 상품으로서의 자기 존재를 부정하지 않더라도 그 회로에서 벗어나 인간적 요소들을 구축하고자 하는 문학이 세계문학이어야 하고, 이러한 문학이라면 세계 차원의 모순이 구체적으로 드러난 양상들에 창조적 사유의 힘으로 맞설 수 있을 것이다. 이처럼 국지(그것이 종족이든 지역이든 국가든)에서 일어나는 문학의 싸움들을 모아 세계시민으로서의 국제 연대를 이룩하려는 노력과 운동도 세계문학의 이념을 지향하고 실천하는 길이기도 하다. 세계문학의 헤게모니를 향한 '경쟁'이 단순히 우위를 점하고자 하는 싸움에만 그치지 않고 이같은 방향성을 가지도록 하는 것, 그것은 앞으로 '지구적 문학 연구'가 감당해야 할 몫이 아닌가 한다.(152~153쪽)

민족 문학 진영의 세계문학론에 대해 더 알기 위해서는 김영희 · 유희석 편, 『세계문학론』(2010) 참조.

세계문학, 민족문학과 비교문학, 비교문학과 세계문학을 모두 아우를 수 있는 세계 비교문학의 개념과 전략이 필요하다.

부록

부록　세계시민주의 시대의 비교학적 상상력
— 제20차 국제비교문학회 파리 세계대회 참가기

2013년 7월 18일부터 25일까지 프랑스 파리–소르본 4대학에서 제20차 국제비교문학회(ICLA) 세계대회가 개최되었다. 이 대회는 3년마다 대륙을 돌아가며 개최되는 대규모 학술대회이다. 이번 대회에는 전 세계 50여 국에서 연인원 1,500여 명이 참가했으며 4개의 석학 특강, 160개의 세션 논문 발표, 308개의 워크숍, 95개의 세미나가 열려 문학의 올림픽이란 말이 무색치 않았다. 이번 파리 대회의 대(大)주제는 "비평적 방법으로서의 비교문학"이다. 소(小)주제는 "비교문학: 여럿 중에 다시 또 다른 비교학인가?", "문학작품들은 비교할 수 있는가?", "비교문학과 번역학: 번역은 비평 방법인가?", "새 이론들: 방법과 이유", "국가를 넘어서—언어적 영역, 문학적 대륙들, 또는 세계화인가?"의 5개 영역이다.

좀 더 자세히 들여다보자.

1. 대회 전체 주제: "비평적 접근으로서의 비교문학"

제20차 국제비교문학회 파리세계대회 조직위원회는 21세기 들어서 세계화 과정이 가속화되면서 하나의 학문방법론으로서의 "비교문학"은 동서양에서 산출되는 다양한 이론과 논의들 속에서 더욱 다양하고 복잡해졌다고 선언한다. 그렇다면 비교문학의 비평 방법은 우리 시대 연구에 어떤 가능성을 줄 수 있는가? 하는 것이 중심적 문제의식이다.

대회 세션 주제는 다섯 가지의 큰 질문을 던짐으로써 제시되고 있다. 조직위원회의 취지문에서 요약해본다.

(1) 비교문학: 여럿 중에서 단지 또 다른 비교학인가?

비교문학은 문학과 예술, 문학과 사회과학, 문학과 자연과학 등 인접 학문과의 관계에 주의를 기울인다. 이렇게 함으로써 "문학" 개념 자체에 대한 정의를 새롭게 시도한다. 나아가 세계 각국에서 이 문제가 어떻게 다르게 제기되고 있는가의 문제도 논의한다.

(2) 문학적 대상들은 비교할 수 있는가 없는가?

비교의 개념에 관해서 비교할 수 없는 대상들은 있는가 하는 문제를 중심으로 차이를 강조하는 비교학적 접근을 통해 비교학적 사유의 기원을 밝힌다. 또한 비평에서 비교 방법에 관한 논의를 통해 한 국가의 경계를 넘어 "일반문학", "비교문학", "문학이론"의 근본적인 의미를 천착한다.

(3) 비교문학과 번역학: 번역은 비평적 접근인가?

최근 번역학의 발전은 비교문학자들에게 중요한 화두로 등장했다. 번역은 어떻게 그 자체로 비평 방식이 될 수 있는가? 비교학의 사유가 번역가의 작업을 이해하는 데 어떻게 도움이 되는가? 중심과 주변부로서 서구–비서구 사이의 관계의 역사에서 번역의 역할을 탐구한다.

(4) 새로운 이론들은 어떻게 생성되고 또 왜 필요한가?

비교문학은 문학이론들이 새롭게 부상하는 데 도움을 주는가? 프랑스와 미국에서의 "신비평"에 대해 비교문학은 문학 창작의 여러 과정들에서 좀 더 일반적인 사유를 요구한다. 일반문학과 문학이론 사이의 관계 탐구와 서구 이론과 비서구 이론 사이의 관계를 논의한다.

(5) 국가들의 경계를 넘어서: 언어적 지역들과 문학의 대륙들 그리고 세계화는?

비교학적 방법들이 한편으로 차이를 강조하고 다른 한편으로 세계화 과정에서 유사성을 추구하는 것의 관계를 어떻게 설정할 것인가? "유럽문학", "서구문학", "세계문학"의 범주들은 얼마나 합법적이고 유용한가? 대륙의 경계를 넘어서 언어적 영역들이 문학의 정체성을 정의하는 데 지정학적 또는 문화적 평가 기준보다 더 적절한가?

2. 전체특강과 대회 세션 내용

대회 기간 중 석학 특강은 문학, 철학, 법률, 신경과학 분야를 중심으로 네 개의 전체특강(plenary session)이 있었다. 그중에 주목할 만한 초청강연은 7월 20일 오후에 있었던 미국의 포스트식민주의-해체론-페미니스트인 가야트리 스피박 교수의 것으로 그 제목은 "자유의 실천은 불가능하지 않다"였다. 이 밖에 프로렌스 디레이 교수의 "토지와 풍경", 장-폴 코스타 교수의 "법률에서의 비교 방법", 장-피에르 샹죄 교수의 "미적경험의 신경생물학적 이론"의 특강이 있었다.

이번 학술대회에서 특히 필자의 관심을 끌었던 것은 '회장단 패널'이란 이름이 붙은 특별 순서였다. 이 패널은 "비교문학/세계문학 재고"란 주제로 국제비교문학회 전(前), 현(現) 회장단들이 모여 주제 발표를 하고 토론을 벌이는 모임이었다. 사회는 장 베시에르 교수(소르본대)와 질레스피 교수(스탠퍼드대)가 맡았고, 기조 발제는 회장인 스티븐 손드럽 교수(브리검영대)

가 했다. 이어서 질레스피 교수, 소시 교수(시카고대, 전 미국비교문학회장), 데한 교수(루뱅대), 베하르 교수(스페인 레푸블리카대), 발데스 교수(토론토대)가 비교문학의 새로운 영역, 세계문학의 과제, 번역 문제와 중요성 등 다양한 관련 주제들에 대해 소주제 논문 발표를 했다. 이어서 이루어진 청중과의 질의 응답 및 토론은 열띠고 진지하게 진행됐다. 150여 명의 남녀노소세계 각국의 학자들이 모인 토론회장이 문학의 작은 UN 총회장 같은 느낌도 들었다. 21세기 세계시민주의 시대에는 민족문학, 국민문학을 넘어 번역과 비교문학을 통해 보편적인 세계문학으로 지향해야 한다는 것이 대체적결론이었다. 필자 자신도 그동안 지나치게 영문학 중심의 공부만을 해왔으나 앞으로는 적어도 유럽 문학 특히 불문학, 독문학 등과의 상호 관계에도 관심을 가질 필요성을 절실히 느꼈다. 더욱이 이러한 비교학적 방법론 또는 비교문학적 상상력을 통해 한국문학의 영역도 확장시켜 세계문학의 범주 안에서 논의되어야 하지 않을까 하는 생각을 했다.

이번 대회의 세션은 5개의 주제 아래 160개의 세션이 있었다. 기록으로 남기기 위해 여기에 소개해본다.

첫째. 비교문학 여럿 중에서 단지 또 다른 하나의 비교학인가?

(1) 예술 간의 대화로서의 비교문학 (2) 종교와 문화 간의 대화로서의 비교문학 (3) 비교문학, 사회과학, 정치학 (4) 비교와 비교문학인식론 (5) 문학이 자연과학을 만났을 때 (6) 해석학 교차점 (7) 지식의 원천으로서의 비교 방법 (8) 비교문학과 인류학: 감정 문제들 (9) 문학과 자아들: 비교문학의 다원적 토대 (10) 인류학으로서의 신화 비평 (11) 과학과 그 경계에 대한 재고

둘째. 비교할 수 있고 비교할 수 없는 문학적 대상?

(1) 비교의 철학 (2) 비교의 개념, 전략, 관계 (3) 학제적인 비교 (4) 매체를 가로지르는 비교 (5) 정치학과 검열 (6) 시의 비교학적 접근들 (7) 포스트식

민지적, 세계화된, 초국가적인 비교 (8) 공간들을 비교하기 (9) 신화와 종교 비교하기 (10) 젠더와 섹슈얼리티 (11) 비교 시학과 수사학 (12) 문학 장르에 대한 비교학적 접근 (13) 비교학적으로 가르치기 (14) 주제, 모티프, 이미지 비교하기 (15) 문학사에서의 비교

셋째. 비교문학과 번역학

(1) 번역에서 원천으로 (2) 동양과 서양 (3) 번역, 문화상호성, 라틴아메리카 (4) 번역과 포스트식민주의 시학 (5) "오독"과 창조 사이의 번역 (6) 중국과 영어권 문학 (7) 번역, 철학, 해석학 (8) 이데올로기, 헤게모니, 종교 (9) 번역과 다성성 (10) 서양과 동양 간의 교류 (11) 아시아 간 교류 (12) 문화적 이질성 번역하기 (13) 번역과 문학 장르 (14) 극장과 퍼포먼스 (15) 번역과 기억 (16) 타고르와 번역 (17) 번역과 비평, 정체성과 젠더 (18) 번역학과 언어 습득

넷째. 새 이론, 어떻게 그리고 왜?

(1) 비교 시학의 문제들 (2) 포스트식민 문학과 기억 (3) 문학이론들 비교하기 (4) 상호 매체 전위와 비교문학 (5) 신화와 비교 (6) (포스트)모던 용어, 형식, 구조에 대한 질문들 (7) 세계문학, 문학의 세계화 (8) 소설 이론과 실제 (9) 발생론적 비평(genetic criticism)에 질문하기 (10) 텍스트 해석학에 질문하기 (11) 인식과 감정: 비교문학을 위해 새로운 비전? (12) 역사, 철학, 비교 (13) (신)장르 이론과 실제 (14) 디지털 시대의 문학 (15) 문화 공간에서 미적 공간으로 (16) 섹슈얼리티, 장르, 정체성(문학과 영화)

다섯째. 국가와 그 너머: 문학적 대륙, 언어적 영역, 세계화?

(1) 포스트식민 문학들 (2) "세계문학"의 개념 (3) 국민문학과 세계화 (4)

언어(들)과 정체성(들) (5) 동서 관계론 (6) 이주, 다문화주의, 혼종화 (7) 초국가적인 문학 운동 (8) 신화 다시 쓰기 (9) 텍스트 상호성, 교류들 (10) 문학, 역사와 도덕적 가치들 (11) 초국가적 문제로서의 장르 (12) 비교문학과 세계화 (13) 문학과 이어성(異語性, Heteroglossia)

3. 세미나와 워크숍

대회 기간 중 11개의 주제 아래 308개의 워크숍(workshop)이 있었다. 다음에 제목만이라도 제시하니 독자 여러분들에게 참고가 되기 바란다.

첫째. 오래된 전통 대면하기

(1) 유럽의 초기 근대의 구성 (2) 초기 근대성들 비교 (3) 19세기 이전 비교문학: 개관, 문제 및 방법론 (4) 고대성/근대성: 비교학을 위한 실험

둘째. 번역학

(1) 번역과 자가 비교 (2) 경계선에 놓인 번역 (3) 번역사와 문학사 (4) 몽테뉴 워크숍: 에세이 같은 번역 (5) 창조로서 비평으로의 번역 (6) 극단적 폭력의 증거를 번역하기 (7) 근대성과 번역, 번역 속의 근대성들

셋째. 복합언어주의

(1) 초언어 문학: 본질 또는 선택에 의한 비교? (2) 문학적 다언어주의 1900 (3) "하이포(hypo)문화", "하이퍼(hyper)문화", "나"의 바벨화

넷째. 트랜스 대륙학(Transcontinental Studies)

(1) 프랑스와 브라질 사이의 문학적 관계: 트랜스 대륙학 (2) 유럽-아메리

카: 세계 미디어 문학의 형성 (3) 식인 풍습 개념의 동시대론 (4) 프랑스/브라질 비교학: 하나의 결산 (5) 문학적 트랜스 대륙학과 프랑스주의

다섯째. 비교문학의 이론과 실제

(1) 퀴어(동성애)비교하기/퀴어적 비교: 비교문학에 대한 변형적 접근들 (2) 문제가 되지 않는 섹스 (3) 비평과 오해 (4) 이론 이야기하기 (5) 왜 비교문학인가? (6) 인문학의 식민지적 발명: 계보학과 비판 (7) 개념들과 비교 비평 (8) 유럽의 비교문학: 최근 동향 (9) 열린 문학: 문학의 인식론 (10) 차이의 비교를 적용하기 (11) 성경적 추론과 비교문학 (12) 동방을 향한 서구 문학 개념들이 경험한 영고성쇠 (13) 리얼리즘에 관한 비교인식론과 조망들 (14) 사유 안하기의 기술 (15) 오래된 이론들, 어떻게 그리고 왜인가?

여섯째. 전 지구화(세계화)

(1) 회장 패널: 비교문학/세계문학에 대한 재고 (2) 세계적인 센 콩웬 (3) 탈중심의 개념 (4) 하나의 세계문학? (5) 세계문학의 막연한 소식 (6) 세계화와 전 지구화의 (비교)문학

일곱째. 문학과 예술, 매개성의 문제

(1) 창작가, 비평 그리고 예술의 대화 (2) 비교주의와 매개성 (3) 이마쥬의 예술과 비교주의 (4) 만화 연구에서 비교적 및 서사적 접근 (5) 문학과 음악: 학제성에 대한 비판적 접근을 향한 비교 방법들

여덟째. 디지털 문학들

(1) 책-재료-텍스트 (2) 비교할 수 있는 재료들 (3) 디지털 문학에 대한 비교적 접근들

아홉째. 문학과 과학

(1) 상징주의 운동과 정신병 (2) 문학과 신경과학: 의식과 두뇌 (3) 문학과 의학 (4) 과학과 문학 I: 방법의 문제 (5) 과학과 문학 II: 20~21세기, 인식론적 전이 (6) 문학과 생명과학

열째. 문학과 사회과학

(1) 종교와 소설 (2) 감정의 문학 (3) 문화주의적 비교주의를 위하여 (4) 감성의 공간들: 문학의 공간과 감정 이론화하기 (5) 비교의 동체(同体)적 구성 차원으로서의 이질성: 진정으로 비교적인 양심을 위하여 (6) 민족문학과 민족시학 (7) 문학과 일상생활의 인류학 (8) 문학과 철학 (9) 삶의 철학으로서의 문학 (10) 직접적 역사를 대면하는 문학의 힘과 진실

열한째. 문학과 영토들

(1) 동양/서양 I: 본질주의를 벗어나 (2) 동양/서양 II: 동양주의와 비교주의 (3) 동양/서양 III: 경계 넘기의 복합성 (4) 경계를 넘어서는 판타스틱 (5) 기다리는 영토들에 대해 쓰기 (6) 지리 비평, 비교문학, 그리고 그 너머(1) (7) 지리 비평, 비교문학, 그리고 그 너머(2) (8) 오늘날 유럽의 이주와 문학 (9) 유럽 시학? 아크마토바와 유럽 시인들 (10) 터키의 미학과 정치학: 예술, 영화, 문학 (11) 인도, 그 주변국 그리고 세계의 문화적 그리고 문학적 상호관계

4. 한국인 참가자 및 발표

이번 파리 대회에는 한국 학자들이 대거 참석했다. 김영민(동국대), 조성원(서울여대), 박성창, 조선정, 김춘희(이상 서울대), 이택광, 정혜진(이상 경

희대), 남수영(한예종), 진상범(전북대), 한지희(경상대), 장성욱(동의대), 윤인선(전주대) 교수 등 30여 명이 논문을 발표했다. 진상범 교수는 논문 네 편을 동시에 발표하는 기염을 토했고 김영민, 김춘희, 한지희 교수 등도 두 편의 논문을 발표했다. 특별히 이번 대회에서는 한국을 주제로 한 세 개의 공통 세션이 구성되었다. 이상현 교수(부산대) 등이 참가한 "아시아 신화와 해석의 정치학" 세션과, 이택광, 남수영 교수가 주축이 된 "변위적 시각에서 본 한국/아시아 영화" 세션과 박정경 교수(한국외대) 등이 참가한 "아리랑의 세계적 의미" 세션도 있었다. 이번 제20차 파리 대회를 통해 한국에서도 비교문학이 21세기에 새로이 부상하는 학문으로 빨리 정착되었으면 좋겠다.

이번 개인 발표에서 필자는 문학비평 전공자로서 평소의 관심사인 동양 이론을 서양 텍스트 분석에 적용하는 문제를 살펴봤다. 그동안 우리는 거의 서양 이론의 식민지가 되어 서양 이론만 텍스트에 적용해왔다고 생각하기 때문이다. 서양 텍스트라도 서양 이론만으로 해석하는 데 미진한 부분이 남게 마련이다. 동양 이론이 서양 이론 모두를 대체할 수는 없더라도 적어도 서양 이론을 보완하고 나아가 대등한 해석 방법으로 사용될 수 있을 것이다. 구체적으로 이번 발표에서 필자는 대화론으로서의 음양의 원리를 일부 영국 시(詩) 해석에 적용했다. 몇몇 영국 시들에 나타나는 해결되지 않은 갈등의 문제들은 서양의 대화법이나 변증법으로는 해석이 제대로 되지 않는 경우가 있다. 그러나 음양적 대화론으로 그 영국 시들을 조명해보면 미해결의 해석이 잘 풀린다는 것이 내 발표의 요지였다.

이번 파리 대회에도 예외 없이 특별 행사들이 있었다. 인상에 남는 행사는 7월 18일 개막식 날 7시부터 파리 시청사(Hôtel de Ville)에서 열린, 베르트랑 드라노에 파리 시장이 초청한 ICLA 대회 환영 리셉션이었다. 파리 시청사 2층 대연회실은 역사적 유물도 많고 유명한 천장의 그림 등 거의 궁정 분위기가 감도는 특별한 곳이었다. 파리시장을 역임했던 현 프랑스 대통령 프랑수아 올랑드는 자신의 대통령 취임식을 이곳에서 했다고 한다.

이 밖에 필자는 참석하지는 못했지만 파리 대학교 총장 리셉션이 파리대

제2리셉션홀에서 있었다. 또한 소르본 대학교 탐방 프로그램도 있었다. 무엇보다도 필자에게 가장 기억에 남는 것은 대회 종료 전날 밤에 있었던 센강 유람선 위에서의 송별 정찬이었다. 에펠탑 바로 아래 선착장에서 저녁 7시 30분부터 거의 밤 11시까지 계속된 송별 정찬은 세계 각국 참가자들과의 식사와 환담, 그리고 센 강변의 파리 야경을 볼 수 있는 자리로 이어졌는데, 파리의 매혹을 만끽할 수 있는 자리였다. 3년 후에 있을 제21차 ICLA 세계대회의 개최 도시는 오스트리아 빈(Wien)으로 결정되었다.

필자가 이번 대회에 참석한 것은 개인적으로 논문을 발표하는 것 외에 공적인 업무가 있었다. 그것은 3년 전 여름에 서울 중앙대학교에서 개최되었던 제19차 ICLA 서울 세계대회의 조직위원장으로서 그때 발표된 논문들을 모은 논문 선집(proceedings)을 출간 보고하는 임무였다. 이 논문집은 서울대회 집행위원장이었던 조성원 교수 주도로 편집하여 500쪽 분량의 두 권으로 각각 나뉘어 출간되었다. 이 선집은 『비교문학의 영역의 확장』(*The Expanding Frontiers of Comparative Literature*)이란 제목으로 주최교였던 중앙대학교의 호의로 대학 출판부에서 간행되었다. 이로써 이번 여름 나는 파리 여정으로 제19차 서울 ICLA 대회의 조직위원장으로서의 마지막 소임을 완수했다는 안도감을 가질 수 있었다. 그리고 이곳에서 다시 만난 지난 서울 대회에 참석했던 세계 각국의 비교문학자 친구들로부터 2010년 서울 대회가 여러 가지 면에서 탁월한 대회였다는 칭찬을 들으니 이 또한 덤으로 얻은 보람과 기쁨이었다.

필자는 대회 이후 우리 시대에 넓은 의미의 "비교학"(comparative studies)이란 어떤 의미를 가질 수 있는가를 다시 한 번 생각해보았다.

"비교(比較)"는 오래된 진부한 용어이다. 그러나 이제 비교의 의미를 재정의할 필요가 있다. 비교는 경계를 타고 넘어 공감하고 대화하는, 서로 섞고 융합하고 통섭의 길로 나가는 상호침투적 시공간이다. 비교는 이제 세계화와 지방화가 동시에 일어나는 세방화(glocalization)의 새로운 문화윤리학이며 차이 속에서 하나가 되는 지구시대의 세계시민주의 시대라는 종합인문학의 새로운 사유 방식이다.

필자는 이와 같은 비교라는 인식소를 "비교학적 상상력"이라 부르고자 한다. 지독한 무더위의 열기 속에서도 이번 여름은 전 지구적인 분쟁과 갈등의 질풍노도의 시기였다. 자연(기후)과 인간 문명의 불화, 다른 민족과 종파 간의 폭력과 전쟁, 한반도 남북한의 대립, 정치판의 극단적인 분열이 끝이 안 보인다. 이러한 투쟁의 시기에 비교의 새로운 인식소인 관용과 대화 정신을 역동적으로 작동시켜 차이를 존중하고 공감의 상상력으로 나아가자. 이제 참을 수 없는 폭염의 계절이 지나고 선선한 바람이 불기 시작했다. 저 지평의 끝에서 하늘과 땅이 만나듯 긴 호흡과 비전으로 문학이든 문화든, 학문이든 정치든, 경제든 과학이든, 비교학적 상상력을 전경화하자. 이것이 필자가 파리 세계 비교문학대회장에서 내린 결론이다.

민족문학, 비교문학, 그리고 세계문학, 번역학과 포스트식민주의, 21세기를 위한 새로운 이론 창출 등의 주제로 전 세계 6대양, 5대륙에서 온 비교문학자들이 열띤 발표 토론을 통해 이루어내고자 했던 궁극적인 목표는 무엇인가? 그것은 바로 경계선 가로지르기와 방법론적 넘나들기를 통해 보편성을 드러내는 세계시민주의 문화의 다양성을 담보해내려는 비교학적 상상력의 노력이다. 이러한 노력은 통섭과 대화를 향한 인문학적 상상력에 다름 아니다. 모든 인간 학문의 방법론적 토대는 "비교"가 되어야 한다. 우열을 정하는 비교가 아니라 차이를 드러내는 비교는 대화를 이끌어내고, 대화는 다시 창조를 위한 공감과 관용으로 이어질 것이기 때문이다.

참고문헌

국내 논문 및 단행본

강내희, '종결어미 '-다'와 한국 언어적 근대성의 형성」, 『근대성의 충격』(국제 학술지 『흔적』 서울 학술대회 발표 논문집), 2000. 9. 23~24.

강대건, 송낙헌 편역, 『18세기 영시』, 탐구당, 1976.

강지희, 「상해와 근대 문학의 도시 번역—주요섭의 소설을 중심으로」, 『이화 어문논집』, 제29집, 2011.

고지문, 「Metafiction의 수용과 그 의의」, 『영어영문학』, 제34권 4호, 1988.

구인환, 「주요섭론—애정과 조국의 의미」, 『아네모네의 마담』(범우소설 문고 7), 범우사, 1976.

권영민, 『해방 직후의 민족문학운동 연구』, 서울대학교 출판부, 1986.

_____ 편, 『이상 문학 연구 60년—이상은 왜 우리 문학의 정상에 있는가』, 문학과사상사, 1988.

_____ 편, 『한국현대문학대사전』, 서울대학교 출판부, 2004.

권오룡, 「소설 공간의 확대, 혹은 형식의 모험」, 『현대소설』, 1989, 여름.

권오만 외, 『기독교와 한국문학』, 역락, 2000.

그리스도교와겨레문화연구회 편, 『한글성서와 겨레문화』, 기독교문사, 1973.

김경완, 『한국소설의 기독교 수용과 문학적 표현』, 태학사, 2000.

김병철, 『세월 속에 씨를 뿌리며』(수상록), 한신문화사, 1983.

_____, 『한국 근대 번역 문화사 연구』, 을유문화사, 1975.

김상선, 「전후 문학론 서설」, 『어문논집』 제27호, 중앙어문학회, 1999.

김성곤, 「소설의 죽음과 포스트모더니즘」, 『외국문학』, 1989, 여름.

_____, 『포스트모더니즘과 현대 미국 소설』, 열음사, 1990.

김승일 편, 『문화사로부터 접근하는 서양 문화사』, 예일출판사, 2004.

김영무, 「문학 행위로서의 번역」, 『현대 비평과 이론』 제11호(1966 봄/여름).

김영호, 『한용운과 위트먼의 문학사상』, 사사연(思社研), 1988.

김영화, 「주요섭의 소설 연구」, 『논문집』(제주대). 제11권 1호, 1979.

김우창, 「날던 새들 떼지어 제 집으로 돌아오다—작품 해설/금아 선생 번역 시집에 부쳐」, 피천득, 『내가 사랑하는 시』(번역 시집). 샘터 2008.

_____, 「문물, 세태, 사상—송욱의 『문물의 타작』(서평) 『대학신문』 1978. 9. 25.

_____, 『궁핍한 시대의 시인: 현대 문학과 사회에 관한 에세이』, 민음사, 1987.

_____, 『법 없는 길: 현대문학과 사회에 관한 에세이』, 민음사, 1993.

김욱동, 『근대의 세 번역가: 서재필, 최남선, 김억』. 소명출판, 2010.

김원모, 『영마루의 구름—춘원 이광수의 친일과 민족보존론』. 단국대학교 출판부, 2009.

김원우, 「한국 현대소설의 때이른 고민」, 『예술세계』, 1991년 9월.

김윤경, 『한국문자급어학사』, 동국문화사, 1938.

김윤식, 「한국문학과 포스트모더니즘」, 『현대시사상』, 3호, 1989.

_____, "Dear Dekochan!"(영문 편지), 『이광수와 그의 시대』 1. 솔, 2008.

_____, 『백철 연구』 소명출판, 2008.

_____, 『이광수와 그의 시대』 1. 솔, 2008.

_____, 『이광수와 그의 시대』 2. 솔, 2008.

_____, 『한국근대문예비평사 연구』 한얼문고, 1973.

_____, 『한국근대문학사상사』 한길사, 1984.

_____ 외, 『우리 문학 100년』, 현암사, 2001.

김은애, 「젊은 괴테에게 미친 셰익스피어의 영향」, 『비교문학』 제29집, 2002, 5~25.

김인기, 「돈오 김: 문학으로 맞서온 삶의 고독과 부자유」, 『행복이 가득한 집』 1992년 12월호.

김재남 역, 『셰익스피어 전집』(3訂), 을지서적, 1995.

김재순(대담), 「대화—피천득, 김재순, 법정, 최인호」, 샘터, 2010.

김재영, 「이광수 초기 문학론의 구조와 와세다 미사학」, 『이광수 문학의 재인식』, 소명출판, 2009.

김재홍, 「백철의 생애와 문학—마르크스에서 리차즈까지」, 『문학사상』 1985년 11월호.

_____ (피천득과 대담), 「청빈과 무욕의 서정」, 『시와 시학』, 2007년 가을호.

_____, 『한용운 문학 연구』, 일지사, 1982.

김종구, 「주요섭 소설의 초점화와 담론 연구」, 『한국어문학』. 제35집, 1995.

김종대, 「1930년대 휴머니즘 논쟁에 대한 고찰—백철의 휴머니즘론을 중심으로」, 『어문논집』 제19호, 중앙대학교 국어국문학과, 1985.

김진균, 「기독교 찬송가가 한국 음악 문화에 미친 영향」, 『동서문화』 제1호, 1967, 93~108쪽.

김치수, 「낯선 세계에 대한 창조적 의미화」, 『문학사상』, 1990. 3.

김학균, 「주요섭 초기 소설에 나타난 여성의 '서발터니티' 연구」, 『배달말』. 제49권, 2011.

김학동, 『비교문학』, 새문사, 1984, 1997.

_____ 외, 『송욱 연구』, 역락, 2000.

김 현, 「뛰어난 오역을 보고 싶다」, 『두꺼운 삶과 얇은 삶: 김현 문화논집』, 나남, 1986.

김현식, 「로고스와 파토스」, 『교수신문』, 2007년 7월 16일자 8면.

김현정, 『백철 문학 연구』, 도서출판 역락, 2005.

나명순, 「재호 교포 작가, 김동호 씨」, 『주간조선』 1987년 8월 2일.

대한성서공회편, 『제자성경』(개역개정), 국제제자훈련원, 2005.

돈오 김, 『내 이름은 티안』, 김소영 역, 전원, 1991.

_____, 『암호』, 김병익 역, 양우당, 1983.

_____, 『차이나맨』, 전경애 역, 보리수, 1985.

도연명, 『신역 도연명』(개정증보), 김학주 역, 명문당, 2002.

두 보, 『두보시선』, 이원섭 역해, 현암사, 2003.

민은기, 『서양음악사―피타고라스부터 재즈까지』, 음악세계, 2013.

_____ 외 6인, 『바로크 음악의 역사적 해석』, 음악세계, 2006.

밀러, J. 힐리스, 「경계선 넘기―이론 번역의 문제」, 장경렬 역, 『현대 비평과 이론』 제8호(1994
      년 가을, 겨울호).

박계주 · 곽학송, 『춘원 이광수』, 삼중당, 1962.

박상진, 『비동일화의 지평―문학의 보편성과 한국문학』, 고려대학교 출판부, 2010.

박 엽, 「Metafiction의 이론과 실제」, 『영어영문학』, 제34권 3호, 1988.

박을미, 『서양음악사 100장면 (1)―고대의 음악에서 바로크 음악까지』, 가람, 2001.

박정신, 『근대 한국과 기독교』, 민영사, 1997.

박종석, 『송욱 문학 연구』, 좋은날, 2000.

_____, 『송욱의 삶과 문학』, 한국학술정보, 2009.

박종성, 「한국에서 영어의 수용과 전개」, 윤지관 책임편집, 『영어, 내 마음의 식민주의』, 도서출
      판 당대, 2007.

박지향, 『일그러진 근대―100년 전 영국이 평가한 한국과 일본의 근대성』, 푸른역사, 2003.

박해현, 「금아 피천득 선생 별세―온 국민에 '인연' 남기고 떠난 영원한 수필가」, 『조선일보』
      2007년 5월 26일.

백 철, 『두 개의 얼굴』(백철수상집), 휘문출판사, 1964.

_____, 『만추의 사색』, 서문당, 1977.

_____, 『문학개론』(개정판), 신구문화사, 1947, 1959.

_____, 『문학사화』(세계문화를 찾아서 5), 동서출판사, 1965.

_____, 『문학의 개조』(평론집), 신구문화사, 1959.

_____, 『문학 ABC』, 글벗집, 1958.

_____, 『백철문학전집』 I(한국문학의 길), 신구문화사, 1968.

_____, 『백철문학전집』 II(비평가의 편력), 신구문화사, 1968.

_____, 『백철문학전집』 III(생활과 서정), 신구문화사, 1968.

_____, 『백철문학전집』 IV(신문학사조사), 신구문화사, 1968.

_____, 『속 · 진리와 현실』, 박영사, 1976.

_____, 『신문학사 조사』, 신구문화사, 1986.

_____, 『인간탐구의 문학』(백철문학선), 창미사, 1986.

_____, 『진리와 현실』(백철의 문학 생애 그 반성의 기록), 박영사, 1975.

_____, 『한국문학의 이론』, 정음사, 1964.

_____ 편, 『비평의 이해』 민중서관, 1968.

_____ · 이병기, 『국문학전사』 신구문화사, 1991.

석경징(대담), 「민족사의 전개와 초기 영문학—피천득 선생을 찾아서」, 『안과 밖』 제3호(1997년 하반기).

손광성, 「피천득의 생애」, 「피천득 선생 탄생 100주년 기념세미나」(자료집), (사)국제펜클럽 한국 본부외 편, 2010. 6. 4.

송민호, 『한국 개화기 소설의 사적 연구』, 일지사, 1975.

송승철, 「영어: 근대화, 공동체, 이데올로기」, 윤지관 책임편집, 『영어, 내 마음의 식민주의』, 도 서출판 당대, 2007.

송 욱, 『님의 침묵 전편 해설』, 일조각, 1973.

_____, 『문물의 타작』, 문학과지성사, 1978.

_____, 『문학평전』, 일조각, 1969.

_____, 『시학 평전』, 일조각, 1973.

_____, 『월정가(月精歌)』, 일조각, 1971.

송태현, 「볼테르의 『중국 고아』와 오리엔탈리즘」, 『세계문학비교연구』 제44권, 2013, 189~210.

숭실대학교, 『한국기독교박물관 도록』, 숭실대학교 한국기독교박물관, 2004.

신문수, 「메타픽션의 위상」, 『외영』, 외국어대학교 출판부, 1986.

신언훈, 「내가 만난 돈오 김—어느 이방인의 고독」, 『내 이름은 티안』, 전원, 1991.

오증자(대담), 「적당히 가난한 삶의 사랑」, 『산호와 진주와 금아—피천득을 말한다』, 샘터, 2003.

우미영, 「식민지 시대 이주자의 자기인식과 미국—주요섭과 강용흘의 소설을 중심으로」, 『한국 근대문학연구』, 제2권17호, 2008.

유성덕, 「한글 성경이 우리 어문학에 끼친 영향」, 『총신대 논문집』 제5호, 1985, 33~52쪽.

유영렬 · 윤정란, 『19세기 말 서양 선교사와 한국사회—The Korean Repository를 중심으로』, 경

　　인문화사, 2005.

유종호, 「시와 번역」, 『문학이란 무엇인가』, 민음사, 1989.

유창균, 「국역 성서가 국어 발달에 끼친 영향」, 『동서문화』 제1호, 1967, 59~75쪽.

윤혜준, 『바로크와 '나'의 탄생—햄릿과 친구들』. 문학동네, 2013.

윤홍로, 「이광수론—위기에 선 경계선의 작가」, 『한국문학작가론』, 나손선생추도논총간행위원
　　회 편, 현대문학사, 1991.

이광수, 『이광수 전집』 제1권, 삼중당, 1976.

＿＿＿, 『이광수 전집』 제8권, 삼중당, 1976.

＿＿＿, 『이광수 전집』 제9권, 삼중당, 1976.

＿＿＿, 『이광수 전집』 제10권, 삼중당, 1971.

＿＿＿, 『이광수 전집』 제10권, 삼중당, 1976.

＿＿＿, 「강용훈 씨」(영문학 특징), 『이광수 전집』 제7권, 삼중당, 1973.

＿＿＿, 「『검둥의 설움』 머리말」, 『이광수 전집』 제10권, 삼중당, 1973.

＿＿＿, 「검둥의 설움」(번안 소설), 『이광수 전집』 제7권, 삼중당, 1973.

＿＿＿, 「문예쇄담」, 『이광수 전집』 제10권, 삼중당, 1973.

＿＿＿, 「민족개조론」, 『이광수 전집』 제10권, 삼중당, 1973.

＿＿＿, 「수선화」(워어즈워어드 작), 『이광수 전집』 제9권, 삼중당, 1973.

＿＿＿, 「스토우 부인 사적」, 『이광수 전집』 제8권, 삼중당, 1973.

＿＿＿, 「아메리카 사람들아」(휘트먼 작), 『이광수 전집』 제9권, 삼중당, 1973.

＿＿＿, 「영문단의 최근의 경향」, 『이광수 전집』 제10권, 삼중당, 1973.

＿＿＿, 「외로운 추수군」(워어즈워어드 작), 『이광수 전집』 제9권, 삼중당, 1973.

＿＿＿, 「외투(外套)」(작자 미상), 『이광수 전집』 제9권, 삼중당, 1973.

＿＿＿, 「우리 문예의 방향」, 『이광수 전집』 제10권, 삼중당, 1973.

＿＿＿, 「조선 문학이 가지기를 바라는 요건」, 『이광수 전집』 제8권, 삼중당, 1973.

＿＿＿, 『줄리어스 시이저(詩劇)』(제2막 제3장 번역), 『이광수 전집』 제8권, 삼중당, 1973.

＿＿＿, 「중용과 철저」, 『이광수 전집』 제10권, 삼중당, 1973.

＿＿＿, 「콩커드 기념비 제막식」(에머슨 작), 『이광수 전집』 제9권, 삼중당, 1973.

＿＿＿, 「Sir Thomas More의 본령」, 『이광수 전집』 제9권, 삼중당, 1973.

＿＿＿, "My Dear Friends"(영시), 『이광수 전집』 제9권, 삼중당, 1973.

＿＿＿, "My Song"(영시), 『이광수 전집』 제9권, 삼중당, 1973.

이광호, 「문학의 죽음—후기 산업사회의 문학적 징후들」, 『문학정신』, 1990, 4.

이건청, 「송욱—역설과 풍자의 언어」. 『한국 현대시인 탐구』. 새미, 2004.

이남재 · 김용환, 『18세기 음악』, 음악세계, 2006.

이덕일, 「정음청과 언문청」, 『조선일보』, 2007. 10. 10.

이덕주, 『한국 교회 처음 이야기』, 홍성사, 2006.

이명재, 「백철문학연구서설」, 『어문논집』 제19집, 중앙대학교 국어국문학과, 1985.

_____, 「서문을 대신하여」, 『인간탐구의 문학』, 창미사, 1986.

_____, 「피천득 수필의 기법적 특성」, 『한국문학의 다원적 비평』(이명재 평론집), 작가와비평, 2011.

_____, 「한국평론계의 큰 별—백철의 문학과 인간」, 『한국예술논집』 문학편 IV(역대 예술원 회원의 문학과 인간), 대한민국예술원, 1997.

_____, 『변혁기의 한국문학』, 한국학술정보(주), 2004.

이민자, 『개화기 문학과 기독교 사상 연구』, 집문당, 1989.

이상섭, 「자세히 들어보는 『님의 침묵』」, 『자세히 읽기로서의 비평』, 문학과지성사, 1988.

이승하 편, 『송욱』, 새미, 2001.

이어령 · 고은, 「만해시의 정신」(대담), 『조선일보』, 2008년 8월 11일, A29면.

이재선, 「이광수 문학론의 원천과 형성」, 『제5회 춘원연구학회 학술대회 자료집』(2011년 9월 23일). 1~10쪽.

이재선, 「이광수 문학론의 원천과 형성」, 『춘원연구학보』 제4호, 2011.

이재호, 『장미와 무궁화—영문학 산책』, 탐구당, 1983.

_____ 편, 『장미와 나이팅게일—초오서에서 T. S. 엘리엇 시대까지』, 집현각, 1967.

이주일, 「주요섭 소설의 분석연구」, 『명지어문학』. 제19권, 1990.

이창배, 「파운드의 한시 번역 시비」, 『포스트모던 시대의 문학의 위기』, 동국대학교 출판부, 1999.

이태동, 「주요섭 평전」. 주요섭 『미완성』 벽호, 1992.

이현희, 『한국 개화 100년사』 을유문화사, 1979.

임　화, 「신문학사의 방법」, 『문학의 논리』, 서음출판사, 1989.

장사선, 「'뒷심' 필요한 식민지 비평가 체계화 작업」, 『교수신문』, 469호, 2008년 3월 3일, 9면.

장정일, 『그것은 아무도 모른다』, 열음사, 1988.

전보삼 편, 『만해시론』, 민족문화사, 1983.

전택부, 「기독교와 한글」, 『나라사랑』 제36호, 1980, 130~144쪽.

정선혜, 「휴머니즘과 근대성의 조화—주요섭의 아동문학 발굴 조명」, 『아동문학평론』, 제26권 3호, 2000.

정재찬, 「문학교육의 지배적 담론과 신비평」, 『현대비평과 이론』 제5권 2호(통권 10호), 1995년 가을 · 겨울, 83~107쪽.

정정호, 「만해 한용운의 『님의 침묵』에 나타난 기독교적 요소」, 『문학과 종교』 제13권 3호, 2008, 101~135쪽.

_____, 「백철의 국제 문화교류 활동에 관한 시론(試論)」, 『우리 문학 연구』 제25호(2008. 10.

     31), 409~435쪽.

_____, 「여행하는 이론/생성하는 번역」, 『팽팽한 밧줄 위에서 느린 춤을─생태학적 탈근대론과 21세기 문화윤리학』. 동인 2000.

_____, 「영미문학에서 영어권문학으로」, 『해석으로의 독서─영문학 공부의 문화윤리학』, 푸른 사상, 2011, 417~433쪽.

_____, 「위험한 균형으로서의 창작─존 드라이든의 번역론」, 『문학 속의 인문학─지혜의 문학 을 위하여』. 한국문화사, 2009.

_____, 「이광수와 영문학─신문예로서의 조선 문학 수립을 위한 춘원의 도정(道程)」, 『외국학 연구』 제22집, 2012, 317~344쪽.

_____, 『문학 속의 인문학』. 한국문화사, 2009.

_____, 『산호와 진주─금아 피천득의 문학 세계』, 푸른사상, 2012.

_____, "Dialogic Patterns in Samuel Johnson's Critical Performance: The Yin-Yang Principle of Multiperspectival Operation", *Comparative Korean Studies*, Vol. 5(Dec. 1999). pp. 25~48.

정진홍, 「피천득이 그리운 까닭」, 『중앙일보』 2010년 5월 29일.

정호웅, 「전환기의 소설」, 『세계의 문학』, 1989, 가을.

조신권, 『한국문학과 기독교』, 연세대학교 출판부, 1983.

주요섭, 『구름을 잡으려고─사랑손님과 어머니 기타』. 한국문학전집(10). 신여원사. 1973.

_____, 「미운 간호부」, 『주요섭』(한국대표명작총서 13), 이태동 편, 도서출판 벽호, 1992.

_____, 「사람의 살림사리」, 『신동아』. 1932년 12월호.

_____, 「나의 문학 편력기─기연과 우연 속에 점철된 작가생활」, 『신태양』, 1959년 6월호.

_____, 「나의 문학적 회고─재미있는 이야깃군」, 『문학』. 1966년 11월호.

_____, 「창작추천후감」, 『자유문학』. 1958년 3월호.

주요한 편, 『안도산 전서』(증보판), 흥사단 출판부, 1999.

지춘수, 「초기 성경에 나타난 正書法에 대하여」, 『국어국문학』 제54호, 1971, 19~41쪽.

진녕녕, 「주요섭 작품의 비판적 분석」, 이화여자대학교 석사학위 논문. 1971.

최남선, 『조선 상식문답』(1946), 삼성문화재단, 1972.

_____, 『조선 상식문답 속편』(1947), 삼성문화재단, 1972.

최태영, 「초기 번역 성경 연구」, 『숭전대학교 논문집』 제13호, 1983, 37~68쪽.

최동호, 『한용운』, 건국대학교 출판부, 2001.

최수철, 『알몸과 육성』, 열음사, 1991.

최재선, 「한국현대소설의 기독교 사상 연구」, 숙명여자대학교 박사학위 논문. 1999.

최종고, 「괴테─톨스토이─이광수: 종교관을 중심으로」, 『춘원연구학보』 제4호, 2011.

_____, 「이광수의 경성제대 입학과 최근 단상」, 『춘원연구학회 뉴스레터』 제8호(2012년 4월 26

일).

_____, 「코스모폴리탄으로서의 춘원—이광수의 외국 경험과 세계 인식」, 『춘원연구학보』 제2
　　　호, 2009.

최학송, 「해방 전 주요섭의 삶과 문학」, 『민족문학사 연구』. 제39호. 2009. 4.

피천득, 「숙명적인 반려자」, 『내 문학의 뿌리』(피천득 외 35인 지음), 문학의 집 서울편, 도서출
　　　판 답게, 2005, 351~358쪽.

_____, 「여심」, 『인연』, 샘터, 1995.

_____, 「춘원」, 『인연』, 샘터, 2008.

_____, 『내가 사랑하는 시』(번역 시집), 샘터, 2008.

_____, 『인연』(수필집), 샘터, 1996.

_____ 역, 『내가 사랑하는 시』, 샘터, 2008.

_____ 역, 『셰익스피어 소네트 시집』, 샘터, 2008.

_____ 외, 「민족사의 전개와 초기 영문학—피천득 선생을 찾아서」(석경징 교수와의 대담), 『안
　　　과 밖』, 제3호(1997년 하반기).

_____ 외, 『대화—90대, 80대, 70대, 60대 4인의 메시지』, 샘터, 2004.

하정일, 「자율적 개인과 부르주아 결사로서의 민족—1910년대 이광수의 문학론과 사회사상을
　　　중심으로」, 『이광수 문학의 재인식』, 소명출판, 2009.

한국비교문학회 및 2010년 국제비교문학대회 조직위원회, 『제19차 국제비교문학대회(안내서)』,
　　　2009.

한　기, 「산업정보사회화와 소설의 변화」, 『현대소설』, 1990, 봄.

한용운, 『한용운의 명시』, 만해사상연구회 편, 황용엽 그림, 한림출판사, 1987.

_____, 『님의 침묵』, 안동서관, 1925.

_____, 『한용운 시 전집: 님의 침묵, 선시, 심우장산시』, 만해사상실천선양회 편, 장승, 2006.

_____, 『한용운 전집』(전6권), 신구문화사, 1974.

한점돌, 「주요섭 소설의 계보학적 고찰」, 『국어교육』. 2000.

황용수, 「외국인의 국어 연구」, 김종훈 외, 『국어학사논고』, 집문당, 1986.

황현산, 「역사의식과 비평의식—송욱의 『시학평전』」, 『현대이론과 비평』 제10호(1995년 가을·
　　　겨울호), 108~121쪽.

허형환, 『헨델의 성경 이야기—오라토리오와 구약성경』, 심설당, 2010.

홍덕창, 「기독교가 한국 개화 및 학교교육에 미친 영향」, 『총신대 논문집』 제14호, 1984,
　　　107~125쪽.

홍정선. 「한 순수한 영혼의 여정」(작품론), 『내 이름은 티안』. 전원, 1991.

괴테, 요한 볼프강 폰, 『괴테 자서전—시와 진실』, 전영애·최민숙 역, 민음사, 2009.

_____, 『문학론』(괴테 전집 14), 안삼환 역, 민음사, 2010.

밀러, J. 힐리스, 「경계선 넘기—이론 번역의 문제」, 장경렬 역, 『현대 비평과 이론』 제8호(1994
　　년 가을, 겨울호).

벤야민, 발터, 『발터 벤야민의 문예이론』, 반성완 편역, 민음사, 1988.

뵈르너, 페터, 『괴테』, 송동준 역, 한길사, 1998.

볼테르, 『철학 서한』, 박영혜 역, 삼성미술문화재단, 1977.

비에토르, 카를, 『젊은 괴테』 김흥진 역, 숭실대학교 출판부, 2009.

사이드, 에드워드, 『문화와 제국주의』, 김성곤 · 정정호 역, 도서출판 창, 1995.

스미스, 제인 스튜어트, 『로뎀나무 아래—음악의 별들』, 박희석 역, 샘물, 2000.

실비안, G, 「'정'의 각성과 그 표현: 『사랑인가』를 중심으로」, 『춘원연구학보 제1호』, 2008.

에커만, 요한 페터, 『괴테와의 대화』, 곽복록 역, 동서문화사, 2007.

타고르, 라빈드라나트, 『기탄잘리』 박희진 역, 현암사, 2002.

팔리스카, 콜로드, 『바로크 음악』, 김혜선 역, 다리, 2000.

하타노, 세츠코, 『『무정』을 읽는다—『무정』의 빛과 그림자』. 최주한 역, 소명출판, 2008.

해밀턴, 클라이브 융거, 『클래식, 바로크 시대와의 만남—바흐, 헨델, 비발디의 시대』, 김형수
　　역, 포노, 2012.

〈지구촌의 한국인: 호주 문단의 귀재, 돈오 김〉, MBC 비디오, 1987.

국외 논문 및 단행본

Abrams, M. H., *The Mirror and the Lamp : Romantic Theory and the Critical Tradition*, New
　　York: Oxford University Press, 1955.

Alexander, Marguerite, *Flights from Realism*, London: Edward Arnold, 1990.

Amore, Roy C., *Two Masters, One Message : The Lives and Teachings of Gautama And Jesus*, Abing-
　　don: Nashville, 1978.

Amos, Flora, Ross, *Early Theories of Traditions*, New York: Columbia University Press, 1920.

Anderson, George and William Buckler. Eds., *The Literature of England : An Anthology and a His-
　　tory*, Glenview, Il: Scott, Foresman and Company, 1967.

Arnold, Matthew, *Selected Criticism of Matthew Arnold*, Ed. Christopher Ricks, New York: New
　　American Library, 1972.

Artz, Frederick, *From the Renaissance to Romanticism : Trends in Style in Art, Literature, and Music,
　　1300~1830*, Chicago: U of Chicago P, 1962.

Ashton, Chris, "Expatriate's Progress", *The Sydney Morning Herald*, 1990. 10. 2.

Baker, Mona Ed., *Routledge Encyclopedia of Translation Studies*, London: Routledge, 1998.

Bakhtin, Mikhail, *Problems of Dostoevsky's Poetics*, Ed. and Trans. C. Emerson, Minneapolis : U of Minnesota P, 1984(M. 바흐친, 『도스또예프스끼 창작론』 김근식 역, 중앙대학교 출판부, 2003).

_____, *Speech Genres and Other Late Essays*, Trans. Vern W. McGee, Austin : U of Texas P, 1986.

Bassnett-McGuire, Susan, *Translation Studies*, London : Methuen, 1980.

Benedict, Michael, ed., *Cyberspace : First Steps*, Cambridge : MIT Press, 1991.

Bonds, Mark Evan, *A History of Music in Western Culture*, 2nd Ed. Upper Saddle River : Pearson, 2006.

Boswell, James, *Life of Johnson*, Ed. R. W. Chapman, London : Oxford UP, 1965.

Beavis, Richard W., *English Drama : Restoration and Eighteenth Century*, 1660~1789. London : Longman, 1998.

Brown, Calvin S., *Music and Literature : A Comparison of the Arts*, Hanover : U P of New England, 1987.

Brown, Laura, *English Dramatic Form 1660~1760 : An Essay in Generic History*, New Heaven : Yale UP, 1981.

Burkholder, J. Peter et als., *A History of Western Music*(7th Edition), New York : Norton, 2006.

Canfield, Douglas, "The Jewel of Great Price : Mutability and Constancy in Dryden's *All for Love*", *English Literary History*, Vol.42, No.1(Spring, 1975).

Chung, Chung Ho, "John Dryden's Dialogical Imagination : A Re-reading of An Essay of Dramatic Poesy". *Eighteenth Century Studies*, Vol. 4(August 2001).

Clute, John, *Science Fiction : The Illustrated Encyclopedia*, Surrey Hills, New South Wales(Australia) : Reader's Digest Pty Limited, 1995.

Collini, Stefan, *English Pasts : Essays in History and Culture*, Oxford : Oxford UP, 1991.

Csicsery-Ronay, Istvan, Jr., "The Sentimental Futurist : Cybernetics and Art in William Gibson's Neuromancer", *Critique*, Vol.33 No.3(1992, Spring). pp.221~239.

Donna Haraway, "A Manifesto for Cyborgs : Science, Technology, and Socialist Feminism in the 1980's," *Socialist Review*, 80(March-April), pp.65~107.

Dryden, John, *All for Love, or, The World Well Lost* in Nettleton, George H. et al. Eds., *British Dramatists from Dryden to Sheridan*, Revised by George W. Stone, Jr. Carbondale : Southern Illinois. UP, 1969.

_____, *An Essay of Dramatic Poesy* in *English Critical Texts*, Eds., D. J. Enright, et al., London : Oxford UP, 1962.

Eastman, Arthur M., *A Short History of Shakespearean Criticism*, New York : Norton, 1968.

Eckermann, J. P., *Conversation with Goethe*, Selected by Han Kohn, New York: Frederick Ungar, 1964.

Emerson, Ralph W., "Concord Hymn: Sung at the Completion of the Battle Monument", *The American Tradition in Literature*(9th Edition), Eds. George Perkins and Barbard Rerkins, Boston: McGraw-Hill, 1999.

_____, *Ralph Waldo Emerson : Essays and Lectures*, Ed. Joel Porte, New York: The Library of America, 1983.

Friedrich, Carl J., *The Age of the Baroque : 1610~1660*, New York: Harper Torchbooks, 1962.

Frost, William, *Dryden and the art of Translation*, Anchor Books, 1969.

Gallapher, Mary, "Dryden's translation of Lucretius," *Huntington Library Quarterly*, Vol.28. No.1(Nov. 1964), pp.19~29.

Gass, William H., *Fiction and the Figures of Life*, New York: Vintage Books, 1971.

Gibson, William, *Count Zero*, London: Harper Collins, 1986.

_____, *Idoru*, London: Harper Collins. 1996.

_____, *Mona Lisa Overdrive*, London: Harper Collins, 1988.

_____, *Neuromancer*, London: Grafton, 1984.

Goethe, Johann Wolfgang, "The Vicar of Wakefield", *French, German and Italian Essays*, Ed. Chauncey C. Starkweather, New York:The Colonial Press, 1900. pp.161~184.

Goldsmith, Oliver, *The Citizen of the World and the Bee*, New York: Everyman's Library, 1970.

Greene, Donald, T*he Age of Exuberance : Backgrounds to Eighteenth-Century English Literature*, New York: Random House, 1970.

Han, Yong-Woon, *Meditations of the Lover*, Trans. Younghill Kang and Frances Keely, Seoul : Yonsei UP, 1970.

Hogwood, Christopher, *Handel*, New York: Thames and Hudson, 2007.

Hume, Robert, *Dryden's Criticism*, Ithaca and London: Cornell University Press, 1970.

Hutcheon, Linda, *A Poetics of Postmodernism : History, Theory, Fiction*, London: Routledge, 1988.

Hyun, Peter, Ed. *Voices of the Dawn : A Selection of Korean Poetry From the Sixth Century to the Present*, London:Murray, 1960.

Iser, Wolfgang, *The Implied Reader*, Baltimore and London: The Johns Hopkins University Press, 1974.

Keates, Jonathan, *Handel : The Man and His Music*, London: The Bodley Head, 2008.

King, Bruce, *Dryden's Major Plays*, London: Oliver Boyd, 1966.

Kinsley, James, et al. eds., *John Dryden : Selected Criticism*, Oxford: Clarendon Press, 1970.

_____ and George Parfitt. Eds., *John Dryden : Selected Criticism*, Oxford: Clarendon

Press, 1970.

Landgraff, Annette et al. Ed., *Cambridge Handel Encyclopedia*, Cambridge: Cambridge UP, 2009.

Leavis, F. R., "*Antony and Cleopatra and All for Love*: A Critical Exercise", in *Twentieth Century Interpretations of All for Love*, New York: Englewood Cliffs, 1968.

Lee, Jung Young, "Korean Christian Thought" in *The Blackwell Encyclopedia of Modern Christian Thought*, Ed. Alister E. McGrath, Oxford: Blackwell, 1993.

Lee, Kun-Jong. "Don'o Kim's "Asian Novel Cycle": *My Name Is Tian, Password, The Grand Circle*" *Comparative Korean Studies*. Vol.22 No.3 (2014).

Lipking, Lawrence, *The Ordering of the Arts in Eighteenth-century England*, Princeton: Princeton UP, 1970.

Loftis, John Ed., *Restoration Drama : Modern Essays in Criticism*, New York: Oxford UP, 1996.

Lounsbury, Thomas R., *Shakespeare and Voltaire*, New York: Benjamin Blom, 1968(1902).

MaCaffery, Larry, ed., *Storming the Reality Studio : A Casebook of Cyberpunk and Postmodern Science Fiction*, Durham: Duke UP, 1991.

Malmgren, Carl D., *Fictional Space in the Modernist and Postmodernist American Novel*, Lewisburg: Bucknell Univ. Press, 1985.

Manlove, Colin, *Critical Thinking : A Guide to Interpreting Literary Texts*, London: Macmillan, 1989.

Manson, Myers Robert, *Handel Dryden and Milton*, London: Bowes and Bowes, 1956.

Marshall, Geoffrey, *Restoration Serious Drama*, Norman: U of Oklahoma P, 1975.

Mazzini, Giuseppe, "Byron and Goethe" in *French, German and Italian Essays*, Ed. Chauncey C. Starkweather, New York: Colonial Press, 1900. pp.387~408.

McHale, Brian, *Postmodernist Fiction*, New York: Methuen, 1987.

Moore, Cecil A. ed., "Introduction", *Twelve Famous Plays of the Restoration and Eighteenth Century*, New York: The Modern Library, 1969.

Nixon, Nicola, "Cyberpunk: Preparing the Ground for Revolution or Keeping the Boys Satisfied?", *Science-Fiction Studies*, Vol.19(1992), pp.219~235.

Olsen, Lance, "The Shadow of Spirit in William Gibson's Matrix Trilogy", *Extrapolation*, Vol.32 No.3(1991), pp.278~288.

Pechter, Edwardm, *Dryden's Classical Theory of Literature*, Cambridge: Cambridge, 1975.

Pevsner, Nikolaus, *The Englishness of English Art*, Harmondsworth: Penguins, 1976.

Poulet, George, "Criticism and the Experience of Inferiority", in Jane P. Tompkins, ed., *Reader-Response Criticism*, Baltimore and London: The Johns Hopkins, 1980.

Pound, Ezra, *The Literary Essays of Ezra Pound*, Ed. T. S. Eliot, London: Faber and Faber, 1954.

Proush, David, *The Soft Machine : Cybernetic Fiction*, London: Methuen, 1985.

Rawls, John, *The Law of Peoples*, Cambridge: Harvard UP, 1999.

Reed, T. J., *Goethe*, Oxford: Oxford UP, 1984.

Renan, Joseph Ernest, "The Poetry of the Celtic Faces" in *French, German and Italian Essays*, New York: The Colonial Press, 1900. pp. 409~456.

Ricoeur, Paul, *From Text to Action : Essays in Hermeneutics II*, Trans. Kathleen Blaney & John B. Thompson, Evanston:Northwestern UP, 1991.

Roberts, Robin., *A New Species : Gender and Science in Science Fiction*, Urbana: U of Illinois P, 1993.

Roston, Murray, *Milton and the Baroque*, London: Macmillan, 1980.

Runcie, C. A., "Newer Voices: 'Don'o Kim' 1", *Southerly*, Ed. G. A. Wilkes, Vol.45, No.2, Summer 1985.

Said, Edward, "Traveling Theory," *The World, the Text, and the Critic*, Cambridge: Harvard UP, 1983.

Shakespeare, William, *Antony and Cleopatra*, Ed. David Bevington, Cambridge UP, 1990(윌리엄 셰익스피어, 『셰익스피어 전집』(三訂) 김재남 역, 서울: 을지서적, 1995).

_____, *Shakespeare's Sonnets*, Ed. Stephen Booth, New Haven: Yale UP, 1977.

_____, *The Tragedy of Julius Caesar, The Complete Signet Classic Shakespeare*, Ed. Sylvan Barnet, New York: Harcourt, 1972.

Smith, James Harry et al. eds., *The Great Critics : An Anthology of Literary Criticism*, New York: W. W. Norton & Company, Inc., 1960.

Spellmeyer, Kurt, *Arts of Living : Reinventing the Humanities for the Twenty-first Century*, Albany: State U of New York P, 2003(K. 스펠마이어, 『인문학의 즐거움』, 정연희 역, 휴먼앤북스, 2008).

Spivak, Gayatri C., "The Politics of Translation," *Outside in the Teaching Machine*, London: Routledge, 1993.

Starkweather, Chaucey C. Ed., *French, German and Italian Essays*, New York: The Colonial Press, 1990.

Stewart, John D., "Simple Truths", Extracts from Irish Press. 1969.

Steiner, George, *After Babel : Aspects of Language and Translation*, London: Oxford UP, 1975.

Steiner, T. R., *English Translation Theory : 1650~1800*, Amsterdam: Van Gorcum, 1975.

Sterling, Bruce, ed., *Mirrorshades : The Cyberpunk Anthology*, New York: Arbor House, 1986.

_____, "Preface", *Burning Chrome* by William Gibson, London: Grafton, 1986.

Stowe, Harriet B., *Uncle Tom's Cabin*, London: J. M. Dent, 1955.

Sypher, Wylie, *Four Stages of Renaissance Style : Transformation in Art and Literature 1400~1700*, Garden City: Doubleday, 1955.

Tabbi, Joseph, *Postmodern Sublime : Technology and American Writing from Mailer to Cyberpunk*, Ithaca: Cornell UP, 1995.

Tagore, Rabindranath, *Gitanjali : A Collection of Prose Translations Made by the Author from the Original Bengali*, New York: Scribner, 1997.

Tallentyre, S. G., *The Life of Voltaire*, New York: The Knickerbocker Press, 1910.

Thompson, John Cargill, *A Reader's Guide to Fifty British Plays 1660~1900*, London: Hwinemann, 1980.

Trowbridge, Hoyt, "The Place of Rules in Dryden's Criticism", in *From Dryden to Jane Austin : Essay on English Critics and Writers, 1660~1818*, Albuquerque: University of New Mexico Press, 1977.

Vintner, Maurice, "A Symbol of Ruin", *Sydney Morning Herald*, 1969.

Voltaire[François-Marie Arouet], *Candide and Other Writings*, Ed. Haskell M. Block, New York: The Modern Library, 1956.

_____, *Lettres Choisies*, Paris: Librairie Hachette, 1935.

Wasserman, George R., *John Dryden*, New York: Twayne Publishers, Inc., 1964.

Waugh, Patricia, *Metafiction*, London: Methuen, 1984(퍼트리셔 워, 『메타픽션: 포스트모더니즘 문학이론』, 김상구 역, 열음사, 1989).

Wellek, René, "The Concept of Baroque in Literary Scholarship Postscript 1962", *Concepts of Criticism*, Ed. Stephen G. Nichols, Jr., New Haven: Yale UP, 1963.

_____ and Austin Warren, *Theory of Literature*, Harmondsworth: Penguin Books, 1966.

Wilde, Alan, *Metafiction Grounds : Studies in Contemporary American Fiction*, Philadelphia: Univ of Pennsylvania Press, 1987.

Wordsworth, William, "The Solitary Reaper", *The Prelude : Selected Poems and Sonnets*, Ed. Carlos Baker, New York: Holt, Rinehart and Winston, 1965.

찾아보기

인명

작품, 논문

비교세계문학론

글로컬 시대 문학의 새로운 지형학

정 정 호